KB271205

Mr. Perfect

by Linda Howard

Mr. Perfect

미스터 퍼펙트

린다 하워드 · 김은영 옮김

현대문화센타

프롤로그

1975년, 덴버

"이건 말도 안 돼요!"

손등이 하얗게 질릴 정도로 핸드백을 힘주어 움켜잡고, 여자는 책상 하나를 사이에 두고 맞은편에 앉은 교장 선생을 노려보았다.

"애는 그 쥐새끼인지 햄스턴지 하는 물건을 만지지 않았다잖아욧! 우리 애는 거짓말 같은 건 할 줄도 모르는 애라구욧!"

J. 클라렌스 코스그로브 선생은 엘링턴 중학교 교장으로 근무한 지 벌써 6년째였고 그 전에도 26년이나 평교사 경력이 있는 사람이었다. 이렇게 다짜고짜 성질을 내며 따지고 드는 학부모들을 다루는 데에는 어느 정도 이골이 나 있었다. 그러나 지금 고래고래 소리를 지르고 있는 삐쩍 마르고 키만 덜렁하니 큰 이 여자와 그 옆에 다소곳이 앉아 있는 사내아이는 교장 선생을 매우 고역스럽게 만들었다. 코스그로브 선생은 속된 표현을 쓰고 싶지 않았지만, 이들 모자는 정말로 엿같은 인간들이었다. 말품만 허비하는 짓이라는 걸 알면서도 교장 선생은 일단 대화로 풀어보려고 시도해보

았다.

"하지만 목격자가 있…….."

"위트컴 선생은 범인으로 애를 지목한 사람이잖아요. 글쎄, 우리 코린은 절대로, 절대로, 맹세코 그 햄스턴가 뭔가 하는 걸 건드린 적이 없대요! 그렇지, 아가?"

"전 그런 적 없어요, 어머니."

아이의 목소리는 섬뜩할 정도로 가늘고 연약했다. 하지만 아이의 차가운 눈동자는 눈꺼풀도 깜빡이지 않으면서 코스그로브 선생의 눈치를 살피고 있었다. 자신의 말이 교장 선생에게 먹히고 있는지 그렇지 않은지를 탐색하고 있는 중이었다.

"보세요! 내가 뭐랬어요?"

아이의 엄마는 의기양양하게 소리쳤다. 그러나 코스그로브 선생도 포기하지 않았다.

"위트컴 선생님은…….."

"그 여자는 개학 첫날부터 우리 애를 미워했어요. 교장 선생님이 조사해봐야 할 사람은 우리 애가 아니라 바로 그 여자라구요!"

독기가 오른 여자는 입술까지 악물며 덤벼들었다.

"2주 전에 그 여선생한테 내가 따진 적이 있어요. 글쎄 우리 애한테 더러운 것들을 가르쳤지 뭐예요? 선생이라는 여자가, 해괴망측하게 이 어린아이들한테, 글쎄…….."

여자는 매우 민망하다는 듯한 얼굴로 자기 아들을 슬쩍 곁눈질했다.

"세 - 엑 - 스에 대해서 말했다니 그게 말이나 됩니까? 그 여자가 글쎄 그런 여자라니까요! 난 우리 애가 학교에서 그런 말을 듣는 걸 참을 수 없다고 했어요."

"위트컴 선생님은 교사로서 뛰어난 경력을 가진 분입니다. 그 선생님께서 그럴 만한 이유 없이…….."

"글쎄 다른 말씀 마세요! 그 선생이 그런 짓을 했다니까요! 왜 교장 선생님은 그 여자가 한 짓을 하지 않았다고 우기는 겁니까? 이제 보니, 그 여자가 자기 손으로 그 쥐새끼를 죽여놓고 우리 애한테 덮어씌우는 거 아닙니까?"

"그 햄스터는 위트컴 선생이 애지중지하는 애완동물이었습니다. 아이들의 학습 참고용으로……."

"그게 그 선생이 그 쥐새끼를 죽이지 않았다는 증거가 됩니까?"

여자는 역겨워서 견딜 수 없다는 표정으로 말했다.

"이랬든 저랬든, 그 햄스턴지 뭔지 하는 게 그저 몸뚱이만 좀 큰 쥐새끼지, 뭐 대단한 거라고 이 난리를 피운답니까? 백 보를 양보해서 우리 코린이 그 쥐새끼를 죽였다고 한들, 안 죽인 게 사실이지만, 그게 뭐 그리 큰 난리거립니까? 이건 그 선생이 우리 애를 괴롭히려고 꾸며낸 가증스런 연극이라구요! 난 도저히 그냥 못 넘어가요. 교장 선생님께서 그 여선생을 따끔하게 혼내시든지, 그렇지 않으면 제가 직접 하겠습니다."

코스그로브 선생은 피곤한 기색으로 안경을 벗어 렌즈를 닦았다. 이 성질머리 더러운 여자가 다른 선생들의 본보기가 될 만한 좋은 여선생의 경력을 완전히 망가뜨리기 전에 무슨 수를 써야 할 것 같았다. 말로 설득한다는 것은 이제 물 건너 간 일이었다. 지금까지 여자는 교장 선생이 말 한 마디를 제대로 끝낼 때까지 기다려주지 않았다. 교장 선생은 코린을 슬쩍 곁눈질했다. 아이는 아직도 교장 선생을 염탐하느라 바빴다. 천사 같은 얼굴에 독사 같은 눈이라니, 참으로 이해할 수 없는 아이였다.

"잠시 단둘이 이야기 좀 할까요?"

교장 선생이 여자에게 나직한 목소리로 말했다. 여자는 뜻밖의 요구에 놀란 얼굴이 되었다.

"왜……요? 우리 코린이 보는 앞에서 약속해주시는 게……."

“잠깐이면 됩니다.”.

이번에는 교장 선생이 여자의 말허리를 잘랐다. 표정으로 보건대 여자는 교장 선생의 제안이 영 마음에 들지 않는 눈치였다.

“괜찮겠죠?”

이제 점잖게 말할 수 있는 인내심이 거의 바닥난 상태였지만, 코스그로브 선생은 다시 한 번 점잖은 목소리로 못을 박았다.

“정 그러시다면……. 코린, 밖에 나가서 서 있어라. 문 옆에 꼭 붙어 있어야 해. 엄마가 널 볼 수 있는 곳에 말이다.”

여자는 여전히 내키지 않는 목소리로 말했다.

“네, 어머니.”

아이가 나가자 코스그로브 선생은 문을 굳게 닫았다. 갑자기 상황이 전혀 예측하지 못했던 방향으로 나아가자 여자는 당황하는 빛이 역력했다. 교장이 문을 닫아버리고, 아이의 모습이 전혀 보이지 않자 여자는 자기도 모르게 의자에서 일어서려 했다.

“그대로 앉아 계십시오.”

교장 선생이 말했다.

“하지만 코린이…….”

“앉으십시오. 코린에게는 아무 일 없습니다.”

교장 선생이 또 여자의 말허리를 잘랐다. 교장 선생은 자기 자리로 돌아가 앉아서 펜을 하나 집어들고 책상 위를 톡톡 두드렸다. 어디서부터 어떻게 말을 꺼내야 할지 생각을 가다듬기 위한 다분히 정치적인 행동이었다. 그러나 여자에게는 그런 정치적인 행동이 통하지 않을 것 같았다. 교장 선생은 곧바로 본론으로 들어가기로 마음을 바꾸었다.

“코린을 도와주어야 한다는 생각은 안 해보셨습니까? 아주 훌륭한 소아정신과 의사를…….”

“당신 미쳤어?”

여자가 빽 하고 소리를 질렀다. 분노로 폭발하기 일보 직전의 얼굴은 흉하게 일그러졌고 여자의 몸은 벌써 벌떡 일어나 있었다.

"코린한테 정신과 의사가 왜 필요해? 우리 애는 아무 이상 없어! 문제는 그 망할 년이지 우리 애가 아니야! 아직도 그 망할 년의 편만 들다니, 내 말은 어디로 들었어?"

"전 지금 코린을 위한 최선의 방법이 무엇인지를 말씀드리고 있는 겁니다."

교장 선생은 흐트러짐 없는 목소리로 말했다.

"햄스터 사건은 최근의 일일 뿐입니다. 처음 있는 일도 아니구요. 장난처럼 보이는 코린의 행동 뒤에는 행동장애의 패턴이 뚜렷하게 보입니다."

"다른 애들이 우리 애를 질투하니까 그렇지!"

여자는 지지 않으려고 악을 쓰며 대들었다.

"그 못돼먹은 어린것들이 우리 애를 먼저 괴롭혔잖아! 그 망할 년은 우리 애를 보호하려는 조치를 전혀 하지 않았어! 나도 코린한테 다 들었다구. 내가 우리 애를 이 학교에 보내면서 계속 괴로……."

"옳은 말씀입니다."

교장 선생은 아주 부드러운 목소리로 말했다. 상대방의 말허리를 자른 것으로 따지자면 아직 여자를 따라갈 수 없었지만, 지금부터가 중요했다.

"지금 단계에서는 다른 학교로 전학시키시는 것이 최선의 선택일 것 같습니다. 코린은 우리 학교에는 맞지 않습니다. 좋은 사립학교 몇 군데를……."

"필요 없어!"

여자는 획 돌아서서 쿵쾅거리며 문 앞으로 걸어갔다.

"내가 당신의 추천 따위를 들을 것 같아?"

여자는 인사도 없이 방문을 열어제쳤다. 그러고는 아이의 팔을 거칠게 잡아당겼다.

"가자, 애야. 이 거지 같은 학교에는 다시 올 필요 없다."

"네, 어머니."

코스그로브 교장은 창가로 다가가서 두 모자가 낡은 투 도어 폰티악에 오르는 모습을 지켜보았다. 앞 펜더의 왼쪽에 갈색으로 녹이 슨 자국이 보였다. 교장 선생은 위트컴 선생을 보호하는 데에는 성공했지만, 그보다 훨씬 더 큰 문제를 해결하지 못한 채 두 모자를 집무실 밖으로 내보냈다는 생각이 들었다. 코린이 이제 어느 학교로 전학을 갈지 모르지만, 그 아이가 다닐 학교의 선생들이 불쌍할 뿐이었다. 다행히 누가 단호하게 나서서 코린이 더 큰 문제를 일으키기 전에 전문가의 상담이라도 받게 해준다면 좋으련만……. 너무 늦기 전에.

여자는 싸늘한 침묵 속에서 신경질적으로 차를 몰았다. 학교 밖의 신호등 앞에서 신호를 기다리기 위해 차를 세운 여자는 갑자기 코린의 뒤통수를 있는 힘껏 내리쳤다. 그 바람에 아이의 이마가 앞 유리창에 부딪히지 않은 것이 다행이었다.

"이 머저리 같은 놈!"

여자는 이를 악물고 표독스럽게 내뱉었다.

"어떻게 나를 이렇게 창피하게 만들 수가 있냔 말야! 교장한테 불려가서 바보 취급을 당하고 나오다니! 집에 가면 어떻게 되는지 알지? 두고 보자, 너!"

여자는 마지막 말에 더욱 힘을 주었다.

"네, 어머니."

아이의 얼굴에는 아무 표정도 없었다. 하지만 아이의 눈은 기대감으로 반짝 빛났다. 여자는 운전대를 잡아 뽑을 듯이 힘을 주어 잡았다.

"아무리 말을 해도 그렇게 알아먹지를 못하니? 내 말이 안 들려? 내 아들은 완벽해야 한단 말야!"
"네, 어머니."
코린이 대답했다.

1

2000년, 미시간 주 워렌

제인 브라이트는 기분이 좋지 않은 상태에서 잠에서 깨어났다. 어물전 망신을 책임진 꼴뚜기처럼, 이웃의 이미지를 망가뜨리기로 작정한 듯한 바로 옆집 사내가 나 지금 돌아왔소 하고 나팔이라도 불듯이 요란한 소리를 내며 돌아온 것이다. 새벽 3시에. 그 사내의 차에 만약 머플러가 있다면, 아마도 오래 전에 제구실을 포기한 것이 틀림없었다. 불행하게도 제인의 침실은 그 사내의 집을 마주보고 있었고, 차가 들어오는 진입로는 그 사이에 있었다. 베개를 뒤집어쓰고 귀를 막아도 8기통짜리 고물 폰티악의 비명은 막을 수가 없었다. 사내는 자동차 문을 쾅 닫고 주방 앞 포치의 외등을 켰다. 대체 어떤 자가 그 집을 설계했는지, 그 외등의 불빛은 제인의 침실 창문으로 바로 쏟아져 들어오게 되어 있었다. 제인이 창쪽을 바라보고 누워 있으면 그 불빛은 사정없이 제인의 눈을 찔러댔다. 그런데 그녀는 지금 바로 그런 자세로 누워 있었던 것이다. 사내는 안으로 들어가면서 스크린 도어를 쿵쿵 소리내며 열고 들어갔다가 나오더니 외등 끄는 것은 깜빡 잊었는지 아니면 고의로 그냥 둔 것인지 등을 끄지 않고 그냥 들어가버렸다. 잠시 후 주방의 실내등은 꺼졌지만 외등은 그대로 켜진 채로 있었다.

바로 옆집 주인이 저런 황당한 사내라는 걸 진작에 알았더라면 이 집을 살 생각도 하지 않았을 거라고 제인은 분통을 터뜨렸다. 이 집으로 이사 와서 겨우 두 주일 만에 사내는 처음으로 내 집을 샀다는 기쁨을 산산이 부숴버렸다.

옆집 남자는 술꾼이었다. 술꾼이라는 것까지는 좋다. 하지만 좀 기분좋게 술 마시면 안 되나? 제인은 속으로 투덜거렸다. 아냐, 저 자는 틀림없이 심술 고약하고 삐딱한 주정뱅이일 거야. 옆집 남자가 집에 있는 동안에는 고양이도 밖에 내놓고 싶지 않았다. 부우부우(BooBoo : 실수, 실책이라는 뜻)는 그다지 값이 나가는 고양이가 아니었으며 제인이 기르는 고양이도 아니었다. 하지만 어머니가 애지중지 아끼는 고양이였기 때문에 잠깐 맡아주는 동안에 부우부우에게 불상사가 일어나는 것은 원치 않았다. 부모님이 꿈에 그리던 6주간의 유럽 여행에서 돌아와 고양이가 죽거나 사라졌다는 비보를 접하게 된다면, 제인은 다시는 어머니의 얼굴을 볼 수 없을 것이다.

먼지가 뽀얗게 앉은 자동차 유리창에 찍힌 부우부우의 발자국 때문에 제인은 집에 고양이가 있다는 것을 그 사내에게 들키고 말았다. 그 발자국을 보고 사내가 한 행동만 보았다면, 사람들은 십중팔구 그의 차가 10년 묵은 고물 폰티악이 아니라 롤스로이스 정도는 될 거라고 믿었을 것이다.

천만다행으로 제인의 근무시간에는 사내도 집에 없는 것 같았다. 그렇다고 그 시간에 사내가 번듯한 일터에 나가 일을 하리라고는 믿어지지 않았다. 아마 어디 가서 술이나 퍼마시고 있겠지, 하고 제인은 생각했다. 무슨 직장인지는 종잡을 수 없었지만 만약 옆집 남자에게 직업이 있다면 매우 해괴한 직업일 것이 분명했다. 2주일이나 지났지만 아직도 사내가 집에서 나가고 돌아오는 규칙적인 시간 패턴을 알 수 없었다.

어쨌든, 부우부우가 사내의 고물 자동차에 발자국을 남겼던 날, 제인은 나름대로 옆집 남자를 상냥하게 대하려고 노력했다. 집들이 파티를 하던 날 오후 2시에 나타나 시끄러워 잠을 잘 수 없다고 협박 반, 불평 반으로 으름장을 놓던 사내의 모습이 아직도 생생한데, 그런 사내에게 상큼한 미소를 지어 보인다는 것은 정말로 간과 쓸개를 냉장고에 넣어두지 않고는 할 수 없는 짓이었다. 그러나 평화를 위한 미소 작전에도 사내는 요지부동이었다. 오히려 운전석에 앉자마자 화를 벌컥 내며 소리를 질러댔다.

"망할 놈의 고양이, 잘 지키란 말이오!"

순간 활짝 피어오르던 제인의 미소는 딱 얼어버렸다. 제인은 그런 식으로 자신의 미소를 낭비한다는 게 싫었다. 게다가 면도도 안 하고, 눈은 시뻘겋게 충혈되어 있고, 성질마저 더럽디 더러운 날건달에게! 콱콱 쏘아주고 싶은 말들이 줄줄이 머릿속으로 떠올랐지만 제인은 입술을 꼭 깨물었다. 전후사정이야 어떻든 이 동네로 새로 이사 온 사람은 제인이었고, 이미 좋은 출발은 기대할 수 없게 되었지만 옆집 남자와 전쟁까지 치르며 살고 싶지는 않았다. 이미 집들이 파티 때 실패를 경험했지만, 제인은 다시 한 번 인내를 하며 평화적인 해결을 원한다는 뜻을 미소로써 전했다.

"죄송해요. 앞으로는 고양이를 잘 감시할게요. 당분간 부모님을 대신해서 돌봐주는 것뿐이니까 제 집에 오래 있지는 않을 거예요."

문제는 그 '당분간'이 앞으로도 5주나 더 남아 있다는 것이었다.

옆집 남자는 알아들을 수 없는 소리로 뭐라고 중얼거리더니 자동차 문을 꽝 닫고는 그대로 털털거리며 가버렸다. 엄청나게 기운만 센 엔진에서는 천둥이 치는 듯한 소리가 났다. 제인은 고개를 갸웃거리며 엔진소리에 귀를 기울였다. 고물 폰티악, 차체는 엄청 낡았는데 모터는 실크처럼 부드럽게 돌아가네? 저 고물 차체의 후드 아래에는 엄청난 마력수가 숨어 있어.

평화적인 제스처 같은 것은 저 작자에겐 안 통해.

새벽 3시에 저 천둥소리 나는 차를 끌고 온 이웃을 다 깨우면서 여봐란 듯이 돌아오는 것만 봐도 그랬다. 그러면서 똥 묻은 개가 겨 묻은 개 나무란다고, 오후 2시에 잠 깨운다고 불평을 하다니. 제인은 당장 옆집으로 가서 사내가 침대에서 튀어나올 때까지 초인종을 눌러대고 싶은 심정이었다.

그런데 거기에는 한 가지 문제가 있었다. 옆집 남자가 조금 무서웠던 것이다.

제인은 누군가에게 두려움을 느낀다는 것이 싫었다. 누구 앞에서도 주눅들어 뒷걸음치는 것에는 익숙하지 않았다. 그러나 저 사내는 왠지 제인을 불편하게 만들었다. 제인은 사내의 이름도 몰랐다. 지금까지 두 번이나 마주쳤지만 "안녕하세요? 저는 아무개예요." 하고 점잖게 인사를 나눌 수 있는 상황이 아니었기 때문이다. 옆집 남자에 대해 제인이 아는 것이라고는 막노동꾼같이 지저분한 몰골에 그보다 더 더러운 성질을 가졌다는 것뿐이었다. 정규적인 직업을 가진 사람 같지도 않았고, 잘해봐야 술주정꾼이었다. 자고로 술독에 빠져 사는 인간치고 파괴와 기만을 일삼지 않는 자가 없는 법이었다. 최악의 경우, 옆집 남자는 어떤 불법적인 일에 연루되어 있을지도 모른다는 데까지 제인은 생각이 미쳤다. 그렇다면 옆집 남자는 더욱더 위험한 존재였다.

겉으로 보기에는 체구가 크고 단단한 몸집을 가진, 근육질의 사내였다. 머리는 너무 짧게 깎아서 마치 스킨헤드족 같았다. 그리고 어쩌다 얼굴을 마주칠 때마다 적어도 이삼 일은 면도를 하지 않은 것 같은 몰골이었다. 게다가 핏발이 선 눈, 더러운 성질, 그러니

술주정꾼으로 보지 않을 수 없었다. 체구가 큰 근육질의 몸집을 가졌다는 것도 제인을 더 불안하게 하는 요소였다. 이 집을 산 것은 이 동네가 안전하다고 생각했기 때문이었는데, 막상 이사를 하고 보니 바로 옆집 남자가 전혀 안전하지 않은 존재였던 것이다.

제인은 구시렁구시렁 혼잣말로 불평을 해대면서 침대 밖으로 나와 윈도 셰이드를 내렸다. 오랜 경험을 통해 제인은 윈도 셰이드를 내리지 않은 상태에서 잠자리에 드는 것이 안전하다는 결론을 얻었다. 알람만으로는 잠이 깨지 않았기 때문이다. 시끄러운 알람 소리보다는 강렬한 햇살이 더 확실하게 잠을 깨워주었다. 몇 번인가 잠에서 깼을 때 알람시계가 침실 바닥에 나뒹구는 것을 보고 알람을 끄려고 시계에 손을 대기도 하지만 완전히 잠을 깨우지는 못한다는 것을 깨달았던 것이다.

그래서 요즈음에는 아주 하늘하늘한 얇은 망사 커튼을 셰이드 위에 치고 잠자리에 들었다. 방에 불이 켜져 있지 않으면 망사 커튼만 쳐놓아도 밖에서는 실내가 들여다보이지 않았다. 그리고 밤에 잠자리에 들기 직전에는 침실의 불을 다 끈 후에야 셰이드를 올려놓았다. 그것이 그녀의 시스템이었는데 오늘은 셰이드까지 내려놓았으니, 만약 아침에 늦잠을 잔다면 그건 순전히 저 옆집 남자 탓이었다.

침대로 돌아가는 중에 발이 부우부우에게 걸리는 바람에 제인은 비틀거리다가 간신히 균형을 잡았다. 고양이는 놀라서 낑낑거렸다. 놀라기는 제인도 마찬가지였다.

"엄마얏! 부우부우! 너 때문에 간 떨어질 뻔했다."

제인은 집 안에서 애완동물을 기르는 데 익숙하지 않았고, 누군가가 발에 걸릴지도 모른다고 조심조심 걸어다니는 일도 없었다. 대체 엄마는 저 망할 고양이를 언니나 오빠한테 맡기지 않고 왜 나한테 맡겼을까? 제인은 속으로 또 툴툴거렸다. 제인의 언니인 셸리와 그보다 한 살 아래인 오빠 데이비드는 이미 결혼을 해서 가정을 꾸리고 있고 아이까지 있었다. 학교는 지금 방학중이었기 때문에, 두 사람의 집에는 매일, 하루 종일 아이들이 있었다. 그러므로 저 얄미운 고양이를 애지중지 보살피고 함께 놀아줄 누군가가 상시 대기하고 있는 셈이었다.

하지만 애꿎게도 부우부우를 떠맡은 사람은 제인이었다. 그녀가 독신녀이면서 일주일에 5일은 직장에 나가야 하고 애완동물을 길러본 경력이 전무하다는 사실은 전혀 고려되지 않았다. 만약 애완동물을 고르라고 한다면, 제인은 부우부우 같은 고양이는 절대로 고르지 않을 사람이었다. 부우부우는 거세를 한 후부터 유난히 심술이 많아졌고 모든 스트레스를 애꿎은 가구에다 풀었다. 겨우 일주일 만에 부우부우는 제인으로 하여금 집 거실에 놓인 소파에 천갈이를 하게끔 만드는 데 성공했다.

제인도 부우부우를 좋아하지 않았지만, 제인을 좋아하지 않기는 부우부우도 마찬가지였다. 제 집에서 만났다면 그럭저럭 충돌 없이 지냈을 터이지만, 제인의 집에 옮겨온 부우부우는 전혀 제인과 함께 지낼 뜻을 보이지 않았다. 쓰다듬어주려고 손을 내밀기라도 하면 녀석은 등을 동그랗게 구부리고 씩씩거렸다.

게다가 셸리는 어머니가 부우부우를 자기한테 맡기지 않고 제인에게 맡겼다고 볼이 부어 있었다. 어찌 되었든 자기가 삼남매의 맏이이고 제인보다 훨씬 안정적인 생활을 누리고 있는데 자기를 제쳐두고 제인에게 부우부우를 맡긴 것은 말도 되지 않는다고 생각했다. 제인도 그 생각에는 동감이었지만 그렇다고 이미 상처받은 셸리의 자존심은 치유되지 않았다.

거기에다가 데이비드는 한 술 더 떴다. 데이비드가 화가 난 건 부우부우 때문이 아니었다. 데이비드는 고양이 알레르기가 있었기 때문에 부우부우에게는 아예 관심도 없었다. 데이비드가 화가 난 건 아버지가 아끼고 아끼는 멋진 자동차를 자기 집 차고에 넣어두지 않고 제인의 집 차고로 끌고 갔기 때문이다. 제인의 차고는 차를 한 대밖에 주차할 수 없었기 때문에 아버지의 차를 차고 안에 넣어두었다는 것은 제인이 자기 차를 차고 안에 주차할 수 없다는 이야기였다. 그건 제인으로서도 매우 불편한 일이었다. 제인도 그 차가 데이비드에게 맡겨지는 것이 당연하다고 생각했다. 아니, 그보다 아버지가 그냥 당신의 차고에 넣어두고 떠나시는 것이 가장 좋았을 것이라고 생각했다. 하지만 아버지는 자그마치 한 달 반 동안이나 그 소중한 차를 방치해두는 것을 불안하게 여겼다. 아버지의 심정을 이해 못 하는 것은 아니지만, 하필 자기가 그 자동차 지킴이로 선발된 것은 제인도 도무지 이해할 수 없었다. 셸리는 고양이가 제인에게 맡겨진 것을 이해하지 못했고, 데이비드는 자동차가 제인에게 맡겨진 것을 이해하지 못했다. 그리고 제인은 그 두 가지 모두가 자기에게 맡겨진 이유를 이해할 수 없었다.

결국 아무 죄 없이 언니와 오빠로부터 동시에 따가운 눈총을 받게 된 마당에 부우부우마저 집요하게 거실 소파를 망가뜨리고 있었다. 게다가 제인은 차고 안에 들어앉은 아버지의 차에 행여나 무슨 일이라도 생길까봐 하루 종일 불안했다. 그런데 이 판국에 옆집 술고래 남자까지 끼어들다니!

제기랄, 내가 도대체 뭣에 씌어서 이 집을 샀지? 제인은 분해서 견딜 수가 없었다. 그냥 좁은 아파트에 만족하며 가만히 있었더라면 이런 비극은 벌어지지 않았을 것이다. 차고가 따로 없으니 아버지가 차를 맡겼을 리도 없고, 아파트에서는 애완동물을 기를 수 없으니 어머니도 고양이를 맡기지 않았을 것이다.

하지만 제인은 이 동네에 발을 들여놓는 순간 동네 주민들이 너무나 마음에 들었다. 1940년대에 지어진 다소 고풍스러운 집들도 그랬고, 거기다 집값도 무척 쌌다. 코흘리개 어린애, 갓난아이를 기르는 젊은 부부부터 날씨 좋은 날이면 마당에 의자를 놓고 앉아 책을 읽다가 지나가는 이웃에게 넉넉한 미소와 함께 손을 흔들어주고, 가끔씩 찾아오는 손주들의 방문을 낙으로 삼고 사는 노부부에 이르기까지 인구통계학적으로 아주 다양한 분포를 이루고 있는, 그리고 총기사고 같은 것은 일어날 염려가 없어 보이는 동네였다. 동네에 대해 일일이 호구조사라도 했어야 하련만, 첫눈에 반해버린 제인은 이 동네가 젊은 독신녀가 살기에는 딱 맞는 동네라는 것을 의심하지 않았고, 게다가 다른 지역에 비해 너무나 싼 집값에 홀딱 넘어가 정작 가장 가까운 이웃은 알아보지도 않고 무작정 집을 사버렸던 것이다.

옆집 남자를 생각하다 보면 십중팔구 밤을 꼴딱 새겠기에 제인은 깍지낀 손으로 머리를 받치고 누워 천장을 올려다보며 앞으로 이 집을 수선할 계획을 세우기 시작했다. 주방과 욕실 모두 개조할 필요가 있어. 하지만 그러려면 꽤 돈이 들 테니 당분간은 미뤄둘 수밖에. 페인트를 새로 칠하고 셔터를 새로 다는 것 정도는 큰 돈이 들지 않으니까 조만간 시작할 수 있을 거야. 그 정도만 해도 외관은 그럴듯하게 단장되는 셈이니까. 거실과 다이닝 룸 사이의 벽을 헐면 다이닝 룸을 썰렁한 별도의 공간에서 아늑한 다목적 공간으로 바꿀 수 있겠다. 멋진 아치 벽으로 구분해서 페인트는 내가 직접 칠하고 화강암 분위기를 내면서……

제인은 알람시계가 삑삑거리는 기분 나쁜 소리에 잠을 깼다. 그래도 저놈의 시계가 날 깨워주긴 하는군, 알람을 끄려고 침대에서 비틀비틀 일어나면서 제인은 생각했다. 어둑어둑한 방안에서 빨간 액정 글씨로 씌어진 알람시계의 숫자를 보는 순간, 제인은 눈을 몇 번이나 껌뻑거리며 시계를 다시 보았다.

"이러언, 제기랄!"

6시 58분이라니! 알람시계가 거의 한 시간이나 삑삑거리고 있었다는 얘기였다. 그리고 그것은 오늘 지각을 하게 되었다는 것을 의미했다.

"젠장, 젠장, 제엔장!"

샤워기를 틀면서 욕을 해대고, 1분 만에 튀어나와 칫솔을 물고 주방으로 가서 깡통에 든 고양이 먹이를 따서 그릇에 부어주는데, 녀석은 벌써 제 밥그릇 앞을 오도카니 지키고 앉아 눈을 부라리고 있었다.

제인은 주방 싱크대에 치약 거품을 뱉어버리고는 수돗물을 틀어 흘러 내려가게 두었다.

"염병할, 다른 날은 배가 고프면 잘도 낑낑거리더니만, 하필 오늘 같은 날은 배고픈 것도 잘 참네, 재수없는 고양이 새끼! 너 얌전떠는 바람에 난 밥도 못 먹고 나가게 생겼다!"

부우부우는 제 밥그릇에 밥이 있는 한 그 집주인이야 먹든 굶든 상관하지 않는 것 같았다. 제인은 얼른 욕실로 다시 달려가 대충 화장품을 찍어 바르고, 귀고리를 한 다음 손목시계를 찼다. 그리고는 이런 날을 대비해 항상 세트로 걸어놓은 '지각용 의상'을 꺼내 입었다. 검은색 바지에 흰색 실크 블라우스, 그리고 날씬하게 보이는 빨간색 재킷이었다. 제인은 구겨질 정도로 구두를 급하게 신고, 핸드백을 낚아챈 다음 현관문을 그야말로 박차고 달려나갔다.

현관문 밖으로 나온 순간 가장 먼저 눈에 띈 것은 길 건넛집 할머니가 쓰레기통에 쓰레기를 담은 봉투를 버리는 모습이었다. 쓰레기를 수거해 가는 날이었던 것이다.

"이러언 제기랄! 염병할! 젠장맞을! 생각나는 건 더러운 것들뿐이군!"

제인은 쿵쾅거리며 돌아서서 집으로 다시 들어갔다.

"제발 욕 좀 하지 말아야 하는데, 너하고 옆집 놈팽이 때문에 내 노력이 모두 허사가 된단 말이야!"

제인은 집 안에 있는 쓰레기통에서 쓰레기를 담은 봉투를 꺼내 아가리를 묶으면서 부우부우에게 신경질을 냈다. 부우부우는 쌀쌀맞게 돌아앉아 밥을 냠냠 맛있게도 먹어댔다.

제인은 또다시 밖으로 달려나오다가 현관문을 잠그지 않았다는 생각에 다시 달려가 현관문을 잠그고, 커다란 양철 쓰레기통을 질질 끌어다가 도로 연석 바로 안쪽에 갖다놓고 뚜껑을 열어 이미 들어 있던 두 개의 쓰레기 봉투 위에 새로 묶은 쓰레기 봉투를 올려놓았다. 이번만은 아무리 조용히 지나치려고 해도 성격상 도저히 조용히 넘어가지를 않았다. 옆집 놈팽이 잠이라도 깨워놓고 가야 분이 풀릴 것 같았다. 쾅당쾅당, 쨍그렁쨍그렁. 제인은 소리도 요란하게 쓰레기통 뚜껑을 덮고는 잽싸게 자동차로 달려갔다.

빨간 체리색 닷지 바이퍼는 누가 뭐래도 그녀가 가장 아끼는 재산 중의 하나였다. 제인은 일단 시동을 걸고 엔진을 몇 번 공회전시킨 다음 후진 기어를 넣었다. 그런데 급하게 가속 페달을 밟는 바람에 차는 후진으로 쌩 하고 움직이는가 싶더니 하필이면 쓰레기통을 들이받고야 말았다. 쓰레기통은 쓰러지면서 데굴데굴 굴러가더니 기세 좋게 옆집 쓰레기통을 들이받아 그것마저 쓰러뜨렸다. 옆집 쓰레기통은 뚜껑이 열리면서 도로 위로 데굴데굴 굴러갔다.

제인은 눈을 질끈 감고 운전대에 얼굴을 처박았다. 하지만 너무 심하게 부딪히지 않도록 조심했다. 운전대에 이마를 대고 가만히 생각해보니 차라리 운전대를 세게 들이받을 걸 그랬다 싶었다. 그랬더라면 가벼운 교통사고로 얼굴에 부상을 입어 출근할 수 없다는 핑계라도 댈 수 있을 텐데. 수만 가지 욕지거리가 목구멍까지 치밀어 올라왔지만, 간신히 참았다.

제인은 시동을 끄고 차에서 내렸다. 지금 같은 순간에는 짜증내고 성질을 부릴 것이 아니라 냉정을 되찾아야 했다. 우선 찌그러진 쓰레기통을 바로 세워 쏟아진 쓰레기 봉투를 도로 담아놓은 다음, 역시 찌그러진 뚜껑을 간신히 펴서 대충 덮었다. 그 다음에는 옆집 쓰레기통을 세워놓고 쏟아진 쓰레기 봉투를 도로 담았다. 집주인의 생김새처럼 쓰레기도 똑같이 더럽고 지저분했다. 제인은 도로 위로 굴러간 쓰레기통 뚜껑을 주우러 갔다.

쓰레기통 뚜껑은 옆집의 옆집 앞 도로 연석에 기대어 비스듬히 누워 있었다. 뚜껑을 주우려는데 요란하게 스크린 도어를 여는 소리가 들렸다. 저 몰상식한 놈팽이가 드디어 기어나왔군!

"대체 뭐하는 짓이오?"

사내가 다짜고짜 고함을 질렀다. 흉악한 인상의 사내는 지저분한 데다가 구멍까지 난 고무줄 바지와 때묻은 티셔츠를 입고 있었다. 면도를 한 지는 얼마나 됐는지, 얼굴의 절반이 시커멓게 보였다. 제인은 우선 쓰레기통을 세워둔 곳으로 가서 뚜껑을 덮었다.

"쓰레기 주워 담고 있잖아요!"

사내의 눈에서는 불꽃이 튀는 것 같았다. 사실은 핏발이 서서 그렇게 보였지만, 그거나 저거나 마찬가지였다.

"대체 나하고 무슨 원수가 졌길래 내 잠자는 꼴을 못 보쇼? 세상에 댁같이 시끄러운 여자는……."

적반하장도 유분수라는 생각에 제인은 그 남자가 위험한 인물일지도 모른다는 생각은 까맣게 잊어버리고 5센티짜리 높이의 구두를 신은 게 천만다행이라는 것만 생각하며 사내 턱밑에 바짝 얼굴을 들이밀었다. 그 정도 높이의 구두라도 신었기에 제인의 정수리가 겨우 그의 턱밑에 닿을 수 있었던 것이다.

덩치만 크면 대수냐? 나도 성질 있다 이거야! 제인은 정말 화가 머리끝까지 나서 꼭지가 돌아버릴 지경이었다.

"내가 시끄럽다구?"

제인은 이를 바득바득 갈았다. 목이 꺾어져라 위를 쳐다보며 말하자니 성질대로 고래고래 소리를 지르기가 힘들었지만, 제인은 최선을 다해 소리쳤다.

"내가 시끄럽다구?"

제인은 사내의 가슴팍을 향해 삿대질을 했다. 사내의 티셔츠는 너무나 더러웠고 얼룩 같은 것까지 묻어 있었기 때문에 진짜로 손가락을 갖다 대고 싶지는 않았다.

"새벽 3시에 털털거리는 고물 자동차 끌고 들어와서 온 동네 사람들 잠 다 깨워놓은 건 내가 아니야! 제발 덕분에 저 똥차 머플러 좀 바꿔욧! 그 시간에 들어온 주제에 세 번이나 스크린 도어를 열었다 닫았다 한 게 나야? 왜, 술병을 잊고 들어가셨나? 밤새 외등 켜놓은 건 누군데? 당신네 외등 때문에 내 침실은 밤새 한낮이었어, 알아?"

사내가 뭔가 반박을 하려고 입을 열었다. 하지만 제인은 여유를 주지 않았다. 이번에는 정말로 손가락으로 사내의 가슴팍을 콱콱 찔러댔다. 이젠 손가락을 끓는 물에 넣어 소독이라도 해야 할 판이었다.

"내일 쓰레기통 사다놓을 테니까 입 다물고 있어요. 혹시, 만에 하나, 우리 엄마 고양이한테 무슨 짓이라도 할 생각이라면 진작에 단념하는 게 좋아. 고양이한테 무슨 일이라도 생기면 당신을 세포 하나하나까지 갈가리 찢어서 염색체까지 몽땅 뭉개버릴 거야. 다시는 재생하지 못하게. 그러는 게 세계평화를 위해 좋은 일 아니겠어?"

제인은 오만한 눈초리로 사내의 아래위를 쓱 훑어보고 마지막으로 일침을 박았다.

"내 말 알아듣겠어요?"

사내는 말없이 고개만 끄덕였다.

한숨을 내쉬면서 제인은 일단 흥분을 가라앉혔다.

"좋아요. 제기랄, 당신 때문에 또 욕했잖아요! 욕 안 하려고 했는데."

그러자 사내가 이상한 눈초리로 제인을 내려다보았다.

"욕하지 않도록 노력하긴 해야겠소."

제인은 흘러내린 머리카락을 쓸어올리며 오늘 아침에 머리를 빗었던가 안 빗었던가 더듬어 생각해보았다.

"나 늦었어요. 밤에는 한숨도 제대로 못 자고, 아침에는 밥도 못 먹고, 커피도 못 마셨다구요. 이러다가 당신한테 중상을 입힐지도 모르니 그러기 전에 얼른 가야겠어요."

사내가 또 고개를 끄덕였다.

"생각 잘했소. 나도 내 손으로 당신 손에 수갑 채우기는 싫으니까."

제인은 깜짝 놀라 사내를 다시 쳐다보았다.

"뭐가 어째요?"

"난 경찰이거든."

사내는 집으로 들어가며 툭 던지듯이 말했다. 제인은 사내의 뒤통수를 멍한 얼굴로 쳐다보았다. 경찰이라구?

"이러언, 제에기랄!"

2

매주 금요일 퇴근 후, 제인은 같은 직장에서 일하는 세 친구와 함께 저녁을 먹으며 수다로 스트레스를 풀었다. 햄머스테드 테크 놀러지가 그들의 직장이었다. 회사 근처의 '어니스 바'라는 곳에 모여 와인을 곁들인 저녁식사를 하면서 여자들끼리의 수다로 잠시 시간을 보냈다. 남성지배적인 분위기의 직장에서 일하다 보니 가끔씩은 그렇게 여자들끼리 모여 수다를 떨 필요가 있었다.

햄머스테드는 디트로이트 지역의 제너럴 모터스 공장에 컴퓨터 기술 서비스를 공급하는 회사로 제너럴 모터스의 자회사였다. 여성들의 활동 영역이 넓어진 세상이라고는 하지만, 컴퓨터 업계는 아직도 남성지배적인 분야였다. 햄머스테드 역시 상당히 규모가 큰 회사였지만, 전반적인 분위기는 일반적인 제조업체의 기준에서 보자면 약간 비정상적인 회사였다. 도대체 '사무실다운 분위기'라는 것을 모르는 컴퓨터광들과 다분히 '정상적인' 기업 분위기에 젖은 저능아들이 짬뽕되어 있는 썰렁한 회사였다. 제인이 컴퓨터광들과 한방을 쓰는 연구개발부 직원이었다면 그날 하루쯤 지각한 사실은 눈에 띄지 않고 넘어갈 수도 있었다. 그러나 불행하게도 제인은 급여과의 직원이었고, 그녀의 팀장은 1분 1초도 어긋나는 것을 참지 못하는 좀팽이였다.

지각한 만큼 시간을 벌충해야 했기 때문에 제인은 보통 때보다 15분이나 늦게 어니스 바에 나타났다. 다행히도 나머지 세 사람은 미리 와서 테이블을 차지하고 있었다. 어니스 바는 벌써 테이블마다 사람이 꽉 차 있었다. 아침부터 기분 나쁘게 출발한 금요일에 어니스 바에서마저도 테이블이 비기를 기다려야 했다면 정말 참을 수 없었을 것이다.

"정말 끔찍한 날이었어."

빈 의자에 털썩 주저앉으며 제인이 푸념을 했다. 정말 끔찍한 날이었지만, 금요일이니 다음주 월요일까지는 더 끔찍한 날을 걱정하지 않아도 된다는 것이 다행이었다.

마아시가 물고 있던 담배꽁초를 재떨이에 비벼 끄고 곧바로 새 담배를 꺼내 불을 붙이며 말했다.

"얘들아, 브릭이 요새 툭하면 질질 짠다. 남자들한테도 생리통이 있나?"

"남자들한텐 그런 거 필요 없어요. 남자들은 선천성 테스토스테론 중독증 환자들이니까."

옆집 놈팽이, 자기 말로는 경찰이라고는 하지만 믿을 수 없는 그 남자를 떠올리며 제인이 내뱉듯이 말했다.

"아아, 그래서 그런가?"

마아시가 눈을 요리조리 굴리며 말했다.

"보름달이 떠서 그런가, 남자들이 이상한 행동을 하잖니. 너희들, 상상이나 되니? 글쎄 켈먼이 오늘 내 엉덩이를 만졌단다!"

"켈먼이요?"

세 여자가 이구동성으로 되물었다. 그 바람에 옆 테이블에 앉은 사람들은 거의 동시에 네 여자가 앉은 테이블을 돌아다보았다. 네 여자들은 남들의 시선 따위에는 아랑곳하지 않고 이내 배꼽을 쥐고 웃어댔다. 세상에는 수많은 남자들이 있지만 켈먼이라면 성희롱과는 도저히 연결이 되지 않는 사내였다.

겨우 스물세 살인 데렉 켈먼은 그야말로 전형적인 컴퓨터 천재였다. 키는 장대같이 큰데 몸에 살집이라고는 뜯어먹을 것도 없는 체격에 걸음은 우아하게 술 취한 황새걸음이었다. 후골이 얼마나 툭 튀어나왔는지 어릴 때 통째로 삼킨 레몬이 아직도 내려가지 않고 걸려 있는 형상이었다. 하고많은 색깔 중에 유난스럽게도 빨간색 머리칼을 가지고 태어난 것도 가관이었다. 평생 머리빗이 무엇에 쓰는 물건인지를 모르고 사는 사람처럼, 머리카락의 한쪽 절반은 두개골에 찰싹 달라붙어 있었고 나머지 절반은 한쪽으로 몰려 스파이크 스타일로 삐죽삐죽 뻗어 있었다. 잠자리에서 방금 빠져나온 헤어스타일의 극단적인 모습이라고 할 수 있었다. 그러나 외모야 어떻든지 간에 컴퓨터에 관한 한 따를 자가 없다고 자타가 공인하는 인물이었고, 솔직히 말하자면 거기 모인 네 여자가 모두 데렉 켈먼을 좋아했다. 물론 남자로서가 아니라 좀 별스런 막내동생을 예뻐하는 누나 같은 심정으로였다. 켈먼은 수줍음 잘 타고, 어눌하고, 세상에서 컴퓨터라는 물건을 빼면 그 어떤 것에 대해서도 일자무식인 듯한 남자였다. 회사에서는 켈먼이 양성소유자라는 소문도 있었지만, 그것은 진위 여부를 알 수 없는 소문이었다. 어쨌든, 어떤 여자가 자기 엉덩이를 더듬은 남자가 있다고 소리쳤을 때 의심의 눈초리를 전혀 받지 않고 안전하게 활보할 수 있는 남자가 바로 켈먼이었다.

"그럴 리가요!"

루나가 말했다.

"그냥 해보는 소리죠?"

티제이는 마아시의 말을 거짓으로 몰아붙였다. 마아시는 허스키

한 목소리로 웃으며 담배 연기를 길게 내뿜었다.

"믿어지지 않겠지만 사실이야. 하느님께 맹세할게. 난 그냥 복도를 걸어가고 있었어. 그런데 다짜고짜 내 엉덩이를 마치 농구공 잡듯이 양손으로 꽉 움켜쥐더니 금방이라도 드리블을 할 것 같은 모습이더라구."

그 장면을 상상만 해도 터져 나오는 웃음을 주체할 수가 없었다.

"그래서 어떻게 했어요?"

제인이 물었다.

"하긴 뭘 해, 아무것도 못 했지. 하필이면 그 장면을 베넷이라는 인간이 봤지 뭐야."

세 여자는 이번에도 동시에 끙, 하며 신음을 내뱉었다. 베넷 트로터는 자기 부하 중에서 누구 하나를 딱 골라서 집요하게 괴롭히는 것으로 유명한 인사였다. 그리고 베넷이 가장 즐겨서 괴롭히는 부하가 바로 데렉 켈먼이었다.

"그러니 내가 뭘 어쩌겠어? 그 망할 놈이 안 그래도 불쌍한 켈먼을 들들 볶아댈 구실을 더 만들어줄 수는 없잖아. 그래서 켈먼의 뺨을 어루만지면서 나한테 이렇게 관심 있는 줄 몰랐다고 말했지. 그랬더니 얼굴이 홍당무가 되어가지고 남자 화장실로 내빼더라."

"베넷은 뭐라고 그래요?"

루나가 물었다.

"느끼한 미소를 지으면서 켈먼이 그렇게 나를 괴롭히고 있었는 줄은 몰랐다고, 부하를 단속하지 못한 자기한테도 책임이 있다고 느낀다나."

네 여자는 동시에 역겹다는 표정을 지었다.

"간단하게 말해서 평소 습관대로 말도 안 되는 소리 지껄인 거군.”

　제인이 우엑, 하는 표정을 지으며 말했다.

　정치적으로 올바르냐 아니냐, 현실에 맞느냐 안 맞느냐를 따지는 것도 중요하지만 가장 중요한 현실은, 인간이란 어디까지나 인간일 뿐이라는 것이었다. 햄머스테드에 일하는 남자들 중에서 일부는 도저히 눈뜨고 봐줄 수 없는 호색한이었고, 그들은 세상에 없는 심리치료제 같은 것으로도 개조가 불가능한 인간들이었다. 하지만 눈물겨울 정도로 착한 남자도 있었다. 반대로 여자들 중에서도 성난 고슴도치처럼 가시를 돋우고 사는 여자들도 있었으니 스코어는 비긴 셈이었다. 제인은 직장에서건 어디에서건 이제 완벽한 남자를 찾는 것을 포기했다. 루나는 제인이 너무 냉소적이라고 꼬집곤 했지만, 그것은 루나가 그들 넷 중에서 가장 어리기 때문이라고 할 수 있었다. 루나의 장밋빛 선글라스는 약간 색이 바래긴 했어도 아직 벗겨지지 않고 있었다.

　겉으로 보아 네 여자는 같은 직장에 다닌다는 것을 빼면 전혀 어울릴 것 같지 않은 여자들이었다. 마아시 딘은 회계 과장으로 나이는 마흔한 살, 네 여자 중에서 최연장자였다. 세 번 결혼했지만 세 번 이혼으로 끝이 났고, 마지막으로 이혼법정에 다녀온 후로는 결혼이라는 법적 테두리 안에서의 관계보다는 간편하고 부담 없는 동거 형태를 선호하게 되었다. 머리카락은 탈색시켜서 백금빛 금발이었고, 담배를 너무 많이 피운 여파는 슬슬 피부에 나타나기 시작하고 있었다. 마아시는 언제나 옷을 타이트하게 입는 편이었다. 맥주를 좋아하고, 블루칼라 계급의 남자를 선호하고, 난폭한 섹스를 즐기고, 볼링이 취미인 여자였다.

　“난 남자들의 이상형이야. 샴페인 살 돈으로 멋지게 맥주를 즐길 줄 알거든.”

　깔깔 웃으며 마아시가 말했다. 현재 마아시가 동거하는 남자는 브릭이라는 사내였다. 몸집이 크고 근육으로 단단하게 뭉친 사내였는데, 마아시를 제외한 나머지 세 여자는 아무도 그 사내를 좋게 보지 않았다. 제인은 속으로 생긴 거하고 이름이 딱 맞는다고 생각하곤 했다. 벽돌처럼 무디고 딱딱한 사내였으니까(Brick은 벽돌이라는 뜻이다). 브릭의 나이는 마아시보다 열 살이나 어렸는데 어디에서든 꾸준히 일하지 못하고 뜨내기처럼 돌아다니면서 마아시의 집에 틀어박혀 마아시의 돈으로 산 맥주를 마시며 마아시의 돈으로 시청료를 내는 TV만 보며 살았다. 하지만 마아시 말로는 그녀가 딱 좋아하는 스타일의 섹스를 즐기게 해주는 남자였기 때문에 그것만으로도 그는 마아시가 당분간 먹여주고 재워줄 가치가 있었다.

스물네 살로 가장 어린 루나 씨섬은 영업부의 꽃이었다. 훤칠한 키에 나긋나긋하니 날씬한 몸매, 우아함과 고상함을 동시에 갖춘 고양이 같은 여자였다. 완벽한 피부는 연한 크림 캐러멜색이었고 목소리는 부드럽고 리드미컬했다. 어떤 남자이든 루나 앞에서는 파리처럼 납짝 엎드리게 되어 있었다. 루나는 마아시와는 정반대인 스타일이라고 할 수 있었다. 마아시는 야하고 화려한 반면 루나는 은근하고 여성적이었다. 루나가 화를 내는 모습을 보이는 때는 누군가가 그녀를 가리켜 '아프리카계 미국인'이라고 말할 때였다.

"난 미국인이에요!"

자신을 향해 '아프리카계 미국인'이라고 실언을 한 사람을 향해 루나는 송곳처럼 날카롭게 내뱉었다.

"난 아프리카에는 가본 적도 없어요. 난 캘리포니아에서 태어났고 우리 아버지는 해병대 소령 출신이에요. 내 조상 중에 흑인이 있는 것은 사실이지만, 백인도 있다구요."

실언을 한 사람은 더듬거리며 사죄를 하고, 그러면 루나는 평소의 그녀답게 우아한 미소로 실수를 용서해준다. 그 사람이 남자일

경우, 그러한 대화의 끝은 저녁식사 약속으로 끝나는 것이 일반적
이다. 요즈음 루나의 데이트 상대는 디트로이트 라이언스 풋볼팀
의 러닝백 샤말 킹이었다. 루나는 그 사내에게 완전히 홀딱 빠져
있었지만, 불행히도 킹은 NFL팀이 있는 어떤 도시를 가든 떠들썩
한 파티를 열며 여자들을 유혹하는 것으로 이름난 바람둥이였다.
그 때문에 루나의 갈색 눈동자가 슬픔에 젖어 있는 날이 부쩍 많
아졌다. 그래도 루나는 킹을 포기하지 못했다.

   티제이 요터는 인사부에서 일하는데 함께 모인 네 여자 중에서
가장 전통적인 스타일에 속했다. 나이는 제인과 동갑인 서른이며
고등학교 때부터 연애했던 남자와 결혼한 지 9년이나 된 여자였다.
교외의 근사한 집에서 고양이 두 마리, 앵무새 한 마리, 그리고 코
커 스패니얼종 개 한 마리를 기르고 있다. 티제이의 결혼생활에서
옥의 티가 있다면, 티제이는 간절히 아이를 원하는데 남편인 갤런
은 그렇지 않다는 것이었다. 제인의 속마음은 티제이가 좀더 독립
적인 여자가 되었으면 하는 것이었다. 시보레 생산공장에서 일하
는 갤런이 오후 3시부터 밤 11시까지 일하는 날이나 아예 밤샘 근
무로 집에 들어오지 않는 날에도 티제이는 정해진 귀가시간에는
꼭 집에 들어가야 하는 여학생처럼 항상 손목시계를 들여다보며
시간을 체크했다. 제인이 들은 바로는 갤런이 그들 네 여자의 금
요일 저녁 모임을 탐탁지 않게 여기는 것 같았다. 그들이 하는 거
라고는 금요일 퇴근 후에 모여서 저녁을 먹으며 수다를 좀 떠는
것뿐이었다. 아무리 늦어도 9시를 넘기는 일은 없었다. 남자들처럼
밤새 2차, 3차를 외치며 술집을 순례하다가 새벽녘에야 귀가하는
것도 아니었다.

   그래, 완벽한 인생을 사는 사람은 없는 법이지. 제인은 생각했
다. 남녀간의 문제라면 자신도 그다지 내세울 게 없다는 걸 알고
있었다. 약혼은 세 번이나 했지만, 단 한 번도 웨딩드레스를 입고

결혼식장에 입장해본 적이 없었다. 세 번째 파혼 후, 제인은 당분간 가벼운 데이트나 즐기며 경력을 쌓는 데 치중하자고 마음을 먹었다. 그로부터 7년이 지난 지금까지 제인은 변함없이 경력을 쌓는 데만 치중하고 있었다. 신용기록도 좋았고, 은행계좌에는 적지 않은 돈이 쌓였다. 그리고 집도 장만했다. 하지만 성질 더럽고 생긴 것도 더러운 옆집 남자 때문에 이젠 그 집도 전처럼 그렇게 매력적인 보금자리가 못 되었다. 자기 말로는 경찰이라고 하지만, 그래도 제인은 그 남자가 불안했다. 직업은 경찰일 수 있겠지만, 아무리 봐도 수틀리면 옆집에 불이라도 싸지르고 남을 인간 같아 보였다. 그리고 이사한 첫날부터 그 남자와 제인의 만남은 계속해서 유쾌하지 못한 일들로 얼룩지고 있었다.

"오늘 아침에 옆집 남자랑 또 대판 싸웠어."

한 팔을 테이블 위에 고여 턱을 받치며 제인이 푸념하듯 말했다.

"이번에는 또 무슨 꼬투리를 잡혔어?"

티제이가 안됐다는 듯한 목소리로 물었다. 친구들이 듣기에는 제인이 대단히 질이 좋지 않은 이웃과 가까이 살게 된 것 같아서였다. 그리고 가끔씩 '질이 좋지 않은 이웃' 때문에 인생을 망치는 사람들도 있다는 것을 잘 알고 있기 때문이었다.

"늦잠을 자는 바람에 서둘러서 차를 빼다가 그만 내 쓰레기통을 받았지 뭐야. 왜 그런 날 있지, 평소에는 전혀 말썽이 없던 것들도 시간 없는 날에는 사사건건 발을 걸고넘어지는 날 말이야. 오늘이 바로 그런 날이었어. 아침부터 되는 일이 하나도 없더라구. 하여간에 내 쓰레기통이 떼굴떼굴 굴러가서 그 작자의 쓰레기통을 쓰러뜨렸어. 뚜껑이 통통 튀면서 도로 위로 굴러갔지. 그 소리가 얼마나 시끄러웠을지는 설명하지 않아도 알겠지? 그 작자 성질난 불곰같은 얼굴을 해가지고 달려나오데. 나처럼 시끄러운 여자는 처음

본대나 어쩐대나."

"그놈의 쓰레기통을 발로 콱 차버리지 그랬니?"

마아시였다. 마아시는 오른뺨을 때리거든 왼뺨을 내밀라는 따위의 훈계는 아예 모르고 사는 여자였다.

"그랬으면 꼼짝없이 그 작자한테 체포당했을 거예요. 평온한 동네에 소란을 일으킨 죄로. 하필이면 그 작자가 경찰일 게 뭐유!"

제인이 울상을 지으며 말했다.

"어째 그런 일이!"

나머지 셋이 이구동성으로 말했다. 모두들 믿을 수 없다는 표정이었다. 지금까지 들은 바로는 시뻘겋게 핏발이 선 눈에, 3년 전에 면도한 것 같은 얼굴에, 더럽기 그지없는 옷차림……, 아무리 상상을 해봐도 경찰로는 그림이 그려지지 않았던 것이다.

"경찰들 중에서도 깡패 같은 사람이 있긴 있나보구나."

티제이가 주저주저하며 말했다.

"그런 사람이 바로 우리 옆집에 살잖니."

제인은 아침에 있었던 일을 생각하면 생각할수록 불쾌하고 약이 올랐다.

"지금에 와서 생각해보니까, 겉모양은 그렇고 그랬어도 술 냄새는 안 났던 것 같기도 해. 그래도 겉모습은 진짜 사흘은 술독에 빠졌다가 나온 남자 같았다니까. 제기랄, 어쨌든 멀쩡한 정신을 가지고 그렇게 생트집을 잡는 사람이 있을 줄 어떻게 알았겠어?"

"돈 내."

마아시가 말했다.

"이러언, 제기랄!"

"따블이다."

티제이가 손바닥을 내밀며 킬킬 웃었다. 욕하는 버릇을 고치겠다고 욕지거리를 한 마디씩 내뱉을 때마다 세 친구 중 그 현장에 있는 사람에게 25센트짜리 동전을 하나씩 주겠다고 자기 스스로 약속했기 때문에 제인은 요즈음 항상 지갑이 불룩하도록 동전을 가지고 다녀야 했다.

"아무리 그래도 그 남자가 별건가요? 그래봐야 그저 이웃인데. 그냥 무시하고 살면 되잖아요. 마주치지 않고."

루나가 위로조로 말했다.

"논리적으로는 그런데 행동으로는 그게 잘 안 된단다."

제인은 우거지상을 쓰고는 테이블을 내려다보며 말했다. 더 이상 옆집 남자 때문에 우울한 마음으로 지내지 말아야겠다고 마음을 다졌다. 벌써 2주일 동안이나 그렇게 살지 않았던가.

"그 남자 이야기는 여기서 끝! 다른 사람들, 재미있는 일 없었어?"

루나는 제인의 말에 입술을 꼭 다물었다. 뭔가 속상한 일이 있는 듯한 표정이었다.

"어젯밤에 샤말한테 전화했는데, 웬 여자가 받았어요."

"이러언 망할 놈!"

마아시가 한 손으로 루나의 손등을 토닥이며 위로했다. 제인은 이런 순간에 마음놓고 욕지거리를 내뱉을 수 있는 마아시가 부러웠다.

웨이터가 전혀 적절치 않은 순간을 골라 아무도 보지 않을 메뉴판을 들고 나타났다. 메뉴판을 보지 않아도 뭘 주문해야 하는지 잘 아는 네 사람은 곧바로 주문을 했고, 웨이터는 아무도 펴보지 않은 메뉴판을 들고 다시 가버렸다. 네 사람은 테이블에 바짝 다가앉았다.

"그래서, 이제 어쩔 건데?"

제인이 물었다. 걷어차거나, 걷어차이거나 할 것 없이 남자와 헤어지는 일에는 이골이 난 그녀였다. 두 번째 약혼자였던 놈이 언뜻 떠올랐다. 그놈은 결혼식 바로 전 날, 예행연습하는 날에 가서야 결혼할 수 없다고 뒤통수를 쳤다.

루나는 어깨만 으쓱 치켰다가 도로 내려놓았다. 누군가 한 마디만 더 하면 눈물이 주르륵 흘러내릴 것 같았다.

"우린 약혼을 한 사이도 아니고 다른 이성은 만나지 않기로 약속한 사이도 아니라서 제가 뭐라고 말할 입장은 못 되는 것 같아요."

"그래, 그 말은 옳다만 너도 너 자신을 좀 아껴야 해. 그 남자랑 당장 끊어. 그게 널 위하는 길이야. 그 남자가 지금처럼 이렇게 속을 끓여가면서까지 만날 만큼, 그럴 가치가 있는 남자니?"

티제이는 조근조근 타이르듯이 말했다. 그러자 마아시가 콧방귀를 뀌듯이 말했다.

"세상에 그런 남자는 없어."

"아멘."

비참하게 깨져버린 세 번의 약혼과 그 상대방들을 떠올리며 제인도 거들었다. 루나가 앞에 놓인 냅킨을 집어들었다. 날씬하고 아름다운 그녀의 손가락이 바들바들 떨리고 있었다.

"하지만……, 함께 있을 땐 날 정말 사랑하는 것 같단 말이에요 내 생각도 많이 해주고, 날 배려해주고…….."

마아시가 세 번째 담배를 비벼 끄며 루나의 말에 반박했다.

"남자들은 원래 다 그래. 원하는 걸 얻기 전까지는 말이야. 그러니까 너도 그 남자한테서 즐길 수 있는 것만 즐겨. 그 남자가 변할 거라는 기대는 아예 하지도 말고."

그러자 티제이도 안타까운 얼굴로 말했다.

"그래, 마아시 선배 말이 맞아. 남자들은 골백번을 죽었다 깨나도 변하지 않아. 한동안은 변하려고 노력하는 것처럼 보일 때도 있지. 하지만 네 마음의 상처가 어느 정도 치유되고 전과 같은 상태로 돌아갔다고 판단되면 금방 나사가 풀어져서 하이드 씨가 되거든.”

제인이 깔깔 웃었다.

“티제이, 넌 어쩜 그렇게 나랑 생각이 똑같니.”

“그래, 욕지거리하지 않는 것만 빼면 너랑 똑같다.”

마아시가 콕 찌르듯이 말했다. 티제이는 농담할 때가 아니라는 얼굴로 손을 저었다. 루나의 얼굴은 더욱더 어두워져 있었다.

“그럼……, 그냥 샤말이 만나는 여러 여자들 중의 하나가 되거나 아니면 헤어지거나, 둘 중 하나를 선택해야 하나요?”

“그…… 그런 셈이지.”

“하지만 그럴 수는 없어요! 샤말이 정말로 날 사랑한다면, 어떻게 다른 여자들한테 관심을 가질 수가 있느냔 말이에요!”

“그거야 간단하지. 시야가 좁은 사람은 안목이 없거든.”

제인이 딱 자르듯이 말했다.

“아이고, 루나, 넌 아직도 미스터 퍼펙트를 찾고 있는 모양이다만, 그러다간 평생 실망만 하다가 볼장 다 볼 거다. 세상에 퍼펙트한 남자는 절대로 있을 수 없거든. 그러니까 너도 적당한 선에서 타협을 해야 해. 그리고 인생살이에는 언제나 골칫거리가 튀어나온다는 것도 절대로 잊지 말고.”

“선배, 나도 샤말이 퍼펙트하지 않다는 건 알아요, 하지만…….”

“그래도 그런 남자였으면 좋겠다, 이거지?”

티제이가 루나의 말을 대신 마무리했다. 제인은 고개를 저었다.

“그런 남자는 절대로 없어. ‘퍼펙트 맨’은 순수공상과학소설이거든. 우리도 완벽하지 못하기는 마찬가지잖아? 그래도 여자들은 노력이라도 하지. 이놈들은 그것도 안 해요! 그래서 내가 남자들을 포기한 거 아니니! 연애는 나한테는 안 어울린다니까. 그래서 생각해본 건데…… 차라리 섹스 파트너나 하나 구할까봐.”

제인을 제외한 세 여자는 일제히 웃음을 터뜨렸다. 루나까지도 웃지 않고는 배길 수 없었다.

"좋은 생각이다. 그런데 그건 어디 가서 사나?"

마아시가 물었다.

"아마 웹사이트가 있겠죠."

루나가 웃음을 삼키며 겨우 맞장구를 쳤다. 제인은 한 마디도 못 알아듣는 사람처럼 완전히 무표정한 얼굴이었다.

"당연히 있지. 내가 제일 좋아하는 웹사이트인걸? www.sexslaves.com!"

"어떤 타입을 원하는지만 쳐넣으면 한 시간이나 하루 정도 미스터 퍼펙트를 빌릴 수 있다는 거지?"

티제이가 신나는 얼굴로 자기 잔에 맥주를 따르며 말했다.

"하루? 하루는 무슨 하루. 한 시간이면 황송하지."

제인이 퉁명스럽게 말했다.

"그래, 미스터 퍼펙트는 현실에 존재하지 않는다는 거 몰라?"

마아시도 제인의 말을 거들었다.

"그래요, 현실에는 미스터 퍼펙트가 존재하지 않더라도 최소한 섹스 파트너는 내가 원하는 남자로 고를 수 있어야죠, 안 그래요?"

마아시는 늘 가죽으로 만든 서류가방을 들고 다녔다. 그녀는 갑자기 서류가방을 열더니 메모 노트 한 권과 펜 하나를 꺼내서 테이블 위에 턱 올려놓았다.

"당연히 그래야지. 자, 그럼 한 번 생각해보자. 미스터 퍼펙트는 어떤 남자라야 하지?"

"내가 해달라고 부탁하지 않아도 가끔은 설거지를 해주는 남자."

티제이가 손바닥으로 테이블을 탁 치며 말했다. 옆 테이블 사람들이 또 고개를 돌렸다. 네 여자는 웃음을 그만 그치려고 한참 동안이나 애를 쓰고서야 평온을 되찾았다. 마아시가 펜을 들고 끄적거리기 시작했다.

"좋아, 첫째, 설거지를 잘하는 남자."

"아냐, 설거지를 잘하는 것이 첫째 조건이 될 수는 없어요. 첫 번째 자리에는 좀 근사한 걸 올려놔야 되지 않겠어요?"

제인이 반대 의사를 표명했다.

"맞아요. 근사한 거. 퍼펙트 맨은 어떤 남자라야 하나, 그걸 생각하는 거잖아요. 난 설거지를 잘하는 남자를 생각해본 적이 없어요. 퍼펙트 맨이 어떤 남자인지 설명하려면 우선 나는 어떤 남자를 좋아하는지 생각해보는 게 옳을 것 같아요."

네 명의 여자가 동시에 침묵했다.

"퍼펙트 맨……, 근사한 조건……."

제인의 콧잔등에 잔주름이 잡혔다.

"이거 생각보다 힘들구만."

마아시가 말했다. 그러자 티제이가 말했다.

"난 별로 안 그런데요? 가장 중요한 건 그 남자가 인생으로부터 얻고자 하는 것이 내 생각과 똑같아야 한다고 생각해요."

이번에는 침묵이 조금 더 길어졌다. 깔깔대며 웃느라 소란스럽던 테이블이 갑자기 쥐 죽은 듯 조용해지자 옆 테이블 사람들이 또 돌아다보았다.

"인생으로부터 얻고자 하는 것이 같아야 한다고……? 그럼 그걸 첫 번째로 올리는 거야! 모두 동의?"

"그게 중요한 것 같기는 한데, 첫 번째 자리를 차지할 만큼 중요한 건지는 난 잘 모르겠는데?"

제인이 말했다.

"그럼, 너한테는 첫 번째가 뭔데?"

"신뢰."

그 순간에도 제인은 두 번째 약혼자를 생각했다. 나쁜 놈.

"믿을 수 없는 사람에게 매달려서 낭비하기엔 인생은 너무 짧아요. 그러니까 인생은, 날 속이거나 나한테 사기치지 않을 만한 남자와 함께 보내야 해요. 그런 기반만 갖춰진다면, 나머지 것들은 조절하고 타협하면서 살 수 있다고 생각해요."

"나도 그게 가장 중요한 것 같아요."

루나가 차분하게 말했다. 티제이도 잠깐 생각한 후에 말했다.

"나도 그게 옳은 것 같아. 갤런이 신뢰할 만한 사람이 아니라면, 나도 갤런의 아기를 갖고 싶지 않았을 거야."

"좋아, 나도 그걸로 할게. 양다리를 걸치는 놈들은 참을 수 없어. 좋아, 넘버 원: 신뢰할 수 있는 남자. 속이지도, 사기를 치지도 않는 남자."

모두 고개를 끄덕였다.

"나머지는?"

펜을 노트 위에 내려놓으며 마아시가 말했다.

"성격이 좋은 남자."

티제이가 말했다.

"성격이 좋은 남자?"

마아시가 무슨 뚱딴지같은 소리냐는 듯한 얼굴로 반문했다.

"그래요, 성격 좋은 남자. 성질 더러운 남자하고 평생을 같이 살고 싶은 여자가 어디 있겠어요?"

"그런 남자는 옆집에만 살아도 끔찍해!"

제인이 진저리를 치고는 말을 이었다.

"성격 좋은 남자, 그것도 중요해요. 신선한 맛은 없지만, 그래도 생각해봐. 난 미스터 퍼펙트라면 동물이나 어린아이들에게 잘해주는 남자여야 한다고 생각해요. 꼬부랑 할머니가 길을 건널 땐 도와주기도 하고, 내 생각이 자기 생각하고 다르다고 나한테 윽박지르거나 협박을 하지도 않고. 성격 좋은 남자는 첫 번째에 놓아도 손색없을 정도로 중요한 거예요.”

루나도 고개를 끄덕였다.

“좋아, 너 이번에는 나까지 감동시켰다, 제인. 난 성격 좋은 남자는 사귀어본 적이 없어서 말이야. 자, 넘버 투 : 성격 좋은 남자. 그럼 넘버 쓰리는? 이건 내가 말해볼게. 의지할 수 있는 남자! 7시에 만나기로 했으면 7시에 나타나는 남자. 9시가 넘어서야 어기적어기적 나타나는 놈 말고 말이야. 자, 거수!”

네 여자가 동시에 손을 들어 찬성의 표시를 했다. 마아시의 노트에는 ‘의지할 수 있는 남자’가 세 번째 줄에 씌어졌다.

“넘버 포?”

“안정적인 직업을 가진 남자.”

제인이 대답했다. 마아시는 뜨끔하다는 표정을 지었다.

“윽! 찔린다……!”

브릭은 요즈음 돈 벌면서 보내는 시간보다 돈을 축내면서 지내는 시간이 더 많았다.

“안정적인 직업을 가진 남자는 의지할 수 있는 남자 안에 포함되는 개념 아닐까?”

티제이가 지적했다.

“하지만 나도 찬성해요. 그것도 중요하거든. 안정적인 직업을 유지한다는 것은 인간적으로 성숙하고 책임감도 있는 사람이라는 뜻이니까.”

“안정적인 직업을 가진 남자…….”

마아시가 네 번째 줄에 써넣었다.

“유머감각도 있어야 해요.”

루나가 말했다. 모두들 동의의 뜻으로 고개를 끄덕였다.

“넘버 파이브 : 유머감각이 있는 남자.”

마아시는 갑자기 킬킬 웃으며 말했다.

“유머감각도 유머감각 나름이지, 어떤 유머감각이 필요한지도 명시해야 하는 거 아냐?”

그러자 제인이 대답했다.

“그거야 당연하지. 우린 지금 섹스 파트너를 고르는 거 아니었어?”

“자, 넘버 식스. 이제 그만 본론으로 돌아가자구.”

마아시가 펜 끝으로 술잔을 팅팅 치며 재촉했다. 세 여자는 서로 얼굴을 마주보더니 티제이가 결국 대답했다.

“돈이 많아야지. 실제 상황이라면 돈이 필수조건은 아니지만, 우린 지금 공상과학소설을 쓰고 있는 거니까…… 퍼펙트 맨이라면 돈도 많아야 해.”

“더럽게 많이? 아니면 그저 여유롭게 살 만큼?”

여기서는 다시 생각할 시간이 필요했다. 마아시가 먼저 입을 열었다.

“나 같으면 더럽게 많은 쪽이 좋겠다.”

“돈이 많으면 좋겠지만 더럽게 많은 건 좀…… 그저 편안하게 살 수 있을 정도면 좋을 것 같아요. 미스터 퍼펙트는 경제적으로 안락한 사람이어야 해요.”

네 여자의 손이 다시 올라갔고, 마아시는 여섯 번째 줄에 ‘돈이 많은 남자’라고 적어 넣었다. 제인이 말했다.

“이게 그냥 공상과학소설이니까 하는 말인데, 외모도 잘생겨야 할 것 같아. 한눈에 뿅 갈 정도로 잘생긴 건 말고, 그러면 귀찮은 문제가 자꾸 생길 테니까. 우리 중에 잘생긴 남자를 붙들고 살 수 있을 정도로 잘생긴 여자라면 루나밖에 더 있어?”

“그러면 뭐해요. 난 전혀 활용하지 못하고 있는데…… 뭐, 하지만 잘생긴 남자, 싫지는 않죠. 미스터 퍼펙트라면 어디까지나 퍼펙트해야 하니까. 바라만 봐도 즐거운 남자라야 할 것 같아요.”

루나가 자조 섞인 어투로 말했다.

"좋아, 좋아. 그럼 넘버 세븐 : 바라만 봐도 즐거운 남자."

일곱 번째 줄을 채운 마아시는 징글맞은 미소를 지으며 세 친구를 건너다보았다.

"다들 생각은 하고 있는데 말을 못 하는 것 같아 내가 대표로 말할게. 미스터 퍼펙트는 잠자리에서도 훌륭해야 해. 그냥 훌륭한 정도가 아니라 아주 죽여주는 정도라야지. 내 온몸이, 발가락 끝까지 비비 꼬이고 눈알이 돌아갈 정도로. 종마 같은 정력에 열여섯 총각 같은 열정이 있어야지."

네 사람이 배꼽을 잡고 웃는데 마침 웨이터가 주문한 음식을 가지고 다가왔다.

"뭐가 그렇게 재미있어요?"

"말해도 아저씨는 이해 못 할 거예요."

티제이가 겨우 숨을 삼키며 대답했다.

"알겠어요. 남자 얘기죠?"

"아니에요. 공상과학소설 이야기였어요."

제인이 슬쩍 돌려서 대답했다. 옆 테이블 사람들이 또 고개를 돌려 네 여자를 훔쳐보았다. 무슨 이야기가 오가는지 궁금해 죽겠다는 표정이었다. 웨이터가 음식을 모두 놓아주고 돌아가자 마아시가 테이블에 몸을 바짝 기대며 속삭이듯 말했다.

"말이 나왔으니 말인데, 난 미스터 퍼펙트의 물건이 10인치는 되었으면 좋겠어."

"아유, 선배!"

티제이가 못 말린다는 듯한 표정으로 손을 내저었다.

"10인치? 10인치짜리로 뭘 하려구?"

티제이가 또 물었다. 제인은 옆구리를 움켜쥐고 웃음을 참느라고 정신이 없었다. 목소리를 작게 내려고 애는 썼지만, 워낙 심하게 웃는 탓에 말은 오히려 더 크게 울려나왔다.

"봐요, 봐요! 8인치만 해도 진짜 연구 대상이야. 10인치가 있다고 해도 우리 몸으로는 제대로 써먹을 수가 없다구. 사우나에서 자랑하는 데 쓸 거라면 모를까, 나머지 2인치는 정말 쓰잘 데 없는 잉여물이라구."

"잉여물?"

루나는 옆구리를 틀어잡고 깔깔댔다.

"어쩌면 그렇게 표현할 수가!"

티제이도 웃음을 참지 못해 숨이 넘어갈 지경이었다. 마아시가 손끝으로 눈가에 고인 눈물을 닦으며 말했다.

"아이구, 애들아! 우리 숨넘어가겠다. 자, 다른 조건 더 있어?"

티제이가 희미하게 손을 저으며 말했다.

"나요, 퍼펙트 맨은 날 가질 수 있는 남자……."

"그래, 그 남자를 먼저 손에 넣으려고 우리가 널 짓밟고 지나가지만 않는다면……."

제인이 말하며 술잔을 치켜들었다. 나머지 세 여자도 각자 술잔을 들어 가장자리를 서로 부딪치며 건배를 했다.

"미스터 퍼펙트를 위하여! 지금 어디에 있든!"

토요일 새벽은 환하게, 일찍 찾아왔다. 솔직히 말하면 너무 환하고 너무 일렀다. 부우부우가 귓가에 대고 야옹대는 바람에 새벽 6시에 잠에서 깼던 것이다.

"저리 가아……."

제인은 잠결에 부우부우를 밀어내며 중얼거렸다. 부우부우는 또 침대 위로 올라오더니 이번에는 베개를 앞발로 탁탁 치기 시작했다. 빨리, 일어나. 그러지 않으면 내 발톱으로 이 베개를 갈가리 찢어놓을 테니까. 부우부우가 보내는 메시지는 그런 것이었다. 제인은 베개를 퍽 밀어버리며 성난 눈길로 녀석을 쏘아보았다.

"너, 악마지? 그렇지? 그렇지 않으면 어떻게 이럴 수가 있어? 어제 같은 날은 배고픈 것도 잘도 참으면서 어울리지 않게 얌전히 기다리더니, 일찍 일어날 필요 없는 오늘 같은 날은 새벽부터 날 깨워?"

제인이 악다구니를 써도 부우부우는 콧수염 한 올 움찔하지 않았다. 고양이란 원래 그런 짐승이었다. 아무리 더럽고 추한 몰골을 하고 있어도 자기는 천부적으로 우월성을 타고난 종족이라고 믿는,

제인이 부우부우의 귀 뒤쪽을 쓱쓱 긁어주자 녀석은 기분이 좋은지 그르릉 하는 소리를 뱉어내며 온몸을 부르르 떨었다. 가늘게 흘겨 떴던 눈은 흐뭇하게 감기면서 노란색 눈동자가 눈꺼풀에 덮였다.

"그래, 기다려봐라. 내가 이렇게 긁어주는 데에 중독되어서 하루라도 이거 없으면 못 살게 되었을 즈음에 딱 멈출 거니까. 그럼 넌 지독한 금단현상을 겪어야 할걸? 이 징글맞은 악마 같은 놈."

제인의 침대에서 뛰어내린 부우부우는 주인 여자가 잠에서 깼는지를 확인하려는 듯이 문간에 서서 다시 한 번 침대를 돌아다보고서야 밖으로 나갔다. 제인은 늘어지게 하품을 하면서 다시 침대 위로 쓰러졌다. 지난밤에는 옆집 남자의 똥차소리 때문에 잠을 깨지는 않았던 것 같았다. 게다가 윈도 셰이드를 내려놓고 잤기 때문에 환한 아침 햇살도 피할 수 있었다. 그러므로 부우부우의 모닝콜만 아니었다면 늦잠을 푹 잘 수도 있었던 아침이었다. 제인은 셰이드를 올리고 망사 커튼 너머로 자기 집의 진입로와 나란히 나 있는 옆집의 진입로를 내다보았다. 갈색 폰티악이 서 있었다. 그렇다면 밤새 그야말로 통나무처럼 잤거나 옆집 남자가 차에 새 머플러를 달았다는 이야기였다. 제인은 후자보다는 전자가 더 가능성이 있다고 단정지었다.

주인 여자가 시간을 낭비한다고 생각했는지, 부우부우가 경고조로 야옹대기 시작했다. 지겨워 죽겠다는 듯이 한숨을 토해내며 제인은 주방으로 향했다. 헝클어진 머리카락을 한 손으로 추스르며 걸어가는데 망할 놈의 고양이는 자꾸만 발목에 감겨들었다. 제인은 커피 생각이 간절했지만, 부우부우 녀석이 제 뱃속을 채우기 전에는 조용히 커피를 마실 여유를 주지 않는다는 것을 경험으로 알고 있었다. 제인은 깡통에 든 고양이 먹이를 따서 접시에 쏟아 주방 바닥에 내려놓고는 부우부우가 정신없이 먹는 동안 샤워를 하러 갔다.

여름 잠옷—티셔츠와 팬티. 겨울에는 양말을 더 신는다—을 벗어던지고 뜨끈뜨끈한 물을 틀어 샤워를 하니 그제야 잠이 깨는 것 같았다. 사람들 중에는 종달새형과 올빼미형이 있다. 하지만 제인은 그 어느 쪽도 아니었다. 샤워를 하고 커피를 한 잔 마시기 전에는 온몸의 어떤 기능도 제대로 작동되지 않았고, 밤 10시가 되면 세상없어도 침대에 들어가 누워야 했다. 그런데 부우부우가 제 배를 채워주기 전에는 아무것도 할 수 없게 만들어 제인의 자연스러운 생활질서를 어지럽혀 놓았다. 제인은 시시때때로 버릇없는 고양이를 맡긴 어머니가 원망스러웠다.

"그래, 딱 5주일하고 6일만 더 참자."

제인은 이를 악물며 중얼거렸다. 평상시에는 그토록 얌전하던 고양이가 환경이 바뀌었다고 어쩌면 저렇게 무자비해질 수 있을까?

느긋하게 샤워를 하고 커피를 두 잔이나 마시고 나니 그제야 온몸의 신경줄이 매끈하게 연결되는 것 같았다. 우선 오늘의 할 일을 더듬어보았다. 저 옆집 날건달한테 쓰레기통 사다 주고……, 일주일치 식료품 장보기……, 세탁기 돌리기……, 그리고 잔디 깎기.

마지막 항목에 가서 제인은 짜르르한 전율을 느꼈다. 이제 나도 깎을 잔디가 있다! 바로 내 마당 잔디! 부모님으로부터 독립한 후, 제인은 작은 아파트에서 살았다. 아파트에는 외부 통로 가장자리의 손바닥만한 잔디밭 말고는 잔디밭이 없었고, 그나마 입주민들이 아닌 관리직원들의 손에 맡겨져 있었다. 또 그 정도 잔디밭이라면 잔디 깎는 기계도 필요 없이 가위 하나만 있으면 한 시간 안에 깎을 수 있었다.

그러나 새로 산 이 집에는 제법 깎을 만큼의 잔디가 자라는 잔디밭이 있었다. 이 순간을 위해 고가의 최신형 잔디 깎는 기계까지 사지 않았던가. 그 기계를 보고는 데이비드도 군침을 흘렸다.
오늘은 드디어 처음으로 내 집의 잔디를 깎는 역사적인 날이었다.
제인은 다른 일은 모두 미루고 당장이라도 잔디부터 깎고 싶은 마
음이었다. 잔디를 깎을 때 윙윙 돌아가는 기계의 소리, 그 떨림이
손에 벌써 전달되는 것 같았다.

하지만 일에는 순서가 있는 법, 먼저 옆집 놈팽이 코밑에 쓰레
기통을 갖다 들이밀어야 했다. 약속은 어디까지나 약속이다. 게다
가 제인은 약속을 잘 지키는 여자였다.

그녀는 시리얼 한 사발을 뚝딱 먹어치우고 청바지와 티셔츠를
입은 뒤, 맨발에 샌들을 신고 집을 나섰다.

그런데…… 양철 쓰레기통 찾기가 이렇게 어려울 줄 누가 알았
으랴…….

월마트에는 플라스틱 쓰레기통밖에 없었다. 그녀가 쓸 것은 플
라스틱으로 샀지만, 옆집 날건달의 것은 함부로 사기가 두려워 원
예용품 파는 가게까지 갔지만 거기에서도 원하는 것을 구할 수가
없었다. 전에 쓰던 양철 쓰레기통을 애초에 제인이 직접 산 것이
었다면 그것을 샀던 곳에라도 가보련만, 그 양철 쓰레기통은 선물
이라면 뭐든 실용적인 것이 최고라는 철학을 갖고 있는 어머니가
집들이 선물로 사준 것이었다.

겨우겨우 철물점까지 뒤져서 양철 쓰레기통을 사기는 했지만 그
러고 나니 벌써 9시가 가까웠고 기온도 서서히 불쾌할 정도로 올
라가고 있었다. 어서 돌아가 잔디 깎는 기계를 돌리지 않으면 해
가 지고 기온이 떨어질 때까지 기다려야 했다. 제인은 식료품 쇼
핑을 뒤로 미루기로 하고 양철 쓰레기통을 뒷좌석에 실었다.

동네 입구에 들어서자 낡기는 했지만 아담하고 예쁜 집들이 눈
에 들어왔다. 집집마다 잘 자란 나무가 한두 그루씩 있어서 그늘
을 드리워주었다.

미스터 퍼펙트　47

어쩌다 한 집씩, 세발자전거나 자전거가 앞마당에 나와 있는 집
도 있었다. 다른 지역에 비해 집값이 싸다는 것이 알려지면서 이
사 오는 젊은 부부들이 늘어나고 있기 때문이었다. 이사 온 사람
들은 집을 아예 헐고 새로 짓기보다는 약간의 개조나 리모델링을
하는 것이 유행이었다. 덕분에 몇 년만 있으면 이 동네의 집값도
상당히 오를 것 같았다. 하지만 아직은 이제 막 살림을 시작하는
젊은 부부들에게 부담이 되지 않을 만큼 집값이 싼 동네였다.

놈팽이네 집과는 반대쪽에 있는 옆집 가까이에 차를 세우자 마
침 마당에 나와 있던 주인 할머니가 반갑게 인사를 건넸다.

"안녕하슈!"

"안녕하세요!"

제인도 인사를 했다. 이사 온 첫날 쿨라비치 부부를 만났고 그
다음날은 쿨라비치 부인이 직접 만든 롤빵과 맛있는 스튜를 가져
다주었다. 반대쪽 옆집에 사는 날건달이 쿨라비치 부부의 절반만
따라가도 좋으련만! 제인은 직접 만든 롤빵이나 스튜 같은 것은
바라지도 않았다. 제인은 허리 높이밖에 안 되는 담장 가까이로
다가가 쿨라비치 부인에게 말을 걸었다.

"날씨 참 좋죠?"

"그래도 조금만 있으면 금방 이글거릴 텐데 뭐. 나도 얼른 꽃밭
다듬는 걸 마저 해야지. 너무 뜨거워지기 전에 말이야."

쿨라비치 부인이 장갑 낀 손으로 목에 걸린 수건을 집어 땀을
닦으며 말했다.

"저도 마당의 잔디를 깎을 생각이에요."

잔디 깎는 이야기가 나와서 그런지, 방금까지도 들리지 않던 잔
디 깎는 소리가 들려왔다. 아래로 세 집 건너서, 그리고 도로 반대
편 집에서도 잔디를 깎는 중인 것 같았다.

"잘 생각했수. 날씨가 따가워지기 전에 얼른 해야 해. 우리 집

양반은 잔디를 깎을 때면 항상 젖은 수건을 목에 두르고 하지. 전에는 손주 녀석이 와서 도와주곤 했는데, 요즘엔 자주 그러질 못해. 내 생각엔 말이유, 우리 집 양반은 자기가 아직도 남자라는 걸 보여주고 싶을 때마다 잔디 깎는 기계를 들고 나오는 것 같애.”

쿨라비치 부인이 의미심장한 미소를 지으며 속삭였다.

제인은 싱긋 웃으며 작별인사를 하고 돌아섰다. 그러고는 몇 발짝 옮기기도 전에 한 가지 생각나는 것이 있어 다시 노부인에게 다가갔다.

“쿨라비치 부인, 제 반대편 옆집에 사는 남자분에 대해서 아세요?”

혹시라도 그 날건달이 거짓말을 했을지도 모른다는 생각이 들었던 것이다. 하지만 정말 경찰관이라면? 그렇다면 억지로라도 미소를 지어주고 앞으로는 그의 신경을 건드리지 않게 발뒤꿈치를 들고 살금살금 다니도록 노력해야 할 일이다.

“샘 말이유? 샘이야 갓난아기 때부터 알지. 원래 그 애 할머니, 할아버지가 살던 집이야. 아주 좋은 양반들이셨지. 작년에 할머니마저 돌아가신 후에 샘이 그 집에 들어와 살기로 했다는 소릴 듣고 내가 얼마나 기뻤던지. 경찰관이 가까이에 산다면 훨씬 안전하지 않겠수?”

이론적으로는 그랬다. 제인은 억지로 미소를 지었다.

“그…… 그렇죠.”

그 날건달이 들어오고 나가는 시간도 불규칙하고 뭔가 이상한 구석이 있다는 것을 솔직히 말하려고 했지만, 환하게 웃는 노파의 얼굴을 보니 그런 말을 해서는 안 되겠다는 생각이 들었다. 혹시라도 저 할머니가 제인이 그 날건달에게 관심이 있어서 그러는가 보다 생각하고 날건달에게 귀띔이라도 한다면 그거야말로 정말 큰 일이기 때문이었다. 아무리 봐도 쿨라비치 부인은 그 날건달 편이지 제인의 편은 아닌 듯싶었다. 그래서 제인은 아주 조심스럽게 운을 뗐다.

"전, 사실은, 그 남자분이 마약상이거나 뭐 그런……."

쿨라비치 부인의 눈이 동그래졌다.

"샘이, 마약상이라구? 아이고, 어떻게 그런 생각을 했수? 샘은 절대로 그런 데 손댈 사람이 아니라우."

"그 말씀 들으니 안심이네요. 이제 얼른 가서 잔디나 깎아야겠어요."

제인은 또 미소를 지었다.

"그래요. 시작하기 전에 물을 충분히 마시는 것도 잊지 말고."

쿨라비치 부인이 제인의 뒤통수에 대고 말했다.

"네, 그럴게요."

저 날건달이 경찰이라니. 경찰이 다 얼어죽었나. 제인은 툴툴거리며 뒷좌석에서 쓰레기통을 꺼냈다. 이젠 저 날건달한테 수갑을 차인 채 끌려가는 악몽을 꾸게 생겼군…….

제인은 쓰레기통을 옆집 뒷마당에 가져다 놓고 자기 것으로 산 플라스틱 쓰레기통은 차 트렁크에서 꺼내 도로에서 보이지 않도록 주방 뒷문 앞에 얌전히 가져다 놓았다. 그러고는 안으로 들어가 짧은 반바지와 끈 달린 티셔츠로 갈아입었다. 요즈음 젊은 여자들이 잔디 깎을 때 입는 옷은 이런 거 아니겠어? 하지만 막상 문을 열고 나가려니 이웃에 사는 나이 든 부부들이 생각나 끈 달린 티셔츠를 벗고 약간 더 점잖은, 소매만 없는 티셔츠로 갈아입었다. 괜스레 점잖은 노인네 심장마비 일으키게 만들고 싶지 않았다.

차고 문에 달린 맹꽁이 자물쇠를 열며 제인은 남모르는 전율을 느꼈다. 겨우 몸만 들어갈 정도로 살짝 문을 열고 안으로 미끄러져 들어간 제인은 손으로 더듬어 전등 스위치를 켰다. 아버지의 자랑이자 기쁨인 자동차가 특별히 주문해서 만든 캔버스 커버를 쓴 채 거기 있었다. 거친 직물 때문에 자동차에 칠한 페인트에 흠집이 나면 안 된다고 최상품 펠트천으로 안감까지 댄 비싼 자동차 커버였다. 저게 오빠네 집에 가 있으면 얼마나 좋아? 제인은 아버지가 원망스러웠다. 자동차는 부우부우만큼 성가신 존재는 아니었지만, 그렇다고 걱정이 덜어지지는 않았다.

아버지가 그 소중한 차를 제인의 차고에 맡긴 가장 결정적인 이유는 차고 문이 현대식 슬라이드 도어가 아닌 구식 더블 도어였기 때문이었다. 아버지는 도로를 우연히 지나던 사람이라도 당신 차를 누군가 본다는 것을 염려했다. 제인의 차고 문은 딱 30센티미터만 열고도 드나들 수 있었지만 데이비드의 차고 문은 여닫을 때마다 속이 훤히 보였다. 제인은 집을 사자마자 차고 문부터 바꿀걸 그랬다고 후회를 했다.

먼지 끼지 말라고 정성껏 덮어놓은 잔디 깎는 기계의 커버를 벗기고 차가운 금속 표면을 손으로 만져보았다. 생각해보면 아버지가 굳이 제인에게 차를 맡긴 것은 구식 문짝 때문이 아니라 자동차에 대한 관심과 애정을 모두 가지고 있는 자식이 제인뿐이었기 때문이다. 아버지가 오일을 바꾸거나 스파크 플러그를 고치느라 후드를 열어놓고 일하고 있을 때 옆에서 늘 관심을 보이던 자식은 오직 제인뿐이었다. 열 살이 되어서는 이런저런 공구나 부품을 집어다 주는 잔심부름을 하게 되었고, 열두 살 때에는 자동차 수리에 필요한 물건을 사오는 심부름까지 할 수 있게 되었다. 한때는 심각하게 자동차 공학을 공부할까 고민도 했었다. 하지만 기술적인 훈련을 받는 데만 몇 년의 시간이 필요했고 무엇보다도 자신이 자동차에 대해 정말로 그 정도의 열정을 가지고 있는지 자신이 없었다. 그리고 무엇보다 수입 좋고 안전하고 안락한 직장에서 일하고 싶었다. 제인은 자동차 못지않게 숫자 다루는 데에도 자신이 있었다. 자동차를 좋아하긴 했지만 그걸로 밥벌이할 생각까지는 없었던 것이다.

기계가 아버지의 자동차에 닿지 않도록 조심하면서 제인은 잔디 깎는 기계를 끌고 나왔다. 몸과 기계가 겨우 빠져나올 만큼만 문을 열고 나와 기계가 햇빛을 볼 수 있게 해주었다. 빨간색 페인트가 햇살 아래 반짝반짝 빛났다. 크롬을 입힌 손잡이는 그야말로 광채를 발했다. 제인의 눈에는 너무나 예쁜 기계였다.

제인은 기계를 켜기 직전에 잔디 깎는 기계를 돌리는 동안에는 바이퍼를 보호해야 한다는 생각이 났다. 자칫해서 돌멩이라도 날아가 유리창을 깨거나 차체에 흠집을 내기라도 한다면 큰일이었다. 제인은 바이퍼를 잔디밭에서 먼 곳으로 잠깐 옮겨놓으며 옆집 날건달 경찰의 차를 보고는 샐쭉하니 고개를 돌려버렸다. 부우부우의 발자국이 찍힌 건 금방 표시가 나겠지만, 한 군데 더 찌그러지는 건 표시도 나지 않을 똥차였다.

아주 흐뭇한 미소를 지으며 제인은 잔디 깎는 기계를 켰다.

잔디를 깎는 일은 기계가 지나가는 자리마다 확연히 표시가 나니까 얼만큼 깎았는지 그 결과가 금방 드러나는 일이었다. 제인이 어렸을 때 잔디 깎는 일은 언제나 아버지나 오빠 데이비드의 몫이었다. 그리고 그때 제인의 눈에는 그 일이 너무나 지루하고 단조롭게 보였다. 그러나 성인이 되어 내 마당, 내 잔디밭을 가지고 싶다는 욕심이 생긴 뒤로는 잔디 깎는 일이 절대로 지루하고 단조로운 노동이 아니라는 것을 알게 되었다. 그리고 지금, 그녀는 자기 집, 자기 마당, 자기 잔디밭의 잔디를 깎고 있는 것이다. 앗싸, 야호!

그때 누군가가 어깨를 두드렸다.

제인은 꺅 하고 비명을 지르며 기계의 손잡이를 놓고 홱 돌아섰다. 잔디 깎는 기계는 앞으로 나가지 못하고 그 자리에 서버렸다.

옆집 날건달 경찰이었다. 여전히 핏발 선 눈에 험상궂게 인상

쓴 얼굴, 더러운 옷……, 언제 봐도 똑같은 몰골이었다. 사내는 팔을 뻗어 잔디 깎는 기계의 스위치를 껐다. 기계는 금방 엔진소리를 죽이며 멈추었다.

침묵…….

그리고 0.5초 후.

"제에기랄, 또 뭐예요?"

제인이 붉으락푸르락한 얼굴로 자기도 모르게 주먹까지 불끈 쥐고서 남자를 향해 바싹 다가서며 소리를 질렀다.

"욕 안 하기로 한 것 같은데?"

사내가 비아냥거렸다.

"당신 같은 사람한테는 성인군자라도 욕 안 하고는 못 배겼을 거예요."

"당신은 성인군자가 아니잖소."

"알면 됐어요."

사내가 제인의 손을 내려다보며 빈정거렸다.

"지금 그걸 쓰겠다는 거요, 아니면 이성적으로 얘기하자는 거요?"

"뭐요?"

제인은 자기 손을 내려다보았다. 양팔을 ㄴ자로 꺾고 두 주먹을 불끈 쥐고 있는 모습이 그야말로 한판 붙자는 자세였다. 제인은 꼭꼭 감아쥐고 있던 손가락을 얼른 폈다. 눈앞에 있는 날건달 경찰에게 한 방 먹이고 싶다는 것이 솔직한 심정이었지만 그럴 수 없다는 상황이 더욱 그녀를 화나게 만들었다.

"이성적으로 얘기하자구요? 내가 이성적으로 얘기하길 바라시나요? 먼저 내 심장이 벌렁거리도록 놀라게 한 사람이 누군데? 허락도 없이 내 기계를 꺼버린 사람이 누군데?"

"나도 잠 좀 잡시다. 내가 바라는 건 그것뿐이오. 그게 댁을 그렇게 귀찮게 하는 일이오?”

제인은 말문이 막힐 지경이었다.

“내가 해가 뜨기도 전에 잔디를 깎고 있었던 것처럼 말씀하시는 군요. 지금이 몇 신지나 아세요? 아침 10시가 다 되었어요, 10시! 지금 이 시간에 잔디를 깎고 있는 사람이 나 하난 줄 아세요?”

제인이 잠시 말을 멈춘 사이 도로 건너편에서도, 몇 집 건너 아래쪽에서도 잔디 깎는 기계의 모터 돌아가는 소리가 들려왔다.

“저 사람들은 내 침실 창문 아래서 잔디를 깎고 있진 않잖소!”

“그게 싫으면 남들처럼 제대로 된 시간에 잠자리에 들고 제대로 된 시간에 일어나란 말이에요! 당신이 밤새 잠 못 잔 게 내 탓이에요?”

이제 사내의 얼굴도 제인 못지않게 붉으락푸르락해졌다.

“난 지금 특별한 임무를 수행중이오, 아가씨. 남들처럼 규칙적으로 생활할 수 없는 건 내 직업상 어쩔 수 없는 일이란 말이오. 나도 남들 자는 시간에 자고 싶은 사람이야. 하지만 잘 수 있는 시간에만 잘 수 있으니 어쩌란 말이오. 그것마저도 당신이 이 집으로 이사 오면서 엉망이 되어버렸어!”

“좋아요, 알았어요! 밤에 할게요. 얼른 침대로 다시 기어 들어가세요. 난 앞으로 열한 시간 동안 꼼짝 않고 소파에 앉아 있을 테니까. 그것도 안 된다고 하지는 않겠죠?”

“엄청 고맙소!”

사내는 쌀쌀맞게 내뱉고는 쿵쿵 돌아가버렸다.

내 참, 저놈의 집 유리창에 돌이라도 집어던졌으면 좋겠구만, 그것도 법에 걸리겠지? 제인은 씩씩거리며 생각했다. 그녀는 잔디 깎는 기계를 도로 차고에 갖다 두고 맹꽁이 자물쇠를 채운 다음, 바이퍼를 도로 있던 자리에 가져다 놓았다.

집으로 들어온 제인은 죄없는 부우부우만 노려보았다. 하지만 녀석은 제인을 완전히 무시하고 멀뚱멀뚱 딴 데만 쳐다보았다.

"특별한 임무 좋아하네! 나만큼 이성적인 사람 있으면 나와보라고 그래! 조용한 목소리로 점잖게 부탁하면 어디가 덧나? 저렇게 제 성질 나쁜 걸 꼭 표시해야 하느냐구!"

부우부우가 샐쭉한 눈으로 제인을 올려다보았다.

"망할 놈! 이건 욕도 아니야. 이게 어디 내 잘못이냐구! 부우부우, 너한테만 특별히 알려주는 비밀인데, 저 옆집 날건달 경찰은 절대로 미스터 퍼펙트가 될 수 없는 인간이란다, 너도 그렇게 생각하지?"

4

　주말은 다행히 옆집 날건달 경찰과 부딪치지 않고 지나갔다. 제 인은 금요일 아침에 15분 지각한 것은 이미 15분 연장 근무로 벌 충했지만, 그래도 상사의 비위를 맞추기 위해 월요일 아침에는 15 분 일찍 출근했다. 출입구 앞에 차를 세우자 나이 든 경비원이 경 비실에서 고개를 쑥 내밀더니 영 못마땅한 표정으로 바이퍼를 째 려보았다.

　"언제 그 구닥다리를 처분하고 시보레로 바꿀 거야?"

　거의 하루도 빠짐없이 듣는 소리였다. 디트로이트에서 자동차 회사와 실오라기만큼이라도 연줄이 있는 직장에 다니는 사람이면 이와 비슷한 경고조의 불평을 자주 듣기 마련이다. 한 마디로 회 사에 충성하라는 소리이다. 직장이 빅 쓰리 중 한 회사와 직간접 적으로 연관이 되어 있다면 피할 수 없는 시련이다.

　"돈 생기면요."

　제인은 거의 하루도 빠짐없이 그렇게 대답한다. 이미 5천 마일 이나 뛴 중고차였지만, 이 바이퍼도 살 땐 엄청 비싸게 주고 샀다 는 건 말하지 않는다.

"집 산 지도 얼마 안 됐는데, 이 차도 우리 아버지가 그냥 주시지 않았으면 난 뛰어서 다녀야 했을 거라구요."

이 말의 뒷부분은 거짓말이다. 하지만 이 거짓말을 들으면 아무도 더 이상 딴죽을 걸지 못한다. 제인의 아버지가 누군지, 어떤 사람인지 회사에서 아는 사람이 아무도 없다는 것이 제인에게는 큰 다행이었다. 제인의 아버지는 일평생 일편단심 포드 맨이었다. 딸이 바이퍼를 샀다고 하자 매우 실망스러운 표정을 지으면서 바이퍼의 단점만을 일일이 늘어놓았다.

"아버님도 차에 대해서 뭘 모르시는구만."

"우리 아버지는 차에 대해서는 아무것도 몰라요."

또 거짓말을 하면서 제인은 하늘을 올려다보았다. 아무래도 날벼락이 칠 것 같았다.

제인은 바이퍼를 주차장 맨 구석, 사람들의 눈에 가장 덜 뜨이는 곳에 주차를 시켰다. 햄머스테드 사람들은 제인에게 매일 차를 숨기느라 힘들겠다고 농담을 하곤 했다. 사실 제인에게도 그건 불편한 일이었다. 특히 비라도 오는 날이면 비를 쫄딱 맞으며 차가 있는 곳까지 뛰어야 했다. 그래도 옷이 좀 젖는 게 낫지, 차가 테러를 당한다면 더 낭패였다.

햄머스테드 사옥은 빨간 벽돌로 지어진 4층짜리 건물이었다. 전면에는 회색 아치가 서 있는 주랑이 있고, 여섯 칸의 계단을 올라가면 육중한 더블 도어가 있었다. 그러나 그 출입구는 방문객들만 출입하게 되어 있었고, 모든 직원들은 건물 측면의 육중한 철문을 통해 출입하게 되어 있었다. 직원용 출입구에는 전자 잠금장치가 달려 있고, 그 문을 통과하면 비좁고 우중충한 초록색 복도가 나타났다. 그 복도 양편으로는 여러 개의 사무실과 관리실, 그리고 문짝에 '창고'라고 쓰인 어둡고 눅눅한 방들이 연결되어 있었다. 제인은 그 앞을 지날 때에도 그 안에 무엇이 있는지 알고 싶지도 않았다.

우중충한 초록색 복도가 끝나는 곳에 다시 세 칸의 계단이 있고 그 계단을 올라가면 철문이 또 있었다. 그 문을 통과하면 회색 카펫이 깔린 복도가 나타나는데, 건물 전체를 종단하는 복도로 거기서 양옆으로 마치 사람 몸의 핏줄처럼 여러 개의 복도가 갈라져 나갔다. 거기서부터 아래의 두 개 층은 컴퓨터광들의 세상이었고 거기서 쓰이는 언어는 컴퓨터광이 아니면 알아들을 수 없는 외국어 같은 말이었다. 그 두 개 층에 접근할 수 있는 사람은 엄격하게 제한되어 있었다. 그곳에 들어가려면 우중충한 초록색 복도로 들어올 때 직원용 ID 카드가 있어야 했고, 그 다음에 두 개 층에 속한 사무실에 들어갈 때에도 또 별도의 ID 카드가 있어야 했다. 두 번째 철문을 통과하자마자 엘리베이터 두 대가 있고 거기서부터 건물 반대편 쪽에 세 개의 계단이 있었다.

회색 카펫이 깔린 복도에 들어서자 손으로 쓴 커다란 벽보가 제인의 시선을 끌었다. 누군가가 엘리베이터의 콜 버튼 바로 위에 붙여놓은 것이었다. 초록색과 자주색 크레파스로 글씨를 쓰고 검은색 유성매직으로 강조할 부분에 밑줄까지 그어놓았다.

오늘부터 발효되는 새로운 규정에 따라 모든 직원들은 자신이 해야 할 일이 무엇인지를 잊지 않기 위해 은행잎 추출액 당의정과 비아그라를 혼합 복용할 것.

킥킥 웃음이 터져 나왔다. 오늘 써 붙인 글은 그래도 얌전한 편이었다. 아래의 두 개 층에서 근무하는 천재들은 권위와 조직적 구조에 대한 알레르기 체질을 타고난 인간들이었다. 경영진 중 누군가가 이 벽보를 보고 질겁을 해서 뜯어내기 전까지는 매일 붙어 있는 벽보였다.

철문이 열리는 소리가 들려 누가 왔나 싶어 뒤를 돌아다보던 제인은 실망감으로 인상이 찡그려지는 것을 억지로 참았다. 레아 스트리트는 인사부에 근무하는 여자였는데 유머감각이라고는 찾아볼래야 찾아볼 수 없는 여자였다. 키가 크고 비쩍 마른 체격에 오로지 경영진의 중역이 되겠다는 생각밖에 없는 것 같았다. 문제는 어떻게 하면 그 자리에 오를 수 있는지를 모르고 있다는 것이었다. 비쩍 마른 체격을 커버하고 좀더 사업가다운 이미지를 풍기는 정장 스타일의 옷을 입지 않고 늘상 소녀 같은 옷차림을 하고 다니는 것도 문제라면 문제였다. 자세히 보면 보드라운 금발에 깨끗한 피부를 가진 꽤 괜찮은 얼굴이었는데 패션감각으로 보면 완전히 백치였다. 레아 스트리트에게서 가장 아름다운 신체 부분이 있다면 그건 손이었다. 길고 날씬하고 우아한 손가락도 손가락이지만, 항상 완벽하게 다듬어 매니큐어까지 칠한 손톱은 유난히도 아름다웠다.

이미 예상했듯이 레아는 벽보를 보고 기절초풍하겠다는 표정으로 안절부절못했다. 얼굴이 어찌나 붉어지던지, 곁에서 보는 제인이 민망할 정도였다.

"이런 민망한 장난을 하다니……."

레아는 벽보를 뜯어버리겠다는 듯이 손을 성큼 뻗었다.

"만지지 말아요. 지문이 남을 테니까."

제인이 무표정한 얼굴로 말했다. 레아는 깜짝 놀라 손을 멈추었다. 벽보에서 1센티 앞이었다. 엘리베이터의 콜 버튼을 누르며 제인이 계속 말했다.

"지금까지 몇 명이 이걸 봤는지 알 수 없잖아요. 이걸 본 누군가가 벌써 중역들에게 말했을 거고, 그 말을 들은 중역은 이미 누가 벽보를 떼어냈더라도 그걸 붙인 범인이 누군지 찾아내려고 덤빌 거예요. 이걸 찢어서 꼭꼭 씹어가지고 꿀꺽 삼킬 자신 없으면,

물론 나 같으면 그런 짓은 안 할 거예요. 이 종이에 세균이며 병균이 얼마나 많겠어요? 이걸 떼어서 어떻게 처치하려고 그래요?”

레아는 역겨워서 못 견디겠다는 표정으로 제인을 노려보았다.

“이 민망하고 역겨운 이야기가 재미있다는 거예요, 지금?”

“솔직히 말하면, 그래요.”

“이걸 붙인 사람이 바로 당신이라고 해도 난 놀라지 않을 거예요.”

“누가 붙였는지 알게 되거든 나한테도 알려줘요. 내 내선번호 알죠?”

엘리베이터 문이 열리자 얼른 올라타면서 제인이 말했다. 이글거리는 눈빛으로 자신을 쏘아보는 레아를 밖에 세워두고 제인은 엘리베이터 문을 닫아버렸다. 레아가 남과 어울릴 줄 모르는 사람이기는 해도 오늘의 대화는 지금까지 제인과 레아가 나눈 대화 중에서 가장 냉랭한 것이었다. 그렇게 앞뒤가 꽉 막힌 벽창호 같은 여자가 어떻게 인사부에서 일하게 되었는지 제인은 도저히 이해할 수 없었다. 대개의 경우 제인은 레아에게 동정적인 사람이었다.

그러나 오늘은 왠지 그럴 기분이 아니었다.

월요일은 급여과 직원들에겐 가장 바쁜 날이었다. 지난 한 주간의 타임카드가 올라오는 날이기 때문이었다. GM에 컴퓨터 기술을 파는 회사임에도 불구하고 햄머스테드의 급여관리는 전산시스템으로 처리되는 것이 아니라 클록머신에 타임카드를 직접 찍어서 근무시간을 기록하고 그 기록에 따라 급여를 계산하는 구닥다리 방식이었다. 단순하고 반복적이며 지루한 서류작업으로 이루어지는 일이었지만 덕분에 소프트웨어가 말썽을 일으키거나 기계가 고장을 일으키는 등의 이유로 급여 지급에 문제가 생긴 적은 한 번도 없었다. 햄머스테드가 업그레이드되지 못하고 있는 것도 어쩌면 그 때문인지도 몰랐다.

10시, 제인은 잠시 머리를 식히기로 했다. 회사 건물의 각 층에는 작은 스낵 룸이 있었는데, 그 안에는 어디서나 볼 수 있는 갖가지 종류의 자동판매기와 싸구려 카페테리아 테이블, 철제 의자, 냉장고, 그리고 전자레인지가 마련되어 있었다. 제인이 스낵 룸에 들어갔을 때에는 이미 여러 명의 여직원들이 남자 직원 한 명과 함께 테이블을 차지하고 앉아 있었다. 여자들은 모두 깔깔대고 웃고 있었는데 남자 직원은 매우 못마땅한 표정을 짓고 있었다. 제인은 간절히 바라던 커피를 한 잔 따랐다.

"왜들 그래요?"

제인이 물었다.

"사보 호외판이 나왔어."

도미니카 플로어스가 대답했다. 얼마나 웃었는지 눈가에 눈물이 찔끔 배어나와 있었다.

"아마 이번 호외는 역사에 길이 남을 거야."

"그게 뭐가 그렇게 재밌다고 그래요?"

남자 직원이 퉁명스럽게 쏘아붙였다.

"남자들이야 재미없겠지."

여직원 중의 하나가 고소하다는 듯이 응수했다. 그러고는 종이 한 장을 제인에게 내밀었다.

"제인도 읽어봐."

사보는 회사에서 정식으로 발행하는 것이 아니라 직원 중에서 누군가가 심심파적으로 만들어내는 것이었다. 누군지는 모르지만 아마도 아래 두 개 층 중에서 어딘가에 근무하는 컴퓨터광이 만드는 것 같았다. 그 천재적인 상상력과 데스크탑 퍼블리싱 기술이 결합되는 순간, 펑 하고 신문이 생겨나는 것이다. 사보는 비정기 간행물이어서 언제 나오는지 예측할 수도 없었지만, 일단 나오면 그 안에는 평사원으로서는 반드시 읽을 만한 뭔가가 들어 있었다.

그래서 경영진들은 사보가 나왔다 하면 모두 수거해서 폐기처분하려고 안간힘을 썼다.

제인은 커피를 마시며 건네받은 사보라는 것을 훑어보았다. 누가 만드는지는 모르지만, 아마추어치고는 매우 프로페셔널하게 만드는 사보였다. 물론 각종 소프트웨어며 컴퓨터, 그 주변기기까지 통달한 사람이 만드는 것이라 그렇기도 하겠지만, 어쨌든 볼 때마다 감탄스러웠다. 사보의 제호는 '햄머스테드'인데 사악하게 생긴 상어가 로고였다. 물론 그 상어는 회사의 정식 로고와는 전혀 다른 모양새였다. 그래도 누구 하나 문제삼는 사람은 없었다. 지면의 분할도 깔끔하고 그래픽도 화려했다. 위트가 느껴지는 카툰도 재미있었다. '메이코'라는 서명이 붙은 카툰은 대부분 직장생활의 여러 가지 측면 중에서 해학적인 것을 잘도 짚어내곤 했다.

오늘의 사보에서 가장 눈에 띄는 것은 큼지막한 볼드체의 헤드라인이었다. '당신은 몇 인치?'였다. 그리고 그 밑에는 '여자들이 정말로 원하는 것들'이라는 부제가 붙어 있었고 금방이라도 독침을 쏠 준비를 갖춘 코브라처럼 돌돌 말린 줄자가 삽화로 그려져 있었다. 기사는 이렇게 시작되었다.

"독자분들은 줄자를 가져다 대볼 생각도 하지 않는 것이 좋겠다. 독자들 대부분은 여자들의 기준을 만족시킬 가망이 없기 때문이다. 지금까지 우리는 크기가 아니라 어떻게 쓰느냐가 중요하다고 주장해왔다. 그러나 진실은 그렇지 않았다. 네 명의 전문적인 여성 패널들, 햄머스테드의 동료들이기도 한 그들이 완벽한 남성이 갖춰야 할 조건들을 제시했다."

오, 이런! 제인은 거의 비명을 지를 뻔했다. 하지만 주변의 시선을 의식해서 태연한 척하려고 죽을힘을 다했다. 마아시 선배가 그 리스트를 가지고 무슨 짓을 한 거지? 이제 우린 다 죽었다. 모두들 우리에게 손가락질을 할 거야. 두고두고 이야깃거리가 될 텐데, 이를 어쩐담! 제인은 속으로 안절부절못했다. 아침마다 남자들이 책상 위에 던져놓은 수십 개의 줄자가 눈앞에 훤히 보이는 듯했다.

제인은 서둘러서 기사를 훑어보았다. 다행히도 실명이 거론된 사람은 없었다. A, B, C, D라는 익명으로 표시되어 있었다. 당장이라도 달려가서 마아시의 목을 비틀고 싶은 심정이었다.

네 여자가 머리를 맞대고 짜낸 리스트는 고스란히 사보에 나열되어 있었다. '신뢰할 수 있는 남자'가 첫 번째 항목이었다. 여덟 번째 항목 '잠자리에서 끝내주는 남자'까지는 그런 대로 문제될 것이 없었다. 그러나 그 다음부터가 문제였다. 아홉 번째 항목, 마아시가 주장한 '10인치짜리 물건을 가진 남자'라는 대목부터 상황이 급변한 것이다. 이 항목에 대한 설명에는 마아시의 주장에 대해 나머지 세 친구가 내놓았던 다양한 부가적 주장과 설명에 대해서도, 특히 제인이 말했던 '2인치는 어차피 잉여물'이라는 내용까지 자세히 적혀 있었다.

열 번째 항목은 퍼펙트 맨은 잠자리에서 얼마나 오래 시간을 끌 수 있느냐에 관한 것이었다.

"TV 광고 방송보다는 당연히 더 길어야지."

이건 D로 표시된 티제이의 말이었다. 네 친구는 논의 끝에 전희를 제외하고 본격적인 행위에서만 30분이 가장 적절하다는 결론을 내렸었다.

"30분이 뭐가 어때서?"

이건 C로 표시된 제인의 말이었다. 제인은 계속해서 이렇게 말한 것으로 인용되어 있었다.

"이건 공상과학소설이잖아, 안 그래? 공상과학소설이라면 뭐든 내가 원하는 대로 할 수 있어. 미스터 퍼펙트는 최소한 30분, 내 몸 안에서 놀 수 있어야 한다구. 토끼과라면 30분은 절대 불가능하겠지만."

스낵 룸의 여직원들은 모두 배꼽을 잡고 웃어댔다. 그러니 제인
도 뭔가 사보 내용에 대한 감정적인 표현을 해야만 했다. 자기 얼
굴에 떠오른 표정이 어떤 두려움에서 기인한 놀라움이나 당혹감이
아닌 순수한 '놀라움'이기를 간절히 바랐다. 스낵 룸에 있던 유일
한 남자 직원, 이름이 크레이였던가 크레이그였던가, 하여간에 그
남자는 시간이 갈수록 얼굴이 빨개졌다.

"남자들이 모여 앉아서 완벽한 여자의 가슴과 엉덩이는 어떻게
생겨야 하는지에 대해 토론한다면, 그래도 그렇게 우습겠어요?"

남자가 발딱 일어서며 소리를 꽥 질렀다. 웃음이 가시지 않은
얼굴로 도미니카가 말했다.

"억울해요? 남자들이 여자들의 가슴과 엉덩이에 대해서 토론회
를 열지 못하는 건 밤새 이 여자, 저 여자를 품에 안고 밤일하느
라고 지쳐서 그러는 거 아니에요? 억울하면 오늘부터 금욕하시고
새벽정진이라도 하시든지."

사태는 점점 악화일로였다. 완전히 여자와 남자로 나뉘어 성 대
결이 펼쳐지는 양상이었다. 제인은 이런 이야기들이 회사 안 곳곳
에서 벌어질 것을 생각하니 바늘방석에 앉은 기분이었다. 그녀는
억지로 웃음을 지으며 사보를 도미니카에게 돌려주었다.

"한동안 회사 안에서 화제가 되겠네요."

"그것뿐이겠어? 난 이거 복사해서 액자에 넣어가지고 우리 남편
이 아침에 일어나자마자 가장 먼저 볼 수 있는 곳, 밤에 잠자리에
들기 직전에 가장 마지막으로 볼 수 있는 곳에 딱 걸어둘 거야."

사무실에 돌아오자마자 제인은 마아시의 내선번호를 눌렀다.

"사보에 난 거 봤어요?"

가능한 한 목소리를 낮추며 물었다.

"못 살아! 얼마나 났어? 난 아직 못 봤거든."

마아시도 낑낑대고 있었다.

"내가 본 걸로 치면, 그야말로 자자구구, 한 마디도 빠지지 않고 다 낳어요, 선배! 제기랄, 이게 어떻게 된 거예요?"

"돈 내놔."

마아시의 입에서는 거의 자동적으로 25센트짜리 동전 얘기부터 나왔다.

"그건 순전히 사고였어. 사무실에서는 길게 얘기할 수 없으니까 나중에 점심시간에 보자. 자초지종을 설명해줄게."

"좋아요. 그럼 레일로드 피자에서 12시. 티제이하고 루나한테도 얘기해놓을게요."

"런치 파티가 아니라 린치 파티가 되겠구만. 흐이그……."

마아시가 괴롭다는 듯이 말꼬리를 흐렸다.

"그러게 이런 바보 같은 짓은 왜 했어요?."

제인은 톡 쏘아붙이고 전화를 딸깍 끊어버렸다.

레일로드 피자는 햄머스테드에서 반 마일 떨어진 곳에 있었기 때문에 햄머스테드 직원들에게 인기있는 점심식사 장소였다. 사업 상으로 보자면 배달 주문이 더 큰 부분을 차지했지만, 부스 형식으로 독립된 테이블이 여덟 개, 그리고 오픈된 테이블이 여덟 개 있었다. 제인은 제일 안쪽의 부스 테이블에 앉았다. 1분도 못 되어 나머지 세 동지도 부스 안으로 들어와 앉았다. 티제이가 제인 옆에, 마아시와 루나는 건너편에 자리를 잡았다.

"얘들아, 정말 너무너무 미안하다."

마아시가 정말 애처로운 얼굴로 코맹맹이소리까지 해가며 사정했다.

"그런 걸 남한테 보여줬다니, 정말 이해할 수 없어요, 선배! 갤런이 알아봐요, 난 그날로……."

티제이는 말도 잇지 못했다.

"솔직히 전, 이 일이 뭐가 그렇게 화내고 당황할 일인지 잘 모르겠어요.”

루나는 어리둥절한 표정으로 말했다.

“사람들이 만약에 이 사보기사의 실제 인물들이 누군지 알아냈다고 쳐요. 그럼 물론 한동안은 부끄럽겠지만, 여기에 다른 뜻이 있었던 것은 아니잖아요? 그저 웃자고 한 소리들인데.”

“앞으로 6개월 후까지 남자들이 심심하면 나타나서 자기 물건이 10인치짜리라고 추근대면, 그때도 아무렇지 않다고 할 수 있겠니?”

제인이 순진한 소리 말라는 듯이 말했다.

“갤런은 절대로 웃자고 한 소리라고 생각하지 않을 거야. 아마 날 죽이려고 들걸?”

티제이는 머리를 절레절레 흔들었다.

“그래, 브릭도 내가 10인치 얘기를 꺼낸 걸 알면 아마 천장을 뚫고 나갈 거야. 자기 물건이 그보다 작으니까.”

마아시는 끝까지 능청을 떨었다.

“어쩌다 일이 이렇게 된 거예요?”

티제이가 손으로 얼굴을 감싸며 물었다.

“토요일에 쇼핑하러 갔다가 도나를 만났어. 엘비라처럼 생긴, 1층에서 일하는 여자 말이야. 우연히 만나서 이런저런 이야기를 하다가 함께 점심까지 먹게 되었는데 맥주도 두어 잔 마셨지. 거기서 그 리스트를 보여준 거야. 한참 웃었지. 그런데 그 여자가 리스트를 좀 베껴도 되겠느냐고 하길래 안 될 게 뭐가 있나 싶었지. 점심을 먹고도 맥주를 몇 잔 더 마셨는데 술을 마시다 보니 그만 횡설수설 떠들어버린 거야. 도나가 이것저것 묻기도 했고, 그러다 보니 다 털어놓게 된 거지.”

마아시는 거의 카메라에 가까운 기억력을 가지고 있었다. 그런데 불행한 일은 맥주가 그녀의 기억력에는 전혀 영향력을 미치지 못하고 오로지 판단력만 그르쳤다는 점이다.

"그래도 우리 이름은 안 밝혔겠죠?"

티제이가 간절한 목소리로 물었다. 그러자 제인이 단박에 지적을 했다.

"그걸 물어볼 필요가 뭐가 있어? 마아시 선배가 그 리스트를 가지고 있었으니 나머지 세 사람이 누구라는 건 바보 아니면 다 알 텐데."

티제이가 또 손으로 얼굴을 가렸다.

"난 이제 죽었다. 아니면 최소한 이혼이거나……."

루나가 침착한 목소리로 티제이를 위로했다.

"그런 일은 일어나지 않을 거예요. 도나가 우리 이름을 발설할 거였다면 벌써 그렇게 했을 거예요. 아직 아무 이야기 없는 것을 보면 우린 안전해요. 갤런은 절대로 모를 거예요."

그날 오후 내내 제인은 어디서 불똥이라도 날아오지나 않을까 해서 전전긍긍하며 보냈다. 자신이 그럴 정도인데 하물며 티제이는 얼마나 노심초사하고 있을지 가히 상상이 되고도 남는 일이었다. 만약 리스트를 만든 장본인들이 누구인지 밝혀지고 갤런도 그것을 알게 된다면, 그는 기필코 평생을 두고 티제이를 괴롭힐 인간이었다. 모든 것이 까발려져서 최악의 사태가 벌어질 경우, 가장 큰 타격을 입을 사람은 단연 티제이였다. 마아시도 남자가 있기는 하지만 최소한 브릭과는 결혼을 약속한 사이는 아니었다. 루나와 샤말 킹의 관계는 만나다 말다, 만나다 말다 하는 사이였으니 헤어져도 그만이었다.

사건의 장본인 네 사람 중에서 최악의 사태가 벌어져도 가장 타격이 적은 사람은 바로 제인이었다. 사귀고 있는 남자가 없으니 차이면 어쩌나 걱정할 필요도 없고 누구에게 변명할 필요도 없었다. 당분간 사람들의 비아냥이나 조소는 감당해야겠지만, 기껏해야 그게 전부였다.

상황을 분석하고 결론이 내려지자 더 이상 끙끙대며 걱정할 필요도 없다는 생각이 들었다. 성질 못된 동료가 좀 성가시게 군들 그게 대수랴. 말로든 행동으로든 얼마든지 맞대응할 자신이 있었다.

그러나 그렇게 홀가분해진 기분은 퇴근 후 집에 돌아와 현관문을 열고 들어서자마자 다시 푹 가라앉고 말았다. 낯선 집에 하루 종일 갇혀 있는 것이 얼마나 스트레스 받는 일인 줄 아느냐 하고 시위라도 하듯이, 거실 소파 위에 두었던 쿠션들을 부우부우가 완벽하게, 고치거나 손볼 수도 없게 갈기갈기 찢어놓았던 것이다. 쿠션 속을 채웠던 솜은 거실 전체에 흩어져 풀풀 날리고 있었다. 제인은 눈을 딱 감고 하나부터 열까지 세었다. 고양이에게 화를 낸들 무얼 하랴. 그리고 다시 스물까지 세었다. 잔소리를 늘어놓은들 알아들을 리 만무하고, 알아들었다 한들 제 행동을 뉘우칠 리 만무한 고양이였다. 어떻게 보면 부우부우도 제인 자신만큼이나 상황의 희생양이었다. 제인이 고양이를 향해 손을 내밀자 녀석은 날카롭게 야옹거렸다. 그렇게 못된 짓을 했을 경우, 다른 때 같았으면 그냥 무시하고 내버려두었겠지만 오늘은 어쩐지 녀석이 불쌍하게 보여 신경질적인 거부반응에도 불구하고 슬쩍 껴안고 등을 살살 문질러주었다.

"불쌍한 야옹아, 넌 지금 세상이 어떻게 돌아가고 있는지도 모르지?"

제인이 애교가 넘치는 목소리로 말했다. 부우부우는 다시 한 번 날카롭게 야옹거렸지만, 제 등을 문질러주는 손길이 싫지는 않은지 이내 조용해졌다.

"눈 딱 감고 4주하고 5일만 더 참자. 알았지? 그래봐야 33일이야. 그 정도는 참아줄 수 있지, 응?"

부우부우는 제인의 말에 동의하는 것 같지는 않았지만 등을 문질러주는 손길에는 어쩔 수 없는지 잠자코 있었다. 제인은 녀석을 주방으로 데리고 가서 생쥐 모양으로 생긴 고양이 장난감을 던져주었다.

고양이 한 마리가 집 안을 온통 난장판으로 만들었군. 그래, 내가 감당해야지, 어쩌겠어. 어머니가 돌아오셔서 저 고양이가 망가뜨린 내 물건들을 보시면 물론 다 물어주시겠지. 그저 당분간 불편한 것뿐이야…….

제인은 자신의 선량한 마음 씀씀이에 스스로 감동했다.

주방에 서서 냉수를 한 잔 들이키고 있는데, 옆집 경찰관이 들어오는 소리가 들렸다. 제인은 갈색 폰티악을 보자마자 선량하던 마음이 싱크대 배수구에서 물 빠져나가듯이 주르륵 빠져나가는 듯했다. 그런데 다시 한 번 생각해보니 차가 들어올 때 요란하게 털털거리는 소리를 못 들은 것 같았다. 그렇다면 머플러를 바꾼 것이 분명했고, 그것은 옆집 날건달 경찰이 이웃집 여자와 어쨌든 잘 지내보기 위해 노력하고 있다는 증거라고 볼 수 있었다. 제인은 선량한 마음이 빠져나가던 배수구의 마개를 얼른 막았다.

창가에 바짝 기대서니 옆집 날건달 경찰이 차에서 내려 차 문을 잠그는 것이 보였다. 정장 바지에 흰색 드레스 셔츠를 입고 비록 느슨하게 풀어놓긴 했지만 넥타이까지 매고 있었다. 재킷은 벗어서 어깨에 걸친 모습이었다. 어딘지 피곤한 모습이었다. 그 남자가 집으로 들어가려고 몸을 돌리는 순간, 제인은 그가 차고 있던 검은색 권총을 보았다. 옆집 남자가 정신적으로나 육체적으로나 정상적인 사람처럼 보이도록 갖춰 입은 모습을 보는 것은 오늘이 처음이었다. 내일은 해가 서쪽에서 뜨겠다 싶었다. 옆집 날건달 사내가 경찰이라는 사실을 '알고' 있었던 것과 그가 경찰의 모습을 하고 나타난 것을 '보는' 느낌은 사뭇 달랐다. 경찰 제복을 입지 않고 사복을 입고 근무한다는 것은 그가 동네 순찰이나 도는 경찰이 아니라 최소한 말단 형사라는 이야기였다.

　제인에게는 여전히 날건달이었지만, 그래도 매우 책임이 막중한 날건달이었으니 이제는 약간의 아량을 베풀 필요가 있을 것 같았다. 옆집 남자가 언제 들어와 잠을 자는지는 알 수 없었고 그렇다고 찾아가서 물어볼 수도 없었으므로, 최소한 잠자는 것만이라도 방해하지 않으려면 옆집 남자가 집에 있는 동안이라도 잔디 깎는 기계를 돌리는 일만은 하지 말자고 스스로 다짐했다. 그렇다고 옆집 남자가 자신의 생활에 참견하거나 방해하는 것까지 너그럽게 용서하겠다는 것은 아니었다. 아량을 베푸는 일과 제인의 사생활을 지키는 일은 어디까지나 전혀 별개의 사안이었다. 그래도 앞으로 오랫동안 서로 이웃으로 살아야 할지도 모를 사이이기 때문에 서로 무난하게 지내도록 노력은 하고 볼 일이었다.

　'오랫동안'에 생각이 미치자 제인은 다시 기분이 가라앉는 것 같았다. 상냥한 마음과 아량이 겨우 두어 시간 만에 바닥이 난 것이다.

　저녁 7시 반, 제인은 커다란 안락의자에 앉아 TV를 보면서 책을 읽었다. 가끔씩 그렇게 두 가지를 한꺼번에 하는 때가 있었다. 책을 보다가 TV에서 뭔가 관심있는 이야기가 흘러나오면 책 읽기를 중단하고 TV를 잠깐 보는 식이었다. 김이 모락모락 오르는 녹차 한 잔을 안락의자 옆 테이블에 놓고 때때로 한 모금씩 마시면서 체내의 불순물이 걸러지는 것을 느끼고 있었다.

　그런데 그때 갑자기 밖에서 뭔가 요란하게 충돌하면서 박살이 나는 듯한 소리가 조용하던 동네를 뒤흔들어놓았다.

　제인은 의자에서 벌떡 일어나 꿰어차듯이 샌들을 신고 현관문을 향해 달렸다. 그 소리는 어린 시절 아버지 회사의 충돌 실험실에 따라가 수백 번도 더 들은 소리, 자동차와 자동차가 충돌할 때 나는 소리였다.

　도로 양옆으로 쭉 늘어선 집집마다 현관 불이 켜졌고, 혹은 문이 열리거나 창문이 열렸다. 여기저기서 내민 사람들의 머리는 등딱지 속에 숨었다가 불쑥 튀어나온 자라목처럼 보였다. 제인의 집에서 도로 아래쪽으로 다섯 집 건너, 희미한 가로등이 서 있는 길모퉁이 집 바로 앞에 완전히 찌그러진 차 두 대가 서로 엉켜 있었다.

제인은 길을 달려 내려갔다. 가슴이 쿵쾅대는 속에서도 다친 사람이 있으면 어떻게 구조를 해야 할까를 생각했다. 이 집 저 집에서 사람들이 나오기 시작했다. 대부분 나이 든 노인들이었다. 실내에서나 신는 슬리퍼를 그대로 신고 헐렁한 가운을 걸친 할머니들과 러닝셔츠만 입은 할아버지들이었다. 여기저기서 놀라 울어대는 아이들의 울음소리도 들렸고, 우는 아이를 달래는 여자의 목소리와 "뒤로 물러나, 차가 폭발할지도 몰라!" 하고 아이에게 겁을 주는 남자의 목소리도 들려왔다.

차량 충돌사고는 폭발로 이어지는 경우가 드물지만 화재는 발생할 수 있다는 것을 제인도 알고 있었다. 엉망진창으로 찌그러진 차에 거의 다가갔을 즈음, 사고 차량의 운전자가 운전석 문을 박차고 나왔다. 한눈에 보기에도 성질이 고약한 불량배 같아 보였다.

"이런, 제기랄!"

박살이 난 차 앞부분을 들여다보며 사내가 버럭 고함을 질렀다. 도로 연석에 바짝 붙여서 얌전히 주차해놓은 차의 뒤꽁무니를 사정없이 들이받았던 것이다.

그때 사고가 난 지점 바로 앞집에서 한 젊은 여자가 달려나오더니 놀라서 눈이 화등잔만해졌다.

"옴마야, 옴마야, 내 차!"

여자는 말을 하지 못하고 눈물부터 지었다. 사고를 낸 남자는 여자를 향해 돌아섰다.

"이거 네 차냐? 이 병신 같은 년, 차를 어디다 세워놓는 거야?

응? 누가 도로에다 주차하래?"

사내는 고주망태가 되어 있었다. 술 냄새가 제인에게까지 진하게 풍겨왔다. 제인은 인상을 찡그리며 뒤로 물러섰다. 어느새 사고 현장으로 몰려온 동네 주민들도 한결같이 인상을 찡그렸다.

"누가 가서 샘을 좀 데려와."

노인의 목소리가 들렸다.

"알았어요."

쿨라비치 부인이 슬리퍼를 끌며 부지런히 걸어가는 소리가 들렸다.

그러게 말이야. 이 난장판이 벌어졌는데 경찰이라는 사람이 뭘 하고 있는 거야? 동네 사람들은 다 나왔는데 하고 제인은 생각했다.

마른하늘에 날벼락이었다. 얌전히 주차해놓은 차가 고철 덩어리가 되어버린 상황에서 피해 차량의 주인인 여자는 그저 손으로 입을 틀어막은 채 울기만 했다. 여자의 뒤로 다섯 살, 일곱 살쯤 되어 보이는 남자아이 둘이 멍한 얼굴로 서 있었다.

"마앙할 년!"

술 취한 불량배가 피해 차량의 주인을 향해 다가가며 쌍소리를 하기 시작했다.

"이봐, 말 조심해!"

누군가가 소리쳤다.

"넌 또 뭐야?"

고주망태로 취한 사내는 아랑곳하지 않고 우는 여자에게 다가가 다짜고짜 주먹으로 어깨를 퍽 하고 내질렀다. 그 바람에 여자는 균형을 잃고 비틀거렸다.

이를 본 제인은 화가 불끈 치솟아 앞뒤 가리지 않고 술 취한 불량배에게 덤벼들었다.

"야, 이 자식아, 술 마셨으면 얌전히 집에 가서 잠이나 잘 일이지, 어디다 대고 주먹질이야?"

"그러게나 말이야!"

뒤에서 한 노인이 맞장구를 쳤다.

"넌 또 뭐야, 이년아! 저 골빈 년이 내 차를 박살냈잖아!"

술 취한 사내의 행패는 점입가경이었다.

"네 차가 이 차를 박살낸 거지, 주차된 차가 어떻게 음주운전하던 차를 박살내?"

고주망태를 상대로 입씨름을 해보았자 시간과 노력만 낭비하는 것임을 제인도 모르지 않았다. 하지만 문제는 이 고주망태가 술기운에 힘만 더 세졌을 뿐 팔다리가 완전히 비틀거리는 정도는 아니었다는 것이다. 사내가 피해 차량의 여주인에게 오히려 화풀이를 한답시고 여자를 와락 밀쳐버리는 통에 여자는 길거리 위에 그야말로 큰댓자로 벌러덩 나자빠져버렸다. 여자는 공포에 질려 더 크게 울었고, 아이들까지 비명을 지르며 울기 시작했다.

제인은 무작정 고주망태를 향해 몸을 날렸다. 사내는 옆구리에 제인의 공격을 받고 비틀거렸다. 어떻게든 몸을 바로 하려고 애썼지만 결국은 엉덩방아를 찧으며 나자빠지고 말았다. 듣기도 민망한 쌍소리를 중얼거리며 일어나 앉은 고주망태는 제인을 노려보았다.

제인은 옆으로 슬쩍 피하며 발로 사내의 옆구리를 걸어찼다. 사내는 다시 고꾸라지는가 싶더니 기어코 일어섰다. 씩씩거리며 숨을 몰아쉬는 사내의 눈에는 시뻘건 핏발이 서 있었다. 이런, 내가 무슨 짓을 한 거지? 이젠 빼도 박도 못 하게 생겼군, 제인은 순간 당황했다.

제인은 거의 자동적으로 복싱 자세를 취했다. 오랜 세월 오빠와의 싸움을 통해 단련된 기술이었다. 복싱을 해본 지도 벌써 오래 전 일이었지만, 가만히 서서 맞고만 있을 수는 없었다.

동네 주민들의 응원소리가 들려왔지만, 죽느냐 사느냐의 기로에 서 있다는 절박감 때문인지 다른 사람들의 말소리는 까마득히 멀리 들렸다.

"누가 911에 전화 좀 해!"

"새디가 샘을 깨우러 갔으니까 샘이 와서 해결할 거야."

"제가 벌써 전화했어요."

한 여자아이가 그렇게 말했다.

고주망태가 먼저 덤벼들었다. 이번에는 제인도 그의 주먹을 피하지 못했다. 고주망태의 주먹질에 제인은 발로 차고 주먹으로 내지르며 동시에 날아오는 주먹을 막으려고 발버둥쳤다. 갈비뼈에 주먹이 날아와 꽂혔는데 그 충격은 상상을 초월할 정도였다. 그와 동시에 주민들이 두 사람을 에워쌌다. 젊은 축에 속하는 사람들 서넛이 달려들어 제인에게서 고주망태를 떼어놓으려고 힘을 썼고, 나이 많은 노인들은 슬리퍼를 신은 발로 고주망태를 걷어찬다고 난리였다. 제인과 고주망태는 한데 뒤엉켜 인도 위를 한 바퀴 굴렀는데 그 바람에 나이 든 아저씨들 몇이 와르르 쓰러지고 말았다.

땅바닥에 부딪친 머리가 띵해서 정신이 없는데 고주망태의 주먹이 한쪽 광대뼈를 강타했다. 제인의 한쪽 팔은 쓰러진 동네 주민의 등 밑에 깔려 꼼짝도 할 수 없었다. 간신히 움직일 수 있는 한쪽 손으로 고주망태의 허릿살을 사정없이 꼬집어서 비틀어버렸다. 고주망태는 눈알에 화살을 맞은 물소처럼 기괴하고 소름끼치는 비명을 질렀다.

그러더니 육중했던 고주망태의 몸뚱이가 한순간에 깃털 베개처럼 가벼워졌는지, 갑자기 그의 체중이 느껴지지 않았다. 깜짝 놀라 고개를 이리저리 돌려 보았더니 고주망태는 제인의 바로 옆에 엎어져 있었다. 얼굴은 맨땅에 처박고 두 팔이 뒤로 돌려진 채, 딸깍

하는 소리와 함께 그 손목에 수갑이 채워지는 것이었다.

겨우 몸을 일으켜 앉고 보니 옆집 날건달 경찰과 거의 코가 맞닿을 지경이었다.

"아가씨일 줄 진작에 알았어야 했어! 당신들 두 사람 모두 음주에 소란죄로 체포할 거야."

날건달 경찰이 소리를 빽 질렀다.

"난 술 안 마셨어요!"

제인도 성질이 돋는 대로 악을 썼다.

"음주는 이 작자, 당신은 소란죄야!"

제인은 기가 막혀 말도 나오지 않았다. 하지만 그게 오히려 다행이었다. 아무리 억울해도 그 순간에 더 악을 쓰며 대들었다간 진짜로 체포당하는 신세가 될지도 몰랐다. 주변에서는 성난 아내들이 주책없이 남의 싸움에 끼어들어 흙바닥에 나뒹군 남편들을 일으켜 세우느라 분주했다. 여기저기서 찢어진 상처는 없는지 뼈가 부러진 곳은 없는지 걱정하는 소리들이 튀어나왔다. 조용한 동네답지 않게 소동은 매우 대단했지만 다행히 크게 다친 사람은 없는 것 같았다. 오늘의 사고는 이 동네 주민들에게 몇 년은 족히 우려먹을 이야깃거리가 될 것이었다.

몇몇 아낙네들이 억울한 피해를 당한 차 주인에게 다가가 혀를 끌끌 차며 위로를 했다. 여자는 뒤통수에 피를 흘리고 있었고 아이들은 아직도 빽빽 울고 있었다. 우는 애들이 불쌍해서 그랬는지, 아니면 그 울음소리에 덩달아 겁을 먹어서 그랬는지 여기저기서 다른 아이들도 울음을 터뜨렸다. 멀리서 사이렌 소리가 들리는가 싶더니 그 소리는 점점 더 크게 다가왔다.

수갑이 채워진 고주망태 옆에 쭈그리고 앉아 한 손으로 사내의 어깨를 틀어쥔 채 샘은 어이가 없다는 얼굴로 제인을 내려다보았다.

제인의 집과는 도로를 사이에 두고 있는 반대편 집의 나이 든 할머니가 허옇게 센 머리카락에 헤어롤을 빼곡히 만 머리를 하고는 제인에게 다가왔다.

"괜찮수, 아가씨? 아가씨처럼 용감한 여자는 내 생전 처음 봤수! 샘, 좀 일찍 나오지 그랬어. 저 나쁜 놈이 사고까지 내놓고도 에이미를 밀쳐서 넘어뜨리니까 이 아가씨가 저놈한테 본때를 보여준 거야. 그런데, 아가씨 이름은 뭐요? 난 엘레노어 홀랜드라우. 아가씨네 집 도로 건너편에 살지."

"제인이에요."

제인은 간단하게 대답한 후 옆집 남자를 노려보았다.

"할머니 말씀이 맞아요. 샘, 당신이 조금만 더 일찍 나왔으면 이런 소동은 없었을 거예요."

"샤워를 하는 중이라 못 들었어요. 다친 데 없어요?"

샘이 변명하듯이 말했다.

"난 괜찮아요."

제인은 어정쩡한 자세로 일어섰다. 사실 괜찮은지 안 괜찮은지 확실히 알 수도 없었다. 다행히 뼈가 부러진 곳은 없는 것 같았고, 어지럽지 않은 것을 보면 심한 부상을 입은 것 같지는 않았다. 샘이 제인의 다리를 내려다보았다.

"무릎에서 피가 나는데……."

무릎을 내려다보던 제인은 실밥이 반 넘게 뜯겨 덜렁거리는 왼쪽 주머니 천을 북 찢어서 피가 흐르는 오른쪽 정강이를 대충 닦고 그 천으로 상처가 난 무릎을 덮었다.

"그냥 좀 긁힌 것뿐이에요."

그때 순찰차 두 대와 응급구조대 앰뷸런스가 경광등을 번쩍이며 도착했고 곧이어 제복을 입은 경찰들이 사람들 사이를 헤치고 다가왔다. 주민들은 다친 사람들이 누구누구인지 가르쳐주느라고 바뺐다.

30분 후, 상황은 모두 종결되었다. 래커가 와서 망가진 차량 두 대를 끌고 갔고 경찰은 고주망태를 끌고 갔다. 피해 차량의 주인인 여자는 머리에 찢어진 상처가 있어서 아이들까지 이끌고 앰뷸런스에 실려 가까운 병원의 응급실로 떠났다. 조금씩 긁힌 상처를 입은 사람들도 구조대원들이 상처를 소독하고 약을 발라주고 붕대를 감거나 밴드를 붙여주는 등의 치료를 해주었다. 치료를 끝낸 늙은 전사들은 아내들의 부축을 받으며 집으로 돌아갔다.

제인은 응급구조대가 모두 떠날 때까지 기다렸다가 구조대원이 붙여준 커다란 거즈와 반창고를 뜯어버렸다. 긴장되었던 순간들이 모두 지나가고 나니 이제는 피로가 몰려왔다. 어서 집으로 돌아가 뜨거운 물로 샤워를 하고, 초콜릿 칩 쿠키를 먹고, 그리고 푹신한 침대 속에 들어가 잠을 청하고 싶었다. 제인은 크게 하품을 하고는 집으로 가기 위해 도로를 건너기 시작했다.

그러자 샘이 얼른 따라오더니 나란히 걸었다. 제인은 힐끗 옆집 남자를 쳐다보고는 고개를 돌려 똑바로 앞만 보고 걸었다. 어두운 구름처럼 높은 곳에서 자신을 내려다보는 그의 얼굴이 보기 싫었다. 재수없게도 제인보다 2~3인치는 더 큰 키였다. 게다가 어깨는 또 왜 그리 넓은지 등짝이 축구장만했다.

"항상 그렇게 위험한 상황에 무작정 뛰어들어요?"

일상적인 대화조로 샘이 물었다. 제인은 잠깐 대답할 말을 생각해보았다.

"그래요."

"알 만하군요."

제인은 도로 한 가운데 서서 양손은 허리에 턱 얹고서 샘의 얼굴을 올려다보았다.

"그럼 내가 어떻게 하는 게 옳은 거였죠? 그 고주망태가 불쌍한

여자를 죽도록 두들겨 패도 팔짱끼고 서서 구경만 했어야 옳았다
는 건가요?”

“남자들이 나서서 도와줄 때까지 기다릴 수도 있었잖소.”

“그래요, 애석하게도 아무도 나서는 사람이 없었어요. 그래서 내
가 나섰어요, 왜요?”

모퉁이를 돈 차 한 대가 그들을 향해 달려왔다. 샘이 제인의 팔
을 끌어당겨 도로 밖으로 끌어냈다.

“키가 얼마나 돼요? 5피트…… 3인치?”

샘이 눈대중으로 가늠하며 물었다. 제인은 그를 올려다보며 인
상을 썼다.

“5피트 5인치예요.”

샘이 눈알을 뚜르륵 굴렸다. ‘글쎄, 정말 그럴까?’ 하는 듯한 표
정이었다. 제인은 이를 딱 물었다. 솔직히 말하자면 1/4인치 정도
빠지는 5피트 5인치였다. 하지만 1/4인치 차이가 뭐 그리 대수랴.

“아까 다친 에이미는 당신보다 3인치는 더 커요. 몸무게는 아마
30파운드는 더 나갈걸? 그런데 그 여자도 감당 못한 남자를 당신
이 어떻게 막겠다는 생각을 한 거요?”

“생각 안 했어요.”

“생각을 안 했어요? 하긴, 생각이 있는 사람이면 그런 짓은 안
하지.”

경찰관을 팰 수는 없지. 경찰관을 팰 수는 없어. 제인은 몇 번이
고 자신을 타일렀다. 한참 후에야 제인은 침착한 목소리로 대꾸할
수 있었다.

“내 말은, 그 남자를 막겠다는 생각은 하지 않았다는 거예요.”

“하지만 그 남자에게 덤볐잖소.”

“정신이 잠깐 나갔었나봐요.”

“이제야 바른말을 하시는군.”

제인은 또 할 말을 잃었다.

"보세요, 더 이상 내 눈앞에서 나를 모욕하는 말은 하지 말아요. 듣고 싶지 않아요. 그 고주망태가 애들까지 보는 앞에서 애들 엄마를 무식하게 구타하는 걸 보고만 있을 수는 없었어요. 무작정 덤벼든 게 잘했다는 건 아니지만, 나도 내가 다칠지도 모른다는 것 정도는 알고 한 짓이에요. 만약 같은 상황이 또 발생한다면 난 또 똑같이 행동할 거예요. 그러니 이제 그만 어서 댁의 갈 길을 가세요. 난 당신하고 같이 가고 싶지 않으니까."

"터프하시군요."

샘은 제인의 말에도 불구하고 다시 그녀의 팔을 잡아끌었다. 제인은 고분고분 걷거나 그렇지 않으면 질질 끌려서 가야 할 판이었다. 아무래도 혼자 걸어가게 두지 않을 것 같아 보이자 제인은 최대한 빨리 걷는 편을 택했다. 빨리 집 앞으로 갈수록 빨리 헤어질 수 있을 테니까.

"바쁜 일 있으슈?"

팔을 바짝 잡아당기며 자기 속도에 맞추도록 강요하면서 샘이 능글맞게 물었다.

"바빠요. TV를 보다가……."

하지만 무슨 프로그램을 보고 있었는지도 생각나지 않았다.

"우리 고양이가 목에 걸린 솜털을 뱉어내려고 했단 말이에요. 얼른 가서 봐줘야 해요."

"고양이를 좋아하슈?"

"지금 내 곁에 있는 사람보다는 좋아하죠."

제인이 쌀쌀한 목소리로 응수했다.

"윽, 아픈 데를 찔렀군."

샘은 정말 아픈 것처럼 인상을 찌푸렸다. 제인의 집 앞에 이르자 샘은 붙잡고 있던 팔을 놓아주었다.

"멍들지 않게 무릎에 얼음찜질을 해요."

샘이 말했다. 제인은 고개를 끄덕이며 현관을 향해 몇 걸음 걷다가 뒤를 돌아다보았다. 샘은 아직도 그 자리에 서 있었다.

"머플러 바꿔줘서 고마워요."

제인이 말했다. 샘은 처음에는 또 비아냥거리며 말을 하려는 듯했으나 이내 마음을 바꾼 듯 어깨를 으쓱 치켰다 내리며 말했다.

"고마울 것까진 없소. 새 쓰레기통 사다 줘서 고맙소."

"고마울 것까진 없어요."

두 사람은 상대방이 또 가시 돋친 말을 하기를 기다리는 것처럼 서로를 빤히 응시하며 잠시 서 있다가 제인이 먼저 돌아서서 집 안으로 들어가버렸다. 현관문을 잠근 제인은 잠시 그대로 서 있었다. 아늑하고 편안한, 그 사이에 벌써 정이 담뿍 들어버린 거실이 한눈에 들어왔다. 부우부우가 또 쿠션에 공격을 시작해서 솜이 거실 바닥에 어지러이 널려 있었다. 제인은 한숨을 푹 내쉬었다.

"초콜릿 칩 쿠키가 아니라 아이스크림을 먹어야 할 상황이네."

고양이를 노려보며 제인이 으르렁거렸다.

6

다음날 아침, 제인은 알람시계나 햇살의 도움이 없이도 눈을 떴다. 돌아눕기 위해 몸을 움직이다가 그만 정신이 들어버린 것이다. 온몸이 비명을 지르며 주인의 명령을 거부했던 탓이다. 갈비뼈는 사정없이 욱신거리시고, 무릎은 따끔거리고, 팔은 쑤시고 결렸다. 가만히 보니 엉덩이까지 시큰거리는 것 같았다. 어렸을 때 롤러스케이트를 처음 신고 나갔던 날 이후로 이렇게 온몸이 한꺼번에 아파 보기는 처음인 것 같았다.

제인은 끄으응끄으응 신음소리를 내면서 겨우 일어나 앉아 발을 천천히 침대 밖으로 내려놓았다. 자기 몸이 이렇게 아프니 나이 든 노인들은 오늘 아침 오죽하랴 싶었다. 노인네들이야 주먹세례를 받지는 않았지만, 한꺼번에 길바닥 위를 데굴데굴 굴렀으니 그 충격도 만만치 않을 터였다.

근육통에는 온찜질보다 냉찜질이 좋다는 건 알고 있었지만, 제인은 냉수 샤워를 할 만한 용기가 없었다. 빗줄기 같은 찬물 속에 발가벗고 서 있느니 차라리 살얼음이 낀 냉수를 열 컵쯤 마시는 것이 나았다. 제인은 미지근한 물로 샤워를 시작해서 천천히 온수 수도꼭지를 잠가 최후에는 완전히 냉수만으로 샤워하는 방법으로 절충을 했다. 그러나 제인은 온수 수도꼭지가 완전히 잠긴 지 2초도 못 되어 샤워 룸 밖으로 튀어나와야만 했다.

몸을 달달 떨면서 여름에는 좀처럼 입지 않는 파란색 목욕 가운을 꿰어 입었다. 오늘은 가운의 촉감이 너무나 좋았다.

아침에 일찍 일어나니 좋은 것이 한 가지 있었다. 부우부우 녀석 때문에 억지로 잠에서 깨지 않고 오히려 달게 자고 있는 녀석을 달달 볶아서 깨울 수 있다는 것이었다. 그러나 부우부우는 주인 여자가 제 단잠을 깨우는 것을 달가워하지 않는 것 같았다. 녀석은 금방이라도 달려들듯 씩씩대더니 제인의 눈에 띄지 않는 곳을 찾아 침실 밖으로 나가버렸다. 어느 구석에 숨어서 늦잠을 더 즐길 생각인 모양이었다. 제인은 고소하다는 듯이 미소를 지었다.

그날 아침에는 서두를 필요가 전혀 없었다. 너무 일찍 일어나기도 했지만 온몸의 근육과 뼈가 제각각 아우성을 치고 있어 민첩하게 움직일래야 움직일 수도 없는 상태였던 것이다. 주중의 평일치고는 특별하게 아주 느긋하게 커피를 마시고는, 차가운 시리얼로 뚝딱 끼니를 때우는 대신 냉동 와플을 꺼내 토스터 속에 넣어 굽고 딸기도 몇 알 꺼내 얇게 저며서 그 위에 얹어 먹었다. 지난밤에 육박전을 치렀으니, 오늘은 특별히 몸보신을 해야만 할 것 같았다.

와플을 다 먹고 나서 따끈한 커피를 한 잔 더 따라 마신 후 목욕 가운을 벗고 무릎을 살펴보았다. 어젯밤에 집에 들어오자마자 얼음팩으로 찜질을 했건만, 푸르뎅뎅한 멍이 크게 들어 있었다. 물론 무릎 전체가 쑤시고 따가운 건 말할 것도 없었다. 그러나 하루 종일 무릎에 얼음찜질을 하며 뒹굴 팔자도 못 되니 아스피린 몇 알을 삼키며 며칠 불편함을 참고 견뎌야 했다.

제인이 지난밤 있었던 육박전의 여파를 가장 심각하게 실감한 것은 브래지어를 입을 때였다. 앞에 달린 후크를 잠그자마자 스판 덱스 밴드가 갈비뼈를 조이는 바람에 시큰거리고 쑤셔서 견딜 수가 없었다. 결국은 브래지어를 벗어야만 했다. 팬티만 입고 옷장 거울 앞에 선 제인은 딜레마에 빠졌다. 노브라로 나가되 그것을 숨길 수 있는 방법이 무엇이냐.

물론 사무실에는 내내 에어컨이 돌아가지만, 날씨가 워낙 더운 계절이니 하루 종일 재킷을 걸치고 있을 수는 없었다. 제인이 가지고 있는 옷들은 대부분 천이 얇은 것들이어서 노브라로 나갔다간 단박에 표시가 나게 되어 있었다. 유두에 일회용 밴드를 붙이는 사람들도 있다는데, 그게 정말 통할까? 제인은 어디선가 그러한 내용을 읽은 기억이 났다. 일단 한 번 해보자. 그런다고 손해볼 게 뭐 있으랴. 제인은 얼른 일회용 밴드 두 개를 꺼내다가 유두에 붙여보았다. 그러고는 아무 상의나 하나 꺼내 걸치고 거울 앞에 서 보았다. 다행히 유두는 튀어나와 보이지 않았지만 대신 일회용 밴드가 훤히 비쳤다.

이건 안 되겠어. 일회용 밴드 말고 반창고가 있으면 되겠는데……. 하지만 애석하게도 제인에겐 반창고가 없었다. 제인은 일회용 밴드를 떼어버리고 옷장 안을 뒤적거리기 시작했다.

결국 찾아낸 것은 기장이 긴 연둣빛 스커트와 흰색 니트 탑, 그리고 진한 감색 실크셔츠였다. 셔츠 아랫단을 허리에서 묶고 푸른색과 초록색 구슬이 연결된 팔찌를 끼었다. 옷을 대충 맞춰 입고 화장을 하려고 거울 앞에 서서 얼굴을 자세히 들여다보던 제인은 화장에도 특별히 신경을 써야 하는 날이라는 것을 깨달았다.

"이 정도면…… 심하지는 않아."

제인은 거울 속의 얼굴을 이리저리 살펴보며 자신을 위로했다. 한 가지 다행인 것은 머리 모양만은 아무 문제가 없었다는 것이다. 숱이 많아 풍성하고 균형감 있게 웨이브가 진 적갈색 머리카락은 대충 빗질만 해도 될 것 같았다. 팔꿈치를 들어올리는 것조차 버거운 상황에서 머리 모양까지 다듬어야 한다면 그것도 난감한 일이었다.

마지막으로 뺨에 남은 멍자국이 문제였다. 거울을 들여다보고 인상을 찡그리던 제인은 손으로 살짝 푸르뎅뎅한 곳을 만져보았다. 아프지는 않았지만 분명히 푸른 멍자국이었다. 제인은 화장을 짙게 하지 않는 편이었다. 일하러 회사에 출근하면서 짙은 화장을 하는 건 비싼 화장품을 낭비하는 일이라는 지론을 갖고 있었기 때문이다. 하지만 오늘만은 예외였다.

조용하고 세련된 차림새에 짙은 화장을 하고 나니 제인은 자신이 봐도 꽤 멋지다는 생각이 들었다. 그녀는 현관문을 열고 밖으로 나섰다. 그런데 하필 그때 옆집 남자가 자동차 문을 열고 막 타려는 중이었다. 제인은 돌아서서 가능한 한 시간을 끌며 현관문을 잠갔다. 샘이 얼른 시동을 걸고 먼저 떠나주었으면 하는 마음에서였다. 그러나 행운의 여신은 그녀의 편이 아닌 것 같았다.

"괜찮아요?"

샘의 목소리가 바로 뒤에서 들려왔던 것이다. 제인은 소스라치게 놀라서 홱 돌아섰다. 비명이 튀어나오려는 것을 간신히 참았지만, 비명은 금방 신음소리가 되어 흘러나왔다. 갈비뼈가 경고의 메시지를 보낸 것이다. 제인은 열쇠꾸러미를 떨어뜨리고 말았다.

"이런 제기랄! 그렇게 도둑고양이처럼 소리도 없이 다가오면 어떻게 해요?"

아픔을 참으며 겨우 숨을 쉴 수 있게 되자 제인이 내뱉은 말은 그것이었다.

"그럼 어떻게 다가가면 되는 거요? 아는 방법 있으면 가르쳐주쇼."

샘은 완전히 무표정한 얼굴이었다.

"가만히 서서 돌아설 때까지 기다리란 말이오? 그런데…… 방금 전에 욕하지 않았소?"

마치 사전에 욕하거든 지적해달라고 간절한 부탁이라도 받은 사람처럼 샘이 말했다. 콧김으로 뜨거운 바람을 훅훅 불어내면서 제인은 지갑을 뒤져 25센트짜리 동전 하나를 꺼내 샘의 손바닥에 탁 내려놓았다. 샘은 눈만 껌뻑거리며 동전을 들여다보았다.

"이게 뭐요?"

"욕했다면서요. 욕하다가 들키면 동전 하나씩 벌금으로 주는 거예요. 욕 좀 덜 하려고 시작한 방법이에요."

"그럼 나한테 빚진 게 엄청 많은데. 어젯밤에 꼬박꼬박 욕하지 않았소?"

"나한테 욕했다고 지적하지 않았잖아요. 고지서 날아오기 전에 세금 내는 거 봤어요? 옛날 일까지 다 들춰서 벌금 내려면 집 팔고 땅 팔고 차까지 팔아도 모자라요, 난."

"그건 그렇군요. 그렇지만 지난 일요일에는 지적했는데? 그래도 동전 안 줬잖소."

제인은 조용히 성질을 누르며 지갑에서 동전 하나를 더 꺼내 그의 손에 얌전히 올려놓았다. 샘은 매우 만족스러운 표정으로 히쭉 웃기까지 하며 동전 두 개를 바지 주머니 속에 찔러넣었다.

다른 때 같았으면 어이가 없어서라도 같이 웃어주었겠지만, 제인은 아직도 자신을 놀라게 한 것에 대해 샘에게 심통이 나 있었다. 갈비뼈가 계속 욱신거리는 통에 바닥에 떨어진 열쇠꾸러미를 집는 것도 힘들었다. 뿐만 아니라 무릎도 구부러지지가 않았다. 제인은 허리를 굽히다 말고 똑바로 서서 정말 성질이 있는 대로 돋은 얼굴로 샘을 노려보았다. 성질 같아서는 사내의 턱밑에 주먹이라도 한 방 날리고 싶었다. 아직 현관 계단 위에 서 있으니 높이나 각도도 적당히 딱 맞아떨어졌다. 또 밉살스럽게 웃기만 해봐,

내가 눈 딱 감고 주먹을 날려버릴 테니.

하지만 제인의 속셈을 알아차렸는지 이번에는 샘도 웃지 않았다. 경찰들은 원래 그렇게 조심스럽거나 남의 마음을 잘 읽나보군 하고 제인은 생각했다. 샘이 제인 대신 허리를 굽혀 열쇠를 집어주었다.

"무릎이 안 굽어지죠?"

"안 굽어지긴 갈비뼈도 마찬가지예요."

제인은 낚아채듯이 열쇠를 받아 들고 계단을 내려오며 퉁명스럽게 내뱉었다. 샘의 눈썹이 꿈틀거렸다.

"갈비뼈가 왜요?"

"맞았잖아요."

샘이 정말 답답하다는 듯이 한숨을 푹 내쉬며 물었다.

"그런데 어젯밤에는 왜 말 안 했어요?"

"뭐하려요? 부러진 것도 아니고 그냥 멍이 좀 든 것뿐인데."

"겉만 보고 그걸 어떻게 아슈? 금이 갔는지도 모르잖아요!"

"금 안 갔어요!"

"갈비뼈에 금이 갔는지 안 갔는지 병원 안 가고도 알만큼 그렇게 갈비뼈 부상 경험이 많소?"

제인은 이를 악물며 대꾸했다.

"이건 내 갈비뼈예요. 내가 금 안 갔다면 안 간 거예요. 더 이상 이래라저래라하지 마세요."

그러나 샘은 최선을 다해 자동차를 향해서 다가가고 있는 제인의 옆을 여전히 능청스런 걸음걸이로 따라붙었다.

"하루라도 다른 사람하고 싸우지 않고 지나가는 날이 있어요?"

"댁의 얼굴만 안 보면요! 그리고 항상 싸움을 먼저 걸어온 건 당신이었잖아요! 난 얼마든지 좋은 이웃이 될 수 있는 사람이었어요. 그런데 당신은 내 얼굴을 볼 때마다 사사건건 트집을 잡았어요. 부우부우가 차에 발자국을 냈다고 사과했을 때도 그랬잖아요!
게다가 난 당신이 항상 술에 취해 있는 줄 알았다구요."

샘은 깜짝 놀라며 물었다.

"술에 취해요?"

"시뻘겋게 핏발 선 눈에다, 더러운 옷하며……, 남들 다 곤히 자
는 오밤중에 털털거리는 고물차를 여봐란듯이 끌고 집에 오지 않
나, 문을 여닫을 때도 조용히 할 줄을 아나, 볼 때마다 술 덜 깬
사람처럼 흐리멍덩한 얼굴에다가…… 그러니 술 취했다고 생각할
수밖에 더 있어요?"

샘이 손으로 자기 얼굴을 벅벅 문질렀다.

"미안해요. 미처 생각 못했군요. 그러니까…… 시체도 벌떡 일어
나게 할 만큼 시끄러우니 좀 조용히 해달라는 말을 하러 가려면
샤워하고 면도하고 정장차림으로 나타나라, 이 말이오?"

"누가 그렇게 하래요? 그저 청바지든 반바지든 좀 깨끗하게 입
고 나타나라 이 말이에요, 내 말은!"

바이퍼의 문을 열다가 제인은 또 한 번 난감해졌다. 운전석에는
어떻게 구부리고 들어가 앉지?

한참이나 뜸을 들이다가 샘이 변명처럼 말했다.

"주방 수납장에 칠을 새로 하느라고…… 요즘 들어 근무가 늦게
끝나다 보니 짬 날 때마다 일한다는 게…… 어쩌다 보면 그냥 더
러운 작업복을 입고 잠들 때도 있고 해서……."

"페인트칠은 쉬는 날까지 미루었다가 한꺼번에 하고 차라리 잠
을 좀더 자는 게 어때요? 그럼 성질도 좀 나아질 텐데."

"내 성질이 어디가 어때서?"

"속 더러운 스컹크 소굴에나 가서 그렇게 말해보시죠?"

제인은 차 문을 열고 핸드백을 먼저 안에 던져 넣은 다음 가능
한 한 천천히 운전석에 앉았다.

"좋은 차군요."

샘이 제인의 차를 훑어보며 말했다.

"고맙군요."

칭찬은 칭찬으로 갚아야 한다는 생각에 샘의 차를 돌아다본 제인은 그냥 입을 다물고 말았다. 때로는 아무 말도 하지 않는 것이 더 큰 칭찬이라는 생각이 들어서였다.

제인이 갈색 폰티악을 슬쩍 보고는 아무 말 없이 고개를 돌리는 것을 보고 샘은 히죽 웃었다. 제인은 제발 샘이 더 이상 그렇게 이상한 미소를 짓지 않았으면 좋겠다고 생각했다. 그가 그렇게 이상한 미소를 지을 때마다 차츰 정상적인 인간으로 보이기 시작하는 것이었다. 이렇게 햇살이 눈부신 이른 아침에 얼굴을 마주하는 것도 싫었다. 숱 많은 검은색의 짙은 속눈썹과 그 아래에서 빛나는 갈색 눈동자가 너무나 인간적으로 보였기 때문이다. 그래, 눈에서 핏발도 걷히고 고래고래 소리를 지르지도 않으니, 생각했던 것처럼 그렇게 험악한 인상은 아니군 하고 제인은 생각했다.

그런데 그때 갑자기 샘의 눈동자가 차갑게 변하더니 손을 내밀어 엄지손가락으로 제인의 뺨을 살살 건드렸다.

"여기, 멍이 들었군요."

"제에……."

제인은 얼른 입술을 깨물었다.

"……발…… 건드리지 말아요. 공들여서 감춰놓은 거니까."

"솜씨가 대단하군요. 응달에서 나오기 전에는 못 봤어요."

샘이 팔짱을 끼고는 자못 진지한 얼굴로 물었다.

"다른 데는, 더 다친 데 없소?"

"근육통. 어떻게 이 운전석에 들어가 앉을까, 그것도 걱정이라구요."

제인이 애처로운 목소리로 말했다. 그러고는 아직 열려 있는 문의 손잡이를 잡고 오른쪽 다리를 조심스럽게 차 안으로 들여놓았다. 샘은 어쩌다 스스로 그런 지경을 만들었는지, 한심하다는 듯이 혀를 끌끌 차면서 제인의 한쪽 손을 붙들고 그녀가 운전석에 안전하게 들어가 앉을 때까지 부축해주었다.

"고마워요."

겨우 차 안에 들어앉은 제인은 진심으로 샘의 친절에 고마워했다.

"천만에."

허리를 굽혀 차 안을 들여다보며 샘이 물었다.

"가해자를 폭행혐의로 고소할 생각이죠?"

제인이 입술을 삐죽 내밀었다.

"내가 먼저 쳤는데?"

제인은 샘의 입술이 또 비틀어진다고 생각했다. 제발 웃지 마, 제발 웃지 말란 말이야! 제인은 속으로 외쳤다. 또 그의 이상한 미소를 보고 싶지 않았다. 짧은 시간 동안에 그의 이상한 미소를 너무 많이 보는 건 해로울 것 같았다. 어쩐지 그가 정상적인 인간으로 보이는 건 위험한 일이라고 생각되었다.

"잘 생각했소."

샘도 제인의 생각에 동의했다. 샘은 굽혔던 허리를 펴고 제인의 차 문을 닫아주려다 문득 생각난 듯이 말했다.

"근육통은 마사지를 잘해주면 금방 풀려요. 한증탕을 하거나."

그러자 제인의 얼굴이 금방 우거지상이 되었다.

"한증탕이라뇨? 그럼 내가 오늘 아침에 냉수 샤워한 건 모두 헛일이란 말이에요?"

이번에는 샘도 참을 수 없는지 히죽히죽 웃기 시작했다. 제인은 제발 그의 미소가 멈추기를 기도했다. 미소 짓는 그의 얼굴은 아름다운 남자였으며 하얗고 고른 치아도 단정하게 빛났다.

“냉수욕도…… 괜찮죠. 통증을 완화시키려면 냉수욕과 온수욕을
번갈아 해보세요. 그리고 마사지도 할 수 있으면 해보시고.”

햄머스테드 근처에 온천이 있다는 소문은 못 들었지만, 오늘 하
루 종일 전화번호부를 뒤적이는 한이 있더라도 퇴근하기 전에 최
소한 한 군데는 예약을 해두어야겠다고 제인은 생각했다.

“알려줘서 고마워요.”

샘은 고개를 끄덕이며 차 문을 닫아주고 뒤로 물러섰다. 작별인
사로 손을 흔들고 그는 자기 차로 돌아갔다. 샘이 차 안에 올라타
기도 전에 제인의 바이퍼는 미끄러지듯 도로 위로 달려나갔다.

제인은 살짝 미소를 지으며 생각했다. 오늘 보니 잘하면 좋은
이웃이 될 수 있겠어……. 어젯밤 일만 해도 그랬다. 샘과 샘의 수
갑이 얼마나 유용했던가 말이다.

샘과의 예기치 못했던 만남으로 시간이 약간 지체되기는 했지만
제인은 매우 일찍 출근한 편이었다. 덕분에 차에서 내리는 데 충
분히 시간을 쓸 수 있었다. 엘리베이터 버튼 위에 붙은 오늘의 벽
보에는 이렇게 쓰여 있었다.

실패는 옵션 소프트웨어가 아니라 번들 소프트웨어이다.

1층과 2층에서 일하는 컴퓨터광들이야 오늘 내용이 지난번 내용
보다 훨씬 점잖고 유머러스하다고 생각하겠지만, 경영자들의 입장
에서 보면 눈살이 찌푸려지지 않을 수 없는 내용이라고 제인은 생
각했다.

차츰 사무실에는 사람들이 많아졌다. 그날 아침의 화제는 사보
에 난 기사였다. 그 이야기를 하는 사람들 중 절반은 기사의 내용
에 대해서 떠들었고 나머지 절반은 A, B, C, D로 표현된 네 여자
의 신원에 대한 추측들이었다. 그 기사 내용은 기사를 쓴 사람이

지어낸 것이라는 추측이 더 우세했고, 따라서 A, B, C, D로 표현된 등장인물들도 가공의 인물일 거라고 떠들어댔다. 제인은 그들의 이야기를 듣고 너무나 반가웠지만 그저 입을 꾹 다물고 행운을 빌 뿐이었다.

"그 기사를 복사해서 시카고에 있는 내 사촌한테 보냈지."

복도에서 스쳐 지나간 한 남자 직원의 말소리가 얼핏 들려왔다. 그 남자가 말한 '기사'라는 것이 <디트로이트 뉴스>에 실린 기사가 아니라는 것은 누가 봐도 뻔했다.

내 참, 발 없는 퍼펙트 맨이 대륙을 횡단하고 있군.

점심을 먹기 위해 고생하며 차를 타고 내리기를 반복할 생각을 하니 끔찍했다. 그래서 대신 스낵 룸에서 크래커와 피넛 버터, 그리고 소프트 드링크로 간단히 때우기로 했다. 티제이에게 부탁해서 먹을 만한 것을 좀 사다달라고 부탁할까 생각도 해보았지만, 그러자면 왜 점심을 먹으러 나갈 수 없게 되었는지 설명해야 할 테니 차라리 입다물고 한 끼 배고픔을 참기로 했다. 동네에서 소란을 부리던 고주망태를 먼저 공격했다는 이야기를 하자니 자신이 거칠고 무지막지한 여자로 비칠 것 같아 싫었다. 따지고 보면 제인의 행동은 그저 자기가 무슨 짓을 하고 있는지도 깨닫지 못할 정도로 화가 난 데서 비롯된 단순하고 무식한 행동이라고 할 수 있었다.

레아 스트리트가 스낵 룸으로 들어오더니 냉장고 안에서 깔끔하게 포장된 도시락을 꺼냈다. 통밀빵에 칠면조 고기와 양상추로 속을 넣은 샌드위치, 야채 수프(전자레인지에 데웠다), 그리고 오렌지 하나였다. 제인은 역겹기도 하면서 한편으로는 묘한 질투심 같은 것도 느꼈다. 어떻게 하면 사람이 저렇게 질서정연하게 살 수 있을까? 레아 같은 사람의 눈에는 자신 이외의 모든 사람들은 매우 비효율적이고 비위생적인 사람으로 보일 거라고 제인은 생각했다.

"같이 앉아도 될까요?"

레아가 물었다. 그 순간 제인은 약간의 미안함까지 느껴졌다. 스낵 룸에는 자신과 레아, 둘뿐이었으니 예의상으로라도 먼저 자리를 차지하고 있었던 자신이 앉으라고 권했어야 했다는 생각이 들었던 것이다. 햄머스테드 사람들은 그저 누구 옆에든 빈자리만 있으면 스스럼없이 앉아서 같이 떠들고 먹고 마시곤 했다. 그러나 레아는 사람들이 워낙 불편해하기 때문에 스스로 다른 사람이 먼저 앉아 있으면 앉아도 되느냐고 양해를 구하곤 했다.

"그럼요. 혼자 있으니 심심했는데, 잘되었죠."

가능한 한 상냥한 목소리로 제인이 대답했다. 만약 그녀가 천주교 신자였다면 나중에 덧붙인 말은 전날에 자기 아버지는 자동차에 대해 아무것도 모르는 사람이라고 했던 거짓말과 함께 반드시 고해를 해야 할 죄목에 속할 것이었다.

레아는 영양 만점에 모양새까지 예쁜 음식을 테이블 위에 차려놓고 자리에 앉았다. 샌드위치를 조그맣게 한 입 베어 물고는 조물조물 씹다가 냅킨으로 입 가장자리를 한 번 닦고, 조그마한 숟가락으로 따끈한 수프를 한 입 떠먹더니 또 냅킨으로 입 가장자리를 한 번 닦고……. 제인은 할 말을 잃은 얼굴로 레아가 식사하는 모습을 멍하니 바라보았다. 마치 빅토리아시대 귀족의 저녁식사를 구경하는 듯한 기분이 들었다. 제인도 식사 매너라면 누구에게 빠지지 않는 편이었지만, 레아 앞에 앉아 있으니 마치 야만인이 된 기분이었다.

잠시 후에 레아가 먼저 말을 걸었다.

"혹시, 어제 사보에 난 그 역겨운 기사 보셨어요?"

제인이 겪어본 결과 '역겨운'이라는 단어는 레아가 가장 즐겨 쓰는 단어였다.

"어떤 기사를 말하는지 알겠어요. 자세히 읽어보지는 못했지만 대충 봤죠.”

“그런 걸 보니 내가 여자라는 것이 창피하더군요.”

그건 좀 지나치지 않아? 제인은 속으로 생각했다. 레아가 어떻게 생각하든 네 멋대로 하라고 내버려두는 게 상책이라는 걸 알면서도 속이 뒤틀려서 그만 불쑥 대꾸를 하고 말았다.

“어째서요? 난 오히려 그 사람들이 솔직하다고 생각하는데?”

차라리 입을 다무는 것이 현명한 순간에 절대로 참지 못하는 것이 제인의 고질병이었다. 레아는 샌드위치를 내려놓으며 성난 눈길로 제인을 노려보았다.

“솔직하다구요? 그런 더러운 창녀 같은 말들이? 그 사람들이 원하는 건 그저 돈과 큰…… 큰…… 거를 가진 남자…….”

“페니스. 그건 페니스라고 하는 거예요.”

제인은 레아는 이런 단어는 절대로 모를 거라고 생각하면서 되도록 발음을 정확하게 알려주었다.

“그리고 난 그걸 쓴 사람들이 원하는 게 그게 전부였다고는 생각하지 않아요. 믿을 만한 남자라든가 의지할 만한 남자라든가, 그리고 유머감각…….”

레아는 부채질을 하듯이 황급하게 손사래를 치며 제인의 말을 가로막았다.

“그렇게 믿고 싶다면 그렇게 믿는 건 자유예요. 하지만 그 기사의 전체를 놓고 볼 때 가장 핵심적인 포인트는 섹스와 돈이었다구요. 길 가는 사람들 백 명을 붙들고 물어보세요. 아흔아홉 이상이 그렇게 답할 테니. 게다가 불량스럽고 잔인하기까지 하고……. 가진 돈도 없고 그…… 것도 크지 못한 남자들이 그걸 봤을 때 기분이 어떨지 상상이나 해봤어요?”

“페니스라니까요. 그건 페니스라고 하는 거예요.”

제인이 또 강조하자 레아는 입술을 악물면서 씩씩거렸다.

"점잖은 사람이라면 드러내놓고 떠벌릴 수 없는 말도 있는 거예
요. 당신이 얼마나 입이 더러운 사람인지는 나도 익히 알고 있지
만!"

여기에 이르러서는 제인이 발끈하지 않을 수 없었다.

"뭐라구요? 입이 더럽다뇨? 내가 가끔씩 상소리를 하는 건 인정
하지만, 나도 그러지 않으려고 노력하고 있는 중이라구요. 그리고
페니스라는 말은 더러운 말이 아니에요. 욕도 아니구요. 다리를
'다리'라고 하듯이 페니스는 인간의 신체 중 일부를 가리키는 정당
하고 정확한 단어라구요. 당신은 우리가 다리를 두고 '다리'라고
말하는 것도 점잖지 못하다고 할 건가요?"

레아는 테이블 가장자리를 두 손으로 꼭 움켜쥐더니 손등이 하
얗게 질릴 정도로 힘을 주었다. 씩씩거리는 숨소리가 제인에게까
지 들려왔다.

"좀전에도 말했듯이, 남자들 중에서 일부는 그걸 읽고 무척 상
심했을 거라는 걸 생각해보란 말이에요. 지금까지 자신에겐 아무
문제도 없다고 생각했는데 갑자기 초라하게 느껴졌을 거라구요!"

"솔직히 말하면 어떤 남자들은 사실 초라해요!"

제인이 맞받아쳤다. 세 명의 초라한 사내들이 그녀의 뇌리를 스
쳐갔다. 물론 생식기만을 두고 하는 말은 아니었다.

"당신 말곤 아무도 그렇게 생각하지 않을 거예요."

레아의 목소리도 한 옥타브쯤 높아졌다. 레아는 다시 샌드위치
를 들고 베어 물었다. 제인이 보니 그녀의 손이 바르르 떨리고 있
었다. 정말로 화가 난 모양이었다. 제인은 속으로 은근히 놀라고
말았다. 이쯤에서 좋게 마무리를 해야겠다는 생각에 화해조로 말
을 붙였다.

"레아, 그 기사를 읽은 사람들은 대부분 그저 웃어넘기는 정도
예요. 원래 그걸 쓴 사람들도 그저 웃자고 한 걸 거구요."

"난 그렇게 생각 안 해요. 더럽고 불결하고 악독한 것들!"

레아와 화해를 하겠다는 시도 자체는 무모한 짓이었다. 제인은 더 이상 화해 같은 것은 바라지 않는 무덤덤한 목소리로 말했다.

"그래도 내 생각은 달라요. 난 무슨 일이든 그걸 보는 사람의 시각에 따라 다르게 보이는 거라고 생각해요. 사악한 눈을 가진 사람에게는 세상 모든 것이 사악하게 보이고 불결한 눈을 가진 사람에게는 세상 모든 것이 불결하게 보이는 법이에요."

그러자 레아의 얼굴이 백짓장처럼 변하더니 이내 시뻘겋게 달아올랐다.

"그…… 그럼 내가 더러운 시각을 가졌단 말이에요?"

"알아서 해석하세요."

제인은 레아와의 말싸움이 더 크게 번지기 전에 얼른 자리에서 일어났다. 내가 요즘 왜 이러지? 처음에는 옆집 남자, 그리고 이번에는 레아. 요즘 들어 제인은 누구와도 부드럽게 넘어가지 못하는 것 같았다. 심지어는 고양이한테까지도. 물론 레아 스트리트와 부드럽게 지내는 사람은 제인이 아는 한 아무도 없었다. 그러므로 그녀까지 고려의 대상에 넣어야 할지는 미지수였다. 그러나 샘과의 이웃 관계는 조금 더 개선하기 위해 노력할 필요가 있었다. 샘이 처음부터 제인의 감정을 건드린 면이 있었지만, 제인도 계속해서 그의 감정을 건드렸던 것은 마찬가지였다. 문제는 제인이 남자와 잘 지내기 위해 어떤 노력을 해야 하는지 잊은 지 오래되었다는 것이었다. 세 번째 약혼이 깨진 후 제인에게 남자는 늘 기피 대상이었던 것이다.

내가 이제 무슨 짓인들 못 하랴 하는 것이 제인의 솔직한 심정이었다. 스물세 살에 이미 세 번의 파혼을 경험했다면 그다지 좋은 이력은 아니었다. 제인이 그렇게 추한 몰골을 타고난 것도 아니었다. 거울을 들여다보아도 거울 속에 비친 여자는 날씬하고 어여뺐다. 보일 듯 말듯 살짝 들어간 보조개, 역시 보조개처럼 은근하게 옴폭 파인 턱끝. 고등학교 시절에도 남학생들 사이에서는 인기 만점이었다. 그랬기 때문에 3학년 때 학교 야구팀의 주전 투수였던 브렛과의 약혼에 성공할 수 있었다. 그러나 제인은 졸업 후 대학에 가길 원했고 브렛은 계속 야구선수로 활동하고 싶어했다. 그러다 보니 자연히 서로 만날 기회가 적어졌고 불행하게도 브렛은 야구로 평생을 도모할 만큼 훌륭한 선수가 되지 못했다.

그 다음에는 앨런이었다. 제인이 대학을 갓 졸업하던 스물한 살 때 약혼했는데 결혼식 바로 전날, 결혼식 리허설이 약속되어 있던 밤에 옛 애인을 아직도 사랑하고 있노라고 때늦은 고백을 했던 남자였다. 옛 애인과의 관계가 진짜로 끝났다는 것을 증명하기 위해 제인과 사랑에 빠졌는데 사실은 그게 계획대로 되지 않더라는 것이었다.

병신 같은 놈, 엿이나 먹어라.

앨런과 결별한 후 워렌과 약혼했는데 이번에는 제인이 너무 몸을 사린 것이 화를 자초한 셈이 되고 말았다. 이유야 어찌 되었든, 기껏 워렌이 청혼하고 제인이 그 청혼을 수락한 다음부터 두 사람의 관계는 어쩐지 김빠진 맥주처럼 시들해졌고 결국 흐지부지 끝나고 말았던 것이다. 하지만 워렌이나 제인이나 모두 관계를 청산한 것을 다행으로 여겼다. 비록 김빠진 맥주꼴이긴 했지만 눈 질끈 감고 워렌과의 결혼을 감행할 수도 있었다. 그러나 그렇게 하지 않은 지금의 결말이 제인은 더 행복했다. 억지로 결혼하고 주체하지도 못할 애까지 낳고, 그러고 나서야 이혼을 감행했다면 그건 너무나 끔찍한 결말이 아닌가. 만약 아이를 낳는다면, 자신의 부모님들이 그랬듯이 안정적이고 화목한 결혼생활을 전제로 하고 싶었다.

세 번이나 약혼이 깨졌지만 제인은 그 세 번의 파혼 중 어떤 것도 근본적으로 자신의 책임이 컸다고 믿지 않았다. 두 번은 서로 합의해서 갈라선 경우였고 나머지 한 번은 누가 봐도 앨런의 잘못이었다. 하지만…… 그래도 제인은 답답했다. 대체 나의 어디가 문제란 말인가? 돌이켜보면 데이트를 즐겼던 상대방 남자들로 하여금 헌신적인 사랑은 고사하고 한바탕 휘몰아치는 열풍 같은 정욕조차 일으키지 못했던 것 같았다.

과거의 불행했던 일들을 회고하던 제인은 사무실 문이 빠끔히 열리고 티제이의 얼굴이 쑥 나타나는 통에 퍼뜩 정신을 차렸다. 티제이의 얼굴은 창백했다.

"<디트로이트 뉴스> 기자가 와서 도나와 인터뷰를 한대. 혹시……."

티제이는 제인을, 제인은 티제이를 바라보며 서로 울상만 지었다.

"오, 이런 염병할!"

제인은 일시에 부아가 끓어오르는 것을 느꼈다. 티제이도 마찬가지였는지 동전을 내놓으라는 소리도 하지 않았다.

그날 밤, 코린은 문제의 사보를 들고 그 기사를 읽고 또 읽었다. 더러운 것들. 더러운 것들…….

그의 손이 바들바들 떨려 사보의 글자들이 춤을 추었다. 이런 추잡한 글이 사람들에게 얼마나 상처를 주는지 모른단 말이야? 어떻게 이렇게 비웃을 수가 있어?

코린은 사보를 냅다 집어던지고 싶었지만 그러지 못했다. 쓰디쓴 번민이 그의 몸과 마음을 한꺼번에 갉아먹고 있었다. 이런 더럽고 쓰레기 같은 글을 쓴 것들이 한 직장에서 일하는 동료들이었다는 사실이 그는 믿어지지 않았다.

코린은 깊이 숨을 들이쉬었다. 마음을 다스려야 했다. 의사도 그래야 한다고 했다. 어서 약을 먹고 마음을 진정해……. 코린은 약을 먹었다. 벌써 오랜 세월 그는 문제없이 잘 지내고 있었다. 때로는 자신을 잊을 정도로 그렇게…….

하지만 지금은 자신을 잊을 수가 없었다. 이번 일은 너무나 중요한 일이었다.

대체 어떤 자들이지?

어서 알아내야 한다. 꼭.

7

지뢰밭에서 공을 차도 이것보다는 낫겠다……

다음날 아침 눈을 뜬 제인이 제일 먼저 생각한 것은 그것이었다. 아직 지뢰가 터지지는 않았지만 어디서든 곧 터질 일이었다. 그것이 언제가 될지는 도나가 얼마나 오래 입을 다물고 버텨주느냐에 달려 있었다. 도나의 입에서 '마아시'라는 이름이 나오는 순간 나머지 세 여자에게는 자동적으로 '유죄' 판결이 내려지게 되어 있었다.

가여운 티제이는 거의 제정신이 아니었다. 제인이라도 갤런 요터 같은 남자와 결혼했다면 도저히 제정신을 차릴 수 없었을 것이다. 평범한 여자 네 명이 모여서 장난으로 끄적거린 것들이 어떻게 한 부부를 비극적인 이혼으로까지 몰고 갈 지경에 이르렀는지 제인은 정말 답답했다.

근육통 때문에 아스피린을 더 먹고 뜨거운 물 속에 몸을 담그고 나니 몸은 한결 더 편해진 느낌이었지만 제인은 간밤에 잠을 잘 자지 못했다. 그 망할 놈의 사보기사가 자꾸 떠오르고 앞일이 걱정스러워 평소 잠들던 시간을 넘기면서까지 이리저리 뒤척였고 그나마 새벽 동이 트기도 전에 잠이 깨버렸다. 아침 신문을 가져다 읽는 것마저도 슬며시 두려웠지만, 출근해야 한다는 생각에 이르러서는 차라리 술 취한 불량배와 한 판 더 거하게 싸움질이나 하는 것이 낫겠다 싶었다.

제인은 커피를 마시며 동쪽 하늘이 서서히 밝아오는 것을 바라보았다. 부우부우도 결국은 달콤한 아침잠을 깨운 주인 여자의 죄를 용서해주기로 했는지, 제인의 옆에 앉아 발바닥을 핥으며 제인이 아무렇게나 긁어줄 때마다 그르릉그르릉하며 만족스러움을 표시했다.

그리고 그 후 일어난 놀라운 일은 절대로 제인의 잘못이 아니었다. 커피를 다 마시고 커피잔을 씻으려고 싱크대 앞에 서 있는데, 옆집 주방에 불이 켜지더니 샘의 모습이 시야로 들어왔다.

그 순간 제인은 덜컥 숨이 막히는 것 같았다. 아니, 심장과 폐가 기능을 멈추었는지 아니면 기도가 막혔는지 들숨도 날숨도 멈춰버렸다.

"엄마야…… 난 몰라……."

제인은 겨우 숨을 들이쉬며 중얼거렸다. 언젠가는 보게 되리라는 기대조차 영원히 할 수 없었던 것을 보아버렸던 것이다. 그건 바로 샘의 몸이었다. 샘은 냉장고 앞에 서 있었는데 그야말로 실오라기 하나 걸치지 않은 알몸이었다. 그는 냉장고 문을 열고 조그만 오렌지 주스 병을 하나 꺼내더니 마개를 비틀어서 열고는 고개를 젖혀 주스를 마시면서 돌아섰다. 그러는 동안 제인은 샘의 엉덩이를 보았는데 그 엉덩이는 정밀 조각가가 깎아놓은 것 같았다.

"애, 부우부우……, 저길 좀 봐!"

샘의 몸은 어디 한 군데 나무랄 곳이 없을 정도로 완벽했다. 훤칠한 키에 날씬한 허리, 단단한 근육질로 무장된 몸이었다. 겨우 시선을 위로 끌어올린 제인은 샘의 가슴을 덮고 있는 짙은 털을 보았다. 약간 지친 듯한 얼굴이기는 했지만 샘이 매우 잘생긴 얼굴이라는 건 제인도 알고 있었다. 섹시한 갈색 눈동자, 하얗고 고른 치아, 멋진 미소. 정말 매력적인 남자였다.

제인은 한 손으로 자기 가슴을 지그시 눌렀다. 가슴은 몹시 쿵쾅거리고 있었다. 마치 고철을 부수는 망치로 막 두들겨대고 있는 것 같았다. 놀라고 흥분하고 있는 것은 심장만이 아니었다. 온몸의 곳곳에서 아우성이 일었다. 거의 이성을 잃었던 지극히 짧은 순간, 제인은 차라리 샘의 침실로 달려가 침대 매트리스가 되고 싶다는 생각을 했다.

제인의 눈앞에서 벌어지고 있는 진풍경에 대해서는 전혀 관심이 없다는 듯이, 부우부우는 연신 제 발만 빨아댔다. 제인은 싱크대 가장자리를 움켜쥐고 까치발을 세웠다. 한동안 남자를 가까이 하지 않고 지낸 것이 오히려 다행이었다. 그렇지 않았다면 벌써 두 집 사이의 작은 자동차 진입로를 가로질러 그 집 주방 문을 두드렸을지도 모를 일이었다. 어쨌든 예술품 감상에 대한 안목이 있는 제인이 볼 때, 옆집 남자의 나체는 가히 예술작품의 수준이었다. 고대 그리스의 조각상과 현대 포르노 스타 사이의 어딘가에 그가 있었다.

정말 말하고 싶지 않았지만, 샘에게 커튼을 치라고 말해줘야 할 것 같았다. 조용하고 점잖은 동네에서 다른 사람들이 본다면 정말 남우세스러운 일이었다. 한순간이라도 더 즐기고 싶은 마음에 제인은 눈길은 샘에게로 향한 채 손으로만 더듬어서 전화기를 찾았다. 그런데 생각해보니 옆집의 전화번호는커녕 그 집주인의 이름만 알 뿐 성도 모르는 상황이었다. 참 대단한 이웃이야, 나는. 제인은 스스로 부끄러운 생각이 들었다. 이사 온 지 두 주일하고도 절반이 지났는데 아직 샘과 인사조차 제대로 나누지 못한 것이다.

물론 샘도 제인에게 제대로 인사를 한 적은 없었다. 쿨라비치 부인이 아니었다면 그의 이름이 샘이라는 것조차 아직 모르고 있을 터였다.

이제 어쩌지? 제인은 잠시 망설였다. 그때 전화기 옆 메모장에 쿨라비치 부인의 전화번호를 적어둔 것이 기억났다. 겨우 전화번호를 찾은 제인은 재빨리 다시 샘에게로 시선을 돌렸다. 아직 잠에서 깨지 않았으면 어쩌나 걱정하면서 제인은 조심스럽게 전화기 버튼을 눌렀다.

쿨라비치 부인은 첫 번째 벨소리가 끝나기도 전에 전화를 받았다.

"여보세요!"

상냥하고 기운찬 목소리인 것을 보니 전화벨소리 때문에 잠을 깬 것 같지는 않았다.

"안녕하세요, 쿨라비치 부인. 저 옆집의 제인 브라이트인데요, 별일 없으시죠?"

아무리 급해도 지켜야 할 예절이 있었다. 제인은 쿨라비치 부인이 한 15분은 수다를 떨어주었으면 싶었다. 샘은 오렌지 주스를 다 마셨는지 빈 병을 쓰레기통에 던졌다.

"오, 제인! 전화를 다 걸어주다니, 반갑수! 우린 잘 있다우. 제인도 별일 없지?"

쿨라비치 부인은 마치 제인이 어디 외국 출장이라도 길게 다녀온 것처럼 반갑게 인사를 했다.

"그럼요"

제인은 거의 자동으로 대답했다. 눈앞에서 벌어지고 있는 광경을 잠시라도 놓치기 싫었다. 이번에는 샘이 냉장고에서 우유를 꺼냈다. 우욱! 설마 오렌지 주스와 우유를 섞으려는 건 아니겠지? 우유팩을 연 샘은 코를 대고 냄새를 맡았다. 그가 팔을 들어올리자 이두박근이 꿈틀거렸다.

"어머, 어머……."

제인은 자기도 모르게 중얼거렸다. 아마도 그 우유가 상한 것이 었는지, 샘은 고개를 외로 꼬며 우유팩을 치워버렸다.

"왜 그러우?"

"아…… 아니에요."

제인은 얼른 시선을 내리깔았다.

"쿨라비치 부인, 저…… 샘이라는 분의 성이 뭐죠? 지금 무슨 일이 좀 생겨서 전화를 했으면 하는데……."

"도노반이지, 도노반. 전화번호도 내가 알지. 할아버지가 쓰던 전화번호를 그대로 쓰고 있거든. 도노반이 전화번호를 그대로 쓴 다기에 나도 기뻤지. 내가 기억하고 있는 번호니까. 사람이란 똑똑 해지기는 어려워도 늙기는 쉽거든."

그렇게 말해놓고 쿨라비치 부인은 깔깔 웃었다. 제인도 함께 웃 었다. 그렇지만 왜 웃는지는 이해할 수 없었다. 펜을 들고 쿨라비 치 부인이 또박또박 불러주는 전화번호를 받아 적었다. 눈은 다른 데를 보면서 전화번호를 메모하자니 그것도 힘이 들었다. 목을 길 게 빼고 남의 집 창문을 들여다보자니 목의 근육은 뻣뻣하게 굳어 질 지경이었지만, 이렇게 좋은 기회가 어디 또 있을까 싶어 다른 것은 계산할 겨를이 없었다.

쿨라비치 부인에게 고맙다는 인사를 하고 전화를 끊었다. 이제 샘에게 전화를 할 차례였다. 매우 안타까운 일이지만, 너무나 좋은 구경거리를 포기해야 하지만, 제인은 심호흡을 깊게 한 후 눈을 딱 감고 전화를 걸었다. 샘이 주방에서 무선전화기를 들었다. 제인 에게는 옆모습이 보였다. 오…… 와아……. 정말 기가 막히는 몸이 었다.

제인의 입 안에 침이 고였다. 침이 고이는 정도가 아니라 입가로 질질 흘러내릴 정도였다.

"도노반입니다."

굵은 저음의 목소리였다. 마치 아직 잠이 덜 깬 듯한, 약간 귀찮아하는 듯한 목소리였다.

"저…… 샘?"

"그런데요?"

반가운 전화를 받은 사람의 목소리는 아니었다. 제인은 마른침을 꿀걱 삼켰지만, 혀가 잘 움직이지 않았다.

"저, 옆집에 사는 제인인데요, 이런 말씀드리기는 좀 뭣하지만, 커튼을 닫으시는 게 어떨까 싶어서요."

그러자 샘은 창가를 돌아다보느라고 돌아섰고, 두 사람은 창문 두 개를 사이에 두고 서로 정면으로 마주보게 되었다. 그러나 샘은 화들짝 놀라며 한쪽으로 비켜서지도 않았고, 제인이 볼 수 없는 곳으로 도망을 치지도 않았다. 당황한 기색은 손톱만큼도 없었다. 오히려 그는 씨익 웃기만 했다. 오, 제발 저렇게 웃지나 말았으면! 오히려 당황한 쪽은 제인이었다.

"구경할 만하죠?"

창가로 다가와 커튼 자락을 움켜쥐며 샘이 물었다.

"그렇군요."

최소한 5분 동안은 눈도 깜빡거리지 않고 쳐다볼 만큼 대단한 구경거리였다. 샘이 양쪽 커튼 자락을 잡아당겨 시야에서 사라지는 순간 제인의 몸 곳곳에서는 침통한 비명이 터져 나왔다.

"고맙소. 언제든 이 은혜를 갚을 기회가 있기를 바라겠어요."

샘은 무뚝뚝하게 말하고는 제인이 뭐라고 대꾸도 하기 전에 전화를 탁 끊어버렸다. 하지만 사실은 그게 다행이었다. 주방 창문의 블라인드를 내리면서 제인은 손바닥으로 자기 이마를 탁 때렸다. 이런, 바보 멍충이! 전화 걸기 전에 블라인드를 내렸어야지!

"아무래도 내가 제정신이 아니야."

제인은 부우부우에게 그렇게 고백했다. 샘 앞에서 옷을 벗는 장면이 자꾸만 제인의 눈앞에 어른거렸다. 솔직히 말하자면 그 장면이 떠오를 때마다 제인은 온몸이 짜릿짜릿할 정도의 흥분을 느꼈다. 오, 내가 왜 이러지? 내가 혹시 노출증 환자는 아닐까? 전에는 이런 적이 없었는데……. 하지만 제인의 몸은 강렬하게 반응하고 있었다. 어떤 남자하고도 하룻밤의 쾌락을 위해 잠자리를 함께 한 적이 없었는데, 옆집 날건달 경찰의 알몸을 보고 갑자기 달아오른 욕망은 정말 당황스러운 것이었다. 역겨운 날건달이 옷을 벗었다는 것만으로 어떻게 그렇게 한순간에 매력적인 유혹남이 될 수 있는 것일까?

"내가 그렇게 속보이는 여자였니?"

제인은 부우부우를 내려다보며 물었다. 혼자 잠시 생각하다가 제인은 고개를 끄덕이며 스스로 대답했다.

"아마 그런 것 같다."

부우부우는 야오옹 하며 그 말이 맞다는 듯이 소리를 냈다.

오, 이런! 앞으로 샘을 볼 때마다 벌거벗은 몸이 생각날 텐데. 차라리 상종 못할 날건달로 남겨두는 것이 낫지, 욕정을 꿈틀거리게 하는 멋진 몸을 가진 남자가 되어버린 그는 상대하기가 더욱 힘들 것 같았다. 제인은 그동안 육체적인 욕망의 대상과는 멀찍이 거리를 두고 살았다. 이를테면 영화 스크린 같은 곳에 가두어놓고 살았던 것이다.

오히려 샘은 전혀 당황하는 눈치가 아니었다. 그런데 왜 내가 이렇게 당황하고 있지? 샘이나 나나 모두 성인인데, 안 그래? 벌거벗은 남자 처음 보는 것도 아니잖아. 발가벗은 '샘'의 몸을 처음 본 것뿐이었다. 왜 저 남자는 쭈글쭈글하게 처진 남성에 뱃살과 엉덩이살을 구분할 수 없는 그런 몸이 아니라, 힘차게 발기한 남성에 대리석을 깎아놓은 것같이 미끈한 몸을 가지고 있는 걸까? 왜 하필 저 남자가!

제인의 입 안에 또 침이 고였다.

"정말 기가 막힌다, 기가 막혀. 내 나이가 지금 서른인데…… 내가 지금 불장난에 몸이 단 십대도 아니고…… 최소한 침샘은 통제할 수 있어야 하는 것 아냐?"

그러나 제인의 침샘은 생각이 다른 것 같았다. 샘의 벌거벗은 몸이 눈앞에 어른거릴 때—거의 10초마다 한 번씩—마다 입에 고인 침을 꿀꺽꿀꺽 삼켜야 했다.

어제 아침에는 평소 때보다 일찍 출근했는데 그때 샘과 마주쳤으니, 오늘은 평소 때와 같은 시간에 집을 나서면 샘은 이미 떠난 후겠지?

하지만 샘은 지금 특별한 임무를 수행중이라 출퇴근 시간이 일정치 않다고 말했다. 그러니까 아무 때나 들락거린다는 얘기였다. 반면에 제인은 샘과 마주치지 않으려고 마음대로 출퇴근 시간을 조절할 수 없는 입장이었다. 그저 평소대로 시간을 지키면서 행운을 빌 수밖에 도리가 없었다. 내일쯤이면 아무 생각 없이 그를 대할 자신이 생길지도 몰랐다. 하지만 오늘은, 온몸이 달아오를 대로 달아올라 있는데다 침샘에서 미친 듯이 침이 샘솟고 있는 오늘만은 그의 얼굴을 대하고 싶지 않았다. 제인은 그저 머리를 비우고 출근할 준비나 하기로 했다.

옷장 문을 열고 옷을 고르던 제인은 심각한 딜레마에 빠졌다. 방금 전에 발가벗은 모습을 본 이웃과 마주칠지도 모르는 이 아침에 무엇을 입어야 한단 말인가?

무릎을 다쳤다는 핑계로 바지나 무릎 아래까지 내려오는 긴 스커트를 입을 수 있으니 그나마 다행이었다. 파티에 가거나 할 때 날씬하고 세련되게 보이고 싶은 마음에 입곤 하던 하늘하늘한 검은색 미니 스커트는 일단 입을 수 없었다. 그 검은색 미니 스커트는 마치 "여기 좀 봐주세요. 나 섹시하지 않나요?" 하고 광고를 하는 것 같은 옷이었다. 물론 정상적인 직장이라면 일하러 나가면서 입을 수 없는 옷이기도 했다.

최대한 주의를 기울이기 위해, 제인은 가지고 있는 의상 중에서 가장 남성적인 슬랙스 정장을 입기로 했다. 슬랙스 정장이라고 해봐야 엉덩이에 착 달라붙는 바지이거나, 동료 남자 직원들로부터 한두 마디쯤 찬사를 끌어내곤 하는 바지였지만, 오늘은 어차피 샘을 만나지 않을 거니까 상관없었다. 그리고 생각해보면 오늘 새벽에 일어난 일로 당황해야 할 사람은 제인이 아니라 샘이었다. 사람 만나기를 피해야 할 사람이 있다면 그건 제인이 아니라 바로 샘이었다.

하지만…… 조금이라도 당황했다면 샘이 그렇게 능청맞게 싱글벙글할 수 있었을까? 샘은 자기 몸에 자신이 있었던 것이다. 어떤 여자라도 침을 흘릴 만큼 대단한 몸매라는 걸 알고 있었던 것이다. 이런, 느끼한 놈!

샘의 알몸이 얼마나 대단했는지를 잊기 위해 제인은 일부러 텔레비전을 크게 틀어놓고 옷을 입고 화장을 했다.

뺨에 멍든 자국을 감추기 위해 커버-업 스틱을 바르고 있는데 한 여성 앵커의 목소리가 들려왔다.

"이 여성들이 원하는 것은 프로이드가 살아 있다고 해도 찾아내지 못할 것으로 보입니다. 그러나 프로이드가 우리 지역에 사는 네 명의 여성과 토론을 했다면, 자신이 던진 유명한 질문에 대한 답은 찾았을 것 같습니다. 잠깐 전하는 말씀을 들으신 후, 지금 곁에 계시는 남편이나 남자 친구가 과연 미스터 퍼펙트인지 확인해보십시오."

제인은 욕도 튀어나오지 않을 만큼 놀랐다. 무릎이 후들거리는 통에 변기 뚜껑을 내려놓고 주저앉았다. 도나, 이 나쁜 년! 이게 드디어 입을 열었구나. 아냐, 벌써 우리 이름을 흘렸으면 전화통에 불이 났을 텐데……? 그래, 아직은 기밀을 누설하지 않은 모양이지만, 당장이라도 터질지 몰라…….

제인은 허겁지겁 침실로 달려가 제발 아직 회사로 출발하지 않았기를 빌면서 티제이에게 전화를 걸었다. 회사에서 가장 먼 곳에 살기 때문에 넷 중에서 아침에 가장 먼저 집에서 나서는 사람이 티제이였다.

"여보세요."

약간 성가신 듯한 목소리로 티제이가 전화를 받았다.

"나야. 오늘 아침 텔레비전 뉴스 봤어?"

"아니, 왜?"

"미스터 퍼펙트가 등장했어."

"엄마야……, 난 몰라…….."

티제이의 목소리는 지금 기절하는 중이거나 어제 저녁에 먹은 걸 토하고 있는 것 같은 목소리였다.

"지금까지 우리 집 전화통이 멀쩡한 걸 보면 아직 우리 이름은 나오지 않은 것 같애. 하지만 오늘 중으로 햄머스테드의 누군가가 이름을 알아내겠지. 그러니까 오늘 오후쯤이면 우린 유명인사가 되어 있을 거야."

"하지만 설마 텔레비전에까지 나오지는 않겠지? 갤런은 저녁 뉴스는 빼먹지 않고 본단 말이야."

"그걸 내가 어떻게 아니? 그거야 오늘 큰 뉴스거리들이 얼마나 많이 터지느냐에 달려 있겠지. 하지만 어찌 됐든 내가 너라면 전화도 뽑아놓고 자동응답기도 몽땅 꺼놓겠다."

"알았어."

티제이는 잠시 머뭇거리더니 다시 말했다.

"그런데…… 갤런과 내가 계속 부부로 살 만한 가치가 있는 건지 어떤 건지 알아보고 싶어. 나도 그건 알고 살아야 하지 않겠니? 이번 일로 갤런이 좋아라 하지 않을 거라는 건 알지만, 이해는 해주기를 바라고 싶어. 내가 지나친 걸까? 지난주에 우리끼리 미스터 퍼펙트에 대해서 얘기한 후로 나도 생각을 좀 해봤어. 그런데……."

물론 갤런과 미스터 퍼펙트를 비교해보니 비참했겠지, 제인은 생각했다.

"아냐, 전화를 뽑아놓거나 자동응답기를 꺼놓는 짓은 하지 않을래. 어차피 터질 일이라면 정면으로 돌파하는 수밖에."

전화를 끊은 후, 제인은 출근 준비를 서둘러 끝냈다. 티제이와의 통화는 길지 않았고, 텔레비전의 광고는 거의 끝나가고 있었다. 뉴스 캐스터의 원기 왕성한 목소리에 제인은 오금이 저렸다.

"우리 지역에 거주하는 네 명의 여성들이 그들이 생각하는 퍼펙트 맨의 조건을 내걸었습니다."

3분 후, 제인은 눈을 감은 채 화장대 의자 아래 주저앉았다. 3분! 그 3분이 어찌나 길던지 마치 영원 속으로 시간여행을 하고 돌아온 기분이었다. 오, 제발! 총기사고가 나든, 교통사고가 나든, 아니면 어디서 전쟁이 나거나 단체로 굶어 죽는 일이 생기든, 제발 저녁 뉴스에서 저 얘기를 밀어낼 다른 일이 생겨라!

뉴스는 미스터 퍼펙트의 열 가지 조건을 나열하는 것 이상의 진전은 없었지만, 누구라도 그 리스트를 원한다면 인터넷 웹사이트에서 더 자세한 내용을 볼 수 있다는 걸 암시해주고 있었다. 그리고 길거리 인터뷰를 통해 그 열 가지 조건에 대한 남자들과 여자들의 반응도 보여주었다. 대부분의 경우 여자의 의견과 남자의 의견이 분명히 갈라졌다.

지금 당장 휴가계를 제출하고 어디론가 사라졌다가 일주일 후에 돌아온다면 이 모든 것들이 다 잊혀질까? 하지만 그건 비겁한 짓이야. 티제이에게 도움이 필요할지도 몰라. 그러니 티제이 곁에 붙어 있어야 해. 마아시는 브릭과 끝장이 날지도 모르지만, 일을 저지른 장본인이 바로 마아시니까 벌을 받을 만큼 받아야지.

마치 사형대로 올라가는 사형수처럼 무거운 발걸음으로 제인은 집을 나섰다. 자동차 문을 여는데 옆집 문이 열리는 소리가 들려, 제인은 거의 반사적으로 그쪽을 돌아다보았다. 처음에는 별 생각 없이 부엌 쪽 문을 잠그고 돌아서는 샘을 바라보았는데, 그가 돌아서자 새벽에 보았던 그의 알몸이 생각나 그만 제풀에 놀라면서 자동차 문 손잡이를 헛짚고 말았다.

그놈의 뉴스 때문에 저 날건달을 피해야 한다는 걸 깜빡 잊어버렸네. 에구, 이 정신머리하고는! 제인은 자기 머리를 쥐어박고 싶었다. 그런데 저 작자가 혹시 날 감시하고 있었던 건 아니야?

"오늘은 어제보다 나아요?"

능청맞게 걸어오며 샘이 인사를 던졌다.

"좋아졌어요."

운전석 옆자리에 핸드백을 툭 던져놓고 제인은 얼른 운전석에 올라탔다.

"핸드백은 그런 데 두면 안 돼요. 신호등 때문에 멈춰 서 있을 때 누가 다가와서 단박에 유리창을 깨고 집어가 버리면, 당신은 무슨 일이 일어났는지도 모르는 사이에 당한다구요."

샘이 충고했다. 제인은 선글라스를 집어서 끼면서 이거라도 없었으면 어떻게 저 얼굴을 마주봤을까 하고 생각했다.

"그럼 어디다 둬요?"

"트렁크가 가장 안전하죠."

"그건 너무 불편해요."

샘은 어깨를 으쓱 들었다 놓았다. 그걸 보면서 제인은 그의 어깨가 얼마나 넓고 단단했는지를 기억했다. 그 장면이 떠오르자 동시에 그의 알몸이 전부 기억났다. 얼굴이 슬슬 뜨거워지기 시작했다. 이 남자는 왜 술을 안 마시지? 더러운 바지에 때묻은 티셔츠나 입고 어슬렁거릴 일이지! 그러나 샘은 연한 회색 바지에 짙은 감색 실크셔츠, 그리고 크림색, 푸른색, 주홍색이 들어간 타이를 매고 재킷은 한쪽 어깨에 척 걸치고 있었다. 커다란 권총은 오른쪽 옆구리에 꽂혀 있었다. 터프하지만 매우 능력 있어 보이고 여자들로 하여금 마음의 평정을 유지하기 힘들게 만들 정도로 잘생긴 외모였다.

"오늘 아침에 있었던 일은 미안해요. 잠이 덜 깨서 커튼이 열렸는지 닫혔는지 신경쓸 겨를이 없었어요."

제인은 가까스로 아무렇지도 않은 듯 고개를 흔들었다.

"미안할 건 없어요. 살다 보면 그런 일도 있을 수 있죠."

제인은 한시라도 빨리 차를 출발시키고 싶었지만, 샘이 너무 가까이 서 있어서 차 문을 닫을 수가 없었다. 자동차 문과 차체 사이에 만들어진 V자형 공간 속으로 들어서면서 샘이 말했다.

"오늘 정말 멀쩡해요? 우리가 만난 지 30초는 훨씬 지났는데…… 아직 욕을 안 하는 걸 보니 좀 걱정되기는 하네."

제인은 무뚝뚝하게 응수했다.

"오늘은 기분이 날아갈 것 같아서요. 중요한 일이 터질 때를 대비해서 에너지를 비축해둘 때도 있어야죠."

샘이 씨익 웃었다.

"현명하시군. 그 말을 들으니 걱정이 좀 덜어집니다."

샘이 팔을 쓱 내밀더니 제인의 뺨에 있는 멍자국을 어루만졌다.

"멍이 벌써 가셨네?"

"아직 아니에요. 이럴 때 쓰라고 비싼 화장품이 있는 거죠."

"아하, 그렇군요."

샘의 손가락이 제인의 뺨을 지나 턱끝에서 살짝 머물다가 떠났다. 제인은 그 자리에 얼어붙는 것 같았다. 그러다가 샘이 자신을 희롱하고 있다는 생각이 퍼뜩 들었다. 갑자기 가슴이 쿵쾅대기 시작했다.

이 나쁜 자식!

"키스를 한다거나 그런 엉뚱한 짓은 생각도 하지 말아요."

제인이 경고조로 말했다. 자기는 움직이지 않고 있는데 샘이 점점 가까이 다가오는 것 같은데다 너무 강렬한 샘의 시선이 자기 얼굴에 못 박힌 듯 고정되어 있으니 불안했다.

"그럴 생각은 없어요."

또다시 능글맞게 씨익 웃으며 샘이 대답했다.

"아직 채찍이랑 의자를 준비하지 못했거든."

샘은 몸을 일으키더니 뒤로 물러서서 자동차 문을 닫아주려는 듯이 손잡이를 잡았다. 하지만 문을 닫다 말고 멈추더니 다시 제인을 내려다보았다.

"그리고…… 지금은 시간도 없어요. 당신도 그렇지만 나도 출근해야 할 시간이거든. 난 급하게 끝내는 건 싫어요. 최소한 한두 시간은 해야지."

제인은 지금은 입을 다무는 것이 현명하다는 것을 잘 알고 있었다. 자동차 문을 쾅 닫고 부르릉 하며 시동을 걸어야 한다는 걸 알고 있었다. 하지만 아무 생각도 없이 묻고 말았다.

"한두 시간, 뭘 해요?"

샘의 입가에 느른하고 위험한 미소가 또 천천히 번져갔다.

"세 시간이면 더 좋지. 왜냐하면……, 내가 당신에게 키스를 하면 우린 둘 다 발가벗게 될 거거든."

8

　다른 날보다 더 복잡한 디트로이트의 도로를 마치 자동운전 장치처럼 운전해가면서 제인은 혀를 찼다. 그런 말을 듣고도 한 마디 대꾸도 못 하고 꽁지가 빠져라고 도망치다니, 내가 왜 이러지? "꿈 깨세요."라든가, "귀신은 다 어디 갔는지 몰라."라든가, "벼락은 다 어디 떨어지나요?"라든가, 평소에 잘도 써먹던 악담들은 다 어디 가고…… 비몽사몽간이었어도 그보다는 나았겠다! 그 자식이 이제는 그저 춤을 추면서 내 집으로 와서 날 침대에 눕히기만 하면 되는 줄 알 거야! 내가 못 살아, 정말!
　그런데 가장 화가 나는 것은 다름아니라 그의 말이 옳다는 것이었다.
　아냐, 아냐, 아냐, 아냐! 제인은 아무 남자나 기분에 따라 침대로 끌어들이는 여자도 아니었지만 심각한 관계로 발전시키는 데에도 재주가 없었기 때문에 로맨스를 시작하자면 에너지가 많이 소비되는 편이었다. 바로 어제까지만 해도 '날건달'이라고 부르기를 주저하지 않았던 옆집 남자와 섹스를 상상하다니, 누가 봐도 평소의 제인답지 않은 일이었다.

게다가 제인은 그 남자를 좋아하지도 않았다. 뭐, 꼭 싫어하는 건 아니었지만, 하여튼 그다지 좋아하지는 않았다. 물론 며칠 전 소동이 있었던 밤에 그 고주망태를 간단하게 제압해서 흙바닥에 면상을 처박도록 만든 것은 대단히 감동적이었다. 폭력에는 폭력 밖에 대응 수단이 없는 경우가 허다했으므로 제인은 샘의 정당한 폭력행사에 크게 만족했다. 마치 선생님 말씀에 순종하는 어린애 처럼 고분고분해진 고주망태를 보고는 더욱 그랬다.

하지만…… 그 외에, 그리고 그의 완벽한 알몸 이외에 제인이 샘에 대해 좋아하는 구석이 있었던가? 제인은 잠깐 생각해보았다. 생각해보니 주방 수납장을 손수 뜯어고치는 남자, 물론 어떤 수납 장을 선택해서 얼마나 튼튼하게 달아놓았는지는 모르겠지만, 그 정도의 의식을 가지고 실제로 행동으로 옮기는 남자라면 상당히 가정적인 남자라고 볼 수 있었다. 그리고 가정적인 남자라면 점수 를 후하게 주지 않을 수 없었다. 하지만 조금 더 생각해보면, 거들 먹거리며 남성우월적인 근육의 힘을 과시하려는 남자에게 그 정도 의 장점은 있어야 단점이 상쇄되지 않겠는가. 그런데 문제는…… 샘은 전혀 거들먹거리지 않는다는 데 있었다. 약간 한량 같은 모 습으로 느물거릴 뿐이었다. 하긴, 옆구리에 헤어드라이어보다 더 큰 권총을 차고 있는 사람이 거들먹거릴 필요가 뭐가 있겠는가. 남근숭배의 상징에 관한 한, 그는 이미 보여줄 수 있는 것은 모두 보여준 셈이었다. 감히 어느 누구도 딴소리를 할 수 없는 엄청난 물건을…….

운전대를 잡은 제인의 손에 잔뜩 힘이 들어갔다. 그리고는 갑자 기 가빠지는 호흡을 가다듬어야 했다. 냉방장치를 켜고 얼굴 쪽으 로 냉기가 직접 닿도록 통풍구의 방향을 조절했다. 갑자기 유두까 지 꼿꼿하게 서는 것이 느껴졌다. 모르긴 몰라도, 아마 옷을 벗어 보면 양쪽 유두가 마치 막 훈련을 끝낸 신병처럼 오똑 서 있을 것이 분명했다.

좋아, 이제부터 상대할 남자는 날건달이 아니라 가장 정력적이고 유혹적인 남자야. 그러니까 정신 바짝 차려야 해. 그리고 가능한 한 빨리 피임약을 다시 먹도록 해야지. 내일, 아니면 모레쯤부터 생리가 시작되니까 그건 다행이군. 이런 사실을 그 남자에게까지 말할 필요는 없지, 피임약은 최소한의 방어책이니까. 호르몬이 내 이성을 제압하고 날뛸 경우를 대비해야지.

제인에게 그런 경우는 아직 한 번도 없었다. 기운차게 발기한 남자의 상징을 보고 이렇게 정신이 혼미할 정도로 충격을 받았던 적도 없었다.

대체 내가 왜 이러지? 제인은 스스로에게 화가 났다. 남자의 발기한 성기를 본 것도 처음이 아니었다. 물론 샘의 것이 다른 남자들의 그것보다 훨씬 더 대단했다는 것은 인정하지만, 제인은 이제 <플레이 걸> 같은 여성판 포르노 잡지를 몰래 숨어서 뒤적거리는 여대생이 아니었다. 게다가 친구들과 어울려 떠들면서 미스터 퍼펙트의 조건으로 거대한 남근을 들먹거리기는 했지만, 사실 그걸 달고 있는 남자의 됨됨이가 중요한 것이지 그 물건 자체가 중요하다고 생각하지는 않았다.

미스터 퍼펙트! 제인은 그제야 잊고 있었던 중요한 일이 생각났다. 이런, 내가 왜 이러지? 어떻게 그걸 잊어버릴 수가 있어?

아침 뉴스 때문에 샘의 나체쇼를 잠시나마 깜빡 잊었던 것과 마찬가지로 이번에는 샘 때문에 그 뉴스 사건을 잊고 있었던 것이다.

오늘도 무사히 넘어가야 할 텐데, 제인은 간절히 빌었다. 햄머스테드에 근무하는 843명 중에서 몇몇 사람은 아침 뉴스를 보고 그 리스트를 만든 주인공들을 눈치챘을 수도 있다. 아니면 도나에게 직접 물어서 그 이름을 알아냈을 수도 있다. 만약 그렇다면 네 여자의 이름은 이미 이메일이 감당할 수 있는 최고의 속도로 사방에 퍼졌을 터였다. 하지만 그 정보가 햄머스테드 안에만 머물러 있는 한, 티제이는 갤런의 눈과 귀를 막을 수 있다. 갤런은 아내의 직장 동료들과 사귀는 것을 별로 내켜 하지 않았다. 일년에 한 번, 전직원이 부부동반으로 참석하는 크리스마스 파티 때에도 갤런은 지루해 죽겠다는 표정을 전혀 감추지 않은 채 꿔다놓은 보릿자루처럼 구석진 곳에 혼자 서 있다가 돌아가곤 했으니까.

이 지역 사건이든 전국적인 규모의 사건이든 오늘도 뭔가 퍼펙트 맨보다 중요한 사건이 벌어지지는 않을까. 그러나 요즈음은 한여름 삼복 더위 때문에 주 의회는 물론 상하 양원도 모두 문을 닫은 시기였다. 그러므로 어떤 종류이든 이변이 없는 한 전국적인 규모의 사건은 일어날 가능성이 희박했다. 비행기가 추락한다거나 어디서 전쟁이 일어난다든가 하는, 인명의 피해가 수반되는 사건이나 사고는 제인도 원치 않았다.

그저 주가가 폭락하는 정도라면……. 물론 내일 아침에는 다시 반등된다는 것을 전제로 해서. 아마 그런 일이라도 벌어진다면 신문과 방송기자들은 몽땅 곤두박질친 주가를 걱정하느라 미스터 퍼펙트 같은 내용은 안중에도 없을 터였다.

그러나 햄머스테드의 정문 앞에 도착하는 순간, 제인은 오늘이 무사하기를 빌었던 것이 과욕이었거나 지나치게 낙관적인 기대였음을 깨달았다. 세 대의 방송국 차량이 길가에 주차되어 있었고, 세 명의 카메라 기자가 일정한 간격으로 늘어선 세 명의 기자들을 찍고 있었다. 세 명의 기자들은 서로에게 방해가 되지 않을 만한 거리를 두고 서서 열심히 마이크에 대고 뭐라고 주절거리고 있는 중이었다.

제인은 마치 비행기에서 맨몸으로 뛰어내리는 기분이었다. 하지만 아직 희망은 있어. 아직 주식시장은 개장하지 않았으니까……. 제인은 미련하게도 끝까지 희망의 끈을 놓지 않았다.

"웬 난리야?"

건물 안으로 들어서자마자 누군가가 말했다. 남자 둘이 제인보다 몇 발 앞서서 걷고 있었다.

"방송국 기자들까지 나오고……. 우리 회사가 문을 닫기라도 하는 거야, 뭐야?"

"오늘 아침 뉴스 못 봤어?"

"그럴 시간이 어디 있어?"

"우리 회사에 근무하는 여직원 네 명이 미스터 퍼펙트의 조건이라는 리스트를 만들었다잖아. 방송국이며 신문사마다 난리야."

"그래서, 미스터 퍼펙트의 조건이 뭔데? 화장실에서 소변보고 변기 뚜껑 꼭 닫는 사람?"

아차차, 저걸 깜빡 잊었구나, 제인은 생각했다.

"아니지. 내가 들은 바로는 보이스카웃 선서 비슷하던데. 신뢰, 정직, 길을 건너는 노인을 돕는 것 등등."

"내 참, 그 정도는 나도 알겠네."

"알면서 왜 그렇게 안 하나?"

"내가 안다고 했지, 나도 그렇게 하고 싶다고 했나?"

두 남자는 동시에 껄껄 웃었다. 제인은 두 사내놈을 발로 뻥 차서 저 앞에 콱 처박고 싶었다. 하지만 대신에 이렇게 말했다.

"스스로를 믿을 수 없는 사람이라고 인정하시는 건가요? 속은 편하시겠네요."

놀란 두 남자가 제인을 돌아보았다. 마치 자기들 외에 다른 사람이 있는 줄은 몰랐다는 듯한 표정이었다. 그러나 출입문을 여는 소리도 분명히 들었을 테고, 발걸음소리도 들었을 테니 제인은 그들의 순진한 거짓말에 동조하고 싶은 생각이 없었다.

"미안합니다. 다른 사람이 있는 줄은 몰랐어요."

첫 번째 남자가 별로 신뢰감이 느껴지지 않는 투로 말했다. 두 남자 모두 제인에게 낯은 익지만 이름은 기억나지 않았다.

“그러셨어요?”

제인은 하고 싶은 말이 더 있었지만 꾹 눌러 참았다. 남녀의 성 대결로 번져가는 듯한 싸움에 굳이 끼어들 필요는 없었다. 사람들로부터 시선을 덜 끌수록 자신은 물론이고 나머지 세 친구들을 위해서도 좋았다.

아무 말 없이 제인과 두 남자는 엘리베이터에 탔다. 오늘은 아무런 벽보도 붙어 있지 않았다. 제인은 뭔가 허전한 느낌이 들었다. 사무실에 들어서니 마아시가 제인을 기다리고 있었다. 잔뜩 긴장한 얼굴이었다.

“뉴스 봤지?”

마아시가 물었다. 제인은 고개를 끄덕였다.

“티제이한테도 전화해서 단단히 준비하라고 말했어요.”

“이런 일이 벌어지게 만들어서 정말 미안하다. 뭐라고 할 말이 없어.”

누군가 문을 열고 들어오자 마아시는 목소리를 잔뜩 낮추고 말했다.

“알고 있어요.”

제인은 한숨을 푹 내쉬며 기운이 없는 목소리로 말했다. 이미 엎질러진 물인데 이제 와서 마아시에게 화를 내봐야 무슨 소용이랴. 일이 이렇게 되었다고 세상이 끝장나는 것도 아니었다. 티제이에게도 마찬가지였다. 갤런이 이 일을 알게 되고 티제이를 달달 볶다가 끝내 이혼한다고 해도, 어차피 그들 두 사람은 금실 좋은 부부는 아니었다.

“도나가 내 이름을 말했대. 오늘 아침 내내 내 전화통에 불이 났었어. 미치겠더라. 방송국이며 신문사마다 인터뷰하자고 난리야. 혹시…… 오늘 아침 신문 봤어?”

제인은 조간신문에 대해서는 까맣게 잊고 있었다. 옆집 남자의 나체쇼 때문에 새벽부터 제정신이 아니었던 것이다. 제인은 고개를 저었다.

"아직 못 봤어요."

"조간신문은 그래도 봐줄 만했어. 요리나 뭐 그런 거 나오는 생활면에 나왔더라구. 그러니까 아마 신문에서 그걸 읽은 사람은 별로 많지 않을 거야."

듣던 중 다행이었다. 생활면 기사는 뉴스라기보다는 미담이나 생활정보 정도의 내용이 대부분이어서 많은 사람들이 신문기사라기보다는 여성지 기사 정도로 생각하고 별로 관심을 두지 않았다. 동물이나 유아 관련 기사가 아니면 생활면 기사는 사람들의 기억 속에서 매우 빨리 사라졌다. 오히려 마아시를 비롯한 네 여자들의 '퍼펙트 맨' 이야기는 정상적인 생명 주기를 넘어선 감이 있었다.

"인터뷰할 거예요? 신문이나 방송국에……."

마아시는 얼른 고개를 저었다.

"아니. 그럴 수야 없지. 나 혼자만 관계된 거라면, 재미삼아 해보겠지만. 브릭이 내 집에서 자기 발로 걸어나간들 나야 충격받고 말고 할 것도 없지. 하지만 너희들이 걸려 있는 일이니까…… 문제가 좀 다르지."

"티제이가 제일 걱정이에요. 어제 곰곰이 생각해봤는데, 나는 이름이 알려진다 해도 별로 손해볼 것이 없어요. 그러니까 내 걱정은 하지 마세요. 루나도 별로 걱정하지 않는 눈치구요. 하지만 티제이는…… 티제이가 제일 걱정이에요."

"그래. 나도 그렇게 생각해. 솔직히 말하자면, 난 티제이가 갤런과 갈라선다고 해도 티제이가 손해볼 건 없다고 보거든. 하지만 난 티제이가 아니니까 내 멋대로 해석할 순 없지. 하긴, 티제이도 나하고 브릭에 대해서 그렇게 생각할 거야, 그렇지? 뭐…… 나도 그렇게 생각하니까."

마아시는 씁쓸한 미소를 지었다.

나도 그렇게 생각해요, 제인은 그렇게 말하고 싶었다.

급여과에서 일하는 지나 란드레티가 사무실에 들어섰다. 마아시와 밀담을 나누는 제인을 보더니 뭔가 감을 잡은 듯 눈동자를 떼굴떼굴 굴렸다. 이제야 큰 비밀을 깨달았다는 듯한 표정이었다.

"헤이! 댁들이었구만! 그렇지? 퍼펙트 맨을 만든 네 여자! 마아시라는 이름이 나왔을 때 진작 눈치를 챘어야 하는 건데……. 이제야 그림이 그려지네. 나머지 두 사람은 영업부에 근무하는 예쁜이하고 인사과에 있는 그 친구지, 그렇지? 네 사람이 점심 같이 먹는 거 나도 여러 번 봤어!"

이제 부인해봐야 소용없는 일이었다. 제인과 마아시는 서로 얼굴만 쳐다보며 묵묵부답이었다.

"정말 재밌다! 어제 그 사보를 우리 남편한테 보여줬거든. 그랬더니 이 남자도 8번에 가서 막 성질을 내더라구. 자기는 가슴 큰 여자 보면 길거리에서도 침을 질질 흘리면서 말이야. 아무리 참으려고 해도 참을 수 없어서 막 웃어버렸지. 그랬더니 아직까지도 나하고 한 마디도 안 해."

남편과 냉전이라면서도 지나는 전혀 걱정스럽지 않은 얼굴이었다.

"우린 그냥 재미삼아 써본 거였어. 그게 어쩌다 보니까 남의 손에 새가지고……."

"아냐, 아냐, 괜찮아. 난 너무 근사하다고 봐. 뉴욕에 사는 언니한테 얘기했더니 사보에 난 기사를 몽땅 카피해서 보내달래잖아."

제인은 가슴이 덜컥 내려앉는 것 같았다.

"언니라구? 무슨 방송국에서 일한다는 그 언니?"

"응. ABC. <모닝 아메리카> 스태프야."

여기에 이르러서는 마아시의 얼굴도 긴장되기 시작했다.

"어어……, 그냥 개인적인 관심일 뿐이겠지?"

"언니는 아주 통쾌하다고 하던데요? 어떤 방송국에서든 마아시 선배한테 접촉해온다고 해도 놀랄 일이 아니죠. 퍼펙트 맨이 기사화되면 큰 히트를 칠 거라고 그러던데요?"

지나는 자기 책상에 가서 앉았다. 이제 베일 속에서 얼굴을 드러내고 유명 인사가 된 두 사람과 대화를 나눈 것이 행복해 죽겠다는 표정이었다. 제인은 지갑에서 1달러짜리 지폐 한 장을 꺼내 마아시의 손에 쥐어주더니 상소리를 연달아 네 번이나 내뱉었다.

"어라라~! 네가 그런 소리 하는 건 처음 듣는다!"

"응급상황을 대비해서 아껴뒀던 거예요!"

제인의 책상에 놓인 전화벨이 울렸다. 제인은 전화통을 노려보았다. 아직 8시가 되지 않았으니 업무상의 전화는 아니었다. 전화를 받는다면 분명 나쁜 소식이었다. 세 번째 신호에서 마아시가 전화를 받았다.

"급여과……, 아, 티제이! 나 마아시야. 제인하고 얘기하던 중이었어. 티제이……, 정말 미안하다."

마아시의 목소리는 금방 죽어갈 불치병 환자처럼 처량해졌다. 제인은 잽싸게 수화기를 낚아챘다.

"무슨 일 생겼어?"

티제이가 다 죽어가는 목소리로 대답했다.

"내 이름이 들통났나봐. 음성사서함에 메시지가 잔뜩 들어와 있길래 열어봤더니, 일곱 통 모두 기자들이 남긴 거였어. 너도 한 번 음성사서함 확인해봐."

제인은 음성메시지 표시등을 내려다보았다. 표시등은 미친 듯이 반짝이고 있었다.

"마아시 선배하고 내가 기자들하고 얘기하고 나면 너하고 루나는 조용히 넘어갈 수 있을 거야. 그 사람들이 원하는 것도 결국은 스토리 아니겠니? 그 스토리를 말해줄 얼굴이 하나 필요하겠지. 그러고 나면 모두 잊혀지고 옛날처럼 조용해질 거야."

"하지만 우리 네 사람 이름이 모두 알려졌는데?"

"그렇다고 네 사람이 모두 인터뷰를 해야 한다는 건 아니겠지. 우리 넷 중 아무나 나서서 인터뷰하면 되는 거 아닐까?"

제인이 하는 말만 듣고도 어떤 이야기가 오가는지 훤히 꿰고 있던 마아시가 끼어들었다.

"효과만 있다면 나 혼자서 인터뷰하는 선에서 끝내볼게."

티제이도 마아시가 하는 말을 들었다.

"그래보는 것도 좋겠지. 하지만 나도 도망만 치지는 않을래. 너나 마아시 선배, 아니면 마아시 선배하고 인터뷰를 하고도 계속 기자들이 따라다닌다면 우리 모두 공개석상에 나서지 뭐. 인터뷰를 하자면 하고, 물어보고 싶은 게 있다면 대답해주는 거야. 그러고 나서 벌어지는 일은 그때 가서 생각할래. 더 이상 돌덩이 같은 죄책감에 짓눌려서 살고 싶지 않아. 우리가 한 일이 뭔데, 그저 우리끼리 웃자고 코미디 같은 리스트 하나 만든 것밖에 더 있니?"

제인이 통화를 끝내자 마아시가 말했다.

"좋아. 루나한테 전화해서 일단 우리 전략을 설명하고, 난 기자들한테 연락해서 오늘 점심시간에 인터뷰하기로 약속할게. 최선을 다해서 사태를 진정시켜볼 테니까, 너무 걱정하지 마. 그리고……행운을 빌어줘."

길고 긴 오전 시간 내내 이 사람 저 사람이 사무실 문을 빠끔히 열고 고개를 들이밀며 제인에게 한 마디씩 하고 갔다. 여자들은 대부분 잘했다, 속이 시원하다 등등 듣기 좋은 말을 하고 갔지만 같은 사무실에서 일하는 남자 직원 둘과 다른 부서의 남자 직원들

몇몇은 빈정거리고 갔다. 레아 스트리트는 멀찍이 떨어진 곳에서 가증스럽다는 듯한 눈초리로 제인을 노려보았다. 제인은 레아 스트리트가 '소돔의 창녀'라고 쓴 팻말을 책상 위에 던지고 가지 않은 것만 해도 다행이라고 생각했다.

음성사서함에 남긴 메시지의 발신자들은 모두 기자들이었다. 제인은 메시지를 모두 지워버리고 회신은 전혀 보내지 않았다. 그 후로 메시지가 하나도 들어오지 않는 것을 보면, 마아시가 훌륭하게 임무를 완수하고 있는 모양이었다. 큼직한 먹잇감을 약속받은 상어들이 이제는 마아시 주변을 빙빙 돌고 있었다.

야수들이 아직도 정문 앞에 진을 치고 있을지도 모른다는 생각에 제인은 스낵 룸에서 간단하게 점심을 때우기로 했다. 마아시의 전략이 제대로 먹히지 않아 지금의 이 조용함이 단지 폭풍 전야의 고요함에 불과하다면, 누릴 수 있는 한 최대로 그 고요함을 누리고 싶었다. 하지만 스낵 룸은 별로 조용하지 않았다. 오늘따라 점심을 싸오거나 스낵 룸에서 간단히 해결하는 사람이 너무 많아 레아 스트리트가 앉은 테이블 말고는 달리 앉을 자리도 없었다. 다른 테이블은 모두 자리가 찼음에도 불구하고 레아 스트리트는 커다란 테이블과 의자 네 개를 혼자 독차지하고 있었다.

웅성거리며 이야기를 하던 목소리가 제인이 스낵 룸에 들어서자마자 일시에 휘파람과 환호, 박수소리로 바뀌었다.

"감사합니다, 여러분."

제인은 아픈 무릎과 갈비뼈가 허락하는 한도 내에서 엘비스 프레슬리를 최대한 흉내내며 답례를 보냈다. 그러고는 여러 사람들이 던지는 격려와 야유를 무시한 채 재빨리 자동판매기에서 먹을 것을 골랐다. 스낵 룸은 일시에 남자와 여자의 진영으로 갈리어 전쟁이 붙었다.

"제기랄, 제기랄, 제기랄!"

다이어트 소프트 드링크와 크래커를 들고 제인은 혼자서 중얼거리며 자기 사무실로 돌아갔다. 이렇게 혼자서 욕을 할 땐 누구한테 벌금을 내지? 앞으로 더 큰 죄를 지을 것을 대비해서 기금이라도 마련해야 하나?

제인이 퇴근할 무렵에는 정문에서 진을 치고 있던 기자들의 모습이 보이지 않았다. 뉴스를 보기 위해 낼 수 있는 최대한의 속도로 달려온 제인은 집 앞에서 끼익 소리를 내며 차를 주차시키고는 자갈이 깔린 짧은 진입로를 달려 집으로 들어갔다. 샘과 마주치지 않은 것도 다행이었다.

부우부우는 또 소파 쿠션을 뜯어 거실을 난장판으로 만들었다. 하지만 제인은 여기저기서 풀풀 날리는 솜털을 외면하고 곧장 리모컨을 들고 소파에 주저앉았다. 주식시황이 먼저 나왔는데 제인의 바람과는 달리 주식시장은 세인들의 이목을 집중시킬 만큼의 큰 변화는 없었다. 그 다음에는 날씨, 그리고 스포츠 소식이었다. 마아시의 인터뷰는 방송되지 않으려나보다 하고 희망의 기대를 갖게 되었을 즈음, 뉴스 진행자의 목소리가 갑자기 활기를 띠더니 터질 것이 터지고야 말았다.

"다음 소식은 퍼펙트 맨에 관한 것입니다. 네 명의 여성들이 만든 이 리스트는 그들이 원하는 완벽한 남성상을 담은 것입니다."

제인은 끄응 하고 신음을 토하며 소파에 파묻혀버렸다. 부우부우가 재빨리 무릎 위로 올라왔다. 제인의 집으로 들어온 후 처음으로 보여준 애정의 표시였다. 제인은 거의 자동적으로 녀석의 귀 뒤와 등을 긁어주었고, 녀석은 그르릉 소리를 내며 기분좋게 몸을 떨었다.

광고가 끝나고 다시 뉴스가 이어졌다.

"이 리스트를 만든 네 명의 여성은 마아시 딘, 제인 브라이트,

티제이 요터, 그리고 루나 씨섬으로 밝혀졌습니다. 햄머스테드 테
크놀러지에서 일하는 이 여성들은 점심시간을 이용한 브레인 스토
밍 회의 도중에 이런 기발한 리스트를 만들어냈다고 합니다.”

거짓말! 제인은 생각했다. 금요일 퇴근 후에 어니스 바에서 만든
거야. ‘금요일 오후 술집에서’보다 ‘점심시간의 브레인 스토밍’이
더 그럴듯하다는 생각에 기자가 멋대로 지어낸 것이 분명했다. 하
긴, 티제이를 위해서도 브레인 스토밍 버전이 더 나을 수도 있었
다. 갤런은 금요일 오후, 그들끼리의 저녁식사를 매우 못마땅해했
으니까.

마아시의 얼굴은 화면에 아주 잘 받았다. 시종 미소를 잃지 않
고 여유 있는 표정으로 기자들의 질문을 받아 넘기면서 이따금씩
큰 소리를 내며 웃기도 했다.

“이 정도로 퍼펙트한 남성이라면 어떤 여자가 마다하겠어요? 물
론 여자들도 제각각 원하는 바가 다를 테니, 우리가 만든 리스트
가 절대적인 기준일 수는 없겠죠.”

거기까지는 아주 좋았다. 마아시의 정치적인 발언은 아주 그럴
듯했다. 거기까지는 논쟁이 될 만한 것이 없었다.

그러나 거기까지였다. 그 다음 순간에 마아시는 모든 것을 원점
으로 돌려놓았던 것이다. ‘정치적으로 올바른’ 손톱을 가지고 있던
기자가 마아시 일당이 만든 퍼펙트 맨의 리스트가 육체적인 요건
을 지나치게 강조한 것은 좀 천박한 발상이 아니었느냐는 질문을
했다. 그러자 마아시의 눈썹이 날갯짓을 하는 갈매기 모양으로 변
했고, 눈동자는 말똥말똥하게 빛났다. 제인은 안타까운 심정으로
화면을 바라보았다. 그건 마아시가 공격을 개시하기 직전에 보내
는 경고의 표시였던 것이다.

“천박해요?”

마아시가 느린 말투로 점잖게 되물었다.

“전 아주 정직한 표현이라고 봅니다. 남성의 신체 중 한 부분에 대해서는 어떤 여성이든 과감한 상상을 하지 않나요?”

“저런 걸 편집도 안 하고 그대로 내보내다니!”

제인은 죄없는 TV를 향해 냅다 고함을 질렀다. 제인이 벌떡 일어나는 바람에 부우부우는 거실 바닥으로 뚝 떨어졌지만, 다행히 고양이만의 천부적인 균형감각으로 다친 데 없이 착지하는 데 성공했다.

“지금은 온 가족들이 TV를 보는 시간인데, 어떻게 저런 걸 그대로 내보낼 수가 있지?”

뉴스는 물론이고 전국의 방송국들은 시청자를 대상으로 많은 것을 팔았다. 그중에서도 가장 잘 팔리는 상품이 섹스였고, 마아시는 방금 그들을 위해 그것을 팔아준 것이었다.

9

전화벨이 울렸다. 제인은 전화를 받을까말까 망설였다. 마아시가 인터뷰를 자청한 후로는 기자들이 더 이상 귀찮게 굴지 않았지만, 시간상으로 볼 때 제인을 아는 누군가가 텔레비전에서 그녀의 이름을 들먹이는 것을 보고 아는 척이나 하자고 전화를 한 것 같았다. 하지만 제인은 그 망할 놈의 리스트에 대해서는 한 마디도 더 하고 싶지 않았다. 어서 그 리스트가 사람들의 기억 속에서 사라져주기만을 고대할 뿐이었다.

하지만 생각해보니 그 전화가 티제이나 마아시, 아니면 루나로부터 걸려온 것일지도 모른다는 생각이 들었다. 일곱 번째 벨이 울렸을 때 제인은 마지못해 전화를 받았다. 이민 온 사람 흉내를 내거나 다른 사람인 척하면 어떨까 생각하면서.

"너, 나를 생각했다면 어떻게 이런 짓을 할 수가 있어?"

데이비드가 대뜸 소리부터 질렀다. 제인은 이게 무슨 소린가 싶어 눈만 껌뻑거리며 대답할 말을 궁리했다. 아직도 아버지 차를 내 주차장에 보관하기로 한 것 때문에 이러나?

"내가 오빠한테 무슨 짓을 했는데? 차를 내 주차장에 보관하겠다고 결정한 건 아버지의 실수였지 내가 어떻게 한 게 아니잖아.
나도 오빠가 맡았으면 차라리 좋았을 거야, 정말로. 아버지 차 때
문에 나는 멀쩡한 주차장을 두고도 길거리에다 내 차를 내놓고 있
다구.”

“아버지 차 얘기가 아니잖아!”

데이비드의 목소리는 반 옥타브쯤 더 높아졌다.

“텔레비전에 나온 거 말이야! 어떻게 저런 짓을 할 수가 있어?
내 꼴이 어떻게 될지 생각이나 해봤니?”

이런, 일이 꼬이기 시작하는군. 제인은 그 망할 놈의 리스트가
데이비드에게 어떤 악영향을 미쳤을지를 재빨리 계산해보았다. 하
지만 기껏해야 데이비드가 그 리스트에 걸맞지 않는다는 사실 때
문에 충격을 받았거나 발레리가 그 리스트를 알게 될까봐 전전긍
긍하는 것 정도밖에 달리 짚이는 것이 없었다. 데이비드의 신체적
인 요건에 대해서는 제인도 왈가왈부하고 싶지 않았다. 제인은 최
대한 정치적인 분위기를 유지하며 말문을 열었다.

“설마 발레리가 그 리스트를 가지고 오빠하고 비교하지는 않겠
지. 안 그래? 어, 나 지금 불 위에 뭘 올려놓았거든. 지금 막 끓고
있어서…….”

“발레리가 뭐가 어째? 발레리가 저것하고 무슨 상관인데? 혹시
발레리가 저…… 리스트와 관련이 있다는 거야?”

어떻게 일이 이렇게 점점 꼬이기만 하나……. 제인은 자기 머리
를 긁적였다.

“오빠, 솔직히 말해서 오빠가 무슨 말을 하고 있는지 난 잘 모
르겠어.”

제인은 솔직히 고백하고 말았다.

“텔레비전에 나온 것 말이야!”

“그게 뭘 어쨌는데? 그게 오빠한테 무슨 영향을 줬다고 이 난리

아?”

“네 이름이 나왔잖아! 시집이라도 갔으면 ‘브라이트’라는 성을 안 썼겠지만, 아직 시집도 못 간 노처녀 신세니 네 이름이 고스란히 다 나왔다구. 불행하게도 그게 내 성과 똑같단 말이다! 브라이트라는 성이 어디 흔하기나 하냐? 내가 직장에서 어떤 꼴이 되었을지 네 머리로 생각이나 해봤어?”

아무리 오빠라지만 이건 좀 심하다 싶었다. 데이비드의 삐뚤어진 망상증은 모두들 알면서도 모른 척하며 살아왔다. 제인도 데이비드를 사랑하기는 했지만, 아직도 온 세상이 자기만 받들어 모신 채 돌아가는 줄 착각하고 사는 오빠가 미울 때가 한두 번이 아니었다. 고교시절, 잘생기고 공부도 잘해서 모든 여학생들의 우상이었다는 것은 인정할 수 있었다. 그러나 고등학교를 졸업한 지가 벌써 15년이 넘은 나이였다.

“내가 오빠 누이동생이라는 건 아무도 모를 거야.”

제인은 그래도 최대한 성질을 억누르며 차근차근 말했다.

“그건 네 생각이지! 단 한 번이라도 주둥이 놀리기 전에…….”

제인은 더 이상 듣고 싶지 않았다. 이 상황에서 제인이 할 수 있는 말은 아주 간단했다.

“오빠나 잘해!”

그러고는 전화통이 부서져라 수화기를 내려놓았다. 어른다운, 숙녀다운 대응은 아니었지만 그래도 만족스러운 대응이라고 할 수 있었다.

전화벨이 다시 울렸다. 내가 저 전화를 받나봐라, 제인은 이를 갈며 속으로 중얼거렸다. 진작에 발신자 표시기를 달아둘걸 싶었다.

전화벨은 그치지 않고 계속 울렸다. 스무 번이 울린 후에 결국 제인은 수화기를 집어들고 냅다 소리를 질러버렸다.

“또 뭐야!”

내가 이런 식으로 괴롭혀도 만만한 사람으로 보인다면, 좋아, 어디 한번 두고보자. 너도 새벽 2시에 이 따위 전화 받으면 심정이 어떤지 알려주마!

하지만 이번에는 언니 셸리였다.

“아이고! 귀청 떨어질라!”

시작은 큰언니답게 점잖은 어투였다. 제인은 미간을 손가락으로 문질렀다. 두통이 시작되고 있었다. 겨우 데이비드와 한 판 끝냈으니, 이번의 전투는 또 어떻게 치러야 할지 잠시 고민해야 했다.

“난 이제 얼굴을 들고 교회에 나갈 수가 없게 생겼다.”

“왜? 언니, 무슨 일이야? 언제부터 목디스크였는데?”

제인은 아주 나긋나긋한 목소리로 물었다.

“앙큼떨지 마! 넌 너밖엔 몰라. 단 한 번이라도 이런 일이 나나네 조카들한테 어떤 영향을 미칠지 생각이나 해봤니? 스테파니가 얼마나 창피해하는 줄 알아? 걔 친구들이 모두 네가 걔 이모라는 걸…….”

“그걸 어떻게 아는데? 난 스테파니 친구라고는 만나본 적이 없는데.”

허를 찔린 셸리가 잠시 주춤했다.

“스테파니가 말했겠지.”

“내가 창피해서 죽겠다는 애가 친구들한테 이모 자랑을 했단 말이야? 얘기가 이상하군.”

셸리가 다시 발끈해서 목소리를 높였다.

“이상하든 안 이상하든, 네가 한 짓이 얼마나 낯뜨거운 짓인지 나 아니?”

제인은 재빨리 마아시의 인터뷰 장면을 되새겨보았다. 낯이 뜨겁다고 말할 정도의 이야기는 나온 적이 없었다.

"마아시가 그렇게 낯뜨거운 소리를 한 건 없을 텐데?"

"마아시? 그게 무슨 소리니?"

"텔레비전 인터뷰 말하는 거 아니야?"

"너……! 텔레비전에도 나왔단 말이니? 옴마, 세상에! 내가 미쳐!"

"텔레비전에서 본 게 아니면 어디서 보고 이 난리야?"

"인터넷에 다 떴어! 스테파니가 인터넷에서 보고 말하더라!"

인터넷? 이제 제인은 머리가 터져 나갈 것 같았다. 회사의 컴퓨터광 중 하나가 사보에 난 기사를 무삭제판으로 인터넷에 올린 모양이었다. 열네 살짜리 스테파니에겐 정말로 산교육이 되었겠군!

"인터넷에 올린 건 내가 아니야. 우리 회사 사람 중에서 누군가가 그랬겠지."

제인은 지친 목소리로 말했다.

"누가 했든 그건 상관없어. 네가 그 배후에 있다는 게 중요하지!"

제인은 갑자기 동네북처럼 이 사람한테 두드려 맞고 저 사람한테 욕을 먹어야 할 만큼 잘못을 저지른 건 뭔가 싶어서 오기가 발동했다. 지난 며칠간 외줄타기를 하는 것처럼 위태위태한 시간을 보내느라 스트레스는 더 이상 쌓일 수 없을 만큼 쌓였는데, 자신을 가장 걱정해주어야 할 사람들이 공격의 최선봉에 서서 날뛰어대는 꼴은 더 이상 참을 수 없었다. 오늘 이후로 가족들과의 관계가 어떻게 되든 그것도 알 바 아니었다.

"내 말 잘 들어."

제인은 셸리의 말을 가로채며 오싹할 정도로 낮고 조용한 목소리로 말했다.

"어쩌다 이 지경으로 일이 커졌는지, 어쩌다가 내가 이 일에 휘말리게 되었는지 자초지종은 묻지도 않고 일방적으로 비난만 하는

오빠나 언니하고는 더 이상 이야기할 가치가 없어. 오빠는 아버지
가 나한테 차를 맡긴 것 때문에 토라졌고, 언니는 엄마가 고양이
를 나한테 맡긴 것 때문에 토라진 것까지는 이해를 해. 또 그 망
할 놈의 리스트 때문에 내가 얼마나 노심초사하며 고통받았는지
언니나 오빠가 딱 5초만 먼저 생각해봤으면 상상할 수 있었겠지만,
좋아, 그런 안부부터 묻지 않았던 것도 용서해줄 수 있어. 방금 전
에 오빠한테 너나 잘하라고 소리지르고 전화 끊었는데, 언니도 마
찬가지야. 언니나 잘해!"

제인은 셸리와도 그렇게 통화를 끝냈다. 더 이상 전화를 걸어올
언니나 오빠, 동생이 없다는 것에 대해 하느님과 부모님께 감사드
리고 싶은 심정이었다.

"평화를 위한 최선의 방어였어."

제인은 부우부우를 향해 중얼거렸다. 갑자기 두 눈에 눈물이 핑
돌았다.

전화벨이 또 울렸다. 제인은 아예 코드를 뽑아버렸다. 자동응답
기의 메시지 숫자 표시창을 보니 메시지가 더 이상 들어올 수 없
을 만큼 많이 들어와 있었다. 제인은 그중 단 하나도 들어보지 않
고 모두 지워버렸다. 그러고는 편한 옷으로 갈아입고 침실로 들어
갔다. 부우부우가 어슬렁어슬렁 따라 들어왔다.

부우부우가 무슨 위안이 될까 싶었지만, 그래도 그 녀석을 끌어
안고 귀밑을 긁어주었다. 부우부우도 얼마 동안은 제인의 애무를
받아주었지만, 이내 싫증이 났는지 꿈틀거리다가 바닥으로 내려가
버렸다.

너무나 지치고 우울해 가만히 앉아서 쉴 수도, 뭘 먹을 수도 없
었다. 차라리 세차라도 하면서 분을 삭이는 것이 낫겠다 싶어서
재빨리 짧은 반바지와 티셔츠로 갈아입었다. 제인의 차는 꼭 세차
를 해야 할 만큼 더럽지는 않았다. 하지만 차를 닦고 왁스로 반짝

반짝 광을 내고 하다 보면 스트레스도 풀리고 정신적인 만족도 얻을 수 있을 것 같았다. 지금 제인에게 가장 필요한 것이 바로 그 정신적인 만족이었다.

세차를 하기 위해 필요한 것들을 챙기면서도 제인은 분을 삭일 수가 없었다. 부우부우를 당장이라도 셸리의 집에 데려다놓아서 녀석이 언니네 집의 가구며 쿠션들을 몽땅 망가뜨리는 꼴을 구경한다면 얼마나 고소할까 싶었다. 셸리네 집에는 새 가구를 들여놓은 지 얼마 되지 않아서, 만약에 가구를 다 망가뜨려놓으면 너그러이 용서해줄 리 없었다. 마음은 굴뚝 같지만 제인이 부우부우를 셸리네 집에 팽개치지 못하는 이유는 어머니가 자신을 믿고 고양이를 맡겼다는 사실 때문이었다. 어머니는 제인을 믿고 사랑하는 고양이를 맡기지 않았던가.

데이비드는……, 데이비드도 마찬가지였다. 아버지의 차를 데이비드의 차고에 가져다 맡겨버리고 싶었지만, 아버지 역시 제인을 믿고 애지중지하는 자동차를 맡기셨으니 다른 사람에게 떠넘길 수는 없었다. 만약 데이비드의 차고에 보관되어 있는 동안에 그 차에 어떤 문제라도 생긴다면 제인의 책임은 두 배로 무거워지는 셈이었다. 어느 쪽을 생각해보아도 제인은 도망갈 구멍이 없었다.

광내는 데 쓰는 가죽 천과 차체에 칠해진 페인트를 손상시키지 않으면서 광을 내게 해준다는 왁스, 윈도우 클리너 등을 챙겨 들고 밖으로 나간 제인은 부우부우가 주방 앞 포치에 앉아 세차하는 걸 구경하도록 해주었다. 고양이는 물을 좋아하지 않는 동물이니 세차 구경이 별로 달가울 리 없겠지만, 제인은 누구든 자기 곁에 있다는 느낌을 갖고 싶었다. 부우부우는 오후의 햇살 아래 나오자마자 곧바로 너부죽이 엎드려 고양이답게 졸기 시작했다.

옆집 진입로에서는 찌그러진 고물 폰티악이 눈에 띄지 않았다. 어쩌다 실수로 그 고물차에 물방울이라도 튀어 또 샘이 으르렁거리는 꼴을 보게 될 일은 없으니 참 다행이다 싶었다.

제인은 열심히, 아주 꼼꼼하게 차를 닦기 시작했다. 차체의 표면을 작은 구역으로 나누어 한 번에 한 구역씩 닦아나갔다. 한꺼번에 비누를 칠해놓으면 비누 거품이 마르면서 얼룩이 남을 수도 있기 때문이었다. 제인이 산 세차용 세제는 거품 얼룩이 남지 않는 특수세제라고 광고를 하긴 했지만, 제인은 그런 광고를 믿지 않았다.

"안녕하쇼!"

"으악!"

제인은 비명을 지르며 펄쩍 뛰어 돌아섰고, 세제를 칠하던 스펀지를 바닥에 떨어뜨렸다. 하지만 물이 흐르는 호스는 그대로 들고 있었다. 갑자기 물세례를 받은 샘은 화들짝 놀라며 펄쩍 뛰어 물러섰다.

"조심 좀 하쇼!"

샘이 버럭 소리를 지르자, 제인은 갑자기 화가 치밀어올랐다.

"이번에는 잘 할게요"

고무 호스를 움켜쥔 제인은 물줄기가 정확히 샘의 얼굴을 향하도록 겨냥했다. 샘은 으악! 하고 비명을 지르며 한쪽 옆으로 도망쳤다. 제인은 고무 호스를 단단히 움켜쥐고 버텨 서서 샘이 손으로 얼굴을 문지르는 것을 지켜보았다. 바짓가랑이를 적신 첫 번째 물세례는 실수였지만, 정통으로 얼굴을 맞힌 두 번째 물세례는 완전히 고의적인 것이었다. 두 번째 물세례 때문에 얼굴에서 흘러내린 물방울들이 티셔츠의 앞가슴을 흥건하게 적셨고, 그의 탄탄하고 너른 가슴팍이 적나라하게 드러났다.

두 사람은 마치 권총 결투를 하는 사람들처럼 마주섰다. 두 사람 사이의 거리는 불과 2.5미터였다.

"미쳤어요?"

샘이 반쯤 성질이 난 목소리로 소리쳤다. 제인은 즉각 재공격에 나섰다. 복수심이 가득한 물세례였다. 샘은 이리저리 겅중거리며 물세례를 피하려고 기를 썼다.

"나 미쳤어요, 됐어요? 제기랄!"

안 그래도 기세 좋게 물줄기가 뿜어져 나오는 고무 호스를 손가락으로 반쯤 틀어막아 물줄기는 더 멀리, 더 세게 뿜어져나갔다.

"모두들 나만 들들 볶는데 이젠 신물이 나! 당신은 말할 것도 없고, 셀리, 데이비드, 회사의 얼간이들, 더 멍청한 기자들, 내 쿠션을 몽땅 작살낸 부우부우까지! 싸가지 없는 것들, 모두 뒈져라!"

그때 갑자기 샘이 전략을 바꾸었다. 공격을 피하려는 자세에서 적극적인 반격에 나섰던 것이다. 더 이상 물세례를 피하려 하지 않고 마치 풋볼 경기에서 후방을 지키는 라인배커처럼 자세를 잔뜩 낮추었다. 적의 전략이 바뀐 사실을 0.5초쯤 늦게 깨달은 제인은 얼른 한쪽 옆으로 피하려고 했다. 그러나 적의 공격이 한발 빨랐다. 샘의 어깨가 제인의 복부를 들이받았고, 제인은 꼼짝없이 샘과 자동차 사이에 끼이고 말았다. 그리고는 먹잇감을 공격하는 뱀 대가리처럼 순식간에 제인의 손에서 고무 호스를 낚아채 갔다. 제인은 고무 호스를 도로 빼앗으랴 샘과 자동차 사이에서 빠져나오랴 바쁘게 버둥거렸지만 하나도 성공하지 못했고, 샘의 몸은 더욱더 거세게 압박해 들어왔다.

두 사람은 숨을 씩씩거리며 서로를 노려보았다. 머리끝에서 발끝까지 완전히 물을 뒤집어쓴 샘의 몸에서 흐른 물이 제인의 옷까지 적시고 있었다.

물방울이 샘의 속눈썹에 대롱대롱 매달려 있었다.

"나한테 물을 뿌렸어요?"

샘은 감히 그런 짓을 하다니, 믿을 수가 없다는 표정으로 물었다.

"먼저 날 놀래켰잖아요! 물 뿌린 건 실수였다구요."

제인도 지지 않고 맞대응을 했다.

"첫 번째 물세례는 실수였지만, 두 번째부터는 고의였어요."

제인은 고개를 끄덕였다.

"그리고 '제기랄', '뒈져라' 이건 욕이죠? 나한테 50센트 빚졌어요."

"룰을 바꿨어요. 당신이 먼저 욕하게 만들어놓고 그걸로 벌금을 물리는 건 부당해요."

"빚을 떼어먹을 셈이오?"

"떼어먹다뇨? 애초에 당신 잘못인데."

"어째서?"

"일부러 날 놀래켰으니까. 첫 번째 물세례는 그것 때문이었어요?"

제인은 샘의 압박에서 빠져나오려고 슬쩍 몸을 비틀어보았다. 하지만 샘의 몸이 워낙 육중하다 보니 등뒤에 버티고 있는 자동차나 앞에서 누르고 있는 사람이나 철통 같기는 매한가지였다. 샘은 더욱 거세게 밀어부치면서 제인의 시도를 봉쇄했다. 샘의 몸에서 흘러내린 물이 제인의 다리를 타고 흘러내렸다.

"그럼 두 번째 물세례는?"

"그건…… 당신이 먼저 화를 냈잖아요! 내가 두 번 욕한 거 다 합해도 당신이 나한테 한 한 마디보다는 덜해요."

"오호! 언제부터 비교벌점제로 바꿨소?"

제인은 눈가에 힘을 주고 그를 노려보았다.

"어쨌든, 첫 번째 욕은 당신이 날 놀래키지 않았으면 하지 않았을 거고, 두 번째 욕은 당신이 먼저 내게 미쳤느냐고 소리치지 않았으면 안 했을 거예요."

"이 불상사가 처음부터 끝까지 내 탓인 것처럼 말하고 있는데,

당신이 고의로 물을 뿌리지 않았다면 나도 당신한테 미쳤느냐고
소리치지 않았을 거요.”

“그러니까, 애초에 당신이 날 놀래키지 않았으면 물세례 안 받
았을 거 아녜요?”

내가 이겼지? 하는 표정으로 턱을 딱 치켜들며 제인이 따졌다.
샘은 숨을 깊이 들이쉬었다. 그렇지 않아도 널찍하고 단단한 가슴
팍이 한껏 부풀면서 제인의 가슴을 압박했고, 제인은 어느 순간
자신의 유두가 또렷하게 일어서고 있다는 것을 깨달았다. 제인은
놀라움으로 자기도 모르게 눈이 휘둥그래졌다.

샘은 도저히 속을 읽을 수 없는 표정으로 제인을 내려다보았다.

“비켜요.”

다급한 나머지 제인은 불안한 목소리를 감추지 못한 채 그렇게
말해버렸다.

“싫어요.”

“싫어요? 싫다니, 말도 안 돼요. 내 의지와 상관없이 날 잡아두
는 건 범법행위예요!”

그 말이 맞다는 듯이 샘은 어깨를 으쓱 치켰다가 내렸다. 하지
만 과격한 이웃집 여자에게 폭력을 휘둘렀다는 혐의를 받을지 모
른다는 것에는 별로 상관없는 듯한 눈치였다.

“어서 비켜요.”

“못 비켜요.”

제인은 어이가 없다는 듯한 눈길로 그를 올려다보았다.

“왜 못 비켜요?”

하지만 제인은 샘이 비키지 못하는 이유가 무엇인지 알 것 같은
것이 더 불안했다. 벌써 한참 전부터 터질 듯이 부풀어오르기 시
작한 그의 남성이 그녀의 아랫배를 압박하고 있었던 것이다. 제인
은 그것을 무시하려고, 느끼지 못하는 척하려고 안간힘을 쓰고 있

었지만, 허리 위쪽 상반신은 그걸 무시할 수 있어도 아래쪽 하반
신은 그걸 무시하지 못하고 있다는 것이 비극이었다.

"이제부터 내가 후회하게 될 짓을 해야 할 것 같거든."

샘은 자기도 스스로를 이해할 수 없다는 듯이 고개를 흔들었다.

"아직 채찍이랑 의자는 준비하지 못했지만, 어쩌겠소, 일단 해보
는 수밖에."

"잠깐만!"

제인은 비명처럼 내뱉었지만 이미 늦은 후였다. 샘의 고개가 그
녀의 얼굴을 향해 푹 꺾였던 것이다.

늦은 오후의 태양이 갑자기 멀찍이 날아가는 것 같았다. 도로
위쪽 어딘가에서 깔깔대는 아이의 웃음소리가 들려왔다. 차 한 대
가 지나갔다. 나뭇가지를 자르는 전지가위 소리가 들렸다. 모든 것
이 아주 멀리서, 현실세계가 아닌 다른 세상으로부터 들려오는 것
같았다. 현실로 느껴지는 것은 샘의 입술이 그녀의 입술을 덮고
있다는 것, 두 사람의 혀가 한데 엉켜 몸부림치고 있다는 것, 그의
따뜻하고 남성적인 체취가 그녀의 코를 찌르고 폐부 깊숙한 곳까
지 흘러들고 있다는 것이었다. 샘의 입술에서는 초콜릿 한 상자를
방금 먹고 나온 사람처럼 초콜릿 맛이 느껴졌다. 제인은 샘을 통
째로 삼켜버리고 싶었다.

제인은 자기도 모르게 흥건하게 젖은 샘의 티셔츠를 꽉 움켜쥐
었다. 키스를 중단하지 않으려 조심하면서 샘은 그 손가락을 하나
씩 풀어 제인의 손을 자신의 목 뒤로 가져갔다. 제인의 손은 그의
목을 끌어안았고 두 사람의 몸은 무릎부터 어깨까지 완전히 하나
로 밀착되었다.

단 한 번의 키스로 어쩌면 이렇게 내 온몸을 흔들어놓을 수가
있지? 제인은 몽롱한 의식 속에서도 생각했다. 그러나 샘은 키스만
하고 있는 것이 아니었다. 그의 온몸을 최대한 활용하고 있었다.

가슴팍으로 제인의 가슴을 압박하고 마찰하며 그녀의 유두를 아플 정도로 꼿꼿이 서게 만들었고 터질 듯이 부푼 남성으로 그녀의 복부를 압박하며 천천히, 리드미컬하게 움직이고 있었던 것이다. 부드럽지만 거대한 파도 같은 움직임이었다.

제인은 격한 신음을 토해내며 두 다리로 그의 허리를 감았다. 온몸이 뜨겁게 달아오른 그녀는 갑작스럽게 찾아온 살인적인 욕정과 갈망으로 온몸이 활활 타올라 죽어버릴 것만 같았다.

샘은 아직도 호스를 한 손에 들고 있었다. 그는 양손으로 제인의 엉덩이를 받쳐 그녀의 몸을 한 뼘쯤 더 위로 치켜올렸다. 그 바람에 고무 호스가 춤을 추면서 물을 뿌려댔고 물세례를 받은 부우부우는 깜짝 놀라며 도망쳤다. 자동차에 계속 물이 뿌려졌지만 제인은 신경쓰지 않았다. 중요한 것은 샘의 입술이 자신의 입술에 닿아 있고 두 다리가 그의 허리를 휘감고 있다는 것이었다.

샘이 허리를 꿈틀꿈틀 움직였다. 마치 둥글게 회전하면서 목표물을 향해 날아가는 총알처럼. 제인은 금방이라도 절정에 다다를 것 같았다. 깊은 곳에서부터 울려나오는 신음을 토해내면서 제인은 샘에게 찰싹 매달렸다.

고개를 든 샘이 거칠게 숨을 몰아쉬며 말했다.

"안으로 들어갑시다."

하지만 아직도 몽롱한 상태였던 제인은 그 말을 똑똑하게 알아듣지 못했다.

"싫어요. 멈추지 말아요."

거의 절정에 다다랐는데, 거의 다 왔는데!

샘의 얼굴에 야수 같은 욕정의 그림자가 스쳐갔다.

"오, 이런! 제인, 여기서 옷을 벗고 일을 낼 수는 없잖아요! 안으로 들어가서 마무리를 하자구요!"

뭐? 일을 내? 안에 들어가서 마무리?

제인은 정신이 번쩍 들었다. 아직 피임약을 안 먹었는데!

"잠깐만!"

제인은 화들짝 놀라며 소리치더니 샘의 어깨를 와락 밀쳐내며 두 다리를 땅 위에 쿵 하고 내려놓았다.

"그만둬요! 비키란 말이에요!"

"그만둬요?"

샘은 믿기지 않는다는 표정으로 되물었다.

"조금 전에는 멈추지 말라더니, 이제는 그만둬요?"

"마음이 바뀌었어요."

"마음을 바꾸다니! 누구 마음대로?"

샘이 자못 을러대는 듯한 어조로 따졌다.

"내 마음이죠."

"혹시…… 헤르페스 있어요?"

"아뇨."

"아니면 매독?"

"아뇨."

"그럼 임질?"

"아뇨."

"에이즈?"

"아뇨!"

"그럼 대체 왜 지금 와서 마음을 바꾼다는 거요?"

"배란기란 말이에요."

그 말은 거짓말일 가능성이 높았다. 하루나 이틀 후쯤 생리가 시작될 날짜였으니까 제인의 몸 속에 든 난자는 이미 오래 전에 생명력을 잃었다고 봐야 했다. 그러나 어쨌든 0.01퍼센트의 가능성이라도 아이가 생길지도 모른다는 걱정을 떨쳐버릴 수 없었다. 만약 자신의 난자에 손톱끝만큼이라도 생명력이 남아 있다면 샘의 정자는 냉큼 그걸 집어삼키고 사고를 칠 것 같았다. 배란기라는 말에 샘도 주춤했다. 하지만 금방 기세를 회복하며 말했다.

"콘돔을 쓰면 되지."

제인은 샘이 겁먹기를 바라면서 또 샘을 노려보았다. 하지만 샘은 지금까지 그녀가 노려보는 눈길에 전혀 동요하는 빛을 보인 적이 없었다.

"콘돔도 6퍼센트는 실패해요."

"그건 정말로 만에 하나일 뿐이에요."

"만에 하나요? 만에 하나, 당신의 정자가 내 난자에 달라붙으면 어떤 일이 벌어질지 생각이나 해봤어요?"

"아마…… 자루 속에 갇힌 두 마리 들고양이처럼 싸움이 벌어지겠지."

"정답이에요. 방금 우리가 그랬던 것처럼."

지극히 실망한 표정으로 샘이 물러섰다.

"아마 서로 통성명도 하기 전에 자루 속에 갇힐 거야."

"우리는 점잖게 통성명한 적 있는 줄 알아요?"

제인이 얼른 맞받아쳤다. 샘이 아픈 데를 찔렸다는 듯이 일그러진 얼굴을 두 손으로 문질렀다.

"이런! 샘 도노반이오."

"알아요. 쿨라비치 부인이 말해줬어요. 난 제인 브라이트예요."

"나도 알아요. 쿨라비치 아주머니가 철자까지 친절하게 알려주시더군."

쿨라비치 부인은 언제 그런 것까지 알아냈지?

"그런데 아까 말한 그 사람들은 누구요? 셸리, 데이비드, 회사의 얼간이들, 더 멍청한 기자들, 그리고 부우부우……. 기자들이 왜 당신을 괴롭힌다는 거죠?"

제인은 샘의 기억력에 깜짝 놀랐다. 차가운 물세례를 받으면서 들은 이름들을 그렇게 정확히 기억하다니, 제인 같으면 할 수 없는 일이었다.

"셸리는 언니인데, 어머니가 부우부우를 나한테 맡기셨다는 것 때문에 화가 났고, 데이비드는 오빠인데 아버지가 차를 자기한테 맡기지 않고 나한테 맡기셨다는 것 때문에 화가 났죠. 그리고 부우부우는 누군지 알죠?"

샘이 제인의 어깨너머를 올려다보더니 대답했다.

"지금 당신 차 위에 있는 친구 말이오?"

"예에?"

제인은 깜짝 놀라며 돌아섰다. 부우부우가 제인의 차 지붕 위에서 이리저리 돌아다니고 있었다. 미처 피할 틈도 주지 않고 제인의 주먹이 부우부우를 향해 날아갔다. 녀석은 땅바닥으로 뚝 떨어지더니 꽁지가 빠지게 집 안으로 도망쳤다. 제인은 얼른 지붕에 흠집이 가지 않았는지 살폈다.

"당신도 고양이가 차 위로 걸어다니는 건 싫은 모양이군요?"

제인은 다시 한 번 샘을 쏘아보았다.

"내 차하고 당신 차하고 같아요?"

갑자기 제인은 궁금해졌다. 샘은 여기 있는데 그 고물차는 왜 없지?

"당신 차는 어디 있어요?"

"그 폰티악은 내 차가 아니에요. 시 소유의 공용차예요."

제인은 약간의 안도감 같은 것을 느꼈다. 지난번에 보았던 그런 고물차의 주인과 정사를 나눈다는 건 자존심에 금이 가는 짓이라는 생각이 뒤늦게야 들었던 것이다.

"그럼, 집에는 어떻게 왔어요?"

주변을 둘러보며 제인이 물었다.

"내 지프는 차고 안에 있어요. 먼지, 꽃가루, 새똥 같은 걸 피하려구.”
“지프? 무슨 지프?”
“시보레.”
“사륜구동?”
샘은 약간의 우월감이 엿보이는 듯한 표정으로 오만하게 말했다.
“지프가 사륜구동 말고 또 있어요?”
“오호……, 좀 보여줘요.”
“협상을 먼저 마무리짓고.”
“협상? 무슨 협상?”
“우리가 방금 시작한 걸 언제 끝낼 건지.”
제인은 기가 막혀 말이 안 나왔다.
“지금…… 그 차를 구경하는 대가로 내 몸을 달라는 거예요?”
“맞아요.”
“미쳤어요? 내가 그 정도로 그 지프를 보고 싶어하는 줄 알았어요?”
“빨간색인데?”
“오오…….”
“얼른 정해요.”
“뭘?”
“날짜. 지금 당장 하자는 건 아니니까. 배란기를 피해서 날짜를 정하라구요.”
제인은 슬쩍 떠보는 듯한 표정으로 대꾸했다.
“당신이 그 지프 보여주면, 난 우리 아버지 차를 보여줄게요.”
샘은 고개를 저었다.
“그건 보기에 없어요.”
제인은 지금까지 아버지의 차에 대해 누구에게도 말하거나 보여준 적이 없었다. 아버지는 그 차에 먼지라도 앉을세라 아끼고 또 아꼈다. 하지만 샘은 직업이 경찰이니까 그 차를 보여주는 것도 나쁘지 않을 것 같았다. 그 차는 이미 어마어마한 거액의 보험에 들어 있었지만, 한 번 망가지거나 도난당하면 다시 되돌려놓을 수는 없었다.

"그럼 내가 먼저 우리 아버지 차를 보여줄 테니 당신 지프를 나한테도 보여줘요."

그렇지 않은 척하려고 했지만, 샘의 얼굴은 궁금해하는 표정이 역력했다. 제인이 말하는 투로 보아 아버지의 차라는 것이 보통 차는 아닌 듯했던 것이다.

"무슨 찬데?"

"크게 말할 수는 없어요."

그러자 샘이 고개를 숙이고 귀를 갖다 댔다.

"귓속말로 해봐요."

제인은 그의 귀에 대고 단 두 마디를 속삭였다. 화들짝 놀란 샘이 고개를 번쩍 쳐드는 바람에 제인의 코가 그의 머리에 부딪쳤다.

"악!"

제인은 코를 싸쥐었다.

"얼른 보여줘요."

샘이 성급하게 졸라댔다. 이번에는 제인이 팔짱을 끼고 조금 전의 샘을 흉내내며 말했다.

"그럼 협상은 끝난 건가요? 당신이 우리 아버지 차를 보고, 나는 당신 차를 보고?"

"하지만 내 차를 몰아볼 생각은 꿈도 꾸지 말아요."

제인의 차고를 바라보는 샘의 얼굴은 마치 성배를 바라보는 그리스도인 같은 표정이었다.

"저 안에 있어요?"

“안전하게.”
“오리지널이에요, 복제품이에요?”
“오리지널.”
“오오, 이럴 수가……..”
샘은 제인보다 앞서서 차고를 향해 성큼성큼 다가갔다.
“열쇠 가져올게요.”
제인은 맹꽁이 자물쇠를 풀 열쇠를 가지러 집 안으로 뛰어들어
갔다. 열쇠를 들고 나와보니 샘은 안절부절못하며 기다리고 있었
다.
“딱 우리가 들어갈 수 있을 만큼만 열어요. 알았죠? 길에서 누
가 들여다보기라도 하면 안 된단 말이에요.”
“알았어요, 알았어요.”
샘은 제인이 주는 열쇠를 빼앗아 맹꽁이 자물쇠를 열었다. 차고
안에 들어서자 제인이 벽을 더듬어 불을 켰다.
“이 차를 어떻게 구했대요?”
마치 예배당에 들어온 신자처럼 목소리를 낮춰 속삭이며 샘이
물었다.
“개발팀에 계셨거든요.”
차를 덮어씌운 덮개를 벗기다가 샘이 날카로운 눈으로 제인을
돌아다보았다.
“아버님이 혹시…… 라일 브라이트?”
제인은 대답 대신 고개만 끄덕였다.
“오오…… 이런…….”
샘은 말을 잇지 못했다. 덮개를 완전히 벗기자 샘의 목에서 꿀
꺽 하는 소리가 났다. 샘이 어떤 기분일지는 제인도 잘 알았다. 그
차와 함께 자랐지만 볼 때마다 자신도 숨이 멎는 것 같았었다.
하지만 아버지의 차는 특별히 번쩍거리는 차는 아니었다. 그 차

가 생산될 당시의 페인트는 요즈음 차량용 페인트처럼 그렇게 번쩍거리지 않는 것이었다. 차의 색상은 은회색인데 요즈음 운전자들이 당연한 것으로 생각하는 옵션 품목 같은 것은 아예 없었다. 운전석 옆의 컵홀더도 보이지 않았다.

"오오……, 와아……."

샘의 입에서는 연신 감탄사가 흘러나왔다. 그러면서도 차에 손을 대지 않으려고 매우 조심하는 모습이었다. 백 명 중 아흔아홉은 그 차를 보면 우선 손으로 어루만졌다. 어떤 사람은 보통 차보다 낮은 후드 위에 발을 턱 올려놓는 무례하고 경솔한 짓을 하기도 했고, 어떤 사람은 한 술 더 떠서 문을 열고 운전석에 떡 하니 올라앉기도 했다. 하지만 샘은 마치 바람 불면 꺼지는 촛불, 쥐면 날아가는 꽃잎을 감상하듯 조심조심했다. 진정으로 아끼고 소중히 여겨야 할 어떤 것을 대하는 듯한 그 모습에 제인은 왠지 찡한 감동마저 느꼈다.

샘은 차 구경을 마치고 잠든 갓난아기에게 이불을 덮어주는 엄마처럼 조심스럽게 덮개를 다시 씌웠다. 그는 말없이 청바지 주머니를 뒤져 차 열쇠를 꺼내서 제인에게 건네주었다. 열쇠를 받아든 제인은 물에 푹 젖은 옷을 위아래로 훑어보며 말했다.

"나도 흠뻑 젖었어요."

"나도 알아요. 아까부터 젖꼭지가 다 보였는걸?"

제인은 기가 막혀 말이 나오지 않았다. 그녀는 재빨리 두 팔로 앞가슴을 가리며 말했다.

"그런데 왜 진작 말하지 않았어요?"

송곳처럼 날카로운 추궁이었다. 샘은 킬킬거리며 징그러운 웃음소리를 토해냈다.

"내가 미쳤수?"

"자꾸 이러면 옷도 안 갈아입고 당신 차를 운전할 거예요!"

"뭐, 이 차도 봤겠다, 당신 젖꼭지 구경도 했겠다, 그 정도는 참아야지."

제인은 샘이 기막힌 구경을 하도록 자신이 허락한 적이 없다는 것을 상기시키려다가 문득 새벽에 보았던 샘의 나체쇼가 기억나서 화제를 바꾸기로 마음먹었다. 하지만 여기서도 샘이 한발 더 빨랐다.

"게다가 당신은 오늘 새벽에 내 물건까지 봤으니, 내가 당신 젖꼭지 본 거하고는 비교가 안 되지."

"뭐라구요? 참 내, 물에 빠진 놈 건져주면 보따리 내놓으라고 강짜부린다더니……, 아마도 기억이 안 나시나본데, 제가 커튼 좀 닫으시라고 전화로 알려드리지 않았던가요?"

"볼 거 다 보고 나서?"

"쿨라비치 부인한테 당신 전화번호 물어보는데 걸린 시간 정도밖에 안 봤어요!"

제인은 빽 하고 소리를 질렀다. 말인즉 거짓말은 아니었다. 하지만 만약 1~2분이라도 더 그 노부인과 수다를 떨었다면 어땠을까?

"하지만 당신은 커튼을 닫거나 말거나 별로 신경쓰지도 않는다는 투였어요. 아예 발가벗고 대로를 활보하고 싶었나보죠?"

"당신을 유혹하느라고 그랬지."

"뭐요? 내가 보고 있다는 건 알지도 못했으면서!"

샘의 눈썹이 꿈틀거렸다. 제인은 샘의 자동차 열쇠를 주인에게 던져버렸다.

"더러워서 당신 차 안 타요. 아마 손가락만한 이가 득실거릴걸? 이 구역질나는 색골…… 음흉한 노출증……."

제인이 던진 열쇠를 공중에서 받아채며 샘도 맞받아쳤다.

"그럼 당신은 유혹을 느끼지 않았단 말이오?"

제인은 손톱끝만큼도 유혹을 느끼지 않았다고 말하려고 했지만 입이 떨어지지 않았다. 그건 평생 가장 큰 거짓말이 될 것이기 때문이었다. 샘은 능글맞은 미소를 지었다.

"내 말이 맞죠?"

이제는 이판사판, 이에는 이, 눈에는 눈이라는 생각밖에 들지 않았다. 제인은 가슴을 가리고 있던 팔을 내려 허리에 짚고 가슴을 앞으로 쭉 내밀었다. 그러자 마치 레이저 유도 미사일처럼 샘의 시선의 그녀의 푹 젖은 티셔츠 앞가슴에 똑바로 내리꽂혔다. 샘의 후골이 올라갔다 내려갔다 하면서 마른침을 삼키는 소리가 들렸다.

"이건 페어플레이가 아니야."

샘의 목소리는 심한 갈증을 느끼는 사람처럼 갈라져 나왔다. 이번에는 제인이 능글맞은 미소를 지었다.

"충고 고맙네요."

제인은 속이 후련해지는 것을 느끼면서 차고 문을 향해 당당하게 걸어갔다. 하지만 샘이 먼저 앞질러 걸어갔다.

"내가 먼저 나갈게요. 먼저 나가서 당신이 햇빛 속으로 걸어나오는 걸 봐야겠어요."

제인은 잽싸게 다시 앞가슴을 가렸다.

"이런! 김빠지게시리……."

샘은 툴툴거리면서 차고 문을 빠끔히 열고 살짝 빠져나갔다. 하지만 나가자마자 금방 도로 몸을 날리듯이 되돌아오는 바람에 제인은 샘과 정면으로 충돌할 뻔했다.

"두 가지 문제가 생겼소."

"나한테?"

"그래요. 첫째는 수돗물을 잠그지 않고 그냥 됐다는 거요. 아마 수도요금이 엄청 많이 나올걸?"

제인은 한숨을 푹 내쉬었다. 그래도 청소는 말끔히 됐겠군.

"두 번째 문제는요?"

“당신이 말한 그 얼간이 같은 기자들이 당신 앞마당에 쫙 깔렸소!”

“오! 하느님! ……이러언 엿같은!”

제인은 비명을 질렀다.

10

상황을 해결하기 위해 샘이 나섰다. 우선 차고 밖으로 살짝 빠져나가 극성스런 기자가 안에 있는 제인을 발견하지 못하도록 재빨리 맹꽁이 자물쇠를 채웠다. 하지만 제인은 샘이 자신보다도 차를 더 보호하려고 한다는 기분이 들었다. 샘이 나간 후 차고 문에 귀를 바짝 가져다 대고 바깥 정황을 살펴보았다. 샘은 우선 세차를 하다 만 바이퍼 곁으로 걸어갔다.

"무슨 일이십니까? 수도꼭지를 잠궈야겠으니 좀 비켜주시겠습니까?"

샘답지 않게 정중한 말투였다. 저 남자, 다른 사람들한테는 저렇게 정중하면서 왜 나한테는 그렇게 무식하게 나오는 걸까, 제인은 궁금했다. 물론 샘의 어조는 부탁이라기보다는 사뭇 명령조였지만, 그래도…….

"무슨 일들이십니까?"

"그 리스트에 대해서 제인 브라이트 양과 인터뷰를 하려고 하는데요."

낯선 목소리.

“제인 브라이트라는 사람은 모릅니다.”

샘의 거짓말.

“여기 사신다고 들었는데요. 공적인 기관의 기록을 보면, 몇 주 전에 이 집을 매입한 걸로 되어 있던데⋯⋯.”

“몇 주 전에 이 집을 산 사람은 바로 접니다. 등기를 하는 과정에서 뭔가 착오가 있었나봅니다. 내일이라도 당장 가서 뜯어고쳐야지.”

“그럼, 제인 브라이트 양은 여기 살지 않습니까?”

“글쎄, 모르는 사람이라니까요. 자, 이제 볼일 다 보셨으면 비켜주십시오. 차를 마저 닦아야 하니까.”

“하지만⋯⋯.”

“참, 제 소개가 늦었군요.”

샘의 목소리가 오싹할 정도로 부드럽게 바뀌었다.

“저는 도노반 형사입니다. 그리고 여기는 사유지입니다. 지금 무단침입중이십니다. 할 이야기가 더 있으십니까?”

물론 할 이야기가 더 있을 리 없었다. 여기저기서 시동 걸리는 소리가 들리고 자동차들이 급히 빠져나가는 소리가 들려왔다. 제인과 샘이 차고 안에서 나눈 이야기를 기자들이 듣지 못한 건 그야말로 기적이었다. 자기들끼리 떠들고 있었거나 다른 데 정신을 팔고 있었던 모양이었다. 하긴, 제인도 샘과 이야기하는 데에만 정신이 팔려 기자들이 떼거지로 몰려오는 소리를 듣지 못하고 있었으니까.

제인은 어서 샘이 차고 문을 열어주기를 기다렸다. 하지만 그는 문을 열어주지 않았다. 물줄기소리, 그리고 단조로운 휘파람소리가 들렸다. 날건달이 차를 닦고 있는 것이었다.

“하려면 제대로나 해. 비누 얼룩 남겨두면 내 손에 죽을 줄 알아!”

제인은 이를 부득부득 갈았다. 속수무책으로 기다려야 하는 짜증나는 상황이었지만 어서 문 열라고 소리를 지를 수도, 문을 쾅쾅 걷어찰 수도 없는 노릇이었다. 그랬다가 약삭빠른 기자에게 들키기라도 하면 상황은 정말로 걷잡을 수 없게 될 판이었다. 생각해보면, 정말 얼간이 같은 기자들이었다. 밖에 세워진 바이퍼를 조금만 주의깊게 들여다보았다면 이 집과 차의 주인이 샘 도노반일 수 없다는 건 단박에 알 수 있었다. 샘 같은 거구는 탈 수도, 운전도 할 수 없는 작은 차였으니까. 억지로 몸을 구겨 넣을 수는 있겠지만 일단 운전석에 앉으면 핸들이 가슴과 딱 붙을 정도였다. 얼간이 같은 기자들! 하긴, 그들이 얼간이 같은 것이 얼마나 다행인지…….

시계를 차고 있지 않아 확실히는 모르겠지만, 시간이 벌써 한 시간, 아니면 한 시간 반 정도는 흐른 것 같았다. 샘이 겨우 차고 문을 열었을 땐 하늘이 벌써 어둑어둑해지고 있었고 흠뻑 젖었던 제인의 티셔츠는 뽀송뽀송하게 말라 있었다.

"아주 달콤한 시간을 보내셨군요."

발을 쿵쿵 구르며 차고에서 나온 제인이 씩씩거렸다.

"바깥 세상에 나오신 것을 환영합니다. 자, 세차를 다 해놓았습니다. 왁스 바르고 가죽 천으로 싹싹 문질러서 반짝반짝하게 만들어놨습죠."

"고오맙군요. 제대로 했겠죠?"

제인은 냉큼 차 있는 곳으로 달려갔다. 조그만 얼룩이라도 보이면 그 자리에서 가만두지 않을 생각이었지만, 이미 사방이 너무 어두워져 있었다. 제인이 세차 실력을 별로 믿어주지 않는 데 대해서 샘은 서운하게 생각하지도 않았다.

"자, 그 기자들에 대해서 설명해보실까요?"

"싫어요. 다 잊어버리고 싶을 뿐이에요."

“아마 그럴 수 없을걸요? 얼간이들이 돌아가자마자 다시 기록을 확인하면 내가 산 집은 이 집이 아니라 바로 옆집이라는 걸 단박에 알 텐데? 그럼 내일 아침에 곧바로 이 마당으로 출근하겠지.”

“그때쯤엔 난 벌써 집에 없을 거예요.”

“제인!”

샘의 목소리가 다시 형사 나으리의 목소리로 돌아갔다. 제인은 땅이 꺼져라 한숨을 내쉬며 현관 앞 계단에 주저앉았다.

“다 그 망할 놈의 리스트 때문이에요.”

샘도 제인 옆에 주저앉아 긴 다리를 쭉 뻗었다.

“망할 놈의 리스트라니?”

“퍼펙트 맨.”

“그 리스트? 신문에 난 거?”

제인은 말없이 고개만 끄덕였다.

“그걸 쓴 게 당신이란 말이에요?”

“정확히 말하자면 내가 쓴 건 아니에요. 나를 포함해서 네 친구가 만든 거죠. 발단은 아주 우연한 거였어요. 아무도 그 리스트가 이렇게 큰 소동을 일으킬 줄은 몰랐으니까. 그게 사보에 실리고, 인터넷에 떠다니면서 눈덩이처럼 부풀려진 거예요.”

말을 마친 제인은 양 무릎에 팔꿈치를 걸쳐놓고 얼굴을 손에 파묻었다.

“몽땅 엉망이 돼버렸어. 그 리스트 말고 사람들 관심이 쏠릴 만한 다른 사건이 요즈음에는 왜 통 일어나지 않는 건지 모르겠어. 주식시장이라도 폭락하면 얼마나 좋아!”

“어라, 말이 씨가 된다는데 큰일날 소리 하시는군.”

“하루나 이틀이면 된단 말이에요.”

“대체 그 리스트가 그렇게 관심을 끌 만한 게 뭐가 있었지? 믿을 만한 남자, 성격이 좋은 남자, 좋은 직장을 가진 남자……, 그게 뭐 그렇게 새롭고 대단하다는 거죠?"

"그거 말고도 더 있어요."

제인은 거의 죽어가는 사람의 목소리로 말했다.

"더? 더 있을 게 뭐가 있어서?"

"있잖아요."

샘이 잠시 생각해보더니 의심스럽다는 듯한 목소리로 물었다.

"혹시 신체적인 거?"

"아주 신체적인 거."

잠시 침묵.

"얼마나 적나라하게?"

"말하고 싶지 않을 만큼."

"얼른 들어가서 인터넷으로 찾아봐야지."

"알아서 해요. 난 말하고 싶지 않으니까."

샘이 그 큼지막한 손바닥을 제인의 어깨 위에 올려놓더니 안마를 하듯 힘주어 움켜쥐었다.

"설마. 그렇게까지 노골적이지는 않겠지."

"그렇게까지 노골적이에요. 티제이는 그것 때문에 이혼당하게 생겼고, 언니하고 오빠는 얼굴을 들고 다닐 수 없게 만들었다고 펄펄 뛰고."

"언니하고 오빠는 고양이하고 차 때문에 화내고 있다고 하지 않았어요?"

"처음에는. 시작은 그거였는데 그 망할 놈의 리스트 때문에 한꺼번에 분풀이를 하고 있는 거죠. 울고 싶은 놈 뺨 때려준 거라고나 할까."

"아주 고약한 사람들이로군."

"그런 소리 말아요. 그래도 내 형제들인데. 아무리 그래도 난 언니 오빠를 사랑해요. *끄응……*, 가서 돈 가져올게요."

"돈? 무슨 돈?"

"벌금."

"정말 줄 거예요?"

"지금 상황에서 내가 명예롭게 할 수 있는 건 그것뿐이니까요. 하지만 이제부터는 규칙이 바뀌었으니까 당신이 고의로 날 욕하게 만들면 국물도 없을 줄 알아요! 이번에는 75센트 맞죠? 세차할 때 두 번, 기자들 때문에 한 번."

"정확하군요."

집 안으로 들어간 제인은 잔돈을 있는 대로 긁어모아 75센트를 만들었다. 25센트짜리 동전이 동이 난 바람에 10센트, 5센트짜리 동전까지 긁어모아야 했다. 제인이 다시 밖으로 나오자 계단에 앉아 있던 샘은 벌떡 일어나 동전을 받아서 바지 주머니에 넣었다.

"혹시 날 초대해서 저녁이라도 해줄 생각은 없나요?"

제인은 콧방귀를 뀌었다.

"꿈 깨세요."

"나도 그렇게 생각해요. 그럼, 혹시 간단하게 외식할 생각은?"

제인은 샘의 제안을 생각해보았다. 마음 한구석에서는 그의 제안을 받아들이라고 말하고 있었지만, 다른 한편에서는 받아들이면 안 된다고 말하고 있었다. 제안을 받아들인다면, 우선 혼자서 외롭게 식사를 하지 않아도 되고, 먹기 위해 뭔가를 해야 한다는 부담감도 없앨 수 있었다. 솔직히 지금 심정으로는 손가락 하나도 까딱하고 싶지 않았다. 가장 좋은 점은 샘과 조금 더 시간을 함께 보낼 수 있다는 것이었다. 하지만 그건 매우 위험한 일일 수도 있었다. 바로 몇 시간 전에 용케도 그의 유혹을 떨쳐버릴 수 있었던 것은 두 사람이 공공의 장소에 있었기 때문이었다. 만약 단둘이 그의 지프에 탄 상황이라면 거기서 무슨 일이 벌어지지 않는다고 장담할 수 없었다. 하지만 제인은 그의 지프를 타보고 싶었다.

"인생의 심오한 의미를 답해달란 것도 아닌데 무슨 생각을 그리 오래 해요? 저녁 먹으러 나갈 거요, 안 나갈 거요?"

"가긴 가겠지만, 내 몸에 손대지 않는다고 약속해요."

샘이 두 손을 번쩍 치켜들었다.

"맹세합니다. 배란기 끝날 때까지는 곁에 가지 않겠다고 벌써 약속했잖아요. 피임약은 언제부터 먹을 거예요?"

"내가 피임약 먹는다고 누가 그래요?"

"그게 아니라, 먹어두는 게 좋다는 뜻이죠."

"나한테서 멀리 떨어져 있으면 댁이 그런 걱정을 할 필요가 없죠."

벌써부터 피임약을 먹을 생각을 하고 있었다는 것은 절대로 말할 수 없었다. 사실은 오늘이라도 병원에 가서 처방을 받을 생각이었는데, 내일 아침에 제일 먼저 할 일이 그것이었다. 샘은 싱긋 미소를 지었다.

"자, 그럼……, 뭘 드시겠수?"

"난 햄버거 같은 것보다는 중국 음식이 좋은데."

샘은 한숨을 푹 내쉬었다.

"좋아요. 그럼 그걸로 합시다."

"12마일 로드에 있는 중국 식당이 좋아요."

"좋아요!"

샘이 씩씩한 목소리로 대답했다. 제인은 환한 미소로 화답했다.

"얼른 옷 갈아입고 나올게요."

"나도 5분 후에 봅시다."

제인은 집 안으로 달려들어가면서 샘도 똑같이 바쁘게 준비해야 할 거라고 생각했다. 샘은 5분 안에 준비를 끝낼 수 있을까?

제인은 침실로 달려가면서 옷을 벗었다. 벌써 한참 전에 저녁식사를 마쳤어야 할 부우부우가 야옹거리며 졸졸 따라다녔다. 새 팬티를 찾아 입고 브래지어를 입고, 빨간색 짧은 반팔 니트 티셔츠에 화이트 진바지를 입고 샌들을 신었다. 그러고는 다시 주방으로 달려가 고양이 먹이 깡통을 뜯어서 접시에 담아주고 핸드백을 집어들고 달려나왔다. 샘도 막 주방 쪽 문으로 나와 차고를 향해 달려가는 중이었다.

"늦었어요!"

샘이 소리쳤다.

"난 안 늦었어요. 당신은 옷만 갈아입으면 끝이지만 난 고양이 먹이까지 주고 나왔다구요."

샘의 차고 문은 신식 자동문이었다. 리모컨을 들고 버튼을 누르자 기름을 잘 바른 비단처럼 스르르 말려 올라갔다. 제인은 그 차고 문이 너무나 부러워 자기도 모르게 탄성을 질렀다. 문이 열리자 실내등이 자동으로 켜졌고, 제인은 그 안에 번쩍번쩍 빛을 내며 서 있는 붉은 악마를 보았다. 크롬 트윈 파이프 크롬 롤 바. 샘처럼 긴 다리를 가지지 못한 제인으로서는 크롬 손잡이가 없다면 멀리서부터 도움닫기를 해서 펄쩍 뛰어 올라야 운전석에 앉을 수 있을 만큼 큰 타이어…….

"와아……, 바이퍼를 보기 전까진 나도 이 차를 갖고 싶었는데……."

제인은 두 손을 마주잡은 채 감탄사를 연발했다.

"뒷좌석은 벤치 시트(좌우로 갈라져 있지 않은 긴 좌석)예요."

샘이 음흉한 미소를 짓더니 말을 이었다.

"착하게 굴면, 피임약도 먹고 배란기도 끝나면, 이 차 안에서 나를 유혹하게 해줄게요."

제인은 못 들은 척하느라 애를 썼다. 자신의 자제력이 얼마나 형편없는지 샘이 모른다는 것이 천만다행이었다. 지금 그녀를 흥분하게 하는 것은 그를 유혹하는 장소가 아니라 유혹하는 상상 그

자체였다.

"할 말 없어요?"

제인은 고개를 저었다.

"이런! 이거 걱정되기 시작하는군."

샘은 두 손으로 제인의 허리를 달랑 들어서 운전석 옆자리에 앉혀주었다.

마아시의 계획은 수포로 돌아갔다. 세 번째 기자의 전화 이후 티제이는 피할 수 없는 지경에 이르고 말았다. 왜 사람들은 이 일을 그렇게 끈질기게 물고 늘어지는 걸까? 그 코미디 같은 리스트가 뭐가 그리 재미있다고! 갤런은 그 리스트가 재미있다고 생각하지 않았다. 티제이는 그래서 우울했다. 갤런은 이제 어떤 일에도 재미를 느끼지 못하는 것 같았다. 직장에서 일어나는 일 외에는 어떤 일에도 관심조차 갖지 않았다.

연애시절에는 유머와 재치가 넘치던 사람이었다. 밝고 쾌활하던 그 남자는 어디로 갔을까? 갤런과 티제이가 얼굴도 제대로 보지 못하고 살기 시작한 것은 벌써 오래 전부터였다. 티제이는 8시부터 5시까지 일했고, 갤런은 오후 3시부터 밤 11시까지 일했다. 갤런이 퇴근해 집에 돌아올 시간이면 티제이는 잠들어 있었고, 제인이 출근할 시간이면 갤런이 아직 일어나기 전이었다. 하지만 중요한 사실은, 갤런이 원하지 않았다면 굳이 그 시간에 출퇴근해야 할 특별한 이유가 없다는 것이었고, 결론적으로 갤런이 티제이를 피하고 있는 것으로 볼 수밖에 없었다. 만약 갤런이 원하는 것이 그것이라면 목표는 상당히 성공적으로 달성되고 있었다.

어쩌면 두 사람의 결혼생활은 벌써 끝이 났는데 티제이가 아직 인정하지 못하고 있는 것인지도 몰랐다. 갤런이 아이 갖기를 피하는 것도 그 때문일 것 같았다.

그런 생각을 하니 티제이는 가슴이 미어질 듯이 아파왔다. 가슴 속 깊은 곳에 억센 가시를 가진 밤송이 하나가 마구 굴러다니는 것 같았다. 티제이는 갤런을 사랑했다. 아니, 옛날에 그녀가 알던 그 사나이, 최근 몇 년 동안 그녀에게 보여준 무뚝뚝하고 냉정한 껍데기 속에 감추어진 밝고 따뜻한 갤런을 사랑했다. 꿈속에서 또는 몽롱한 생각에 잠겨 있다가 순간 떠오르는 갤런의 얼굴은 잘 웃고 명랑하던, 고교시절 티제이가 그토록 목마르게 사랑했던 청년 갤런의 모습이었다. 말이 어눌하고, 때로는 말을 더듬기까지 하지만 진지하던 남자, 아버지의 고물차 뒷좌석에서 첫사랑을 나누었던 남자 갤런을 티제이는 아직도 사랑했다. 결혼 1주년 기념일에는 장미 한 다발을 통째로 살 돈이 없어 달랑 한 송이만 사들고 들어왔던 남자였다. 그래도 티제이는 그 남자를 사랑했다.

'사랑해'라는 말을 들려준 지가 언제인지 기억도 나지 않는 남자를 티제이는 이제 사랑할 수 없었다.

친구들과 자신의 처지를 비교해보면 티제이는 더욱더 비참했다. 만약 어떤 남자가 마아시에게 허튼소리를 했다면 마아시는 당장 그 남자를 걷어차버리고 다른 남자를 구해다가 옆자리에 앉혀놓든지 아니면 침대로 끌어들이는 여자였다. 루나는 샤말 때문에 속을 태우고 있기는 해도 날이면 날마다 그를 기다리다가 지쳐서 잠이 들지는 않았다. 그리고 루나는 자기 삶에 대한 자신감을 가지고 있었다. 그 점은 제인도 마찬가지였다. 티제이가 보기엔 제인이 가장 완벽한 삶을 살고 있는 것처럼 보였다. 살면서 어떤 일이 닥쳐도 제인은 항상 유머와 배짱으로 돌파해나갔다. 세 친구들 중 어느 누구도 갤런 같은 남자 때문에 2년이 넘도록 슬픔과 고통을 참으며 살아갈 사람은 없었다.

티제이는 자신의 나약함이 너무나 싫었다. 갤런과 정말로 헤어지게 되면 어떻게 하지? 우선 집을 팔아야겠지. 이 집이 어떤 집인데……. 내가 얼마나 공을 들인 집인데……. 하지만 그게 무슨 대수겠어. 작은 아파트라도 얻어서 살면 되지. 제인도 최근까지 그렇게 살았고 루나도 아파트에서 사는데.

티제이는 아직 한 번도 그래본 적은 없지만 상황이 어쩔 수 없게 되면 혼자서 살 수 있다고 자신을 격려했다. 그리고 모든 걸 혼자서 해결하는 법도 배워야 했다. 고양이를 기르거나, 아니 개를 한 마리 기르는 것이 좋을 것 같았다. 그리고 다시 데이트도 하고 싶었다. 입만 열면 자신에게 상처가 되는 말만 골라서 하는 남자는 이제 치워버리고 다른 남자와 시간을 보내고 싶었다.

전화벨이 울렸다. 티제이는 직감적으로 갤런이라는 것을 알았다. 침착하게 수화기를 들었다.

"당신 미쳤어?"

갤런의 첫 마디였다. 씩씩 숨을 몰아쉬는 소리가 들리는 것을 보니 아마 갤런도 화를 참고 있는 모양이었다.

"아니. 나 멀쩡해."

티제이는 아주 침착한 목소리로 대답했다.

"당신 때문에 내가 공장 사람들한테 얼마나 우스갯거리……."

티제이는 갤런의 말을 자르며 말했다.

"누구든 당신을 우스갯거리로 만드는 사람이 있다면, 그건 그 사람이 그렇게 하도록 당신이 만든 거야. 전화로 이런 이야기하고 싶지 않아. 집에 돌아와서 교양있는 성인의 자세로 대화를 할 마음이 있다면, 자지 않고 기다릴게. 소리나 고래고래 지르면서 화풀이를 할 생각이라면, 난 그걸 들어주느니 보다 보람있는 다른 일을 해야겠어."

갤런은 더 이상 듣지도, 말하지도 않고 전화를 끊어버렸다.

수화기를 내려놓는 티제이의 손이 부들부들 떨렸다. 왈칵 눈물이 치솟았다. 티제이가 눈물이라도 흘리며 간절하게 용서를 빌기를 바랐다면, 그건 갤런의 슬픈 착각이었다. 티제이는 벌써 지난 2년 동안 모든 것을 갤런에게 맞추면서 살아보려고 노력했고, 그런 노력은 시간이 갈수록 그녀를 비참하게 만들었다. 이제는 더 늦기 전에 티제이도 자신에게 맞추면서 자신의 인생을 누려야 했다. 갤런을 잃는다 해도 마지막 자존심은 지켜야 하지 않겠는가.

30분쯤 후, 전화벨이 다시 울렸다. 티제이는 미간을 찌푸리며 그 전화를 받아야 할지 말아야 할지 망설였다. 갤런이 다시 전화를 걸었을 리는 없을 텐데 하면서도 어쩌면 이번에는 갤런이 목소리를 높인다고 그녀가 납작 엎드려 알아서 빌지 않으리라는 것을 깨닫고 방법을 바꾸려는 것은 아닐까 하는 부질없는 희망으로 수화기를 들었다.

"여보세요!"

"넌 누구냐!"

유령 같은 목소리에 티제이는 흠칫 놀라며 인상을 찡그렸다.

"뭐라구요? 누구세요?"

"네가 A냐? B냐?"

"장난치지 마세요!"

티제이는 수화기를 쾅 하고 내려놓았다.

11

　다음날 아침, 제인은 일찍부터 서둘렀다. 샘과 마주치지 않고 출근하는 게 좋겠다는 생각 때문이었다. 샘과 다시 대결할 생각을 하면 벌써부터 가슴이 뛰기 시작하는 게 묘한 흥분이 일렁이기는 했지만, 이성적으로 판단하건대 어제 저녁 중국 식당에서 저녁을 먹고 돌아온 후 밤새 인터넷을 뒤져 그 리스트를 열심히 읽었을 것이 틀림없었다. 샘은 작은 꼬투리도 놓치는 법이 없는 투우와 비슷한 남자였다. 어제 저녁에도 내내 그 리스트에 대해 꼬치꼬치 묻는 통에 진저리가 났었다. 샘이 아무리 추궁을 해대도 제인은 그 리스트의 일곱 번째 항목 이하에 등장하는 내용에 대해서는 그 앞에서 설명하고 싶지 않았다.

　7시라는 기록적인 시간에 현관문을 나서다 보니, 자동응답기에 메시지가 꽉 찼다는 표시가 들어와 있었다. 아예 싹 지워버리려고 삭제 버튼을 누르려다가 제인은 잠시 망설였다. 외국 여행중인 부모님에게 혹시 무슨 일이 생긴 건 아닌지 걱정이 되었던 것이다. 노인분들이시니 병이 났을 수도 있고, 하도 험악한 세상이라 무슨 좋지 않은 사고가 났을 수도 있다는 생각도 들었다. 혹시…… 셸리와 데이비드가 사과전화를 했을지도 모른다는 생각도 들었다.

"그럴 리는 없겠지만……."

제인은 플레이 버튼을 눌렀다.

신문 기자 한 사람, 방송국 기자 두 사람으로부터 인터뷰 요청 전화가 있었고, 그 다음 두 통은 전화를 그냥 끊어버렸고, 여섯 번째 메시지는 지나 란드레티의 언니라고 소개한 파멜라 모리스의 전화였다. 나긋나긋하고 상냥한 것이 딱 아나운서로 어울리는 목소리였다. 내용은 <굿모닝 아메리카>라는 프로그램에 출연해서 그 리스트에 대한 이야기를 해보는 게 어떻겠느냐는 것이었다. 일곱 번째 메시지는 <피플> 지에서 온 건데 역시 인터뷰 요청이었다.

제인은 그 이후에 연이어 세 통의 전화가 그냥 끊어지는 것을 들으며 슬며시 울화가 치밀었다. 아니, 어떤 할 일 없는 사람이 이 바쁜 세상에 자동응답기의 안내 멘트를 다 들을 때까지 수화기를 들고 있다가 정작 녹음이 시작되면 딸깍 끊어버리는 거지? 기분 나쁘게……. 참, 별 이상한 인간을 다 보겠네.

제인은 메시지를 모두 지워버렸다. 응답을 해야 할 메시지는 하나도 없었다. 상황은 이제 당황스러운 수준을 지나 어이없는 수준으로까지 벌어지고 있었다.

다행히 샘과 마주치지 않고 차를 출발시킨 제인은 안도의 한숨을 내쉬며 음악을 틀었다. 솔직히 생각해보면 샘과 말싸움을 하는 건 복권에 당첨되는 것보다 더 신나는 일이었다. 독설에 가까운 제인의 말솜씨를 눈 하나 깜빡하지 않고 받아넘긴 사람은 샘이 처음이었다. 제인으로서는 신선한 자유를 얻은 기분이었다. 어떤 말을 해도 감정이 상하거나 충격을 받으리라는 걱정 없이 하고 싶은 대로 쏘아붙이고 깔아뭉갤 수 있다는 것이 얼마나 신나는 일인가. 때로는 샘이 그녀의 성격을 슬슬 건드리며 부아를 돋구면서 속으로는 즐거워한다는 느낌을 받았다. 샘은 여러 측면에서 약간 건방지고, 오만하고, 사람의 성격을 묘하게 건드리고, 남성우월적인데다가 근육의 힘을 과시하고, 그러면서도 매우 영리하고, 또…… 매우 섹시한 남자였다. 게다가 제인의 아버지가 애지중지하는 차의 가치를 단박에 알아보고 존중했으며 차를 반짝반짝하게 닦을 줄도 아는 남자였다.

얼른 피임약을 다시 먹어야겠어, 제인은 다시 한 번 다짐했다.

회사 정문에 당도해보니 어제보다 훨씬 많은 기자들이 진을 치고 있었다. 어느 똑똑한 기자가 그녀의 차를 미리 수소문했는지, 제인의 차가 나타나자마자 여기저기서 카메라 플래시가 터지기 시작했다. 경비원이 문을 열어주며 느물느물 썩은 미소를 지었다.

"내 물건이 리스트의 조건에 맞는지 테스트 드라이브 한 번 해보지 않을래요?"

"오……, 스케줄을 좀 확인해볼게요. 앞으로 2년하고 6개월치가 이미 예약되어 있거든요. 그때까지 기다려주신다면야……."

"얼마든지 기다리지!"

경비원이 징그러운 윙크를 보냈다.

칙칙한 초록색 복도에 사람이 아무도 없는 걸 보니 제인이 일찍 오기는 한 모양이었다. 그러나 제인보다 더 일찍 온 사람도 있는 것 같았다. 엘리베이터 버튼을 누르려다 보니 벌써 벽보가 붙어 있었다.

기억하라. 먼저 약탈하고 그 다음에 불태운다. 이 규칙에 따르지 않는 자는 습격팀에서 짤린다.

벽보를 읽고 나니 기분이 조금 나아지는 듯했다. 엘리베이터 버튼 옆에 벽보가 붙어 있지 않은 날은 왠지 맥이 빠지는 기분이 들었다.

사무실에 들어선 후에야 제인은 기자들이 진을 치고 있었다는 사실과 경비원의 썩어빠진 농담에도 자신이 별로 화를 내고 있지 않다는 것을 깨달았다. 샘과의 줄다리기는 생각보다 재미있는 게임이었다. 두 사람 모두 그 싸움이 어디를 향하고 있는지를 알기 때문에 더욱더 그랬다. 비록 세 번이나 약혼과 파혼을 거듭하긴 했지만, 제인은 진정으로 사랑하고 결혼을 생각할 만한 사이가 아니면 함부로 남자와 잠자리를 같이 하지 않았다. 그러나 샘이라면 침대 시트가 다 타버릴 정도로 뜨거운 정사를 나눌 수 있을 것 같았다. 물론 샘의 유혹에 홀딱 넘어가 쉽게 몸을 내주겠다는 건 아니었다. 적어도 그녀를 침대까지 끌고 가려면 샘도 만만치 않은 희생을 감수해야 할 것이다. 피임약을 복용하기 시작한다 해도 한동안은 샘의 속을 달달 볶아놓을 작정이었다. 모든 연애의 철칙이 그것 아니던가?

게다가 샘의 머리꼭지에서 김이 모락모락 오르는 모습은 상상만 해도 즐거웠다.

지나 란드레티도 다른 날보다 출근이 빨랐다.

"오, 벌써 와 있었네?"

사무실 문을 열자마자 제인의 모습을 발견하고는 반갑다는 듯이 인사를 건넸다.

"자기한테 먼저 할 말이 있어서 나도 일찍 왔거든. 다른 사람들이 출근하기 전에 말이야."

무슨 말이 나올지 빤히 아는 제인은 속으로 끄응 하며 신음을 토했다.

"우리 언니가 어제 전화했더라구. 이름이 파멜라 모리스인데, 자기를 <굿모닝 아메리카>에 출연시키고 싶대! 환상적이지 않아? 물론 네 사람 모두 말이야. 자기가 네 사람 중에서 대변인이라고 말했지."

"뭐? 내 생각엔 우리 네 사람이 대변인을 뽑은 일은 없었던 것 같은데?"

지나의 아부성 발언에도 제인은 별 반응이 없었다.

"필요하게 되면 어차피 자기가 대변인감이잖아. 안 그래?"

지나는 제인이 '필요 없다'라고 딱 잘라 말하지 않고 다분히 정치적인 수사를 동원해서 말했다는 사실에 더 고무된 것 같았다.

"자기 언니가 그 프로그램 PD였어?"

"아니, PD는 아니지만, 언니가 PD에게 자기들 얘기를 했더니 아주 흥미있어 하더래. 이번 인터뷰만 잘되면 우리 언니도 앞으로 잘 나가게 될 것 같애. 소문에 다른 방송국에서도 인터뷰 요청하겠다고 난리들이라든데? 그래서 우리 언니가 인터뷰를 따내기만 하면……."

다시 말해서 이번 인터뷰에 협조해주지 않으면 앞으로 파멜라 모리스라는 여자의 경력이 활짝 꽃피지 못하는 모든 책임을 리스트 4인방이 져야 한다는 뜻이었다. 최대한 동정적인 표정을 지으며 제인이 말했다.

"정말 미안한데, 문제가 좀 있어. 티제이 남편이 이번 일 때문에 화가 아주 많이 나 있거든. 방송출연이라든가 그런 건 꿈도 꿀 수 없는 형편이야."

지나의 어깨가 한 뼘쯤 축 처졌다.

"그럼 세 사람밖에 출연 못하네? 하긴 뭐, 자기 한 사람만 출연해도……."

"나보단 루나가 그림이 더 낫지."

"그건 그렇지만, 루나는 너무 어리잖아. 자기처럼 그렇게 고상하고 권위가 있는 사람처럼 보이진 않아."

오호, 언제부터 내가 권위가 있는 사람처럼 보였지? 제인은 속으로 쓴웃음을 지었다.

제인은 지나가 말하는 그 '권위'가 깃든 음성으로 단호하게 말했다.

"그건 내가 뭐라고 말할 수 있는 문제가 아니고, 어쨌든 나도 언론이 이렇게 춤추는 건 마음에 들지 않아. 난 이 일이 그저 하루 속히 사람들 기억 속에서 사라지길 바랄 뿐이라구."

지나는 깜짝 놀라는 듯한 표정을 지었다.

"기억에서 사라지다니? 설마 진심은 아니겠지? 부자도 되고 유명해질 수도 있는데, 이 기회를 차버린단 말이야?"

"부자? 관심 없음. 유명? 필요 없음. <굿모닝 아메리카>에 얼굴 한 번 내비친다고 하루아침에 부자 될 수 있다고 누가 그래?"

"출판사에서 책 쓰자는 제의가 올지도 모르잖아. 백만 달러씩 선인세 주면서! 요즘에 그런 사람들 좀 많어?"

여기에 이르러서는 제인도 정치적인 수사를 동원할 인내력을 잃었다.

"지나! 제발 구름 위에서 좀 내려와. 그까짓 리스트가 어떻게 책 한 권이 되겠어? 나보고 남자의 페니스에 대해서 장장 300페이지를 써내란 말이야?"

"300페이지? 난 150페이지면 족하다고 생각하는데?"

제인은 차라리 어디 튼튼한 기둥에다가 자기 머리를 박아버리고 싶은 심정이었다.

"제발, 제발, 우리 언니한테 인터뷰한다고 약속해줘, 응?"

지나가 기도하는 성모 마리아처럼 두 손을 가슴 앞에 모으고 간청했다. 뭔가 생각나는 것이 있는 듯이 제인이 대답했다.

"나머지 세 사람하고 이야기해보고. 모두 출연하거나 그렇지 않으면 아무도 출연하지 않는 거야. 알았지?"

"하지만 티제이는……."

"내가 이야기해본다니까."

제인은 딱 잘라 말했다. 반신반의하는 듯한 표정이었지만, 지나
는 자신이 말했던 제인의 '권위'를 어느 정도 믿는 듯했다.

"요즈음, 아주 살맛 나지 않아?"

지나가 물었다.

"전혀. 난 프라이버시를 소중히 여기는 사람이거든."

"그럼 그 리스트를 왜 사보에 실었어?"

"내가 실은 게 아니야. 마아시가 술 취해가지고 도난지 뭔지 하
는 여자한테 홀린 거야."

"아아, 그랬구나."

신바람이 가득 들었던 지나의 고무공에서 바람 빠지는 소리가
들렸다. 아마도 그녀는 제인이 이 사태의 모든 것을 배후에서 조
종하고 있는 주인공이라고 생각했던 모양이었다.

"이것 때문에 우리 식구들이 나한테 얼마나 화가 나 있는지 알
아?"

제인의 목소리가 갑자기 우울해졌다. 기대가 어그러져 약간 실
망하기는 했지만, 지나는 천성적으로 마음이 따뜻한 여자였다. 제
인의 목소리가 우울해지자 얼른 책상 가장자리에 살짝 걸터앉으며
걱정스러운 목소리로 물었다.

"왜? 이 일이 식구들하고 무슨 상관이 있는데?"

"내 말이 그 말이지. 언니는 나 때문에 교회에 얼굴을 들고 나
갈 수가 없다고 하고, 열네 살짜리 조카가 그걸 인터넷 웹사이트
에서 다 보았으니 애 다 망쳐놨다고 길길이 뛰고. 오빠는 나 때문
에 직장에서 웃음거리가 되었다고 방방 뜨고."

"다들 왜 그러는지 모르겠다. 화장실에서 몰래 자기를 그 리스
트에 맞춰보고서 실망하지 않은 다음에야……"

지나가 킬킬거리며 웃음을 참았다.

"그런 생각 하면 못쓰지."

제인도 말은 그렇게 했지만 웃음이 나오는 걸 어쩔 수 없었다. 두 여자는 급기야 박장대소를 하며 허리를 잡고 눈물이 찔끔거리도록 웃었다. 두 여자는 결국 망가진 눈화장을 고치러 화장실까지 함께 가야 했다.

9시 정각에 제인은 직속 상사로부터 호출을 받았다. 상사의 이름은 애시포드 M. 드윈터. 그의 이름을 들을 때마다 제인은 M이 무엇의 머릿글자일까 궁금했다. 혹시 맥스(Max)가 아닐까? 하지만 정작 물어보기는 두려웠다. 드윈터는 항상 유럽풍 정장을 차려입고 자신이 유럽 귀족의 후예인 척하는 것을 낙으로 삼았다. 또한 지독한 독종이었다.

어떤 사람은 천성적으로 독종이고, 또 어떤 사람은 독종스러워지려고 노력하지만, 드윈터는 그 두 가지가 모두 섞여 있는 사람이었다.

드윈터는 사무실에 들어선 제인에게 빈말로라도 앉으라는 소리조차 하지 않았다. 드윈터가 어떻게 나오든 제인은 미친 척하고 아무 자리나 편하게 보이는 자리를 골라 앉았다. 제인이 앉자마자 드윈터의 미간에 주름이 콱 잡혔다. 이제부터 드윈터가 일장연설을 시작할 테니, 어차피 욕먹을 거, 자리라도 편하게 앉아서 듣자 싶었다.

"브라이트 양……."

생긴 것이나 평소 행동과는 전혀 어울리지 않는 부드러운 음성으로 드윈터가 말했다.

"네, 드윈터 씨."

제인도 냉큼 대답했다. 그러나 겨우 펴졌던 드윈터의 미간에 다시 주름이 잡히는 것을 보면서 제인은 아직 내가 대사를 칠 차례가 아니었나보다 하고 생각했다.

"상황이 점점 어렵게 되어가고 있는 것 같습니다."

"저도 그렇게 생각합니다. 원하신다면 법원의 접근금지 명령이라도……."

제인은 말꼬리를 흐렸다. 드윈터가 법원에 그런 요청을 할 권한이 있는지, 근거는 있는지 제인도 알 수 없었기 때문이다. 지금의 '상황'은 누구의 안전을 위협하는 것도 아니었고 햄머스테드의 영업이나 일상적인 업무에 지장을 주는 것도 아니었다.

드윈터의 얼굴은 미간에 주름이 잡히는 데서 끝나지 않고 눈에서 불똥이 튀려고 했다.

"가당찮은 충고는 달갑지 않군요. 현재의 상황은 모두 브라이트 양에게서 비롯되었다는 건 알고 있겠지요? 도저히 있을 수도 없는, 부끄러운 일이 벌어졌어요. 회사 사람들 모두가 수치스럽게 생각하고 있습니다."

드윈터가 말하는 '회사 사람들'은 그의 '상사들'이라고 해석할 수 있었다.

"제가 뭘 어쨌는데요?"

제인이 태연한 목소리로 물었다.

"그 천박한 리스트 말이오!"

드윈터와 레아 스트리트는 아마 이란성 쌍둥이일 거라고 제인은 생각했다.

"그 리스트는 제가 만든 게 아닙니다. 마아시 딘이 만든 것도 아니구요. 그건 네 사람이 함께 만든 겁니다."

왜 모두들 그 리스트를 내 탓으로만 돌리는 거지? 지나가 말하는 그 '권위' 때문인가? 그런 권위가 있는 사람이라면 내가 왜 슈퍼에 갈 때마다 맨 뒤에서 줄을 서고 내 집 앞 눈은 매일 나 혼자 치우느냔 말이다!

"브라이트 양, 제발……."

억지로 분을 눌러 참는 듯한 목소리로 드윈터가 입을 열었다.
제발 자신을 바보취급하지 말아달라는 뜻이었다. 하지만 이미 늦
었어. 벌써 그렇게 하고 있는걸?

"브라이트 양의 유머감각은 익히 알고 있어요. 리스트에 연루된
사람이 네 사람이라고는 해도 그 주동자는 브라이트 양 아닙니까?
그러니까 이 사태를 해결하는 것도 브라이트 양이 책임지세요."

제인은 이런 소동이 벌어질지도 모르고 얌체 같은 짓을 한 도나
라는 여직원을 찾아서 목이라도 졸라버리고 싶은 심정이었다. 하
지만 드윈터 앞에서 그 여자 이름을 불어버린다고 해결될 일은 아
무것도 없었다. 그리고 나머지 세 사람의 이름은 이미 드윈터도
알고 있을 터였다. 드윈터가 이 사건의 주동자를 제인이라고 찍었
다면, 어떤 말로도 그의 생각을 바꿔놓을 수 없었다.

"좋아요. 그럼 정문으로 나가서 기자들에게 드윈터 씨께서 이런
소동이 벌어진 것을 유감으로 생각하고 계시니 햄머스테드가 소유
하고 있는 사유지에서 빨리 물러나지 않으면 전원 체포하겠다고
말하겠습니다."

드윈터의 얼굴은 산낙지를 통째로 삼킨 사람처럼 변했다.

"어……, 어……, 그게 아니라…… 그건 사태를 해결하는 좋은
방법이 아닌 것 같습니다, 브라이트 양."

"그럼 어떤 방법이 좋으시겠습니까?"

그게 문제였다. 드윈터는 멍한 표정으로 제인의 얼굴만 바라볼
뿐이었다.

제인은 남몰래 안도의 한숨을 내쉬었다. 자신은 아무런 방법도
생각해내지 못하고 있는데 독사 같은 드윈터가 정말로 좋은 묘안
을 짜낸다면 약이 올라 못 견딜 일이었다.

"<굿모닝 아메리카>의 제작진 한 사람이 자동응답기에 메시지를
남겼더군요. <피플> 지의 기자도 그렇구요. 앞으로는 일체 전화를

받지 않겠습니다. 이런 공짜 광고는 회사의 이미지에……."

"텔레비전? 전국 방송 말입니까?"

드윈터가 기어 들어가는 목소리로 물었다. 갑자기 목이 한 뼘쯤 더 길어진 것처럼 보였다.

"아아……, 이건 좋은 기회로군요, 그렇지 않아요?"

좋은 기회인지 나쁜 기회인지는 섣불리 판단할 수는 없지만, 기회라고 볼 수는 있었다. 제인은 아무 생각 없이 궁지에 몰린 상황을 타개하려고 해본 말일 뿐이었고, 이런 식의 광고는 그녀가 원하는 것이 아니었다.

"그러시다면, 윗분들하고 상의해보시죠."

제인은 자리에서 일어나 얼른 드윈터의 사무실을 빠져나왔다. 운이 조금만 따라준다면 드윈터의 '윗분'들 중 누군가가 이 아이디어를 싹둑 잘라버릴지도 모른다.

드윈터는 새로운 아이디어가 주는 흥분과 이 문제를 '윗분들'과 상의해야 한다는 부담감 사이에서 오락가락하고 있을 터였다. 제인이 아는 한 드윈터에게는 이런 문제를 결정할 권한이 없었다. 그는 중간 관리자층에서도 딱 중간에 있는 사람이었다.

자기 사무실로 돌아가자마자 제인은 급히 전시내각을 소집했다. 루나, 티제이도 점심시간에 마아시의 사무실에 모이자는 데 동의했다. 현재 상황을 지나에게 설명하자 그녀는 점심시간까지 제인에게 걸려온 모든 전화를 차단해주었다.

점심시간, 네 사람은 각자 음료수 캔 하나씩과 크래커 한 봉지씩을 들고 마아시의 사무실로 모였다.

"이제 상황은 도저히 우리가 통제할 수 있는 범위를 벗어났어."

제인은 지나의 언니로부터 온 제안과 자동응답기에 남겨져 있던 메시지들, 그리고 <피플> 지의 인터뷰 요청 등에 대해 간단하게 설명했다. 설명이 끝나자 세 명의 시선이 일제히 티제이를 향했다.

"이제 이 상황을 모면해보려고 하는 건 손바닥으로 하늘을 가리는 짓이라는 걸 깨달았어. 갤런도 다 알아버렸어. 어젯밤에는 집에 들어오지도 않았고."

"오, 티제이……."

마아시가 걱정스러운 목소리로 말하며 티제이의 손을 잡았다.

"정말 미안하다……."

밤새 울었는지, 아니면 뜬눈으로 날밤을 새웠는지 눈 밑이 새카맣게 그림자가 져 있었다.

"괜찮아요. 어차피 언젠가는 곪아터질 상처였어요. 이젠 갤런이 날 사랑하는 건지 아닌지도 잘 모르겠어요. 만약 더 이상 날 사랑하지 않는 게 확실하다면 그만 내 인생에서 나가주는 게 좋겠어요. 더 이상 시간낭비나 안 하게."

"와, 티제이 선배, 씩씩해졌네요?"

루나가 예쁜 눈을 반짝거리며 말했다.

"마아시 선배는? 브릭은 어때요?"

마아시는 산전수전 다 겪은 노장다운 표정을 지으며 대답했다.

"항상 똑같지 뭐. 브릭이 언제 편할 날 있었니? 지극히 정상적인 반응이야. 꽥꽥 소리지르고, 술 더 많이 마시고. 오늘 아침에는 내가 출근할 때까지 자고 있더라."

이제 루나 차례였다.

"아직 샤말한테서 아무 소식도 못 들었어요."

루나는 제인에게 의미심장한 미소를 보내더니 또 말했다.

"그런데 선배, 선배 말이 옳았어요. 자기 물건 사이즈가 어떻고 저떻고 하면서 한 번 어떻게 해보자고 수작부리는 남자들이 너무 많은 거 있죠? 정말 줄자라도 가지고 다닐까봐!"

그 말에 모두들 시름을 덮어두고 깔깔 웃어댔다. 한참을 웃고 나서 마아시가 제안했다.

"지방 방송국과 인터뷰를 하면 좀 조용해질 거라던 내 생각은 빗나갔어. 까짓거, 이렇게 된 마당에……, 우리 도망만 다니지 말고 이 상황을 최대한 즐겨보는 게 어때?"

"아마 지금쯤 드윈터가 인터뷰 아이디어를 가지고 윗분들과 분주하게 상의하고 있을 거예요."

제인이 말했다. 그러자 루나도 거들었다.

"나도 마아시 선배 생각에 동의해요. 그 리스트를 좀더 연구해서 정말 재미있게 만들어보자구요. 몇 가지 아이템 더 추가하고 우리 생각을 더 집어넣는 거예요."

데이비드랑 셸리가 또 난리를 떨겠군, 제인은 속으로 생각하며 대답했다.

"좋은 생각이야."

서로 마주보며 사기를 북돋우는 미소를 주고받자 마아시가 또 펜과 노트를 꺼냈다.

"지금 당장 시작하자구. 뭔가 뉴스거리를 만드는 거야."

문득 생각난 듯이 티제이가 어두운 얼굴로 물었다.

"혹시, 이상한 전화 받은 사람 없어? 남잔지, 여잔지 잘 모르겠는데 대뜸 '넌 누구냐' 그러더라구. A냐, B냐, 그러면서……."

루나가 깜짝 놀라는 표정을 지었다.

"나도 그런 전화 받았어요. 그 전에 자동응답기 멘트 다 듣고 나서 전화를 그냥 끊어버린 사람도 그 사람 아닌가 싶고. 그런데 정말 기분 나쁘게 속삭이는 목소리가 남자인지 여자인지 잘 모르겠더라구요."

"내 자동응답기에도 그렇게 끊어버린 전화가 다섯 통화나 들어 있더라구."

제인이 말했다.

"난 그런 전화 못 받았어. 브릭이 자동응답기를 냅다 던져서 부쉬버렸거든. 오늘 퇴근길에 하나 사다 달아놔야지."

"그럼 우리 네 사람이 모두 같은 사람한테서 이상한 전화를 받은 거란 얘긴데……."

제인은 왠지 불길한 느낌이 들었다. 하지만 바로 옆집에 으르렁거리는 경찰 아저씨가 살고 있다는 생각에 조금은 마음이 놓였다. 티제이도 애써 미소를 지으며 말했다.

"유명세라고 해야지, 뭐."

12

　제인은 집에 돌아오는 길에 내내 속이 부글거렸다. 병원에 들러 3개월치 피임약 처방과 약을 받아왔으니 그 때문은 아니었다. 드윈터의 '윗분'들께서 방송출연으로 회사를 공짜로 광고할 수 있는 기회를 이용함으로써 상황을 적절히 활용하자는 제인의 아이디어를 대환영했던 것이다. 윗분들의 결정이 내려지자 그 다음 일들은 일사천리로 진행되었다. 제인이 네 사람을 대표해서 <굿모닝 아메리카> 제작진과 인터뷰 약속을 잡았다. 하지만 제인은 아침 방송에서 그 리스트에 대해 떠드는 것이 이성적인 일인지 계속 의문스러웠다. <코스모폴리탄> 같은 월간지가 그 리스트에 대해 관심을 갖는 것은 이해할 수 있었다. 또 몇몇 남성 월간지의 추파도 이해할 수 있었다. 그러나 <피플> 지라면 그 리스트와 관련 있는 네 여자에 대한 비뚤어진 시각과 그 리스트가 그들의 삶에 미친 온갖 악영향 말고 무얼 더 다룰 수 있겠는가?
　해답은 섹스란 노골적으로 논할 수 없는 곳에서도 그럴듯한 포장만 씌우면 불타나게 팔린다는 데 있었다.
　ABC 방송국에서는 네 여자들에게 디트로이트 지국으로 새벽 4

시까지 나와줄 것을 요구했다. 그 시간에 스튜디오에서 인터뷰를 녹화한다는 것이었다. 물론 완벽한 의상에 헤어스타일도 완벽하게 다듬고, 마스카라까지 짙게 칠한 완벽한 모습으로 도착해야 했다. 인터뷰를 위해 ABC 본사로부터 기자 한 사람이 디트로이트로 날아와 전반적인 상황을 지휘하고, 출연자들은 텅 빈 세트에 앉아 귀에는 이어폰을 꽂고 뉴욕에서 날아온 기자의 질문에 대답해야 했다. 전국 규모의 방송에 출연한다는 것은 사실 큰 영광이랄 수도 있었다. 제인은 스스로에게 기운을 북돋우며 이 영광을 멋지게 누려보자고 격려했지만, 의상을 갖추고 머리단장을 하고 화장까지 하려면 새벽 2시에는 일어나야 한다는 생각을 하니 무엇보다 먼저 피곤이 몰려왔다.

옆집 진입로에는 갈색 폰티악이 보이지 않았다. 집 안의 인기척도 느껴지지 않았다.

날건달.

부우부우는 콧수염에 쿠션 속에 들었던 솜을 묻힌 채 고개를 빳빳이 쳐들고 제인에게 달갑지 않은 인사를 보냈다. 제인은 거실에는 눈길도 주고 싶지 않았다. 부우부우가 더 이상 거실의 가구며 쿠션들을 망가뜨리지 못하게 하려면 거실 문을 잠가놓아야 했지만, 이제 와서 부우부우를 거실에 들어가지 못하게 하면 녀석은 분명 다른 가구들을 공격하기 시작할 것이었다. 거실 소파는 이미 거덜이 났으니, 다른 가구나 보호하자는 차원에서 부우부우의 거실 출입을 용납할 수밖에 없었다.

갑자기 느낌이 이상해 화장실에 가보니 생리가 시작되고 있었다. 정확한 주기였다. 제인은 크게 안도의 한숨을 내쉬었다. 이제부터 최소한 며칠은 샘만 보면 마음이 흔들리는 나약함에 쐐기를 박을 수 있었다. 차라리 다리 면도를 그만둘까? 잔털이 부숭부숭한 다리를 하고는 정사를 나누지 못할 테니까. 제인은 앞으로 최소한

두세 주는 샘의 애를 태울 작정이었다. 약이 바짝바짝 오르고 속이 바글바글 끓도록. 샘이 약이 올라 씩씩거리는 모습은 상상만 해도 짜릿했다.

주방으로 들어간 제인은 창문 너머로 옆집을 엿보았다. 아직 갈색 폰티악의 모습은 보이지 않았다. 어제처럼 오늘도 지프차를 타고 갔을 거라는 생각이 들었다. 주방 창문의 커튼도 닫혀 있었다. 있지도 않은 사람을 어떻게 약을 올리나.

밖에서 차 세우는 소리가 들려 내다보니 제인의 바이퍼 뒤에 바짝 들어서는 차가 있었다. 두 사람이 내렸는데 여자 하나, 남자 하나였다. 남자는 목에 카메라를 걸고 두 손에는 여러 가지 가방을 들고 있었다. 여자는 작은 토트백 하나를 들었는데, 더운 날씨에도 불구하고 긴 소매 상의를 입고 있었다.

이제 더 이상 기자들을 피할 필요도 없었지만, 쿠션 속이 흩날리는 거실에는 아무도 들여놓을 수 없었다. 주방 쪽 출구로 나가 문을 열어놓고 손님들을 향해 말했다.

"어서 오세요. 커피 드시겠어요? 방금 올려놓았는데."

코린은 거울 속의 얼굴을 빤히 응시했다. 어떤 때는 몇 주일씩, 심하면 몇 달씩 사라졌다가 불쑥 거울 속에 모습을 나타내곤 하는 얼굴이었다. 그렇게 돌아온 얼굴은 마치 항상 거기 있었던 것처럼, 어디론가 훌쩍 떠난 일이 없었던 것처럼 코린을 마주보곤 했다. 코린은 오늘 하루 종일 일이 손에 잡히지 않았다. 상상이 아닌 실제 그들의 모습을 보면 무슨 짓을 저지를지 불안해서였다. 네 명의 창녀. 감히 나를 그 따위로 조롱해? 그 더럽고 선정적인 리스트를 가지고? 자기들이 뭐라고! 내가 바로 완벽한 남자라는 걸 너희들은 몰라. 하지만 난 너희들보다 똑똑해.

우리 엄마한테 배운 게 있으니까.

티제이가 집에 돌아왔을 때 갤런은 이미 집에 와 있었다. 갤런을 마주할 생각을 하니 갑자기 속이 역해지며 구토증이 치솟았지만, 티제이는 이를 악물고 참았다. 더 이상 머뭇거릴 수 없었다. 마지막 자존심이 걸려 있는 문제였다.

티제이는 언제나처럼 주방 뒤쪽의 작은 창고를 통해 집으로 들어갔다. 창고와 연결되어 있는 주방은 마치 인테리어 전문지에서 튀어나온 것처럼 아름다웠다. 하얀 수납장과 주방 설비들, 그리고 주방 한가운데 아일랜드 위에는 반짝반짝 윤이 나게 닦은 구리 주전자가 놓여 있었다. 주방은 티제이가 집에서 가장 좋아하는 공간이었다. 요리를 좋아해서가 아니고 그 분위기가 좋아서였다. 주방에는 문 없이 공간만 구분된 별실이 딸려 있었는데, 티제이는 그곳에 몇 가지의 양치류 식물과 허브 화분을 길렀다. 꽃망울은 작아도 향기는 짙은 허브 화분들이 별실 안의 공기를 신선하고 향긋하게 가꿔주었다. 그곳에 작지만 편안한 안락의자 두 개와 작은 티 테이블 하나, 그리고 지친 발과 다리를 쉬게 해줄 푹신한 스툴 하나를 놓았다. 별실에서 바깥으로 향한 벽은 복층 유리로 되어 있어서 열기와 냉기를 막아주면서도 환한 햇살을 가득 끌어들였다. 티제이는 그곳에 앉아서 뜨거운 차를 마시는 것을 좋아했다. 특히 밖이 온통 눈으로 덮인 겨울날이면 별실의 아늑함이 더욱 행복하게 느껴졌다.

갤런은 주방에 있지 않았다. 티제이는 핸드백과 열쇠 꾸러미를 아일랜드 위의 늘상 놓던 자리에 놓고 걷어차듯이 신발을 벗은 후 차를 끓이기 위해 주전자에 물을 담아 불에 올려놓았다.

갤런을 부르지도, 찾으러 다니지도 않았다. 자기 서재에 틀어박혀 TV를 보면서 어떻게 화를 내야 단번에 굴복시킬 수 있을까 궁리중일 텐데 방해하고 싶지 않았다. 다만 하고 싶은 말이 있다면 갤런 쪽에서 먼저 움직여 티제이를 찾아오게 만들고 싶었다.

티제이는 짧은 반바지와 몸에 착 달라붙는 탱크 탑으로 갈아입었다. 여자축구 동호회 활동을 하다 보니 생각보다 근육이 많이 붙었지만, 티제이의 몸은 아직 날씬한 편이었다. 루나처럼 하늘하늘한 몸매나 제인처럼 곡선미가 육감적인 몸매가 더 이상적이긴 했지만, 티제이는 현재 상태의 자기 몸매에 만족했다. 결혼한 후에는 집에 들어서면 그저 편한 옷 위주로 골라 입는 것이 습관이 되어서 겨울이면 허리에 고무줄이 든 면바지, 여름이면 헐렁한 반바지와 티셔츠를 입고 지냈다. 하지만 이제는 다시 몸매를 과시하면서 가꿀 때가 된 듯싶었다. 갤런과 데이트할 때 그랬던 것처럼.

티제이는 갤런과 집에서 저녁식사를 함께 하는 것이 익숙하지 않았다. 저녁이면 주로 식사를 배달시켜 먹거나 간단히 전자레인지에 데워서 먹을 수 있는 냉동식품이 주 메뉴였다. 공들여서 음식을 만들어놓아도 먹지 않을 것이 뻔한데 시간낭비를 하고 싶지 않았다. 티제이는 냉동실에서 적당한 것을 꺼내 전자레인지에 넣고 버튼을 눌렀다. 저지방 저칼로리라니, 이걸 먹고 나서 디저트로 아이스크림 하나 먹어도 되겠다, 티제이는 속으로 생각했다.

티제이가 전자레인지로 데운 음식을 다 먹고, 디저트 아이스크림마저 다 먹었을 무렵에야 갤런이 나타났다. 마치 티제이가 벌떡 일어나 자기 발치로 달려와 무릎을 꿇고 두 손 싹싹 비벼가며 용서를 빌기를 기다리는 것처럼 주방 문 앞에 가만히 서 있었다. 그러나 티제이는 그런 요구를 그대로 받아들일 생각이 없었다.

"이 시간에 집에 있다니, 어디 아파?"

갤런이 입을 악물었다. 아직도 외모는 준수했다. 머리와 수염을 늘 깔끔하게 관리하는데다 열여덟 데이트 시절보다 머리카락이 많이 빠지지도 않았다. 옷도 색상이며 무늬, 스타일을 잘 매치해서 입었고 늘 비싼 가죽구두를 신었다.

"얘기 좀 해."

무슨 이야기가 필요하냐는 듯이, 티제이는 제인을 흉내내며 한쪽 눈썹을 슬쩍 치켜올렸다. 제인은 남들이 망치를 휘둘러도 못할 일을 한쪽 눈썹만 꿈틀거리면 모두 해결했다.

"겨우 얘기나 하려고 하루 일까지 작파할 필요는 없었을 텐데."

갤런의 표정으로 보아 티제이의 대꾸는 그가 전혀 예상치 못했던 것이 분명했다. 적어도 두 사람의 관계나 특히 갤런의 성질을 조금은 더 두렵게 생각할 줄 알았던 것이다.

"당신 때문에 내가 직장에서 얼마나 웃음거리가 되었는지 모르고 있는 것 같군. 날 그런 웃음거리로 만든 데 대해서 내가 당신을 평생 용서할 수 있을지 자신이 없는데 말이야. 하지만 한 가지만 말해두지. 당신이 친구라고 생각하는 그 창녀 같은 여자들과 계속 어울려 다니는 한 우리 사이는 회복될 수 없어. 다시는 그 여자들을 만나지 마, 알아들었어?"

"아, 좋아."

티제이는 이제야 갤런의 말을 알아들었다는 듯이 대꾸했다.

"이번 일을 빌미삼아서 나를 내 친구들한테서 떼어놓으려는 모양인데……, 좋아, 내가 마아시를 버리는 대신 당신은 제이슨을 버려. 또 내가 루나를 버리는 대신 당신은…… 그래, 커트를 버리도록 해. 또…… 내가 제인을 버리는 대신 당신은 스티브, 아니지, 난 스티브는 별로 중요한 인물이 아니라고 생각하니까 스티브에다가 다른 사람 하나 더 얹어서 내다 버려. 그래야 내가 버리는 사람들하고 무게가 비슷해지지. 안 그래?"

갤런은 마치 외계인이라도 만난 것 같은 표정으로 티제이를 바라보았다. 갤런과 스티브 랜킨은 중학교부터 단짝 친구였다. 여름이면 야구장, 겨울이면 농구코트로 어울려 다니며 주말을 보냈다. 두 사람으로 말하자면 죽마고우라는 표현이 딱 맞았다.

"너 미쳤니?"

갤런이 막나오기 시작했다.

"너는 나한테 친구를 버리라고 하면서 내가 너한테 똑같은 걸 요구하면 난 미친 거니? 웃기지 마. 나한테 그걸 요구할 거면 너도 똑같이 해."

"네가 완벽한 사람이라고 생각하는 어떤 남자 때문에 우리 결혼이 파탄 나게 만든 건 내가 아니고 너야!"

갤런의 목소리는 천장을 뚫고 나갈 것 같았다.

"사람이 아니라 그 사람을 이루는 내용이 문제겠지. 신뢰할 수 있는 남자, 성격 좋은 남자……."

갤런의 얼굴을 뚫어져라 쳐다보던 티제이는 갑자기 번쩍 하고 스쳐가는 섬광 같은 것을 느꼈다. 지난 2년 동안 두 사람의 거리가 점점 멀어진 데에는 그 원인이 두 사람에게만 있었던 것이 아니었음을 깨달았던 것이다.

갤런이 티제이의 시선을 피했다.

티제이는 물결처럼 번지는 고통을 느끼며 두 다리에 힘을 주었다. 앞으로 몇 주일, 며칠, 아니 갤런과 이야기를 끝낼 때까지 몇 분만이라도 그 고통을 어딘가에 가둬두고 싶었다.

"누구야?"

티제이가 전혀 대수롭지 않은 목소리로 물었다.

"누구냐니?"

"어떤 여자냐구!"

"갑자기 무슨 소리야?"

"다른 여자. 당신이 머릿속으로 항상 나하고 비교하는 그 여자!"

갤런의 얼굴이 달아오르기 시작했다. 어색한 듯 두 손을 바지 주머니에 찔러넣었다.

"난 당신을 배신한 적 없어. 어물쩍 딴 데로 이야기 돌리……."

"육체적으로는 깨끗하다 이거야? 그걸 그냥 믿어줄 수 있을까?

육체적으로는 깨끗하다는 말 믿는다고 해도 당신은 이미 정신적으로는 날 배신했어. 그렇지?”

더더욱 빨개진 갤런의 얼굴이 대답을 대신했다.

티제이는 수납장에서 찻잔과 티백을 하나 꺼냈다. 티백을 찻잔에 넣고 끓는 물을 부었다. 잠시 후, 티제이가 말했다.

“당신, 오늘 적당한 모텔에 가서 자.”

“티제이…….”

티제이는 남편을 쳐다보지도 않고 손을 들어 말을 막았다.

“이혼이나 별거라는 걸 경솔하게 결정하고 싶지 않아. 오늘밤만이라도, 모든 걸 내 탓으로 돌리면서 방방 뜨는 당신 모습 보지 않으면서 조용히 생각하고 싶어.”

“그 망할 놈의 리스트 때문에…….”

티제이가 손을 더 세차게 흔들었다.

“그 리스트는 중요하지 않아.”

“중요하지 않아? 공장 사람들이 모두 나를 얼마나 비웃…….”

그러자 자제력을 잃은 티제이가 고성을 지르기 시작했다.

“그냥 비웃으라고 해! 그 사람들도 당신하고 똑같으니까! 그 리스트가 점잖지 못했던 건 인정해! 하지만, 그래서 뭐 어쨌는데? 우린 그저 재미로 만들어봤을 뿐이고 다른 사람들도 대부분 그저 재미있는 이야깃거리로 삼을 뿐이야. 우리, 내일 아침에 <굿모닝 아메리카>하고 인터뷰할 거야. <피플> 지에서도 인터뷰를 하자고 하고. 앞으로 누가 뭘 묻든 솔직하게 다 대답하기로 했어. 그래야 이 사태가 조금이라도 빨리 진정될 테니까. 하지만 그렇게 될 때까지는 우리도 이 사태를 즐겁게 받아들이고 잘 활용하기로 했어.”

갤런은 머리를 설레설레 흔들었다.

“당신……, 당신은 내가 결혼했던 그 여자가 아닌 것 같아.”

그 말 속에는 강한 비난의 뜻이 담겨 있었다.

"상관없어. 어차피 당신도 내가 결혼했던 그 남자는 이미 아니니까."

갤런은 휙 돌아서서 주방 밖으로 나가버렸다. 티제이는 들고 있던 찻잔을 내려놓았다. 눈물이 왈칵 솟구쳤다. 이제 모든 게 까발려졌다. 이미 오래 전에 이렇게 되었어야 했다. 누가 뭐래도, 갤런이 누군가를 사랑하게 되었을 때 어떻게 변하는지 티제이보다 더 잘 아는 사람은 없었다.

마아시가 집에 도착해보니 브릭은 집에 있으면서도 언제나처럼 소파에서 늘어지게 자고 있지는 않았다. 침실로 곧장 들어간 마아시는 더플백에 옷가지를 쑤셔넣고 있는 브릭을 발견했다.

"어디 가니?"

마아시가 물었다.

"응."

퉁명스러운 대답이었다. 마아시는 짐을 꾸리고 있는 브릭의 모습을 가만히 지켜보았다. 술병이나 끼고 사는 건달치고는 잘생긴 얼굴이었다. 조금 긴 머리와 수염을 깎지 못한 턱, 약간 묵직해 보이는 인상, 몸에 꼭 끼는 청바지와 역시 꼭 끼는 티셔츠, 그리고 목이 긴 말장화. 마아시보다 열 살이나 어렸지만 도무지 한 직장에 오래 붙어 있질 못했고, 스포츠와 관련이 없는 모든 것은 금방 잊어버렸다. 다행스럽게도 마아시는 브릭에게 사랑이라는 감정은 느끼지 않았다. 사랑을 느끼지 못하며 산 것은 벌써 오래 전부터였다. 마아시가 원하는 것은 오직 동반자와 섹스였다. 브릭은 두 번째 것은 멋지게 소화해냈지만 동반자는 되어주지 못했다.

더플백의 지퍼를 잠그고 덜렁 들어서 어깨에 걸쳐 멘 브릭은 모르는 사람을 지나치듯이 마아시를 지나쳤다.

"돌아올 거니? 아니면 나머지 짐은 나중에 부쳐줄까?"

마아시가 물었다. 브릭이 이글거리는 눈빛을 하고 마아시를 노려보았다.

"그걸 뭐하러 물어? 내 자리 대신 메꿔줄 놈팽이들이 줄 섰을 텐데! 10인치짜리 물건 가진 놈들로만 말이야!"

마아시가 눈을 부라렸다.

"어이구, 주제에 사내라고!"

"당신은 죽었다 깨도 이해 못해!"

놀랍게도 브릭의 굵직한 목소리에는 고통의 그림자가 스며 있었다. 브릭이 집을 뛰쳐나가 자기 트럭을 타고 부릉거리며 달려나간 후에도 마아시는 어안이 벙벙한 채 눈만 끔뻑거렸다. 상상도 못했던 일이었다. 브릭이 상처를 받다니? 누가 상상이나 했을까?

돌아오거나 말거나……. 마아시는 모든 감정을 툭툭 털어버리고 새로 사온 자동응답기 상자를 열었다. 새 기계를 전화기와 연결하면서 그동안 받지도 못하고 메시지도 기록하지 못한 전화가 몇 통화나 될까 궁금해졌다. 하지만 누구든 긴히 할 말이 있었다면 다시 하겠지, 마아시는 그렇게 생각해버렸다.

기계 연결을 끝내자마자 전화벨이 울렸다. 마아시는 얼른 수화기를 들었다.

"여보세요!"

"넌 누구냐?"

유령 같은 목소리가 수화기를 타고 흘러나왔다.

13

제인은 한쪽 눈만 반쯤 뜨고 알람시계를 노려보았다. 시계는 아까부터 귀가 따갑게 삑삑거리고 있었다. 한참 만에야 그 귀따가운 소음이 자명종소리라는 걸 깨달은 제인은—전에는 단 한 번도 새벽 2시에 그 소리를 들어본 적이 없었으므로—손바닥으로 냅다 시계를 때려서 소리를 멈추게 했다. 다시 조용해진 침묵을 즐기며 이불 속으로 기어 들어간 제인은 대체 저 시계가 왜 이 시간에 울렸을까 생각했다. 그거야 그 시간에 삑삑거리라고 맞춰져 있었기 때문이지 다른 이유는 없었다.

"안 돼……!"

제인은 어둠 속에서 끙끙거렸다.

"난 못 일어난단 말이야. 겨우 네 시간 잤는데……."

그래도 일어나야 했다. 전날 밤 잠자리에 들기 전에 커피메이커의 자동켜짐 시각을 새벽 1시 50분에 맞춰놓은 것이 천만다행이었다. 향긋하고 신선한 커피 냄새가 흘러 들어오자 제인은 거의 자동인형처럼 침대에서 나와 주방을 향해 비틀비틀 걸어갔다.

주방의 전등불을 켠 제인은 갑자기 쏟아진 밝은 빛에 눈을 찡그렸다.

"방송국 사람들은 외계인이 틀림없어. 정상적인 지구인이라면 이 시간에 아무렇지도 않게 활동할 수가 없거든."

제인은 커피를 마실 찻잔을 찾으면서 혼자 중얼거렸다.

커피가 한 잔 들어가자 그제야 샤워를 할 정신과 기운이 났다. 정수리에 쏟아지는 더운물을 한참이나 그대로 맞고 서 있은 후에야 오늘은 머리를 감지 않기로 했던 것이 생각났다. 머리 손질할 시간을 빼고 기상시간을 정했던 제인은 이제 한 가지 해야 할 일이 늘어났으니 예정보다 시간이 늦어진 셈이었다. 그녀는 벽에 머리를 대고 한숨을 푹푹 쉬며 말했다.

"아이구……, 난 왜 이렇게 살까……."

하지만 잠시 후, 제인은 기운을 내자고 스스로를 타일렀다. 재빨리 샴푸를 칠해 머리를 감고 3분 후에는 샤워를 끝냈다. 뜨거운 김이 오르는 커피를 한 잔 더 마시고 헤어드라이어로 머리를 말린 다음, 사방으로 날아갈 듯 춤추는 모발을 진정시키기 위해 헤어글로스를 발랐다. 이렇게 비정상적으로 일찍 일어난 날은 피곤한 기색을 감추기 위해서라도 메이크업에 공을 들여야 했다. 스스로도 믿을 수 없을 정도의 빠르고 현란한 솜씨로 메이크업을 끝낸 제인은 거울 속에 비친 자기 모습에 놀랐다. 하지만 그 모습에 감탄하고 있을 정도로 시간 여유가 많지 않았다.

화이트나 블랙은 입지 마세요, 방송국 스태프가 말했었다. 하지만 그 말은 화면에 비칠 상의를 말하는 것일 거라고 생각하고 제인은 폭이 좁고 기장이 긴 검은색 스커트를 입었다. 목선이 반월형으로 깊게 파인 빨간색 칠부 소매 니트 티셔츠를 걸친 후, 스커트 색상에 맞추어 검은색 벨트를 둘렀다. 클래식한 디자인의 골드 이어링을 달면서 동시에 발에는 검은색 펌프스를 꿰어 신었다.

시계를 힐끗 올려다보니 3시였다. 하, 난 아무래도 이 방면에 소

질이 있나봐! 제인은 속으로 탄성을 질렀다. 하지만 바로 다음 순
간, 까맣게 잊어버리고 있던 것이 생각났다. 부우부우가 먹을 먹이
와 물을 준비해두고 나가야 했던 것이다. 부우부우는 어디서 자고
있는지 오늘따라 눈에 띄지 않았다. 약삭빠른 고양이 같으니라고.
  이미 옷을 다 갈아입은 탓에 조심스럽게 고양이 먹이를 준비해
놓고 문을 나서니 시간은 3시 5분이었다. 옆집의 진입로는 아직도
텅 비어 있었다. 갈색 폰티악도 없었고, 간밤에는 다른 차가 들어
오는 소리도 듣지 못했다. 결론적으로 말한다면, 샘은 외박중이었
다.
  십중팔구 어떤 여자랑 자고 있겠지, 제인은 이를 바득바득 갈았
다. 그러다 보니 갑자기 자신이 너무나 한심스러웠다. 샘에게 여자
가 있는 건 당연한 일이었다. 샘 정도의 육체적 조건을 가진 남자
라면 여자 하나 둘쯤은 필수가 아니겠는가. 어쩌면 셋, 아니 줄지
어 대기 순번을 기다리고 있을지도 몰랐다. 다행스럽게도 제인이
피임 방법을 완벽하게 준비하지 못하고 있었던 탓으로 일을 마무
리하지 못했으니, 다음 순번 여자에게 갔겠지.
  "날건달!"
  차에 타면서 제인은 옆집을 향해 한 마디 던졌다. 옛 남자들과
의 경험을 생각한다면, 지금 단계에서 이토록 흥분해서는 안 될
일이었다. 온 우주를 통틀어 가장 상식 파괴적이고 가장 반이성적
인 '난소'라는 와인에 취해 내 몸 속의 호르몬이 상식을 지배하는
것을 방관하는 게 틀림없다고 제인은 자신을 질책했다. 짧게 말해
서, 샘의 발가벗은 몸을 본 순간 제인의 몸은 단번에 용광로처럼
펄펄 끓었던 것이다.
  "오오……, 제발 잊어버리자."
  쥐새끼 한 마리 얼씬거리지 않는 칠흑 같은 어둠 속을 달리며
제인은 계속 중얼거렸다.

“생각도 하지 말라니까.”

그래야지. 자신감에 가득 차서, 완전히 자유롭게 흔들리던 그의 ‘조이스틱’도 잊어버려야지.

아직 손도 못 대봤는데, 그 환상적이고 군침 도는 ‘조이스틱’을 포기해야 한다니, 갑자기 억울한 생각이 들었다. 하지만 자존심이 그것을 요구하고 있었다. 샘의 머릿속에 들어 있는, 그리고 침대를 번갈아가며 덥혀주는 한 무리의 여자들 속에 섞이고 싶지는 않았다.

연락도 없이 외박을 하다니, 단 하나 용서해줄 수 있는 핑계가 있다면 전화 버튼도 누를 수 없을 정도의 중상을 당해 어느 병원에 누워 있는 경우였다. 하지만 샘에게 그런 일이 있었다면 벌써 시끄러웠을 텐데 어제부터 지금까지 경찰이 부상을 당했다는 뉴스는 없었다. 만약 샘이 교통사고라도 당했다면, 벌써 쿨라비치 부인이 온 동네에 소문을 냈을 터였다. 그러니 샘은 어딘가에 몸 성히 잘 있을 것이 틀림없었다. 하지만 그것이 문제였다.

어쨌든 밤새 집에 들어오지 않았다니 걱정이 조금 되기는 했지만, 제인의 속마음은 당장이라도 얼굴만 보이면 확 물어뜯고 싶었다. 그러나 그런 식의 감정적인 대응은 자존심이 허락하지 않았다. 그런 행동은 후회를 불러올 것이 틀림없는 수치스러운 것이었다. 그보다는 우아하게 처신해야 했다. 제인은 세 번의 약혼과 파혼을 통해 여자는 남자라는 동물들을 상대할 때 이성을 잃지 말아야 한다는 교훈을 얻었다. 그렇지 않으면 정신적으로 큰 상처를 입기 마련이었다. 샘은 아직 제인에게 상처를 줄 정도는 아니었지만, 까딱하면 제인은 언제 미련한 실수를 저지를지 몰라 위태로웠고 늘 결정적인 순간에 혹 하고 넘어가기 잘하는 자신을 잘 알고 있었다.

망할 놈, 손가락이 몽땅 부러졌어? 전화도 못 하게?

하지만, 가만히 되짚어보면 자신이 이런 생각을 하며 분통을 터뜨린다는 것은 다소 오버액션이라는 생각도 들었다. 키스 한 번 했다고 서로 미래를 약속한 사이가 되는 건 아니었다. 제인에게는 샘의 시간과 '조이스틱'에 대해 권리를 주장할 수 있는 근거가 아직은 없었다.

이성적으로 판단하면 그랬다. 속은 부글부글 끓고 있지만 달리 어찌할 도리가 없었다. 게다가 샘에 대한 그녀의 감정은 정상 이상이었다. 분노와 열정이 절묘하게 꼭 절반씩 섞여 있다고 할 수 있었다. 샘은 그 누구보다도 빠른 시간 안에 제인을 화나고, 성급하게 만들 재주가 있는 남자였다. 키스를 하면 결국에는 발가벗고 끝내게 될 거라던 샘의 예언은 틀린 게 아니었다. 만약 키스를 한 장소가 사람들이 오가는 대로변만 아니었다면 제인은 그 이상의 행동을 제지할 이성을 잃었을 것이다.

자신에게 솔직해지자면, 제인은 샘과의 줄다리기에서 삶의 활력을 느끼고 있다는 것을 인정해야 했다. 과거에 겪었던 세 명의 약혼자들—그리고 대부분의 사람들—앞에서는 늘상 하고 싶은 말을 참아야 했다. 제인은 자신이 회전이 매우 빠른 명석한 두뇌를 가지고 있으며 혓바닥은 그보다도 더 빨리 움직인다는 걸 알고 있었다. 셸리와 데이비드도 말싸움에 있어서는 제인을 능가한 적이 없었다. 어머니도 늘 제인에게 말을 하기에 앞서서 먼저 생각을 하라고 꾸중을 했었다. 어머니의 꾸중이 어느 정도 효과를 발휘해 지금은 많이 나아졌지만, 학창시절에는 마음에 안 드는 친구를 곁에서 떼어버리기 일쑤였다. 생각나는 대로 속을 콱콱 찌르는 말 몇 마디만 쏘아버리면 끝이었으니까. 하지만 그 버릇 때문에 변변한 친구를 제대로 사귀지 못했다는 게 탈이었다. 나이가 들면서 차츰 세 치 혓바닥으로 사람의 마음을 상하게 하는 것이 얼마나 큰 죄인지를 깨달았고, 남에게가 아니라 자신을 향해 말하는 법을 배워갔다.

　마아시, 티제이, 루나를 소중한 친구로 여기는 이유는, 그들은 자칫 기분이 나쁠 수도 있는 제인의 독설을 전혀 기분 나쁘게 받아들이지 않는다는 것이었다. 제인이 아무리 신랄하게 비판을 하거나 꼬집어대도 피하려 하거나 무서워하지 않고 그대로 받아들였다. 샘도 그랬다. 샘 역시 두뇌 회전과 혓바닥의 움직임이 제인 못지않게 빨랐다.

　제인은 샘의 그런 장점을 포기하기 싫었다. 샘의 장점을 인정하고 나니 두 가지 선택이 있을 수 있었다. 첫 번째는 과감하게, 보기 좋게 샘을 차버리는 것. 감정적으로는 그쪽을 선택하고 싶었다. 두 번째는 샘에게…… 그녀의 감정을 우습게 여기면 어떻게 되는지를 단단히 가르치는 것. 누구에게도 홀대당하고 싶지 않은 어떤 부분이 있다면 그것은 바로 감정이었다. 특히 누군가를 좋아하는 감정. 그것만은 아무렇게나 취급당하고 싶지 않았다. 참, 누구이든 그녀의 자동차를 아무렇게나 취급하는 사람도 참을 수 없었다. 그런 인간이 있다면 당장에 박살을 내버려야 한다는 게 제인의 지론이었다. 하지만 샘은…… 샘은 좀 달랐다. 약간의 수고를 기울일 만한 가치가 있는 사람이었다. 그의 머리와 침대를 차지하고 있는 다른 여자들이 있다면, 무자비하게 내쫓아버리고 샘으로 하여금 과오에 대한 대가를 치르게 하면 그만이었다.

　좋았어, 바로 그거야. 제인은 그제야 기분이 좀 나아지는 것 같았다. 이제 행동의 방향을 결정한 셈이었다.

　방송국에 도착한 것은 예상보다 훨씬 이른 시각이었다. 도로가 한산한 시간이었으니 그럴 만도 했다. 루나가 먼저 방송국에 도착해 있었다. 흰색 카마로에서 내린 루나의 얼굴은 새벽 4시가 아니라 정상적인 출근시간에 만난 것처럼 상큼하고 쾌활한 모습이었다. 크림 커피색 피부가 더 은은하게 돋보이도록 황금색 실크 랩 드레스를 입고 있었다.

"무섭지 않았어요?"

제인이 다가가자 루나가 물었다. 두 사람은 미리 이야기를 들은 대로 뒷문을 통해 방송국 안으로 들어갔다.

"이상한 인간들 많더라구. 이 시간에 정상적으로 기능하면 그게 이상한 인간 아니야?"

루나가 깔깔 웃었다.

"이런 시간에 밖에서 나다니는 사람이면 뻔하죠, 뭐. 안 그래요?"

"그러게 말이야. 마약 파는 사람이거나 먹는 사람이거나, 다 그런 인간들 아니겠어?"

"창녀도 있죠."

"은행 강도도 있을 거구."

"살인자, 마누라 패고 뛰쳐나온 남편."

"방송국 사람들."

두 사람이 신나게 웃고 있는데 마아시가 나타났다. 마아시도 두 사람의 얼굴을 보자마자 물었다.

"이상한 사람들 너무 많지? 대체 오밤중에 길거리에서 뭐하는 것들이래?"

제인이 여전히 웃는 얼굴로 대답했다.

"우리도 그 이야기하는 중이었어요. 아무래도 우린 새벽에 귀가하는 파티광은 못 될 것 같아요."

마아시가 주변을 둘러보며 생각난 듯이 말했다.

"믿을 수가 없군. 내가 티제이보다 일찍 도착하다니. 티제이는 항상 일등이고 나는 항상 지각이었는데."

"갤런이 밤새 들들 볶아서 못 나오게 만들었나보죠."

루나가 걱정스런 얼굴로 말했다.

"아냐, 정말 못 오게 생겼으면 전화라도 했을 거야."

제인도 걱정이 되기 시작했다.

"벌써 시간이 다 됐네. 먼저 들어가자구요. 커피가 있어야 할 텐데. 횡설수설하지 않으려면 커피를 계속 들이부어야 할 것 같아요."

제인은 전에도 방송국에 드나든 경험이 있기 때문에 동굴 속처럼 어두컴컴한 실내와 뱀처럼 여기저기 늘어져 있는 케이블이 낯설지 않았다. 카메라와 조명이 파수병처럼 곳곳을 지키고 있었고, 구석구석에 모니터가 설치되어 모든 것을 감시하고 있었다. 청바지에 운동화를 신은 사람들이 어지럽게 돌아다녔는데 그중에서 딱 한 사람, 세련된 복숭아빛 정장을 차려입은 여자가 있었다. 그 여자는 환하지만 약간 직업적인 냄새가 풍기는 미소를 지으며 다가와 손을 내밀었다.

"안녕하세요? GMA의 줄리아 벨로티입니다. 그 리스트의 주인공들이시죠?"

여자는 세 친구들과 돌아가며 악수를 나누었다.

"제가 여러분들의 인터뷰를 진행할 겁니다. 그런데…… 원래 네 분 아니셨나요?"

"티제이가 늦나봐요."

마아시가 대답했다.

"티제이…… 요터, 말씀인가요?"

벨로티는 인터뷰 대상자들을 환하게 파악하고 나왔다는 인상을 주려고 애쓰는 것 같았다.

"그쪽이 마아시 딘이시죠? 지방방송 인터뷰를 봤습니다."

벨로티의 시선이 제인을 향했다.

"이쪽은……?"

"제인 브라이트입니다."

"카메라에 잘 받겠어요. ……이쪽은 루나 씨섭이겠군요 요터 양이 여러분들만큼만 아름다우시면 이번 인터뷰는 큰 히트를 칠 거예요. 뉴욕에서도 그 리스트가 큰 바람을 일으키고 있다는 걸 아세요?"

루나가 대답했다.

"아뇨. 사실 전 그 리스트에 사람들이 이렇게 큰 관심을 갖는 게 믿어지지 않아요."

"녹화가 시작되면 그 부분에 대해서 집중적으로 말씀해주세요."

벨로티가 시간을 체크하며 말했다. 벨로티가 걱정하기 시작할 즈음, 문이 열리며 티제이가 나타났다. 머리단장이나 메이크업도 나무랄 데 없었고 짙푸른색 의상이 푸근하게 보이던 티제이의 인상을 이지적으로 중화시켜주었다.

"늦어서 죄송합니다."

먼저 온 동료들 사이에 섞여들며 티제이가 말했다. 더 이상의 변명이나 사과도 없었다. 제인은 티제이의 메이크업 아래 숨겨진 피곤함을 재빨리 읽었다. 새벽 4시라는 시간을 생각하면 모두들 피곤함을 감추고 있는 것이 당연한 일이었지만, 티제이의 경우에는 스트레스까지 겹쳐져 있었다.

"화장실이 어딘가요? 시작하기 전에 립스틱이라도 새로 바르고, 가능하다면 커피도 한 잔 마셨으면 하는데요."

제인이 물었다. 벨로티가 미소를 지었다.

"방송국에 커피가 없으면 아무것도 안 돌아가죠. 화장실은 이쪽이에요."

벨로티가 복도 쪽을 손짓으로 가리켰다.

화장실 문을 닫자마자 세 여자는 일제히 티제이를 바라보았다.

"괜찮아?"

제인이 물었다.

"갤런에 대해서 묻는 거라면, 난 괜찮아. 어젯밤에 갤런한테 모

텔에 가서 자든 어쩌든 집에서 나가서 자라고 했어. 새 여자 친구
와 함께 잤는지 말았는지, 그건 알아서 했겠지.”

“뭐요? 여자 친구?”

루나가 비명에 가까운 소리를 질렀다. 놀란 눈이 왕방울만큼 커
졌다.

“이러언 개애자식!”

마아시였다. 그 개자식이 딱히 갤런을 지시하는 건지 아니면 그
냥 튀어나온 말인지, 그건 듣는 티제이가 결정할 일이었다. 제인이
말했다.

“그럼 이제 이 리스트 가지고 널 들볶을 ‘꺼리’도 없겠구나?”

티제이가 허탈하게 웃었다.

“없지. 본인도 알고 있겠지.”

티제이는 자신을 걱정해주고 있는 세 친구의 얼굴을 따뜻한 시
선으로 둘러보았다.

“난 괜찮아요. 갤런이 결혼생활을 여기서 끝내고 싶다면, 나도
차라리 여기서 끝내는 게 좋다고 생각해. 더 이상 억지로 끌고 가
려고 하는 것은 시간낭비일 뿐이야. 그렇게 결정하고 나니까 마음
은 홀가분해.”

“얼마나 됐데?”

마아시가 물었다.

“자기는 결백하다고 주장하고 있어요. 아직 육체적으로는 날 배
신한 적이 없대나. 그걸 누가 믿겠어요”

“그걸 믿느니 차라리 내일부터 해가 서쪽에서 뜬다는 말을 믿겠
다.”

제인이 맞장구쳤다. 루나는 아직도 믿어지지 않는 표정이었다.

“하지만 사실일지도 모르잖아요.”

겪을 일 안 겪을 일 모두 겪어본 사람처럼 마아시가 나지막이

말했다.

"그럴 가능성은 1퍼센트 미만이야. 원래 사내들이 인정하는 잘못은 빙산의 일각만큼도 안 돼. 그 아래 엄청나게 많은 범죄행위가 감춰져 있다구. 그게 인간의 본성이겠지."

티제이가 립스틱을 꺼내 덧발랐다.

"갤런 말이 사실이든 거짓이든 나한텐 별 차이가 없어요. 이미 다른 여자를 사랑하고 있다면, 그 여자하고 잠자리를 같이 했느냐 안 했느냐가 무슨 의미가 있겠어요? 갤런 얘기는 그만해요. 잘못된 걸 전처럼 되돌려놓고 싶다면, 갤런도 그만한 노력을 해야지. 안 그래요? 난 이 리스트 사건이 얼마나 크게 부풀려지는지 갈 때까지 가볼 거예요 누가 책 쓰자는 제안이라도 하면 하겠다고 할 거구. 지금까지 우리가 겪은 것들을 생각하면 이걸로 돈 좀 벌어도 되지 않겠어요?"

"아멘."

마아시가 말했다.

"참, 브릭이 집을 나갔어. 마음의 상처를 입었대나, 어쨌대나."

이번에는 마아시를 제외한 세 여자가 동시에 입을 떡 벌렸다. 브릭이 마음의 상처를 입을 만큼 감정을 가지고 있었다니, 도저히 믿어지지 않았다. 마아시는 불평조로 말했다.

"돌아오지 않는다면, 다시 남자하고 데이트 시작해야지. 어이그……, 데이트라는 것도 이젠 지겹다. 춤추고, 사주는 술 마시고……, 지긋지긋해."

네 여자는 까르르 웃으며 화장실에서 나왔다. 벨로티와 커피 주전자, 그리고 머그컵 네 개가 그들을 기다리고 있었다.

"녹화 세트가 다 준비됐어요 음향기사가 네 분께 마이크를 달아드리고 사운드 체크를 할 거예요. 그 다음에는 조명기사가 조명을 조절할 거구요 자, 그럼 이리로 오세요"

각자 핸드백을 보이지 않는 곳에 보관하고 커피잔을 손에 든 채 편안한 거실처럼 꾸며진 세트에 앉았다. 3인용 안락의자 하나와 1인용 안락의자 두 개, 조화 화분 몇 개, 스탠드 조명이 몇 개 있었다. 스무 살 남짓 되어 보이는 남자가 하나 다가오더니 네 여자에게 차례차례 마이크를 꽂아주었다. 벨로티는 자기가 알아서 입고 있는 재킷 라펠에 마이크를 꽂았다.

하지만 방송국에서의 인터뷰가 처음인 네 여자는 재킷을 입고 올 만큼 똑똑하지 못했다. 루나의 금색 랩 드레스나 목선이 쇄골 부분까지 올라온 티제이의 드레스는 그래도 별 문제가 없었다. 마아시는 소매는 없이 목만 터틀네크인 스웨터를 입었기 때문에 마이크를 목에다가 딱 붙여서 꽂아야 했다. 그렇게 되면 머리를 움직일 때 조심해야지 자칫하다가는 괴상한 소음이 들어가서 녹화를 망칠 수도 있었다. 반월형으로 목선이 깊게 파인 제인의 스웨터를 본 음향기사는 난감한 표정을 지었다. 제인은 살짝 웃으면서 손을 내밀었다.

"제가 꽂을게요. 가운데가 좋아요? 아니면 왼쪽이나 오른쪽?"

음향기사도 씩 웃었다.

"가운데가 좋겠습니다."

제인은 스웨터 속으로 손을 집어넣어 목선 바로 아래, 양쪽 가슴 사이에 마이크를 꽂았다.

"됐나요?"

"나머지는 제가 하죠."

음향기사는 스웨터 밑으로 늘어진 마이크 줄을 테이프로 제인의 옆구리에 붙여주고 장비가 있는 곳으로 돌아갔다.

"네 분이 차례로 한 마디씩 해주세요. 마이크를 조절하겠습니다."

벨로티가 디트로이트의 어디에 사는지 차례로 질문했고 네 사람은 차례로 대답했다. 마이크 테스트가 끝나자 카메라 세팅이 끝났고, 벨로티가 프로듀서를 쳐다보자 그는 카운트다운을 시작했다. 프로듀서의 사인이 떨어지자 부드러운 목소리로 벨로티의 인사말이 시작되었다. 네 사람의 이름을 각각 소개한 후, 벨로티의 첫 번째 질문이 나왔다.

벨로티 : 혹시 여러분들도 지금까지 미스터 퍼펙트를 만난 적이 있었나요?

모두들 깔깔 웃었다. 그런 남자 얼굴이라도 봤다면! 루나가 무릎으로 제인의 무릎을 툭 쳤다. 얼른 대답하라는 뜻이었다.

제인 : 완벽한 사람이 어디 있겠어요. 우리가 그걸 만든 건 솔직히 공상과학소설을 쓴다는 생각으로 쓴 거였어요.

벨로티 : 본인들은 공상과학소설이라고 말씀하시지만, 사람들은 매우 심각하게 받아들이고 있는데요.

마아시 : 그건 그분들 생각이죠. 그 리스트에 거론된 특징이랄까, 인격적인 성향들은 우리가 가장 이상적인 남성이라고 생각하는 사람의 성격이었어요. 우리가 아닌 다른 네 명의 여자들이 이런 리스트를 만들었다면, 그 내용이나 순서는 또 완전히 달랐겠죠.

벨로티 : 리스트에 거론된 육체적인 조건에 대해서 일부 여성운동가들이 크게 반발하고 있는데요. 여성들이 바스트 사이즈로 등급이 매겨지는 상황을 타파하기 위해 오랜 기간 동안 애써왔는데, 여러분들의 리스트가 완벽한 남성의 조건으로 육체적인 면을 들고 나왔기 때문에 그간에 있었던 여성운동의 공적을 심히 훼손시켰다는 주장이거든요.

루나 : 저는 여성운동의 본질이 여성들에게 생각과 행동, 표현의 자유를 주기 위한 것이었다고 생각합니다. 우리가 만든 그 리스트는 바로 우리가 원하는 것을 자유롭게 표현한 것이었습니다. 그게 더

정직한 것 아닌가요?

벨로티의 말에 루나는 눈썹을 치켜세웠다. 루나가 가장 싫어하는 논쟁의 주제가 바로 그런 것이었다. '정치적으로 올바른 것'에 대한 논쟁을 루나는 지극히 혐오했고, 상대가 누구이든 자리가 어디이든 상관하지 않고 혐오감을 그대로 드러냈다.

티제이: 우린 그 리스트가 이렇게 공개될 거라고는 생각하지 못했습니다. 리스트가 퍼져나간 건 순전히 우연한 사고였어요.

벨로티: 그럼, 그 리스트가 공개된다는 조건하에서 만들어졌다면 보다 덜 정직했을 거란 말씀인가요?

제인은 슬그머니 부아가 치밀기 시작했다.

제인: 절대로 아니죠. 그랬다면 조건을 더욱 강화시켰을 거예요.

이런, 티제이의 말대로 그저 상황이 되어가는 대로 지켜보면서 느긋하게 즐기면 안 되나?

벨로티: 아직 미스터 퍼펙트를 만나지 못했다고 하셨는데, 혹시 남자가 있기는 하신가요?

약삭빠른 여우 같으니라고. 구렁이 담 넘어가듯이 피하고 있군……. 하지만 제인은 벨로티의 질문에 깔린 저의가 자신을 포함한 네 여자들이 도무지 한 남자에게 오래 머물지 못하는 이상성격자들로 호도하려는 게 아닐까 하는 의심이 들었다. 제인은 우선 카메라를 향해 쌩긋 웃었다. 만약 벨로티가 원하는 것이 논쟁이라면, 피할 이유가 없었다.

제인: 있기는 했지만, 조건에 맞는 쓸 만한 남자는 없더군요.

마아시와 티제이는 웃음을 참지 못하고 깔깔거렸다. 루나는 억지로 웃음을 참느라고 애쓰는 것 같았다. 무대 밖에서도 간간이 낄낄거리는 소리가 들려왔다. 벨로티가 티제이를 향해 물었다.

벨로티: 네 분 중에서 유일하게 결혼한 분이시던데, 요터 씨, 남편분께서는 이 리스트에 대해 어떻게 생각하시던가요?

티제이 : 별 이야기 없었어요. 남편이 가슴 큰 여자를 곁눈질하는 걸 내가 싫어하는 만큼, 남편도 내가 자기보다 더 남성적인 남자를 곁눈질하는 건 싫겠죠.

벨로티 : 그럼, 서로 '장군 멍군'인가요?

마아시 : 그건 이 리스트의 극히 일부분에만 집착하는 말씀인 것 같군요.

벨로티는 아차, 싶었겠지만 이미 엎질러진 물이었다.

루나 : 이 리스트에는 모든 사람들이 가져야 할 인격적인 조건들도 들어 있어요. 첫 번째는 신뢰할 수 있는 남자였던 걸 기억하시나요? 인간과 인간이 만나 서로 관계를 이루려면 가장 먼저 필요한 것이 신뢰 아닌가요?

벨로티 : 저도 그 리스트에 대한 기사를 샅샅이 읽어보았습니다. 하지만 솔직히 말씀드리자면, 리스트에 거론된 조건들의 상당수가 인격적인 조건 이외의 것들을 다루고 있었어요. 그 점을 인정하지 않으시나요? 가장 열띤 토론이 이루어졌던 부분은 남성의 신체적인 조건에 대한 부분이 아니었던가요?

제인 : 리스트를 만들 때, 우리의 의도는 재미를 위한 거였어요. 우리는 정신이상자나 이상성격자가 아닙니다. 하지만 우리도 덜 생긴 남자보다는 잘생긴 남자를 좋아해요. 그게 잘못인가요?

벨로티는 메모를 슬쩍 들여다보았다.

벨로티 : 기사를 보면, 여러분들의 실명은 거론되어 있지 않고, A, B, C, D라고 익명으로 표기되어 있습니다. 어느 분이 A이시죠?

제인 : 그건 밝히고 싶지 않습니다.

제인이 잘라 말했다. 그 질문에는 마아시의 표정도 굳어졌다.

마아시 : 누가 어떤 말을 했는지, 그 A, B, C, D가 각각 누구인지에 대해 크게 관심을 갖는 사람들이 있는 것 같아요. 제가 그중 누구인지를 묻는 익명의 전화도 받았거든요.

티제이 : 저도 받았어요. A, B, C, D가 각각 누구를 가리키는 건지는 저도 밝히고 싶지 않군요. 저희가 만든 리스트는 만장일치로 만들어진 거예요. 하나의 항목에 대해 누구는 더 중요하게 느끼고 누구는 덜 중요하게 느낀다는 차이는 있겠지만, 서로 뜻이 합쳐지지 않았으면 항목으로 정해지지 않았을 겁니다. A, B, C, D를 밝히는 문제에 대해서는, 저희도 프라이버시를 보호받고 싶어요.

우문현답에 가까운 몇 번의 말실수가 있었고 스튜디오에 여러 번 웃음의 물결이 지나갔다. 웃음이 잦아든 후, 벨로티는 좀더 개인적인 문제를 짚고 들어왔다.

벨로티 : 지금 데이트하고 있는 남자는 있나요?

루나 : 특별한 의미를 두고 있는 남자는 없어요.

그건 샤말을 두고 하는 말이었다.

마아시 : 현재로선 없어요.

그건 브릭을 두고 하는 말이었다.

벨로티 : 그렇다면 요터 씨만이 관계를 유지하고 계시군요. 그렇다면, 지금 나머지 여러분들은 이 리스트의 조건에 맞는 남자만을 찾고 있기 때문이 아닐까요?

제인 : 우리가 이미 설정한 기준을 구태여 낮출 필요는 없지 않을까요?

제인이 눈동자를 빛내며 맞받아쳤고 그때부터는 인터뷰도 마무리로 들어갔다.

"아……우, 너무 졸려."

티제이가 하품을 하며 중얼거렸다. 네 사람이 스튜디오에서 나온 것은 6시 반이었다. 실제로 방송될 짧은 인터뷰에 비해 벨로티는 편집할 분량이 너무나 많은 녹화 테이프를 가지게 된 셈이었다. 어떤 대목에서는 미리 짜여진 구성을 잊어버리고 자기 나름의 여성운동가적 시점에서 지나치게 날카로운 질문을 퍼붓기도 했다. 제인은 이 녹화분이 아침 방송에 단 3분이라도 나갈 만한 것이 있을까 의심스러웠지만, 녹화에 참여했던 스태프들은 매우 재미있어했다.

3분이든 5분이든 방송할 내용이 건져진다면 다음주 월요일에 방송된다고 했다. 화요일부터는 모두들 리스트를 잊어주기를 바랄 뿐이었다.

마아시가 구름 한 점 없이 푸른 아침 하늘을 향해 미간에 주름을 잡으며 말했다.

"아무래도 그 전화가 꺼름칙해. 세상에 이상한 사람들이 하도 많아서 말이야. 우리가 한 말이 누구한테 기분에 거슬리지나 않았는지……."

제인은 누구의 기분이 거슬릴지 확실하게 알고 있었다. 오늘 녹화분 중에서 일부라도 방송이 된다면 샘이 그걸 꼭 보아주기를 바랐다. 샘이 그걸 본다면 십중팔구 자신을 겨냥한 몇 마디 말을 알아차릴 것이었다. 꼭 그렇게 되어야 했다. 제인이 한 말은 모두 진심이었으므로.

14

“자, 이제 갤런 얘기나 좀 해봐.”

아침식사를 하러 들어간 식당에서 주문을 마치고 커피가 나오자 마아시가 말했다.

“특별히 더 할 얘기도 없어요. 어제 집에 들어갔더니 갤런이 먼저 와 있더라구요. 처음에 나더러 그 친구들을 더 이상 만나지 말라고 하는데, ‘그 친구들’이 누군지는 말할 필요 없죠? 그래서 내가 내 친구들을 포기하는 대신 당신도 똑같이 세 친구를 포기해라, 아니 하나 더 얹어서 넷은 포기해야 내 친구들하고 무게가 맞는다, 그랬죠. 그런데, 그러다가 문득 여자의 직감이랄까, 갤런이 나한테 그렇게 냉담해진 건 다른 여자가 생겼기 때문이라는 생각이 퍼뜩 들데요.”

“대체, 갤런은 뭐가 문제예요? 선배 같은 사람 만난 게 얼마나 행운인지 모른단 말이에요?”

루나는 분개한 얼굴로 씩씩거렸다. 티제이는 피식 웃었다.

“그렇게 말해줘서 고마워. 난 아직 포기한 건 아니야. 함께 노력하면 잘 풀릴 거라고 생각하지만, 그렇지 않더라도 갤런 때문에 내 인생이 망가지게 두지는 않을 거야. 하지만 어젯밤에 곰곰이 생각해보니, 이렇게 된 것이 모두 갤런 탓만은 아닌 것 같아. 갤런이 미스터 퍼펙트가 아닌 것처럼, 나도 미스 퍼펙트는 아니었거든."

"그래도 최소한 너는 다른 남자를 만나지는 않았다."

제인이 아주 점잖은 목소리로 지적했다.

"내 말은, 갤런과 내가 똑같은 잘못을 저질렀다는 건 아니야. 갤런이 우리 결혼을 지속할 마음이 있다면, 앞으로 많은 걸 고치고 변해야 할 거야. 하지만 나도 노력해야 할 부분이 전혀 없지는 않더란 말이지."

"예를 들면?"

마아시가 물었다.

"음……, 내가 그렇게 완전히 퍼져버린 아줌마처럼 살지는 않았지만, 그래도 갤런한테 매력적으로 보이려고 특별히 노력을 하지도 않았다는 생각이 들었어요. 갤런을 기분좋게, 기쁘게 해주려고 그 사람이 말하는 대로 뭐든 그냥 따라했어요. 그런데 입장을 바꿔놓고 생각해보니 그게 겉으로는 갤런을 생각해주는 것처럼 보였을지 몰라도 갤런이 원하는 게 동등한 파트너였다면 정말 숨이 막히는 짓이었을 거란 거죠. 갤런한테 요리사, 청소부, 세탁소 아줌마가 되어주긴 했지만 연인과 파트너가 되어주지는 못한 거예요. 그렇게 해서는 행복한 결혼생활이 이루어질 수 없어요. 갤런이 지루하게 여겼을 만도 해요."

제인이 손에 든 커피잔을 노려보듯이 내려다보며 나직한 목소리로 말했다.

"너, 그게 이혼당하는 여자들이 얼마나 자주 하는 말인지 아니? 왜, 여자들은 이혼이라는 상황 앞에서 그렇게 자신만을 부끄럽게 생각하는 거나구! 에잇, 제기랄!"

“25센트!”

세 친구가 동시에 손을 내밀며 말했다. 동전을 꺼내려고 지갑을 뒤졌지만, 75센트를 채우기에는 부족했다. 할 수 없이 1달러짜리 지폐를 탁자 위에 탁, 내놓았다.

“나중에 누가 25센트 거슬러줘. 어제 샘한테 몽땅 뺏겨가지고 남은 게 없어.”

긴 침묵이 흘렀다. 여섯 개의 눈동자가 일제히 제인만 바라보았다.

“샘? 그게 누군데요?”

결국 루나가 물었다.

“몰랐어? 옆집 남자야.”

마아시가 입술을 삐죽이 내밀었다.

“네가 날건달, 날건달하던 그 경찰 아저씨 말이니? 마약 장수, 알코올 중독자, 헐크 하며 길길이 뛰었는데 알고 보니 경찰이라던 남자?”

“그래요……. 그 남자가 그 남자예요.”

“그런데 언제부터 서로 터놓고 이름 부르는 사이가 됐어?”

이번에는 티제이가 물었다. 제인의 얼굴이 뜨끈뜨끈해지기 시작했다.

“어쩌다 보니까…….”

“옴마나…… 세상에……! 선배, 얼굴까지 빨개지고…….”

루나가 호들갑을 떨었다.

“기절초풍을 할 일이네…….”

마아시까지 거들었다. 세 여자의 시선이 제인의 얼굴에서 떨어질 줄을 몰랐다. 제인은 마치 바늘방석 위에라도 앉은 듯, 자리가 불편하고 어색했다. 그럴수록 얼굴은 더 뜨거워졌다.

“그건…… 내 잘못이 아니야……. 글쎄 그 아저씨가 빨간색 지프를 가지고 있더라구. 사륜구동……"

제인이 사뭇 변명조로 말했다. 그 말에 티제이는 천장을 올려다보며 한숨을 푹 내쉬었다.

"그 지프에서 뭘 하려고 그러는지 나는 다 알지……"

"그 남자 그렇게 나쁜 남자는 아니야. 아니, 그래 날건달이기는 하지만 그래도 좋은 점도 있더라구."

"그래, 가장 좋은 부분은 팬티 속에 있지, 그렇지?"

마아시가 콕콕 찔러댔다.

"제발 그만 좀 해요. 아직 거기까지는 안 갔다구요"

그러자 티제이가 바싹 다가앉으며 물었다.

"그럼 어디까지 갔는데?"

"딱 한 번 키스했을 뿐이야. 그게 전부란 말이야."

"키스 한 번 했다고 얼굴이 빨개져? 다른 사람은 몰라도 네 얼굴은 절대로 그걸로 빨개지지 않아. 애들아, 안 그렇니?"

마아시가 음흉한 미소를 지으며 나머지 두 여자들에게 물었다.

"그거야…… 다른 여자들은 샘하고 키스해보지 않았으니까 그렇죠. 샘하고 키스를 해본 여자라면 그런 말은 못 할 거예요."

"그렇게 좋았어, 응?"

제인은 폐 속의 공기가 저절로 푹푹 빠져나오는 것같이 한숨을 내쉬었다.

"그래요. 그렇게 좋았어요."

"얼마나 걸렸니?"

"아까 얘기했잖아요, 거기까지 안 갔다구! 그냥 키스 한 번뿐이라니까요!"

"그래, 빨간 페라리도 그냥 자동차, 에베레스트도 그냥 산이지."

티제이가 빈정거렸다. 그러자 마아시가 짜증 섞인 목소리로 다시 물었다.

"키스 말이야, 키스를 얼마나 오래 했느냐구!"

제인은 갑자기 할 말이 없었다. 샘하고 키스할 때 몇 분이나 흘렀는지 시간을 재보지도 않았거니와 동시에 너무나 많은 감정이 스쳐갔기 때문에 그게 얼마나 긴 시간이었는지 전혀 종잡을 수 없었다.

"그걸 어떻게 알아요? 한 5분쯤?"

세 여자가 동시에 소리를 질렀다.

"5분?"

"5분씩이나 서로 입술을 맞대고 있었다구?"

티제이는 믿기지 않는다는 듯이 기어 들어가는 목소리로 물었다. 제인의 얼굴은 더욱 빨개졌다. 이제는 뺨이 간질거리기 시작했다. 루나는 도저히 믿을 수 없다는 얼굴로 고개를 절레절레 흔들었다.

"선배, 피임약은 준비하고 있겠죠? 내가 보기엔 아무래도 적색경보가 켜진 것 같아. 그 남자가 오늘이라도 쳐들어오지 않는다고 장담 못 하겠네."

"그 남자 생각이 바로 그거지. 그래서…… 만약을 대비해서 오늘 병원에서 피임약 받아왔어."

제인이 울상을 하며 대답했다.

"그럼 너도 적색경보 켜고 있는 거네. 안 그래? 자, 그럼 이건 우리가 축하할 일 아닌가?"

티제이가 밝게 웃으며 제안했다. 마아시가 물었다.

"그…… 샘이라는 경찰 아저씨, 어디가 그렇게 마음에 들어?"

"여러 가지……."

제인의 머릿속에 발가벗은 샘의 모습이 희미하게 떠올랐다. 제인은 얼른 머리를 흔들며 그 그림을 지워버렸다.

"그 사람 볼 때마다 절반은 목을 확 졸라버리고 싶고……."

“그럼, 나머지 절반은?”

“옷을 몽땅 벗겨버리고 싶어요.”

“내가 보기엔 가장 환상적인 남녀관계 같다. 나도 브릭하고 일 년을 지내봤지만……, 나와 브릭의 관계보다도 더 환상적인 관계로 보이는군!”

제인은 드디어 샘한테서 화제를 돌릴 빌미를 찾았다. 자신도 이해할 수 없는 것을 어떻게 세 여자에게 설명한단 말인가? 샘은 제인을 미치게 만들었고, 또 자신은 샘을 미치게 만들면서 서로 즐기는, 이상한 관계였다. 그리고 샘은 어제 집에 들어오지도 않았다. 제인은 샘을 자기 옆에만 묶어둘 방법을 찾는 골치 아픈 길로 빠져들기보다는 그 반대쪽 길로 훨훨 날아 도망치고 싶다는 생각도 들었다.

“브릭은 뭐라고 해요?”

“뭐, 별로. 그게 오히려 좀 놀랍지. 브릭은 화가 나면 떼쓰고 발광하는 두 살짜리 어린애 같은 남자였거든. 고래고래 소리지르고 발광할 거라고 단단히 대비하고 있었는데 오히려 아무 말 없으니까 딱 허를 찔린 기분이더라구. 미친 듯이 날뛸 줄만 알았지 마음의 상처를 입을 줄이야 낸들 알았겠어?”

“브릭이 생각보다 선배를 많이 사랑했나봐요.”

약간 의심스럽기는 하지만, 그래도 동정이 간다는 듯한 얼굴로 루나가 말했다. 마아시는 콧방귀를 뀌었다.

“브릭하고 같이 산 건 서로 편했기 때문이야. 지가 무슨 세기의 사랑을 하는 왕자라고……. 루나, 너는 어때? 샤말한테서 연락 있었니?”

마아시는 더 이상 브릭에 대해서 떠들고 싶지 않다는 듯이 또 화제를 바꾸었다. 루나는 잠시 주저하는 듯하더니 대답했다.

“사실은…… 연락이 있긴 했어요. 샤말은…… 솔직히 난 이해가

잘 안 가지만……, 그 리스트 때문에 내 이름이 신문이며 텔레비
전에 나오는 걸 보고 감격을 했대나 어쨌대나……. 꼭 내가 전보
다 훨씬 더 중요한 인물이라도 된 것처럼 말하더라구요. 전에는
지나가다 잠깐 들를게, 하더니 요번에는 정중하게 밖에서 식사를
하자고 청하더라구요."
　루나의 말이 멈추자 모두들 아무 말도 하지 않았다. 갑작스러운
샤말의 변화가 언뜻 납득되지 않았기 때문이다.
　"거절했어요. 이 일이 생기기 전에는 내가 특별히 보이지 않다
가 이제 와서 다시 보였다는 건 나도 별로 달갑지 않아요."
　루나의 말에 제인은 마음이 좀 놓이는 것 같았다.
　"좋아, 그럼 이제 샤말은 공식적으로 과거의 사람이 되는 거야,
아니면 아직은 가능성이 있는 거야?"
　"아직은 가능성이 있다고 할 수 있죠. 하지만 내가 먼저 그 사
람을 다시 찾지는 않을 생각이에요. 샤말이 날 만나고 싶다면 먼
저 전화하겠죠."
　"하지만 만나자는 걸 거절했다면서."
　마아시가 물었다.
　"이젠 끝이라는 말은 하지 않았어요. 단지 그날은 만나고 싶지
않다고 했지. 샤말이 나하고 좀더 잘해보고 싶다면 자기도 뭔가
고쳐야 하지 않겠어요? 나도 샤말의 방식대로만 끌려다니기는 싫
어요."
　"쉽게 사는 사람이 없군."
　제인이 땅이 꺼져라 한숨을 내쉬며 커피잔을 들었다.
　"모두 다 그렇게 살아. 우리가 정상적인 거라구."
　티제이가 말했다.
　"내 말이 그 말이야."
　마아시가 말했다. 네 사람은 웨이트리스가 주문한 음식을 가져

오자 낄낄거리던 웃음을 멈추고 각자 앞에 놓인 접시만 내려다보
며 식사를 했다. 네 여자 모두 애정생활의 큰 고비를 만난 셈이었
다. 하지만 그렇다고 해서 세상이 끝나는 건 아니었다. 스크램블드
에그와 해시 브라운이 눈앞에 있으니, 일단 그걸 먹고 나면 세상
은 좀더 달리 느껴질지도 몰랐다.

　그날은 금요일이었기 때문에 네 여자는 일이 끝난 후 전통대로
어니스 바에 다시 모였다. 그저 가벼운 마음으로, 모두들 웃어가며
그 리스트를 만들었던 게 겨우 일주일 전이라는 사실이 믿어지지
않았다. 그 일주일 동안 너무나 많은 것이 변해버렸다. 우선, 어니
스 바의 분위기부터 달랐다. 네 여자가 식당 안으로 들어서자 여
기저기서 환호성과 야유가 동시에 터져 나왔다. 어떤 여자는 남자
들보다 더 심한 야유를 보냈다. 보아하니 극단적인 여성운동가 중
의 한 사람인 것 같았다.
　네 여자가 테이블에 앉자 늘상 주문을 받아가던 웨이터가 다가
왔다.
　"안녕하세요? 이제 유명인사가 되셨군요."
　웨이터는 아주 밝고 싹싹한 얼굴로 인사를 건넸다. 아마도 그
리스트의 내용에 대해 별로 불만이 없는 모양이었다. 불만이 있다
면 아주 잘 감추고 있는 것이겠지만. 어쩌면 그 내용을 정확히 모
르고 있을지도 몰랐다.
　제인이 말했다.
　"바로 지난 금요일에 우리가 저기 저 테이블에 앉아서 만든 리
스트였어요."
　"정말요? 와, 사장님께 말씀드려야겠네요."
　"그래요. 테이블을 금박으로 입히든지, 명패라도 붙이든지……."
　"감사패라도 만들어드리라고 할까요?"

철없는 웨이터는 한 술 더 떴다. 금요일마다 주문하던 메뉴를 받아 적은 웨이터는 곧 물러갔다. 하지만 금요일 저녁의 즐거운 식사는 기대할 수 없었다. 여러 사람들이 네 여자의 테이블에까지 직접 찾아와서 그 리스트에 대해 한 마디씩 하고 갔다. 어떤 사람은 악의에 찬 비판을, 어떤 사람은 열광적인 찬사를 늘어놓았다. 서빙된 음식을 보니 네 접시가 모두 시커먼 숯덩어리를 담고 있었다. 아마도 주방장은 그 리스트에 대해 불만이 이만저만이 아닌 듯했다.

음식을 보고 기가 막혀서 긴 한숨을 토해내던 마아시가 벌떡 일어서며 말했다.

"나가자. 이 숯덩어리도 숯덩어리지만, 자꾸 와서 아는 체하는 사람들 때문에 물 한 모금도 마음놓고 못 마시겠다."

"이거……, 음식값 내야 하나……?"

루나가 하키 퍽과 다름없는 모양을 한 햄버거 패티를 가리키며 어정쩡한 얼굴로 물었다.

"보통 때 같으면 어림도 없겠지만, 오늘 우리가 여기서 실랑이라도 벌였다간 내일 아침에 또 뉴스거리가 될 거야."

말인즉슨 옳은 말이었다. 음식은 거의 손도 대지 않았지만, 네 사람은 각자 자기가 주문한 음식값을 지불하고 밖으로 나왔다. 다른 때 같으면 천천히 여유있게 저녁식사를 즐기고 완전히 해가 진 후에야 식당을 나섰으련만, 오늘은 워낙 일찍 나온 탓에 아직도 6시를 조금 넘긴 시각이었고 여름 햇살은 하늘에 낮게 걸린 채 식을 줄 모르는 열기를 뿜어내고 있었다.

네 여자는 각기 자기 차로 돌아갔다. 제인은 바이퍼의 엔진에 시동을 걸어놓고 잠시 나지막하지만 힘차게 돌아가는 엔진소리를 들었다. 에어컨을 세게 틀어놓고 찬바람이 얼굴을 향하도록 통풍구를 돌려놓으니 좀 살 만했다.

이렇게 이른 시간에 집에 들어가서 뉴스를 보고 싶지는 않았다. 또 그놈의 리스트 이야기가 나올까봐 두려웠다. 보통 토요일 오전에 하던 식료품 쇼핑이나 해야겠다는 생각으로 반 다이크 거리에서 북쪽으로 방향을 바꾸었다. 왼쪽으로 GM 공장이 보였다. 공장 앞을 지나면서 우회전을 하고 싶은 마음을 꾹 눌러 참았다. 거기서 우회전을 하면 워렌 경찰서가 있었다. 경찰서 주차장에 빨간색 지프나 갈색의 고물 폰티악이라도 있는지 보고 싶었던 것이다. 하지만 일주일치 식료품과 부우부우가 먹을 먹이를 사는 것이 더 급하다고 자신을 타이르면서 계속 가던 방향으로 차를 몰았다. 부우부우는 벌써 다른 쿠션을 뜯어대기 시작했을지도 모를 일이었다.

제인은 장보러 다니는 걸 별로 즐기는 편이 아니었다. 마치 적진을 기습적으로 치고 빠지는 군인들처럼 후다닥 해치웠다. 입구에 들어서자마자 카트를 재빨리 가져와서 낼 수 있는 최대한의 속도로 밀고 다니며 필요한 물건을 딱딱 집어서 카트 안에 집어던졌다. 신선식품 코너에서 양배추, 양상추를 집어 담고, 다음 매장으로 이동했다. 혼자 먹기 위해 음식을 만든다는 건 시간적으로나 경제적으로나 낭비가 컸다. 집에서 음식을 만들어 먹는 일이 많지는 않았지만 이따금씩 뭘 굽거나 튀겨서 일주일 내내 두고두고 샌드위치로 만들어 먹곤 했다.

최소한의 시간 안에 끝내고 돌아갈 생각에 집중적으로 장을 보고 있는데, 갑자기 굵직한 팔 하나가 허리를 휘감더니 나직한 목소리가 들려왔다.

"나, 보고 싶었지?"

처음에는 기겁을 할 듯이 놀랐지만 곧 그 범인이 누구인지를 직감했기 때문에 목 안에서는 새된 비명처럼 터져 나간 소리가 입 밖에서는 '꺄악' 하는 괴상한 소리가 되어 튀어나왔다. 휙 돌아선 제인은 눈을 동그랗게 뜨고 험상궂은 표정을 지으며 재빨리 쇼핑카트를 샘과 자기 사이로 밀어넣었다.

"누구시죠? 전 모르는 분인데요? 사람을 잘못 보신 것 같군요."

이번에는 샘이 인상을 썼다. 쇼핑을 하던 사람들이 무슨 일인가 하는 표정으로 두 사람을 주시했다. 한 여자는 샘이 손이라도 까딱 하기만 하면 금방이라도 경찰을 부를 듯한 자세였다. 샘은 조심스럽게 재킷 자락을 들어올리며 벨트에 연결된 권총집과 그 안에 든 검은색 피스톨을 사람들에게 보여주었다. 벨트에는 경찰 배지도 걸려 있었다. 의심스러운 눈초리로 그들을 지켜보던 사람들은 그 배지를 보고는 "남자가 경찰이야." 하고 수군거리며 시선을 돌렸다.

"꺼져주세요. 나 바빠요."

제인이 말했다.

"내가 보기도 그렇네요. 여자가 어째 그렇게 둔해요? 벌써 5분 동안이나 내가 뒤쫓아 다녔는데."

"거짓말하지 말아요. 여기 들어온 지 3분밖에 안 됐으니까."

"좋아요. 그럼 3분으로 하죠. 반 다이크 거리에서 빨간 바이퍼 한 대가 질주하는 걸 보고 당신이다 싶어서 뒤쫓아 왔어요."

"차에 레이더 달렸어요?"

"내 지프 타고 있었어요 공무용 차량 말고."

"그럼 내가 얼마나 빨리 달렸는지 증명할 수 없겠네요."

"거 참, 내가 딱지나 떼려고 쫓아온 줄 아슈? 하긴, 계속 속도 위반하면서 달렸으면 교통경찰을 부르든지 해서 영광스러운 업무를 넘겼겠지만."

"그럼, 겨우 날 희롱하러 쫓아왔나요?"

"아니지. 나 없는 동안 잘 지냈는지 확인하려고 왔지."

"없었어요? 난 몰랐는데."

제인은 정말 금시초문이라는 듯이 눈을 동그랗게 뜨며 물었다.

샘이 또 인상을 썼다.

"좋아요, 미안해요. 사과할게요. 전화라도 해야 했는데."

"정말요? 왜요?"

"그거야 우린……."

"이웃이니까?"

샘이 적당한 말을 못 찾아 주저하는 눈치이자 제인이 냉큼 도와주었다. 잠을 충분히 자지 못해 눈앞에 헛것이 보이지 않는 것이 신기할 정도로 피곤한 몸이지만, 그런 상태에서도 샘과 이렇게 효과적으로 싸울 수 있다니 제인은 신이 나고 즐거웠다.

"아직 마무리할 일이 남았으니까."

"마무리? 무슨 마무리?"

"딴소리하지 말아요."

제인이 다시 한 번 가시 돋친 말을 퍼부으려고 준비하는데 예닐곱 살쯤 되어 보이는 사내아이 하나가 쪼르르 달려오더니 플라스틱 기관총으로 제인의 옆구리를 쿡쿡 찌르며 소리를 질렀다.

"넌 죽었다!"

아이가 방아쇠를 당길 때마다 기관총에서는 핑, 핑, 하며 시끄러운 소리가 났다. 아이의 엄마인 듯한 여자가 헐레벌떡 달려오더니 아이를 붙들고 나무랐다.

"다미안! 그만두지 못해? 이게 무슨 짓이니? 점잖은 분들 앞에서!"

그러자 꼬마가 정말 버릇없이 말대꾸를 했다.

"닥쳐! 애들은 테러범이란 말이야!"

"정말 죄송합니다."

아이 엄마는 정말 미안해서 어쩔 줄 모르는 표정으로 아이를 잡아끌었다.

"다미안, 지금 조용히 따라올래, 아니면 집까지 끌려갈래?"

제인은 아이의 정수리를 한 대 콱 쥐어박아 주고 싶은 걸 억지로 참는 중이었다. 그런데 버릇없는 꼬마는 그런 것도 모르고 기관총으로 인정사정 없이 또 제인의 옆구리를 찔러댔다.

"아얏!"

이번에도 기관총에서는 핑, 핑, 하는 소리가 났고 아이는 괴로워하는 여자 테러범을 사뭇 즐거운 표정으로 올려다보았다.

제인은 얼굴 가득 환한 미소를 지으며 귀여운 악동 다미안을 내려다보았다. 그러고는 만화나 영화에 등장하는 외계인 같은 목소리를 흉내내며 말했다.

"오오, 귀여운 지구인이군."

제인은 차가운 얼굴로 샘을 돌아다보며 명령조로 말했다.

"죽여버렷!"

다미안의 입이 떡 벌어졌다. 샘의 벨트에 걸린 피스톨을 본 아이의 눈은 그야말로 눈알이 튀어나올 듯이 커졌다. 아이의 벌어진 입에서 고막을 찢을 듯한 비명이 터져 나왔다. 마치 화재 경보기가 울리는 것 같았다.

샘은 혼잣말처럼 툴툴거리며 제인의 팔을 우악스럽게 잡아끌었다. 쇼핑카트를 끄는 것은 엄두도 내지 못하고 겨우 핸드백만 낚아채듯이 집어든 제인은 발이 땅에 닿는 둥 마는 둥 하며 끌려나갔다.

"이봐요, 내 쇼핑카트……!"

"내일 다시 들러서 3분만 더 쓰면 되잖아요! 지금은 우선 내가 당신을 체포하는 불상사부터 막아야지!"

샘이 반협박조로 말했다.

"체포? 무슨 죄목으로?"

스스르 열리는 자동문을 지나며 제인이 발끈 화를 내며 물었다. 들어오는 사람, 나가는 사람들이 모두 두 사람을 돌아다보았다. 하

지만 안에서 들려오는 다미안이라는 악동의 귀따가운 비명소리에
사람들의 시선은 이내 그쪽으로 끌려갔다.

"아무리 못된 장난꾸러기지만 사람을 죽이라고 협박하면 어떻게
해요? 당신 때문에 큰 소동이 벌어졌잖아요!"

"협박한 거 아니에요! 명령한 거라구요!"

긴 스커트를 입은 터라 제인은 샘의 걸음을 따라가기 벅찼다.
사람들이 보이지 않는 바깥쪽 벽에 이르자 샘은 제인을 벽에 딱
붙여서 세워놓았다.

"이런 순간을 얼마나 기다렸는지 몰라요"

미칠 듯한 감정을 가까스로 눌러 참는 듯한 목소리로 샘이 중얼
거렸다. 제인은 잡아먹을 듯한 눈길로 쏘아보기만 할 뿐, 아무 말
도 하지 않았다. 그 이유를 안다는 듯, 샘은 코끝이 마주 닿을 정
도로 얼굴을 숙이며 속삭이듯 말했다.

"랜싱에 갔었어요 주 일자리가 하나 비었는데, 거기 면접 보느
라고."

"나한테까지 설명할 필요는 없어요."

몸을 똑바로 세운 샘은, 마치 하느님의 도움을 간절히 비는 듯
한 제스처로 하늘을 우러러보았다. 제인은 조금만 물러서기로 했
다.

"알았어요, 알았어. 전화 한 통 정도는 받아줄 수 있었어요."

샘이 또 나지막한 목소리로 뭐라고 중얼거렸다. 그 말이 무슨
말인지는 제인도 벌써 알아들었지만, 상소리를 할 때마다 벌금을
내는 사람은 샘이 아니었다. 만약 그런 룰이 있었다면 제인도 잭
폿을 터뜨리는 것이나 마찬가지였을 텐데.

제인은 샘의 양쪽 귀를 잡고 얼굴을 바짝 잡아당겨 키스했다.

샘은 제인을 더욱더 벽에다 바짝 밀어붙이며 두 팔로 감아 안았
다. 어찌나 세게 안는지, 제인은 숨을 쉬기 곤란할 정도였다. 하지

만 적어도 그 순간에는 숨쉬기가 중요한 게 아니었다. 그를 느끼고 음미한다는 것, 그것이 중요했다. 피스톨은 옆구리에 채워져 있었으므로 제인의 배꼽 부근을 자꾸 찔러대는 것은 분명 피스톨은 아니었다. 제인은 그게 뭔지 좀더 정확히 느껴보려고 허리를 꿈틀거렸다. 분명 피스톨은 아니었다.

입술을 떼고 고개를 든 샘의 호흡은 거칠었다.

"장소를 고르는 재주도 타고났어요."

주변을 둘러보며 샘이 말했다.

"내가 골랐어요? 난 순전히 쇼핑할 목적으로 여기에 왔고 열심히 내 본분에 충실하고 있었어요. 그러다가 한 사내도 아니고 두 사내한테 한꺼번에 공격을 당한……."

"애들을 안 좋아해요?"

제인이 눈을 깜빡거렸다.

"뭐요?"

"애들 안 좋아하냐구요? 나한테 저 꼬마를 죽이라고 했잖아요."

"아이들, 좋아하는 편이에요. 하지만 아까 그 꼬마 같은 애들은 싫어요. 내 갈비뼈를 무자비하게 찔렀잖아요."

"난 당신 배꼽을 찔렀는데?"

제인은 샘을 보고 쌩긋 웃었다. 그 미소에 샘은 자기도 모르게 몸을 부르르 떨었다.

"그렇기는 하지만, 사용한 무기가 다르잖아요."

"여기서 나갑시다."

샘은 마음이 급한 듯이 주위를 둘러보며 제인의 차가 있는 쪽으로 몰고 갔다.

15

"커피 마실래요?"

주방 쪽 출입문에 열쇠를 꽂으면서 제인이 물었다.

"······아님, 아이스 티?"

생각해보니 바깥 기온이 살을 태울 듯이 더운 날에는 키 큰 유리컵에 시원한 아이스 티를 마시는 것이 더 제격일 것 같았다.

"두 번째 거."

지금껏 제인이 가지고 있던, 커피와 도넛으로 연명하는 경찰의 이미지를 구기며 샘이 대답했다. 주방에 들어서자 샘은 휘휘 한 바퀴를 둘러보았다.

"이사 온 지 겨우 두세 주 되었을 뿐인데 어떻게 내 집보다 더 사람 사는 냄새가 나요?"

잠시 생각하는 척한 후에 제인이 대답했다.

"이런 걸 짐풀기의 차이라고 하는 거겠죠?"

샘은 천장을 쳐다보며 혼잣말처럼 중얼거렸다.

"나는 언제나 이렇게 살아보나?"

제인은 샘의 얼굴을 흘끔흘끔 훔쳐보며 식기장에서 유리컵 두

개를 꺼내 얼음을 먼저 채웠다. 온몸의 혈액이 쌩쌩 소리를 내며 혈관을 타고 흐르는 것 같았다. 샘이 주변에만 있으면 항상 그랬던 것 같았다. 그것이 분노 때문인지 흥분 때문인지, 아니면 육체적 욕망 때문인지, 그것도 아니면 그 세 가지가 한꺼번에 뒤섞인 때문인지……. 작고 아늑한 주방에 들어앉은 샘은 바깥에서보다 훨씬 더 크고 우람해 보였다. 그의 너른 어깨가 가로막으면 문간이 가로막힐 것 같았고, 그의 우람한 체구 앞에 놓인 4인용 식탁은 마치 어린 소녀의 소꿉장난감 같았다.

"면접 보았다는 주 일자리는 뭐예요?"

"주 경찰청, 형사국."

냉장고에서 주전자를 꺼낸 제인은 얼음을 채워둔 유리컵에 홍차를 따랐다.

"레몬?"

"아니. 그냥 줘요."

유리컵을 넘겨받으면서 샘의 손가락이 제인의 손가락을 스치고 지나갔다. 그 작은 스침만으로도 제인의 몸은 민감하게 반응했다. 샘의 눈길이 제인의 입술을 뚫어져라 바라보았다.

"축하해요."

제인이 그 의미를 몰라 눈을 끔뻑거렸다.

"내가 어쨌는데요?"

제인은 그 축하의 이유가 퍼펙트 맨 리스트와 관련된 것은 제발 아니기를 빌었다. 그 망할 놈의 리스트, 생각만 해도 머리가 지끈거릴 지경이었다. 그 사이 잠깐 잊고 있었는데……. 샘이 그걸 다 읽었을까? 당연히 그랬겠지.

"우리가 만난 지 벌써 30분이 지났는데, 아직 욕을 한 마디도 안 했잖아요 아까 슈퍼마켓에서 억지로 끌어낼 때도 욕을 안 하더군요."

"정말?"

제인은 슬그머니 자기 만족을 느끼며 미소를 지었다. 아무래도 벌금을 물기로 한 전략이 어느 정도 효과를 보이는 모양이었다. 물론 아직도 갖가지 욕을 머릿속에 담고는 있지만, 입 밖으로 내보내지 않고 머릿속에만 가두어두는 이상 벌금을 낼 염려는 없었다. 어쨌든, 이만하면 효과는 있는 셈이었다.

샘은 유리컵을 기울여 쭉 들이켰다. 제인은 무엇에 홀린 양 샘의 건장한 목줄기를 바라보았다. 당장이라도 그에게 달려들어 옷을 벗겨버리고 싶은 충동을 참느라 죽을 지경이었다. 대체 내가 왜 이러지? 남자들이 물 마시는 걸 한두 번 보나? 하지만 이런 느낌은 처음이었다. 이미 헤어진 세 명의 약혼자에게서도 이런 느낌은 가져보지 못했다.

"더 줘요?"

샘이 아이스 티를 남김없이 마시고 빈 컵을 테이블에 내려놓자 제인이 물었다.

"아니, 됐어요."

샘의 뜨겁고 검은 눈길이 제인의 몸 아래위를 쓱 훑더니 가슴께에 가서 머물렀다.

"오늘 아주 멋지게 차려입었군요. 무슨 특별한 일이라도 있었어요?"

"오늘 아침 <굿모닝 아메리카>에서 인터뷰했어요. 새벽 4시에! 그것 때문에 새벽 2시에 일어났다구요. 미쳤지, 정말! 난 하루 종일 혼수상태였어요."

"그 리스트가 그렇게 유명해졌어요?"

샘이 깜짝 놀라며 물었다.

"그러게 말이에요."

제인은 별로 반갑지 않다는 듯이 대답하며 의자에 앉았다. 샘은 의자를 끌어 제인 옆으로 다가앉았다.

"나도 인터넷에서 봤는데……, 제법 재미있던데요? C가 당신이죠?"

제인은 깜짝 놀랐다.

"어떻게 알았어요?"

샘이 콧방귀를 뀌며 대답했다.

"글로 썼다고 당신 독설이 누그러지겠어요? '8인치에서 남는 건 모두 잉여물이야!'"

샘은 제인이 한 말을 그대로 흉내냈다.

"섹스에 관한 것밖에 기억할 줄 모르다니, 당신다워요"

"요즈음에는 더하지. 머릿속에 들어 있는 게 '섹스'뿐이라니까. 이건 미리 얘기해두는 건데, 난 잉여물 같은 건 없어요"

잉여물은 없다 해도 샘이라면 잉여물이 부럽지 않을 정도라는 걸 제인도 알고 있었다. 벌써 다 봤으니까. 샘은 능청스럽게 계속 떠들었다.

"잘라버릴 필요가 없으니 얼마나 다행이야!"

제인은 거의 비명 비슷한 소리를 지르며 웃어댔다. 머리까지 젖혀가며 웃어대는데 그게 얼마나 심했던지 그만 의자가 뒤로 벌렁 넘어지고 말았다. 제인은 갈비뼈를 움켜쥐고도 웃음을 멈추지 못했다. 지난번의 갈비뼈 부상은 다 나았지만, 아직도 어디 부딪치거나 하면 간간이 통증이 느껴졌다. 부우부우가 무슨 일인가 싶어 다가오다가 멀찍이 거리를 두는 게 신상에 이롭겠다 싶었는지 얼른 샘이 앉은 의자 밑으로 기어 들어갔다.

샘은 허리를 굽혀 고양이를 안더니 자기 무릎에 올려놓았다. 샘이 등을 슬슬 긁어주자 부우부우는 흐뭇한 듯이 눈을 감고는 콩콩대며 나지막한 소리를 냈다. 고양이를 안은 채 샘은 꺽꺽거리며 웃음을 멈추려 애쓰는 제인을 내려다보았다.

배꼽을 잡고 주방 마룻바닥에 쭈그려 앉은 제인의 눈가에는 눈물이 고여 있었다. 마스카라가 남아 있었다면 틀림없이 검은 얼룩이 졌을 거라고 제인은 속으로 생각했다.

"일어서기 힘들어요? 도와줄까요? 하지만 먼저 경고하는데, 당신한테 일단 손을 대면 다시 떼기 어려울 것 같거든요."

"친절은 고맙지만, 혼자 일어날 수 있어요."

치마 길이가 워낙 길어 약간의 불편함이 있기는 했지만, 제인은 혼자서 일어나 식탁 위의 냅킨으로 눈가를 꾹꾹 누르며 눈물을 닦아냈다.

"이 고양이 이름이 뭐랬죠? 부우부우였던가? 무슨 고양이 이름을 부우부우라고 지었어요?"

"그게 잘못이라면 우리 엄마 잘못이지 내 잘못은 아니에요."

"고양이 이름은 적당한 걸로 잘 지어줘야 한다구요. 이 녀석에게 부우부우라는 이름을 지어주는 건 당신 아들한테 앨리스라는 이름을 지어주는 거하고 같아요. 부우부우 대신에 타이거나 로미오……."

제인이 고개를 저었다.

"아무리 당신 주장이 옳아도 로미오는 아닌 것 같군요."

"그럼 이 녀석도 혹시……?"

제인이 고개를 끄덕였다.

"그렇다면, 부우부우라는 이름이 딱 어울리는군요 부우부우보다는 부후(BooHoo : 엉엉 울며 울고불고 하다)가 더 낫겠지만."

제인은 또 터져 나오려는 웃음을 참느라 배를 움켜잡았다.

"정말 재미있는 남자네요."

"그럼, 내가 남자가 아니고 뭔 줄 알았어요? 발레리나?"

아니, 제인은 지금 있는 그대로의 샘 이외의 어떤 샘도 바라지 않았다. 혈관을 타고 흐르는 것이 피가 아니라 샴페인 같은 기분을 갖게 해준 사람은 지금까지 오직 한 사람, 샘 도노반뿐이었다. 일주일 전만 해도 험악한 분위기 속에서 가시 돋친 말만 주고받던 사이였다는 걸 기억한다면, 지금의 관계는 눈부신 발전이라고 할 만했다. 처음으로 키스를 하고 조금 전 슈퍼마켓 바깥에서 그의 귀를 잡아당겨 키스를 하기 전까지 겨우 이틀이 지났을 뿐인데, 그 이틀은 마치 영원 같았다.

"난자는 어떻게 됐어요?"

눈꺼풀이 반쯤 덮인 눈을 하고 샘이 물었다. 제인은 샘도 자신과 별로 다르지 않은 생각을 하고 있다는 것을 깨달았다.

"까마득한 옛날에 죽었습니다."

"그럼, 침대로 갑시다."

"할 줄 아는 말이 그것밖에 없죠? 그렇게만 말하면 내가 냉큼 누워줄 줄 알았어요?"

제인이 제법 화난 듯한 표정을 지으며 말했다.

"물론 아니지. 당신이 반듯하게 드러눕기 전에 좀더 봉사할 기회가 있기를 바라지요"

"반듯하게 드러눕기는! 누가 그런대요?"

"이번엔 또 왜 안 돼요?"

"생리중이니까 안 되죠!"

생각하면 우스운 일이었다. 제인은 남자 앞에서 생리라는 말을 한 적이 없었다. 게다가 샘 앞에서는 전혀 부끄러움도 느껴지지 않았다. 샘의 눈썹이 꿈틀 하며 치켜올라갔다.

"무슨 중이라구요?"

성질이 나려 했다.

"생리중이라구요, 월경. 몰라요? 자세히 설명해줄까요?"

"난 누이가 둘 있어요 그러니까 생리가 뭔지는 조금 알아요 내가 아는 것 중의 하나는, 난자는 생리주기의 중간쯤에 배란된다는 거예요. 주기 끝이 아니라!"

들켰군! 제인은 입술을 뾰로통하니 내밀었다.

"미안해요. 저번에 거짓말했어요. 하지만 타이밍이 변하는 때도 있기 때문에 만에 하나라도 실수하게 될까봐 그랬어요. 됐어요?"

그 정도 변명으로는 샘의 성질을 가라앉힐 수 없었다.

"끝낼 수도 있었는데 당신이 막았어. 나는 거의 죽을 뻔했는데, 날 속였어!"

샘은 이를 악물고 정말 고통을 참는 사람처럼 씩씩거렸다.

"남들이 보면 내가 누굴 배신했는 줄 알겠네."

샘이 눈을 번쩍 뜨더니 제인을 똑바로 내려다보며 말했다.

"지금, 어때요?"

이런, 로맨틱한 데라고는 눈꼽만치도 없는 사람같으니라구! 이런 남자를 뭐가 좋다고 내 몸이 이렇게 달아오를까? 제인은 속으로 그렇게 중얼거렸다.

"당신한테 전희란 건 그저 눈만 뜨고 있으면 되는 거군요?"

샘이 점점 더 다급한 목소리로 소리쳤다.

"지금 어떠냐구요!"

"안 돼요."

"왜! 이번에는 왜 또 안 되는데?"

모든 희망이 날아가버린 사람처럼 샘이 의자 뒤로 몸을 내던지 듯 기대며 눈을 감았다.

"방금 말했잖아요. 생리중이라니까!"

"그래서?"

"그래서…… 안 되는 거죠."

"왜 안 돼요?"

"내가 싫으니까! 나 좀 내버려두란 말이에요!"

제인이 빽 하고 소리를 질렀다. 샘이 한숨을 푹 내쉬었다.

"아하, 알겠어. PMS(premenstrual syndrome : 생리 전 증후군)로군."

"그건 시작하기 전에 나타나는 겁니다, 바보 같은 경찰 아저씨."

"그건 여자들이 하는 얘기고. 남자한테 물어보면 전혀 다른 대답을 할 거요."

"PMS 전문가들이시군?"

"제인, PMS에 대해서는 남자들이 여자들보다 훨씬 더 잘 알아요. 남자들이 여자들보다 전쟁을 잘하는 것도 바로 그래서라구요. 집에서부터 탈출과 회피에 대해서 배우면서 자라거든."

제인은 프라이팬이라도 집어서 던지고 싶었지만, 부우부우가 그의 팔에 안겨 있었다. 하긴, 부우부우를 고려하지 않더라도 우선 프라이팬이 어디 있는지 찾아야 던지지.

제인의 표정을 본 샘은 씨익 웃으며 한 술 더 떴다.

"PMS를 왜 PMS라고 하는지 알아요?"

"입 다물어요. 더 이상 아무 말도 하지 말라구요!"

"MCD가 '광우병'으로 먼저 쓰였기 때문이라구요."

프라이팬은 관두고, 제인은 식칼을 찾기 시작했다.

"내 집에서 당장 나가요!"

샘은 얼른 부우부우를 바닥에 내려놓고 벌떡 일어섰다. 그야말로 '탈출과 회피'를 실행할 준비를 하는 것이었다.

"진정해요."

샘은 제인과의 사이에 의자를 당겨놓았다.

"진정해요? 제기랄! 염병할! 내 식칼 어딨어?"

성질이 있는 대로 돋아서 펄펄 뛰었지만, 이사 온 지 얼마 되지 않은 탓에 아직도 물건이 어디에 처박혀 있는지 제대로 기억이 나지 않았다. 샘은 붙들고 있던 의자를 내팽개치고, 제인이 식칼을 둔 서랍을 기억해내기 전에 재빨리 양쪽 손목을 꼭 움켜잡았다.

"나한테 50센트 빚졌어요!"

제인을 슬쩍 잡아당기며 샘이 얄미운 미소를 지었다.

"웃기지 말아요! 당신이 날 욕하게 자극했을 때에는 벌금 없다고 했어요!"

제인은 매섭게 내쏘는 눈빛이 제대로 보이도록 눈앞을 가린 머리카락을 입김으로 후 불어 치웠다. 샘은 아랑곳하지 않고 고개를 숙여 그녀에게 키스했다.

다시금 시간이 멎었다. 어느새 손목을 놓아주었는지, 제인의 두 손이 그의 목을 단단히 휘감고 있었다. 마치 키스에 목말랐던 입술처럼, 샘의 입술은 뜨겁고 강렬했다. 따뜻하고 짜릿한 남자의 체취가 제인의 폐부 깊숙한 곳까지 파고들었다. 샘의 큼지막한 손이 제인의 엉덩이를 받쳐들자 두 사람의 몸은 완전히 하나가 된 듯 밀착되었다.

길고 폭이 좁은 스커트 때문에 제인은 다리를 들어 그의 허리를 휘감을 수가 없었다. 갑갑하고 조급한 마음에 제인은 금방 눈물이라도 치솟을 것 같았다.

"안 돼요……."

샘의 입술이 잠깐 떨어진 틈을 타 제인이 속삭였다.

"그럼 다른 걸로 하면 되죠."

샘이 중얼거리며 의자에 앉아 제인을 무릎 위에 올려놓고 한 팔로 받쳐 안았다. 미처 막을 새도 없이 그의 손이 스웨터 네크라인 안으로 미끄러져 들어갔다.

샘의 거칠고 투박한 손이 유두를 스쳐가자 제인은 아련한 환몽에 잠기며 신음을 토해냈다. 샘도 깊고 뜨거운 한숨을 토해냈다. 두 사람의 호흡은 한 순간에 똑같이 멈춰버리는 것 같았고 샘의 손은 제인의 젖무덤에 달라붙어버린 듯 떨어질 줄 몰랐다. 그 크기와 부드러움, 살결의 감촉을 음미하고 또 음미했다.

아무 말 없이 손을 빼낸 샘은 아랫단을 제인의 머리 위로 들어

올려 스웨터를 벗기고는 능숙한 솜씨로 브래지어의 후크를 풀더니 마룻바닥에 떨어뜨렸다.

샘의 무릎 위에 반벌거숭이가 된 채 앉아 있게 된 제인은 강렬하게 쏟아지는 샘의 시선을 느끼며 숨이 가빠졌다. 내 가슴이 어떻게 생겼는지는 나도 알지만, 남자의 눈으로 보면 어떻게 보일까, 제인은 조마조마했다. 제인의 가슴은 그다지 큰 편은 아니었지만 아직 단단하고 봉긋하게 서 있었다. 작은 유두는 분홍빛이 도는 갈색을 띠었고 부드러운 원을 그리며 애무하는 샘의 거친 손끝에 비하면 비단결처럼 부드러웠다.

쾌락의 물결이 온몸을 휘감고 지나갔다. 그 쾌락의 물결이 어디론가 새나갈까 두려운 듯, 제인은 두 다리에 바짝 힘을 주었다. 제인을 더욱 바짝 당겨 앉힌 샘은 그녀의 가슴에 얼굴을 파묻었다.

거친 숨소리에도 불구하고 샘은 결코 서두르거나 과격하지 않았다. 격렬했던 키스에 비하면 놀랍도록 부드러웠다. 가슴산 아래에 얼굴을 부비고, 그 곡선을 따라 입을 맞추던 샘은, 유두가 더 이상 단단해질 수 없을 정도로 꼿꼿하게 일어설 때까지 입 안으로 빨아들였다. 느리고 부드럽지만 가슴 전체가 빨려들어갈 듯이 강한 힘이 느껴지자 제인은 마치 고압전류가 온몸을 타고 흐르는 것 같았다. 더 이상 자기 몸을 통제할 수 없게 된 제인은 그의 품안에서 한껏 몸을 뒤로 젖혔다. 가슴은 방망이질치고 혈류는 어지러울 정도로 빠르게 흘렀다.

도저히 어떻게 할 도리가 없었다. 제인은 샘이 원하는 것이라면 뭐든 다 하고 싶은 심정이었다. 샘이 애무를 멈춘 것은 자신의 강한 의지 때문이었지 제인의 거부 때문이 아니었다. 샘의 강하고 억센 몸이 부르르 떨리는 것을 제인도 느낄 수 있었다. 샘은 제인을 똑바로 일으켜 앉혀놓고 이마를 맞대었다. 두 눈을 질끈 감은 그는 손가락으로 그녀의 입술과 맨살을 드러낸 등을 어루만졌다.

겨우 새어나오는 듯한 목소리로 샘이 중얼거렸다.

"당신의 몸 안으로 들어갈 수만 있다면…… 2초면 끝날 텐데……."

제인은 미칠 것 같았다. 샘이 원하는 2초는 제인도 간절히 원했다. 입술이 발그레하게 부푼 제인은 애타는 눈길로 샘을 바라보았다. 미치도록 그를 갖고 싶었다.

제인의 가슴을 내려다보던 샘은 비명인지 신음인지 모를 소리를 질렀다. 상소리를 내뱉으며 바닥에 떨어져 있던 스웨터를 주워 제인의 가슴팍을 가려주었다.

"이거 얼른 입는 게 좋겠어요."

"그…… 그러게요."

마치 마약에 취한 사람처럼 제인의 목소리도 이상하게 흘러나왔다. 말은 그렇게 하면서도 샘의 목을 휘감은 팔은 풀리지 않았다.

"얼른 입든지, 아니면 침실로 가든지!"

샘의 말이 제인에게는 협박으로 들리지 않았다. 제인의 몸은 "좋아요! 좋아요! 좋아요!" 하고 대답하고 있었다. 그 말이 튀어나오지 않게 막는 것은 오직 꼭 깨문 입술뿐이었다. 제인은 과연 샘을 몇 주일씩 애태우며 기다리게 만들 수 있을지 의심스러워지기 시작했다. 몇 주일은커녕 며칠도 못 버틸 것 같았다. 샘을 애태우는 것이 생각만큼 즐겁지 않았다. 그를 애타게 만드는 것이 곧 자신을 애타게 만드는 것임을 깨달았기 때문이다.

샘이 제인의 팔을 스웨터 안으로 억지로 구겨 넣었다. 스웨터가 뒤집혀 있는 걸 제인도 보았지만, 그런들 어떠랴 난 상관없는데, 싶었다.

"누구 죽는 꼴 보고 싶어요? 두고 봐요, 꼭 갚아줄 테니."

"어떻게요?"

제인이 샘에게 기대며 궁금하다는 듯한 표정으로 물었다. 좀 전

에는 팔이 말을 안 듣더니, 이제는 척추도 노골노골하게 풀렸는지
똑바로 일어나 앉으라는 주인의 말을 잘 듣지 않았다.

"당신이 원하는 30분 대신에 딱 29분 만에 끝낼 거요."

제인은 숨을 죽여가며 낄낄 웃었다.

"아까는 2초면 끝낸다더니?"

"처음이니까 그랬지. 다음번에는 이불에서 연기 날 테니 두고
봐요."

제인은 얼른 샘의 무릎에서 내려와야 할 것 같았다. 아직도 강
철봉처럼 단단하게 발기해 있는 그의 남성이 엉덩이를 자꾸 자극
했던 것이다. 그런데 계속해서 섹스 이야기만 하는 것은 상황에
도움이 되지 않았다. 정말로 샘을 끌고 침실로 갈 생각이 아니라
면, 그만 일어서 주는 것이 인간적인 도리였다. 하지만 제인은 정
말로 정말로 샘을 끌고 침실로 가고 싶었다. 그걸 가로막고 있는
것은 두뇌 속의 지극히 작은 한 부분이었다.

그 지극히 작은 두뇌의 한 부분은 완강했다. 제인은 "그래서 그
들은 영원히 행복하게 살았습니다." 따위의 결말이 자신에게는 해
당되지 않는다는 것을 오래 전에 쓰라린 경험을 통해 배웠고, 지
금 두 사람이 서로를 뜨겁게 원하는 이유가 섹스 그 이상의 어떤
데에 있음을 의미한다고 확신할 수도 없었다. 우선 헛기침을 한
뒤에 제인이 말했다.

"나, 일어나야겠죠?"

"움직일 거면, 천천히 해요."

"그렇게 심각해요?"

"앞으로 날 에트나 화산이라고 불러줘요."

"에드나가 누군데요?"

제인의 의도대로 샘은 웃어주었다. 그러나 그 웃음소리에는 기
운이 한참 빠져 있었다. 제인은 조심조심 그의 무릎에서 일어섰다.

샘은 한쪽 눈을 찡그리고 인상을 쓰면서 의자에서 일어섰다. 바지 앞섶이 이상하게 뒤틀린 듯이 보였다. 금방이라도 안에 감춰진 것이 튀어나올 것 같았다. 제인은 샘의 아랫도리를 보지 않으려고 억지로 고개를 돌렸다.

"가족 얘기 좀 해봐요."

제인이 퉁명스럽게 말했다.

"뭐요?"

갑자기 무슨 뚱딴지 같은 소린지 모르겠다는 투로 샘이 되물었다.

"가족이요, 가족. 가족 얘기 좀 해보라구요."

"왜요?"

"마음을…… 신경을 딴 데로 돌리게. 누이가 둘 있다고 했죠?"

"남자 형제 넷이 더 있어요."

제인은 깜짝 놀라서 눈을 껌뻑거렸다.

"그럼 합이 일곱? 와우!"

"맞아요. 큰 누이동생 도로시가 남매 중에서 셋째였어요. 부모님은 딸을 하나 더 낳을 생각으로 계속 자식을 낳으셨는데, 도로시 아래로 아들만 내리 셋을 더 낳고서야 원하던 딸을 얻으셨어요."

"그럼, 당신은 그들 중 몇 째예요?"

"둘째."

"가족끼리 친해요?"

"꽤. 막내 앤지만 빼고 모두 미시건 주에 살아요. 앤지는 지금 시카고에서 대학 다니고 있죠."

신경을 딴 데로 돌린 것이 효과가 있었는지, 샘의 눈길은 여전히 제인의 가슴께를 맴돌고 있었지만 시선은 조금 전보다 한결 편해 보였다. 그저 가만히 얼굴만 마주보기가 민망해서, 제인은 샘의 컵에 아이스 티를 더 따라주었다.

“결혼한 적 있어요?”

“한 번. 10년 전에.”

“그 다음에는?”

“호구조사해요? 시시콜콜 따지기는. 아내는 경찰 마누라 노릇하기가 지겨워졌고, 나는 고약한 마누라 남편 노릇하기 지겨워졌고. 그게 다죠. 이혼서류에 서명하자마자 아내는 서부로 떠났어요. 당신은요?”

“시시콜콜 따지기는.”

제인은 샘이 한 대로 면박을 주고는 잠시 망설였다.

“내가 고약한 마누라 기질이 있어 보여요?”

생각해보니 제인은 샘 앞에서 늘상 고약한 면만 보여왔다. 한 번도 그에게 따뜻하고 정답게 대해준 적이 없는 것 같았다.

“아뇨. 좀 무섭기는 하지만, 고약한 마누라로 보이지는 않는데.”

“오호, 듣던 중 고마운 말씀.”

제인은 또 망설였다. 하지만 샘도 과거를 털어놓았으니 공평하게 하려면 자신도 감추지 말아야 할 것 같았다.

“결혼은 한 적 없어요. 약혼만 세 번 했어요.”

유리컵을 반쯤 입으로 가져가다가 말고 샘이 어리둥절한 표정으로 물었다.

“세 번이나?”

제인은 대답 대신 고개를 끄덕였다.

“난 남녀문제엔 소질이 없나봐요.”

샘의 시선이 또 제인의 가슴께로 떨어졌다.

“글쎄…… . 내 관심을 묶어두는 덴 소질이 있는 것 같던데.”

“그거야 당신은 돌연변이니까 그렇죠…… . 두 번째 약혼자는 날 만나기 전에 헤어졌던 여자 친구를 아직도 사랑하고 있다는 걸 깨달았대요. 지금 생각해보면 날 만나는 동안 그 여자하고도 완전히 헤어진 상태가 아니었다는 생각이 드네요. 나머지 두 남자는 왜 도망가버렸는지 나도 모르겠어요."

샘이 콧방귀를 뀌듯이 대답했다.

"겁나서 그랬지, 뭐."

"겁이 나요?"

이유는 모르겠지만, 제인은 그 말이 왠지 아프게 들렸다. 갑자기 아랫입술이 바르르 떨려왔다.

"내가 그 정도로 나빠요?"

샘이 쾌활한 목소리로 대꾸했다.

"그냥 나쁜 정도가 아니라 꿈에 볼까 두렵지! 하지만, 꿈 말고 현실에서 보는 건 즐겁지! 우선 옷이나 바로 입어요. 내가 저녁을 대접할 테니까. 햄버거 어때요?"

"난 중국 음식!"

제인이 침실로 걸어가며 짤막하게 대답했다.

"그럴 줄 알았지!"

샘이 중얼거리는 소리는 제인에게도 들렸다. 침실 문을 닫고 스웨터를 벗으면서 제인은 쌩긋 미소를 지었다. 꿈에 보는 건 두렵고 현실에서 보는 건 즐겁다고? 이제 현실에서 보는 것이 어디까지 즐거울 수 있는지 보여줘야지. 문제는 샘이 그걸 감당할까 하는 것이었다.

16

　코린은 잠을 잘 수 없었다. 결국 침대에서 일어난 그는 거울 속의 그 남자가 있는지 확인하기 위해 화장실의 등을 켰다. 거울 속에서 그를 빤히 바라보고 있는 그 얼굴은 매우 낯설었지만, 그 눈동자만은 낯익은 것이었다. 그 눈동자는 지난 삶의 대부분 동안 그를 지켜보았지만, 가끔씩 어디론가 사라지곤 했다.

　노란색 약병들이 크기 순서대로 나란히 선반 위에 놓여 있었다. 아침에 눈을 뜨자마자 잊지 않고 약을 먹으려고 그렇게 세워둔 것이었다. 벌써 약을 거른 지 며칠째 되었는데, 정확히 며칠이 지났는지는 기억이 나지 않았다. 지금은 거울 속에 비친 자기 모습이 보이지만, 저 약병들 속의 알약을 먹으면 생각이 몽롱한 구름 속에 갇히고 거울 속의 얼굴도 안개 속으로 사라졌다.

　거울 속의 얼굴이 안개 속으로 사라지거나 어디론가 숨어버리면 의사들은 그의 상태가 전보다 많이 좋아졌다고 말하곤 했다. 알약들의 효과는 너무 좋아서 때로는 코린 자신도 거울 속에 그 남자의 얼굴이 있었다는 것조차 잊곤 했다. 하지만 언제나 뭔가가 이상하고 이게 아닌데 싶은 느낌, 마치 우주가 한쪽으로 쏠린 것만 같은 뒤틀린 기분이 들곤 했었는데 이제야 그게 뭔지를 알게 되었다. 저 알약들이 그 남자를 감춰둘 수는 있어도 완전히 쫓아버릴 수는 없었던 것이다.

알약을 거른 후부터 코린은 잠을 잘 수 없었다. 졸음이 쏟아졌지만 막상 잠은 오지 않았다. 코린은 이따금씩 자기 몸이 몹시 심하게 떨린다는 느낌이 들었다. 그래서 두 손을 잡아보면 손은 전혀 떨고 있지 않았다. 저 알약들에게 중독성이 있어서 그런가? 그렇다면 의사들이 거짓말을 한 건데…… 코린은 약물 중독자가 되긴 싫었다. 약물 중독 같은 건 나약함을 드러내는 증거라고 어머니가 말했었다. 코린은 나약한 남자가 될 수 없었으므로 약물 중독자가 될 수도 없었다. 그는 강해져야 했고 완벽해져야 했다.

머릿속에서 어머니의 목소리가 뱅뱅 맴돌며 메아리쳤다.

"완벽한 내 꼬마 신사!"

어머니는 손으로 코린의 뺨을 어루만지며 그렇게 불렀다.

어머니를 실망시킬 때마다, 아주 조금이라도 완벽함에 미치지 못할 때마다 어머니는 코린의 세상을 완전히 갈가리 찢어놓을 듯이 광분해서 날뛰었다. 어머니를 실망시키지 않기 위해 무슨 짓이든 할 수 있을 거 같은 코린이었지만, 사실은 그에게는 매우 은밀한 비밀이 한 가지 있었다. 이따금씩 의도적으로 어머니가 벌을 줄 정도로만 아주 살짝 한계를 넘어서곤 했던 것이다. 그때 받던 벌을 생각만 해도 코린은 온몸에 짜릿한 전율이 흐르는 것 같았다. 만약 코린이 그렇게 은밀한 즐거움을 만끽하고 있다는 걸 알았다면, 어머니의 실망은 감당하기 어려울 정도였을 것이다. 때문에 코린은 끝까지 그 은밀한 즐거움의 비밀을 지키려고 애를 써야 했다.

코린은 가끔씩 어머니가 미치도록 그리웠다. 어머니는 항상 무엇을 해야 할지 정확히 아는 사람이었다.

요즈음 같은 때라면, 완벽한 남자의 조건이라는 리스트를 만들어 그를 조롱한 네 명의 창녀들을 어떻게 처리해야 할지, 어머니가 살아 있었다면 확실하게 충고해주었을 터인데. 마치 저들이 완벽이 무엇인지 아는 양 떠들어대다니! 그것을 아는 사람은 바로 코린 자신이고 옛날의 어머니였다. 코린은 어머니에게 완벽한 꼬마 신사, 완벽한 아들이 되기 위해 언제나 부단한 노력을 아끼지 않았다. 그러나 일부러 약간의 실수를 저지를 필요도 없이 항상 조금씩 모자랐고, 어머니는 그에게 벌을 주곤 했다. 코린은 자신에게 결코 완벽해질 수 없는 치명적인 결함이 있다는 것을 항상 알고 있었고, 그의 존재 자체가 어머니에게는 실망의 이유라는 것도 알고 있었다.

저 네 명의 창녀들, 그 여자들은 자기들이 꽤나 똑똑한 줄 알고 있다. 코린은 그 여자들을 '네 명의 창녀'라고 부르는 것이 좋았다. 타락한 로마 이교도들의 여신처럼. 복수의 세 여신. 미의 세 여신. 음탕한 네 창녀. 그들은 A, B, C, D라는 알파벳으로 이름을 감추고 있었다. 그중에 특히 더 기분 나쁜 창녀는 "완벽하지 못한 남자는 더 열심히 노력해야 한다."라고 말한 C였다. 저들이 무얼 안다고! 완벽한 사람만이 겨우 도달할 수 있을 정도로 불가능한 기준에 닿아보려고 죽을힘을 다해 노력해본 적이 단 한 번이라도 있었단 말인가? 매일매일 그렇게 노력하지만 항상 실패한다는 게 어떤 건지 안단 말인가?

결국은 실패하고 말리라는 것을 알면서도 노력하고 또 노력했지만, 결국은 벌을 받으면서 살 수밖에 없다는 것을 깨닫고 차라리 벌받는 즐거움을 배워버리는 것이 어떤 것인지 저들이 안단 말인가? 안단 말인가?

저들과 같이 음탕한 창녀들은 세상을 살 자격이 없다.

갑자기 몸 속이 또 마구 떨리기 시작했다. 코린은 두 팔로 스스로를 꼭 끌어안으며 자신을 잃어버리지 않으려고 애를 썼다. 그가 잠들지 못하는 건 그 네 명의 창녀들 때문이었다. 그들에 대해, 그들이 말한 것에 대해 생각하지 않으려고 아무리 애를 써도 생각이 멈추지를 않았다.

도대체 어떤 년이지? 맞아, 금발로 물을 들인 창녀, 마아시 딘. 자기가 마치 무슨 여신이라도 되는 양, 제 손가락만 까딱하면 모든 남자들이 개처럼 쪼르르 달려와 주기라도 하는 것처럼 남자들 앞에서 요란하게 엉덩이를 흔들어대는 여자. 접근해서 꼬시기만 하면 아무 남자하고나 잠자리를 같이 한다는 소문도 있었다. 하지만 대부분의 남자가 그 창녀 앞에서는 기를 펴지 못한다는 것이었다. 어머니가 살아 계셨더라면 기절초풍을 할 추잡한 행동이었다.

"세상을 살 자격도 없는 인간들이다!"

어머니가 속삭이는 소리가 머릿속을 맴돌았다. 알약을 삼키지 않을 때면 가끔씩 그렇게 어머니의 목소리가 들렸다. 의사들이 시키는 대로 알약을 삼키면, 사라지는 것은 거울 속의 그 남자만이 아니었다. 어머니도 함께 사라졌다. 어쩌면 두 사람이 함께 어디론가 떠나는지도 몰랐다. 코린은 알 수 없었지만, 그랬으면 싶은 마음이었다. 의사들이 준 알약을 먹는다고 어머니가 화가 나서 어디론가 사라지는 것으로 코린에게 벌을 주는 것일 수도 있었다. 때때로 코린은 그래서 알약을 먹었다. 어머니와 그 남자가 함께 사라져버리라고…… 아니, 그 알약들을 먹으면 그 남자는 아예 존재하지 않는 것처럼 느껴졌다.

그런 생각들이 스르르 힘없이 코린의 머릿속에서 빠져나가는 것 같았다. 코린이 느낄 수 있는 건 그 알약들을 먹기 싫다는 것뿐이었다. 네 명의 창녀들이 각기 누구인지를 찾아내고 싶었다. 그 여자들이 어디 사는지 코린은 다 알고 있었다. 회사의 서류 속에서 찾아낼 수 있었다. 어떻게 알아내는지 방법을 아는 사람에게는 식은 죽 먹기였고, 아무도 그를 의심하지 않았다.

이제부터 그 창녀의 집으로 직접 찾아가서 우둔하고 몰상식한 혓바닥을 놀린 것이 누구인지를 밝혀낼 셈이었다. 코린은 마아시가 틀림없을 거라고 확신했다. 바보스럽기 짝이 없고 추악하기 그지없는 창녀에게 단단히 교훈을 주어야 했다. 그래야만 어머니가 기뻐하실 테니까.

마아시는 올빼미 체질이었다. 평일에도 일찍 잠자리에 드는 날이 거의 없었다. 워낙 잠이 없는 체질이라 특별한 일이 없어도 자정 이전에는 잠자리에 들지 않았다. TV로 영화를 보고, 일주일에 서너 권씩 책을 읽고, 심지어는 십자수를 놓으며 시간을 보냈다. 십자수를 놓기 위해 수틀을 집어들 때마다 마아시는 한 번씩 코웃음을 치곤 했다. 그런 걸 손에 든다는 자체가 자신이 얼마나 늙었는지를 말해주는 것 같았기 때문이었다. 하지만 십자수를 놓는 동안에는 마음도 머리도 모두 말끔하게 비울 수 있어서 좋았다. 바늘과 실로 조그마한 X자를 계속 그리면서도 얼마든지 마음과 머리를 맑게 할 수 있는데 사람들은 뭐하러 힘들게 명상 같은 걸 하느라고 요란을 떨까. 명상은 아무리 오래 해도 현실적으로 남는 게 없었지만 십자수는 다 놓고 나면 작은 소품 하나라도 건질 수 있는 것이다.

여가시간이면 마아시는 다른 사람들 생각에 그녀가 절대로 하지 않을 것 같은 일들을 하곤 했다. 명상·요가·자기 최면. 그러나 결국 깨달은 것은 맥주만큼 자신을 평온하게 만들어주는 것이 없음을 깨달았다. 남들이 아무리 뭐라고 해도 마아시 딘은 마아시 딘이었다. 그런 마아시 딘이 싫은 사람이 있다면, 너나 잘하라고 충고해주고 싶었다.

브릭이 집에서 나가기 전에는 금요일이면 늘 한두 곳의 술집에서 맥주를 마시고 기회가 되면 춤도 좀 추면서 시간을 보냈다. 겉으로 보기에는 거친 트럭기사와 맹목적인 오토바이 폭주족처럼 생겼지만, 브릭은 놀라울 정도로 춤을 잘 추는 사내였다. 대화로는 아무것도 통하지 않아도 몸으로는 뭐든 통하는 사내랄까.

마아시는 브릭 없이 혼자서라도 외출해볼까 생각했지만 별로 흥이 나지 않을 것 같기도 했고, 그 망할 놈의 리스트 때문에 일주일 내내 시달리고 보니 피곤하기도 했다. 차라리 책이나 읽으면서 쉬고 싶었다. 내일은 토요일이니, 내일 밤에나 나가 놀아야지 하고 생각했다.

마아시는 갑자기 브릭이 그리워졌다. 브릭을 사랑해서가 아니라 그저 그의 존재가 그리운 것뿐이었다. 잠자리에서와 춤을 출 때, 그 이외에는 무척이나 지루한 사람이었다. 그 외의 시간에는 잠자고, 술 마시고, TV를 보는 게 전부였다. 로맨틱한 연인은 아니었지만, 정사는 화끈했다. 잠자리에서라면 마아시가 원하는 것은 뭐든 다 해주었다.

그러나 브릭 같은 남자를 선택했다는 것은 마아시가 남자 보는 눈이 없다는 반증이었다. 반면에 브릭과 결혼하지 않았다는 것은 마아시가 완전히 바보는 아니라는 증거였다. 세 번이면 충분하다는 것이 마아시의 생각이었다. 제인은 세 번이나 파혼당했다고 부끄러워했지만, 세 번 결혼했다 이혼한 마아시보다는 백 번 나았다. 게다가 제인은 무위도식하며 기대 살려고 하는 식충이를 거두며 살지도 않았다. 어쩌면 이번에 만났다는 그 경찰 아저씨는 제인에게 좋은 상대가 되어줄지도 모른다는 느낌이 들었다.

하지만 그렇지 않을지도 모르지. 인생에서 모든 것이 순조롭게 풀리는 날보다 그렇지 않은 날이 훨씬 많다는 것을 마아시는 체험으로 배웠다. 도로에서는 내가 아무리 조심해도 뒤에서 받는 차가 있었고, 아무리 완벽한 소프트웨어라 해도 때로는 바이러스 앞에서 속수 무책이었다.

자정이 넘은 시간에 초인종이 울렸다. 마아시는 읽던 책에 책갈피를 끼워놓고 의자에서 일어났다. 이 시간에 누구지? 브릭이 돌아왔나? 하지만 브릭은 열쇠를 가지고 있었다.

마아시는 열쇠를 바꾸는 것이 안전하겠다는 생각이 들었다. 브릭에게서 열쇠를 도로 받아두는 것을 깜빡 잊었던 것이다. 브릭에게 물건을 훔치는 버릇은 없었지만, 여자에게 나쁜 마음을 먹으면 남자들이 어떤 짓을 할지 알 수 없는 세상이었다.

마아시는 조심스럽게 현관문의 구멍으로 밖을 내다보았다. 마아시는 이상하다 싶은 생각에 고개를 갸우뚱하며 안전고리를 풀고 문을 열었다.

"웬일이세요, 이 시간에? 무슨 일이라도 생겼어요?"

"천만에."

코린은 다리 뒤에 숨기고 있던 망치로 마아시의 머리를 내리쳤다.

17

월요일 아침, 엘리베이터 버튼 옆에는 이런 벽보가 붙었다.

제록스와 울리처(주크박스 제조회사)는 생식기관 시장을 선점하기 위해 합병한다고 발표했다.

제인이 혼자서 킬킬거리며 웃고 있는데 엘리베이터 문이 열렸다. 샘과 함께 보낸 주말 때문에 뜨겁게 달구어졌던 몸이 아직 채 식기 전이었다. 아직 샘과 잠자리를 함께 하지는 않았지만, 월요일 아침부터 피임약을 복용하기 시작했다. 물론 샘에게는 말하지 않은 일이었다. 어쩔 수 없는 상황이니 참고 있을 뿐이었고 그렇게 참고 있자니 답답하고 감질이 나서 미칠 지경이었지만, 기다림은 또 다른 세상을 밝혀주는 빛 같았다. 온몸의 세포 하나하나가 모두 떨치고 일어나 노래를 부르는 것 같으니, 이렇게 사는 맛이 달콤하고 강렬하게 느껴진 때가 또 언제 있었나 싶었다.
제인은 엘리베이터에 타면서, 같은 엘리베이터에서 내리는 데렉 켈먼에게 인사를 건넸다.

"안녕, 켈먼? 잘 지내죠?"

제인의 목소리는 쾌활하기 그지없었다. 켈먼의 얼굴은 금방 새빨갛게 익어버렸다. 애들 주먹만큼 큰 후골이 꿈틀거렸다.

"어어……, 네에."

고개를 푹 숙이고 엘리베이터에서 내리면서 켈먼이 우물쭈물 대답했다.

제인은 미소 띤 얼굴로 고개를 절레절레 흔들며 3층 버튼을 눌렀다. 켈먼이 마아시의 엉덩이를 움켜쥐었다는 것을 믿을 수가 없었다. 아마 같은 건물에서 근무하는 사람들은 어느 누구도 그 말을 믿지 못할 터였다.

보통 때나 다름없이 제인은 사무실에 가장 먼저 들어섰다. 월요일 아침, 산더미처럼 쌓인 일에 뛰어드는 것이 제인은 언제나 즐거웠다. 자기 일에 정신을 집중할 수만 있다면, 출발은 언제나 순조로웠다.

이제 서서히 그 리스트도 사람들 기억 속에서 잊혀지겠지. <피플> 지를 제외하고는 인터뷰를 원하는 모든 매체가 목적했던 바를 달성했다. 금요일 새벽에 인터뷰한 것이 얼마나 방송되었는지는 모르겠지만, 제인은 그것조차 보지 않았다. 누군가 본 사람이 있으면 애기를 해줄 것이고, 나머지 세 친구 중 한 사람은 방송을 녹화해둘 거라고 계산했다.

방송 인터뷰를 아무렇지도 않게 무시할 수 있는 자신이 제인은 좀 우스웠다. 하긴, 온몸과 마음이 샘에게만 쏠려 있으니, 그 따위 리스트야 비집고 들어올 틈이 있을 리 없었다. 샘도 감질나는 데이트 때문에 조바심하고 있었지만, 항상 사람을 즐겁게 해주는 섹시한 남자였다. 그리고 무엇보다도 제인이 그를 원했다.

금요일 저녁식사를 함께 하고 다음날 아침, 6시 반에 샘은 제인의 침실 유리창에 호스로 물을 뿌려서 잠을 깨웠다. 그러고는 나와서 자신의 지프 세차를 도와달라고 청했다. 지난번에는 샘이 제인의 바이퍼를 세차해주었으니, 그 빚도 갚을 겸, 제인은 얼른 옷을 갈아입고 커피를 한 잔 마신 후 밖으로 달려나갔다. 샘의 세차는 그냥 닦기만 하는 정도가 아니었다. 왁스를 칠하고 완전히 새 차처럼 반짝반짝 광이 날 때까지 문질렀다. 크롬 도금이 된 부분은 거울처럼 맑게 닦았다. 실내는 진공청소기로 깨끗하게 청소를 하고, 차창도 유리알처럼 투명하게 닦았다. 두 시간이나 힘을 다해 세차를 하고 나니 샘의 지프는 그야말로 전시장에서 금방 끌어다 놓은 새 차 같았다. 샘은 지프를 차고에 넣고 나와 아침식사로 무얼 해줄 거냐고 제인에게 물었다.

토요일 하루 종일 두 사람은 함께 지냈다. 싸우다, 웃다가, TV 야구중계를 보다가, 막 저녁식사를 하려는데 샘의 호출기가 울렸다. 샘은 제인의 집에서 전화로 호출 내용을 확인하더니 미처 제인이 뭐라고 물을 틈도 주지 않고 짧은 키스를 하며 "언제 돌아올지 몰라요."라고 말하고는 달려나갔다.

샘은 경찰이야, 제인은 서운한 마음을 그렇게 달랬다. 샘이 경찰로 일하는 한, 그의 삶은 사생활의 방해와 긴급호출이 계속 이어질 수밖에 없었다. 주 경찰청의 일자리에 면접을 보고 왔다는 것으로 보아 샘은 경찰을 평생 직업으로 생각하고 있는 것 같았다. 샘을 선택한다면, 지키지 못하는 약속들은 덤으로 따라올 수밖에 없었다. 샘이 경찰이기 때문에 감수해야 할 불편이나 불만에 대해서는 이미 생각해보았고, 제인은 그 모든 것을 감내할 수 있다고 마음먹었다. 하지만 만약 샘이 어떤 위험에 처한다면……, 그런 상황은 감당할 수 있을지 자신이 없었다. 아직도 지난번에 말한 태스크 포스팀으로 활동하는 걸까? 그 태스크 포스라는 것이 고정적인 걸까, 아니면 임시적인 걸까? 제인은 지금까지 경찰들이 하는 일에 대해서는 깊이 생각해본 적이 없었다. 앞으로는 확실하게 더 관심을 가져야 할 것 같았다.

샘은 일요일 오후에야 돌아왔다. 피곤에 지쳐 시무룩한 얼굴에, 그동안 뭘 하고 왔는지는 말하고 싶지 않은 눈치였다. 꼬치꼬치 묻는 대신, 제인은 샘이 큰 소파에서 잠이라도 푹 자도록 두고 자신은 작은 소파에 쪼그리고 앉아 책을 읽었다.

그렇게 샘과 함께 있다는 것, 데이트를 하든 아니면 그렇게 그냥 한 공간에 함께 있기만 해도 왠지 평온한 느낌이 들었다. 샘의 잠든 모습을 물끄러미 쳐다보고, 숨쉬는 소리에 귀를 기울여보는 것, 그것이 과연 그녀가 그에게 사랑이라는 감정을 느끼고 있다는 의미일까. 사랑을 말하기엔 너무 이르지 않을까. 게다가 제인은 이렇게 남자와 함께 있을 때 느껴지는 묘한 흥분이 영원히 계속 되리라는 맹목적인 믿음 때문에 상처를 입은 경험이 벌써 세 번이나 있었다. 그 상처에서 비롯된 경계심은 제인이 섣불리 샘을 침실로 받아들이지 못하는 이유 중의 하나였다. 샘의 성질을 돋우어놓는 건 분명히 재미있었고, 그럴 때 쏘아보는 샘의 이글거리는 눈빛은 제인의 몸을 더욱 뜨겁게 달구어놓았다. 그러나 마음 깊은 곳 한구석에서는 아직도 그를 너무 가까이 잡아당겨서는 안 된다는 경고의 메시지를 보내고 있었다.

그래, 어쩌면 다음주에는……

"제인!"

고개를 들어보니 도미니카 플로어스가 사무실 문을 빠끔히 열고 고개만 쏙 들이밀고 있었다.

"오늘 아침에 그 인터뷰 방송 봤어. 끝나기 전에 집에서 나오느라고 다 보지는 못했는데, 대신 녹화해놨어. 너무 멋있더라! 특히 자기가 제일 멋있었어! 모두 멋있었지만."

"난 못 봤어."

"정말? 나 같으면 차라리 하루를 쉬더라도 그거 보려고 집에서 기다렸을 텐데.”

너도 나처럼 지긋지긋하게 시달려봐라, 제인은 속으로 그렇게 말했다. 그래도 겉으로는 미소를 지었다.

8시 반에 루나에게서 전화가 왔다.

“혹시 마아시 선배한테서 전화 안 왔어요? 아직 출근도 안 하고, 집으로 전화했는데 집 전화도 받지 않아요.”

“아니, 금요일날 헤어진 후로 연락 없었는데?”

“지각이라니, 마아시 선배는 이런 적 없었잖아요. 게다가 연락도 없이.”

루나의 목소리에는 걱정이 가득했다. 마아시와 루나는 엄청난 나이 차이에도 불구하고 상당히 가까운 사이였다. 루나의 말은 사실이었다. 마아시가 이 회사의 회계부장 자리까지 오를 수 있었던 것은 능력도 능력이었지만 그런 성실성이 있었기 때문이다. 제인도 걱정이 되기 시작했다.

“휴대전화는?”

“꺼져 있어요.”

제인의 머리에 가장 먼저 떠오른 것은 교통사고였다. 디트로이트의 교통 사정이 출퇴근 시간에는 지옥 같았던 것이다.

“내가 좀 알아볼게.”

제인은 지나치게 걱정스럽게 보이지 않도록 조심하면서 루나에게 말했다.

“그래주실래요? 뭐든 알게 되면 저한테도 알려주세요.”

전화를 끊은 제인은 스털링 하이츠와 햄머스테드 사이의 도로에서 발생한 교통사고 상황은 어디에 전화를 해야 알아볼 수 있을까 생각해보았다. 하지만 마아시가 스털링 하이츠의 집에서부터 회사까지 출근할 때 선택할 수 있는 경로는 너무나 많았다.

제인은 일단 워렌 경찰서로 전화를 걸어 도노반 형사를 찾았다.

잠시 기다리라는 말에 제인은 펜으로 책상을 톡톡 두드리며 몇 분
을 기다렸다. 얼마 후 처음에 전화를 받았던 사람이 다시 말하기
를 도노반 형사는 지금 부재중이라고 했다.

이 사람에게 메시지를 남겨도 될까? 제인은 잠시 망설였다. 아
무것도 아닌 일로 샘을 귀찮게 하기는 싫었다. 하지만 샘이 아니
면 경찰서의 누구를 붙들고 날 좀 도와주세요 하고 말하겠는가.
게다가 내 친구가 평소 출근시간보다 30분이나 지났는데 아직 나
타나지도 않고 전화 연락도 안 됩니다 하는 말을 심각하게 들어줄
사람도 없었다. 물론 샘도 이 상황을 심각하게 받아들일지는 미지
수였지만, 어쨌든 제인의 부탁이라면 뭔가 좋은 방법이라도 알려
줄 터였다.

"혹시 호출기 번호를 좀 알려주시겠어요? 중요한 일인데요"

결국 제인이 그렇게 말했다. 다른 사람들에게는 아무것도 아닐
지 몰라도 제인에게는 중요한 일이었다.

"실례지만 어떤 관계십니까?"

상대방이 물었다. 제인은 슬슬 짜증이 나면서, 샘의 직장으로 전
화를 걸어오는 여자가 꽤 많은가보다 하는 생각까지 들었다.

"도노반 형사의 끄나풀입니다."

제인은 이 거짓말이 잘 먹혀들기를 간절히 바라면서 말했다.

"그렇다면 호출기 번호는 당연히 알고 계셔야 하지 않나요?"

"이보세요, 사람이 죽거나 다쳤을지도 모르는 일이라구요!"

제인은 일을 너무 크게 벌여놓으면 안 된다는 생각이 들었다.

"좋아요, 솔직히 말할게요. 제가 아이를 가졌으니까 샘도 알아야
할 것 같아서요."

저쪽에서 웃는 소리가 들려왔다.

"혹시 제인이라는 분이십니까?"

아니, 벌써 직장에 소문을 다 냈다니! 제인은 얼굴이 화끈거렸

다.

"으음……, 네. 맞아요. 죄송합니다."

제인은 기어 들어가는 목소리로 대답했다.

"천만의 말씀을. 샘이 혹시 댁한테서 전화가 오거든 자기가 어디 있든지 반드시 연락이 닿도록 해달라고 신신당부했습니다."

대체 이 남자가 나에 대해서 어떻게 말한 거지? 제인은 저쪽 사람에게 당장이라도 캐묻고 싶은 것을 꾹 눌러 참으며 불러주는 호출기 번호를 받아 적었다.

"감사합니다."

"아닙니다. 그런데……, 임신하셨다니……."

"거짓말이었어요."

저쪽에서 깔깔거리며 웃는 소리가 들려왔다. 제인은 얼른 그 전화를 끊고 샘의 호출기 번호를 눌렀다. 음성메시지가 저장되지 않는 단순한 호출기여서 하는 수 없이 전화번호만 남겨야 했다. 샘은 제인의 직장 전화번호를 모르기 때문에 전화가 오려면 한참은 기다려야 할 것 같았다. 샘의 전화를 기다리는 사이에 제인은 회계부에 전화를 해서 마아시가 출근했는지 물어보았다.

"아니요. 아직 아무 연락도 못 받았어요."

전화를 받은 사람도 걱정 섞인 목소리로 대답했다.

"저는 제인이거든요, 내선번호가 3120이에요. 마아시 선배가 나타나거든 즉시 전화해달라고 전해주시겠어요?"

"그러죠."

9시 반에 전화벨이 울렸다. 제인은 제발 마아시의 전화이기를 빌면서 얼른 수화기를 들었다.

"제인 브라이트입니다."

"듣자하니 내가 곧 아빠가 된다면서요?"

샘의 굵직한 목소리가 들려왔다.

“내가 당신 끄나풀이라고 해도 안 믿으니 거짓말이라도 할 수밖에요.”

“동료들한테 당신 이야기를 미리 해두기를 잘했지. 그런데, 무슨 일이에요?”

“별일 아니기를 바라지만……, 제 친구 마아시가…….”

“마아시 딘?”

아마 샘도 그 리스트에 대해 알 것은 다 아는 모양이었다.

“아직 출근도 안 하고, 전화 연락도 두절이에요. 집 전화, 휴대전화, 모두. 출근길에 교통사고라도 난 게 아닌지 걱정스러운데 이런 건 누구한테 알아봐야 하는지 몰라서요. 어디다 알아봐야 하는지 좀 가르쳐줄래요?”

“그거야 어렵지 않지. 교통계에 연락해서 알아보고 다시 연락줄게요. 그 여자…… 스털링 하이츠에 살죠?”

“네.”

제인은 마아시의 주소를 불러준 후, 갑자기 생각나는 것이 있었다.

“샘……, 마아시와 동거하던 남자가 그 리스트 때문에 무척 화가 나 있었대요. 그래서 지난 목요일 밤에 집에서 나간 후에 돌아오지 않았대요.”

샘에게서는 아무 말이 없었다. 잠시 침묵이 흐른 후에 들려오는 샘의 목소리는 말도 빨라지고 상당히 사무적으로 바뀌어 있었다.

“스털링 하이츠 경찰서하고 보안관 사무실에 전화를 해서 마아시 딘 양의 집을 확인해보라고 할게요. 별일은 아니겠지만, 그래도 확인 차원에서.”

“고마워요.”

샘은 좋지 않은 예감이 들었다. 제인의 걱정이 단순한 호들갑이라고 무시해버리기에는 경찰로서의 샘의 경험이 너무나 끔찍한 결말을 경고하고 있었다. 성난 남자―그 망할 놈의 리스트 때문에 자존심이 구겨진 마아시의 동거남 브릭처럼―와 행방이 묘연해진 여자는 결국 끔찍한 폭력사건의 가해자와 피해자로 드러나는 경우가 무수히 많았다. 마아시의 차가 고장나서 어디선가 진땀을 흘리고 있을 가능성도 있지만, 그렇지 않을 가능성이 훨씬 더 높았다. 제인이 아무것도 아닌 일에 호들갑을 떨 성격이 아닌데 지금은 크게 걱정하고 있는 목소리였다.

여자로서의 직감 같은 것 때문인지도 모르지만, 샘은 여자의 직감을 하찮게 여기지 않았다. 그의 어머니는 마치 뒤통수에 눈이 달린 사람처럼, 샘과 형제들이 뭔가 좋지 않은 행동을 하고 집에 들어가면 반드시 그 일을 알고 계셨다. 대체 어머니가 어떻게 그러실 수 있었는지는 아직도 미스터리이지만, 샘은 여자의 직감이 허황된 것이 아니라는 것을 인정할 수밖에 없었다.

샘은 두 군데 전화를 걸었다. 먼저 스털링 하이츠 경찰서에, 그다음에는 교통계였다. 스털링 하이츠의 순찰 경관에게는 마아시 딘의 주소지를 체크하도록 부탁하고, 교통계 당직자에게는 아침에 일어난 교통사고 관련자 중에 마아시 딘이 있는지 찾아보라고 전했다. 양쪽에 자신의 휴대전화 번호를 알려주고, 스털링 하이츠 보안관 사무실에는 일단 결과를 기다려서 연락을 취하기로 했다.

먼저 답신이 온 곳은 교통계였다.

"오늘 아침에는 교통사고 사건이 별로 없던데? 사소한 접촉 사고가 몇 건 있고, 그레이솟 애비뉴에서 오토바이 폭주족이 트럭을 들이받은 것뿐이야."

"알아봐줘서 고마워."

샘이 말했다.

"이 정도야 언제든 환영이지."

10시 15분에 휴대전화 벨이 울렸다. 스털링 하이츠 경찰서의 경사였다.

"도노반 형사님, 사건입니다."

경사의 목소리는 심각했다.

"사망했나?"

"네. 어지간히 끔찍합니다. 피해자의 동거남 이름을 혹시 아십니까? 주변의 이웃들이 아무도 집에 없어서 조사를 할 수가 없습니다. 그 친구, 조사를 좀 해봐야 할 것 같은데요."

"내가 알아보지. 내 여자 친구가 피해자와 아주 가까운 친구야."

"도와주십시오."

샘의 관할 사건은 아니지만, 현장을 발견하게 한 장본인이 바로 그였으므로 샘은 경사가 약간의 융통성을 발휘해주기를 기대했다.

"자세한 얘기는 해줄 수 없나?"

경사가 잠시 머뭇거렸다.

"이 휴대전화, 어떤 종류입니까?"

"디지털이지."

"보안상 안전합니까?"

"해커들이 디지털 시그널을 도청할 수 있는 기술을 만들어낼 때까지는 안전하지."

"좋습니다. 망치로 머리를 때렸습니다. 흉기는 현장에 버려져 있구요. 지문이 남아 있을지는 모르겠습니다."

샘은 인상을 찡그렸다. 망치라면 얼굴과 머리에 적지 않은 손상을 입혔을 것이다.

"얼굴을 거의 알아볼 수 없어요. 남아 있는 게 없거든요. 칼로 여러 번 찔렸고……, 성추행의 흔적도 있습니다."

그 동거남이란 놈이 정액이라도 남겼다면 범인 체포는 시간 문제였다.

"정액은?"

"아직 모릅니다. 감식반이 와서 테스트를 하겠죠. 하지만……, 망치로…… 했습니다."

이런 짐승 같은 놈! 샘은 한숨을 푹 내쉬었다.

"알려줘서 고맙네, 경사."

"뭘요. 형사님께서 도와주신 게 더 크죠. 여자 친구분……, 피해자의 동거남에 대해서는 형사님께서 직접 물어보실 겁니까?"

"그래야지. 마아시 딘이 오늘 아침 출근하지 않아서 걱정이 된다고 나한테 연락을 했어."

"딱 그 동거남에 대해서만 물어보시고 다른 내용은 비밀로 해주십시오."

샘은 피식 웃었다.

"내가 그 극성을 당해낼 수 있을지 모르겠구만."

"아직 피해자의 신원이 마아시 딘인지 확실하지 않습니다. 그럴 가능성이 높지만 말입니다. 가족들에게도 아직 알리지 않았구요."

"우선 회사에서 나오라고 해야겠어. 이 이야기를 들으면 충격이 클 텐데."

제인에게 전화로 이런 이야기를 할 수는 없었다. 직접 만나서 말해야 했다.

"그렇죠. 그런데 형사님, 만에 하나, 피해자의 가족과 연락이 되지 않는다면 여자 친구분께 시신 확인을 요청해도 되겠습니까?"

"나중에 전화할게."

전화를 끊은 후에도 샘은 잠시 멍하니 앉아 있었다. 유혈이 낭자한 현장은 상상할 필요도 없었다. 살인현장은 너무나 많이 보아왔다. 망치나 야구방망이가 사람의 두개골을 어떻게 만들어놓는지도 훤히 알고 있었다. 사람의 몸을 칼로 여러 번 찔러놓으면 어떻게 되는지도 잘 알고 있었다. 현장을 발견한 경사도 알겠지만, 마아시를 죽인 범인은 돈이나 이권을 노린 것이 아니라 애초에 피해자를 죽일 목적이었음이 분명했다. 피해자의 얼굴을 공격했다는 것이 그 증거였다. 또한 칼로 여러 번 되풀이해서 찔렀다는 것은 범행 동기가 깊은 원한이라는 것을 말해주었다. 또한 피살자가 여성일 경우에는 남편이나 남자 친구, 아니면 옛날에 사귀던 남자처럼 낯익은 사람에 의해 생명을 잃는 것이 대부분이었다. 그러므로 마아시 딘의 살해범도 며칠 전에 홧김에 집을 나갔다는 그 동거남일 가능성이 매우 높았다.

샘은 심호흡을 단단히 하고 제인의 전화번호를 눌렀다. 샘은 제인이 전화를 받자 거두절미하고 물었다.

"마아시와 동거했다는 남자 이름, 알아요?"

제인이 숨을 들이쉬는 소리가 샘에게까지 들렸다.

"마아시는요?"

"아직 정확한 건 몰라요. 그 남자 이름……?"

"참, 그 남자 이름은 브릭이에요. 브릭 규린."

"브릭이 진짜 본명인가요, 아니면 별명인가요?"

"그건 모르겠어요. 그냥 모두 브릭이라고 불렀어요."

"알겠어요. 그 정도면 됐어요. 무슨 소식 알게 되면 곧 알려줄게요. 그리고……, 혹시 점심시간에 만날 수 있어요?"

"그럼요. 어디서요?"

제인의 목소리는 아직도 떨리고 있었다. 알기가 겁나는 현실을 덮어두기 위해 안간힘을 쓰는 제인, 샘이 예상하던 대로였다.

"데리러 갈게요. 내가 회사 정문을 통과할 수 있게만 해줘요."

"그건 문제없어요. 12시?"

샘은 시계를 들여다보았다. 10시 35분이었다.

"조금 더 일찍은 안 돼요? 11시 15분?"

그때까지는 햄머스테드에 도착할 수 있었다.

어쩌면 제인이 벌써 눈치를 챘을지도 몰랐다. 하지만 그때까지는 스스로 인정하지 않겠지.

"좋아요. 그 시간에 내려가 있을게요."

샘이 도착했을 때 제인은 벌써 건물 밖으로 나와 기다리고 있었다. 오늘도 롱스커트를 입고 있었기 때문에 샘의 지프에 혼자서는 올라탈 수 없었다. 샘은 차에서 내려 제인을 옆 좌석에 태워주었다. 불안하고 두려운 눈길로 제인은 샘의 눈치를 살폈다. 샘은 무표정한 경찰의 얼굴을 하고 있었지만, 그의 얼굴을 보는 순간 제인의 얼굴에서는 핏기가 싹 빠져나갔다. 샘이 다시 운전석에 앉아 돌아다보니 제인의 얼굴에는 벌써 눈물이 두 볼을 타고 흘러내리고 있었다.

"어서 말해주세요."

목이 메인 목소리였다. 샘은 긴 한숨을 내쉬며 그녀를 끌어안았다.

"미안해요."

제인은 그의 셔츠를 움켜쥐었다. 제인의 몸이 바들바들 떨리고 있는 것을 샘은 그대로 느낄 수 있었다. 샘은 제인을 더 꼭 껴안아주었다.

"죽었군요, 그렇죠?"

가늘게 떨리는 목소리로 제인이 말했다. 하지만 그건 질문이 아니었다. 질문이자 대답이었다.

18

너무나 많이 운 탓에 퉁퉁 부은 제인의 눈은 거의 감겨있다시피 했다. 샘은 햄머스테드의 주차장에 차를 세워둔 채, 첫 충격의 물결이 휩쓸고 갈 동안 제인을 가만히 끌어안고 있었다. 한참을 울고 나서 제인이 고개를 들자 샘이 물었다.

"뭘 좀 먹을 수 있겠어요?"

제인은 고개를 저었다.

"아뇨."

목이 꽉 잠긴 목소리였다.

"루나하고…… 티제이한테…….."

"아니, 아직은 안 돼요. 그 두 사람에게 알리고 나면 이 회사 사람들이 모두 알게 될 거예요. 그럼 누군가가 또 신문사나 방송국에 알릴 거고. 삽시간에 뉴스거리가 될 거예요. 가족들에게 아직 알리지 않았는데, 가족들이 뉴스를 보고 이 일을 알게 만들 수는 없잖아요?"

"마아시한테는 가족이 별로 없어요."

핸드백 안에서 티슈를 꺼내 눈물을 닦고, 코를 풀면서 제인이 말했다.

"새지녀에 여동생이 있고, 플로리다에 나이 드신 고모가 한 분 사신다고 들었어요. 마아시 선배한테 들은 가족 이야기는 그 두 사람이 전부예요."

"여동생 이름은 알아요?"

"셰릴. 결혼했는데 성은 뭔지 몰라요."

"집안에 전화번호나 연락처 같은 걸 적어놓은 것이 있겠죠. 새지녀에 사는 셰릴을 찾아보라고 할게요."

샘은 어디론가 전화를 걸어 마아시의 여동생에 대해 간략하게 설명했다.

"집으로 가야겠어요."

제인이 앞 유리창을 멍하니 바라보며 말했다. 차 문을 열려고 손잡이에 손을 갖다 대자 샘이 말렸다.

"지금 운전하는 건 안 돼요. 집에 가고 싶다면 내가 데려다줄게요."

"하지만 내 차……."

"여기 둬도 어디 안 가요. 회사 주차장에 두면 안전하잖아요. 어딜 가든 내가 데려다줘요. 운전할 생각은 하지 말아요."

"하지만 당신도 할 일이 있잖아요."

"내 일은 내가 알아서 할게요. 당신은 운전하면 안 돼요."

정신적인 공황상태에 빠지지만 않았다면 그런 소리를 듣고 가만히 있을 제인이 아니었다. 하지만 대답 대신 눈물만 주르륵 흘러내렸다. 사무실 안으로 다시 들어갈 수도 없었다. 누구를 마주친다해도 태연하게 대할 자신이 없었다.

"오늘은 일찍 집에 간다고 사무실에 알려야 하는데."

"직접 할 수 있겠어요? 아니면 내가 대신 할까요?"

"내가 할게요. 조금 있다가……."

“그래요. 안전띠 매요.”

고분고분하게 안전띠를 맨 제인은 샘이 지프에 시동을 걸고 큰 도로로 나올 때까지 죽은 사람처럼 숨도 크게 쉬지 않고 앉아 있었다. 샘은 조용하게 차를 몰았다. 마아시가 떠난 현실을 받아들이려고 노력중인 제인을 방해하지 않기 위해서였다.

“당신도…… 브릭이 한 짓이라고 생각하죠, 그렇죠?”

“조사하게 될 거예요.”

샘은 어느 쪽의 가능성에도 무게를 두지 않은 중립적인 목소리로 대답했다. 현재 상황으로는 규린에게 가장 큰 혐의를 둘 수 있었다. 그러나 진실은 다른 곳에 있을 수도 있었다. 누가 알겠는가? 마아시 딘이 누군가 다른 남자를 만나고 있었다면…….

제인이 또 훌쩍훌쩍 울기 시작했다. 얼굴을 두 손에 파묻고 어깨를 들썩이며 울었다.

“어떻게 이런 일이…… 믿을 수가 없어요.”

겨우 나오는 목소리로 제인이 말했다. 세상에는……, 지금의 그녀처럼 이렇게 비극적인 일 앞에서 똑같은 말을 하며 망연자실하는 사람이 얼마나 많을까 싶었다.

“이해해요, 제인.”

샘은 알겠지. 이렇게 마른하늘에 날벼락이 떨어진 것보다도 더 황당한 경우를 겪은 사람들을 늘 미주하는 직업을 가졌으니까. 제인은 그렇게 생각했다.

“무슨 일이……, 어떻게 된 거예요?”

샘은 마아시가 정확히 어떻게 죽었는지 제인에게 알리고 싶지 않았다. 사실 정확한 사인은 아직 담당경사도 몰랐고, 샘도 현장을 직접 보지 못한 상황이었다. 그러니 머리에 입은 외상이 직접적인 사인인지, 흉기에 찔린 상처가 죽음을 불러왔는지도 알 수 없었다.

“나도 정확한 건 몰라요. 칼에 찔렸다는 건 알지만 정확한 사망

시각도 아직 몰라요.”

비록 진실과 일치하지는 않지만 거기까지는 사실이었다.

“칼에 찔려요……?”

현장을 그려보기라도 하려는 듯이 제인이 눈을 감았다.

“그러지 말아요.”

샘이 말했다. 제인이 눈을 뜨고 그게 무슨 소리냐는 듯한 눈길로 샘을 바라보았다.

“현장에서 일어난 일을 상상하지 말란 말이에요. 어떤 모습으로 죽었는지, 고통은 없었을지……. 제발 그러지 말아요.”

샘의 목소리는 의도했던 것보다 훨씬 무뚝뚝하고 거칠게 나왔다. 뭐든 앙칼진 대꾸라도 하길 바랐지만, 제인은 숨만 깊이 들이쉬고 고개를 끄덕였다.

“노력해볼게요. 하지만 어떻게 그걸 생각하지 않을 수가 있겠어요?”

“마아시가 살았을 때를 생각해요.”

지금이든 나중이든 제인은 분명 마아시가 살았을 때를 추억할 터였다. 그것이 슬픔을 이기는 자연스러운 과정이니까.

제인은 뭔가 말을 하려고 노력했다. 하지만 자꾸만 눈물이 앞을 가리고 목이 메었다. 결국 집에 도착할 때까지 두 사람은 침묵뿐이었다.

차에서 내려 현관까지 걸어가는 길이 너무나 멀고, 자신은 그새 10년쯤 늙어버린 것 같았다. 샘이 한 팔로 허리를 감아 안고서 함께 걸어가주었다. 제인은 한 발 한 발 무겁게 주방 출입구 앞의 계단을 올라가면서 샘이 그렇게 버팀목이 되어주는 것이 너무나 고마웠다. 부우부우가 쪼르르 달려와 꼬리를 살랑거렸다. 어쩐 일로 이렇게 일찍 귀가했는지 묻는 것 같았다. 제인은 허리를 굽혀 녀석의 등을 손으로 어루만져주었다. 따뜻하고 늘씬한 등줄기를 따라 보드라운 털이 만져지자 왠지 편안함이 느껴졌다.

식탁에 핸드백을 내려놓고 의자를 하나 빼서 앉았다. 샘이 경찰서의 동료와 조용한 목소리로 통화를 하는 동안, 제인은 말없이 부우부우를 무릎에 올려놓고 귀밑과 등을 긁어주었다. 마아시는 계속 무소식인데 자신까지 온다간다 말도 없이 사라졌으니, 루나와 티제이가 걱정할 것이 안타까웠다. 마아시의 여동생과 빨리 연락이 닿았으면 싶었다. 한 마디 설명도 없이 제인이 조퇴를 한 것을 알면 루나와 티제이도 분명히 뭔가 잘못되었다는 것을 눈치챌 것이 아닌가. 만약 둘 중 한 사람이 집으로 전화라도 걸어온다면, 뭐라고 말해야 할지 판단이 서지 않았다. 아니, 무슨 말이든 올바로 할 수 있을지 걱정스러웠다.

샘이 아이스 티가 담긴 글라스를 내려놓았다.

"마셔요. 눈물을 많이 흘렸으니, 수분을 보충해야 해요."

제인은 샘을 올려다보며 어렵사리 희미한 미소를 지었다. 샘은 제인의 정수리에 가볍게 입을 맞추고 아이스 티가 담긴 글라스를 든 채 옆자리에 앉았다.

제인은 부우부우를 내려놓고 코를 훌쩍이며 눈가를 닦았다.

"동료들한테 내 얘기를 어떻게 해놓은 거예요?"

그저 뭔가 할 말을 찾다 보니 그런 말이 튀어나왔다. 샘은 짐짓 순진한 표정을 지으려고 애써보았다. 하지만 산전수전 다 겪은 형사의 얼굴에 순진한 표정은 잘 떠오르지 않았다.

"뭐, 별로……. 당신한테서 전화가 오거든 나하고 연락이 닿을 수 있는 방법을 알려주라고. 그 전에 내 호출기 번호를 미리 알려줬어야 하는 건데……."

"말 돌리지 말아요."

"정말이에요."

"내가 물은 건 그게 아니잖아요."

"아, 좋아요. 내 동료들한테 당신은 원양어선 타는 뱃사람 못지
않게 입이 거친 여자라고 말했어요."

"내가 언제!"

"그리고 로키산맥처럼 근사한 엉덩이를 가지고 있다고 말했
고……, 또 내가 잠자리로 꼬셔들이려고 작업중인 여자니까 연락
오거든 만사를 제쳐놓고 나한테 연결시켜줘야 한다고 했어요."

기분을 띄워주기 위해 짐짓 너스레를 떠는 것을 제인도 모르지
않았다. 그것을 알기에 더욱더 슬픔이 복받쳤다. 또 턱밑이 떨리며
눈물이 솟구쳤다.

"좋은 소리만 골라서 했군요."

눈물을 삼키며 겨우 말했지만, 눈물은 결국 왈칵 쏟아지고 말았
다. 자신의 몸을 두 팔로 꼭 끌어안은 채, 몸을 앞뒤로 흔들며 제
인은 목놓아 울었다. 보는 사람마저 눈시울이 뜨거워질 정도로 격
하고 고통스러운 울음이었지만, 그 울음은 짧게 끝났다. 마치 그런
진한 슬픔은 오래 견딜 수 없다는 듯이.

샘은 제인을 무릎 위에 끌어다 앉히고 그녀의 머리를 자기 어깨
에 기대게 해주었다. 아이를 어르듯이 나지막한 목소리로 샘이 중
얼거렸다.

"당신은 특별한 여자라고 말했어요. 당신한테서 전화가 오면 어
디서 무얼 하는 중이라도 반드시 당신과 통화해야 한다고 말했어
요."

그것도 거짓말일 거라고 생각했지만, 어쨌든 그렇게 말해주니
제인은 고마웠다. 마지막 눈물을 꿀꺽 삼키며 제인이 말했다.

"태스크 포스팀 일에 열중하고 있는 중이라도?"

샘이 잠시 머뭇거리다가 대답했다.

"아마 그럴 때는 안 되겠죠."

너무나 많이 울어서 그런지 제인은 두통을 느끼기 시작했다. 얼

미스터 퍼펙트　259

굴도 화끈거리고 따가웠다. 그 어느 때보다도 간절하게 샘의 사랑
이 필요했지만, 제인은 그 말을 목 안으로 삼켰다. 위로와 친밀감,
그리고 살아 있음의 확인이 필요한 때이기는 하지만 이런 상황에
서 그와 첫사랑을 나누고 싶지 않았다. 제인은 샘의 목 아래로 얼
굴을 더 깊이 파묻고 그의 따뜻하고 남성적인 체취를 흠뻑 들이마
셨다. 그의 체취를 들이마시는 것만으로도 위안이 되는 것 같았다.
 "태스크 포스팀에서는 정확히 뭘 하는데요?"
 "상황에 따라 달라요. 태스크 포스팀을 구성하는 이유도 가지가
지니까."
 "당신이 속한 태스크 포스팀은?"
 "여러 부서가 관련된 강력사건 전담팀이에요. 강력사건 범인들
을 체포하고 있어요."
 별로 제인의 마음에 들지 않는 일이었다. 사람들에게 질문을 하
고, 조그만 수첩에 그 내용을 적는 샘의 모습을 상상하는 것이 훨
씬 편안했다. 강력사건 범인들을 체포한다는 말을 들으니 마치 잠
긴 문을 부수고 들어가서 총을 겨누고 있는 나쁜 놈을 격투 끝에
사로잡는 장면이 자꾸 연상되었다.
 "거기에 대해서 몇 가지 물어보고 싶은 게 있지만, 나중에 물어
볼게요."
 샘은 휴우, 하고 일부러 과장되게 한숨을 내쉬었다.
 한참 동안이나 제인은 샘의 무릎 위에 앉아 있었다. 회사에 전
화를 걸어 오늘 오후는 집에서 쉬겠다고 알릴 때에도 샘은 무릎에
앉아 있는 제인을 꼭 끌어안고 있었다. 평소 때처럼 태연한 목소
리로 말하려고 애를 쓰긴 했지만, 드윈터가 자리에 없는 바람에
지나에게 말을 해야 했고, 루나와 티제이가 이미 여러 번 걱정이
담긴 전화를 했었다는 말과 함께 갖가지 질문을 들어야 했다.
 "루나하고 티제이한테는 내가 나중에 다시 전화할게."

제인은 얼른 전화를 끊어버렸다. 너무나 비참한 심정으로 제인은 샘의 어깨에 다시 얼굴을 묻었다.

"언제까지 루나하고 티제이를 피해야 해요?"

"아무리 빨라도 두 사람이 퇴근할 때까지는 연락하지 말아요. 스털링 하이츠의 담당경사한테 마아시 딘 양의 여동생과 연락이 닿았는지 알아볼게요. 그리고 전화는 일체 받지 말아요. 내게 할 말이 있는 사람이면 호출을 하거나 휴대전화로 연락을 할 테니까."

제인은 편안함과 위안을 주던 샘의 무릎에서 일어나 화장실로 들어가서 찬물로 세수를 했다. 거울에 비친 자신의 모습을 빤히 들여다보았다. 눈은 붉게 충혈되었고, 얼굴 전체가 푸석푸석하게 부어 있었다. 엉망진창이었지만 괘념치 않았다. 몸을 질질 끌며 청바지와 티셔츠로 갈아입고 두통을 가라앉히기 위해 아스피린 두 알을 삼켰다.

침대 가장자리에 멍하니 앉아 있는데 샘이 들어왔다. 문간을 다 가로막을 정도로 큰 몸집이었지만, 다분히 여성적인 취향의 침실 안에서도 아주 편안하게 보였다. 샘이 옆에 다가와 앉았다.

"피곤해 보여요. 잠깐 눈이라도 붙여보지 그래요?"

제인은 정말 피곤했다. 너무나 피곤해서 금방이라도 쓰러질 것 같았지만, 잠은 잘 수 없을 것 같았다.

"잠이 오지 않으면 그냥 누워 있기라도 해요. 당신이 잠들더라도 뭐든 새로운 걸 알게 되면 곧 깨울 테니까 걱정하지 말고."

"보이스카웃의 명예를 걸고 맹세해요?"

"보이스카웃의 명예를 걸고 맹세해요."

"보이스카웃이었어요?"

"아뇨. 말썽피우느라 너무 바빠서……."

제인은 갑자기 샘이 너무나 귀엽게 느껴져서 갈비뼈가 으스러지도록 안아주고 싶었다. 대신에 그의 입술에 가볍게 입을 맞추며 말했다.

"고마워요, 샘. 당신이 없었더라면 오늘, 견디지 못했을 거예요."

"내가 없었어도 잘 견뎠을 거예요. 자, 이제 좀 자도록 해요."

샘은 조용히 문을 닫고 나갔다.

제인은 침대에 쓰러져 화끈거리는 눈을 감았다. 아스피린의 약효가 있는지 두통은 조금씩 가라앉는 것 같았다. 잠깐 눈을 감았다가 뜬 것 같았는데 주위를 둘러보니 시간이 상당히 많이 지나 있었다. 시계를 들여다본 제인은 깜짝 놀랐다. 세 시간이나 지나 있었다. 결국은 잠이 들었던 것이다.

제인은 눈의 부기와 피로를 제거해주는 아이 패드를 눈꺼풀 위에 붙이고 조금 더 누워 있었다. 그렇게라도 해야 앞으로 견뎌야 할 며칠을 위한 에너지를 보충할 수 있을 것 같았다. 한참 후에 일어나 앉아서 아이 패드를 떼고 보니 부기는 많이 가라앉은 것 같았다. 화장실에서 간단히 머리를 빗고 양치질을 한 후에 거실로 나가보니 샘은 잠든 부우부우를 무릎에 눕힌 채 TV를 보고 있었다.

"새로운 소식은요?"

제인이 잠들기 전보다는 상당히 많은 진전이 있었지만, 그걸 시시콜콜하게 제인에게 말해줄 수는 없었다.

"여동생과 연락이 닿았대요. 그러니까 지금쯤은 피해자의 신원이 언론에 알려졌을 거예요. 저녁뉴스에 나오겠죠."

제인의 얼굴이 다시금 슬픔으로 굳어버렸다.

"그럼 루나하고 티제이는?"

"당신이 잠든 후에 전화기를 아예 꺼놓았어요. 자동응답기에 메시지가 몇 개 있을 거예요."

제인은 다시 한 번 시간을 확인했다.

"지금쯤 퇴근해서 집으로 가고 있을 거예요. 얼른 전화를 걸어야겠어요. 그 친구들이 TV 뉴스로 처음 듣게 둘 수는 없어요.”

두 대의 차가 집 앞에 섰을 때, 제인은 아무 말도 할 수 없었다. 마음을 단단히 먹느라고 눈을 질끈 감았다가 뜬 후에 친구들을 맞으러 맨발로 나갔다. 샘이 그 뒤를 따랐다.

“무슨 일이 있는 거지?”

티제이는 반쯤 고함을 질렀다. 곱상하던 얼굴이 걱정으로 퀭하니 수척해져 있었다.

“마아시 선배는 연락도 안 되고, 너는 한 마디 말도 없이 조퇴해버리고……, 전화는 불통이고! 제인, 빨리…….”

제인의 얼굴이 구겨지기 시작했다. 두 손으로 입을 틀어막았다. 하지만 가슴 깊은 곳에서부터 터져 나오는 울음을 막을 수는 없었다. 티제이의 뒤를 따라오던 루나가 걸음을 멈추었다. 벌써 눈물이 그렁그렁해진 루나가 떨리는 목소리로 물었다.

“제인 선배……, 왜 그래요? 무슨 일이에요?”

제인은 몇 번이나 눈물을 삼키고 숨을 들이쉬며 목소리를 찾으려고 애썼다.

“마…… 마아시 선배가…….”

그게 전부였다. 티제이는 첫 번째 계단에 한쪽 발만 올려놓은 채 걸음을 멈추더니 반은 울면서 물었다.

“왜 그래, 무슨 일인데? 선배가……, 다쳤어?”

제인은 고개를 흔들었다.

“아니. 주…… 죽었어. 사…… 살해…… 당했대.”

루나와 티제이는 누가 먼저랄 것도 없이 달려와 제인과 함께 부둥켜안고 목놓아 울었다. 지극히 사랑했던 친구, 이제는 영원히 다시 만날 수 없는 친구를 위해.

코린은 TV 앞에 앉아 몸을 앞뒤로 흔들며 기다리고 또 기다렸다. 사흘째 뉴스란 뉴스는 하나도 빠짐없이 봤지만, 아직 그가 기다리고 있던 소식은 들리지 않았다. 아직 아무도 코린이 무슨 짓을 했는지 모르고 있었던 것이다. 네 명의 창녀 중에서 가장 더러운 창녀가 이제 이 세상에서 완전히 사라졌다는 것을 어서 사람들에게 알리고 싶어 좀이 쑤셨다.

하지만 아직도 그 여자가 C인지는 확인할 수 없었다. 하지만 그 여자가 C이기를 바랐다. 완벽하지 못한 남자는 완벽해지기 위해 더욱더 열심히 노력하고 또 노력해야 한다고 말한 여자가 바로 C였다. 그러므로 C야말로 누구보다도 먼저 죽어야 마땅했다.

하지만 그걸 어떻게 확인한다지? 일일이 전화를 걸어서 물어보았지만, 하나는 전화를 받지 않았고, 나머지 셋은 질문에 대답하지 않았다.

하지만 이제 한 사람은 걱정하지 않아도 되는 상황이었다. 하나는 죽고 셋만 남았으니까.

기다리던 뉴스가 시작되고 자못 심각한 표정의 기자가 보도를 했다.

"스털링 하이츠에서 충격적인 살인사건이 벌어졌습니다. 최근에 디트로이트의 유명인사가 된 한 사람이 살해당한 것입니다. 자세한 소식은 잠시 후에 전해드리겠습니다."

드디어! 안도의 물결이 코린의 전신을 휩쓸고 지나갔다. 어머니의 완벽한 꼬마 신사에게 터무니없는 망발을 늘어놓던 그들이 천벌을 받아 마땅한 창녀들이라는 것을 이젠 만천하가 알게 된 것이다.

코린은 콧노래를 흥얼거리며 계속 몸을 앞뒤로 흔들었다.

"하나 죽고 셋 남았네. 하나 죽고 셋 남았네……."

19

　'브릭'이라는 별명으로 불리던 멜든 큐린을 찾는 데에는 그리 오랜 시간이 걸리지 않았다. 주변 사람들에게 몇 가지 질문을 하자 브릭이 자주 드나드는 술집 이름이 나왔고, 그 술집에서 브릭의 친구들 이름을 알아냈다. 그 친구들 중 하나를 만나자 그는 대뜸 이렇게 말했다.

　"아, 브릭이요? 그 나이 많은 여자하고 살던 친구? 요전에 대판 싸움을 벌였다던데. 아마 빅터하고 붙었을 거예요."

　"그 빅터라는 사람의 성은 어떻게 됩니까?"

　로저 번슨 형사는 아주 점잖게 물었다. 하지만 아무리 점잖게 해도 그의 질문은 어딘가 모르게 협박 비슷한 느낌이 들었다. 180센티미터의 키, 110킬로그램이 넘는 체중에 둘레 길이가 20인치가 넘는 목에 그 목구멍에서는 황소개구리 같은 목소리가 나왔다. 거기다 그 표정이란! 번개 지팡이를 던지기 직전의 제우스 신과 비슷한 얼굴이었다. 목소리는 타고났으니 어쩔 수 없었고, 몸무게에는 신경도 쓰지 않았다. 그리고 그 표정은 오래 전부터 시작된 연습의 산물이었다. 그러므로 그 모든 것이 조합된 로저 번슨 형사를 보고 위협적으로 느끼지 않는 사람이 있다면 맹인이거나 지독한 저능아일 수밖에 없었다.

"으음……, 에이블스, 빅터 에이블스요."

"빅터가 사는 곳을 아십니까?"

"시내 어디에 산다고 들었어요."

스털링 하이츠 경찰서의 경사는 디트로이트 경찰국과 연락을 취해 '브릭'이라는 별명을 가진 멜든 규린을 연행해 심문을 하기 시작했다.

번슨 형사가 조사실에 들어섰을 때 규린은 뿌루퉁하니 어딘가 심사가 꼬여 있는 듯한 표정이었다. 두 눈에는 핏발이 서 있었고, 역한 술 냄새가 풍겼다. 보아하니 아직도 뭔가 분이 풀리지 않은 것 같았다.

"규린 씨, 마아시 딘 양을 마지막으로 본 것이 언제였습니까?"

잔뜩 심사가 뒤틀린 얼굴을 하고 앉았던 브릭이지만, 번슨 형사의 목소리를 듣고는 화들짝 놀라며 고개를 번쩍 들었다. 하지만 곧바로 자신이 그런 겁먹은 표정과 행동을 보일 이유가 없다는 자신감이 생겼는지, 또다시 시무룩한 표정으로 돌아가 무뚝뚝한 목소리로 대답했다.

"목요일 밤이요."

"목요일이요? 확실합니까?"

"그래요, 왜요? 내가 뭘 훔쳐가기라도 했다고 그러던가요? 내가 집에서 나올 때 그 여자가 집에 있었으니까 내가 도둑질했다고 신고했다면 그건 그 여자가 거짓말하는 거요."

번슨 형사는 그 말에 대해서는 대꾸하지 않고 다시 물었다.

"목요일 밤부터 오늘까지 어디 있었습니까?"

"구치소에 있었어요."

브릭은 한층 더 퉁명스러운 목소리로 대답했다.

"어느 구치소에 있었습니까?"

"디트로이트요."

"체포된 시각은?"

"목요일 밤, 정확한 시간은 기억 안 나요."

"언제 석방되었습니까?"

"어제 오후요."

"그럼, 디트로이트 경찰국 구치소에서 사흘을 보낸 거로군요?"

"그래요."

"혐의는?"

"음주운전. 공무집행 방해."

브릭의 진술에 대한 진위 여부는 금방 알 수 있었다. 번슨 형사가 브릭에게 커피를 가져다 주었지만 그는 거절했다. 번슨 형사는 호의가 거절당한 것을 별로 놀라워하지 않았다. 브릭을 조사실에 혼자 남겨두고 번슨 형사는 디트로이트 경찰국에 전화를 걸었다.

브릭의 진술은 모두 사실이었다. 목요일 밤 11시 34분부터 일요일 오후 3시 41분까지 그는 디트로이트 경찰국 구치소에 수감되어 있었다.

완벽한 알리바이였다.

마아시 딘은 금요일 오후에 세 친구들과 함께 어니스 바에서 저녁을 먹었다. 에어컨이 작동되는 현장의 상황과 사체의 상태, 강직도 등을 두고 볼 때 마아시 딘의 사망시각은 금요일 밤부터 일요일 새벽 사이로 추정되었다.

그렇다면 브릭은 범인일 수 없었다.

이 간단한 사실이 처음에는 아주 간단한 퍼즐인 듯이 보였던 번슨 형사의 사건을 훨씬 더 어려운 수준으로 꼬아놓았다. 브릭이 범인이 아니라면 누구란 말인가? 지금까지의 조사결과를 보면 마아시나 브릭이나 제3의 이성을 가까이 한 흔적은 없었다. 마아시가 브릭과 헤어지지 않는다는 이유로 분노할 만한 남자가 없었던 것이다. 게다가 목요일 밤에 마아시와 브릭은 공식적으로 결별한 것이었으므로, 치정에 의한 살인이라는 추리는 더 이상 고집할 수 없었다.

그러나 범행 형태로 볼 때 범인은 분명히 마아시 딘을 노린 것이었다. 원한에서 비롯된 잔혹한 과잉공격으로 사체는 피해자의 신원을 식별하기 힘든 정도까지 손상되어 있었다. 칼로 찌른 것도 피해자가 완전히 사망한 후에 공격한 것이었다. 피해자는 망치로 머리를 맞은 순간 즉사했는데도 범인은 의도적으로 사체에 칼을 꽂음으로써 분풀이를 하려 했던 것이다. 칼에 찔린 상처에서 출혈이 거의 없다는 것은 칼을 맞을 때 피해자의 심장은 이미 멎어 있었음을 말해주었다. 성추행 역시 사후에 저질러진 행위였다.

마아시 딘은 범인과 잘 아는 사이였음이 분명했다. 외부에서 강제로 침입한 흔적이 없는 것으로 보아 아는 사람이었기 때문에 자기 손으로 직접 문을 열어주었다고 볼 수 있다. 유일한 용의자였던 브릭이 수사선상에서 제외되고 보니, 번슨 형사는 완전히 막다른 골목에 갇힌 꼴이 되고 말았다.

금요일 밤 마아시 딘의 행적을 되짚어볼 필요가 있을 것 같았다. 어니스 바 이후에 어디로 갔을까? 술집 한두 군데를 더 들러서 낯선 남자를 만나 집까지 데리고 갔던 건 아닐까?

미간에 주름이 잔뜩 잡힌 얼굴을 하고 번슨 형사는 브릭이 있는 조사실로 돌아갔다. 눈을 감은 채 의자에 축 처져 있던 브릭은 번슨 형사가 들어오자 벌떡 일어나 앉았다.

"협조해주셔서 감사합니다. 원하신다면 맥까지 태워다 드리도록 조치하겠습니다."

번슨 형사가 정중하게 말했다.

"끝난 거예요? 겨우 이걸 묻자고 날 여기까지 끌고 왔단 말이에요?”

번슨 형사는 잠시 망설였다. 그가 가장 하기 싫어하는 것이 누군가에게 누군가의 사망 사실을 통보하는 일이었다. 1968년 어느 날, 베트남 전쟁에 참전한 남편이 돌아올 수 없는 몸이 되었다는 비보를 어머니에게 전하기 위해 한 군목이 찾아왔던 날의 기억이 아직도 그의 뇌리 깊은 곳에 생생하게 남아 있었다. 그 슬픈 기억은 아무리 세월이 흘러도 지워지거나 희미해지지 않았다.

그러나 멜든 규린에게 사소하나마 불편을 끼친 이상, 그럴 수밖에 없었던 이유를 설명해야 했다.

“마아시 딘 양이 자택에서 괴한의 습격을 받았습니다.”

“마아시가요?”

브릭은 깜짝 놀라며 긴장하는 얼굴로 물었다. 조금 전까지의 태도나 표정은 온데간데없었다.

“다쳤어요? 괜찮습니까?”

번슨 형사는 또 머뭇거렸다. 이제부터 전해야 할 소식이 어쩌면 지금까지 브릭을 괴롭힌 것보다 훨씬 더 충격적이리라는 생각에 그는 최대한 점잖은 어조로 말했다.

“미안합니다. 딘 양은 괴한의 습격을 피하지 못했습니다.”

“……피하지 못, 하다니? 설마…… 마아시가…… 죽었다는……?”

“유감입니다.”

브릭 규린은 한동안 멍한 얼굴로 허공을 바라보더니 천천히 무너져내리기 시작했다. 면도를 하지 못해 거뭇거뭇하게 수염이 돋은 얼굴을 두 손에 파묻고 그는 엉엉 울었다.

다음날, 아침 7시도 되기 전에 제인의 언니 셸리가 나타났다.

“출근하기 전에 보려고 부랴부랴 달려왔어.”

제인이 문을 열어주자마자 셸리가 따발총처럼 떠들었다.

"오늘은 회사에 안 나가."

제인은 거의 기계적인 동작으로 수납장에서 커피잔을 꺼내 커피를 따라 셸리 앞에 내밀었다. 또 무슨 일이지? 아직은 언니의 화풀이 상대가 되어줄 만큼 에너지가 충전되지 않은 상태였다. 그런데 셸리는 커피잔을 테이블에 그대로 내려놓고는 제인에게 다가와 꼭 끌어안으며 말했다.

"오늘 아침 뉴스 보고서야 마아시 일을 알았어. 뉴스 보자마자 달려온 거야. 괜찮니?"

제인의 눈시울이 또 뜨거워졌다. 이제 더 짜낼 눈물도 남지 않았다고 생각했는데, 눈물은 어디서 그렇게 계속 흘러나오는지.

"괜찮아."

울먹울먹하는 목소리로 겨우 대답했다. 잠도 못 자고, 먹지도 못하고, 머리가 절반은 비어버렸거나 어디로 가버린 것 같았지만 그래도 그런 대로 버티고 있는 중이었다. 마아시의 죽음이 슬프고 고통스럽기는 하지만, 그래도 견뎌내야 했다.

셸리는 한 발 떨어져 서서는 제인의 푸석푸석한 얼굴을 자세히 들여다보았다.

"오이 가져왔다. 얼른 앉아."

오이?

"왜? 그걸로 뭘 하는데?"

제인은 잔뜩 경계하는 듯한 목소리로 물었다.

"얇게 저며서 눈에 붙이라구, 바보야."

셸리는 짐짓 화난 척 과장된 목소리로 대답했다. 셸리는 제인을 상대할 때면 가끔 그렇게 화난 척 목소리를 깔곤 했다.

"오이를 붙이면 부은 게 가라앉잖니."

"아이 패드 있는데, 뭘."

"오이가 더 나아. 얼른 앉으라니까."

말싸움하기에는 너무나 피곤했기 때문에 제인은 그냥 아무 의자에나 앉았다. 셸리는 어깨에 메고 온 가방 안에서 커다란 오이를 하나 꺼내더니 주방 안을 둘러보았다.

"식칼 어디 있니?"

"몰라. 아무 서랍이나 열어봐."

"식칼이 어디 있는 줄도 모른단 말이니?"

"언니. 나 여기 이사 온 지 아직 한 달도 안 됐어. 언니하고 형부는 이사한 후에 짐 다 푸는 데 얼마나 걸렸는지 알아?"

"글쎄다, 내가 8년 전에 이사 왔으니까…… 한 8년 걸렸나보다."

셸리의 눈동자에 장난기가 가득했다. 그러고는 기계적으로 수납장 서랍을 열었다 닫기를 계속 반복했다.

그때 주방 쪽 문을 우당탕 두드리는 소리가 나더니 제인이 미처 뭐라고 대답도 하기 전에 문이 벌컥 열렸다.

"낯선 차가 밖에 서 있길래, 또 기자 나부랭이가 찾아와서 귀찮게 하는 건 아닌가 하고……."

샘이었다. 전날 밤에 기자들에게서 연이어 전화가 오는 바람에 전화가 거의 불통이 되다시피 했다.

셸리는 호박만한 오이를 손에 든 채 멍한 얼굴로 샘을 바라보았다.

"다, 당신 누구야!"

갑자기 셸리가 소리를 질렀다.

"전, 옆집에 사는 경찰입니다."

샘이 대답했다. 문득 셸리가 들고 있는 오이를 보더니 그가 물었다.

"제가 방해가 됐습니까?"

제인은 기운만 있다면 샘을 한 방 갈겨주고 싶었다. 하지만 샘이 눈앞에 서 있으니 마음속 한구석이 따뜻하고 가벼워지는 기분이 들기도 했다.

"내 눈에 붙여주려고 그러는 거예요."

그 말을 못 믿겠다는 듯이 샘이 눈동자를 뚜르륵 굴렸다.

"저걸……? 굴러떨어질 텐데?"

아, 정말 이 아저씨 한 대 때려줘야 정신을 차리려나!

"얇게 저며서!"

제인은 기운 없는 목소리로 귀찮다는 듯이 대답했다. 샘의 얼굴은 '아하, 알겠다'로 바뀌었다. 그 다음에는 '나도 그 장면을 보고 싶은데'라는 표정이었다. 샘은 찻잔이 들어 있는 수납장 앞으로 뚜벅뚜벅 걸어가더니, 찻잔을 꺼내고는 그 잔에 커피를 따랐다. 기다란 다리를 꼬아 수납장에 기대어 서서는 앞으로 벌어질 일이 기대된다는 듯이 가만히 기다렸다.

셸리는 어안이 벙벙한 얼굴로 제인을 돌아보았다.

"이 사람, 누구니?"

"내 이웃이야. 샘 도노반. 샘, 우리 언니 셸리예요."

샘이 손을 내밀어 악수를 청했다.

"만나서 반갑습니다."

셸리는 악수를 하기는 했지만 별로 탐탁지는 않다는 표정이었다. 셸리는 다시 식칼을 찾기 시작했다.

"이사 온 지 3주밖에 안 됐는데 벌써 제 집처럼 드나드는 이웃이 있단 말이지? 커피잔이 어디 있는지까지 다 알고?"

"전 형삽니다. 뭐든 찾아내는 게 전문인 직업이죠."

샘이 넉살좋게 둘러댔다. 셸리는 오만한 얼굴로 샘을 쏘아보았다. 그 따위 넉살이 나한테 통할 것 같으냐는 표정이었다.

제인은 샘이 거기 있는 것만으로도 기분이 좋아졌고, 그래서 벌떡 일어나 그를 꼭 끌어안아 주고 싶은 마음이었다. 어제는 샘이 없었다면 제정신으로 견딜 수 없었던 날이었다. 샘은 마치 바위처럼 제인과 온갖 전화 사이에 버티고 서서 제인을 지켜주었다. 그 중 누군가에게는 더 이상 전화하지 말라고 경고조로 말하는 것 같았는데, 웬만한 사람이라면 오금이 저릴 정도로 위협적인 목소리였다.

하지만 오늘은 샘도 제인의 곁에 있어줄 수 없었다. 짙은 갈색 바지에 빳빳하게 다린 하얀 셔츠차림이니, 출근하려는 옷차림이었던 것이다. 호출기는 벨트에 클립으로 끼워져 있었고, 권총은 오른쪽 콩팥 옆에 얌전히 채워져 있었다. 셸리는 마치 외계인을 보는 듯한 눈길로 이따금씩 샘을 훔쳐보았다. 그러니 식칼을 찾는 데에만 온전히 정신을 쏟을 수가 없었다. 드디어 칼 종류가 들어 있는 서랍을 찾아낸 셸리는, 우선 껍질을 벗기는 칼을 꺼내들었다.

"어, 거기 있었네!"

제인도 반갑다는 듯이 말했다. 셸리는 한 손에는 칼을, 한 손에는 오이를 든 채 샘을 돌아보았다.

"애하고 같이 잤어요?"

다분히 적개심이 느껴지는 목소리였다.

"언니!"

제인이 발끈해서 소리쳤다.

"아뇨, 아직."

자신감이 넘치는 목소리로 샘이 대답했다. 갑자기 주방 안에 썰렁한 침묵이 내려앉았다. 셸리는 짧고 활기찬 손놀림으로 오이 껍질을 벗기기 시작했다.

"두 분은 별로 닮은 데가 없군요."

샘이 두 자매를 번갈아가며 유심히 살펴보다가 말했다. 그런 말은 제인과 셸리가 지금까지 쭈욱 들어온 말이었다.

"언니는 아버지를 닮은 얼굴에 머리칼과 눈동자 색깔은 엄마를 닮았고, 저는 엄마를 닮은 얼굴에 머리칼과 눈동자 색깔은 아버지를 닮았어요.”

제인은 마치 녹음된 내용을 자동으로 들려주는 인형처럼 기계적으로 설명했다. 셸리는 제인보다 10센티미터는 더 컸다. 몸집도 호리호리하고 머리카락은 금발이었다. 금발은 염색을 한 것이긴 했지만, 옅은 갈색 눈동자와 잘 어울렸다.

“오늘 제인과 함께 계실 겁니까?”

샘이 셸리에게 물었다.

“아무도 나랑 같이 있어줄 필요 없어요.”

“네.”

두 자매는 동시에 대답했다.

“전화도 대신 받으시고 기자들이 오면 쫓아버리세요, 아시겠죠?”

“아무도 나랑 같이 있을 필요 없다니까요!”

“알았어요.”

제인의 대꾸에는 상관없이 셸리는 샘을 쳐다보며 대답했다.

“잘들 한다! 여긴 내 집인데 내 말은 귓잔등으로도 안 들어!”

셸리가 오이 두 조각을 얇게 저몄다.

“고개 뒤로 젖히고 눈감아.”

“누워서 하는 거 아니야?”

“늦었어.”

셸리는 제인의 퉁퉁 부은 눈꺼풀에 차가운 오이조각을 갖다 붙였다.

시원하고 촉촉하고 차가운 것이 닿자 뻑뻑하고 쓰리던 눈꺼풀이 금세 부드럽게 풀리는 기분이었다. 마아시의 장례식이 끝날 때까지 쓰도록 오이를 쇼핑백으로 하나 가득 사다놓아야 할 것 같았다. 하지만 그 생각을 하자마자 잊고 있었던 슬픔이 다시 제인의 가슴 속으로 밀려들었다. 샘과 셸리 때문에 잠시나마 그 슬픔을 잊고 있었는데. 그 짧은 슬픔의 휴식에 대해 제인은 샘과 셸리에게 고

마운 마음이 들었다.

"담당형사에게서 연락을 받았는데, 마아시가 동거했다는 브릭이라는 남자는 목요일 밤부터 일요일 오후까지 디트로이트 경찰국의 구치소에 있었대요. 그러니까……, 그 남자는 아니에요."

"그럼 모르는 사람이 침입해서 마아시를 죽였단 말이에요?"

오이조각을 걷어치우고 눈을 번쩍 뜬 제인이 샘에게 물었다.

"범인이 누구든, 외부에서 강제로 침입한 흔적은 없었어요."

그 사실은 제인도 아침 신문에서 본 내용이었다.

"지금……, 말하는 것보다는 더 많이 알고 있는 거죠, 그렇죠?"

샘은 어깨를 으쓱 치켰다가 내렸다.

"경찰이란 원래 아는 만큼 다 말하지 않는 인종입니다."

속내를 드러내지 않는, 속마음을 도저히 읽을 수 없는 경찰다운 표정을 하고 있는 샘을 보며 제인은 아무리 닦달을 해도 더 이상 말해줄 사람이 아니라는 생각이 들었다. 제인은 샘이 아는 '더 많은 것들'이 무엇인지 상상하지 않으려고 애썼다.

샘은 커피를 남김없이 마시고, 찻잔을 씻어서 건조대에 엎어놓고는 제인에게 가볍게 입을 맞추었다.

"호출기랑 휴대전화 번호 모두 알고 있죠? 무슨 일이든 내가 필요할 땐 즉시 전화해요."

"알았어요. 참, 마아시의 여동생은 아직 여기 있나요?"

샘은 고개를 저었다.

"새지녀로 돌아갔어요. 여기 있어봤자 할 일은 아무것도 없어요 현장은 아직 출입이 통제되고 있고, 살인사건의 경우에는 사체를 반드시 부검하게 되어 있어요. 부검이 언제나 끝날지는 검시관이 할 일이 얼마나 밀려 있느냐에 달려 있죠. 아무리 빨라도 이번 주말까지는 장례식을 치르기 힘들 거예요."

듣고 보니 그것은 제인이 알고 싶지 않은 '더 많은 것들' 중의 하나였다. 마아시의 시신이 차가운 냉동실 안에 기약도 없이 갇혀 있어야 하다니…….

"그럼 나도 내일은 출근을 해야겠네요. 마아시의 동생이 원한다면 장례절차나 도와줄까 했는데. 나도 아직은 할 일이 없겠어요."

"그래요."

샘은 제인의 입술에 다시 한 번 입을 맞추고는 아직 오이조각을 들고 있는 제인의 손을 들어다가 눈꺼풀에 올려놓았다.

"자, 이제 다시 붙이고 있어요. 얼굴이 말이 아니에요."

"아이고, 고마우셔라."

퉁명스러운 목소리로 제인이 대꾸했다. 샘은 낄낄 웃으면서 주방에서 나갔다. 샘이 사라지고 나니 주방에는 다시 침묵이 감돌았다. 한참 후에야 셸리가 입을 열었다.

"저 남자는 좀 다르구나."

앞서서 파혼했던 세 약혼자와 다르다는 뜻이었다. 물론 틀린 말은 아니었다.

"그래."

제인도 선선히 동의했다.

"두 사람, 장난이 아닌 것 같은데? 서로 알게 된 지 오래되지도 않았으면서."

솔직히 말한다면 셸리가 믿어줄까? 이사 온 지 3주일이 지났는데, 그 3주일 중에서 2주일 동안 제인은 샘이 마약 밀매상이거나 알코올 중독자인 줄 알고 지냈다는 것을.

"나도 이걸 얼마나 심각하게 받아들여야 하는지 아직 잘 모르겠어. 어떤 남자를 만나든, 이젠 한 순간에 불꽃처럼 일어나는 사랑은 하지 않을 거야."

거짓말이었다. 제인의 입장에서 보자면, 두 사람의 관계는 이보다 더 심각할 수 없는 관계였다. 제인은 옆집 '날건달'과 사랑에

‘푹’ 빠져 있었다. 이제 남은 것은 샘의 감정이 어떤 것인지, 얼마나 깊은 것인지를 확인하는 것뿐이었다.

“그래야지. 이번에도 파혼당하면 죽어야지.”

오늘 같은 날, 그 ‘파혼’이라는 말은 입밖에 내지 않고도 넘어갈 수 있으련만, 셸리는 눈치없이 함부로 말하는 것이 가장 큰 단점이었다. 그러나 제인은 언니가 아무리 말을 가려서 하지 못해도 동생을 사랑하는 마음만은 진실하다는 것을 알기 때문에 언니의 단점을 너그럽게 눈감아주는 편이었다.

전화벨이 울렸다. 제인은 눈꺼풀에 덮고 있던 오이조각을 치우고 무선전화기를 향해 손을 뻗었다. 셸리도 거의 동시에 손을 뻗었다.

“샘이 전화는 나더러 받으랬어.”

셸리가 으르렁거렸다.

때르릉.

“언제부터 언니가 남의 명령을 그렇게 잘 따랐어?”

때르릉.

“지금은 상황이…….”

셸리와 말싸움을 시작하면 30분은 기본이라는 것을 누누이 경험했기에 제인은 자동응답기가 돌아가기 전에 무선전화기를 빼앗아 ‘통화’ 버튼을 눌렀다.

“여보세요!”

“넌 누구냐?”

“뭐라고?”

제인은 깜짝 놀라서 되물었다.

“넌 누구냐?”

제인은 미간을 잔뜩 찌푸리며 전화기를 꺼버리고는 테이블에 도로 내려놓았다.

“누구니?”

셸리가 물었다.

“장난전화야. 마아시, 티제이, 루나, 모두 이런 전화를 받았대. 그 리스트가 새어나간 후로 말이야. 아마 똑같은 사람이 한 전화일 거야.”

마아시라는 이름이 튀어나오자 제인은 갑자기 목이 콱 메었다.

“전화 회사에 음란전화 신고를 하지 그러니?”

“음란전화는 아니야. 그냥 ‘넌 누구냐?’ 하고 묻기만 하는걸? 목소리가 이상해서 확실하게는 모르겠지만, 아마 남자인 것 같아.”

셸리의 눈이 동그래졌다.

“그 리스트가 알려진 후에 장난전화가 걸려온다구? 그럼 당연히 남자겠지.”

셸리는 또 여기저기 주방 수납장을 뒤지기 시작했다.

“뭐하는 거야?”

“요리 시작하기 전에 필요한 것들이 어디 있는지 다 알아두려고 그런다, 왜?”

“요리를 해? 무슨 요리?”

“아침 먹어야 할 거 아냐! 우리 둘 다. 무슨 요리를 하든 너도 먹어야 돼. 알지?”

사실은 제인도 아침에 일어나니 허기가 느껴지던 참이었다. 어제 저녁을 건너뛰었으니 그럴 만도 했다.

“먹도록 노력해볼게.”

제인은 갑자기 순한 어린애처럼 고분고분하게 대답했다. 그러고는 셸리가 팬케이크를 굽는답시고 부산을 떨며 돌아다니는 동안 오이조각을 눈꺼풀에 붙이고 가만히 앉아 있었다.

코린은 크게 실망스러운 표정으로 전화기를 내려다보았다. 이번에도 상대방은 코린의 질문을 완전히 무시했다. 다른 세 여자들처럼 뭐라고 따지고 들지도 않았다. 아예 아무 말도 하지 않았다. 평소처럼 거나하게 욕이라도 늘어놓을 줄 알았는데, 전혀 예상 밖이었다. 직장에서 제인 브라이트가 말하는 스타일은 전혀 코린의 마음에 들지 않았다. 지나칠 정도로 욕을 잘해서, 아마 어머니가 보았다면 절대로 용서하지 않았을 것이다.

이제 어떻게 해야 할지 난감했다. 첫 번째 창녀를 죽인 것은…… 너무나 짜릿한 경험이었다. 그 창녀의 죽음이 그토록 뜨겁고 거친 환희의 물결을 가져다 줄 줄은 몰랐다. 거의 황홀경에 빠지는 것 같았다. 그 황홀경 속에서 코린은 거룩한 기쁨을 느꼈다. 하지만 그 기쁨과 환희의 물결이 잦아들자 그 다음에는 두려워지기 시작했다. 만약 코린이 그런 기쁨과 환희를 느꼈다는 것을 어머니가 알면 뭐라고 할까? 어머니가 벌을 줄 때마다 마음속으로 은밀히 느끼곤 하던 그 기쁨을 어머니에게 들킬까봐 얼마나 조마조마했던가.

하지만 살인은…… 오, 사람을 죽인다는 것은……. 코린은 살며시 눈을 감고 몸을 천천히 앞뒤로 흔들면서 그 당시의 순간 순간들을 아주 조그마한 조각으로 나누어 다시 한 번 떠올렸다. 망치를 쳐들어 힘껏 내리치기 직전의 찰나와도 같았던 순간에 그 창녀의 눈동자에 한꺼번에 나타났다 사라진 공포와 충격의 그림자, 그의 힘이 너무나 강했기 때문에 그 창녀로서는 도저히 대항할 수도 제지할 수도 없는 불가항력의 상황이라는 것을 생생하게 실감하면서 느꼈던 '전능'의 쾌감이 다시 한 번 코린의 혈맥을 타고 흘렀다. 코린의 눈에 눈물이 고였다. 그 쾌감을 다시 한 번 즐기고 싶은데 그 순간이 영원히 지나가버렸다는 것이 너무나 서운해서였다.

어머니를 죽인 날 이후로 그토록 짜릿한 쾌감은 맛보지 못하고 살아왔다.

아니야, 그건 떠올리면 안 돼. 의사들은 코린이 당시의 일을 떠올리면 안 된다고 했다. 하지만 의사들은 약을 꾸준히 복용하라는 말도 했다. 약을 먹어야 한다는 그들의 말은 틀린 말이었다. 그 약을 먹으면 그 남자가 사라졌으니까. 그러니까 코린은 어머니를 계속 생각하고 떠올려야 했다.

코린은 화장실로 들어가 거울 속을 들여다보았다. 그 남자는 여전히 거기 있었다.

코린은 자기가 죽인 창녀의 집에서 가져온 립스틱을 집어들었다. 왜 그걸 들고 나왔는지는 코린도 알 수 없었다. 그 창녀가 죽은 것을 확인하고 나서, 코린은 집 안을 구경하며 돌아다녔다. 창녀의 물건들을 구경하다가 화장실 거울 속에 비친 자신의 모습을 보았을 때, 화장실 안 구석구석에 쌓여 있는 화장품들이 눈에 띄었다. 조그마한 공간이라도 있으면 어김없이 화장품이 들어차 있었다. 창녀 주제에, 이렇게라도 하면 아름다운 여자가 될 줄 알았나보지? 코린은 죽은 창녀를 비웃었다. 너한테는 이제 이런 게 필요 없을 테니까……. 코린은 립스틱을 하나 들어 주머니에 슬쩍 집어넣었다. 그리고 그날 밤부터 그 립스틱은 코린의 화장실 선반 위에 놓이게 되었다.

뚜껑을 벗기고 밑동을 돌리자 음란하게 생긴 진홍색 립스틱이 올라왔다. 꼭 수캐의 음경처럼 생긴……. 코린은 수캐의 음경이 어떻게 생겼는지 훤히 알고 있었다. 자신도 그런……, 아니야, 더 이상 그런 생각은 하지 말아야 해.

거울을 향해 몸을 앞으로 살짝 내밀면서 코린은 입술에 진홍색 립스틱을 발랐다. 몸을 똑바로 세운 그는 거울 속에 비친 자신의 모습을 바라보며 쌩긋 미소를 지었다. 빨간 입술 사이로 하얀 치아가 살짝 드러났다. 그는 거울을 향해 말했다.

"안녕하셨어요, 어머니?"

20

　너무나 신기했다. 다음날 아침, 회사에 출근해서 엘리베이터가 내려오기를 기다리는 동안 제인의 머릿속에는 여러 가지 생각과 기억들이 한꺼번에 스쳐갔다. 마아시가 떠나버린 자신의 세상은 표현할 수 없을 정도로 황폐해져 버렸는데, 햄머스테드 사람들은 마아시의 죽음 따위에는 아랑곳하지 않는 것 같았다. 루나와 티제이는 제인 못지않게 충격과 슬픔 속에 빠져 있었다. 또 마아시와 함께 근무했던 부서 사람들도 그랬다. 그러나 회사 정문을 들어서면서부터 간간이 마주친 다른 사람들은 마아시의 죽음에 대해 일언반구도 없었다.

　물론 아래 두 개 층에서 열심히 일하는 컴퓨터광들은 하드웨어나 소프트웨어 이외의 것에 대해서는 관심이 없다는 걸 진작부터 알고 있었다. 오늘 아침, 엘리베이터 버튼 옆에 붙은 벽보에는 이렇게 씌어 있었다.

　FDA 공식 발표문 : 붉은 고기는 인체에 해롭지 않다. 인체에 해로운 고기는 푸르뎅뎅한 녹색 고기이다.

푸르뎅뎅한 녹색 고기란 컴퓨터광들이 냉장고 속에 넣어놓고 깜빡 잊어버려서 상한 고기를 말했다. 그러니까 오늘의 벽보는 그들을 겨냥한 것이라고 할 수 있었다. 다른 날 같으면 그 벽보를 읽고 신선한 웃음으로 하루를 시작했겠지만, 오늘은 입가에 희미하게 걸쳐지는 미소조차 지어지지 않았다.

티제이와 루나도 어제는 회사에 출근하지 않았다. 아침 8시가 조금 지나서 제인의 집에 도착했는데, 두 사람의 몰골은 제인의 몰골과 크게 다르지 않았다. 셸리는 오이를 더 썰어서 두 사람의 눈꺼풀에 붙여주고 팬케이크를 더 구워서 내놓았다.

셸리와 마아시는 직접 만난 적은 없었지만, 셸리는 동생과 동생의 친구들이 마아시에 대해 하는 이야기를 하루 종일 함께 들어주었다. 한참을 울다가, 그 다음에는 또 한참을 웃고, 그러다가는 브릭이 용의선상에서 제외되었으니 대체 누가 범인일까를 두고 갖가지 추리를 해보기도 했다. 어떤 추리도 진실에 다가가지 못한다는 것은 알지만, 그래도 그렇게 마아시의 지난날과 죽음에 대해 이야기하는 동안만이라도 슬픔과 충격은 조금씩 누그러지는 것 같았다. 마아시의 죽음은 세 여자 모두에게 받아들이기 힘든 현실이었다. 그렇게 수백 번, 수천 번이라도 마아시의 죽음에 대해 말하고 듣는 것만이 그녀의 죽음을 천천히 현실로 만들어줄 것 같았다.

사무실에 들어선 제인은 드윈터가 먼저 와 있는 것을 보고 조금 놀랐다. 누군가가 제인보다 먼저 출근해 있는 날은 거의 없었다. 제인이 사무실에 들어서자마자 드윈터가 불렀다. 제인은 한숨을 푸욱 내쉬었다. 급여과의 상급 책임자이기는 하지만, 그 자리는 말 그대로 '책임자'일 뿐, 권한은 쥐뿔도 없는 자리였다. 월요일에는 별다른 해명도 없이 오후 근무를 잘라먹었고, 화요일에는 아예 출근도 하지 않았으니 부서 사람들이 온통 콩튀듯 팥튀듯 바빴으리라는 것은 누가 설명해주지 않아도 잘 알았다. 드윈터도 식은땀을 흘렸을 것이고, 모두들 달라붙었어도 제대로 제시간에 일을 마쳤을지 의문스러웠다. 월급쟁이들에게 월급이 제시간에 안 나오는 것보다 두려운 일이 어디 있겠는가.

어떤 비난이나 질책도 말없이 받으리라 다짐을 하며 드윈터 앞에 나아갔는데, 그의 입에서는 뜻밖의 이야기가 흘러나왔다.

"친구분 소식을 듣고 나도 큰 충격을 받았어요. 정말 슬픈 일입니다. 세상에 어떻게 이런 일이 있을 수 있는지……."

회사에서는 절대로 울지 않겠노라고 다짐했는데, 드윈터의 기대치 않았던 인정에 제인은 금방 눈시울이 붉어졌다. 얼른 눈을 깜빡거리며 눈물을 삼키고 대답했다.

"감사합니다. 저한테는 큰 충격이었습니다. 그리고 월요일에 말도 없이 사라졌던 것에 대해 사과드리고 싶습니다."

드윈터가 고개를 저었다.

"충분히 이해해요. 부서 사람들이 조금씩 시간 외 근무를 해야 했지만, 아무도 불평하지 않았어요. 장례식은 언제로 잡혔습니까?"

"아직……. 부검 때문에……."

"아, 그렇군요, 그렇겠군요. 일정이 잡히면 알려주세요. 회사 사람들 중에 참석하려는 사람들이 꽤 많아요."

제인은 고개를 끄덕여 약속하고는 얼른 자리로 들어가 일 속에 자신을 파묻었다.

그날 하루가 견디기 힘든 날이 될 거라는 건 짐작하고 있었지만, 얼마나 힘들지는 미리 계산할 수 없었다. 지나를 비롯해 같은 부서에 근무하는 거의 모든 사람들이 한 번씩 얼굴을 내밀고 마아시 이야기를 했다. 물론 여자들은 예외없이 눈물을 찔끔거리고 돌아갔다. 오이를 가지고 오지 않았다는 것을 상기하면서, 제인은 하루 종일 눈물과 싸워야 했다.

미리 약속을 하지도 않았는데, 점심시간이 되자 티제이와 루나가 나타났다.

"레일로드 피자 어때?"

티제이가 물었고, 세 사람은 티제이의 차를 타고 나갔다.

주문한 야채 피자가 나왔을 때, 제인은 불현듯 그 이상한 전화를 받았던 일이 생각났다.

"나도 그 전화 받았어. '넌 누구냐?'"

"정말 소름끼치지 않아요?"

루나가 힘없는 목소리로 말하며 억지로 피자를 입에 물었다. 루나의 예쁜 얼굴은 단 이틀 만에 10년 치를 한꺼번에 늙어버린 것 같았다.

"우리가 벌써 두 번씩이나 그 전화를 받은 걸 생각하면, 선배한테는 무척 늦게 장난을 친 모양이네요."

"글쎄. 난 그동안 기자들 피하느라고 전화를 계속 꺼놨었거든."

"그래. 우리도 전화가 오는 대로 족족 다 받았으면 그 장난전화를 수십 번도 넘게 받았을지도 몰라."

티제이는 말을 하다 말고 이마를 문질렀다.

"아이고, 머리야……. 어젯밤에 집에 돌아가자마자 갑자기 눈물이 터지더라구. 기진맥진할 때까지 엉엉 울었지. 갤런이……."

제인이 고개를 번쩍 쳐들었다.

"그래, 참 갤런은 어떻게 됐어? 아직도 모텔에 있니?"

"아니. 월요일 그 뉴스가 터졌을 때 갤런은 공장에 있었는데, 그 소식 듣고 집으로 몇 번이나 전화를 했었대. 결국 그날 밤에 집으로 왔더라구. 아직 우리 문제는 해결된 게 없어. 집 안이 썰렁하지 뭐. 마아시가 그렇게 된 마당에 갤런하고 싸울 기운도 없어. 갤런은 딱 입을 다물고 있어. 하지만……, 조심하려고 노력하고 있는 것 같아. 아마 그러면서 내가 다 잊어주기를 바라겠지."

마치 피자에게 화풀이를 하려는 듯이, 티제이는 들고 있던 피자

조각을 꽉 깨물었다.

"절대로 그냥 넘어가지 마."

제인은 단호한 목소리로 말했고, 루나는 슬쩍 미소를 지었다.

"내가 살아 있는 한, 절대로 그렇게는 안 되지. 자, 이제 좀 신나는 얘기 좀 해보자. 샘은 어때? 그렇게 섹시한 곰탱이를 마약 중독자로 몰아붙이다니, 난 믿어지지가 않는다."

티제이의 눈이 장난스럽게 빛났다. 하루 종일 울면서 지내지나 않으면 다행이라고 생각했는데 제인의 얼굴에도 미소가 번졌다.

"그러게 말이야. 하지만 요즈음에는 깨끗하게 씻고 다니니까 그렇지. 그 곰탱이가 눈은 벌겋게 핏발이 서 가지고 고린내를 팍팍 풍기면서 수염이 거뭇거뭇한 얼굴에 때가 꼬질꼬질한 티셔츠를 펄렁거리면서 나타났다고 생각해봐. 정말 끔찍하지……."

"그 짙은 눈동자……, 우…… 와우!"

루나는 손바닥으로 얼굴에다 부채질까지 해가며 말했다.

"거기다가 그 널찍한 어깨하며! 선배도 봤죠?"

제인은 샘의 몸에 관한 한 보지 못한 곳이 없다는 것을 말해주고 싶었다. 친구들은 아직 샘의 나체쇼에 대해 모르고 있었다. 생각해보면 참으로 아이러니컬한 일이었다. 샘을 알코올 중독이나 마약 중독에 빠진 날건달이라고 생각했을 땐 그와 부딪쳤던 사소한 일까지 시시콜콜하게 친구들에게 까발렸었는데, 그와의 사이에 묘한 화학작용이 일어나기 시작한 이후로는 샘에 대해 아무 말도 하지 않았던 것이다.

"그 남자도 너 때문에 몸이 달아 있어. 당장이라도 침대로 끌고 가려고 할 거야. 내 말 흘려듣지 마."

"그래."

제인은 희미한 목소리로 대답했다. 자신도 샘 못지않게 몸이 달아 있고, 당장이라도 샘을 침대로 끌어들이고 싶은 마음이 굴뚝같다는 것, 그리고 벌써 침실 바로 앞까지 갈 뻔했다는 것은 도저히 낯이 간지러워 말할 수 없었다.

"선배, 내가 보니까 그 남자가 선배를 좋아하는지 안 하는지는 별로 눈치볼 것도 없겠던데요? 그 남자는 서론은 물론이고 본론도 잘라먹고 곧바로 결론으로 들어갈 사람이에요."

루나가 동의를 구하는 듯이 티제이를 슬쩍 곁눈질하며 제인에게 말했다. 티제이도 피식 웃었다.

"그래. 루나 말이 맞아. 그 남자, 머뭇거리고 부끄러워하고 그러지 않지?"

머뭇거림? 부끄럼? 샘 도노반의 사전에 그런 단어는 없었다. 저돌적이고, 과격하고, 오만하고, 영리하고, 민첩하고, 섹시하고, 달콤하고……. 샘 도노반을 설명하는 단어는 그런 것들이었다. 그의 머리털에서부터 치아, 혈액, 근육, 혈관과 뼈 조직까지 모두 뒤져도 '부끄러움을 인식하게 하는 유전자'는 단 한 톨도 없을 거라고 제인은 확신했다.

티제이의 휴대전화가 울렸다.

"갤런일 거야."

티제이는 못 말린다는 듯이 한숨을 내쉬며 핸드백을 뒤져서 휴대전화를 꺼냈다.

"여보세요?"

티제이의 얼굴이 일시에 벌겋게 달아올랐다.

"이 전화번호는 어떻게 알았냐?"

소리를 빽 지르며 티제이가 전화기를 꺼버렸다.

"나아쁜 놈!"

전화기를 핸드백 속에 콱 처박으면서 티제이가 중얼거렸다.

"갤런이 아닌가보네?"

제인이 물었다.

분이 풀리지 않는지 티제이는 목소리까지 부르르 떨렸다.

"그 자식이야. 대체 내 휴대전화 번호는 어떻게 알았지? 이 번호 아는 사람은 많지도 않은데 말이야."

"전화 회사에 다 등록되어 있잖아요."

루나가 말했다.

"아니야. 이 전화는 갤런 이름으로 가입한 거야. 내 이름은 올라 있지 않다구. 갤런 이름으로 가입한 거면 당연히 갤런이 가지고 다니는 줄 알지, 내가 가지고 다니는 건 어떻게 알았느냐 말이야."

"뭐래?"

"또 똑같은 소리지, 뭐. '넌 누구냐?' 그러고는 '마아시'라고 말하데. 성도 빼고 딱 마아시 이름만. 나쁜 놈. 정말 어떤 놈인지 걸리기만 해봐, 가만두지 않을 거야."

제인은 들고 있던 피자조각을 내려놓았다. 갑자기 온몸에 소름이 끼치며 뒷덜미가 스멀스멀했다. 혹시 이 이상한 전화들이 마아시의 죽음과 연관이 있는 것은 아닐까? 정말 아무 상관없는, 단순한 장난전화일 수도 있겠지만, 그렇지 않을 수도 있었다. 하지만 그 리스트 때문에 정말로 화가 난 누군가가……, 그걸 만든 사람들에게 차례로 복수를 하려는 건 아닐까……?

갑자기 제인의 숨이 가빠졌다. 티제이와 루나는 어리둥절한 얼굴로 제인을 바라보았다.

"왜 그래요, 선배?"

루나가 놀란 목소리로 물었다. 모기소리만한 목소리로 제인이 대답했다.

"갑자기 너무나 섬뜩한 생각이 떠올라서……. 방금 전에 전화를 건 그 사람이 바로 마아시를 죽인 사람이라면 어쩌지? 마아시를 죽이고 나서 우리 모두를 뒤쫓고 있는 거라면……."

루나와 티제이의 얼굴은 동시에 공포의 그림자로 뒤덮였다.

“설마…….”

루나는 그런 가능성을 부정했다.

“설마라니, 왜?”

“그건……, 말도 안 되잖아요. 유명 연예인이나 정치가 같으면 몰라도…… 우리처럼 평범한 사람한테 설마 그런 일이…….”

제인은 아직도 목소리가 잘 나오지 않았다.

“마아시가 살해당했어. 그건 평범한 일이니?”

세 여자는 동시에 온몸을 싸늘하게 타고 흐르는 공포의 전율 같은 것을 느꼈다.

“집에서 그 전화를 받았을 땐 나도 별 의심 없이 지나쳤어. 하지만 티제이, 네 휴대전화 번호는 그 사람이 어떻게 알았을까? 대부분의 사람들은 알지 못하는 어떤 수단을 가지고 있었겠지. 그럼…… 혹시 우리가 스토킹을 당하고 있는 건 아닐까?”

루나와 티제이는 더욱더 공포스런 얼굴로 제인을 바라보았다.

“선배……, 나 무서워요……. 선배도 혼자 살고, 나도 혼자 살고……, 갤런은 자정이 다 되어야 돌아오고 마아시도 혼자였잖아요.”

“그런데 그 사람은 그걸 어떻게 알았을까? 마아시는 피살되기 전날까지 브릭과 함께 살았어.”

티제이가 말했다. 제인에게 또 한 가지 떠오르는 것이 있었다.

“신문기사에는 분명히 ‘외부 침입의 흔적은 없다’라고 나와 있었어. 샘도 누군가와 전화통화를 할 때 그렇게 말했고 그래서 제일 먼저 용의자로 떠오른 사람이 브릭이었어. 브릭은 열쇠를 가지고 있었을 테니까. 그런데 브릭은 아니었어. 경찰에서는 브릭 이외에 마아시가 잘 아는 누군가의 소행이라고 추정하고 있어. 마아시는 범인에게 문을 열어주었고, 범인은 자연스럽게 들어가서 범행을 저지른 거야. 그러니까…….”

제인은 마른침을 꿀꺽 삼켰다.

"범인은 우리 모두가 다 아는 사람이야."

"옴마아……."

루나는 두 손으로 입을 틀어막으며 울상을 지었다. 그 커다란 눈에 공포가 가득했다.

티제이는 들고 있던 피자조각을 떨어뜨렸다. 갑자기 심각한 병을 얻은 사람처럼 표정이 바뀌었다. 그러면서도 티제이는 억지로 미소를 지으려고 애썼다.

"우리가 지나친 거 아니야? 캠프파이어 주변에서 귀신얘기 지어내는 어린애들처럼."

"우리가 두려워하고 있다는 건 좋은 징조야. 그만큼 조심할 테니까. 회사에 돌아가는 대로 샘과 통화해야겠어."

티제이가 얼른 핸드백에서 휴대전화를 꺼내주었다.

"자, 이걸로 해봐. 당장."

제인은 핸드백에서 그의 전화번호와 호출기 번호를 적어둔 메모지를 꺼냈다. 버튼을 누르는 동안 제인의 손가락은 심하게 떨렸다. 신호음이 세 번 울리자 그의 목소리가 들렸다.

"도노반입니다."

제인은 조그만 휴대전화를 두 손으로 꽉 움켜쥐었다.

"제인이에요. 샘, 우리 모두 겁이 나서 죽겠어요. 그 리스트가 알려진 뒤부터 우리 모두에게 이상한 장난전화 같은 게 걸려왔었어요. 딱히 협박을 하거나 음란스러운 말은 없었기 때문에 말하지 않았는데, 그냥 '넌 누구냐?' 하고 묻는 게 전부였거든요. A, B, C, D가 각각 누군지 알아내려는 것 같았어요. 그런데 방금 티제이의 휴대전화로 또 그 사람이 전화를 했어요. 그리고 마아시의 이름을 들먹거렸대요. 그 사람이 티제이의 휴대전화는 어떻게 알아냈을까요? 이 전화는 티제이 이름으로 가입된 게 아니라 남편 이름으로 된 거래요. 그러니까 이 전화를 갤런이 아니라 티제이가 가지고 다닌다는 걸 그 사람도 알고 있다는 거죠. 당신이 마아시하고 범인은 아는 사이라고 말하는 걸 들었어요. 티제이한테 휴대전화로 전화를 건 사람도 티제이를 아는 사람이 분명해요. 지나친 상상일지도 모른다는 건 나도 알아요. 하지만 무서워 죽겠어요. 제발 미친 소리 하지 말라고 말 좀 해줘요……."

"지금 있는 곳이 어디예요?"

샘이 조용한 목소리로 물었다.

"레일로드 피자. 빨리 미친 소리 하지 말라고 말하라니까요!"

"발신자 표시기를 다는 게 좋겠어요. 티제이와 루나도 그게 없으면 당장 사다가 달아놓으라고 하세요. 오늘 당장. 전화 회사에 연락해서 오늘부터 사용할 수 있게 해놓고 기계는 퇴근할 때 사가지고 들어가요. 알았죠?"

제인은 숨이 멎어버리는 것 같았다.

"발신자 표시기……, 알았어요."

"루나는 휴대전화 가지고 있어요?"

"둘 다 없어요. 티제이만 가지고 있어요."

"그럼 두 사람 다 당장 사도록 해요. 당장 개통시켜서 지니고 다녀요. 유선전화를 사용할 수 없는 경우를 대비하라구요 내 말 명심해요. 꼭 몸에 지니고 다녀야 해요. 핸드백이나 차 안에 두지 말고 주머니에 넣고 다녀요, 알았어요?"

"휴대전화, 알았어요."

퇴근길이 한참 길어지겠군, 제인은 속으로 생각했다.

"전화 목소리에 낯익은 구석은 없었어요?"

"전혀. 속삭이는 듯한 목소리이기는 한데 상당히 큰 소리였어요 좀 자연스럽지 못한 소리랄까……."

"배경소리는? 알아들을 만한 건 없었어요?"

제인은 티제이와 루나에게 샘의 질문을 전달했다. 두 사람은 고개를 저었다.

"아뇨, 없었어요"

"좋아요. 티제이와 루나는 어디 살아요?"

제인은 두 사람의 주소를 불러주었다. 티제이는 마운트 클레멘스에, 루나는 로열 오크에 살고 있었다. 두 지역 모두 디트로이트 북쪽에 있었다. 샘은 한숨을 푹푹 내쉬었다.

"로열 오크는 오클랜드 카운티인데. 카운티가 두 곳, 경찰서는 네 곳이 이 사건에 얽혀들었군요. 참으로 힘든 사건이 되겠어요."

"나한테 미친 소리 하지 말라고 할 줄 알았더니……."

"마아시가 죽었어요. 죽은 사람을 포함해서 네 사람이 모두 똑같은 익명의 전화를 받았고. 인생에서 우연히 벌어지는 일이 그렇게 많은 줄 알아요?"

그렇게 본다면 제인의 두려움이나 걱정은 미친 소리가 아니었다. 제인은 깊은 숨을 들이쉬었다.

"이제 어떻게 해야 하죠?"

"티제이와 루나에게도 단단히 일러둬요. 이 전화를 거는 사람이 누군지 밝혀질 때까지는 집 안에 가족 이외에 누구도 들여놓지 말라고 하세요. 차가 고장났다고 잠시 태워달라거나, 전화를 잠시 빌려 쓰자거나, 모두 안 돼요. 출입문과 창문을 모두 꼭꼭 걸어 잠그고 혹시 차고 문이 자동문이거든 문이 열릴 때 누군가 다른 사람이 슬쩍 끼어들어오지나 않는지 반드시 확인하라고 해요."

"얼마나 걸릴까요?"

"확신할 수 없어요. 어떤 머저리 같은 놈이 그냥 장난삼아 하는 짓이라면 발신자 표시만으로도 간단히 잡아낼 수 있지만, 그렇지 않으면 세 사람 전화에 도청장치라도 달아야죠"

"머저리 같은 노……, 남자가 아니라 정말 뭔가 의도를 가지고 한 짓이라면 티제이의 휴대전화 번호는 어떻게 알았을까요?"
　"당신이 말했다시피……, 티제이를 아는 사람이죠."

　회사 주차장에 차를 세워놓고, 세 사람은 묵직한 벽돌 건물을 가만히 올려다보았다.
　"이 안에 있는 누군가가 바로 그 사람이란 말이지……?"
　제인이 말했다.
　"우리한테 겁을 주려고 누가 장난치는 거겠죠."
　루나가 말했다.
　"샘이 인생에는 우연이 많지 않다고 했어. 확실한 게 밝혀질 때까지는, 그 전화의 주인공이 마아시의 살인범이라고 생각해야 해."
　"내 직장 동료 중에 살인자가 있다니. 믿을 수가 없어. 마아시는 늘 베넷 트로터를 야비한 인간이라고 욕하기는 했지만……."
　티제이는 멍한 얼굴로 자기가 무슨 말을 하고 있는지도 모르는 채 중얼거렸다.
　"마아시만 그랬나? 우리 모두 그랬지."
　베넷 트로터는 인간의 탈을 쓴 미꾸라지였다. 아니면 뱃속에 미꾸라지가 가득 찼거나. 갑자기 한 기억이 떠오르면서 제인의 얼굴이 찌푸려졌다.
　"우리가 그 리스트 만들던 날……, 기억 안 나? 켈먼이 마아시의 엉덩이를 만졌다고 했지? 그때 그 장면을 목격하고 마아시에게 무슨 말을 했다는 사람이 베넷 아니었니?"
　"그런 것 같기도 한데, 확실하게 기억나지는 않아."
　티제이는 긴가민가하는 표정이었다.
　"난 기억나요. 베넷이……, 마아시가 켈먼 때문에 힘들다면 켈먼을 어떻게 하겠다고 그랬다는……."
　"베넷이 야비한 인간인 건 틀림없지만 사람을 죽일 정도는 아니야."

티제이가 고개를 저으며 말했다.

"그건 아무도 몰라. 그러니까 우린 모든 사람을 범인이라고 가정해야 해. 샘이 전화를 건 사람이 누군지 밝혀내고, 그 사람이 마아시가 죽은 시간에 틀림없는 알리바이를 가지고 있다는 게 증명된다면 그땐 마음을 놓아도 좋아. 그때까진 우린 모든 사람을 적으로 대해야 한다구."

제인은 티제이의 소극적이고 마냥 착하기만 한 태도가 답답했다. 남에게 착하게 굴다가 제 목숨을 잃게 될지도 모르는 판인데…… 물론 제인도 자신의 상상이 상상으로 끝나기를 바랐다. 그러나 마아시가 끔찍하게 살해당했고, 그 범인은 아직도 대로를 활보하고 있는 상황이었다. 그것도 역시 믿어지지 않는 일이었지만 무엇보다도 분명한 현실이었다.

제인은 이런 현실을 티제이에게 설득하는 것보다는 간편한 방법을 택했다.

"샘은 이런 일에 있어서는 우리보다는 훨씬 더 전문가잖아. 그 사람이 조심하라면 조심하는 게 좋지 않겠어?"

티제이도 그 점은 수긍했다.

"그건 그래. 샘이 걱정된다면, 시키는 대로 하지 뭐."

제인은 갑자기 심술이 났다. 티제이, 루나, 심지어는 셸리까지, 샘을 딱 한 번씩 만났을 뿐인데 벌써 그가 하는 말이라면 깜빡 죽는시늉을 하고 있으니. 하지만 이렇든저렇든 모두들 조심하고 안전하게 지낼 수 있다면 그걸로 만족하는 수밖에 없었다.

세 사람은 함께 건물 안으로 들어가서 각자 자기 사무실로 향했다. 제인은 샘이 지시한 것들을 곱씹어 되새기면서 얼른 전화 회사에 전화를 걸어 발신자 표시 서비스를 신청하고 내친 김에 수신 전환 서비스까지 신청했다. 자기 집에 걸려온 전화를 샘의 집에서도 받을 수 있으면 좋겠다는 생각이 언뜻 들었던 것이다.

　샘은 번슨 형사에게 전화를 걸었다.
　"로저, 사건이 애초에 우리가 예상했던 것보다 훨씬 복잡해지는 것 같아."
　"무슨 소리야?"
　"딘 양이 그 리스트를 만든 여자들 중 하나라는 건 알지?"
　"알지. 하지만 기자들 때문에 부풀려진 측면이 많지 않은가?"
　"그 리스트와 직접적인 관련이 있는 네 여자들이 모두 이상한 전화를 받았어. 동일인물인 것 같아. 모두 '넌 누구냐' 하고 묻는 전화를 받았다는 거야."
　"'넌 누구냐?'"
　"그래. 그 리스트에 대해서 안 읽어봤어?"
　"내가 무슨 복이 있어서 한가하게 그런 걸 읽고 있겠나. 내 마누라가 얘기해주는 것만 대충 들었지."
　"신문기사에서는 그 리스트를 만든 여자들을 A, B, C, D로 익명 처리했거든. 그러니까 그자는 그 A, B, C, D가 각각 누군지, 누가 어떤 말을 한 사람인지를 확실하게 구별하려고 했던 거야. 티제이라는 여자의 휴대전화로 전화를 걸어서 똑같은 걸 물었대. 마아시 딘 양의 이름까지 거론하면서. 어떤 협박도 없이 딱 피살자의 이름만 말했다는 거야."
　"허어, 이거야 원."
　로저가 그렇게 말할 땐 일이 심각하다는 뜻이었다.
　"티제이의 휴대전화는 남편 이름으로 가입이 되어 있어. 그러니까 모르는 사람이라면 그 전화는 티제이의 남편이 가지고 다닐 거라고 생각하겠지. 그런데 전화를 건 사내는 그 전화의 번호뿐만 아니라 그걸 티제이가 가지고 다닌다는 것까지 알고 있는 거야."

"그렇다면 그자는 그 네 여자들과 잘 아는 사이이거나 아니면 티제이라는 여자의 남편을 잘 아는 자겠군."

"자네 같으면 자네 마누라의 휴대전화 번호를 다른 남자에게 알려주겠어?"

"그건 그렇군. 맞아, 그 전화를 건 자는 네 여자들을 알고 있는 자야."

"마아시 딘도 살인자와 안면이 있었어. 그러니까 한밤중에 문을 직접 열어주고 집안에 들였겠지, 안 그래?"

"그렇지. 현관문에 밖을 내다보는 구멍이 있으니까 찾아온 사람이 누군지 안에서도 볼 수 있었어."

"이상한 전화를 걸었던 남자는 목소리를 위장하고 있는 것 같아. 속삭이는 것 같은 목소리였다니까."

"그렇다면, 본래의 목소리로 말하면 상대방이 그 목소리를 알아들을지도 모른다는 계산을 했다는 거로군. 전화를 건 자와 마아시 딘의 살인범이 동일인물이라고 생각하나?"

"그렇지 않다면 이 두 가지 일이 우연히 동시에 일어난 별개의 사건이라는 이야기가 되지."

"망치로 쳐죽일 놈!"

대부분의 경찰들이 그렇듯이, 로저 번슨 역시 우연을 별로 믿지 않았다.

"그렇다면 그자는 그 네 명의 여자들을 어떻게 그렇게 한꺼번에 알 수 있었을까? 혹시, 직장 동료가 아닐까?"

"그럴 가능성이 높지. 네 여자들 모두 햄머스테드 테크놀러지에 근무하고 있으니까. 아마 그자도 거기서 일하고 있는 자일 거야."

"그렇다면 사원들의 개인정보에 접근할 수 있는 자겠구만. 용의자의 범위를 좁히는 게 가능하겠어."

"햄머스테드는 컴퓨터 기술 쪽 회사야. 그러니까 개인정보에 접근하는 방법은 웬만하면 다 알고 있을 거라구."

"이거야 원, 쉬운 일이 하나도 없구만."

로저가 피곤한 듯이 투덜거렸다.

"그자는 그 리스트에 뭔가 원한을 가지고 있는 게 분명해. 그래서 나머지 세 여자도 뒤쫓고 있을 거야. 내 직감이 그래."

"수긍이 가는 추리야. 나머지 숙녀분들의 이름과 주소는?"

"티제이 요터, 마운트 클레멘스에 살고 남편 이름은 갤런. 루나 씨섬, 로열 오크에 살고 미혼, 독신."

샘은 그들 주소의 정확한 번지수까지 알려주었다.

"제인 브라이트, 31세, 내 옆집에 살아. 역시 미혼, 독신."

"오호라. 자네의 레이디 프랜드시로군?"

"호호……."

"그 유명한 리스트의 주인공과 데이트를 하고 있단 말이지? 이봐, 수월치 않겠는데?"

로저가 한쪽 눈을 찡긋하며 짓궂은 미소를 지었다.

"자넨 상상도 못 할걸?"

로저가 씩 웃으며 대꾸했다. 제인의 고집스러운 턱, 그 턱끝 한 중간에 쏙 들어간 홈, 보일 듯 말듯하게 들어가는 보조개, 반짝이는 푸른 눈동자가 떠올랐다. 제인은 운명이 펼쳐지는 대로 고분고분 따라가는 스타일이 아니라 먼저 선제공격을 하고 들어가는 스타일이었다. 제인만큼 성가시면서도 재미있고 날카로운 여자는 만난 적이 없었다. 제인에 대해서는 여러 가지 원대한 계획이 많았으나 지금 가장 급한 것은 우선 그녀의 안전을 보장하는 것이었다. 경찰이라는 직업을 내버리고 24시간 그녀의 경호원이 되는 한이 있더라도 제인에게 무슨 일이 생기는 것은 결코 용서할 수 없었다.

"자네 말이 맞아. 그렇다면 우린 출발점이 어딘지는 잡은 셈이야."

로저는 부지런히 본론으로 되돌아갔다.

"햄머스테드 테크놀러지라……. 우선 그 회사의 사원 개인정보를 입수해야겠군. 거기서 뭔가 나오면……. 나무를 흔들어보면 뭔가 떨어지는 것이 있겠지. 이거, 금방 끝나지는 않겠어. 공식적으로 밝혀두는데, 남은 세 숙녀분들의 안전을 내가 보장한다는 말은 못 하겠어. 서로 관할지역이 다른데다 행정구역마저 다르니……."

"나도 알아."

관할지역이나 행정구역을 두고 생기는 온갖 마찰과 갈등은 생각만 해도 골치가 지끈거렸다.

"그렇지만, 비공식적으로는 뭔가 해볼 수 있을 거야. 개인적으로 부탁을 좀 하고……, 그러다 보면 누군가 도와주겠다고 자청해서 나서는 사람도 생기겠지. 그 숙녀분들도 상황에 대해서는 잘 인식하고 조심하겠지?"

"모두 발신자 표시기를 설치하고 오늘 안으로 휴대전화를 구입하라고 했어. 장난전화를 걸었던 자가 다시 한 번만 전화를 걸어오면 일이 생각보다 쉬워질 수도 있을 텐데 말이야. 가족 이외엔 아무도 집에 들이지 말고, 남의 차도 얻어 타지 말라고 했어. 이놈이 그 여자들 곁에서 어떤 기회를 얻도록 두면 안 되지."

21

제인은 그날 오후 내내 회사 안의 모든 남자들을 의심의 눈초리로 바라보며 지냈다. 혹시 이 남자가 아닐까, 혹시 저 남자가 아닐까…… 그 남자들 중 누군가가 바로 마아시를 죽인 범인이라는 것이 도저히 믿어지지 않았다. 제인의 눈에 비친 그들은 모두들 지극히 평범하고 정상적인 사람들이었다. 적어도 컴퓨터업계에 종사하는 남자들이라는 카테고리 안에서 본다면 정상적인 인간들이었다. 어떤 사람들은 그럭저럭 친하게 지내고, 어떤 사람들은 웬만하면 마주치지 않으려고 노력하면서 지내기는 하지만, 누구 하나 사람을 죽일 수 있는 사람으로 보이지는 않았다. 또 상당수의 남자들, 특히 아래의 두 개 층에서 밤낮없이 일에 파묻혀 사는 컴퓨터광들은 얼굴만 낯익지 이름은 모르는 사람이 많았다. 마아시는 그 남자들 중 누군가를 잘 알았던 게 아닐까? 한밤중에도 스스럼없이 문을 열어줄 정도로……

만약 잘 아는 어떤 사람이 한밤중에 문을 두드린다면, 예를 들어 차가 고장났다고 하면서, 그럴 때 나라면 어떻게 했을까, 제인은 생각해보았다. 오늘 오전까지만 해도 아마 그 사람을 도와주고 싶은 마음 때문에 주저없이 문을 열어주었을 것이다. 마아시를 죽인 범인은, 제인에게는 낯선 사람일지 몰라도, 그는 제인이 가지고 있던 인간에 대한 신뢰와 세상은 안전하게 살 만한 곳이라는 믿음을 송두리째 빼앗아가 버렸다. 제인은 늘 스스로를 영리하고 경계심이 철저한 사람이라고 생각해왔다. 그러나 생각해보면, 문을 두드리는 사람이 누구인지 확인도 하지 않고 문을 열어준 적이 한두 번이었던가? 그 생각을 하니 제인은 자기도 모르게 몸이 부르르 떨렸다.

이사한 새 집의 현관문에는 밖을 내다볼 수 있는 유리구멍조차 없었다. 밖에서 문을 두드리는 사람이 누구인지, 문을 열어주기 전에 확인하려면 거실 창가에 놓인 소파 위로 올라가 커튼을 젖히고 오른쪽으로 몸을 잔뜩 젖혀야만 볼 수 있었다. 주방 쪽 출입구는 상반부가 아홉 장의 유리로 되어 있어서 누구든 마음만 먹으면 간단히 깨버리고 손을 안으로 집어넣어 잠금장치를 풀 수 있었다. 침입자를 알려주는 경보장치도 없고, 자신을 보호할 수 있는 아무런 장비나 무기도 없었다. 전혀! 침입자가 있을 때 제인이 기대할 수 있는 유일한 탈출구는 창문이었다. 그것도 그 창문이 열린다는 가정하에.

집 안에서 안전하게 지내려면 어떻게 해야 하나 생각해보니, 앞으로 할 일이 너무나 많았다.

제인은 평소 때보다 30분 정도 더 일했다. 자리에 없는 사이에 밀린 일이 꽤 많았다. 일을 마치고 사무실에서 나와 주차장을 가로질러 차가 있는 곳으로 가다 보니 주차장에 남아 있는 차가 손에 꼽을 정도였다. 그때 문득 제인은 자신이 얼마나 쉬운 공격 대상인가를 깨달았다. 자신은 물론 루나와 티제이도 사람들이 많이 드나드는 시각에 맞추어 출퇴근을 해야 한다는 생각이 들었다. 오늘은 그들 두 사람에게조차 늦게까지 일할 거라는 이야기를 하지 않은 것이 생각났다.

골똘하게 생각에 잠겨 있다 보니 미처 인식하지 못했는데, 아까부터 누군가가 자신의 이름을 부르고 있다는 느낌이 들었다.

"제인!"

뒤를 돌아다본 제인은 허겁지겁 뒤쫓아오는 레아 스트리트의 모습에 깜짝 놀랐다.

"미안해요. 생각할 일이 많아서 날 부르는 걸 못 들었어요. 저한테 볼일이 있으신가요?"

레아가 걸음을 멈추었다. 레아의 길고 우아한 손가락이 살짝 떨리는 것 같았다. 뭔가 불편한 듯한 표정이었다.

"그게 아니라……, 마아시 딘……, 유감이라는 말을 하고 싶었어요. 장례식은 언제예요?"

"그건 아직 몰라요. 마아시의 동생이 준비하고 있는 중이거든요."

부검에 대해서는 다시 말하고 싶지 않았다. 레아도 어색하게 고개를 끄덕였다.

"정해지면 알려주세요. 저도 참석하고 싶어요."

"그러죠."

레아는 뭔가 더 할 말이 있는 듯이 보이기도 했고, 아니면 무슨 말을 해야 할지 몰라 쩔쩔매고 있는 듯이 보이기도 했다. 어느 쪽이든 상황이 어색하기는 마찬가지였다. 결국 레아는 더 이상의 대화를 포기하고 고개를 까닥이며 인사를 건넨 뒤 서둘러 자기 차로 돌아갔다. 기다란 스커트 자락이 레아의 다리를 휘감았다. 늘상 그렇지만, 레아의 오늘 의상은 그야말로 가관이었다. 보라색 무늬는 레아의 머리카락, 눈동자, 피부 색깔과 전혀 어울리지 않았다. 게다가 목둘레에 달린 자잘한 러플 장식은 촌스럽기 그지없었다. 마치 재고품 떨이시장에서 아무렇게나 주워온 것 같은 옷이었다. 레이의 연봉은 제인이 누구보다 정확하게 알고 있었다. 그리고 그 정도 수입을 가진 사람이라면 얼마든지 고급 백화점에서 원하는 옷을 고를 수 있었다.

"어쨌든……."

자동차 문을 열면서 제인은 혼자 중얼거렸다.

"내가 사람을 보는 눈은 없는 것 같아."

하고많은 사람들 중에 하필이면 동정심이나 인정머리는 전혀 없을 것 같아 보였던 두 사람, 드원터와 레아 스트리트가 마아시의 죽음을 슬퍼하며 위로의 말을 전한 것만 보아도 그랬다.

샘이 지시한 일들을 다시 한 번 머릿속으로 되새기면서 제인은 전자제품 상점들이 몰려 있는 곳으로 갔다. 제일 먼저 발신자 표시기를 사고, 휴대전화 서비스에 가입했다. 몇 가지 서류절차가 끝나자 그 다음에는 휴대전화 단말기를 골라야 했다. 여러 제품들을 앞에 두고 제인은 잠시 고민에 빠졌다. 플립-탑? 논-플리퍼? 목숨이 경각에 달린 순간에 전화로 구조를 요청하려는데 플립을 먼저 열어야 한다면 그만큼 시간낭비라는 생각이 들었다.

일단 논-플리퍼 스타일로 정한 다음에는 색상을 골라야 했다. 검은색은 일단 제외시켰다. 네온 옐로우? 어디에 넣어두든 찾기는 쉬울 것 같았다. 블루? 디자인이 귀여웠다. 파란 전화기를 가진 사람은 별로 보지 못한 것 같았다. 빨간 전화기는 아주 독특했다.

제인은 빨간색 전화기를 선택했고, 전화를 개통시키기 위해 기다려야 했다. 휴대전화 대리점을 나서며 하늘을 올려다보니 긴긴 여름해가 벌써 뉘엿뉘엿 지고 있었다. 남서쪽 하늘에서부터 구름이 몰려오는 데다 배도 고팠다.

시원한 바람이 구름을 몰고 오는 것으로 보아 아무래도 비가 올 조짐이었지만, 아직도 들러야 할 곳이 두 군데나 더 있었다. 제인은 우선 패스트푸드점에서 햄버거 한 개와 소프트 드링크를 사서

먹으며 운전을 했다. 햄버거 맛은 별로였지만, 어쨌든 배가 고프니 그거라도 먹을 수밖에 없었다.

다음에 들른 곳은 보안설비 설치업체였다. 상담직원과 상담을 마친 후, 적절한 시스템을 선택하고 상당히 큰 액수의 수표를 썼다. 시스템은 다음주 토요일에 설치해주겠다고 했다.

"그럼, 열흘이나 더 기다려야 하나요?"

제인이 인상을 쓰며 말했다. 뚱뚱하게 살이 찐 직원이 작업일정이 적힌 노트를 들여다보며 대답했다.

"죄송합니다. 하지만 다음주 토요일이 가장 빠른 날입니다."

제인은 그의 앞에 내밀었던 수표를 도로 거두어들였다.

"죄송하지만 그보다 더 빨리 처리해줄 수 있는 다른 업체를 더 알아봐야겠어요. 시간을 빼앗아 죄송합니다."

"잠깐만요, 잠깐만요."

직원이 황급하게 말렸다.

"사정이 급하십니까? 위급한 사정이 있으신 분들에 한해서 스케줄을 앞으로 조정해드릴 수는 있습니다. 진작 말씀하시죠."

"아주 급해요."

제인은 단호한 어조로 말했다.

"알겠습니다. 그럼 다시 한 번 살펴보겠습니다."

머리를 긁적이며 다시 작업일정표를 들여다보던 직원이 말했다.

"이번 주 토요일이면 가능합니다. 사정이 급하시다니까……."

너무 좋아라 하는 표정을 짓지 않으려고 조심하면서, 제인은 수표를 다시 내밀었다.

"고맙습니다."

고맙다는 말은 제인의 진심이었다.

그 다음에 들른 곳은 건축 재료상이었다. 어마어마하게 큰 상점이었는데, 집을 짓기 위해 필요한 것이라면 돈만 빼고 다 있었다.

그곳에서 제인은 밖을 내다볼 수 있는 유리구멍이 달린 현관문을 샀다. 설치하기 쉽다는 특별한 설명서까지 붙어 있는 것이었다. 그리고 유리를 끼우는 곳이 없이 만들어진 주방 쪽 출입문과 안전 고리 두 개를 샀다. 출입문을 토요일까지 배달, 설치해주도록 주문서를 작성하고 대금을 지불한 후에야 안도의 한숨을 내쉬며 집으로 출발했다.

동네 입구에 들어서자 비가 내리기 시작했다. 이미 어둠이 내리기 시작한데다 짙은 구름은 그 어두움을 더하게 했다. 서쪽 하늘에서 번갯불이 번쩍거리더니 이내 천둥소리가 울렸다.

제인의 집은 완전히 어두웠다. 대개의 경우 날이 어두워지기 전에 집으로 돌아오기 때문에 집 안이든 밖이든 불을 켜두고 나오는 일이 없었다. 다른 때 같으면 어두운 집의 문을 열고 들어가는 것이 하나도 두렵거나 이상할 일이 없었지만, 오늘은 왠지 등골이 서늘한 게 으스스했다. 자신이 얼마나 취약한 상태인가를 깨달은 탓이었다.

제인은 선뜻 시동을 끄고 안으로 들어갈 마음이 생기지 않아 그대로 차 안에 가만히 앉아 있었다. 샘의 집 앞에는 주차되어 있는 차가 없었다. 하지만 주방에는 불이 켜져 있었다. 아마 귀가한 모양이었다. 제인은 앞으로 샘에게 차를 차고에 넣지 말고 집 앞에 세워두라고 말해야겠다고 생각했다. 그렇게 하면 샘이 집에 있는지 없는지 금방 알 수 있을 테니까.

자동차의 후미등과 시동을 끄는 순간, 왼쪽으로 뭔가 다가오는 것이 슬쩍 보였다. 가슴속에 쿵 하는 소리가 울리는데 자세히 보니 샘이 다가오고 있었다. 온몸에서 기운이 쭉 빠질 정도로 안도감을 느끼며 비닐 쇼핑백과 핸드백을 챙겨 들고 차에서 내렸다.

"대체 어디서 노닥거리다가 인제야 들어와요!"

샘이 버럭 소리부터 질렀다. 그렇게 벼락같은 인사를 들으리라

고는 예상치 못했기 때문에, 제인은 너무나 놀란 나머지 쇼핑백을
땅바닥에 떨어뜨리고 말았다.

"제기랄!"

제인은 생각할 겨를도 없이 욕을 내뱉으며 허리를 굽혀 떨어뜨
린 쇼핑백을 주웠다.

"왜 이렇게 번번이 사람을 놀래켜요?"

"당신은 백 번을 놀래도 싸!"

샘은 다짜고짜 제인의 팔을 움켜쥐고 그녀의 몸을 왈칵 돌려 마
주보게 세웠다. 셔츠를 입지 않은 샘이 바로 코앞에 다가서 있으
니, 제인의 코와 그의 가슴 근육이 거의 닿을락말락했다.

"벌써 8시예요, 살인범이 당신을 노리고 있을지도 모르는데 전
화 한 통화 없이 이 시간까지 싸돌아다녀요? 그저 놀래는 걸로는
부족해요, 당신은!"

두려움과 긴장 때문에 피곤하고 지친데다 빗줄기는 점점 굵어지
고 있었다. 제인은 샘과 말싸움할 기운도 없고 그럴 기분도 아니
었다. 빗물이 얼굴을 타고 흘러내렸다. 그저 고개만 쳐든 제인은
신경질적인 눈초리로 그를 노려보며 쏘아붙였다.

"발신자 표시기 사다가 달아놓으라면서요! 내가 늦은 건 다 당
신 때문이에요, 알았어요?"

"똑똑한 사람들은 30분이면 다 할 일을 세 시간이나 걸렸단 말
이에요?"

똑똑한 사람들? 그럼 난 안 똑똑하단 말이야? 발끈하며 성질이
난 제인은 두 주먹을 불끈 쥐고 샘을 와락 밀쳐냈다.

"언제부터 내가 당신 묻는 말에 고분고분 대답하는 사람이 됐어
요?"

제인의 주먹질에 겨우 2~3센티미터쯤 비틀거리며 멀어졌던 샘
이 한층 더 높은 소리로 대답했다.

"일주일 전부터!"

그러고는 와락 달려들어 키스를 퍼부었다.

샘의 입술은 강렬하고 단단히 화가 나 있었다. 제인의 주먹 아래서 그의 심장이 쿵쾅거리는 움직임이 고스란히 느껴졌다. 샘과 키스할 때면 늘 그랬지만, 시간은 또 멎어버린 듯, 여기, 지금만이 존재했다. 샘의 체취가 제인의 온몸을 채웠다. 아무것도 걸치지 않은 맨 살갗은 손을 대면 데일 듯이 뜨거웠다. 거센 빗줄기가 하염없이 씻고 내려가도 그 뜨거운 체온은 식지 않았다. 샘은 있는 힘껏 제인을 끌어안았다. 제인은 숨을 쉬지 못할 정도로 갑갑했다. 배꼽 주변으로 한껏 발기한 그의 남성이 느껴졌다.

샘은 떨고 있었다. 제인은 샘이 자신 때문에 얼마나 두려워하고 있었는지를 갑자기 깨달았다. 거구에 우락부락한 몸집, 맨손으로 황소의 뿔이라도 뽑을 것 같은 기세를 가진 남자가, 보통 사람 같으면 구토를 일으킬 끔찍한 사건현장들을 대수롭지 않게 누비며 다니는 남자가 오늘밤만은 그녀 때문에 두려움에 떨고 있었던 것이다.

날카로운 어떤 것이 심장을 찔러대는 것처럼, 제인은 가슴이 콕콕 저려왔다. 무릎이 부들부들 떨리는가 싶더니 무너지듯이, 아니 녹아내리듯이 샘의 품안으로 다가들었다. 제인이 까치발을 세우며 그의 입술을 향해 더 가까이 다가가자 샘은 목 안 깊숙한 곳으로부터 애절한 신음을 토해냈다.

두 사람의 입맞춤은 어느 틈엔가 분노와 공포의 색깔을 벗고 격렬한 갈망으로 변해갔다. 제인은 완전히 그 갈망 앞에 무릎을 꿇었다. 그러나 샘은 아직도 만족하지 못한 듯, 손가락으로 그녀의 머리카락을 움켜잡으며 고개를 뒤로 젖히고는 입술과 목에 뜨거운 입맞춤을 해댔다. 빗방울이 제인의 얼굴을 사정없이 때렸다. 제인은 눈을 꼭 감고 그의 억센 손아귀에 갇힌 채 영원히 그 순간이 중단되지 않기를 기도했다.

사흘 동안 정신적으로 엄청난 충격을 겪으며 간신히 버텨왔던 제인은, 이젠 슬픔도, 공포도 멀리멀리 밀쳐버리고 오직 샘만을 느끼고, 오직 그만을 생각하고 싶었다.

샘은 제인을 덜렁 들어서 안은 채 자기 집을 향해 걷기 시작했다. 그의 품에 더 가까이 안기기 위해 꼼지락거릴 뿐, 제인은 아무런 저항도 하지 않았다.

"제기랄, 좀 고만 꼼지락거려요!"

현관 앞 계단을 오르면서 샘이 거친 목소리로 투덜거렸다.

"왜요?"

제인의 목소리는 은근한 유혹의 냄새가 느껴지는, 섹시한 목소리였다. 자신의 목소리에 그런 색깔이 있었는지 제인도 놀랄 정도였다.

"청바지가 터질 지경이란 말이오!"

샘은 이를 악물며 나지막이 으르렁거렸다.

그게 무슨 말인지는 제인도 금방 눈치를 챘다. 샘을 지나치게 흥분시키지 않는 유일한 방법은 그의 품에서 벗어나 서로 손을 대지 않는 것뿐이었는데, 그것은 제인에게는 큰 박탈감을 안겨주는 서운한 일이었다.

"그냥 참아요."

제인이 속삭였다.

"참으라구요?"

짐짓 성질이 나는 것처럼 샘이 중얼거렸다. 현관문을 연 샘은 제인을 안으로 안고 들어갔다. 거실은 어두웠다. 집 안의 불빛이라고는 주방에서 흘러나오는 희미한 불빛뿐이었다. 샘에게서는 뜨거운 열기와 비, 그리고 젖은 머리카락 냄새가 났다. 두 손으로 샘의 어깨를 더듬던 제인은, 손에 비닐 쇼핑백과 핸드백이 들려 있는 것을 발견했나. 제인은 들고 있던 것들을 방바닥에 내팽개치듯 던져놓고 샘에게 찰싹 달라붙었다.

끄응 하고 신음소리를 토해내며 샘은 제인을 벽에다 밀어붙였다. 샘의 거친 손이 제인의 바지 단추와 지퍼를 풀었다. 바지는 미끄러지듯 그녀의 다리를 타고 내려가 방바닥에 두 개의 원을 그리며 내려앉았다. 제인은 구두를 벗어던지고 바짓부리가 그려놓은 원에서 빠져나오자마자 두 다리로 샘의 허리를 휘감았다.

"잠깐!"

샘은 거칠게 숨을 몰아쉬며 체중을 실어 제인을 벽에 붙여놓고 허리를 휘감은 제인의 다리를 풀어놓았다. 샘의 체중에 눌린 제인은 갈비뼈가 납작하게 눌리는 느낌이었지만, 샘이 그녀의 팬티를 손가락으로 벗겨내리고 허벅지 사이로 손을 밀어넣자 혹 하고 뜨거운 입김을 토해냈다.

아아!

왜 이 남자를 앞으로도 몇 주일은 더 애타게 만들어야겠다는 생각을 했는지 스스로 이해가 가지 않았다. 샘을 기다리게 만든다는 것은 곧 자신도 그만큼 기다려야 한다는 뜻인데. 더구나 마아시를 죽인 범인이 자신과 나머지 두 친구까지 쫓고 있을지도 모르는데. 운이 나빠 이 남자와 사랑을 나누는 것이 얼마나 짜릿한 경험인지 맛도 보지 못하고 죽는다면 얼마나 억울한 일인가 말이다. 바로 여기, 지금 이 순간만은 이 남자를 음미하는 것보다 더 중요한 일이 있을 수 없었다.

제인은 발로 차듯이 팬티를 벗어버렸다. 샘이 그녀의 허벅지를 들어올려 주자 제인은 다리로 다시 그의 허리를 휘감았다. 제인의 다리가 허리를 휘감은 상태에서 바지의 후크를 풀고 지퍼를 내리는 동안 샘의 손등이 제인의 다리 사이를 스쳤다. 두 사람 사이에 남아 있던 마지막 장애물이 사라지고 그의 남성이 자신을 향해 압

박해오자 제인은 거의 숨이 멎어버리는 것 같았다. 쾌락의 물결이
온몸을 스치고 지나가며 모든 신경세포의 말단을 지글지글 태워놓
았다. 제인은 더욱더 갈구하는 몸짓으로, 더욱더 갈망하는 몸짓으
로 몸부림쳤다.

샘의 숨소리 속에 거친 신음소리가 섞여 나왔다. 그는 제인의
몸을 조금 더 받쳐 올리며 편한 위치를 찾았다. 제인은 그의 남성
의 끝부분이 자신의 몸에 부벼지는 것을 느꼈다. 부드러우면서도
강렬한, 그리고 뜨거운 희열이었다. 샘은 자신의 두 다리로 제인의
체중까지 지탱하면서 그녀의 체중이 자연스럽게 자신의 남성을 향
해 밀려 내려오도록, 그녀의 엉덩이를 받치고 있던 두 팔의 힘을
조절했다. 처음에는 제인의 몸이 저항하는 듯했지만, 이내 그의 몸
을 열렬히 받아들이기 시작했다. 제인은 그 짜릿한 전율이 온몸을
타고 흐르는 동안 몸 안의 모든 것이 어느 한 점을 향해 바짝 조
여지는 것 같았다.

뜨거운 얼굴을 제인의 목덜미에 묻고 거칠고 가쁜 호흡을 내뱉
던 샘이 물었다.

"피임약은?"

제인의 손톱이 샘의 어깻죽지를 파고들었다. 애타는 갈망과 욕
정으로 눈물이 찔끔거릴 지경이었다. 어떻게 이런 순간에 멈출 수
가 있지? 굵고 탄탄한 그의 남성의 불뚝하게 튀어나온 머리부분이
겨우 그녀의 몸 속에 들어왔을 뿐이었다. 그것만으로는 아직 충분
하지도 만족스럽지도 않았다. 은밀한 곳에 감추어진 근육은 그의
남성을 더 깊이, 더 완벽하게 빨아들이기 위해 바짝 조여지고 있
었다. 샘이 다급한 목소리로 절규하듯이 물었다.

"오, 제발, 제인! 피임약!"

"먹었어요!"

제인은 샘에 못지않게 다급하고 절절한 목소리로 겨우 대답했

다. 샘은 제인의 등을 벽에 단단히 기대어놓았다. 단 한 번의 거칠고 우악스러운 몸짓으로 그의 남성은 한꺼번에 제인의 몸 안으로 돌진해 들어갔다.

제인은 자신도 모르게 비명을 질렀다. 그러나 그 소리는 아득히 멀게만 들렸다. 몸 안의 모든 세포가 그녀의 몸 속에서 거칠게 전진과 후퇴를 거듭하는 굵직한 기둥 하나의 주변으로 몰려드는 것 같았다. 그 기둥의 움직임의 강약과 속도에 따라 제인의 희열도 강해지고 빨라졌다. 짜릿한 흥분이 온몸 구석구석을 마구 찌르고 돌아다니는 느낌, 도저히 주체할 수 없는 쾌락의 파도 앞에서 제인은 점점 더 악착같이 샘을 향해 매달렸다. 가만히 있으려고 해도 엉덩이는 저절로 춤을 추었고 온몸은 주체할 수 없이 흔들렸다. 온 세상이 한꺼번에 빙글빙글 돌며 멀리 사라져갔다.

한 순간 뒤에 샘에게도 절정이 찾아왔다. 잔인하다 싶을 정도로 파괴적인 힘으로 그는 제인의 몸 안으로 파고들었다. 샘이 한 번씩 깊숙하게 돌진해 들어올 때마다 제인의 등은 벽에 쿵쿵 부딪치며 아래위로 들썩거렸다. 그럴수록 더욱 깊이 파고드는 샘의 남성은 제인의 몸을 뻣뻣하게 만드는가 싶더니 어느새 다시 한 번 절정의 황홀경을 맛보게 했다.

절정의 파도가 지나간 후, 샘은 제인의 몸을 향해 기댔다. 온몸이 빗물과 땀으로 흥건하게 젖어 있었다. 거칠게 숨을 몰아쉬느라 가슴팍이 크게 들썩거렸다. 집 안은 어둡고 조용했다. 지붕을 때리는 빗방울소리, 과도한 운동을 한 두 사람의 폐가 부족한 공기를 빨아들이는 소리뿐이었다. 벽이 차가워 제인은 등줄기가 시원했지만, 너무나 딱딱해서 불편하기도 했다.

이런 순간에 뭔가 멋지고 낭만적인 말이라도 한 마디 떠오르면 좋으련만, 아무리 생각하려 해도 제인의 머리에는 달리 떠오르는 말이 없었다. 빈정대고 조롱하는 말 따위를 내뱉기에는 너무나 진지하고 중요한 순간이었다. 제인은 그저 눈을 감고 얼굴을 그의 어깨에 기댄 채 자신과 샘의 숨소리를 들었다.

끄응 하는 신음소리를 토해내며 샘은 한 팔로는 제인의 등을 휘감고 한 손으로는 엉덩이를 받쳐들며 아직도 발목에 걸려 있는 청바지를 걷어차버렸다. 침실을 향해 뚜벅뚜벅 발걸음을 옮기면서도 그의 남성은 여전히 제인의 몸 속에 들어 있었다. 그 상태 그대로 샘은 제인을 침대에 눕히고 그녀의 몸 위에 엎드렸다.

침실은 어둡고 시원했다. 그리고 침대는 넓었다. 샘은 제인의 실크 블라우스와 브래지어를 벗겨 방바닥에 아무렇게나 던져놓았다. 두 사람은 이제 완전한 나체였다. 샘이 다시 움직이자 가슴팍을 덮고 있는 부숭부숭한 털이 제인의 유두를 살짝살짝 쓸며 지나갔다. 이번에는 느리고 여유있는 몸짓이었지만, 그 강렬함은 좀전의 행위보다 모자라지 않았다. 그렇게 한 번씩 움직일 때마다 제인의 몸 안에 들어 있던 기둥은 점점 더 강철같이 탄탄해져갔다.

다시 그 뜨거운 열기가 되살아나는 것이 느껴지자 제인은 깜짝 놀랐다. 모든 에너지를 다 쏟아냈다고 생각했는데, 온몸이 기진맥진이라고 느꼈는데 그렇지 않았던 것이다. 두 사람의 다리는 다시 서로 엉겼고, 제인은 샘이 돌진해 들어올 때마다 리듬에 맞춰 엉덩이를 들썩이며 그를 맞이했다. 마치 온몸에 강한 전류를 흘려넣은 듯한 격렬한 경련을 일으키며 제인은 또 한 번의 절정을 경험했다. 샘 역시 낮고 거친 신음소리와 함께 절정을 넘어섰다.

한참 후, 숨소리가 조용해지고 땀이 마른 후에야 샘은 제인의 몸에서 떨어져나가 옆으로 나란히 누웠다. 그는 한 팔로 눈꺼풀 위를 덮으며 중얼거렸다.

"제기랄……."

방 안은 너무나 조용했기 때문에 그 한 마디는 제인의 귀에 크게 들려왔다. 그 소리를 듣자마자 제인은 눈을 가늘게 치뜨며 발

낸했다. 너무 삶아 푹 무른 국수가락처럼 축 처진 마당에 그렇게 발끈할 에너지가 어디에 숨어 있었는지 신기했다.

"참, 로맨틱하기도 하셔라!"

한껏 비아냥거리는 목소리로 제인이 말했다. 일주일도 못 참고 자기 몸에 손을 대놓고, 이제 볼 것을 다 보고 나서 '제기랄'이라고? 지금까지 한 게 모두 실수였다는 거야?

눈꺼풀을 덮고 있던 팔을 치우고 샘이 제인을 올려다보았다.

"당신을 처음 봤을 때부터 문제가 많은 여자라는 감이 들었어요."

제인은 발딱 일어나 앉았다.

"문제라뇨? 난 문제 같은 거 없어요. 날건달 같은 사람을 상대할 때만 빼면 나도 상냥하고 점잖은 지성인이니까!"

"문제도 보통 문젠가? 시집도 못 갈 정돈데!"

세 남자가 그녀와 결혼하는 것보다는 다른 길을 찾는 것이 낫다는 판단을 한 것을 생각하면, 샘의 말도 일리는 있었지만 이런 순간에는 입에 담을 말이 결코 아니었다. 방금 전에 세 번이나 황홀한 절정에 오르게 해주었던 남자의 입에서 그런 말이 나오다니, 더욱더 제인의 자존심을 상하게 하는 일이었다. 제인은 베개를 집어들어 샘의 머리를 사정없이 후려치고는 침대에서 튀어내려왔다.

"문제 많은 여자 때문에 걱정된다면, 내가 나가주면 될 거 아녜요!"

뜨거운 콧김을 내뿜으며 제인은 블라우스와 브래지어를 찾느라 어두운 침실 안을 더듬었다. 망할 놈의 집! 전기 스위치는 어디에 있는 거야?

"문제 많은 여자 때문에 인생 고달플까 걱정되면 이제부터 당신은 당신 집에 처박혀서 살아요. 난 내 집에서 이쪽으로는 눈길도 주지 않을 테니까!"

겨우 블라우스를 찾은 제인이 고래고래 소리를 질렀다. 그때 허연 물건이 눈에 들어왔다. 아마도 브래지어인 것 같았다. 허리를 굽혀 그것을 집어들고 보니 양말짝이었다. 고린내가 진동을 하는 양말짝. 제인은 샘의 얼굴을 향해 그 양말짝을 던져버렸다. 샘은 날아오는 양말짝을 슬쩍 피하며 침대에서 빠져나와 제인을 향해 다가갔다.

"내 옷 어디다 감췄어요?"

다가오는 샘을 요리조리 피하며 제인은 어두운 침실 안을 휘젓고 다녔다.

"전등 스위치는 어디 있는 거야!"

"좀 진정할 수 없어요?"

비웃는 건지, 사정하는 건지 알 수 없는 목소리로 샘이 말했다. 날 비웃는 거야, 제인은 갑자기 눈물이 핑 돌았다.

"당신이나 진정해요!"

제인은 침실 문 쪽으로 퉁탕거리며 걸어갔다.

"내 옷은 당신 다 가져요! 난 발가벗은 채로라도 내 집으로 갈 테니까. 못 말리는 날건달 같으니라구!"

그러자 강철같은 근육이 일렁거리는 팔이 그녀의 허리를 휘감더니 그녀의 몸이 허공에 붕 떠올랐다. 제인은 깜짝 놀라 비명을 지르며 팔다리를 버둥거렸다. 침대 위에 몸이 털썩 떨어지자 제인의 입에서는 '후욱' 하며 폐 속의 공기가 한꺼번에 빠져나왔다.

미처 숨을 들이쉬기도 전에 샘의 몸이 그녀의 몸을 덮쳤다. 육중한 그의 체중은 제인의 몸을 납작하게 깔아뭉겠다. 아무런 효과도 없는 제인의 몸부림을 제압하면서 샘은 껄껄 웃었다. 5초도 지나지 않아 제인은 더 이상 꼼지락거릴 수도 없게 되었다.

있는 대로 성질이 난 상태였지만, 제인은 놀라지 않을 수가 없었다. 샘의 남성이 또다시 탱탱하게 발기한 것이었다. 그의 남성은 또다시 제인의 허벅지 사이를 쿡쿡 찌르고 있었다. 제인은 절대로, 다시는 몸을 열어주지 않겠다는 듯이 허벅지 사이를 꼭 붙이고 버티었다. 내가 이런 대접을 받고도 또 너를 받아들일 줄…….

그러나 샘은 아주 능숙한 솜씨로 한쪽 무릎에 힘을 주며 그녀의 다리 사이를 파고들었다. 나머지 한쪽 무릎이 움직이자 그의 남성은 아주 부드럽게 그녀의 몸 속으로 밀려들어갔다. 제인은 그 느낌이 너무나 좋아서 탄성을 지르고 싶었다. 이 남자가, 이 날건달이 너무나 사랑스러웠다.

제인은 눈물을 터뜨렸다.

"오, 제인. 울지 말아요."

조심스럽게, 부드럽게 움직이면서 샘이 말했다.

"내 마음이에요!"

퉁명스럽게 내뱉으면서도 제인은 샘에게 달라붙었다.

"사랑해요, 제인 브라이트 결혼해주겠어요?"

"뭐라구요? 웃기지 말아요."

"결혼해야 해요. 나랑 결혼하지 않으면 당신 월급을 차압할 테니까. 오늘밤에 나한테 한 욕을 다 계산하면 월급을 몽땅 차압하고도 남을걸? 하지만 나하고 결혼해주면 월급까지 차압하지는 않을게요."

"그런 규칙은 없었어요."

"방금 내가 만들었어요."

샘은 그 큰 손으로 제인의 얼굴을 보듬었다. 그러고는 엄지손가락으로 제인의 뺨에 흐르는 눈물을 닦아주었다.

"아까는 제기랄이라더니?"

"나의 찬란한 총각인생이 끝나려고 하는 순간인데 내가 섭섭하지 않을 수 있겠어요?"

"총각은 무슨 총각! 결혼했었다면서요!"

"그거야 그렇지만 그건 계산에서 빼야죠. 그땐 결혼이 뭔지 잘 알지도 못하면서 한 거였으니까. 그땐 섹스가 곧 사랑인 줄 알았거든요."

제인은 제발 샘이 입이나 좀 다물었으면 좋겠다고 생각했다. 지금 자신에게 하고 있는 이런 일을 하면서 어떻게 저렇게 말도 잘할 수 있는지 신기하기도 했다. 빨리 입은 다물고 하고 있는 일이나 계속 해주었으면 싶었다. 조금만 더 빨리, 조금만 더 강하게.

샘은 제인의 보조개와 턱에, 그리고 턱끝에 오목하게 들어간 홈에 입을 맞추었다.

"사랑하는 여자와의 섹스는 다르다는 말을 들었어요. 하지만 그 말을 믿지는 않았죠. 섹스는 섹스일 뿐이라고 생각했으니까. 그런데 내 물건이 당신의 몸 속으로 들어가는 순간, 그게 여자의 몸이 아니라 꼭 전기 플러그에 꽂힌 기분이었어요."

"오, 그래요? 그래서 그렇게 끙끙거리면서 불뚝거렸어요?"

제인은 코를 훌쩍거리면서도 잘도 받아넘겼다.

"하여간에 그 입은! 그래요, 그래서 그랬어요. 그런 당신은 어땠는데? 나보다 더하면 더했지! 하긴, 그러니까 그게 다르다는 거예요. 더 뜨겁고, 더 강렬하고. 그리고 다 끝나자마자 또다시 한 번 하고 싶어지는 거예요."

"다시 했잖아요!"

"그러니까, 내 말이 맞는 거죠? 벌써 두 번이나 했는데, 또 서다니! 이건 기적이거나 아니면 사랑의 힘이라고밖에 할 수 없어요."

샘은 제인에게 살짝 입을 맞추었다.

"당신이 성질을 내며 길길이 날뛰는 걸 볼 때마다 항상 내 물건은 불끈불끈 서요."

"길길이 날뛰다뇨? 난 그런 거 몰라요. 왜 남자들이 성질을 내면 '화를 낸다'고 말하고 여자들이 성질을 내면 '길길이 날뛴다'고 말하는 거죠? ……그런데, '항상'이라고 그랬어요?"

"항상. 당신이 내 쓰레기통을 엎어놓고 내 가슴을 그 손가락으로 쿡쿡 찔렀을 때처럼."

"그때도 섰단 말이에요?"

제인은 깜짝 놀란 얼굴로 물었다.

"돌덩이 같았지."

제인은 신기한 얼굴로 샘의 얼굴을 올려다보았다.

"오호……, 대단한 물……, 남자야……."

"자, 빨리 내 질문에 대답해요."

제인은 '네'라고 대답하려고 입을 벌렸지만, 마지막 순간에 먼저 샘과 합의할 일이 있다는 생각이 떠올랐다.

"난 약혼식에는 신물이 나요. 약혼은 남자한테 딴 생각 할 시간을 너무 많이 주거든요."

"약혼식 같은 건 건너뛰고 싶어요. 우린 곧바로 결혼하는 거예요. 최대한 빨리!"

"그렇다면……, 좋아요. 당신과 결혼하겠어요."

제인은 샘의 어깨에 얼굴을 파묻고 그의 체취와 체온을 흠뻑 들이마셨다. 이 남자의 체취를 모아 향수로 만들어 판다면, 그야말로 세계적인 히트상품이 될 거라는 엉뚱한 상상까지 하면서.

"날 사랑하나요?"

샘이 물었다. 제인은 쌩긋 웃으며 종알종알 대답했다.

"미친 듯이, 야수처럼, 절대적으로, 물불 안 가리고 당신을 사랑해요!"

"다음주에 결혼해요!"

"그럴 수는 없어요!"

제인이 고개를 발딱 쳐들며 말했다. 샘은 앞뒤로, 앞뒤로 쉴새없이 몸을 움직이며 제인을 내려다보았다. 두 사람의 몸은 마치 바덧속에서 조류에 따라 흔들리는 해초같이 부드럽게 함께 흔들렸다.

"왜 안 돼요?"

"부모님이 여행중이시란 말이에요. 아마…… 3주 후쯤에나 돌아오실 거예요."

"조금만 일찍 돌아오시면 안 돼요? 아니, 지금 어디 계신데요?"

"유럽여행중이세요. 엄마가 꿈에 그리던 여행이었어요. 아빠가 파킨슨씨병 진단을 받으셨는데, 약물치료는 꾸준히 하고 계시지만 최근 들어서 병세가 부쩍 나빠지셨어요. 그래서 엄마는 아빠와 단둘이 먼 여행을 할 수 있는 기회가 더는 없을 거라고 생각하시고 강행하신 거예요. 아빠는 지금까지 너무 바쁘게 사셨어요. 이렇게 오랜 기간 동안 푹 쉬실 기회도 없었구요. 이번 여행은 우리 부모님한테는 처음이자 마지막 기회예요. 아주 특별한……."

"알았어요, 알았어. 그럼, 부모님들 돌아오시자마자 하는 거예요. 바로 그 다음날. 됐죠?"

"엄마가 가방도 풀기 전에?"

"그게 어때서요? 약혼식도 생략할 건데 거창하게 큰 교회를 빌려서 예식을 치를 필요는 없잖아요?"

"그건 그렇네요."

거창한 교회 결혼식은 두 번째 약혼자 때문에 화려하게 깨진 적이 있었다. 망할 놈, 많은 돈에 시간을 투자해서 하나부터 열까지 빠짐없이 준비했는데, 마지막 순간에 도망가버렸다.

제인이 화려하고 거창한 결혼식을 요구하면 어쩌나 걱정이라도 했는지, 샘은 크게 안도의 한숨을 내쉬었다.

"부모님이 돌아오시기 전에 모두 준비를 해놓는 거예요. 그러니까 당신 부모님은 때가 돼서 나타나시기만 하면 될 거예요."

제인은 샘과 똑같이 하는 일에 충실하면서 대화의 흐름을 잘도 쫓아갔다. 이런 상황에서 어떻게 그렇게 조목조목 이성적인 대화를 주고받을 수 있는지 신기했다. 하지만 갑자기 어느 순간, 그녀의 몸은 돌아올 수 없는 순간에 다다르고 말았다. 제인은 갑자기 가쁜 숨을 몰아쉬며 샘을 향해 엉덩이를 쳐들었다.

"나머지는 나중에 얘기해요!"

샘의 엉덩이를 단단하게 움켜쥔 제인은 있는 힘껏 그의 몸을 잡아당겼다.

그리고 두 사람은 더 이상 말하지 않았다.

제인은 크게 하품을 하며 몸을 뒤챘다. 밤새도록 샘의 팔을 베개삼아 편안히 잠들었는데, 갑자기 번갯불처럼 머리를 스치고 지나가는 것이 있어 벌떡 일어났다.

"부우부우!"

샘은 신음인지 비명인지 모를 소리를 내며 잠에서 깼다.

"뭐라구요?"

"부우부우. 벌써 굶어 죽었겠어요! 어떻게 내가 그 녀석을 잊고 있었지?"

제인은 침대에서 펄쩍 뛰어내려왔다.

"전등 스위치 어디 있어요? 아니, 침대 옆에는 왜 스탠드 조명 하나도 안 둔 거예요?"

"스위치는 문 옆에, 오른쪽에 있어요. 침대 옆에 조명은 왜 필요한데요?"

"책 읽을 때 필요하지 않아요?"

제인은 벽을 더듬어 스위치를 켰다. 환한 빛이 방 안을 가득 채웠다. 제인은 갑자기 환해진 빛에 적응하느라 눈을 깜빡거렸다.

어둠에 익숙해져 있는 눈동자가 빛에 익숙해지는 데에는 시간이 좀 걸렸다. 조명에 익숙해진 두 눈앞에 펼쳐진 광경은 그야말로 가관이었다. 침대 커버는 서로 엉켜서 제멋대로 뒹굴고, 베개는…… 침대 위에 하나도 없었다. 시트는 네 귀퉁이가 모두 빠져 나와 침대 한가운데 길쭉하게 구겨져 있었다.

"폭격 맞은 집도 이보다는 낫겠네!"

제인은 기가 막힌 표정으로 그렇게 중얼거리며 옷을 찾느라 사방을 둘러보았다.

샘은 졸음이 덜 깬 눈을 하고 한쪽 팔꿈치를 괸 채 옆으로 누워 제인이 온 방안을 헤매고 다니는 모양을 지켜보았다. 브래지어를 찾느라 헤매던 제인은 바닥에 엎드려 침대 밑을 들여다보았다. 샘은 눈앞에서 왔다갔다하는 제인의 엉덩이를 더 자세히 보려고 눈을 크게 떴다.

"이게 어떻게 이 밑으로 들어갔지?"

제인이 가까스로 브래지어를 끌어내며 툴툴거렸다.

"기어 들어갔겠지."

샘이 나른한 목소리로 대꾸했다. 제인은 샘을 향해 쌩긋 미소를 지어 보이고는 또 옷을 찾으러 돌아다녔다.

"내 바지는?"

"거실에."

제인이 거실 전등을 켜고 뒤집어진 바지를 찾아 제대로 뒤집고 있는데, 실오라기 하나도 걸치지 않은 샘이 운동화 한 켤레를 들고 어슬렁어슬렁 나타났다. 제인은 브래지어는 입을 생각도 않고 그냥 구겨서 핸드백 속에 처넣고 팬티부터 입은 다음, 블라우스와 바지를 걸쳤다. 샘도 바닥에 팽개쳐져 있던 청바지를 입고는 의자에 앉아서 운동화를 신었다.

"어디 가려구요?"

"당신 바래다주러."

필요 없는 친절이라고 쏘아주려다가 제인은 얼른 입을 다물었다. 다른 때 같으면 몰라도 지금의 상황에서는 꼭 필요한 친절이 있다. 제인이 구두를 신고 핸드백과 쇼핑백을 찾아 들자 샘은 권총을 찾아 들었다.

"열쇠 나한테 주고 내 뒤에 따라와요."

제인은 핸드백을 뒤져 키 홀더를 꺼내서 집 열쇠를 골라 샘에게 보여주고는 키 홀더를 건네주었다.

비가 그친 밤공기는 후끈하고 눅눅했다. 어디선가 귀뚜라미 우는 소리가 들렸고, 도로 끝에서 혼자 조는 가로등 주변에는 뽀얀 안개 무리가 져 있었다. 두 사람은 두 집 사이에 난 좁은 골목을 건너 주방 쪽 출입문 계단으로 올라갔다. 샘은 권총을 바지춤에 꽂고 문을 열었다. 문이 열리자 열쇠를 제인에게 돌려주고 그는 다시 권총을 빼들었다. 그러고는 문을 살짝 밀고 전등 스위치를 찾아 불을 켰다.

샘의 입에서 고약한 욕설이 튀어나왔다. 환하게 불이 켜진 주방 안이 기괴하게 어지럽혀진 것을 보고 제인은 무작정 안으로 들어가려 했다.

"부우부우!"

샘은 얼른 팔을 뻗어 제인이 안으로 들어가지 못하도록 막았다.

"내 집으로 가서 911에 전화해요, 어서!"

"하지만 부우부우가……!"

"얼른 가요!"

샘이 제인을 와락 떠밀며 소리질렀다. 그러고는 돌아서서 집 안으로 들어갔다.

샘은 경찰이었다. 그러니 이런 일에는 그를 믿는 것이 나았다. 제인은 턱이 덜덜 떨렸다. 샘이 시키는 대로 그의 집으로 돌아간 제인은 주방에서 무선전화기를 찾아들고 911을 눌렀다.

"지금 전화를 하시는 곳은 어디입니까?"

전화를 받은 사람의 목소리는 무뚝뚝하고 무관심하게 들렸다.

“제 옆집이에요. 제 집에 강도가 들었던 것 같아요.”

제인은 두 눈을 질끈 감았다 뜨며 주소를 불러주었다.

“제 옆집 주인은 경찰인데, 지금 제 집 안으로 들어갔어요.”

전화기를 든 채 제인은 현관 앞으로 나가서 골목 건너의 자기 집을 바라보았다. 창문마다 차례차례 불이 켜지고 있었다. 드디어 침실에도 불이 켜졌다.

“무기를 가지고 있어요.”

“누가요?”

전화를 받은 사람의 목소리가 갑자기 긴장되었다.

“제 이웃이요! 경찰들에게 총을 든 반벌거숭이 남자가 보이면 절대로 쏘지 말라고 하세요! 그 남자도 경찰이니까!”

가슴이 어찌나 쿵쾅대는지, 수화기를 통해서 들리는 사람의 목소리보다 심장 뛰는 소리가 더 크게 들렸다.

“집으로 가봐야겠어요.”

“안 됩니다! 가지 마세요. 이웃 분이 경찰이시라니까 지금 계시는 곳에 그냥 계십시오. 듣고 계십니까?”

“듣고 있어요.”

듣고 있다고 말을 하기는 했지만, 사실 손이 너무나 심하게 떨려서 수화기가 턱에 딱딱 부딪치는 통에 수화기를 통해서 흘러나오는 말이 제대로 들리지 않았다.

“전화를 끊지 마시고 계속 상황을 설명해주세요. 출동하는 경찰에게도 도움이 됩니다. 순찰대가 이미 출발했습니다. 2~3분 안에 도착할 겁니다. 침착하게 기다려주세요.”

도저히 침착할 수는 없었지만, 이성까지 완전히 마비된 것은 아니었다. 제인은 샘의 집 현관 앞 포치에 앉아서 기다렸다. 멍한 얼굴로 골목 건너 자기 집을 바라보는데, 눈물이 하염없이 흘러내렸다. 샘은 지금 그 집 안에서 방문을 하나씩 열 때마다 목숨을 걸고 있는 셈이었다. 부우부우가 어떻게 되었는지는 생각할 여유도 없었다. 911 전화를 받은 사람이 뭐라고 말을 걸었지만, 제인의 귀에는 한 마디도 들리지 않았다. 멀리서 사이렌소리가 들려오기 시작했다.

드디어 샘이 주방 쪽 출입문에서 모습을 드러냈다. 왼팔에 부우부우가 안겨 있었다.

"부우부우!"

제인은 전화기를 던져버리고 샘에게 달려갔다. 샘은 고양이를 넘겨주고 권총을 허리춤에 꽂았다.

"누가 이런 짓을 했는지는 모르지만, 오래 전에 여길 떠난 것 같아요."

샘은 제인의 어깨를 끌어안으며 자기 집 쪽으로 이끌었다. 부우부우의 안전을 확인한 제인은 자기 집으로 들어가 상황을 확인하고 싶어했다.

"나도 들어가 보고 싶……."

"아직은 안 돼요. 들어가더라도 감식반 요원들이 먼저 현장을 확인한 후에 들어가요. 운이 좋으면 그놈의 지문이나 발자국이라도 발견할 수 있을지 모르니까."

"하지만 당신은 들어갔었……."

제인의 고집에 샘은 짜증이 났다.

"난 아무것도 건드리지 않았어요! 어서 들어가요. 들어가서 앉아 있어요. 경찰이 금방 올 거예요."

제인은 전화기를 들고 있다가 던져버렸던 것이 생각나 도로 주워 들고 샘에게 건네주었다.

"911인데, 아직 연결중이에요."

샘은 전화기를 들고서도 한 손으로는 제인이 다른 곳으로 가지 못하도록 어깨를 꼭 감싸안은 채 집 안에는 현재 아무도 없다는 말을 해주고 전화를 끊었다. 샘은 제인과 부우부우를 한꺼번에 끌어안았다.

"부우부우는 어디서 찾았어요?"

"현관 안쪽의 무슨 선반 같은 곳 아래 구석에 숨어 있더라구요."

제인은 부우부우의 머리를 어루만졌다. 녀석이 무사해서 너무나 다행이었다. 또 눈물이 핑 돌았다. 만약 부우부우에게 무슨 일이라도 생겼다면, 평생 엄마로부터 용서받지 못할 일이었다.

"그…… 사람일까요?"

제인이 낮은 목소리로 물었다. 샘은 잠시 아무 말도 하지 않았다. 조용하던 밤공기를 뚫고 사이렌소리가 점점 더 크게 다가왔다. 두 대의 순찰차가 도로 모퉁이를 돌아 모습을 나타냈다. 샘이 말했다.

"그렇다고 봐야죠."

22

경광등이 번쩍거리며 요란한 사이렌소리까지 울리자 이 집 저 집에서 사람들이 내다보기 시작했다. 샘은 제인과 함께 순찰 경관을 맞이했다.

"도노반 형사? 총을 든 반벌거숭이 남자가 보이면 절대로 쏘지 말라더니, 그 남자가 바로 당신이었군요!"

샘은 제인을 내려다보며 짐짓 인상을 쓰는 체했다.

"권총을 들고 있었잖아요. 혹시 실수로 당신을 쏘게 될까봐 ……."

새디와 조지 쿨라비치 부부가 밖으로 나와 번쩍이는 경광등을 바라보았다. 두 노인 모두 잠옷에 가운만 걸친 차림이었다. 쿨라비치 씨는 실내용 슬리퍼를 신고 있었지만 부인은 비올 때 신는 장화를 신고 있었다.

쿨라비치 부인이 목을 길게 빼고 이리저리 둘러보더니 제인과 샘을 향해 걸어오기 시작했다. 건너편의 홀랜드 부인도 밖으로 나왔다.

"내가 집 안을 살펴봤는데, 엉망으로 망가뜨려놨어요. 하지만 사람은 없습니다. 난 들어가서 셔츠를 입고 나올 테니, 들어가 보십 시오."

샘이 말했다. 쿨라비치 부인은 샘을 향해 미소를 지었다.

"나한테는 신경쓰지 말아라, 샘."

"새디!"

쿨라비치 씨가 아내를 나무라며 돌아오라고 손짓을 했다.

"당신이나 조용히 해요, 조지!"

샘은 권총을 든 손을 다리 옆으로 감추며 성큼성큼 집으로 들어 갔다. 나이는 많아도 눈은 밝은 이웃들이 권총을 보고 필요 이상 으로 놀랄까봐 걱정스러웠던 것이다.

제인은 자신을 향한 이웃들의 눈초리에서 그들이 어떤 추측을 하고 있는지 읽을 수 있었다. 그제야 브래지어를 입지 않았다는 것이 기억났다. 얇은 실크 블라우스 한 장만 달랑 걸쳤으니, 브래 지어를 입지 않은 건 금방 탄로나는 일이었다.

눈으로 확인하기 위해 가슴팍을 내려다볼 수도 없어 제인은 끌 어안고 있던 부우부우를 위로 바짝 끌어당겼다. 머리 모양이 엉망 이리라는 것도 짐작할 수 있었지만 이제 와서 그걸 감추려고 어떻 게 해볼 수도 없었다. 비를 쫄딱 맞은데다 그대로 샘의 침대 위에 서 몇 시간을 구르고 잠에 곯아떨어졌으니, 보지 않아도 어떤 모 양일지 상상할 수 있었다. 게다가 반벌거숭이로 돌아다니던 샘의 모습까지 갖다 맞추면……, 이웃들이 상상하고 있는 그림은 아귀 가 딱 들어맞는 퍼즐이었다.

제인으로서는 민망하고 부담스러운 일이었지만, 그래도 이웃들 의 머릿속에 든 그림을 상상하는 것이 지금 자기 집의 속사정을 상상하는 것보다는 편했다.

문틈으로 살짝 들여다보았던 주방 모습은, 제인으로 하여금 집 안의 나머지 공간들을 봐야 할지 말아야 할지 망설이게 했다. 마

아시의 죽음에 연이어 터진 악몽 같은 이 일은 견디기 힘든 충격
이었다. 제인은 차라리 다른 일에, 이를테면 샘이 셔츠를 걸치고
셔츠 꼬리를 바지춤에 집어넣으며 걸어나오는 모습을 보고 그녀를
향해 한쪽 눈을 찡끗하며 윙크하던 쿨라비치 부인의 의미심장한
미소에 생각을 집중하는 편이 더 나을 것 같았다. 샘의 경찰 배지
가 벨트에 꽂혀 있었다. 제인은 샘이 팬티를 찾아 입었는지 궁금
했다.
　"당신도 공식적으로 이 일을 조사하는 거예요?"
　제인이 배지를 눈짓으로 가리키며 물었다.
　"그럴 수도 있죠. 내가 현장을 처음으로 발견했고, 신고한 시각
이 11시가 넘어서였으니까."
　제인은 깜짝 놀란 얼굴로 샘을 올려다보았다.
　"뭐라구요? 11시가 넘어요?"
　"벌써 자정이 다 됐어요."
　"오, 불쌍한 부우부우. 주방에서 고양이 먹이를 좀 찾아다 주실
래요? 이 녀석, 정말 배고프겠어요."
　샘은 제인을 내려다보았다. 제인이 지금 현실을 피하려 한다는
것을 그는 알고 있었다. 하지만 그 마음을 이해할 수 있었다.
　"알았어요. 들어가서 찾아볼게요. 새디 할머니, 엘레노어 할머니
하고 같이 제 집으로 가셔서 제인에게 커피라도 좀 만들어주시겠
어요?"
　"그러지, 그러지."
　쿨라비치 부인과 홀랜드 부인은 제인을 양옆에서 부축하며 샘의
집 주방으로 들어갔다.
　제인은 부우부우를 내려놓고 집 안을 둘러보았다. 밝게 조명이
켜진 아래에서 그의 집 안을 눈여겨 살펴보는 것은 처음이었다.
이 집에 발을 들여놓던 처음 순간에는 불을 켜고 말고 할 여유가

없었고, 그 다음에는 옷가지를 찾느라 분주했던데다 그나마 거실과 침실만 뱅글뱅글 돌았었다.

거실과 침실은 그야말로 꼭 필요한 최소한의 물건들만 들어 있었다. 주방에는 제인의 주방처럼 4인용의 작은 식탁 하나와 의자 네 개, 그리고 20년은 되어 보이는 가스레인지가 있었다. 그러나 냉장고는 최근에 새로 산 것 같았고, 커피메이커도 그랬다. 샘도 급한 것만 장만한 것 같았다.

쿨라비치 부인은 익숙한 솜씨로 커피메이커를 켰다. 제인은 화장실을 찾는 일이 다급했다.

"저…… 혹시, 화장실이 어디 있는지 아세요?"

"물론 알지. 큰 화장실은 현관 왼쪽으로 두 번째 문이야. 작은 화장실은 샘의 침실 안에 있고."

제인은 자신이 모르는 것을 노파가 알고 있다는 게 참 우스웠다. 그러나 등을 딱딱한 벽에 붙이고 있지 않으면 온몸이 샘의 육중한 몸 밑에 깔려 있는 상태에서 화장실이 어디 있는지를 알아두기는 어려웠다.

제인은 핸드백을 들고 큰 화장실 안으로 들어가 재빨리 옷을 벗고, 화장실에 있는 수건이며 비누를 가지고 얼른 샤워를 해 네 시간에 걸친 섹스의 흔적을 지워냈다. 샘이 쓰는 방취제를 뿌리고, 예상대로 사자 갈기털 모양인 머리를 대충 빗질한 후, 이번에는 브래지어부터 챙겨 입었다.

어느 정도 정신이 수습되자 이번에는 커피 생각이 간절해졌다. 제인은 주방으로 돌아갔다. 제인을 보자마자 홀랜드 부인이 호들갑스럽게 말했다.

"집이 그 꼴이 돼서 어떡하우, 아가씨! 그렇지만……, 샘은, 샘은 참 멋있지 않수? 이제 축하할 일만 남은 거지, 그렇지?"

"엘레노어!"

쿨라비치 부인이 쓸데없는 소리 말라는 듯이 말허리를 자르고 나섰다.

"요즈음 젊은이들은 우리 때완 달라. 한 번 같이 잤다고 결혼하는 시대가 아니란 말이야."

"그렇다고 결혼하지 않는다는 법도 없잖아!"

제인은 흠흠 헛기침을 했다. 제정신으로는 감당하기 힘든 일들이 연달아 일어났건만, 침대에서 샘과 함께 뒹군 몇 시간의 기억은 그 어떤 일보다도 또렷하고 강하게 자리잡고 있었다.

"샘이…… 청혼을 했어요 ……전 승낙했구요."

제인은 깨끗하게 인정했다. 다만 그 저주받을 '약혼'이라는 말은 쓰지 않도록 조심했다.

"어머나, 이런!"

쿨라비치 부인은 비명에 가까운 탄성을 질렀다.

"멋져, 멋져! 결혼식은 언제유?"

"3주 후에요. 부모님들이 그때 여행에서 돌아오시거든요."

그런데 그때 갑자기 생각지도 않았던 말이 튀어나왔다.

"이 거리 양쪽에 사시는 분들은 모두 저희 결혼식에 초대할게요."

조촐한 결혼식이 한 순간에 거대한 결혼식이 되고 말았다. 하지만 그게 뭐 어때!

"아이구, 아이구! 브라이드 샤워도 해야지! 가만 있어봐, 가만 있어봐! 메모지하고 펜 어딨어? 빨리 계획 세워야지!"

"그러실 필요는……."

없다고 말하려다 말고 제인은 입을 다물었다. 집 안에 있던 거의 모든 것이 박살난 마당이니, 브라이드 샤워라도 해야 당장 필요한 물건들을 구할 수 있겠다 싶었던 것이다.

갑자기 턱끝이 실룩거렸다. 경찰 한 사람이 고양이 먹이 깡통

두 개를 들고 들어서는 것을 보고 제인은 얼른 이를 악물었다.

"도노반 형사님이 이걸 갖다드리라고 해서요."

잠시 신경을 다른 데로 돌리게 해준 것을 속으로 고맙게 여기며 제인은 부우부우를 찾아 샘의 집 안을 돌아다녔다. 이 녀석은 또 어디에 숨었는지 보이지 않았다. 환경이 바뀐 것을 낯설어하며 어딘가 숨어 있겠지. 자기 집 같으면 부우부우가 잘 숨는 곳을 환히 알고 있지만, 샘의 집에서는 또 어디가 녀석의 비밀장소가 되었는지 알 수가 없었다.

녀석을 꼬여내기 위해 깡통 하나를 따서 손에 들고 바닥을 기다시피 하며 부우부우의 이름을 나지막이 부르고 다녔다. 거실 소파 뒤에 웅크리고 있는 녀석을 찾아내긴 했지만, 부우부우도 어지간히 놀랐는지 먹이 깡통을 눈앞에서 흔들고 있는 데도 불구하고 구석에서 끌어내 먹이를 먹게 만드는 데에 15분이나 걸렸다. 부우부우는 주저주저하며 구석에서 나와 잔뜩 겁을 집어먹은 표정으로 사방을 둘러보며 먹이를 먹기 시작했다. 제인은 녀석의 유연한 몸을 어루만지며 위로해주었다.

이 녀석을 언니네 집으로 보내야겠어. 지금 같은 상황에서 어머니의 소중한 고양이를 데리고 있는 건 너무나 위험했다.

또다시 눈물이 핑그르르 돌았다. 제인은 눈물을 감추기 위해 고개를 푹 숙였다. 미치광이 범죄자가 그녀의 소유물들을 하나하나 박살내고 깨부술 때, 그녀가 그 집에 없었던 것은 천만다행이었다. 그 시간에 자기 침대가 아니라 샘의 침대에 누워 있었던 것이 얼마나 다행인지는 말로 표현할 수 없었다. 다시는 부우부우와 아버지의 차를 위험에……

차! 아버지의 차!

제인이 벌떡 일어나는 바람에 화들짝 놀란 부우부우는 또다시 쪼르르 소파 뒤로 숨어버렸다.

"저, 잠깐만 나갔다 올게요."

제인은 쿨라비치 부인과 홀랜드 부인에게 소리치고는 밖으로 달려나갔다.

"샘! 샘! 차! 차 무사한지 봤어요?"

제인의 집 앞이며 뒷마당, 그리고 샘의 집 앞뒤에도 이웃사람들이며 경찰로 꽉 차 있었다. 제인의 바이퍼는 집 앞에 세워져 있었기 때문에 사람들은 이상한 눈초리로 그녀를 돌아다보았다. 바이퍼는 미처 돌아볼 여유도 없었다. 제인에게는 바이퍼도 끔찍하게 중요한 재산이었지만 아버지의 차는 바이퍼에 비하면 대여섯 배는 비싼 차인데다 그보다 많은 돈을 줘도 다시는 살 수 없는 차였다.

주방 쪽 출입문으로 샘이 고개를 내밀었다. 차고 문 쪽을 흘끔 돌아다본 샘은 그쪽으로 달려갔다. 제인도 마찬가지였다. 차고 문의 맹꽁이 자물쇠는 멀쩡했다.

"여기까지는 손을 대지 못한 거죠, 그렇죠?"

제인은 최대한 목소리를 낮추며 물었다.

"당신 차가 집 앞에 있었으니 여기는 들어갈 생각도 안 했을 거예요. 차고는 비어 있을 거라고 생각했겠죠. 차고로 통하는 다른 문은 없죠?"

"없어요. 벽에 구멍을 내지 않는 한."

"그렇다면 차는 안전해요."

샘은 다시 제인의 어깨를 감싸안고 자기 집으로 향했다.

"온 동네 사람들이 다 지켜보는데 지금 저 문을 열고 싶지는 않겠죠?"

"그럼요, 그럼요. 하지만 차를 다른 데로 옮겨야겠어요. 데이비드한테 말하면 얼씨구나 할 거예요. 부우부우는 언니한테 데려다주고. 상황이 상황이니만큼 엄마 아빠도 이해하실 거예요."

"당신만 괜찮다면 내 차고에 넣어놓아도 좋아요."

제인은 잠깐 그 아이디어에 대해 생각해보았다. 데이비드의 집
보다는 가까우니 좋고, 집에 침입했던 미치광이가 아버지의 차에
대해서는 모르고 있으니 샘의 집에 보관하는 것도 괜찮을 것 같았
다.

"좋아요. 사람들이 모두 사라지고 나면, 그때 옮기도록 하죠."

바이퍼 옆을 지나가면서 제인은 도저히 자기 차를 돌아볼 용기
가 나지 않았다. 순찰차의 경광등만 뚫어져라 바라보며 샘에게 물
었다.

"내 차는, 괜찮은 거죠?"

"괜찮아요. 긁히거나 깨진 곳도 없고."

제인은 안도의 한숨을 길게 내쉬며 샘에게 기댔다. 샘은 그녀를
더욱 힘주어 끌어안으며 집으로 데려다주고 새디와 엘레노어에게
보살펴줄 것을 부탁했다.

제인이 자기 집에 들어가도 좋다는 연락을 받은 것은 새벽녘이
었다. 온통 엉망진창이 된 현장을 본 첫 느낌은, 그 미치광이가 누
구인지는 몰라도 돈이나 물건을 노린 것이 아니라 사람을 노린 것
이 분명하다는 것이었다. 집 안에 있는 물건들 중에서 가장 값이
나가는 축에 속하는 TV 세트에는 손을 댄 흔적이 전혀 없었다. 반
면에 제인의 옷가지와 속옷은 그야말로 갈가리 찢어지고 뜯어진
채 사방에 흩어져 있었다. 그런데 이상하게도 청바지를 비롯해서
바지 종류는 손도 대지 않았다.

침실로 들어가 보니 시트와 베개, 매트리스는 끔찍할 정도로 난
도질이 되어 있었다. 향수병은 하나도 남김 없이 모조리 박살이
났고, 주방에서도 유리로 되어 있는 것은 남김없이 박살이 나 있
었다. 제인이 사놓기만 하고 한 번도 쓰지 않은 묵직한 크리스털
쟁반도 마찬가지였다. 욕실에 있는 것들 중에서 수건 종류는 그대
로 있었지만, 화장품은 몽땅 망가져 있었다. 튜브에 든 것은 마구

짓이겨서 내용물을 뒤섞어놓았고, 파우더는 다 쏟아서 내버렸고, 콤팩트, 아이섀도, 블러셔 등도 마구 짓밟아 깨지고 뭉그러져 있었다.

"여성용품이거나 여성적인 물건만 망가뜨려놓았네요."

기가 막혀 말도 제대로 나오지 않아 입만 벌리고 있던 제인이 겨우 내뱉었다. 침대는 이렇다 할 특징이 없는 것이었지만, 침구는 부드러운 파스텔 색조에 레이스가 달린 여성 취향의 것이었다.

"누군지는 몰라도 범인은 여성 혐오증을 가지고 있는 것 같아요. 심리학자들에겐 신나는 연구 대상이 되겠어요."

제인의 곁에 바짝 붙어 서서 지키고 있던 샘이 굳은 얼굴로 말했다. 잠도 못 잔 데다 해야 할 일이 태산 같은 현실 앞에서 제인은 갑자기 피로가 몰려오는 것 같았다. 제인은 샘의 얼굴을 돌아다보았다. 샘도 제인 못지않게 수면 부족에 시달리고 있었다.

"오늘 출근해요?"

제인이 물었다. 샘은 당연하다는 듯한 얼굴로 대답했다.

"그럼요. 마아시 사건 담당자한테 이 사건에 대해서도 이야기해봐야죠."

"난 출근 안 할래요. 이 난장판을 처리하려면 최소한 일주일은 걸리겠어요."

"직접 할 생각은 하지도 말아요. 하우스 클리닝 서비스를 불러요."

샘은 손끝으로 제인의 턱끝을 살짝 쳐들며 얼굴을 내려다보았다. 피로 때문에 눈 밑에 검은 그림자가 져 있었다.

"그리고 이젠 잠을 좀 자요. 내 침대에서. 새디 할머니한테 집 청소를 감독해달라고 부탁하면 얼씨구나 하실 거예요."

"쿨라비치 부인이 이 집 청소하는 걸 감독하고 나면 아마 병원에 입원해야 할걸요?"

제인은 길게 하품을 하며 말을 이었다.

"청소도 청소지만, 쇼핑도 해야겠어요. 옷이며 화장품, 모두 새로 사야 하잖아요."

샘은 씩 웃었다.

"주방용품은?"

"급한 것부터."

제인은 샘에게 기대며 두 팔로 그의 허리를 휘감았다. 그렇게 할 수 있다는 자유가 즐거웠고, 또한 동시에 그의 팔이 거의 자동으로 자신의 허리를 휘감는 즐거움도 누렸다.

그 순간, 갑자기 가슴이 쿵 하고 내려앉는 것 같았다. 지금껏 루나와 티제이를 잊고 있었던 것이다.

"루나하고 티제이!"

"내가 벌써 전화했어요."

샘이 더 힘주어 끌어안으며 말했다.

"어젯밤에 현장을 보자마자 내 휴대전화로 알렸어요. 두 사람은 무사해요. 당신 걱정만 하고 있어요."

제인은 다시 샘의 품에 편안하게 기댔다. 그의 심장이 뛰는 소리가 쿵닥쿵닥 들려왔다. 너무나 피곤해서 잠도 오지 않을 지경이었지만, 자꾸만 떠오르는 잡념 때문에 마음이 가라앉지 않았다. 그걸 해소하기 전에는 잠을 잘 수 없을 것 같았다.

"치료적 섹스에 대해서 어떻게 생각해요?"

제인이 물었다. 샘의 짙은 눈동자가 호기심으로 반짝 빛났다.

"뭘 움켜쥐고 하는 건가요?"

제인은 샘의 가슴팍에 얼굴을 묻고 깔깔 웃었다.

"지금은 안 돼요. 나중에. 오늘밤에나. 지금 필요한 건 내가 잠을 잘 수 있게 마음을 풀어주는 거예요. 관심 있어요?"

대답 대신 샘은 제인의 손을 끌어다가 바지 앞섶을 슬쩍 문질렀다. 지퍼 속에서 굵고 긴 '어떤 것'이 꿈틀거렸다. 그 길이를 따라 손끝을 아래위로 왕복하면서 제인은 남모르는 흥분과 즐거움을 느꼈다. 그 '어떤 것'은 주인의 통제권 밖에 있는 듯, 저 혼자 꿈틀거렸다.

"오호, 대단도 하셔라!"

"움켜쥐는 것만 생각하면 난 항상 이렇게 돼요."

두 사람은 손을 맞잡고 샘의 집으로 향했다. 그곳에서 샘은 제인의 마음을 풀어주었다.

"감식반이 쓸 만한 지문을 채취하는 데 실패했어."

몇 시간 후 샘은 로저 번슨 형사에게 전화로 말했다.

"대신에 신발자국의 일부를 발견했어. 러닝슈즈 같은데…… 바닥 무늬를 가지고 상표를 알아낼 수 있으면 좋겠는데 말이야."

이번 사건에 대해서도 번슨 형사는 샘과 같은 생각을 가지고 있었다.

"범인은 제인 양을 노린 게 틀림없어. 제인 양이 집에 없었기 때문에 대신에 제인 양의 물건들을 그렇게 만들어놓고 간 거야. 범행시각은 추정할 수 있겠나?"

"아마 밤 8시부터 자정 사이?"

홀랜드 부인은 시시때때로 창문을 통해 도로를 살피는 할머니였는데, 샘이 귀가하기 전까지는 낯선 차나 사람을 전혀 보지 못했다고 말했다. 그러니까 범인은 날이 완전히 어두워지고 동네 사람들이 모두 집 안으로 들어간 후에 일을 저지른 것이 분명했다.

"제인 양이 그 시각에 집에 없었던 것이 천만다행이로군."

"그래."

그 반대의 경우는 생각도 하고 싶지 않았다.

"햄머스테드의 사장과 빨리 협의를 해야겠군."

"이 전화를 끊자마자 사장에게 전화를 할 생각이야. 우리가 그 회사의 인사파일을 들여다보고 있다는 건 아무도 모르게 해야 해. 사장이라면 아무 의심도 받지 않고 파일을 열어볼 방법이 있을 거야. 우리가 회사로 찾아갈 것도 없이 우리한테 파일을 복사해서 보내줄 수도 있을 거고."

로저가 몇 번 헛기침을 하더니 말했다.

"검시관이 마아시 딘의 시신을 내주었어. 피살자의 여동생과 통화했네."

"알려줘서 고맙네. 사람을 시켜서 장례식을 처음부터 끝까지 녹화해야겠어."

"범인이 거기에도 나타날까?"

"장담하지."

샘이 말했다.

23

코린은 잠에 들 수 없었다. 피곤하지도 않았다. 스멀스멀 부아가 치밀었다. 대체 그 계집이 어디로 간 거지?

나한테 말할 수도 있었는데……. 코린은 생각했다. 때로는, 아니 대부분의 경우에 코린은 그 계집이 밉살스러웠다. 아주 간혹 코린에게 상냥할 때도 있었지만. 오늘도 그 계집이 기분만 좋았다면 집에 가지 않고 어디로 샐 건지 말했을 수도 있었다.

그 계집을 어떻게 생각해야 할지 코린은 아직 판단을 내리지 못했다. 죽은 마아시 딘처럼 요란하고 창녀 같은 옷차림을 하고 다니지는 않았지만, 그 계집도 늘상 남자들의 시선을 끌었다. 심지어는 바지를 입을 때에도 그랬다. 그 계집이 기분이 좋아서 상냥하게 굴 때면 코린도 그 계집을 그다지 밉살스럽게 보지는 않았다. 그러나 그 독사 같은 혓바닥을 마구 놀리며 사람들을 잘근잘근 씹는 듯한 독설을 늘어놓을 땐 주먹을 들어 내려치고 싶은 생각이 간절했다. 때리고 또 때리고, 머리가 온통 물렁물렁해져서 그런 짓거리를 다시는 하지 못하게 될 때까지 때리고 또 때리고 싶었다……. 하지만 그게 어머니였나, 아니면 그 계집이었나? 코린은 기억을 되살리기 위해 인상을 찡그렸다. 가끔 모든 것이 헷갈릴 때가 있었다. 그 약물의 기운이 아직도 몸 안에 남아 있는 것 같았다.

남자들은 루나도 이상한 눈길로 바라보았다. 루나는 코린에게 잘 대해주었지만, 항상 요란하게 화장을 하고 어머니가 보았다면 너무 짧다고 야단을 쳤을 법한 스커트만 입고 다녔다. 짧은 스커트는 남자들의 머릿속에 야한 생각을 불어넣는다고 어머니는 말했었다. 정숙한 여자라면 짧은 스커트는 입지 말아야 한다고 했다.

루나는 언제나 상냥하고 예절바른 아가씨였다. 하지만 사실은 매우 나쁜 계집일 수도 있었다. 그 요망스러운 리스트라는 것을 만들어 코린을 웃음거리로 만들고 어머니로 하여금 그에게 화를 내게 만든 창녀들의 무리였다.

코린은 눈을 감고 어머니가 자신에게 벌을 주던 때를 회상했다. 작은 흥분의 불꽃이 몸 안에서 이리저리 춤을 추었다. 손으로 자기 몸을 더듬기 시작했다. 이렇게 하면 안 되는데…… 이걸 즐기면 안 되는데…….

하지만 그날 밤도 완전히 허탕만 친 것은 아니었다. 새 립스틱이 하나 생겼으니까. 밑동을 돌리자 그 음란스럽게 생긴 물건이 미끄러지듯이 튀어나왔다. 마아시의 것처럼 요란한 빨간색은 아니었다. 분홍빛이 도는 것이었는데, 코린은 빨간색과 마찬가지로 분홍색도 좋아하지 않았다. 코린은 립스틱을 입술에 칠하고 거울 속에 비친 자기 모습을 바라보았다. 그러고는 이내 혐오감이 가득한 얼굴로 립스틱을 싹싹 지워버렸다.

코린은 다른 여자들 중에 누군가는 자신에게 어울리는 립스틱을 가지고 있을지도 모른다는 희망을 가졌다.

햄머스테드 테크놀러지의 CEO인 로렌스 스트론은 웃음소리가 호팅하고 그림을 넓게 볼 줄 아는 안목을 가진 남자였다. 세세한 세부에도 관심은 가지고 있었으나 그의 직책은 그런 것을 요구하지 않았다.

그날 아침, 스트론은 워렌 경찰서의 도노반이라는 형사로부터 전화를 받았다. 도노반 형사는 조목조목 설득력 있게 말했다. 도노반 형사도 그렇지만 스트론 사장도 햄머스테드 직원들의 인사파일 때문에 영장이 청구되고 경찰이 드나드는 일이 생기는 것은 원치 않았다. 가능한 한 조용히, 아무도 모르게 처리되기를 바랐다. 도노반 형사가 원하는 것은 언제 다시 살인을 저지를지도 모르는 살인자를 체포하는 일에 협조해달라는 것이며, 경찰에서는 바로 그 살인자가 햄머스테드 테크놀러지의 직원이라고 추정하고 있었다.

왜 그런 추리를 하십니까? 하고 스트론이 묻자 도노반 형사는 살인자로 보이는 익명의 남자가 티제이 요터의 휴대전화 번호를 알고 있었는데, 그 전화번호는 티제이의 대한 개인정보에 접근할 수 있는 사람이 아니면 알 수 없는 것이었다고 말했다. 경찰에서는 마아시를 죽인 범인을 피살자를 잘 아는 면식범이라고 판단하고 있으므로, 만약 티제이의 휴대전화에 전화를 건 익명의 남자가 마아시 살해범과 동일인물이라면 그자는 그들 두 여자를 모두 잘 알고 있다는 결론이었다. 마아시와 티제이가 모두 잘 아는 사람이라면 나머지 두 여자도 잘 아는 인물이라고 보아야 했다. 그러므로 그 인물은 네 여자의 공통분모인 햄머스테드, 그곳에 있는 인물이었다.

스트론 사장의 머리에 가장 먼저 떠오른 생각은 경찰의 이러한 추론이 외부로 새어나가서는 안 된다는 것이었다. 그리고 두 번째는 그자가 누구이든 간에 자신의 부하 직원들을 또 죽이도록 둘 수는 없다는 것이었다.

"그럼, 제가 어떻게 하면 되겠습니까?"

스트론이 물었다.

"다른 방법이 없다면 저나 제 동료들이 직접 회사로 찾아가서 인사파일을 넘겨받아야 하겠지만, 가능하다면 아무도 눈치채지 못하게 처리했으면 합니다. 범인이 경계심을 가질 테니까요. 혹시 인사파일을 첨부해서 이메일로 보내주실 수 있습니까?"

"인사파일은 온라인으로 볼 수 없는 별도의 시스템으로 관리합니다. CD로 복사한 다음에 이메일로 보내드리도록 하죠. 이메일 주소를 알려주시겠습니까?"

대부분의 기업체 사장들과는 달리 스트론 사장은 컴퓨터에 대해 박학다식한 인물이었다. 하긴 같은 건물의 1, 2층에서 일하는 컴퓨터광들이 하루 종일 무슨 짓을 하는지 이해하려면 컴퓨터에 대해 몰라서는 안 될 사람이었다.

"티제이 요터는 인사부에서 일합니다. 티제이에게 이 일을 맡기도록 하겠습니다. 티제이라면 이 일에 대해 누구에게도 발설하지 않을 테니까요."

도노반의 이메일 주소를 받아 적으면서 스트론 사장이 말했다. 두 가지 일을 동시에 하는 것도 그가 가진 재주였다.

"좋은 생각입니다."

샘은 로렌스 스트론이라는 인물이 마음에 들기 시작했다. 햄머스테드 직원들의 인사파일을 손에 넣는 것이 생각보다 쉽게 풀리자 샘은 제인의 집 욕실 바닥에서 발견된 신발자국의 일부로 관심을 돌렸다. 비록 일부분이었지만, 그 흔적으로 어떤 신발인지 상표명을 알아내기를 바랐다. 신발의 크기까지 알아낼 수 있다면 더욱 좋고, 같은 상표의 다른 신발과 구분되는 그 신발만의 독특한 특징까지 발견된다면 더할 나위 없는 소득이었다. 누가 될지 모르지만, 사건의 용의자가 떠올랐을 때 만약 그가 같은 신발을 가지고 있는 것으로 드러난다면 '빙고!'였다.

샘은 그날 오전 시간의 대부분을 전화통을 붙들고 보냈다. 누가 형사라는 직업을 위험하지도 않고 짜릿하지도 않다고 했던가?

어젯밤은 샘이 즐기는 수준을 훨씬 뛰어넘을 정도로 위험하고 짜릿했다. 그는 인생에 있어서 '만약에'라는 가정을 별로 좋아하지 않았는데, 어제의 일은 더욱더 그러했다. 만약 그가 어딘가 다른 도시에 가 있었다면? 만약 제인이 늦게 귀가하지 않았다면? 만약 그가 제인의 늦은 귀가에 대해 걱정하지도 않고 그래서 두 사람이 다투지도 않은 채 각자의 집으로 돌아갔다면? 그저 굿나잇 키스를 나누고 각자의 집을 향해 돌아섰다면 제인은 혼자서 그 집으로 들어가지 않았겠는가. 철저하게 망가진 그 집의 내부 상태를 볼 때, 제인이 그 집에 혼자 있었다면 어떤 사고를 당했을지 생각만 해도 소름이 돋았다.

샘은 등받이에 등을 깊이 파묻고 앉아 두 손을 깍지껴서 머리를 받치고 천장을 올려다보며 생각에 잠겼다. 분명히 뭔가 잡힐 듯 말 듯하는데 손에 딱 잡히지는 않았다. 곧 잡힐지도 모르겠지만, 아직은 확실하게 손에 닿지가 않았다. 큰누이인 도로시는 항상 샘을 자라 같은 놈, 사냥개 같은 놈이라고 말하곤 했다. 자라와 사냥개는 한 번 물면 놓지 않는 습성을 가진 동물이었다. 물론 도로시가 칭찬으로 그렇게 말한 건 아니었다.

도로시가 떠오르자 다른 가족들에게도 전해야 할 소식이 있다는 것이 생각났다. 그는 메모지에 '어머니에게 제인에 대해서 말할 것'이라고 적어놓았다. 가족들에겐 깜짝 놀랄 소식이었다. 최근까지도 데이트는커녕, 어쩌다 한 번씩 마주치는 여자도 없었으니까. 샘은 싱긋 웃었다. 약혼식과 마찬가지로 데이트는 건너뛰어도 좋았다. 그저 곧바로 결혼에 골인하면 그의 목표는 달성되는 셈이었다. 그것만이 제인을 지금 그 자리에 붙들어두는 유일한 방법이었다.

그러나 지금은 그보다 더 급한 일이 있었다. 우선 이 미치광이 살인범을 잡아 제인의 안전을 확보하는 일이 시급했다. 살인범을 잡는 것, 그리고 제인의 안전을 확보하는 것보다 중요한 일은 있을 수 없었다.

제인은 오후 1시가 조금 넘은 시간에 샘의 침대에서 눈을 떴다. 완전한 숙면을 취하지는 못했지만, 어지간한 새로운 충격은 소화할 수 있을 정도로 원기가 회복된 것 같았다. 청바지와 티셔츠를 입고, 엉망이 된 집 청소가 얼마나 진척되었는지 보기 위해 자기 집으로 갔다. 쿨라비치 부인이 그곳에 있었다. 이 방에서 저 방으로 오가며 인부들이 어물쩍 넘어가는 부분이 없도록 단단히 감시하는 중이었다. 하우스 클리닝 회사에서 나온 듯한 두 청소부 아주머니들은 쿨라비치 부인의 감독을 그런 대로 진지하게 받아들이는 것 같았다.

청소팀은 생각보다 매우 능률적이었다. 침실과 욕실은 벌써 말끔하게 치워졌고, 난도질당한 매트리스와 침대의 박스 스프링은 어디에 치웠는지 보이지 않았다. 갈가리 찢긴 옷가지들을 담은 쓰레기 봉투는 배를 불룩하게 내민 채 주방 쪽 출입구 계단 옆에 서 있었다. 잠자리에 들기 전에 보험회사에 전화를 걸어 문의해보았는데, 가옥의 건물이나 살림살이 같은 것들은 보상이 되지만, 옷가지는 보상이 되지 않는다는 답변을 들었다.

"한 시간쯤 전에 보험회사 사람이 다녀갔어. 여기저기 사진을 찍고, 경찰서에 가서 조사기록을 복사해 간다더군. 보상을 받는 데 다른 문제는 없을 거래요."

들던 중 반가운 소리였다. 벌써 이런저런 일로 돈을 꽤 많이 지출한 터라 제인의 은행 잔고는 상당히 많이 축이 나 있었다.

전화벨이 울렸다. 전화기는 색상이나 디자인이 특별히 여성스러운 데가 없는 물건이었기 때문에 화를 모면한 물건이었다. 수화기를 들다 말고 제인은 어제 퇴근길에 사온 발신자 표시기를 아직 설치하지 못했다는 것을 깨달았다. 상대방이 누군지도 모르면서 전화를 받는다는 것이 꺼림칙했다.

어쩌면 샘일지도 모른다는 생각을 하면서 '통화' 버튼을 눌렀다.

"여보세요!"

"제인 브라이트 양인가요?"

여자 목소리였는데 어디선가 많이 들은 듯한 목소리였다. 일단 한숨을 놓으며 제인이 대답했다.

"네, 그런데요."

"저는 셰릴……, 셰릴 로벨로입니다. 마아시의 동생이에요."

갑자기 가슴이 찌르르 아파왔다. 그래서 목소리가 낯익게 들렸구나. 마아시를 닮아서. 담배를 많이 피운 탓에 걸걸한 느낌이 조금 있었던 마아시와는 달리 그런 느낌이 없다는 것만 빼면 아주 비슷한 목소리였다. 전화기를 든 제인의 손에 저절로 힘이 들어갔다.

"아, 네에……. 마아시 선배한테서 말씀 많이 들었어요"

제인은 자꾸만 솟아오르는 눈물을 삼키며 그렇게 말했다. 월요일에 마아시의 죽음을 전해 들은 뒤로 눈물은 항상 대기상태였다.

"저두요"

셰릴은 가까스로 슬픔을 삼키며 웃는 목소리로 말했다.

"전화통화라도 하면 항상 제인 이야기를 하곤 했어요. 루나 이야기도 많이 했구요. 참……, 이런 일이 생기다니……, 믿어지지 않죠?"

"네, 믿어지지 않아요"

두 사람은 서로 목이 메어 말을 잇지 못했다. 잠시 후에 셰릴이 먼저 감정을 수습하고 말했다.

"저……, 검시관이 언니의 시…… 시신을 내주었어요. 지금 장례 절차를 준비중이에요. 부모님 모두 테일러의 묘지에 모셨기 때문에 언니도 부모님 가까이에 매장하고 싶어요."

"잘하셨어요."

"장례식은 토요일 11시로 정했어요."

셰릴이 장례식장의 이름과 묘지의 위치를 알려주었다. 테일러는 디트로이트 남쪽의 소도시로, 디트로이트 메트로 공항과 가까웠다. 그쪽 지역은 자주 가보지 않아 낯선 곳이었지만, 제인은 웬만한 곳이면 가르쳐주는 대로 찾아가는 데 자신이 있었다.

셰릴에게 위로가 될 만한 말을 한 마디 해주고 싶은데, 도저히 생각나는 말이 없었다. 자신의 아픔도 어쩌지 못하는 마당에 다른 사람의 마음을 어떻게 위로하겠는가.

그때 갑자기 한 가지 좋은 생각이 떠올랐다.

"마아시 선배를 위해서 밤샘을 할 생각이에요. 어때요, 오시지 않을래요?"

제인은 앞뒤 재볼 것도 없이 불쑥 질문을 던졌다.

"밤샘이요?"

셰릴은 조금 놀란 목소리였다.

"아일랜드식 경야처럼?"

"그런 셈이죠. 뭐, 우리가 아일랜드인은 아니지만 그냥 모여 앉아서 맥주라도 마시면서 마아시 선배에 대해서 여러 가지 이야기를 나누는 거예요."

셰릴의 웃음소리가 들렸다. 이번에는 슬픔을 감추기 위한 억지 웃음이 아니라 진짜 웃음소리였다.

"언니가 정말 좋아하겠네요. 저도 꼭 갈게요. 언제 모이죠?"

아직 티제이와 루나에게는 말하지 않았기 때문에 정확한 시간과 장소는 약속할 수 없었지만, 날짜는 금요일이어야 했다.

"내일 밤. 정확한 시간과 장소는 다시 알려드릴게요. 장례식장에서는 밤샘모임을 할 수 없겠죠?"

"아마 그건 힘들 거예요."

셰릴의 전화번호를 받아 적은 후, 제인은 샘의 집으로 다시 건너가 발신자 표시기가 든 쇼핑백과 아직 전원도 켜보지 못한 새 휴대전화를 가지고 돌아왔다.

주방 테이블에 걸터앉아 발신자 표시기 설명서를 읽어봤지만, 도무지 무슨 내용인지 이해할 수가 없었다.

"이 따위 기계가 이렇게 복잡할 리가 없어! 한쪽은 전원에 연결하고 반대쪽은 전화기에 연결하면 되겠지, 뭐. 아니면 말고."

제인은 설명서를 구겨서 쓰레기통에 처박아버렸다. 전화선을 벽에 설치된 플러그에서 빼내고, 발신자 표시기를 플러그에 꽂았다. 그리고 발신자 표시기와 전화기를 연결해놓고 샘의 집으로 달려가 집으로 전화를 걸었다.

다시 집으로 달려와 디스플레이 버튼을 누르자 샘의 이름과 전화번호가 표시창에 나타났다. 와우! 별 것 아니네.

발신자 표시기를 달고 새 휴대전화도 마련했으니, 전화를 걸어야 할 곳이 한두 군데가 아니었다. 제인은 가장 먼저 셸리의 집에 전화를 걸었다.

"언니, 엄마 아빠가 돌아오실 때까지 부우부우를 좀 맡아줘야겠어."

"왜?"

셸리는 뾰로통한 목소리로 물었다.

"어젯밤에 집에 웬 미치광이가 침입해서 온통 난장판을 만들어놨어. 부우부우를 내 집에 뒀다간 아무래도 사고가 날 것 같애."

"뭐어?"

셸리의 목소리가 단번에 두 옥타브는 올라갔다.

"미친놈이 네 집에 침입했다고? 넌 어디 있었는데? 어떻게 된 거야?"

"난 샘하고 같이 있었어. 집은 말 그대로 폭격 맞은 꼴이 됐구. 껍데기는 빼고 속만."

제인은 샘과 무엇을 했는지에 대해서는 말하지 않았다.

"집에 없었다니 다행이다!"

셸리는 거기서 말을 멈추고 잠시 침묵했다. 셸리의 머리 돌아가는 소리가 제인에게까지 들리는 것 같았다. 셸리도 둔한 여자는 아니었다.

"잠깐! 집이 벌써 폭격까지 맞았는데, 부우부우는 다치지 않았어?"

"안 다쳤어. 다쳤을까봐 나도 무척 걱정했지."

"그 미친놈이 다시 와서 또 그런 짓을 저지를까? 가만! 그 리스트구나, 그렇지 그 리스트 때문에 열받은 인간이 한 짓이야, 그렇지?"

"그럴 가능성도 있어."

제인은 셸리가 너무 걱정하지 않도록 애써 태연한 목소리로 가장하며 대꾸했다.

"어머나아……! 그럼, 마아시를 죽인 놈이 네 집에 쳐들어왔다는 얘기네? 네 생각도 그런 거지, 그렇지? 제인. 어머나아! 그럼 이제 어떻게 해야 하니? 당장 거기서 나와라. 우리 집으로 와. 아니면 호텔로 들어가든가. 모텔 말고 큰 호텔 말이야."

"걱정해줘서 고마운데, 샘이 다 해결해줬어. 샘하고 같이 있으면 안전해. 총도 가지고 있으니까. 아주 큰 걸로 말이야."

"그렇지. 그건 나도 봤다. ……근데, 그래도 난 무섭다."

"나도 그래. ……하지만 샘이 노력하고 있고 몇 가지 단서도 찾았어. 참, 그리고 우리 결혼할 거야."

셸리의 목소리는 한 옥타브쯤 더 높아졌고 곧이어 두 배쯤 큰 소리로 비명 같은 탄성을 질렀다. 제인은 수화기를 귀에서 두어 뼘쯤 떼어놓아야 했다. 셸리의 비명이 그친 후에야 제인은 수화기를 도로 귀에 갖다 댔다.

"날짜는 대략 엄마 아빠가 돌아오신 다음날로 정했어."

"그럼 3주밖에 안 남았잖니! 그동안에 어떻게 다 준비를 하라고! 교회는 정했니? 피로연은? 드레스는?"

"교회도 필요 없고 피로연도 필요 없어. 드레스는 내가 알아서 구할게. 맞출 필요 없이 빌려 입거나 기성복으로 사 입으면 돼. 어차피 쇼핑 좀 넉넉히 해야 돼. 그 미치광이가 내 옷이며 화장품이며 몽땅 못 쓰게 만들어놨거든."

이번에는 분노에 찬 셸리의 비명. 비명에 이어 누군지 모르는 미치광이를 향한 욕설을 한참 더 들은 후에야 제인은 할 말을 계속 할 수 있었다.

"언니, 나 휴대전화 샀어. 번호 불러줄게. 이 번호 알려주는 거, 언니가 처음이야."

"정말? 대단한 영광이네! 샘한테도 안 알려줬어?"

"응."

"정말 영광이다. 알려주는 걸 까먹은 거지?"

"응."

"잠깐만 기다려. 펜이 어디 있나?"

부스럭거리는 소리.

"못 찾겠다."

또 부스럭거리는 소리.

"자, 그냥 불러라."

"펜 찾았어?"

"아니. 튜브에 든 마요네즈. 이걸로 도마 위에 일단 썼다가 펜 찾으면 다시 옮겨 적으면 돼.”

제인은 전화번호를 불러주었고, 마요네즈를 짜내는 소리가 수화기를 통해 들려왔다.

“지금 집이니, 회사니?”

“집.”

“지금 부우부우 데리러 갈게.”

“고마워, 언니.”

걱정거리 하나가 사라지게 됐으니 한숨 덜어지는 것 같았다.

그 다음에는 회사로 전화를 걸어 루나와 티제이와 삼자통화를 했다. 그들도 제인의 안부를 걱정하고 있던 중이었다. 그들 역시 제인에게 일어났던 일이 자신들에게도 일어날 수 있는 일이었다는 것을 알고 있었다. 제인이 예상했던 대로 마아시를 위해 밤샘을 하자는 아이디어는 두 여자들도 대찬성이었다. 루나는 선뜻 자기 아파트에서 모이자고 제의했고, 시간도 정해졌다. 제인은 루나와 티제이에게도 휴대전화 번호를 알려주었다.

“너희들한테 할 얘기가 있어. 그런데 지금 여기서는 곤란해.”

티제이가 목소리를 잔뜩 낮추며 말했다.

“퇴근하면 우리 집으로 와. 루나, 너도 그럴 수 있지?”

“그럼요. 샤말이 또 전화하긴 했는데, 난 아직 밖에 나돌아다닐 기분이 아니라고 했어요. 마아시도……”

갑자기 말을 끊어버린 루나가 울음을 참느라 애쓰는 소리가 들렸다.

“어찌 됐든 아직은 샤말하고 데이트하는 것도 안 돼. 샘이 한 말 잊었니? 가족 외엔 누구하고도 접촉하지 말 것. 그건 데이트까지 포함되는 거야.”

“하지만 샤말은……”

루나는 다시 말을 끊었다.

"이건 정말 너무나 끔찍해요. 하지만 샤말도 믿으면 안 되는 거 겠죠? 방심하면 안 되겠죠?"

"그럼. 절대로 안 돼. 우리 모두."

티제이가 단호한 목소리로 말했다.

전화를 끊자마자 전화벨이 울렸다. 디스플레이 창에 형부인 알의 이름과 집 전화번호가 떴다. 제인은 수화기를 들었다.

"왜, 언니!"

"드디어 발신자 표시기를 달았군? 애, 내가 생각해보니까, 아무래도 엄마 아빠한테 말해야 될 것 같다."

"내가 결혼한다는 이야기라면 해도 좋지만, 난 내가 직접 하고 싶어. 만약 그 미친놈에 대한 이야기라면 입도 뻥끗하지 마. 알았어?"

"그 미친놈은 그냥 미친놈이 아니라 살인자야. 널 죽이려고 벼르는 놈이라구! 네가 엄마라면 여행이고 뭐고 당장 팽개치고 돌아오고 싶지 않겠니?"

"엄마 아빠가 돌아오신들 할 수 있는 건 아무것도 없어. 그리고 난 그 미친놈한테 절대로 당하지 않아. 집에 경보 시스템도 설치했고, 당분간 샘하고 지낼 거야. 엄마가 얼마나 이번 여행을 별렀는지 언니도 알잖아. 제발 입 다물고 있어줘."

"하지만 알려야 해!"

셸리가 고집을 부렸다.

"아니, 안 돼! 엄마 아빠도 이번 여행을 즐길 권리가 있어. 내가 시집도 못 가고 그 미친놈 손에 죽을 것 같애? 이번 결혼식은 꼭 하고 말 거야! 샘을 사지를 묶어서 교회 안까지 질질 끌고 가는 한이 있더라도!"

말을 해놓고 보니 결혼식은 교회에서 치르지 않기로 했다는 것이 떠올랐다.

"말 돌리지 마! 내가 바본 줄 아니? 난 엄마 아빠한테 전화할
거다!"

"하지 마! 이건 내 일이야. 그러니까 내가 하라는 대로 해!"

"그럼 데이비드한테 전화할래."

"그건 언니 맘대로 해. 하지만 언니는 물론이고 누구도 엄마 아
빠한테 지금 내 상황에 대해서는 발설하지 마. 약속해, 언니. 언니
네 식구들, 오빠네 식구들, 그리고 그 두 집 식구들의 친구든 원수
든, 내 일에 나서서 엄마 아빠한테 미주알고주알 주둥이 놀리면
가만히 안 둘 줄 알아! 전화, 전보, 팩스, 편지, 이메일, 기타 등등
어떤 통신수단을 사용하는 것도 안 돼. 연에다가 쪽지 붙여서 날
리기, 비행기에 연막탄 달아서 글씨 쓰기, 낙하산 부대 떨어뜨려서
글씨 쓰기, 이런 것도 안 돼, 알아들었어?"

"너…… 정말 무섭다."

셸리가 기가 질린 목소리로 말했다.

"그랬음 됐어. 엄마 아빠가 느긋하게 여행하고 돌아오시게 그냥
있어. 나도 조심할 테니까."

정오가 조금 넘은 시간에 샘은 로렌스 스트론으로부터 전화를
받았다.

"개인정보 누출죄로 소송당하기 딱 알맞겠습니다. 하지만 영장
을 받으려면 시간도 걸리고 일이 커지는 데다 범인이 눈치챌 수도
있으니 어쩔 수 없는 일이죠. 범인을 잡을 수만 있다면 소송이야
수백 번을 당한들 대수겠습니까."

샘은 스트론이 점점 더 마음에 들었다.

"이메일을 확인해보십시오. 첨부파일이 무척 큽니다. 모두 다운
받으려면 아마 한나절은 족히 걸릴 겁니다."

"그래도 그 편이 빠르죠."

"티제이가 무척 빨리 처리했습니다."

스트론은 전화를 끊었다. 샘은 컴퓨터를 켜고 이메일을 열었다. 첨부파일에 표시된 용량을 보니 입이 벌어질 지경이었다. 어쨌든 스트론이 보낸 첨부파일을 클릭해서 다운로드를 시작했다.

30분이 지난 후에도 여전히 다운로드중이었다. 커피를 마시고, 몇 가지 서류작업을 한 후에 번슨 형사에게 전화를 해서 인사파일을 다운받고 있는 중이라고 알렸다. 번슨 형사도 그 파일을 보기 위해 금방 달려오겠다고 했다. 샘은 번슨 형사가 도착하기 전에 다운로드가 끝날지 걱정스러웠다.

드디어 다운로드가 끝났다. 샘은 프린터의 페이퍼 트레이에 프린트 용지를 최대한 채워넣고 프린트를 시작했다. 페이퍼 트레이가 비자 다시 한 번 종이를 채웠다. 이 많은 인사서류를 다 조사하자면 죽을 때까지 해도 모자랄 것 같았다. 게다가 번슨 형사나 샘이 이 일에만 매달리고 있을 수도 없었다. 이제부터 잠잘 시간을 줄이는 수밖에 없었다.

한참 후에는 프린터 토너가 떨어졌다. 구시렁구시렁 불평을 해대며 새 프린터 토너를 찾기는 했는데, 그것을 제자리에 채워넣는 것이 또 난관이었다. 다른 동료의 도움으로 겨우 토너를 보충하자 프린터는 또 인사파일이 프린트된 종이를 열심히 토해내기 시작했다.

번슨이 도착했다. 두 사람은 나란히 프린터 앞에 앉아 인사서류가 프린트되어 나오는 것을 바라보았다.

"경사났군."

벌써 책상 위에 한참 쌓인 종이를 보며 번슨이 말했다.

"반씩 나눠서 보자구."

"남자 것만 보면 된다니 그나마 얼마나 다행이야?"

"그러게 말이지. 하지만 컴퓨터업계 종사자는 거의 다 남자니까,

남녀 비율이 50 : 50이라고 보면 행복하기는 해도 그건 큰 오산이
지."

번슨은 한숨을 푹푹 내쉬었다.

"오늘은 야구경기나 보려고 했는데. ……참, 검시관 보고서를 봤
는데, 피살자의 몸에서 정액은 발견되지 않았어."

샘은 별로 놀라지 않았다. 성폭행 사건의 경우, 피해자의 몸에서
가해자의 정액이 발견되지 않는 경우가 많았다. 가해자가 콘돔을
사용했거나 사정을 하지 않기 때문이었다. 엉뚱한 이야기이지만
사실이 그랬다. 만약 정액을 발견해서 DNA를 분석할 수만 있다면,
용의자를 체포했을 때 가장 확실한 증거가 될 수 있다.

"그런데 현장에서 발견된 머리카락이 한 올 있었는데, 피해자의
것은 아니었어. 사실은 그걸 발견한 게 신기해. 피해자도 금발인데
그것도 금발이었거든."

샘이 늑대같이 음흉한 미소를 지었다. 머리카락이라……. 머리카
락 한 올이라도 필요한 DNA는 충분히 추출할 수 있었다. 마아시
딘 살해사건은 매우 느리기는 하지만 조금씩 진전을 보이는 셈이
었다.

24

그날 오후, 귀가한 샘은 티제이와 루나가 자기 집 현관 앞에 서 있는 것을 보았다. 그것은 제인이 그녀의 집이 아니라 그의 집에 있다는 의미였다. 샘은 마음이 놓였다. 가능한 한 제인을 마음 편히 해주고 싶었다. 또 잘못해서 그녀의 성질을 건드려 팽하니 그녀의 집으로 돌아가서 혼자 잠을 자게 만들고 싶지는 않았다. 최소한 마아시의 살인범을 잡을 때까지, 아니 그 이후에도 제인을 자기 집에 붙들어두고 싶었다. 아주 잠시라도 제인이 그녀의 집으로 돌아간다면 삶의 재미가 반감되고 말 것이 뻔했다.

날씨는 견디기 힘들 정도로 더웠다. 집 안으로 들어가는데 등줄기에서 땀방울이 굴러내리는 것이 느껴졌다. 햄머스테드에서 전송받은 파일을 모두 프린트해서 번슨 형사와 반씩 나눈, 묵직하고 두툼한 서류더미를 거실의 커피 테이블에 올려놓고 잠시 그대로 서서 시원한 실내 공기를 들이마셨다. 가슴속이 좀 시원해지자 그는 재킷을 벗어놓고 여자들의 말소리를 따라 주방으로 들어갔다.

제인이 네 개의 유리컵에 아이스 티를 따르고 있었다. 샘이 귀가하는 것을 본 모양이었다.

"딱 맞춰서 왔네요."

제인이 말했다. 샘은 권총과 경찰 배지를 풀어서 커피메이커 옆에 올려놓고 유리컵 하나를 들고 쭈욱 들이켰다. 불룩 튀어나온 후골이 꿀꺽 하며 소리가 날 때마다 한 번씩 상하로 움직였다.

"마아시 선배를 위해서 밤샘을 할 계획이에요. 마아시 선배 동생 셰릴도 온다고 했어요."

"언제, 어디서?".

"내일 밤, 내 아파트에서요."

루나가 대답했다.

"좋아요. 나도 갈 수 있겠어요."

놀란 얼굴로 제인이 말했다.

"우리 모두 함께 있을 건데, 그러면 안전하지 않아요?"

"꼭 그렇다고만 할 수는 없어요. 놈이 한꺼번에 숙녀분들을 해칠 수 있는 황금의 기회가 될 수도 있으니까. 함께 가더라도 방해하지는 않을 테니까 걱정하지 말아요."

제인은 매우 의심스러운 눈초리로 그를 올려다보았다. 샘은 어딜 가든 항상 방해꾼이었다. 아무리 조용히 있어도 절대로 못 본 척 무시할 수 없는 사람이니까. 티제이가 샘을 향해 의미심장한 눈길을 던지며 말했다.

"먼저 한 가지 뉴스가 있어."

"나도."

제인이었다.

"나도 있는데."

샘이었다.

세 사람은 선뜻 입을 열지 않고 기다렸다. 아무도 말하지 않자 루나가 끼어들었다.

"나는 아무 뉴스도 없는 사람이니까, 내가 교통정리를 할게요."

루나가 티제이를 가리켰다.

"티제이 선배 먼저. 아까 전화로 얘기할 때부터 날 궁금하게 했으니까."

티제이는 샘을 바라보았다. 그녀가 오늘 아침에 회사에서 무슨 일을 하고 왔는지 다른 두 여자에게 말해도 좋은지를 묻는 눈길이었다.

"말씀하세요."

샘이 말했다.

"스트론 사장이 지시하길래 오늘 우리 회사 직원들 인사파일을 복사했어. 어떤 형사가 인사파일을 보고 싶다고 했다는 거야."

세 여자의 시선이 일제히 샘에게 쏠렸다. 샘이 인상을 찌푸렸다.

"검토해야 할 서류를 산더미처럼 들고 왔어요. 용의자를 찾으려면 어쩔 수 없어요."

"얼마나 걸려요?"

제인이 물었다.

"인사파일에서 특이사항이 있는 사람을 경찰이 가지고 있는 기록과 대조해서 뭔가 특별한 것이 나오지 않으면, 인사파일 모두를 샅샅이 뒤져야죠."

"하루? 이틀?"

제인이 재차 조르듯 물었다.

"세상이 그렇게 만만하지가 않답니다."

샘은 시원한 아이스 티를 쭈욱 들이켰다. 루나가 손으로 T자를 만들어 보였다. 타임아웃을 요청하는 사인이었다. 그러고는 샘을 향해 손짓했다.

"자, 샘."

"검시관이 마아시 집에서 마아시의 것이 아닌 금빛 머리카락을 한 올 발견했어요."

세 여자는 동시에 잠잠해졌다. 그들이 머릿속으로 햄머스테드에서 일하는 금발의 남자를 떠올리고 있다는 것을 샘도 알 수 있었다.

"혹시 짚이는 남자 있어요?"

샘이 물었다.

"아뇨……. 금발이라는 게 상당히 다양하잖아요. 당신이 금발이라고 하는 것이 우리한테는 옅은 갈색일 수도 있고. 회사에는 금발 머리 남자가 꽤 많아요."

제인이 두 친구의 얼굴을 번갈아 돌아보며 말했다.

"하여튼, 방심하면 안 돼요. 꼭 회사 사람이 아닐 수도 있어요. 회사가 아닌 다른 곳에서 묻혀온 것일 수도 있고. 그래도 그 머리카락은 중요한 단서예요. 그 머리카락에서 추출한 DNA가 나중에 가장 혐의가 짙은 용의자의 것과 일치한다면, 범인이라고 단정할 수 있는 근거가 되니까. 모두들 금발 남자는 더 조심하세요."

"나한테는 다행이네요. 영업부에서 금발과 가까운 머리카락을 가진 사람은 나 하나밖에 없거든요."

루나가 짐짓 활기찬 목소리로 말했다.

"부서별로 파일을 검토할 생각이에요. 우선 회계부부터. 마아시가 거기서 일했으니까요. 참, 티제이, 파일을 부서별로 분류해줘서 고마워요."

티제이는 희미한 미소를 지었다.

"뭐든 도와드려야죠."

루나가 이번에는 제인을 가리켰다.

"자, 선배 차례."

제인은 먼저 호흡부터 가다듬었다. 세 번이나 파혼을 당하고서도 또 결혼을 시도하려 한다는 것을 발표하기 위해서는…… 용기가 필요했다. 샘을 힐끗 쳐다보자 그는 윙크를 보냈다.

"나샘하고결혼하기로했어!"

제인은 그야말로 숨도 쉬지 않고 속사포처럼 내쏟았다. 그 순간 루나와 티제이의 입에서는 꺄악 하는 비명이 터져 나왔고, 샘은 귀를 틀어막았다. 티제이는 제인을, 루나는 샘을 얼싸안았다. 그 다음에는 아예 네 사람이 얼싸안고 좋아했다. 마아시가 없으니 허전하다고, 제인은 혼자서 생각했다. 그러나 자신의 결혼을 축하해주는 친구들 앞에서 더 이상 눈물은 보이지 않기로 했다. 삶은 이렇게 계속되는 것이었다. 마아시가 없으니 슬프고 허전하기는 하지만, 살아 있는 사람들의 삶은 계속되어야 했다.

"어떻게? 아니, 언제?"

티제이가 경황없이 물었다.

"3주 후요. 제인의 부모님이 돌아오시면. 전 그저 간단히 혼인서약이나 하고 마칠까 했는데, 생각해보니 제 가족들이 반대할 것 같아요. 아무리 조촐해도 결혼식은 치러야 한다고 할 거거든요."

"아마 공원 같은 데를 빌려야 할 것 같아요"

제인이 말했다.

"공원이요? 내 부모님이 사시는 집도 괜찮은데. 꽤 크거든요. 애를 한꺼번에 일곱이나 길렀으니, 다른 집보다는 좀 크죠."

제인은 뭔가 켕기는 구석이 있는 사람처럼 헛기침을 했다.

"으음……, 당신네 식구들하고 우리 식구들, 티제이, 루나, 당신 동료들, 그리고…… 우리 이웃들…… 모두."

"아하……, 조지 할아버지, 새디 할머니, 엘레노어 할머니……, 조촐했던 결혼식이 갑자기 확 커져버렸군요 줄잡아도 100명은 넘겠네, 안 그래요?"

"아마, 그럴 거예요"

"어이구우……, 이걸 누가 다 준비하죠?"

표정으로 보건대 샘은 결코 할 수 없는 일임이 분명해 보였다.

"언니가 할 거예요. 언니는 이런 일에 나서는 걸 무지 좋아하거든요. 하지만 뭐, 특별한 걸 기대하지는 마세요. 집 샀지, 집 사자마자 보안 시스템 설치했지, 휴대전화에다 새 옷이며 침대 매트리스까지 몽땅 다 새로 사야 하니 이제 돈도 없어요."

"침대 매트리스는 새로 살 필요 없잖아요."

샘이 말꼬리를 잡자 루나와 티제이는 깔깔 웃어댔다. 티제이는 지갑에서 5달러를 꺼내 루나의 손바닥 위에 탁 올려놓았다.

"내 말이 맞았죠?"

제인이 눈을 가늘게 치떴다.

"내 연애사업을 두고 두 사람이 내기를 걸었단 말이야?"

"그래. 너한테 실망했다."

티제이가 자못 실망스럽다는 투로 말했다. 그렇지만 웃음을 참고 있는 것이 역력했다.

"그래도 최소한 한두 달은 샘을 달달 볶을 줄 알았는데."

"나를 거부하지 못하더라구요."

샘이 유리컵에 아이스 티를 또 따르면서 능청스럽게 말했다.

"불쌍해서 내가 눈 한 번 감아준 거지. 어찌나 징징대고 쫓아다니는지, 도저히 가여워서 못 보겠더라구."

제인도 질세라 맞받아쳤다. 씨익 웃는 샘의 표정은 그 거짓말에 대한 뒷감당을 단단히 각오하라는 의미였다. 제인은 기대감으로 짜릿한 스릴을 느꼈다. 상처받은 샘의 자존심을 위로하기 위해서는 최소한 세 번, 네 번은 그와 사랑을 나누어야 할 것 같았다.

제인은 자기 친구들과도 편하게 어울려주는 샘이 고마웠다. 샘도 자리를 차지하고 앉아 세 여자가 떠난 친구를 위해 어떻게 밤샘을 할까 계획을 세우는 동안 이런저런 조언을 해주었다. 물론 "맥주하고 팝콘이나 있으면 됐지, 뭐가 더 필요해요?" 하는 말로 여자들과 음식에 대한 몰상식함을 드러내기는 했지만.

티제이와 루나가 떠난 뒤 두 사람은 제인의 아버지 차를 샘의 차고로 옮겼다. 덮개를 벗겨 제인과 맞잡고 차곡차곡 접으면서 샘이 물었다.

"열쇠는 가지고 있어요?"

바지 주머니에서 열쇠를 꺼낸 제인은 샘의 눈앞에 대고 달랑달랑 흔들었다.

"운전할래요?"

"이걸로 내가 징징대고 쫓아다녔다는 거짓말 벌충하려고?"

"아뇨. 그건 나중에 따로 벌충할 생각이에요."

샘은 씩 웃으며 제인의 손에서 열쇠를 낚아챘다. 그는 신까지 벗고 운전석에 올라탔다. 마치 소중한 보물을 어루만지듯이 손가락으로 운전대를 몇 바퀴나 어루만지더니 제인에게 물었다.

"아버님은 어떻게 이런 차를 손에 넣으셨어요?"

"1964년에 사들이셨어요. 당시로서는 엄청난 값을 주고. '셸비 제작, 포드 엔진'이었으니까 얼마나 비쌌을지는 짐작되죠? 아버지는 이 차의 모터를 개발한 제작팀의 일원이었어요. 이 차에 홀딱 반하셨죠. 그때가 마침 엄마가 언니를 낳은 직후라 집을 더 넓혀야 할 때였는데, 집 살 돈을 몽땅 이 차를 사는 데 쏟아부었다고 엄마가 노발대발했었대요. 이 차는 정확하게 1,011대만 생산된 한정생산 차량이었거든요. 아버지는 오리지널 코브라를 사신 거니까, 집값보다도 훨씬 많은 돈을 들이신 거예요."

샘은 진입로에 세워져 있는 바이퍼를 슬쩍 돌아다보았다.

"차에 큰 돈 투자하는 건 아버지를 닮았군요."

"부전여전이죠. 하지만 내 바이퍼는 중고니까 6만 5,000달러를 다 주고 산 건 아니에요. 하긴, 그래도 저 차값 갚느라고 3년 동안 햄버거에 참치 샌드위치만 먹고 살다시피 했죠."

샘은 고개를 절레절레 저었다.

"그래서 갚기는 다 갚았어요?"

"그랬으니까 이 집도 샀죠. 어쨌든, 내가 저 바이퍼를 산 건 아버지 때문이에요."

"그건 어째서?"

제인은 머릿짓으로 코브라를 가리켰다.

"아버지가 나한테 운전 가르칠 때 어떤 차로 가르쳤는지 아세요?"

샘은 놀라서 입을 떡 벌렸다.

"설마, 왕초보한테 이 차를?"

"우리 삼남매가 모두 이 차로 운전을 배웠어요. 코브라를 잘 다룰 줄만 알면 어떤 차도 다 다룰 수 있다는 게 아버지의 자동차 철학이에요. 하지만 오빠는 코브라하고는 궁합이 안 맞았는지, 엄마의 링컨을 더 좋아했어요. 스피드보다 편안함을 더 좋아하는 사람도 있더라구요."

제인은 오빠가 그런 사람이라는 걸 이해할 수 없다는 표정이었다.

"대단한 집안이군요."

샘은 갓 면허를 딴 십대 청소년 셋이 코브라의 운전대를 잡고 있는 장면을 생각만 해도 기가 질렸다.

"아버지는 내 바이퍼를 싫어해요. 저 차가 포드가 아니기 때문이라는 게 표면적인 이유지만, 실은 속도경쟁에서 바이퍼가 코브라를 이기기 때문이죠. 초기 가속력은 코브라가 월등하지만 장기전으로 가면 바이퍼가 이기거든요."

"레이싱까지 했단 말이에요?"

금방이라도 자동차 밖으로 튀어나올 것 같은 얼굴로 샘이 물었다.

"그냥, 얼마나 빨리 달릴 수 있나 보려구요. 걱정하지 말아요,

일반 도로에서 한 게 아니라 테스트 트랙에서 해본 거니까.”

샘은 두 눈을 감았다.

“그 아버지에 그 딸이구먼…….”

샘의 목소리는 마치 제인 부녀가 장티푸스 보균자라는 걸 이제야 알게 되었다는 투였다.

“딱 맞췄어요. 그러니까 당신도 우리 아버지를 좋아하게 될 거예요.”

“빨리 만나고 싶어요.”

아파트에 도착한 루나는 샤말이 현관 옆 복도 바닥에 주저앉아 있는 모습을 보고 흠칫 놀랐다. 루나가 도착한 것을 본 샤말은 얼른 일어섰다. 걸음을 멈춘 루나는 더럭 겁부터 났다. 샤말은 체구도 크고 온몸이 근육으로 잘 발달된 남자였다. 극히 짧은 순간이었지만, 루나는 공포스러운 상상을 했다. 어쩌면 샤말이……? 그러나 그건 불가능했다. 살인범은 금발에 백인이었다. 공포와 안도가 거의 동시에 휩쓸고 지나간 탓에 루나는 다리가 후들거렸다.

“여기서 뭐해?”

본인도 깜짝 놀랄 정도로 퉁명스럽게 말이 나갔다. 샤말은 의외로 루나가 자신을 반겨주지 않는 것에 놀라는 눈치였다.

“요즈음 통 못 만나서…….”

항상 주변에 여자들이 꼬이게 만드는 그 은근하고 부드러운 목소리였다. 샤말은 어딜 가나 여자들을 몰고 다녔다. 때로는 귀찮기도 하련만, 그는 자신의 명성과 유명세를 그런 식으로 과시하고 싶어했고 또한 즐겼다.

“지난 두 주일 동안은 나도 바빴어. 처음에는 그 리스튼지 뭔지 하는 것이 터져서 그랬고, 그 다음에는 마아시…….”

루나는 더 말하지 못했다. 목줄기가 뻐근하니 말을 듣지 않았다.

마아시가 영영 돌아오지 못할 곳으로 가버렸다는 현실이 아직도 꿈 같았다. 아니, 믿어야 해. 내가 받아들이지 못하고 있을 뿐, 이게 현실이야…….

"나도 그 소식 듣고 많이 놀랐어. 참, 뭐라고 말해야 할지 모르겠어. 두 사람이 무척 가까웠는데."

네가 마아시 선배에 대해 아는 거나 있니? 루나는 그렇게 말해버리고 싶었다. 두 사람의 관계는, 지금까지는 언제나 샤말 위주였다.

"나한테는 제일 친한 동료였어…….."

눈물이 핑 돌았다.

"샤말……, 오늘은 영 그럴 기분이 아니야…….."

"루나, 다른 뜻이 있어서 찾아온 건 아니야."

샤말은 말끔하게 다려진 실크 바지 주머니 속에 양손을 찔러넣고 어쩔 줄 모르며 쩔쩔맸다.

"그러니까, 그게…… 내가 너한테 원하는 건 섹스가 아니란 말이지. 그건 너 아니라도 다른…….."

샤말은 뜨끔해서 입을 다물었다. 별로 현명하지 못한 말실수였다.

"그냥 널 보고 싶었어."

더 이상 폼을 잡는 건 무의미했다. 샤말은 어쩔 수 없이 속마음을 그대로 드러내 보였다. 샤말이 여자 앞에서 이런 모습을 보인 것은 태어나 처음이었다.

루나는 샤말 옆을 스쳐 지나가서 현관문에 열쇠를 꽂았다.

"정말이야?"

메마른 목소리였다. 참 우스운 일이었다. 거의 일년 동안, 처음 샤말을 만나던 순간부터 루나는 그의 입에서 그런 말이 나오기를 가슴 졸이며 기다렸다. 샤말에게 자신이 좀더 특별한 존재가 되기를 원했던 것이다. 그런데 막상 샤말의 입에서 그런 말이 나오니 별로 달갑게 들리지가 않았다. 아마도 그동안 너무나 많은 것을 참으면서 기다린 탓인지도 몰랐다.

샤말은 이제 달리 할 말이 없었다. 루나도 그걸 눈치챘다. 샤말은 언제나 지나칠 정도로 핸섬했고, 넘치는 재능과 나이에 비해 재산도 너무나 많았다. 여자들이 막무가내로 그의 곁에 몰려다니는 것은 당연했다. 중학교 때부터 이미 우상이 되었고 영웅 대접을 받는 데 익숙해진 그였다. 풋볼 선수로서 그때부터 두각을 나타냈던 것이다. 그런데 루나는 샤말 킹이 쉽사리 정복할 수 없는 새로운 고지였다.

"들어올래?"

결국 루나는 샤말에게 그렇게 묻고 말았다.

"그래, 그럼……."

샤말은 마치 처음 들어온 사람처럼 루나의 좁은 아파트를 빙 둘러보았다. 책들이 가지런히 꽂혀 있는 책장 앞에 다가가던 샤말은 루나의 가족사진을 발견했다.

"아버지셔?"

엄격한 표정의 잘생긴 해병대 소령의 사진을 들고 샤말이 물었다.

"응. 퇴역하기 직전에."

"육군 장교셨어?"

"해병대 장교야!"

루나는 군복도 제대로 구분하지 못하는 샤말이 약간 실망스럽고 짜증스러웠다. 샤말은 또 쩔쩔매기 시작했다.

"난 군대에 대해서는 하나도 모르거든. 풋볼 말고 할 줄 아는 게 있어야지. 넌 외국에서도 살았겠구나?"

"그랬어."

“그러니까 그렇게 세련됐지……. 넌 와인에 대해서도 잘 알고…… 그렇더라.”

샤말은 루나의 아버지 사진을 원래 있던 자리에 조심스럽게 돌려놓으며 풀죽은 목소리로 말했다. 루나는 샤말의 그런 태도에 놀라지 않을 수 없었다. 샤말이 풀이 죽다니? 전혀 상상할 수 없는 모습이었다. 항상 잘난 체하고 건방지고, 자신은 모든 사람들로부터 관심을 끄는 것이 당연하다는 듯한 태도를 보였던 샤말이었다. 보통 사람들은 구경도 할 수 없는 초호화 맨션에서 사는 샤말이 루나가 외국에 몇 년 나가서 살았고 약간의 격식을 차리는 정찬에 초대받은 적이 있었다는 것을 부러워하고 있었다.

“뭐 마실래? 술은 맥주밖에 없어. 아니면 과일 주스나 우유를 마시든지.”

“맥주.”

큰 걱정을 덜었다는 듯한 어투로 샤말이 대답했다. 아마 루나가 여러 종류의 화이트 와인 이름을 늘어놓으며 고르라고 할까봐 속으로 걱정했던 모양이었다. 냉장고에서 맥주 두 병을 꺼낸 루나가 뚜껑을 따서 한 병을 샤말에게 건네주었다. 루나가 맥주를 길게 들이키는 모습을 샤말은 마치 홀린 듯이 바라보았다.

“네가 맥주 마시는 거 처음 봐.”

“맥주 마시는 건 군부대 근처에서는 거의 일상이야. 나도 맥주 좋아해.”

샤말은 두 손으로 맥주병만 만지작거렸다. 한참이나 뜸을 들인 그는 용기를 쥐어짜내며 입을 열었다.

“루나……, 내가 오늘 널 만나려고 한 이유는…….”

맥주병을 만지는 손이 떨렸다. 루나는 샤말의 맞은편 의자에 앉아 길고 우아한 다리를 포갰다. 샤말의 눈이 그녀의 다리를 따라 아래위로 움직였다. 정확하게 루나가 의도했던 효과였다.

"계속해."

샤말은 헛기침만 연발했다.

"네가 갑자기 내 눈앞에서 사라지니까……, 나도 좀 놀랐어. 난…… 우리 사이가…….."

"그래, 섹스뿐이었어.

루나는 원망도 부추김도 담지 않고 있는 그대로 담담한 어조로 말을 보탰다. 그냥 두면 샤말은 밤을 새도 할 말을 다 못 하고 끙끙거릴 것 같아서였다.

"네가 원하는 건 그것뿐이었어, 그렇지 않아? 하지만 내가 원하는 건 그 이상이었어. 나한테는 불행이고 너한테는 다행이었겠지만, 넌 나 말고도 다른 여자들한테서도 충분히 그걸 다 얻어내는 것 같았어."

루나는 내친 김에 하고 싶은 말을 해버렸다. 샤말은 점점 더 궁지에 몰렸다.

"그렇지 않아……, 너하고 나는…… 섹스 이상이었어."

"오호, 그래? 그래서 일주일이면 7일 동안 세 여자를 번갈아가며 불러들였니? 가는 곳마다 파티를 벌이고? 샤말, 분명히 말해두는데, 난 바보가 아니야. 난 너한테 특별한 의미를 가진 사람이 되고 싶었어. 그런데 그렇게 되지 못했어."

"아니, 넌 나한테 특별해."

샤말의 입에서 불쑥 튀어나온 말이었다. 샤말의 얼굴이 금방 벌겋게 달아올랐다.

"네가 생각하는 것보다 훨씬 더……. 널 잃고 싶지 않아. 내가 어떻게 하면 되겠니?"

루나는 숨돌릴 여유도 주지 않고 대답했다.

"다른 여자들 모두 정리해. 내 앞에서 정직하지 못하다면, 난 너한테 흥미없어."

"그래, 알아. 나도 그 리스트 봤거든."

그제야 샤말의 얼굴에 희미한 미소가 떠올랐다. 루나도 쌩긋 미소를 지었다.

"그거, 쬐끔은 뻥이야. 그래도 처음 다섯 가지는 정말이야. 알아?"

"그래, 그럼…… 내가 다른 여자 다 정리하면 다시 돌아와 줄 거야?"

루나는 잠깐 생각해보았다. 그 짧은 동안 샤말은 에어컨이 시원하게 돌아가고 있음에도 불구하고 이마에 땀이 송글송글 맺혔다. 루나는 머릿속으로는 이미 샤말을 지워버린 지 오래였다. 다만 가슴이 그것을 받아들이지 못하고 있을 뿐이었다. 이미 지워버린 사람을 다시 되돌려놓자면 약간의 노력이 필요한 법이었다.

"나도 노력은 해볼게."

루나의 입에서 긍정적인 대답이 나오자 샤말은 마치 쓰러질 듯이 소파 등받이에 풀썩 몸을 기대며 후우 하고 안도의 한숨을 내쉬었다.

"그렇지만! 만약에 다시 한 번만 더 파티에서 다른 여자를 끼고 흥청거리면 그땐 끝장이야. 그동안 여러 번 기회를 줬었어. 더 이상의 기회는 없어. 알았지?"

"맹세할게."

"두고 볼 거야."

"너무 무섭게 그러지 마."

"약속 잘 지키면 예뻐해줄게."

"좋아, 좋아."

샤말의 얼굴에 함박 웃음꽃이 피었다.

"루나, 우리 꼭 신혼부부 같지 않아? 바가지 긁는 신부 앞에서 꼼짝 못하는 신랑처럼 말이야……."

루나의 얼굴에도 오랜만에 웃음꽃이 활짝 피었다. 샤말의 품안
에 안기며 루나가 속삭였다.
"그래. 꼭 신혼부부 같다."

토요일 새벽, 샘은 루나의 아파트 거실에서 눈을 떴다. 자정쯤에 제인을 비롯한 네 여자들은 샘이 아파트 안에 들어와서 자신들을 지켜줘도 좋다는 결정을 내렸고, 고집·피우지 말고 들어오랄 때 들어오라는 말에 결국 샘은 루나의 아파트 안으로 자리를 옮겼다. 사실 샘도 피곤해서 죽을 지경이긴 했다. 지난 이틀 동안 잠을 제대로 자지 못한 것이 큰 원인이었다. 제인의 예쁜 엉덩이가 그리워서 자꾸만 꿈틀거리는 아랫도리의 '그 녀석'이 조금만 더 점잖았더라도 잠을 더 잘 수 있었다. 게다가 지금 수사중인 다른 사건의 단서도 애초의 기대와는 빗나간 결론이 나왔고, 마아시 살인사건 때문에 햄머스테드에서 전송받은 인사파일에서도 별다른 단서를 찾지 못해 전전긍긍하고 있는 중이었다. 햄머스테드의 인사파일과 경찰 당국의 전산자료를 일일이 대조해보아도 나오는 것은 미납된 벌금 몇 건과 경미한 가정폭력 사건 몇 건이 전부였다.

자정이 지난 무렵에도 맥주와 초콜릿으로 원기를 보충한 네 여자는 여전히 쌩쌩했다. 세릴은 마아시의 축소 복사판이었다. 외모도, 목소리도, 대담한 유머감각도 닮았다. 다만 조금 더 부드럽고 유연할 뿐이었다. 네 여자는 목이 쉴 때까지 떠들다가, 웃다가, 울다가 술 마시기를 반복했다. 그러는 짬짬이 닥치는 대로 먹어댔다. 정말 볼 만한 광경이었다.

샘이 안으로 들어오자 여자들은 주방으로 자리를 옮겼고, 샘은 소파에 다리를 길게 뻗고 누웠다. 잠을 청하기는 했지만, 한쪽 귀는 주방을 향해 열어두었다. 술에 취한 제인이 노래를 썩 잘 부른다는 사실을 발견한 것을 제외하곤 별다른 일이 없었다.

샘이 잠에서 깨면서 가장 먼저 느낀 것은 사방이 그야말로 쥐 죽은 듯이 조용하다는 것이었다. 샘은 조심스럽게 주방 문을 열고 안을 들여다보았다. 모두들 곤히 잠들어 있었다. 피로와 술기운 때문에 숨소리는 매우 컸다. 티제이가 코를 약간 골았지만, 달콤한 숨소리로 들어줄 만했다. 우락부락한 네 형제에 아버지까지, 다섯 남자가 한 집에서 코를 골아대면 그 집이 어떻게 되는지 누구보다 잘 아는 샘이었으므로, 티제이의 코고는 소리 정도는 아무것도 아니었다.

제인은 테이블 밑에서 잠들어 있었다. 동그랗게 몸을 옹송그리고 두 손을 겹쳐서 머리에 받친 채 잠든 모습은 마치 아기 천사 같았다. 샘은 자기도 모르게 미소를 지었다.

루나는 팔을 구부려 베개삼아 베고 테이블에 엎드린 채 잠들어 있었다. 어렸을 땐 정말 예쁘고 귀여운 소녀였을 거라고 샘은 생각했다. 셰릴도 테이블에 엎드린 채 잠이 들었는데, 뜨거운 냄비를 받치는 삼발이를 베개처럼 베고 있었다. 술에 취하다 보면 여러 가지 물건들이 평소에는 생각지도 못하던 용도로 둔갑하는 법이다.

샘은 수납장을 여기저기 뒤져서 커피와 커피 필터를 찾았다. 커피메이커를 켜고 필터를 얹고…… 커피를 준비하면서 특별히 조용히 하려는 마음은 없었다. 그래도 네 여자는 꿈쩍도 하지 않았다. 커피가 준비되자 이번에는 커피잔을 찾으러 돌아다녔다. 다섯 개의 커피잔을 찾아서 나란히 놓은 샘은, 혹시 과음으로 일시적인 수전증 증세를 보이는 환자가 생길지도 모른다는 생각에 네 개의 잔에는 반만 채우고 자기 잔에는 넘치도록 커피를 따랐다. 그러고는 소리쳤다.

"자, 숙녀 여러분! 그만 눈을 뜰 시간입니다!"

그러나 아무 소용이 없었다. 마치 벽에다 대고 소리를 지른 기분이었다.

"여러분!"

샘은 더 크게 소리를 질렀다.

그러나 여전히 묵묵부답이었다.

"제인! 루나! 티제이! 셰릴!"

루나가 2~3센티미터쯤 고개를 쳐들었지만 이내 도로 떨구었다. 나머지 세 여자는 꿈쩍도 하지 않았다.

샘의 얼굴에 짓궂은 미소가 번졌다. 한 사람씩 어깨를 흔들어서 잠을 깨울 수도 있지만, 그건 재미가 없었다. 기왕이면…… 스테인리스 냄비와 커다란 수저를 찾아서 두들기며 깨우는 것이 훨씬 재미있을 것 같았다. 냄비를 두드리는 소란스러운 소리가 나자 그때서야 네 여자가 놀라 벌떡 몸을 일으켰다. 테이블 밑에 웅크리고 누웠던 제인의 입에서는 비명이 터져 나왔다.

"아야! 이런 우라질!"

소기의 목적을 달성한 샘은 잠이 덜 깬 여자들에게 커피잔을 하나씩 돌렸다. 제인의 커피는 특별히 허리를 숙이고 테이블 아래로 배달해야 했다. 제인은 테이블에 찧은 머리를 문지르며 부릅뜬 눈으로 샘을 노려보았다. 샘은 그런 제인이 사랑스러워서 견딜 수가 없었다.

"자, 정신들 차리시고 장례식 준비를 합시다. 이제 다섯 시간 남았습니다."

"다섯 시간요? 정말?"

루나가 잠이 덜 깬 목소리로 물었다.

"정말입니다. 그러니까 네 시간 안에 장례식장에 도착해야 한다는 뜻입니다."

"아아……, 난 못 해."

티제이가 겨우 커피를 홀짝이며 중얼거렸다.

"술 깨시고……."

"누가 술 취했다고 그러는 거야!"

테이블 아래에서 구시렁거리는 소리가 들렸다.

"뭐든 드실 수 있으면 좀 드세요. 그리고 샤워하고, 머리 감고 등등 할 일이 많잖아요? 테이블 밑에 주저앉아 구시렁거릴 시간 없습니다."

"구시렁거리긴 누가 구시렁거렸다고 그래!"

구시렁거린 게 아니면 툴툴거린 거겠지. 치료적 섹스만이 제인의 기분을 누그러뜨릴 수 있을 거라고 내심 생각하며 샘은 빙그레 미소를 지었다. 물론 그 후에도 그가 목숨을 부지할 수 있을지 의문이었지만. 샘은 환상적인 섹스가 끝나면 암컷이 자기 머리를 물어뜯을 걸 알면서도 교미를 하기 위해 암컷을 향해 접근하는 수컷 사마귀의 기분에 대해서 상상해보았다.

아하, 물론……. 때로는 머리통이 날아가는 한이 있어도 맛보고 싶은 환상이 있는 거지, 암.

셰릴이 온몸을 뒤틀며 일어났다. 뺨에는 냄비 받침의 동그란 무늬가 그대로 찍혀 있었다. 샘이 준 커피를 몇 모금 마시고 목소리를 가다듬은 후에야 셰릴이 말했다.

"샘 말이 맞아요. 얼른 정신차리고 준비하지 않으면 늦겠어요."

테이블 밑에서 날씬한 팔이 쑥 튀어나왔다. 손에는 빈 커피잔이 들려 있었다. 샘은 커피잔을 가져다가 커피를 다시 채워서 들려주었다. 팔은 다시 테이블 밑으로 쏙 들어갔다.

샘은 앞으로 사오십 년 후의 제인의 모습이 자못 기대되었다. 그 모습이 어떨지 슬그머니 두렵기도 했다. 그러나 더 두려운 것은 사오십 년 후 그녀의 모습을 상상하며 흐뭇해하는 자신이었다.

샘이 따라준 커피를 다 마신 티제이는 비틀거리며 일어나 잔을 다시 채웠다.

"아이구우우우우……. 정신 차려야지. 우선 오줌부터 싸고, 세수하고……. 그리고 나면 집까지 운전할 수 있을 거야."

티제이는 쓰러질 듯 쓰러질 듯하며 화장실을 향해 걸어갔다. 그러다가 갑자기 꺄악 하는 그녀의 비명소리가 들렸다.

"샘 앞에서 '오줌부터 싼다'고 말하다니! 망신이야, 망신!"

15분 후, 제인까지 포함해 네 여자들은 샘 앞에 일렬로 정렬했다. 모두들 못마땅한 얼굴이었다.

"어떻게 우리한테 이럴 수가 있어요?"

제인이 따졌다. 하지만 샘이 내미는 음주측정기는 고분고분하게 불었다.

"나는 경찰이에요. 혈중 알콜농도가 법정 허용치보다 낮다는 걸 확인하기 전에는 어떤 숙녀분도 운전하게 둘 수 없어요."

제인이 입김을 불어넣은 음주측정기를 들여다본 샘은 고개를 살짝 흔들며 씩 웃었다.

"내가 여기 있는 게 다행이군, 아가씨. 당신은 운전 못 해요. 허용치보다 약간 높아요."

"거짓말!"

"정말. 자, 커피나 더 마시고 다른 숙녀분들의 음주측정 끝날 때까지 조용히 앉아 있어요."

세릴은 괜찮았다. 티제이도 괜찮았다. 루나는 가까스로 통과한 정도였지만, 자신의 집이었으므로 안전했다.

"사기쳤죠?"

제인은 계속해서 샘을 공격했다.

"사기는 무슨 사기? 음주측정기를 분 사람은 내가 아니고 당신
이에요!"

"그럼 기계가 잘못된 거지! 다 똑같이 술 마셨는데 왜 나만 걸
려요?"

"다른 세 분은 당신보다 몸무게가 더 무거워요, 보면 몰라요?
루나는 턱걸이지만 그래도 허용치를 넘지는 않았어요. 잔말 말아
요. 집까지는 내가 운전할 테니까."

여전히 샐쭉한 얼굴로 제인이 물었다.

"누구 차를 두고 갈 거예요? 내 차? 당신 차?"

"당신 차. 혹시 누가 주차장을 확인하더라도 루나가 다른 사람
과 같이 있는 것처럼 보이게 해야죠."

제인도 더 이상 할 말이 없었다.

"알았어요."

제인은 억지로 눈만 뜨고 샘의 차까지 걸어갔지만, 차에 타자마
자 곧바로 다시 곯아떨어졌다.

집에 도착해서 잠에서 깼을 땐 어느 정도 혼자서도 씩씩하게 걸
을 수 있는 정도였다. 그러나 샘이 샤워기를 틀어놓고 옷을 벗는
동안에도 내내 인상을 쓰고 서 있었다.

"머리 감을 거예요?"

샘이 물었다.

"당연하죠."

"좋아요 그럼, 이렇게 해도 괜찮겠죠?"

샘은 제인을 덜렁 들어다가 샤워기 밑에 세웠다. 갑자기 물벼락
을 맞은 제인은 몸을 움츠리며 기침을 했지만, 저항하지는 않았다.
오히려 길게 숨을 내쉬었다. 따뜻한 물이 기분좋은 모양이었다. 머

리를 감으며 제인이 말했다.

"기분이 별로 안 좋아요."

"나도 알아요."

"잠을 푹 못 자면 항상 이래요."

"그 이유뿐이에요?"

"가장 큰 이유죠. 맥주 한두 병 정도 마시는 건 항상 기분좋으니까."

"그럼 어젯밤에는 기분이 좋았겠군요. 그런데 오늘 아침에는 왜 기분이 바뀌었을까?"

"술이 덜 깨서 그렇다고 생각하죠? 아니에요. 머리가 약간 띵하기는 하지만, 그래도 그건 아니에요. 이건, 오늘밤에도 또 날 못 자게 들볶으면 가만 두지 않겠다는 경고예요, 알았죠?"

"내가 잠을 못 자게 들볶았다구요? 그저께 밤 새벽 2시에 곤히 자고 있는 날 흔들어 깨운 게 누군데?"

"내가 언제 흔들어 깨웠어요? 그냥 한 번 건드려본 거지! 말은 똑바로 해요!"

"그냥 한 번 건드려봤다구요?"

"그게…… 하도 꼿꼿하게 섰길래……, 그냥 죽이기 아깝잖아요, 안 그래요?"

"죽이기 아까워서 그랬다면 좋은 말로 날 깨울 수도 있었잖아요, 안 그래요?"

"이봐요, 아저씨. 그걸 써먹기 싫거든 그렇게 똑바로 누워서 날 봐줘요, 하고 세워두지 말고 엎드려서 자란 말이에요, 알았어요? 그게 나더러 아무 때나 써먹으라는 뜻이 아니고 뭐에요?"

"난 자고 있었어요. 걔가 일어난 건 제 맘대로 한 거라구요."

그런데 '걔'는 또 제 맘대로 서 있었다. 꼿꼿하게 선 그 물건이 제인의 복부를 쿡쿡 찔러댔다. 제인은 아래를 내려다보다가……

싱긋이 웃었다. 샘의 고환이 슬그머니 겁을 먹게 만드는 미소였다.

홍! 하고 콧방귀를 뀐 제인은 샘을 무시한 채 홱 돌아서서 샤워를 계속했다. 그러자 이번에는 샘이 소리쳤다.

"이봐요! 이거 안 쓰고 그냥 죽일 거예요?"

샘과 제인은 장례식이 시작될 시각에 거의 임박해서야 장례식장에 도착했다. 샘은 제인을 도로 루나의 아파트까지 태워다 주었다. 거기서 제인이 자기 차를 타고 가도록 하기 위해서였다. 혹시라도 장례식장에 나타날지도 모를 범인이 샘의 지프에서 내리는 제인을 보고 요즈음 그녀가 어디서 지내는지를 파악할지도 모른다는 계산 때문이었다. 제인 아버지의 코브라를 차고에 보관하느라고 샘은 자기 지프를 집 앞 도로변에 세워두거나 제인의 차고 안에 넣어두어야 했다. 제인의 차고에는 자동문이 없기 때문에 샘으로서는 큰 불편이었다.

샘도 기분이 괜찮았고, 제인도 아침에 비해서는 기분이 훨씬 좋아진 편이었다. 치료적 섹스가 효과를 발휘한 덕이었다. 한 5분은 용케 샘의 요구를 거절하며 버텼지만, 샘이 정말로 다급해진 듯이 보이자 제인은 그 파란 눈동자를 반짝이며 속삭였다.

"내 몸이 너무 뻣뻣하게 굳어버린 것 같아요. 긴장을 좀 풀어야겠어요."

제인이 방에서 걸어나오는 것을 보면서 샘은 그녀의 아름다움에 감탄했다. 스커트 기장이 무릎 바로 위까지 내려오는 단정한 감색 정장에 섹시한 구두를 신은 모습이었다. 샘은 제인이 '장례식용 화장'을 하는 동안 옆에서 구경을 했다. 여자들이 때와 장소에 따라 다른 화장법을 구사한다는 것을 그는 처음으로 알게 되었다. 눈물 때문에 검게 번지는 것을 막기 위해 마스카라와 아이라이너는 물과 땀에 지워지지 않는 것을 사용했다. 블러셔나 파운데이션은 사

용하지 않고 파우더만 살짝 두들겼다. 장례식에서 만나 포옹하게
될지도 모를 사람들의 옷에 얼룩을 남기지 않기 위해서였다. 립스
틱은 키스를 해도 상대방의 입술에 묻거나 번지지 않는다는 '키
스 - 프루프 립스틱'이었는데, 색깔은 '아련한 연자줏빛'이었다. 샘
은 도대체 '아련한 연자줏빛'이 뭔지 아리송했다. 그의 눈에는 그
저 '분홍색'으로 보일 뿐이었다. 여자들은 왜 분홍색을 분홍색이라
고 말하기 싫어하는지 알다가도 모를 일이었다.

여자는 남자와는 종이 다른 것이 분명했다. 아니면 외계인이거
나. 그것밖에는 납득이 가는 해답이 없었다.

검은색 상복을 입은 셰릴은 아주 엄숙해 보였다. 남편이 곁에
서서 손을 잡고 있었다. 티제이는 녹색 정장을 입었는데, 남편도
함께 있었다. 갤런 요터는 전형적인 미국의 백인 남성으로 깔끔하
고 단정한 인상에 머리카락은 갈색이었다. 갤런 요터는 티제이의
손을 잡고 있지 않았다. 샘은 그들 두 부부가 눈길도 제대로 맞추
지 않는다는 것을 알게 되었다. 저 부부는 문제가 있군 하고 샘은
생각했다.

루나는 몸매를 잘 드러내주는 고혹적인 빨간색 원피스를 입고
나타났다. 정강이까지 내려오는 원피스는 루나를 더욱 섬세하고
아름답게 부각시켜주었다. 루나가 제인 곁으로 다가오자 샘은 살
짝 가까이 다가서서 두 여자가 무슨 이야기를 나누는지 엿들었다.

"마아시 선배는 빨간색을 좋아했어. 나도 진작에 생각났으면 좋
았을 텐데."

제인이 루나를 보고 미소를 지으며 손을 내밀었다. 루나의 입술
이 파르르 떨렸다.

"선배의 방식대로 선배를 보내고 싶었어요. 나쁘게 보이지는 않
죠?"

"나쁘게 보이기는! 아주 멋있어. 마아시 선배를 아는 사람이라면

충분히 이해할 거야. 모르는 사람들한테는 신경쓸 거 없고."

로저 번슨도 장례식장에 나타나 사람들 속에 섞여서 눈에 띄지 않으려고 조심했다. 그런 노력이 완전하게 효과를 거두는 날은 거의 없었지만, 그래도 열심히 노력은 하고 있었다. 그는 샘이나 제인에게 다가와 말을 걸지도 않았다. 그러나 서로 사교를 위해 모인 자리는 아니었으니 이해할 수 있었다. 번슨 형사와 샘은 사람들 사이를 천천히 헤집고 다니며 열심히 귀동냥을 했다.

참석한 남자들 중에 금발이 여럿 있었다. 샘은 그 금발 남자들을 열심히 살폈지만, 제인이나 다른 두 여자에게 특별한 관심을 갖는 것으로 보이는 남자는 없었다. 게다가 대부분이 부부동반이었다. 범인이 기혼자일 수도 있다고 샘은 생각했다. 그리고 겉으로 보기에는 대단히 정상적인 삶을 누리고 있는 사람으로 보일 수도 있었다. 그러나 아무리 피가 차가운 연쇄살인범이라 해도, 자기가 죽인 사람의 장례식에서는 지극히 작은 것일지라도 심리적인 반응을 보이기 마련이다.

샘은 마아시를 죽인 범인이 그렇게 냉혈한 연쇄살인범일 거라고는 아직 생각하지 않았다. 마아시를 살해한 방법을 보면 지극히 개인적인 원한에 사무친 행동이었다. 감정을 통제하려고 한 흔적이 전혀 없었다.

처량할 정도로 짧게 끝난 장례식이었지만, 내내 긴장의 끈을 늦추지 않고 그곳에 모인 사람들을 살폈다. 가능한 한 일찍 시작하느라 오전부터 서두른 장례식이었지만, 날씨는 벌써 뜨거워지고 있었다.

샘과 눈길이 마주치자 번슨은 천천히 고개를 가로 저었다. 샘역시 특별한 것을 발견하지 못하고 있었다. 처음부터 녹화를 하고 있었으니 나중에 테이프라도 다시 돌려가며 검토를 해야 할 것 같았다. 샘은 범인이 분명히 그 자리에 와 있다고 확신했다. 그런데도 이렇게 아무 소득이 없이 시간만 흘러간다는 것이 답답해서 미칠 지경이었다.

셰릴은 눈물을 흘렸지만, 조용히 자기 감정을 통제하고 있었다. 샘은 제인이 조그맣게 접은 티슈로 눈가를 꾹꾹 눌러 눈물을 닦는 모습을 보았다. 메이크업을 망가뜨리지 않기 위한 여자들 나름대로의 전략이었다. 샘은 자기 누이들도 저런 트릭을 알고 있는지 궁금했다.

그때 검은색 원피스를 입은, 날씬하고 귀엽게 생긴 여자 하나가 셰릴에게 다가가 뭐라고 위로의 말을 건네는 것 같더니, 갑자기 셰릴의 품안에 쓰러지듯 안기며 대성통곡을 했다.

"믿을 수가 없어요……, 어떻게 이런 일이……. 마아시가 없는 회사는 절대로 전처럼 될 수 없을 거예요……."

루나와 티제이는 제인 곁으로 바싹 다가섰다. 모두들 '저 여자가 왜 저래?' 하는 듯한 어리둥절한 표정이었다. 샘도 제인에게 다가 갔다. 삼삼오오 짝을 지어 서 있던 문상객들은 갑작스럽게 감정이 복받쳐 작은 소동을 일으킨 여자를 못 본 체해주었다. 샘도 어쩔 수 없이 그 여자를 못 본 체 하며 외면할 수밖에 없었다.

"레아라면 저러고도 남을 거라는 걸 진작에 알았어야 했는데."

티제이가 정말 가증스럽다는 듯한 목소리로 중얼거렸다.

"우리 회사의 드라마 퀸이거든요."

티제이는 샘을 위해 보충설명까지 해주었다.

"저하고 같은 부서에 있는데, 거의 주기적으로 한 번씩 저래요 아무것도 아닌 일로 갑자기 성질이 폭발하면서 세상 비극은 다 자기가 떠안은 것처럼 군다구요."

제인은 정말 이걸 믿어야 하나, 말아야 하나 하는 얼굴로 통곡 하는 금발의 여자를 바라보았다. 한참 후에야 고개를 절레절레 흔 들며 푹 가라앉은 목소리로 말했다.

"머리가 나쁘면 성질이 좋든가, 성질이 나쁘면 머리라도 쓸 만하든가……."

티제이는 웃음을 참느라 입을 꼭 다물고 있다가 재채기를 하는 척하며 웃음을 내뱉었다. 루나는 입술을 깨물며 버티다가 금발 여자에게서 등을 돌리고 말았다. 샘도 슬쩍 손으로 입을 가렸지만, 그 넓은 어깨가 들썩거리는 건 누가 봐도 금방 알 수 있었다. 하긴, 아무것도 모르는 사람이 봤다면 샘이 우는 줄로 착각을 했을지도 모를 일이었다.

빨간 원피스! 빨간 원피스를 입고 나타나다니! 더러운 창녀! 코린은 도저히 자신의 눈을 믿을 수가 없었다. 낯뜨겁고 민망해서 견딜 수가 없었다. 어떻게 두 손으로 그 창녀의 목을 조르지 않고 견딜 수 있었는지 신기할 지경이었다. 어머니가 살아 있었다면 기절초풍을 할 일이었다.

저런 창녀는 세상을 살 자격이 없어! 나머지 두 계집도 마찬가지지. 더럽고 추한 창녀들! 이제 더러운 버러지 같은 것들을 세상에서 없애버림으로써 그는 자신의 할 일을 해야 했다.

루나는 자신의 아파트에 들어서면서 길게 한숨을 내쉬었다. 높은 굽 때문에 발이 무척 아팠지만, 마아시를 보내는 마지막 자리이니만큼, 그 정도 아픔은 참아야 했다. 다시 또 해야 한다면 얼마든지 할 수 있었다. 그러나 다시는 같은 일을 되풀이하지 않아도 된다는 것이 다행스러웠다.

장례식이 다 끝나고 나니 머릿속이 텅 빈 듯 멍하고, 피곤하다는 것 외에는 아무것도 느껴지지 않았다. 밤을 새며 마아시에 대해 이야기한 시간들이 큰 도움이 되어주었다. 마아시에 대한 이야기만 하고, 듣고, 울고, 웃으면서 슬픔의 카타르시스를 경험했고,

그 덕분에 그날 하루를 버틸 수 있었던 것 같았다. 장례식 자체도 사실은 살아 남은 사람들을 위한 위안의 행사였다. 해병대 장교였던 루나의 아버지는, 군대의 장례식이 화려한 절차와 의전적인 의식으로 짜여져 있고 웅장한 악대까지 동원해서 치러지는 이유는 그 유족들을 위로하기 위한 것이라고 했다. 그렇게 함으로써 살아 남은 사람들에게 고인은 훌륭한 사람이었으며 고인의 죽음이 결코 헛되지 않은 것이라는 인식을 심어주면서 그들이 남은 생을 살아갈 하나의 출발점을 마련해준다는 것이다.

남은 세 친구들이 모두 셰릴과 새로운 친구 관계를 맺게 되었다는 것이 신기했다. 셰릴과 친구가 되고 보니, 마아시를 다시 만나는 기분이었다. 그러나 셰릴은 마아시와는 달랐다. 비슷하기는 해도 분명 셰릴은 마아시와는 별개의 인물이었다. 그렇더라도 가끔 셰릴로부터 소식을 듣는다면 무척 반갑고 가슴이 따듯해질 것 같았다.

팔을 뒤로 돌려 지퍼를 반쯤 내렸는데 초인종이 울렸다. 가슴이 덜컥 내려앉으며 온몸의 혈관을 타고 공포가 구석구석 밀려왔다. 오, 하느님! 그 살인범이 저기 있어요! 살인범이 내내 뒤를 따라온 것이 분명했다. 그녀가 혼자 있다는 것을 알고 있는 것이었다.

루나는 살금살금 전화기를 향해 다가갔다. 하지만 현관문 밖에서도 그녀가 무엇을 하고 있는지 그 살인범이 낱낱이 보고 있을 것 같아 두려웠다. 저 문을 부수고 들어오면 어쩌지? 제인 선배네 집도 그렇게 쑥대밭을 만들어놨다는데. 주방 쪽 문의 유리창을 깨고 들어갔다고는 하지만, 저 문을 부술 힘이 없다고 어떻게 단정하겠어? 루나는 지금까지 현관문이 얼마나 두꺼운지, 나무로만 되어 있는지, 아니면 그 안에 금속 보강재가 들어 있는지 신경도 쓰지 않았다는 사실이 떠올랐다.

"루나!"

밖에서 그녀의 이름을 부르는 목소리가 들려왔다.

"나 레아예요, 레아 스트리트. 안에 있어요?"

"레아?"

루나는 겨우 되물었다. 갑자기 공포의 물결이 빠져나가고 안도의 물결이 밀려들면서 온몸의 힘이 쭉 빠지고 눈앞이 어질어질했다. 루나는 허리를 꼬부리고 숨을 가다듬으며 떨리는 몸과 마음을 진정시켰다.

"중간에 잠깐 이야기라도 나누려고 했는데, 하도 빨리 가는 통에……."

레아가 말했다. 그건 사실이었다. 1초라도 빨리 집에 도착해서 그 구두를 벗고 싶었던 것이다.

"잠깐만요. 옷을 갈아입는 중이었어요."

대체 레아가 여길 왜? 궁금하게 생각하면서 루나는 현관문의 안전고리를 풀었다. 그러나 문을 열기에 앞서 작은 유리구멍을 통해 밖에 있는 사람이 레아 스트리트임을 확인하는 것은 잊지 않았다.

슬픔과 피곤함으로 지친 레아 스트리트의 모습이 보였다. 루나는 갑자기 죄책감이 가슴을 찌르는 것 같았다. 마아시의 장례식에서 그녀를 비웃고 조롱했던 것이 미안해졌다. 하지만 대체 레아가 자신과 무슨 할 말이 있는 것일까. 짚이는 것이 없었다. 지금까지 인사말 한두 마디 외에는 회사에서도 이야기를 나누어본 적이 없는 사이였다.

루나는 문을 열며 말했다.

"들어오세요. 너무 덥죠? 찬 음료수라도 드릴까요?"

"네."

레아가 묵직하게 보이는 커다란 숄더백을 마치 엄마가 아기를 안은 것처럼 소중히 품에 안고 들어서며 대답했다.

루나는 주방으로 들어가려고 돌아서다가 레아의 눈부신 금발이

햇빛에 반사되어 반짝이는 것을 보았다. 그러고는 갑자기 뭔가 이
상하다는 생각에 미간을 찌푸리며 돌아서기 시작했다.

그러나 때는 이미 늦은 후였다.

26

제인은 일요일 아침 10시 30분이 지나서야 겨우 눈을 떴다. 그것도 전화벨소리 때문이었다. 전화를 받으려고 손으로 더듬거리다가 그 집이 샘의 집이라는 것을 기억하고서는 다시 이불 속으로 더 깊이 들어가버렸다. 자신이 전화기 옆에 더 가까이 있기는 하지만, 그 집은 샘의 집이었다. 그러므로 전화를 받는 것은 그가 해야 할 일이었다.

샘이 전화벨소리에 뒤척이기 시작했다. 뜨겁고 단단한 몸이 움직일 때마다 짙은 남자의 향기가 느껴졌다.

"전화 좀 받아요."

졸린 목소리였다.

"당신 전화예요."

"어떻게 알아요?"

"당신 집이잖아요!"

당연한 걸 물어보는 샘에게 제인은 짜증이 났다. 샘은 씩씩거리면서 몸을 일으키더니 한쪽 팔꿈치를 받치면서 제인의 몸을 상반신으로 깔아뭉개고 전화를 받았다.

"여보세요……. 네에……. 여기 있습니다."

샘은 전화기를 제인의 베개 위에 올려놓고 자기 베개에 머리를 푹 파묻었다.

"셸리예요."

제인은 울컥 하고 짜증이 솟으며 욕이 튀어나오려는 것을 가까스로 참았다. 어제 아침 루나의 아파트에서 테이블에 머리를 부딪치는 바람에 "이런 우라질!" 하고 욕한 벌금을 샘이 아직 청구하지 않았기 때문에 괜스레 그것까지 기억나게 만들고 싶지 않았다.

"여보세요……."

"밤이 길기도 하구나?"

셸리의 목소리는 사뭇 빈정대는 투였다.

"한 열두 시간, 아니면 열세 시간? 요즘 같은 계절에는 당연하지 않아?"

뜨겁고 단단한 몸이 그녀의 등을 압박했다. 역시 뜨겁고 단단한 손이 배꼽 근처를 슬슬 어루만지더니 그 손이 가슴 쪽으로 올라와 젖무덤을 더듬었다. 또 뜨겁고 단단한 어떤 것이 엉덩이를 슬슬 자극했다.

"오호! 너, 빨리 와서 이 망할 놈의 고양이 들고 가!"

셸리는 더 이상 다른 말을 붙이기가 무서울 정도로 매몰차게 잘라 말했다.

"부우부우? 왜?"

제인은 마치 아무것도 모르는 것처럼 시치미를 뚝 떼고 되물었다. 샘의 손가락이 젖꼭지를 살살 어루만졌다. 제인은 얼른 손으로 그의 손가락을 붙잡아 움직이지 못하도록 움켜쥐었다. 얼결에 또 부우부우를 떠맡지 않도록 정신을 차려야 할 순간이었다.

"우리 집 가구를 몽땅 망가뜨리고 있잖아! 항상 그렇게 고분고분하고 유순한 척하더니, 어쩜 저렇게 괴물같이 변해버렸니!"

"환경이 변하니까 정서가 불안해져서, 성질이 난폭해진 걸 거야."

제인의 젖꼭지를 더듬을 수 없게 되자 샘의 손은 또 다른 즐거운 곳을 향해 움직였다. 자꾸만 파고 들어오는 그의 손가락을 막으려고 제인은 두 다리를 딱 붙이며 저항했다.

"아무리 난폭한들 지금 나만하겠니?"

셸리의 목소리는 점점 더 난폭해졌다.

"이 고양이가 우리 집에서 설쳐대는 한, 네 결혼식 준비에 몰두할 수가 없어, 알았어?"

"그럼 언니는 부우부우가 죽거나 다쳐도 상관없단 말이야? 부우부우보다 가구를 더 중요시하는 언니 때문에 결국 미친놈한테 잡혀서 죽었다고 엄마한테 말할 자신 있어?"

제인의 말이 핵심을 제대로 찔렀는지, 셸리는 선뜻 대답을 하지 못했다. 셸리의 씩씩대는 숨소리가 그대로 들려왔다.

"이 야비한 것!"

제인이 두 다리를 꼭 오므리고 열어주지 않자 샘은 공격의 진로를 바꾸어 후면공격을 선택했다. 정신을 온통 흩뜨려놓으며 엉덩이를 어루만지는 듯하더니 이윽고 두 개의 손가락이 그녀의 몸 안으로 쓱 밀고 들어왔다. 깜짝 놀란 제인은 그만 수화기를 떨어뜨릴 뻔했다.

셸리도 공격의 방향을 바꾸었다.

"넌 지금 네 집에 있지도 않잖아. 샘하고 있으니까, 부우부우도 거기서는 안전하잖아."

오, 제발 그것만은 안 돼! 제인은 정신을 바짝 차려야 한다고 속으로 자신을 타일렀다. 굵직하고 거칠거칠한 그의 손가락이 꿈틀거릴 때마다 제인은 점점 정신이 혼미해져갔다. 곤히 잠자는 사람에게 전화를 받게 만든 벌이라는 건 알지만, 지금 당장 그 짓을 멈추지 않으면 자칫하다간 집 안의 모든 가구를 망가뜨리는 고약한 고양이 한 마리를 들여놓아야 할지도 모르는 판이었다.

"자주 안아주고 다독여 줘. 그럼 좀 진정될 거야. 참, 언니, 부우부우는 귀밑을 긁어주는 걸 좋아해."

"그렇게 잘 아는 네가 와서 가져가란 말이야!"

"언니, 어떻게 엄마 고양이를 남의 집에서 돌봐!"

"왜 못 해? 샘은 너만 잡아둘 수 있다면 이런 미친 고양이쯤은 한 트럭이라도 좋아할걸? 그러니까 지금 네 능력을 시험해보라구! 이제 몇 달만 지나봐라, 면도도 안 하고 시커먼 얼굴을 해가지고서도 버젓이 침대 안으로 기어 들어올 테니! 그때 가면 네 말은 씨도 안 먹혀!"

잘한다! 셸리는 고양이 한 마리가 벌인 소동을 남녀간의 파워게임으로 변질시키고 있었다. 샘의 손가락이 이제는 노골적으로 그녀의 클리토리스를 애무하기 시작했다. 제인은 신음이 터져 나오려는 것을 참느라 안간힘을 쓰고 있었다.

"지금은 안 돼요!"

지금은 안 되긴 뭐가 안 된다는 것인지, 누구한테 안 된다는 것인지 제인도 헷갈렸다. 샘이 말했다.

"안 되긴 뭐가 안 돼요!"

느른하고 유혹적인 목소리였다. 샘의 말이 끝나자마자 셸리의 비명소리가 수화기를 타고 들려왔다.

"어머나! 세상에! 너, 너 지금 그거 하고 있지? 샘이랑! 나도 다 들었어, 기집애야! 나하고 통화하면서 샘하고는 그 짓을 하다니, 어쩜!"

"아냐, 아냐!"

제인은 황급히 주워넘겼지만 샘은 금방 그 말을 거짓말로 만들어버렸다. 손가락 대신 꼿꼿하게 일어선 어떤 것을 그녀의 몸 속에 재빨리 밀어넣었던 것이다. 제인은 입술을 꼭 깨물었다. 그러나 끄응 하는 신음소리는 결국 새어나가고 말았다.

"지금 너하고 얘기하는 건 시간낭비겠다. 나중에 다시 걸게. 얼마나 걸리니? 5분? 10분?"

입술을 깨무는 것으로는 버틸 수가 없자 제인은 베개를 통째로 씹어 삼킬 듯이 깨물어댔다. 잠시라도, 말 한 마디만 옳게 할 수 있을 만큼만이라도 정신을 차리려고 기를 써야 했다.

"두 시간!"

"두우 시간?"

거의 비명에 가까운 대꾸였다. 셸리는 잠자코 침묵을 지켰다.

"혹시…… 샘한테 형제는 없니?"

"네, 네엣!"

"엄머나아!"

다시 셸리의 침묵. 남편인 알을 차버리고 도노반 가의 아들 중 하나를 꿰어차는 게 얼마나 더 이득이 될까를 계산하는 것이 분명했다. 결국 길고 구슬픈 한숨을 토해내며 셸리가 말했다.

"생각을 바꿔야겠다. 너…… 샘하고 있는 한은 부우부우를 데려갈 생각이 없는 거지?"

"맞았어."

제인은 겨우 대답하며 눈을 감았다. 샘은 자세를 바꾸었다. 제인의 오른쪽 다리를 타고 앉아 왼쪽 다리는 자기 팔에 걸쳤다. 그런 자세는 삽입을 더 깊고 강렬하게 해주었을 뿐만 아니라 그의 왼쪽 허벅지는 쾌락의 신경이 가장 예민한 곳을 정통으로 자극했다. 제인은 베개를 또 물어뜯어야 했다.

"알았다……. 그만 전화 끊자. 내가 어떻게 해볼게."

"잘 있어."

제인은 허스키한 목소리로 최대한 빠르게 대답하고는 수화기를 내려놓으려고 손을 더듬었다. 그러나 전화기까지 손이 닿지 않았다. 친절하게도 샘이 그 일을 대신 해주었다. 수화기를 올려놓으려고 몸을 앞으로 숙이자 그의 남성은 제인의 몸 속으로 더 깊이 파고들었고, 그 순간 제인은 짜릿한 쾌락의 전율을 느끼며 비명을 질렀다.

겨우 말을 할 수 있을 만큼 숨이 돌아오자 제인은 얼굴을 가린 머리카락을 치우며 중얼거렸다.

"이……, 이…… 솜방망이 치한같으니라구!"

숨도 가쁘고 터질 듯이 흥분된 마음 때문에 말도 제대로 나오지 않았다.

"솜방망이라니……!"

샘은 자신이 솜방망이가 아니라는 것을 더욱 강렬하게 증명해 보였다. 쏟아낼 모든 것을 쏟아내고 완전히 기진맥진해서 땀투성이가 된 몸으로 제인 옆에 드러누운 샘이 나른한 목소리로 말했다.

"부우부우가 돌아올 뻔했죠?"

"하여간에 도움이 안 돼! 언니가 당신이 무슨 짓을 하고 있었는지 다 눈치챘단 말예요! 난 이제 창피해서 언니 앞에서는 얼굴도 못 들 거야!"

또 전화벨이 울렸다.

"언니거든 난 없는 거예요, 알았죠?"

"언니가 그 거짓말을 믿겠어요?"

샘이 수화기를 집어들며 말했다.

"믿거나 말거나. 어쨌든 지금은 언니랑 말하기 싫어요."

"여보세요. ……네, 있습니다."

샘이 수화기를 내밀었다. 제인은 인상을 북북 써대며 전화를 받았다. 샘이 입만 벙긋거리며 '세릴'이라고 귀띔해주자 그제야 제인의 인상이 풀렸다.

“안녕하세요, 셰릴?”

“네, 저……, 루나하고 통화를 좀 했으면 하는데요. 내가 가진 언니 사진 중에서 루나가 복사하고 싶은 게 있다고 했거든요. 우편으로 보내주려면 주소가 필요해서…… 어제 그 집에 갔으면서도 동네 이름이며 주소도 물어보지 않고 그냥 헤어졌잖아요. 그런데 아무리 전화를 해도 받지를 않네요. 혹시 루나의 주소를 아세요?”

제인은 벌떡 일어나 앉았다. 온몸에 소름이 돋았다.

“루나가 전화를 안 받아요? 언제부터 전화했는데요?”

“아침 8시부터니까…… 세 시간 전부터네요. 설마…….”

셰릴도 제인과 똑같은 생각을 한 것이 분명했다. 샘도 뭔가 심상치 않은 분위기를 감지한 듯, 재빨리 침대 밖으로 튀어나가 바지를 꿰어 입었다.

“누구?”

휴대전화를 꺼내들며 샘이 날카롭게 물었다.

“루나요”

제인은 목이 콱 막히는 것 같았다.

“셰릴, 별일 아닐지도 몰라요. 교회에 갔거나 아니면 샤말하고 아침 먹으러 나갔을지도 모르구요. 지금 샤말과 같이 있을 거예요. 제가 알아보고 연락이 닿으면 직접 셰릴한테 전화하라고 할게요. 됐죠?”

샘은 휴대전화로 어딘가에 전화를 걸며 옷장에서 셔츠를 꺼내 입었다. 양말과 구두를 꺼내 침실 밖으로 나가면서 뭔가 이야기를 하는데, 제인은 잘 알아들을 수 없었다.

셰릴을 향해 제인이 계속 말했다.

“샘이 지금 전화를 하고 있어요. 경찰을 동원해서라도 루나를 찾아낼 거예요”

제인은 인사를 하고 서둘러 전화를 끊었다. 그러고는 떨리는 손으로 대충 옷을 찾아 입었다. 온몸이 사시나무 떨듯 떨리고 시간이 갈수록 가슴이 조여왔다. 바로 2~3분 전만 해도 샘과 함께 쾌락의 정원을 걷고 있었건만, 갑자기 몰려온 공포는 정신을 아득하게 만들었다. 양 극단의 세계를 지극히 짧은 시간차를 두고 한꺼번에 경험하다 보니 온몸의 세포가 모두 제 기능을 잃은 것 같았다.

겨우 청바지의 지퍼를 올리며 거실로 나가자 샘이 막 현관을 나서고 있었다. 일요일인데도 권총과 경찰 배지를 차고 있었다.

"기다려요!"

제인은 앞뒤를 가릴 겨를이 없었다. 샘이 한 손으로 문고리를 잡고 멈춰 섰다.

"아니에요. 같이 갈 수 없어요."

"같이 갈래요."

허둥대며 신발을 찾았지만, 신발은 침실에 있었다.

"잠깐만 기다리란 말이에요."

샘이 무서운 경찰 아저씨의 목소리로 말했다.

"제인! 안 돼요. 정말로 루나한테 무슨 일이 있다면, 당신이 따라나서는 건 오히려 방해만 될 뿐이에요. 당신은 현장에 접근할 수도 없는데, 이런 날씨에 차 안에 앉아 있는 건 고문이라구요. 차라리 티제이네 집으로 가서 기다려요. 뭐든 알게 되면 바로 전화할게요."

제인의 몸은 부들부들 떨고 있었다. 이젠 눈물까지 하염없이 흘렀다. 제인은 철부지 아이처럼 손등으로 눈물을 훔쳐냈다.

"그…… 그럼…… 야…… 약속하는 거죠?"

그제야 샘의 표정이 풀렸다.

"약속해요. 티제이네 집까지 가는 동안에도 조심해야 해요. 거기서도 절대로 현관문 열어주지 말고. 알았죠?"

제인은 고개를 끄덕였다. 이렇게 무기력한 기분은 처음이었다.

"알았어요."

"전화할게요."

샘은 혼자서 가버렸다. 제인은 거실 소파에 무너지듯 주저앉아 꺼이꺼이 목을 놓아 울었다. 다시는 같은 비극을 감당할 자신이 없었다. 이럴 수는 없었다. 루나까지…… 그토록 젊고 예쁜 후배였는데. 그런 루나에게 해코지를 하다니, 그럴 수는 없었다. 루나는 샤말과 함께 있어야 했다. 샤말의 태도가 완전히 바뀌자 루나는 너무나 행복해했다. 그런 행복을 앞으로 평생 누리고 살아야 할 루나였다. 샘이 찾아내겠지, 제인은 애써 그렇게만 생각했다. 샤말의 번호는 전화번호부에 등재되어 있지 않았지만, 경찰이라면 어떻게든 알아내는 방법이 있을 터였다. 샤말과 함께 있는 루나를 두고 이런 소동을 부렸다고 나중에 창피를 당하는 한이 있더라도 제발 그래주기만을 기도했다.

한참 통곡을 한 후에야 제인은 눈물을 닦았다. 어서 티제이의 집으로 가서 샘의 연락을 기다려야 했다. 신발을 신으러 침실로 돌아가던 제인은 갑자기 현관문으로 달려가 문부터 잠갔다.

겨우 양치질과 세수만 하고 샘의 집에서 출발한 제인은 20분 만에 티제이의 집에 도착했다. 그러고는 미친 듯이 초인종을 눌렀다.

"티제이, 나 제인이야, 빨리 문 좀 열어!"

누군가가 급하게 달려오는 소리, 그리고 개 짖는 소리가 들려왔다. 문이 열리더니 걱정으로 잔뜩 찌푸린 티제이의 얼굴이 나타났다.

"왜 그래?"

제인을 얼른 집 안으로 끌어들이며 티제이가 물었다. 마음은 급한데, 제인은 말이 나오지 않았다. 코커 스패니얼종인 트릴비는 연신 짖어대면서 아는 체를 했다.

"트릴비, 조용!"

개를 나무란 티제이는 제인의 얼굴을 빤히 들여다보았다. 이윽고 티제이의 턱끝이 실룩거렸다.

"루나한테 무슨 일 있는 거야?"

제인은 고개만 끄덕였다. 목에서 터져 나오려는 신음과 비명을 삼키려고 제인은 손으로 입을 틀어막으면서 벽에 등을 기대고 그대로 주저앉아버렸다.

"제발, 그럴 리가 없어!"

겨우 목소리를 찾은 제인은 티제이를 끌어안았다.

"미안해, 미안해. 어쩌면 내가…… 아직 아무것도 확실하지 않아. 샘이 알아보러 갔어. 뭐든 알아내는 대로 이리로 전화한댔어."

"무슨 일 났습니까?"

신문을 든 갤런이 나타났다. 트릴비는 쪼르르 갤런에게 달려갔다. 제인은 또 온몸을 부들부들 떨면서 대답했다.

"루나가 연락두절이래요. 세릴이 아무리 전화를 해도 안 받는다고…….."

"쇼핑이라도 갔겠지."

갤런은 호들갑떨지 말라는 듯이 말했다. 티제이는 이글거리는 눈길로 남편을 노려보았다.

"저이는, 마아시는 정신나간 마약 중독자한테 죽은 거라면서 우리가 히스테리를 부리는 거래."

"웬 미친놈한테 스토킹당한 거라고 떠드는 것보다 그 편이 더 현실적이지 않아? 제발 아무 일도 아닌 걸 가지고 과대망상하지 말라구."

지긋지긋하다는 듯이 갤런도 쏘아붙였다.

"과대망상이라구요? 우리가 과대망상을 하고 있는 거라면 경찰도 그렇겠네요?"

제인이 힘없는 목소리로 말했다. 하지만 곧 입술을 깨물고 하고 싶던 말도, 눈물도 한꺼번에 삼켰다. 그렇지 않아도 시끄러운 티제이의 부부문제를 더 심각하게 만들 수는 없었다.

갤런은 제인에게도 똑같이 못마땅한 얼굴이었다.

"티제이가 그러는데 경찰하고 결혼할 거라면서요? 그 경찰이 애인한테 잘 보이려고 그러는 거 아니겠어요? 트릴비, 우린 가자."

갤런은 트릴비를 끌고 서재로 가버렸다.

"저이 말은 한 귀로 듣고 한 귀로 흘려버려. 어떻게 된 건지나 말해봐."

티제이가 말했다.

제인은 세릴과의 통화를 최대한 자세히 전해주었다. 티제이는 시계를 올려다보았다. 벌써 정오를 넘고 있었다.

"그럼 벌써 네 시간이네. 루나는 웬만해서는 일요일 아침에 쇼핑하러 나가지 않아. 혹시 누가 샤말한테는 연락해봤니?"

"샤말 전화번호는 전화번호부에도 안 나와 있어. 샘이 어떻게 알아보겠지."

두 사람은 주방에서 가슴을 졸이며 전화를 기다렸다. 커피를 두 잔이나 마신 후에야 티제이가 들고 있던 무선전화기가 울렸다. 티제이는 재빨리 전화를 받았다.

"샘?"

티제이는 듣기만 했다. 그녀의 표정만 빤히 올려다보던 제인은 모든 희망이 사라졌음을 직감했다. 티제이의 얼굴은 백짓장이 아니라 납빛처럼 변해갔다. 입술을 달싹거리기는 하는데 소리는 나지 않았다.

제인이 달려들어 전화기를 빼앗았다.

"샘? 어떻게 됐어요?"

샘의 목소리는 무거웠다.

“미안해요, 제인. 어제 일을 당한 것 같아요. 아마 장례식에서 돌아오자마자.”

티제이는 벌써 식탁에 얼굴을 파묻고 오열하고 있었다. 제인은 뭐든 위로의 말을 건네기 위해 그녀의 어깨에 손을 대긴 했지만 아무 말도 생각나지 않았다. 아니, 다른 사람을 위로하기에는 자신의 슬픔이 너무나 컸다.

“거기 있어요. 어디에도 가지 말아요. 여기서 일을 마치는 대로 데리러 갈게요. 이쪽은 내 관할지역이 아니라서 내가 어떻게 할 수는 없지만, 여러 경찰서에서 모두 함께 협조하고 있어요. 아마 두세 시간은 걸릴 거예요. 그때까지 아무 데도 가지 말아요.”

“그럴게요.”

제인은 전화를 끊었다. 갤런이 주방 문을 열더니 울고 있는 티제이를 보고는 또 웬 연극이냐는 듯한 짜증 섞인 표정을 지었다. 그러나 잠시 후 그의 얼굴도 딱딱하게 굳어졌다.

“무슨 일이에요?”

“샘한테서 연락이 왔는데…… 루나가 죽었대요.”

가까스로 버티고 있던 제인도 드디어 허물어지고 말았다. 제인과 티제이는 서로 부둥켜안은 채 오래도록 눈물만 흘렸다.

샘이 도착한 것은 완전히 해가 진 후였다. 매우 지치고 분노한 얼굴이었다. 제인도 티제이도 그와 갤런을 서로 소개시켜줄 상황이 아니었으므로 샘이 갤런에게 먼저 인사를 했다.

“장례식에서 뵀죠?”

갤런이 말했다. 샘은 고개를 끄덕였다.

“스털링 하이츠 경찰서 형사도 왔었습니다. 장례식에 범인이 나타날 거라고 보고 누구든 의심이 가는 사람을 찍어보려고 했는데, 감이 잡히는 인물은 없었습니다.”

갤런은 아내를 돌아다보았다. 티제이는 멍한 얼굴로, 강아지의 등만 어루만지며 말없이 앉아 있었다. 마아시의 장례식에서 봤을 때 갤런의 시선은 냉담했었다. 그러나 지금 티제이를 바라보는 갤런의 시선은 그렇지 않았다.

"누군가가 저 사람들을 쫓고 있다는 게 사실인가 봅니다. 믿기지 않았는데……."

"이젠 믿으셔야 합니다."

범인이 루나에게 한 짓을 생각하면 오장육부가 뒤틀리는 것 같았다. 마아시의 경우와 똑같이 지극히 개인적인 원한이 불러온 살인이었다. 얼굴은 알아볼 수 없을 정도로 짓이겨졌고, 여러 번 칼에 찔린 상처가 있었으며 성추행의 흔적도 있었다. 마아시의 경우와 다른 것이 있다면, 완전히 숨지기 전에 칼에 찔렸다는 것이다. 루나의 아파트는 완전히 피범벅이었다. 옷가지도 모두 갈가리 찢겨 있었다. 지난 수요일, 제인도 만약 집에 있었다면 똑같이 처참한 죽음을 맞았을 거라는 생각을 하니 샘은 온몸의 피가 거꾸로 솟는 것 같았다.

"부모님과는 연락이 됐나요?"

쉰 목소리로 제인이 물었다. 루나의 부모님이 사는 톨레도는 디트로이트에서 멀지 않았다.

"벌써 여기 와 있어요."

샘은 제인 옆에 앉아 어깨를 꼭 끌어안아 주었다. 그때 샘의 호출기가 울렸다. 벨트에서 호출기를 빼내 찍힌 번호를 확인한 그는 피곤한 듯이 두 손으로 얼굴을 문지르며 말했다.

"나가봐야 해요."

"제인은 나랑 같이 있을 거예요."

샘이 부탁하기 전에 티제이가 먼저 말했다.

"난 갈아입을 옷도 안 가져왔어."

제인의 말은 티제이의 요구를 거부하는 것이 아니라 단지 상황이 그렇다는 설명일 뿐이었다.

"제가 집까지 태워다 드릴 테니, 필요한 물건을 챙겨오세요. 티제이, 당신도 함께 가지."

샘은 갤런의 배려가 고맙다는 듯이 고개를 끄덕였다.

"전화할게요."

샘은 서둘러 자신을 필요로 하는 곳으로 달려갔다.

코린은 쪼그리고 앉아 앞뒤로 몸을 흔들었다. 도저히 잠을 잘 수가 없었다. 잠이 오지 않았다. 잠이……. 혼자서 콧노래를 불렀다. 어렸을 때 그랬던 것처럼. 그러나 이번에는 콧노래도 효과가 없었다. 언제부터 콧노래가 효력을 잃었는지는 기억나지 않았다.

빨간 드레스를 입은 창녀가 죽었어. 어머니가 기뻐하시겠지. 둘 죽고 둘 남았네.

흐뭇했다. 생전 처음으로 어머니를 기쁘게 해드렸으니까. 지금까지 단 한 번도 완벽하게 어머니를 기쁘게 해드린 적이 없었다. 아무리 열심히 노력해도 그는 절대로 극복할 수 없는 오점을 가지고 있었기 때문이다. 그러나 이번만은 달랐다. 세상을 살 가치가 없는 창녀들을 하나씩, 차례로 처치했으니……. 하지만 아직 둘이 더 남아 있었다. 특히 그 나쁜 계집은 하필이면 그날 집에 없었다.

코린은 장례식에서 본 그 창녀를 떠올렸다. 분명 웃고 있었다. 아니, 다른 계집이었나? 코린은 헷갈리기 시작했다. 그 얼굴들이 눈앞에서 이리저리 움직이다가 겹쳐지곤 했다.

장례식에서 웃다니. 그런 짓은 용서할 수 없어.

그런데 누가 웃었지? 아……, 왜 기억이 나지 않는 거지?

누가 웃었든 상관없다고 코린은 자신을 다독거렸다. 그러자 기분이 조금 나아지는 것 같았다. 어차피 모두 죽어야 할 쓰레기들이니까. 장례식에서 웃은 게 누구이고, C가 누구이든 상관없었다. 결국은, 결국은 모두 죽어야 하니까. 다시는 그의 가슴에 상처를 주지 못하도록.

27

　월요일 아침, 샘은 워렌 경찰서의 자기 책상에서 한 손으로 턱을 받친 채 햄머스테드의 인사파일을 보고 또 보았다. 전과기록 조회도 신통한 단서를 주지 못했고, 샘과 번슨은 뭔가 떠오르기를 간절히 바라는 마음으로 그저 그 인사파일에만 매달리고 있었다.

　분명히 거기 뭔가가 있다. 샘의 육감이 그렇게 말했다. 아직 발견하지 못하고 있을 뿐이다. 손가락으로 딱 짚어내지 못하고 있을 뿐, 분명 뭔가가 있다. 조만간 그것이 딸랑딸랑 종을 울리며 나타날 것이 틀림없다. 그러나 시간이 문제였다. 지금 당장, 아니면 1~2분 후에 나타나느냐, 아니면 또 다른 희생자가 나온 후에야 나타나느냐.

　범인은 여성혐오증을 가진 인물이었다. 범인은 세상에 여자와 공존하는 것 자체를 싫어했다. 샘은 햄머스테드의 남자 직원 중에서 어떤 형태로든 세상에 대해 불평을 가진 인물이 있는지를 다시 한 번 찾아보았다. 성희롱 혐의를 받은 적이 있는 인물이 있다면 우선 조사 대상이었다. 그러나 성희롱 같은 사건은 겉으로 드러나지 않고 어물쩍 넘어가는 일이 더 많았다.

제인도 티제이도 오늘은 출근하지 않았다. 두 사람은 트릴비를 데리고 티제이의 집에서 셸리의 집으로 옮겨갔다. 트릴비는 작은 새 한 마리이든 사람이든 간에 움직이는 것이 나타나기만 하면 사정없이 짖어댔다. 토요일, 마아시의 장례식을 치르는 동안 제인의 집에서는 쿨라비치 부인의 감독하에 보안 시스템이 설치되었다. 샘은 제인이 새로 설치한 보안 시스템을 믿고 혼자 집에 있겠다고 고집을 피울까봐 걱정스러웠다. 아무리 보안 시스템이 철저해도 작정하고 달려드는 살인범은 막아낼 수 없는 것이다.

그러나 다행히도 제인은 혼자 있지 않으려고 했다. 티제이와 둘이 꼭 붙어 앉아 세상에서 가까운 두 친구를 잃은 충격과 공포를 삭이고 있는 중이었다. 그 리스트가 오늘의 비극을 초래했다는 것은 누가 봐도 의심할 바 없었다. 각 사건이 일어난 지역의 관할 경찰서가 서로 달랐으므로 사람이 차출되어 태스크 포스팀이 조직되었다.

전국의 언론은 이들의 사건을 다루었다. 바로 일주일 전에 유머 넘치는 '미스터 퍼펙트'라는 리스트로 디트로이트 지역은 물론 전국을 떠들썩하게 했던 여인들이 차례로 죽어간 사건은 뉴스거리가 되기에 충분했다. 기자들은 다시 햄머스테드 정문 앞에 진을 치기 시작했고, 두 피살자와 조금이라도 안면이 있는 사람이면 아무나 붙들고 인터뷰를 하려고 난리를 피웠다. 태스크 포스팀에서는 기자들이 누구를 인터뷰하든 그 녹화 필름을 입수할 수 있도록 조치를 해두었다. 두 피살자를 '추모'하는 척하면서 인터뷰에 응할지도 모르는 범인을 포착하기 위해서였다.

제인의 집 앞에도 어김없이 기자들이 나타났다. 그러나 집에 아무도 없다는 것을 알고는 서둘러 철수했다. 샘은 티제이의 집에도 기자들이 나타날 것이라는 예상을 하고 셸리에게 두 사람이 그녀의 집에서 하루를 보낼 수 있도록 부탁을 해두었다. 셸리도 티제이와 제인의 보호자 역할을 기꺼이 받아들였다. 기자들이 몇 가지 수단을 동원하면 셸리의 집 앞마당에 도달하는 것도 시간문제라는 걸 샘도 알고 있었지만, 최소한 누군가 대신 나서서 기자들을 상대해줄 사람이 있다는 것이 중요했다.

샘은 눈을 비볐다. 겨우 두 시간이나 잤을까? 어젯밤 호출은 또 다른 살인사건 때문이었다. 희생자는 십대 소년이었는데 범인은 금방 잡혔다. 피살자가 새로 사귄 여자 친구의 헤어진 남자 친구였다. 여자 하나를 두고 두 남자가 옥신각신 말다툼을 벌이다가 말싸움이 주먹다짐이 되고, 주먹다짐이 살인을 불러온 것이다. 그러나 사건은 금방 해결되어도 그 뒤에 따르는 서류 절차는 항상 간단하지 않았다.

제인의 집에서 발견된 신발자국은 어떻게 됐지? 신발자국을 대조하는 작업은 보통 이렇게 오래 걸리는 일이 아니었다. 책상을 뒤져보았지만 샘이 없는 사이에 누군가 올려놓은 서류는 없었다. 번슨에게 갔나? 번슨과 샘은 모든 보고서와 자료를 크로스 체크하기로 했으니까 어쩌면 번슨에게 갔는지도 모를 일이었다. 루나가 살해당하기 전까지는, 제인의 집에 누군가 침입했던 사건과 마아시 사건을 동일범의 소행이라고 보는 사람이 거의 없었다. 그러나 번슨과 샘은 동일범의 소행으로 보았고, 지금에 이르러서는 그것을 의심하는 사람은 없었다.

샘은 로저 번슨에게 전화를 걸었다.

"신발자국 보고서 거기 갔어?"

"아니. 아직 못 받았단 말이야?"

"아직. 감식반이 또 잊어버렸나보군. 이거야 원, 또 잔소리를 해야 하나."

샘은 속을 부글부글 끓이면서 전화를 끊었다. 시간이 급했다. 그까짓 신발자국이 뭐 그리 중요하냐고 할 수도 있겠지만, 만약 그 신발이 매우 특이한 신발이라서 햄머스테드 사람들 중의 누군가가 "어, 그 신발 아무개가 신던 건데? 무척 비싼 거래요." 하고 알아볼지도 모르는 일이었다.

뭐든 와장창 부숴버리고 싶은 심정으로 샘은 다시 햄머스테드 인사파일을 뒤지기 시작했다. 분명히 거기 뭔가가 있다. 거기 있다는 감은 있는데 눈에 잡히는 것이 없으니 더 미칠 지경이었다.

갤런은 평소보다 일찍 퇴근했다. 어제의 사건은 그에게도 큰 충격이었고, 그 충격 때문에 도무지 정신을 집중할 수가 없었다. 만사를 제쳐두고 우선 제인의 언니 집에서 티제이를 데려오고 싶은 마음뿐이었다. 그의 눈앞에서 티제이를 보호할 수 있는 자기 집으로 가고 싶었다.

어떻게 하다가 티제이와의 사이가 그렇게 소원해졌는지는 갤런도 모를 일이었다. 아니, 사실은 너무나 잘 알고 있었다. 산드리아 콘웨이와 야릇한 눈길을 주고받으며 서로 호감을 갖기 시작했던 것도 그 출발은 매우 순수한 것이라고 생각했다. 그러나 돌이켜 생각해보니 그것도 순수하지만은 않았던 것 같았다. 티제이의 말 한 마디와 행동거지 하나 하나를, 항상 잘 차려입고 나타나며 그에게 잔소리라고는 한 번도 하지 않는 산드리아와 일일이 비교하기 시작했던 것은 언제부터였을까?

티제이가 집에서는 늘상 그저 편하게만 입고 지낸다는 걸 갤런도 알고 있었다. 그건 갤런 자신도 마찬가지였다. 집은 그래서 좋은 곳이 아닌가. 모든 긴장을 풀고 편하게 쉴 수 있는 곳……. 쓰레기를 버려주지 않는다고 잔소리를 한들 어떤가? 티제이가 화장품을 아무렇게나 내굴릴 때에는 자신도 불평을 하지 않았던가. 서로 다른 환경에서 자란 두 사람이 한 집에서 살다 보면 서로의 감정을 건드리는 경우도 생기는 것은 어쩔 수 없었다. 그건 바로 결혼의 한 부분이었다.

갤런과 티제이는 열네 살 때부터 사랑하는 사이였다. 어떻게 그 것을 잊을 수 있단 말인가? 그런데 한 미치광이 살인마가 티제이 의 친구들과 티제이를 죽이려고 날뛰고 있다는 것을 알게 된 후에 야 티제이를 잃는다는 것이 곧 자신의 죽음과도 같다는 것을 깨닫 게 되다니…….

그동안의 잘못을 어떻게 하면 용서받을 수 있을지, 어떻게 해야 티제이의 마음을 풀어줄 수 있을지 갤런은 막막했다. 티제이가 그 런 기회를 줄지도 의문이었다. 지난주부터, 그러니까 그가 산드리 아와 부정한 짓을 저질렀다는 것을 눈치챈 후부터 티제이는 다른 사람이 되어버렸다. 갤런은 산드리아와의 감정이 그 정도로 위험 하고 부정한 수준까지 달아오르지 않도록 경계했다고 생각하지만, 티제이는 이미 그들이 넘어서는 안 될 선까지 넘은 것으로 생각하 고 있을지도 몰랐다. 산드리아와 키스까지는 한 적이 있지만 그 이상은 아무것도 없었다.

만약 내가 아닌 다른 남자가 티제이와 키스를 한다면 내 기분은 어떨까 하고 갤런은 상상해보았다. 가슴이 꽉 막히고 눈이 뒤집힐 것 같았다. 한 번의 키스라도 용서할 수 없을 것 같았다.

티제이가 다시 자신을 그녀의 인생에 있어서 빼놓을 수 없는 중 요한 사람으로 받아들여 준다면, 그리고 그 아름다웠던 미소를 다 시 보여줄 수만 있다면, 갤런은 네 발로 땅바닥을 기라고 해도 마 다하지 않을 작정이었다.

제인의 언니는 세인트 클레어 쇼어의 2층짜리 저택에서 살았다. 차고 문은 닫혀 있었고 샘의 지프가 집 앞 도로에 세워져 있었다. 갤런은 샘의 차 옆에 자기 차를 세우고 현관문 앞으로 걸어갔다.

초인종을 누르자 샘이 문을 열어주었다. 샘은 아직도 권총을 차 고 있었다. 갤런은 합법적으로든 불법적으로든 나도 저런 걸 하나 마련해야겠다고 생각했다.

"어떻습니까?"

갤런은 안으로 들어서며 조용히 물었다.

"지쳐 있어요. 아직도 충격에서 벗어나지 못했구요. 셸리 말로는 하루 종일 잠깐씩 졸다가 깨다가 했다는군요. 어젯밤에도 잠을 자지 못했을 텐데."

갤런은 머리를 절레절레 흔들었다.

"밤새 앉아서 이야기만 하더군요. 참 이상했어요. 누가 그런 짓을 했는지, 제인이 얼마나 아슬아슬하게 죽음을 모면했는지는 아랑곳하지 않고 그저 죽은 루나와 마아시 이야기만 하더군요."

"사랑했던 가족 둘을 한꺼번에 잃은 심정일 겁니다. 그 충격에서 벗어나려면 상당히 오랜 시간이 걸릴 거예요."

샘은 지금의 제인이나 티제이처럼 충격과 슬픔을 당한 사람들을 늘상 만나면서 살아왔다. 샘은 제인이 이 상황을 극복하리라고 믿었다. 저돌적이고 도전적인 그녀의 성격이 여기서 주저앉는 것을 용서하지 않을 테니까. 그러나 슬픔의 그늘이 완전히 걷히기까지는 얼마나 긴 세월이 걸릴지 알 수 없었다.

셸리의 집 안 풍경은 여느 때와 다름없었다. 셸리의 남편 알은 TV를 보고 있었고, 십대 소녀인 딸 스테파니는 2층 자기 방에서 전화기를 붙들고 이야기하고 있었다. 열한 살짜리 아들 니콜라스는 컴퓨터에 매달려 게임에 열중하고 있었다. 여자들 셋은 주방에 모여앉아 있었다. 왜 여자들은 할 얘기만 있으면 주방에 모여앉는 걸까? 샘은 궁금했다. 여자들은 거기서 소프트 드링크나 셸리가 만들어주는 간단한 음식을 먹으며 이야기를 하고 있었다.

슬픔이 할퀴고 간 제인과 티제이의 얼굴은 창백 그 자체였다. 그러나 다행히 눈물자국은 말라 있었다. 티제이는 남편의 얼굴을 보고 깜짝 놀란 듯했다.

"웬일이야?"

그다지 반갑지는 않은 듯했다.

"같이 있고 싶어서. 피곤할 텐데 자정까지 기다리게 만들고 싶지 않았어. 셸리나 여기 가족들도 그 시간 전에는 잠자리에 들어야 할 거구."

셸리는 손사래를 쳤다.

"그건 걱정 마세요. 요즈음은 방학 때라 애들도 늦게 자요."

"기자들은? 기자들이 또 집 밖에서 진을 치고 기다리면 몹시 시달릴 텐데."

티제이가 물었다.

"기자들도 무한정 진을 치고 있을 수는 없을 거예요. 기자들이 원하는 건 인터뷰니까. 다른 사람들한테서도 뭔가 이야기를 얻어 내겠죠. 오늘 하루 종일 집을 비웠으니까 일단 철수했을 겁니다. 아마 전화를 해대겠죠."

샘이 말했다. 그러자 티제이가 자리에서 일어서며 말했다.

"그럼 집으로 가야겠어요. 셸리, 고마웠어요. 오늘 고생 많았죠?"

셸리와 티제이는 서로 따뜻하게 포옹을 했다.

"언제든 다시 와요. 내일도 출근하지 않을 거면 우리 집으로 와요 무슨 일을 하든 절대로 집에 혼자 있는 건 안 돼요."

"고마워요. 생각해볼게요 하지만 내일은……, 출근해야 할 것 같아요. 일상생활로 돌아가서 바쁘게 지내는 게 빨리 털고 일어날 수 있는 방법일 것 같아요."

"나도 샘하고 집으로 갈래. 샘도 나만큼이나 지쳤어."

"내일 출근할 거니?"

티제이가 물었다.

"모르겠어. 봐서. 어쨌든 전화할게."

"트릴비!"

티제이가 부르자 코커 스패니얼종 개가 눈을 반짝거리며 쪼르르 달려왔다. 갤런도 몸을 낮추고 앉아서 트릴비를 어루만져주었다.

"목줄 어디 있어?"

갤런이 묻자 트릴비는 또 어디론지 쪼르르 달려가더니 목줄을 입에 물고 돌아왔다. 트릴비의 재롱은 가끔씩 티제이의 얼굴에 웃음을 자아내곤 했지만, 오늘은 희미한 미소조차 지을 힘이 없었다.

집으로 돌아가는 길에 티제이는 차창 밖을 내다보며 말했다.

"일찍 올 필요 없었어. 난 괜찮아."

"같이 있고 싶었다니까."

갤런은 같은 말을 반복하며 숨을 깊이 들이쉬었다. 집에 도착하면 티제이를 품에 꼭 끌어안고 두 사람 사이의 문제에 대해서 진지하게 이야기하고 싶었다. 하지만 일단 대화가 시작되었으니 차 안에서 이야기하는 것이 더 나을 것도 같았다. 최소한 티제이가 뿌리치고 도망갈 공간은 없으니까.

"미안해."

풀죽은 목소리로 갤런이 말했다. 티제이는 돌아다보지도 않았다.

"뭐가?"

"아둔한 짓 해서. 정말 아둔했어. 세상 누구보다도 당신을 사랑해. 당신을 잃고는 살 수 없을 것 같아."

"당신 애인이 들으면 섭섭하겠다."

티제이에게는 갤런의 말이 철부지 어린아이의 설익은 사랑고백쯤으로 들렸다. 갤런은 속이 뜨끔했다.

"당신은 믿지 않겠지만, 나도 그 정도로 바보는 아니야."

"그럼 정확히 얼마만큼 바본데?"

티제이는 단 한 번도 어물쩍 속아넘어가는 일이 없었다. 고교시절에도 그랬다. 티제이가 알고자 하는 것을 슬쩍 감추려고 하면 점점 더 궁지에 몰리는 것은 언제나 갤런이었다.

티제이의 얼굴을 마주볼 용기가 없는지 갤런은 도로에서 눈길을 돌리지 못했다.

"그저 서로 희롱이나 주고받은 정도였어. 그리고…… 어색한 키스……. 하지만 그 이상은 아무것도 없었어, 정말이야. 맹세해."

"손으로 더듬지도 않았단 말이야?"

"절대로. 미…… 미안해, 티제이. 나도 내가 잘못했다는 건 알아. 또…… 그 여자가 당신보다 더 예뻤다든가 몸매가 더 좋았다든가 그런 것도 아니었어. 그저…… 그 여자는 당신이 아니니까……. 아니, 나도 잘 모르겠어. 하여튼, 묘한 흥분이나 스릴 같은 거랄까. 그것도 옳지 못하다는 건 알고 있었어."

"그 '여자'가 누군데?"

티제이가 물었다. 그 여자의 이름을 실토한다는 건 갤런으로서는 많은 용기가 필요한 일이었다. 그 여자의 이름을 밝힌다는 것은 그 여자와의 관계를 '상상'이 아니라 '현실'로 만드는 행위였다.

"산드리아 콘웨이."

"내가 만난 적 있어?"

갤런은 고개를 저었다. 그리고 그제야 티제이가 아직도 자신의 얼굴을 쳐다보지 않고 있다는 것을 알게 되었다.

"산드리아……. 무슨 혼합음료 이름 같네."

이 상황에서 산드리아에 대해 무슨 변명을 한다거나 좋은 말을 한다는 것은 스스로 무덤을 파는 일이라는 것쯤은 갤런도 알고 있었다. 갤런은 조심스럽게 입을 열었다.

"정말로 당신을 사랑해. 어제, 루나가 그렇게 죽었다는 걸 알았을 때 난……."

갑자기 목이 콱 메어왔다.

"당신도 살인의 위험에 처해 있다는 걸 깨달았을 때, 마치 된통 따귀라도 얻어맞은 기분이었어."

“미치광이 살인마한테 쫓긴다는 사실을 깨달으면 정신이 좀 들지.”

티제이는 마치 남의 말을 하는 것 같았다. 하지만 갤런은 더욱 용기를 냈다.

“맞아. 티제이……, 나한테 한 번만 더 기회를 주겠어?”

“글쎄.”

갤런은 가슴이 쿵 하고 내려앉는 기분이었다.

“더 이상 급하게 서둘지도 어떠한 극적인 시도를 하지도 않겠다고 말했었지? 빈말 아니야. 지금 당장은 내 생각이 산산이 흩어져 있어서 이 문제에 대해서는 심각하게 생각할 여유가 없어. 당분간 아무 말도 하지 말아줘.”

헛스윙을 한 기분이었지만 그래도 아직 삼진 아웃은 아니니 희망은 있다고 갤런은 생각했다.

“그럼, 같이 자도 돼?”

“섹스?”

“아니. 그냥 곁에서 자고 싶어. 우리 침대에서. 물론 당신 몸이 욕심나지 않는 건 아니지만, 당신이 싫다면 참을 수 있어. 어쨌든 같이 자게 해줄 거지?”

티제이는 오래도록 말이 없었다. 또 헛스윙을 날렸나보다 생각할 즈음에야 티제이의 입이 열렸다.

“좋아.”

갤런은 입술이 흔들릴 정도로 길고 크게 한숨을 내쉬었다. 티제이가 “아이구, 여보 고마워.” 하고 반기며 달려든 건 아니었지만, 그래도 매몰차게 걷어차버리지 않았으니 그것만 해도 천만다행이었다. 새로운 기회가 열려 있으니까.

두 사람에게는 긴 세월의 기반이 있었다. 그것이 끈끈한 접착제가 되어, 다른 부부들이라면 결별을 선언했을 위기를 넘기고 더 가까이 다가갈 수 있도록 만들어준 것이다. 지난 두 해 동안 티제이의 가슴에 쌓인 응어리가 하룻밤에 사라지지는 않을 거라고 갤런은 생각했다.

그럼에도 불구하고 티제이는 갤런이 곁에 있도록 허락해주었다. 어쨌든 갤런은 아직 포기할 수 없었다. 티제이가 아무리 쌀쌀하게 대해도, 아무리 오래 그 응어리를 담고 있어도 결국은 그가 그녀를 사랑한다는 것을 믿게 만들 것이라고 다짐했다. 가장 중요한 것은 티제이가 살아 있도록 보호하는 일이었다. 그 다음에는 굳이 떠난다 해도 어쩔 수 없다. 티제이가 자신의 곁을 떠나는 것은 참고 살 수 있어도 티제이를 땅에 묻고는 살 수 없었다.

"나도 피곤하지만 당신도 너무 피곤해 보여요."

제인이 말했다.

"하루 종일 커피를 들이부었어요. 그래도 커피 약발이 오래 안 가요. 오늘은 일찍 잘래요?"

샘이 말했다. 제인은 늘어지게 하품을 하더니 이마를 문질렀다.

"오늘은 그래야겠어요. 아무래도 오늘은 눈뜨고 버틸 수 없을 것 같애. 하루 종일 머리가 깨지는 것 같고. 약을 먹어도 소용이 없었어요."

샘은 빙긋이 웃었다.

"이런……. 아직 결혼도 하지 않았는데 벌써부터 머리가 아프면 어째요?"

제인의 얼굴에 작은 미소가 떠올랐다.

"셸리가 오늘도 오이 붙여줬어요?"

제인의 미소가 조금 더 커지는가 싶더니 이내 슬픔의 그림자로 덮여버렸다.

"여부가 있겠어요? 눈만 감으면 더덕더덕 같다 붙였죠. 그게 효과가 있는 건지는 잘 모르겠지만, 어쨌든 기분은 좋더라구요. ……
참, 오늘은 뭐 건진 거 없어요?"

샘은 피익 바람 빠지는 소리를 냈다.

"계속 제자리걸음이에요. 전산자료를 샅샅이 뒤져도 짚이는 건
없고. 번슨하고 같이 뭐 빠뜨린 건 없나 햄머스테드 인사파일만
뒤졌어요. 혹시 성희롱 고발이나 뭐 그런 것 기억나는 거 없어요?"

"세다 화이티드가 남편하고 에밀리 허스트가 놀아난 걸 알고 주
차장에서 머리채 쥐어뜯으면서 싸운 적이 있었어요. 하지만 그건
아마 상관없는 일일 거예요."

제인은 또 하품을 했다.

"성희롱 고발이라……. 그런 거 없었는데……. 아마 베넷 트로터
라면 매일같이 성희롱으로 고발당해도 싸겠지만, 아직 한 번도 공
식적으로 고발이 있었던 적은 없었어요. 그리고 트로터는 짙은 갈
색 머리카락이에요."

"아무도 용의선상에서 빼놓을 수 없어요. 마아시의 집에서 발견
된 금발은 그저 마아시가 어디 외출했다가 옷에 묻혀서 들어온 것
일 수도 있으니까. 베넷 트로터라는 사람 이야기나 더 해봐요."

"한 마디로 나쁜 놈이에요. 섹시한 것 말고는 생각도 말도 관심
도 없는 인종. 어떤 인종인지 짐작 가죠?"

물론이었다. 샘은 베넷 트로터가 사건이 있던 이틀 동안의 행적
을 기억하고 있을지 궁금했다.

"아무도 좋아하지 않는 사람들이 몇 명 있어요 내 직속 상관인
애시포드 드윈터도 바로 그런 사람인데, 그 리스트를 보고 정말
열받았던 사람이죠. 우리가 TV에 출연해서 공짜로 회사 광고하는
걸로 열받은 거 가라앉혔어요."

샘은 애시포드 드윈터의 이름도 기억해두었다.

"다른 사람은?"

"특별히 기억나는 사람은 없어요. 으음…… 레아 스트리트도 사람들이 별로 안 좋아해요. 하지만 레아는 별로 관심 가질 것이 없는 것 같아요."

어디선가 들어본 이름이었다. 샘은 금방 그 이름을 기억해냈다.

"드라마 퀸?"

"네. 어디서나 가시 같은 여자예요. 같은 부서에 있지 않은 게 얼마나 다행인지 몰라요. 티제이는 어떻게 그런 여자하고 매일 얼굴을 맞대고 지내나 몰라."

"트로터나 드윈터 말고 다른 사람은 없어요?"

"없어요. 캐리라든가 뭔가 하는 남자도 있기는 한데, 그 리스트가 처음 알려졌을 때 꽤나 열받았던 남자였어요. 다른 여자 직원이 그걸 가지고 그 남자를 공격하는 데 써먹었거든요. 그렇지만 그땐 그렇게 폭력적이거나 험악하지 않았어요."

"그 남자 이름, 정확하게 알아낼 수 있어요?"

"그럼요. 도미니카 플로어스가 바로 그 남자를 골탕먹인 여자였으니까. 내일 아침에 전화로 물어볼게요."

하루아침에 세상이 이렇게 달라지다니……. 다음날 아침, 회사에 들어서면서 티제이는 생각했다. 마아시와 루나는 이제 거기에 없었다. 다시는 만날 수도 없었다. 마시의 죽음도 받아들이기 힘들었는데, 루나의 죽음은 도저히 받아들일 수가 없었다. 티제이의 생각과 마음은 아직도 그 두 사람의 주변에서 맴돌았다. 루나는 너무나 밝고 아름다운 여자였다. 그토록 아름다운 여자를 어떻게 그 바보스러운 리스트 때문에 그토록 잔인하게 죽일 수 있었을까?

그 살인범이 여기에 있어. 티제이는 생각했다. 어쩌면 벌써 여러 번 복도에서 마주쳤을지도 모를 일이었다. 이런 상황에서 회사에 나타나는 건 현명하지 못한 행동일 수도 있었다. 그러나 티제이는 살인범이 여기에 있기 때문에 더더욱 회사에 출근해야 한다고 생각했다. 가능성은 희박하겠지만, 그 살인범이 말을 걸어올지도 몰랐다. 그 얼굴을 마주하면 뭔가 그 표정에서 아주 작은 거라도 포착할 수 있을지도 몰랐다. 셜록 홈즈가 될 수는 없겠지만, 티제이도 그렇게 머리 나쁜 여자는 아니었다.

네 여자들 중에서 가장 대담하고 당찬 사람은 단연 제인이었다. 그러나 티제이도 이제는 조금 대담해질 수 있었다. 이렇게 출근한 것만 가지고도 그녀는 자신이 대담해졌다고 느꼈다. 제인은 출근하지 않았다. 어제부터 그녀를 괴롭히던 두통이 전혀 나아지지 않아서 오늘 하루도 셸리의 집에서 쉬기로 했던 것이다.

티제이는 갤런이 자신을 걱정하고 있다는 것을 인정해야 했다. 갤런이 걱정하는 것을 알면서도 굳이 출근한 것은 매우 어리석은 짓일 수도 있었다. 갤런은 너무 오랜 세월 동안 그녀를 방치했지만, 지금처럼 노심초사하며 그녀를 걱정하는 갤런의 모습은 상처받은 그녀의 자존심에 어느 정도 약이 되어주기도 했다. 어젯밤 갤런의 고백은 티제이를 놀라게 했다. 함께 노력하면 다시 옛날처럼 돌아갈 수 있을 것 같기도 했다. 하지만 부부간에 문제가 있다는 것을 발견했을 때 덮어놓고 이혼 법정으로 가지 않았던 것처럼, 갤런이 사과했다는 것만으로 무조건 그를 용서할 수는 없었다. 다만 티제이는 갤런을 사랑했고, 정말 오랜만에 갤런도 자신을 사랑하고 있는 것 같다는 기분이 들었다.

루나와 샤말이 가까스로 서로의 다른 점을 인정하고 받아들인 것은 루나가 죽기 며칠 전이었다. 루나는 평생토록 그의 사랑을 누리고 살 자격이 있는 여자였다. 그런데 샤말과 행복을 나눈 것은 겨우 이틀, 겨우 이틀뿐이었던 것이다. 평생 이어질 수도 있었던 행복이 단 이틀 만에 끝이 나다니.

갑자기 티제이는 온몸에 소름이 끼쳤다. 혹시 내게도 시간이 단

이틀밖에 남지 않은 게 아닐까? 갤런과 다시 행복을 위한 노력을 할 수 있는 시간이 겨우 이틀밖에 남지 않았다면…….

아니야. 난 절대로 그 살인마에게 굴복하지 않아. 마아시와 루나처럼 당하지 않아……. 티제이는 루나가 경찰에서 추측하는 것처럼 그렇게 순순히 아파트 문을 열어주었다는 것이 믿어지지 않았다. 어쩌면 범인은 루나가 도착하기 전에 미리 아파트에 숨어서 기다리고 있었는지도 몰랐다. 샘은 외부에서 침입한 흔적이 없다고 말하고 있지만, 자물쇠를 여는 도구가 있다면 가능한 일이었다. 어쩌면 아파트 열쇠를 미리 손에 넣었을 수도 있다. 그 방법이야 티제이가 알 수 없는 일이지만, 얼마든지 가능한 일이었다.

만약 갤런이 퇴근하기 전에 먼저 집에 도착하면, 혼자서는 집 안에 들어가지 말아야겠다고 티제이는 생각했다. 누구든 이웃이라도 데리고 함께 들어가야겠다고 다짐했다. 트릴비도 있었다. 트릴비는 어떤 것도 그냥 지나가게 두지 않았다. 코커 스패니얼종은 자기 가족을 끔찍하게 보호하는 견종이다. 때로는 트릴비의 짖는 소리가 무척 짜증스러웠지만, 요즘은 너무나 고맙다.

티제이가 사무실에 들어서자 레아 스트리트는 깜짝 놀란 얼굴이었다.

"오늘은 안 나올 줄 알았어요."

레아가 말했다. 티제이도 레아를 보고 상당히 놀랐지만, 놀란 걸 들키지 않으려고 애를 썼다. 레아의 패션감각은 누가 봐도 형편없었지만, 그래도 깔끔한 것은 인정할 만했다. 그런데 오늘 레아의 차림새는 마치 방바닥에 굴러다니던 옷을 아무것이나 꿰어 입은 것 같았다. 스커트를 입고 있었는데 한쪽 기장이 장딴지까지 길게 늘어져 있었고 다른 쪽으로는 속치마가 보였다. 티제이는 요즈음에도, 더구나 이렇게 더운 여름철에도 속치마를 입는 사람이 있는지 의아스러웠다. 블라우스도 엉망으로 구겨져 있었고 앞에는 뭐가 묻었는지 얼룩까지 남아 있었다. 보통 때 같으면 머리카락 한 올이라도 흩날릴세라 깔끔하게 단장하던 머리도 엉망진창으로 한 사흘은 빗질조차 하지 않은 몰골이었다.

뭔가 한 마디라도 해주기를 기대하는 얼굴로 빤히 바라보는 레아의 표정을 의식한 티제이는 얼른 마음을 가다듬으며 할 말을 찾았다.

"차라리 일이라도 하는 게 도움이 될 것 같아서요. 일상생활로 돌아가야죠."

"오, 일상생활……."

레아는 마치 그 말에 무슨 심오한 의미라도 깃들어 있는 것처럼 고개를 끄덕였다.

티제이가 기억하는 한, 레아는 언제나 약간 어색하고 뭔가 빗나가 있는 듯한 느낌이 드는 여자였다. 그러나 오늘은 약간 빗나가거나 어색한 정도가 아니라 완전히 정신이 다른 데 가 있는 것 같았다. 흥얼흥얼 콧노래를 부르질 않나, 사무실에서 손톱을 깎지를 않나, 전화도 제대로 받지 않았다. 그래도 말하는 폼은, 누구에게도 도움이 되는 말은 하지 않았지만 아주 정상적으로 보였다.

"모르겠는데요. 나중에 다시 연락드릴게요."

걸려오는 전화마다 하는 대답이었다.

레아는 9시가 조금 지나서 어디론가 사라지더니, 10분쯤 후에 블라우스 앞에 시커먼 먼지를 잔뜩 묻혀가지고 다시 나타났다. 그러고는 곧바로 티제이의 책상 앞으로 가더니 마치 누가 들으면 큰일이라도 날 비밀이야기를 하는 것처럼 귓속말을 했다.

"서류를 좀 꺼내야 하는데, 문제가 생겼어요. 가서 상자 좀 같이 옮겨줄래요?"

서류? 무슨 서류? 상자는 또 무슨 상자? 서류라면 거의 모든 것이 컴퓨터에 입력되어 있었다. 레아 스트리트의 말을 이해할 수

없어 어리둥절해하던 티제이는 다른 사람들이 들을까 잔뜩 긴장한
모습으로 당황하고 있는 레아를 보며 뭔가 진짜로 어려운 문제가
생겼나보다 싶었다. 그런데 왜 하필 나지? 티제이는 나지막하게 한
숨을 쉬며 대답했다.
"그러죠."
티제이는 레아를 따라 엘리베이터를 탔다.
"서류는 어디 있는데요?"
"아래층, 창고에요."
"창고에는 아무것도 없는 걸로 아는데?"
"아무것도 없긴, 왜 없어요!"
짜증 때문인지 당황이 되어서 그러는 것인지 영문을 모를 이상
한 말투였다.
엘리베이터 안에는 두 사람뿐이었고, 복도에서도 마주친 사람은
없었다. 하긴, 시간을 생각하면 그것은 당연했다. 아침 9시면 모두
들 일하느라 바쁜 시간이었던 것이다.
칙칙한 녹색의, 폭이 좁은 복도를 따라 내려가더니 레아가 '창
고'라고 쓰인 문을 열고는 티제이가 먼저 들어가도록 비켜서 주었
다. 티제이는 코를 찡긋했다. 축축하고 퀴퀴한 냄새가 코를 찔렀다.
아마 상당히 오랜 기간 동안 아무도 그 문을 열어본 적이 없었던
듯했다. 그리고 안은 매우 어두웠다.
"전등 스위치는 어디 있어요?"
선뜻 안으로 들어가지 못하고 티제이가 물었다. 그런데 그 순간,
무엇인가가 그녀의 등을 강하게 때렸다. 티제이는 퀴퀴한 냄새가
나는 어두운 창고 안으로 굴러떨어졌다. 거친 콘크리트 바닥에 큰
댓자로 넘어지면서 무릎과 손바닥이 까진 티제이는 이 갑작스러운
상황 속에서 공포를 느끼면서 한쪽 옆으로 몸을 굴렸다. 쉬잇 하
며 금속 파이프가 공기를 가르는 소리가 들려왔다.

티제이는 비명을 질렀다. 아니 질렀다고 생각했다. 어느 쪽이 맞는지는 분간할 수 없었다. 심장이 쿵쾅거리는 소리가 너무나 커서 다른 소리는 하나도 들리지 않았다. 날아오는 파이프를 거머쥐려고 버둥거렸다. 그것을 빼앗으려고 맞서보기도 했다. 그러나 레아 스트리트는 너무나 힘이 셌다. 상대가 와락 힘을 쓰자 티제이는 또 넘어지고 말았다.

다시 파이프가 공기를 가르는 소리가 들렸다. 그러고는 눈앞에서 퍽 하고 섬광이 터지더니 그 뒤로는 아무 소리도 들리지 않았다.

28

　문 밖, 복도 쪽에서 문이 열리는 소리가 들렸다. 코린은 얼어붙은 듯이 동작을 멈추었다. 묵직한 발걸음소리도 들렸다. 그러더니 또 다른 문이 열렸다가 다시 닫히는 소리가 들렸다. 시설관리과 사람들이군. 그는 생각했다. 누군지는 몰라도 이쪽 문이 열려 있는 것을 본다면, 무슨 일인가 알아보려 할 것이 틀림없었다.

　코린은 속이 바짝바짝 타들어갔다. 시설관리과 사람들이 근처에 있을지도 모른다는 생각을 왜 진작 하지 못했을까? 당연히 생각했어야 했는데. 뭐든 사전에 철저히 조심하고 대비하지 않으면 어머니는 불같이 화를 냈다.

　더러운 콘크리트 바닥에 널브러진 여자를 내려다보았다. 창고 문이 살짝 열린 틈 사이로 흘러든 빛으로는 거의 식별할 수 없었다. 아직도 숨이 붙어 있나? 상태를 확인할 수는 없었지만, 더 이상은 소리를 낼 수 없었다.

　이번에도 일을 제대로 하지 못한 것이었다. 사전에 계획을 철저히 세웠어야 했는데 그러지 못했다는 것이 그를 두렵게 만들었다. 어떤 일이든 완벽하게 하지 못하면 어머니에게 벌을 받아야 했다.

항상 어머니를 기쁘게 해드리기 위해 무엇을 해야 할지 생각해야 했다. 하지만 이번 실수를 만회할 수 있는 방법은 있다.

아직 하나가 더 남았으니까. 제일 입이 더러웠던 창녀. 지난번에는 그 계집을 처치하지 못하는 실수를 저질렀지만, 그건 그의 실수라고 할 수도 없었다. 집에 있지도 않은 계집을 어떻게 죽인단 말인가? 어머니도 이해해주시겠지.

아냐, 어머니한텐 변명 같은 건 안 통해.

지금이라도 빨리 가서 일을 마무리해야 했다.

하지만 이번에도 집에 없으면 어쩌지? 회사에도 출근 안 했는데. 내가 벌써 다 알아봤어. 여기에도 없고, 집에도 없으면 어디에 있을까?

하지만 코린은 찾아낼 수 있었다. 그 창녀의 부모가 누구이며, 어디에 사는지도 알고 있었고 형제 자매의 이름, 그리고 그들의 가족과 주소까지도 모두 알고 있었다. 그 창녀에 관한 한은 상당히 많은 것을 알고 있었다. 아니, 햄머스테드에서 일하는 대부분의 사람들에 대해 훤히 알고 있었다. 비밀인사 서류를 몰래 읽는 것을 좋아했으니까. 그들의 사회보장 번호부터 시작해서 집 주소, 가족의 이름까지 줄줄이 알아낼 수 있었다. 그의 집에 있는 컴퓨터 속에 모두 다 저장되어 있었던 것이다.

그 창녀가 마지막 제거 대상이다. 도저히 기다릴 수 없다. 어디 있는지 당장 찾아내서 어머니가 시킨 일을 마무리해야 한다.

조용히, 소리가 나지 않게 파이프를 내려놓고서 코린은 살살 걸어나왔다. 가능한 한 소리가 나지 않게 조심하면서 창고의 문을 닫고 다시 까치발로 복도에서 사라졌다.

웨인 새트런 형사가 팩스 한 장을 들고 샘의 책상 앞에 멈춰 섰다.

"기다리고 기다리시던! 신발자국에 대한 보고서입니다."

새트런 형사는 샘의 책상 위에 산처럼 쌓인 보고서며 기록들 위에 팩스를 달랑 내려놓고 자기 책상으로 돌아갔다. 샘은 얼른 팩스를 들고 첫 번째 줄부터 읽었다.

"신발자국의 무늬는…… 맞지 않는다."

맞지 않아? 어떤 경찰서의 감식반에도 신발자국 무늬 데이터베이스가 있었고, 그 데이터베이스는 주기적으로 업데이트하게 되어 있었다. 간혹 제조사에서 자기들 나름의 이유 때문에 업데이트해야 할 신제품의 바닥 무늬를 보내주지 않는 경우도 있었다. 그럴 경우에는 감식반에서 신제품을 구입해서라도 바닥 무늬를 데이터베이스에 채워넣었다.

제인의 집에서 발견된, 자국을 남긴 신발은 다른 나라에서 산 것인지도 몰랐다. 아니면 조잡한 복제품이거나, 신발 밑창의 무늬를 칼로 파내서 변조할 정도로 치밀한 범인일 수도 있었다. 하지만 샘은 범인이 그 정도로 치밀하지는 않다고 판단했다. 사건의 현장을 보면 치밀한 구석은 전혀 없었다. 즉흥적인 감정에 따라서 기회가 되는 대로 아무렇게나 살인을 저지르는 정신병자였다.

샘은 보고서를 그냥 내던지려다가 이상한 생각이 들었다. 신발자국이 데이터베이스에 든 무늬와 맞지 않는다면 간략하게 '불일치'라고 쓰면 되는 일이었다. 첫 줄부터 그렇게 길게 문장을 만들어서 쓸 일이 없었다. 샘은 보고서를 가까이 들고 처음부터 찬찬히 다시 읽기 시작했다.

"신발자국의 무늬는 남성용 운동화 무늬와는 맞지 않는다. 그러나 여성용으로만 시판되는 제품 중의 하나와 일치한다. 발견된 흔적이 크지 않아서 정확한 사이즈까지 판별할 수는 없지만, 8호~10호 정도의 사이즈로 추정된다."

여성용 운동화? 여성용 운동화를 신은 남자? ……아니면, 여자?

"이런, 제기랄!"

샘은 황급하게 수화기를 들고 로저 번슨의 번호를 눌렀다. 번슨은 전화벨이 울리자마자 전화를 받았다.

"신발자국에 대한 보고서를 받았어. 여자 신발이야."

번슨도 할 말을 찾지 못했다. 잠시 침묵이 흐른 뒤에야 번슨이 말했다.

"뒤통수 맞았군."

번슨도 놀라고 황당하기는 샘과 마찬가지였다.

"지금껏 남자들만 조사하고 있었어. 우리가 판 함정에 우리가 빠진 거야. 여자들 신상기록도 다시 조사해야겠어."

"여자라니……, 세상에."

두 사람은 똑같이 마아시와 루나의 시신이 얼마나 끔찍했는지를 생각했다.

"루나가 문을 열어준 이유를 이제야 알겠어. 여자가 범인이라고 는 생각도 못 했을 테니까. 남자들만 경계했지 여자들한테는 방심 하고 있었던 거야."

뭔가를 놓치고 있다는 육감은 점점 더 강해져갔다.

여자……. 금발 여자! 딱 하고 떠오르는 것이 있었다. 마아시의 장례식에서 세릴의 팔에 안겨 울던 여자. 드라마 퀸! 머리가 나쁘 면 성질이 좋든가, 성질이 나쁘면 머리라도 쓸 만하든가……. 제인 은 그렇게 말했다. 그리고 누구도 좋아하지 않는 여자라고도 말했 다. 아뿔싸!

티제이가 했던 말도 어렴풋이 떠올랐다. 티제이와 같은 부서, 인 사부에서 일한다고 하지 않았던가! 그러니까 모든 신상기록을 다 볼 수 있었고, 거기에 적힌 비상 연락망이며 전화번호까지 다 알 고 있었던 것이다.

이제야 아귀가 꼭 맞아 떨어졌다. 지금까지 뭔가 개운치 않았던

것이 확 풀린 기분이었다. 로렌스 스트론 사장은, 햄머스테드의 인
사파일은 인터넷으로 접속할 수 없는 별도의 컴퓨터 시스템에 저
장되어 있다고 했다. 그러므로 누군가 해킹을 할 수도 없었다. 티
제이의 휴대전화에 전화를 했던 인물은 분명 그 컴퓨터 파일에 접
근할 수 있는 인물이었고, 그 파일에 접근하려면 인사부 직원에게
만 허락된 인증이 있어야만 했다.

그 여자의 이름이 뭐였더라? 아……, 뭐였지?

샘은 제인에게 전화를 하기 위해 수화기를 들다가 그 이름이 떠
올랐다. 스트리트, 레아 스트리트! 샘은 제인 대신 번슨에게 전화
를 걸었다. 번슨 형사의 목소리가 들리자 샘은 급하게 소리쳤다.

"레아 스트리트! 마아시의 장례식 때 마아시 동생의 팔에 안겨
서 울던 여자 말이야!"

"금발! 딱 맞는군!"

드디어 찾았다. 샘은 도저히 가만히 앉아 있을 수 없을 정도로
흥분하기 시작했다. 번슨 형사가 레아 스트리트의 인사기록을 뒤
졌다.

"신상기록 중에 여러 사람들로부터 불만을 샀다고 적혀 있네.
사람들과 잘 어울리지 못하는 여자였던 것 같아. 전형적인 케이스
지. 일단 조사해보자구. 뭐가 나오나……."

번슨은 차분한 목소리로 말했다.

"아마 회사에 있을 거야."

샘은 말하다 말고 갑자기 마음이 급해졌다.

"티제이도 오늘 출근했는데. 같은 부서, 인사부에 있다고 했어!"

"그럼 어서 티제이에게 전화해. 난 지금 출발할 테니."

샘은 재빨리 햄머스테드의 전화번호를 찾았다. 전화벨이 한 번
울리자 자동응답기가 전화를 받았다. 샘은 이를 부드득부드득 갈
았다. 인사부의 전화번호가 안내될 때까지 소중한 시간을 까먹으

며 한참을 기다려야 했다. 도대체 왜들 사람을 안 쓰고 기계한테 이런 일을 맡기는지 이해할 수 없었다. 자동응답기가 싸게 먹힌다는 것은 알지만, 이렇게 다급할 때는 무엇보다 소중한 것이 바로 시간이었다.

드디어 인사부 전화번호가 나오자 샘은 재빨리 그 번호를 눌렀다. 약간 전투적인 느낌의 목소리가 전화를 받았다.

"인사부, 팔론입니다."

"티제이 요터 부탁합니다."

"죄송합니다. 요터 씨는 잠시 자리를 비우셨습니다."

"나간 지 얼마나 됐습니까?"

샘이 날카롭게 물었다. 그러나 팔론은 서두르는 사람에게 고분고분 응대하는 여자가 아니었다.

"누구신데요?"

샘에게 질세라 있는 대로 날을 세운 목소리였다.

"도노반 형사입니다. 티제이를 찾아야 합니다. 레아 스트리트는 거기 있습니까?"

"아…… 뇨, 왜요?"

팔론의 목소리가 변했다. 좀 전과는 다르게 상당히 협조적인 목소리였다.

"레아는 한 30분쯤 전에 티제이하고 나갔어요. 두 사람이 한꺼번에 자리를 비우는 통에 저 혼자서 전화 받느라고 죽을 지경……."

샘은 팔론의 말을 끝까지 들어줄 수 없었다.

"만약 티제이가 돌아오거든 즉시 샘 도노반 형사에게 전화하라고 해주세요."

샘은 팔론에게 자신의 전화번호를 알려주었다. 상황을 알려줄까 생각도 해봤지만, 만약 레아 스트리트가 아직 아무 낌새도 못 채

고 있다면 팔론에게 너무 많은 것을 알려주어서 오히려 레아의 경
계심만 불러일으키게 될지도 모른다는 생각이 들었다.

"스트론 사장과 연결해줄 수 있습니까?"

로렌스 스트론 사장만이 샘이 원하는 것을 해줄 권한이 있었다.

"네, 있죠. ……지금요?"

샘은 눈을 질끈 감으며 이를 악물었다.

"빨리요."

"알겠어요. 잠시만 기다리세요."

몇 번이나 삑삑거리는 전자음이 들리더니 스트론 사장 비서의
매끄러운 목소리가 들려왔다. 샘은 비서의 일상적이고 의례적인
인사말을 자르고 들어갔다.

"저는 도노반 형사입니다. 스트론 사장, 있습니까? 급한 일입니
다."

'형사'라는 말과 '급한 일'이라는 두 마디에 비서는 두 말 않고
스트론 사장을 연결해주었다. 샘은 가능한 한 간략하게 상황을 설
명했다.

"정문 경비원에게 건물 안에서 아무도 빠져나가지 못하게 하라
고 해주십시오. 그리고 지금 즉시 티제이의 행방을 찾아보시구요
화장실도 칸칸마다 다 뒤지고 쓰레기장이나 청소도구를 보관하는
구석까지 샅샅이 뒤지셔야 합니다. 스트리트가 눈에 띄더라도 절
대로 아무 내색 하지 마시고, 다만 그 건물에서 떠나지만 못하게
하세요. 번슨 형사가 지금 그쪽으로 가고 있는 중입니다."

"잠시만요! 당장 정문 경비실에 전화를 하겠습니다."

30분쯤 후에 스트론 사장의 목소리가 다시 들려왔다.

"스트리트가 20분쯤 전에 이미 나갔다는데요?"

"티제이도 같이?"

"아닙니다. 혼자였답니다."

"그럼 빨리 티제이를 찾으세요."

샘의 목소리는 점점 다급해졌다. 스트론 사장과 통화를 하면서 손으로는 급히 메모를 휘갈겨 쓰고 웨인 새트런 형사를 손짓해서 불렀다. 메모를 본 새트런 형사는 즉시 행동으로 들어갔다.

"티제이는 아마 아직 그 건물 어딘가에 있을 겁니다. 아직 살아 있을지도 모르구요."

그건 희망사항이었다. 마아시는 단 한 번의 가격으로 숨이 끊겼다. 루나는 그렇게 즉사를 하지는 않았지만, 칼에 찔린 상처에 비해 출혈이 적었던 것으로 미루어보면 그다지 오래 생명을 유지하지는 못했을 것이다. 검시관은 개인적인 소견이라는 꼬리를 달면서, 루나는 아마도 첫 가격을 받은 후 1~2분 안에 절명했을 것이라고 말했다. 그만큼 강력하고 불가항력적인 공격이었다.

"조용히 처리해야 할까요?"

스트론 사장이 물었다.

"지금 상황에서는 티제이를 찾아내는 것이 급선무입니다. 레아 스트리트는 이미 건물을 빠져나갔으니, 건물 안에 있는 사람을 모두 동원해서라도 우선 티제이부터 찾아주십시오. 만약 티제이를 찾거든, 그리고 아직 살아 있거든, 할 수 있는 모든 조치를 취해주십시오. 만약 사망했거든 현장을 보존해주십시오. 응급구조팀을 곧 출발시키겠습니다."

웨인이 하고 있는 일이 바로 그것이었다. 관할이 다른 여러 경찰서에서 형사들이 급파되어 햄머스테드로 모이는 중이었다. 의료진과 감식반도 동행하고 있었다.

"꼭 찾아내겠습니다."

로렌스 스트론 사장이 침착한 목소리로 말했다.

경찰로서의 본능에 따르자면 샘은 현장으로 달려가고 싶었다. 그러나 지금 있는 자리를 지키는 것이 상황에 더 도움이 된다고 판단했다.

레아 스트리트의 파일은 번슨이 가지고 있었다. 샘은 스털링 경찰서에 전화를 걸어 전화를 받은 사람에게 번슨 형사가 가진 기록 중에서 레아 스트리트의 것을 찾아 집 주소와 전화번호, 그리고 사회보장 번호를 불러달라고 부탁했다. 잠시 후에 전화를 받았던 형사가 수화기를 다시 집어들었다.

"레아 스트리트라는 이름은 없는데요? 코린 레아 스트리트는 있습니다만. 하지만 레아 스트리트는 없습니다."

코린 레아? 샘은 인상을 찡그리며 손가락으로 이마를 문질렀다. 레아가 남자란 말인가, 여자란 말인가?

"코린 레아 스트리트가 여자입니까, 남자입니까?"

"잠깐만요……. 여기 있네요, 여자입니다."

"감사합니다. 그 사람이 제가 찾는 바로 그 사람입니다."

형사는 샘이 원하는 정보를 읽어주었다. 재빨리 그것을 받아 적은 샘은 교통과에 전화를 걸어 코린 레아의 운전면허증 번호와 자동차 번호, 그리고 차종을 알려주며 수배를 부탁했다.

레아는 어디로 갔을까? 집으로? 이런 상황에서 자기 집으로 달려가는 것은 천치 얼간이나 하는 짓이었다. 그러나 레아 스트리트는 사실 천치 얼간이에서 크게 벗어나지 않았다. 샘은 그녀의 집에도 경찰을 보냈다.

여러 가지 일을 처리하면서도 샘은 일부러 티제이에 대해서는 생각하지 않으려고 애썼다. 찾았을까? 너무 늦은 건 아닐까?

시간이 얼마나 지났나? 샘은 시계를 들여다보았다. 스트론 사장과 통화한 지 10분이 되었다. 레아 스트리트가 회사를 떠난 지는 30분이 된 셈이었다. 지금 고속도로에 진입했다면 앞으로 30분이면 국경을 넘어 캐나다로 들어갈 수도 있었다. 그렇게 된다 해도 손해볼 것은 없었다. 이미 네댓 개의 관할 경찰서가 레아 스트리트를 잡기 위해 뭉쳐 있는데다가, 캐나다까지 끌어들이는 것도 어렵지 않았다.

제인에게 전화를 할까 하다가 어느 쪽이든 확실한 정보가 들어올 때까지 기다리기로 했다. 아직 티제이가 어떤 상황인지도 모르니 제인이 또다시 희망과 절망을 오가며 고통스러운 시간을 보내게 할 순 없었다. 루나를 떠나 보낸 지 며칠 되지도 않았는데 또 그럴 수는 없었다.

제인이 셸리의 집에 있는 것은 천만다행이었다. 거기서는 혼자 있지 않을 테니 집에 혼자 있거나 회사에 있는 것보다는 안전했다. 레아는 셸리가 누군지 어디 사는지도 모를 테니…….

그러나 만약에 제인이 비상연락처로 셸리의 이름과 주소를 신상명세에 남겼다면…….

샘과 번슨 형사는 햄머스테드의 인사파일을 프린트해서 절반씩 나누어 가졌는데, 제인의 기록은 샘이 가지고 있었고 레아 스트리트의 기록은 번슨 형사가 가지고 있었다. 샘은 서둘러 제인의 인사기록을 찾아 거기 적힌 이름들을 재빨리 훑어보았다.

셸리의 이름이 있었다.

샘은 심장이 한꺼번에 떨어져나가는 기분이었다. 유선전화는 시도할 여유가 없었다. 샘은 휴대전화로 셸리의 전화번호를 누르며 밖으로 뛰쳐나갔다.

기자들도 몇 가지 조사를 거쳐서 셸리의 주소를 알아냈다. 기자들이 쉴새없이 전화를 하는 통에 셸리는 전화기를 꺼버렸다. 그리고 제인과 나란히 뒷마당의 수영장 옆에 앉아 쉬고 있었다. 샘이 제인에게 휴대전화를 항상 지니고 있으라고 신신당부했기 때문에, 제인은 엉덩이 바로 옆에 휴대전화를 놓고 있었다.

커다란 파라솔을 펴서 햇빛을 가리고, 셸리가 책을 읽는 사이 제인은 깜빡 졸았다. 집은 평온하고 조용했다. 제인의 신경이 매우 날카로워져 있다는 것을 알기 때문에 셸리는 니콜라스는 친구 집에, 스테파니는 친구들과 쇼핑이나 하고 오라고 내보내버렸다. 클래식 피아노곡이 은은하게 들려왔고, 제인은 두통이 차츰 나아지고 있었다.

마아시와 루나에 대해서는 더 이상 생각하고 싶지 않았다. 나중이라면 몰라도 지금은 몸도 마음도, 감정도 이성도 너무나 지쳐 있었다. 비몽사몽간에 제인은 샘을 생각했다. 그가 얼마나 든든한 버팀목인지 느껴졌다. 겨우 3주 전만 해도 샘을 날건달, 마약 밀매자라고 생각했다는 게 믿어지지 않았다. 그 짧은 기간 동안 너무나 많은 일들이 일어나 마치 세월이 뚝 잘라져서 어디론가 사라져버린 기분이었다.

서로 사랑을 나누기 시작한 지 겨우 일주일이 지났고, 앞으로 3주 후면 결혼할 사이가 된 것이다. 결혼이라는 중요한 결정을 그렇게 쉽게 내려도 될까 하는 의구심도 있었지만, 왠지 이번만은 옳은 결정을 내렸다는 느낌이 들었다. 샘은 마치 맞추지 못하고 끙끙대던 퍼즐의 마지막 조각 같았다. 지난번 세 약혼자와의 약혼은 서둘러 결정을 내린 적이 없었다. 그러나 결과는 비참했다. 제인은 이번에는 반드시, 하늘이 두 쪽이 나는 한이 있어도 샘 도노반과 결혼하고야 말겠다고 다짐했다.

해야 할 일이 너무나 많았다. 셸리 덕분에 음식이며 음악, 꽃장식, 초대장, 대형 천막까지 모두 수배가 끝났다. 셸리는 스스럼없이 샘의 어머니와 누이인 도로시와 연락을 취하고 결혼준비에 그들도 끌어들였다. 제인은 아직 샘의 가족들을 만나보지 못했다는 것이 약간 서운했다. 그러나 마아시의 죽음과 장례식, 그리고 연이어 터진 루나의 죽음으로 틈을 낼 수가 없었다. 셸리가 전화하기에 앞서서 샘이 미리 이야기를 해놓은 것만 해도 감지덕지했다.

그때 초인종소리가 음악소리에 섞여서 들려왔다. 행복한 생각들을 떨치면서 제인은 고개를 들고 셸리를 흔들었다.

"누군지 안 나가봐?"

"그냥 둬. 기자들일 텐데, 뭐."

"샘일지도 모르잖아."

"샘이라면 먼저 전화라도 했겠지. 참, 전화를 꺼놨지!"

셸리는 툴툴대며 일어서서 읽던 책을 의자 위에 엎어놓았다.

"진짜 재미있는 부분인데. 단 한 번만이라도 좋으니 내가 자리에서 일어나지 않고 읽고 싶은 곳까지 읽어봤음 좋겠다. 애들이 조용하면 전화가 오고, 전화가 조용하면 초인종이 울리니! 너도 샘하고 결혼해서 애 낳고 길러봐라……."

셸리는 신세한탄인지 경고인지 알 수 없는 소리를 구시렁대며 집 안으로 사라졌다.

샘은 절반은 분노를 터뜨리고 절반은 기도하는 마음으로 도로에 빽빽이 들어찬 자동차들 사이를 경광등까지 켜고서도 곡예하듯 운전해갔다. 셸리의 집에서는 아무도 전화를 받지 않았다. 급한 대로 자동응답기에 메시지를 남겼지만, 대체 어디들 갔는지 걱정스러워서 미칠 지경이었다. 요즘 같은 비상 상황에서 제인이 그에게 사전 연락도 없이 외출을 했을 리는 없었다. 평생 이토록 두렵고 불안하기는 처음이었다. 순찰차를 셸리의 집으로 먼저 보내기는 했지만, 이미 늦었다면 어쩐단 말인가?

그때 제인의 휴대전화가 생각났다. 한 손으로 운전하면서 샘은 휴대전화를 찾아들고 제인의 번호가 입력된 단축키를 눌렀다. 그러고는 어서 전화를 받기를 기다렸다. 간절히 기도하는 마음으로.

뒷마당 쪽 문을 누군가가 흔들어댔다. 수영장 주변에 둘러친 울

타리는 2.5미터 높이의 목조 격자 울타리였지만 출입문은 철제문
이었다. 요란한 소리에 화들짝 놀라 몸을 일으켜세운 제인은 재빨
리 주변을 살펴보았다.

"제인!"

하필이면 하고많은 사람들 중에 레아 스트리트였다. 무슨 일인
지 매우 다급한 듯이 보였고, 문을 열기 위해서였는지 마구 흔들
어대고 있었다.

"레아? 무슨 일이에요? 혹시…… 티제이?"

의자에서 벌떡 일어난 제인은 문을 향해 뛰어갔다. 심장이 튀어
나오려는 것처럼 느껴질 정도로 놀라고 공포스러웠다.

레아는 제인의 질문에 뭔가 허를 찔린 듯이 움찔했다. 이상하리
만치 강렬한 시선이 제인을 응시했다. 그러면서 문을 더 거세게
흔들었다.

"맞아요. 티제이에요. ……어서 문 열어요."

"무슨 일인데요? 티제이는 무사한 거죠?"

제인은 문 앞에서 멈춰 서며 빗장을 풀려고 손을 내밀었다. 그
러나 열쇠가 있어야만 빗장을 풀 수 있는 문이었다.

"문 열어요!"

레아가 소리쳤다.

"열쇠가 없어요. 언니한테……."

제인은 두려움과 불안한 마음 때문에 눈물이 솟구치는 것을 억
제하지 못하면서 셸리에게 열쇠를 가지러 가기 위해 돌아섰다. 그
러나 그보다 먼저 레아의 팔이 철제문의 창살 사이로 뻗어와 제인
의 팔을 붙잡았다.

"어머!"

제인은 깜짝 놀라며 레아의 손을 뿌리쳤다. 그러고는 홱 돌아서
서 레아를 바라보았다.

"대체 이게 무슨……!"

거기서 말문이 막혀버렸다. 창살 사이로 뻗은 레아의 손에는 피가 묻어 있었고, 손톱 두 개가 부러져 있었다. 문에 바짝 기대 선 레아의 셔츠도 피로 얼룩져 있었다.

제인은 본능적으로 뒷걸음질을 쳤다.

"문 열어! 어서 열란 말이야!"

레아는 악을 썼다. 마치 우리에 갇힌 원숭이처럼 사정없이 창살을 잡고 흔들어댔다. 그녀의 얼굴은 솜털 같은 금발에 파묻혀 있었다.

제인은 레아의 손에 묻은 피와 그 금발을 번갈아 바라보았다. 레아의 눈은 살기로 희번득였고, 얼굴에는 기괴한 표정이 떠다녔다. 제인은 몸 속의 피가 모두 얼어붙는 것 같았다.

"살인마!"

제인이 중얼거렸다.

레아는 마치 먹잇감을 공격하는 독사처럼 민첩했다. 철제 난간 사이로 오른팔을 쑥 내밀더니 제인의 머리를 향해 뭔가를 휘둘렀다. 제인은 재빨리 뒷걸음질쳐서 피했지만 균형을 잃는 바람에 그만 나동그라지고 말았다. 폭발적으로 분출된 아드레날린의 힘으로, 제인은 발딱 일어섰다. 넘어질 때의 충격 때문에 아프다는 느낌도 없었다.

레아가 또다시 둔기를 휘둘렀다. 타이어를 바꿔 끼울 때 쓰는 공구였다. 제인은 문에서 더 멀리 뒷걸음질치며 집 안을 향해 소리쳤다.

"언니! 언니! 경찰을 불러, 빨리!"

의자 위에 놓인 휴대전화의 벨이 울렸다. 거의 반사적으로 전화기에 눈을 돌렸지만, 레아가 미친 듯이 휘둘러대는 공구 때문에 철제문의 자물쇠가 튕겨져 나가고 있었다.

우당탕 소리를 내며 문을 밀어젖힌 레아는 오싹할 정도로 기괴한 표정을 지으며 안으로 들어섰다.

"이 창녀 같은 년!"

공구를 높이 쳐든 레아의 입에서는 목 쉰 소리가 튀어나왔다.

"천박하고 더러운 창녀! 너 같은 년은 세상을 살 자격이 없어!"

감히 레아에게서 눈을 뗄 수 없는 상황에 몰린 제인은 옆걸음질을 치며 피했다. 최소한 레아와의 사이에 의자 하나는 장애물로 두어야 했다. 레아의 손과 옷에 묻은 핏자국이 무엇을 의미하는지는 뻔했다. 이제 티제이도 죽은 사람이었다. 이제 친구들은 모두 사라졌다. 모두! 미치광이 살인마 때문에!

너무 여러 걸음을 뒷걸음질쳤는지, 수영장 가장자리가 발에 밟혔다. 수영장에서 떨어지기 위해 제인은 황급히 방향을 틀었다.

그때 얼굴은 백짓장처럼 하얗게 질리고 눈은 화등잔만하게 커진 셸리가 집 안에서 뛰쳐나왔다. 손에는 니콜라스의 하키 스틱이 들려 있었다.

"경찰 불렀어!"

제인을 노리고 있는 레아를 발견한 셸리는 마치 코브라와 마주친 몽구스처럼 목소리마저 떨렸다. 그리고 레아는 정말 코브라처럼 전광석화와도 같은 몸놀림으로 셸리를 향해 덤벼들었다.

안 돼! 제인은 속으로 외쳤다. 목소리는 거의 나오지 않았다. 언니까지 손대지 마!

"안 돼!"

분노의 불길이 살갗을 태우며 밖으로 번져 나오는 것 같았다. 제인의 입에서 폭발적인 외침이 터져 나왔다. 눈동자에는 핏발이 섰는지, 세상이 온통 벌겋게 보이면서 시야가 좁아졌다. 눈에 보이는 것은 오직 레아뿐이었다. 제인은 누가 누구를 향해 덤비고 있는지도 분간이 되지 않았지만, 하여튼 레아가 공구를 높이 쳐든 채 돌아섰다.

그 틈을 타서 셸리가 하키 스틱을 휘둘렀고, 그 바람에 레아를 향해 집중되었던 제인의 시선이 잠깐 흔들렸다. 나무로 된 육중한 하키 스틱은 레아의 어깨를 강타했다. 레아는 분노와 아픔으로 비명을 질렀지만, 공구를 떨어뜨리지는 않았다. 옆으로 크게 반원을 그리며 휘두르는 공구가 셸리의 갈비뼈를 때렸다. 셸리는 고통스러운 비명을 지르며 앞으로 고꾸라졌고, 레아는 셸리의 뒤통수를 겨냥하며 공구를 쳐들었다. 분노로 똘똘 뭉친 제인은 어마어마한 힘을 짜내며 레아를 향해 달려들었다.

레아는 제인보다 키도 훨씬 크고 체중도 무거웠다. 제인의 공격에 움찔하며 놀란 레아가 쳐들었던 공구로 제인의 등을 내리 찍었지만, 제인이 너무나 가까이 접근했던 탓에 큰 타격을 주지는 못했다. 레아는 뻣뻣하게 굳은 몸으로 균형을 잡으려고 버둥거리면서 제인을 와락 밀쳐냈다. 행동의 자유를 되찾은 레아는 다시 둔기를 쳐들고 제인을 향해 한 발, 두 발 재빨리 다가섰다.

가슴팍을 움켜쥐고 가까스로 일어선 셸리도 노기가 등등한 얼굴이었다. 셸리까지 몸을 던지며 달려들자 세 여자는 동시에 나뒹굴게 되었다.

제인의 왼쪽 발이 수영장 가장자리에서 미끄러지며 수영장에 빠지자 나머지 두 여자도 잇따라 수영장에 빠져버렸다.

서로 얽히고설킨 세 여자는 한꺼번에 바닥으로 가라앉았다. 레아는 아직도 공구를 꽉 움켜쥐고 있었지만, 물의 저항 때문에 제대로 힘을 발휘할 수 없었다. 제인과 셸리의 손에서 벗어나려고 레아는 미친 듯이 발버둥쳤다.

수영장에 빠지기 전에 충분히 공기를 들이마시지 못했던 제인은 허파가 새카맣게 타들어가는 것 같았다. 심장이 터질 것 같았지만, 물을 들이마시지 않으려고 안간힘을 썼다. 제인은 움켜잡고 있던 레아를 놓아버리고 수면으로 떠올라 꺼억꺼억 숨을 들이쉬었다. 다급하게 주변을 둘러보니 셸리도 레아도 아직 떠오르지 않은 상태였다.

제인은 다시 한 번 숨을 들이쉬고 물 속으로 얼굴을 들이밀었다. 서로 엉겨붙어 밀고 당기는 사이에 레아와 셸리는 수영장의 가장 깊은 곳으로 밀려가 있었다. 뽀얗게 일어나는 물방울과 수면을 향해 떠오른 머리카락, 춤을 추는 듯한 옷자락이 보였다. 레아의 긴 스커트 자락이 마치 해파리처럼 부하게 퍼져서 떠올랐다. 제인은 발로 물을 차면서 두 사람을 향해 헤엄쳐 갔다.

레아의 한 팔이 셸리의 목을 휘감고 있었다. 앞뒤를 가릴 것도 없이, 제인은 손에 잡히는 레아의 머리채를 움켜잡고 사정없이 잡아당겼다. 목이 꺾이다시피 한 레아는 셸리의 목을 휘감은 팔을 풀 수밖에 없었다. 셸리는 마치 풍선처럼 수면을 향해 튀어올랐다.

레아의 손은 어느새 제인의 목을 움켜쥐고 있었다. 손톱이 살을 파고들었다. 믿을 수 없을 정도로 억센 힘 때문에 제인은 숨이 막혔고, 본능적으로 입을 벌리자 물이 쏟아져 들어왔다.

가까스로 발을 들어올린 제인은 젖먹던 힘까지 짜내 레아의 복부를 냅다 걷어차며 밀쳐냈다. 레아의 손이 풀리면서 손톱이 살갗을 찢어놓았고 불그스름한 핏물이 눈앞에 퍼졌다.

셸리가 다시 다가왔다. 셸리는 레아를 끌고 수영장 바닥까지 내려갔고, 제인도 셸리에게 힘을 보태주기 위해 따라 내려갔다. 밀치고, 당기고, 발길질에 주먹질까지 다 동원하면서 숨이 모자라 눈앞이 어찔어찔했지만 레아가 수면으로 떠올라 숨을 쉬게 둘 수는 없었다. 레아의 손가락이 제인의 블라우스 자락을 움켜쥐었다.

그러나 레아의 발버둥은 점점 힘이 빠져가고 있었다. 수정처럼 맑은 물을 통해 금방이라도 튀어나올 듯한 레아의 눈동자가 제인을 노려보았다. 그리고 그 눈빛도 차츰 희미해져 갔다.

그때 갑자기 뒤에서 풍덩 하며 물보라가 일었다. 겨우 고개를 돌려보니 커다랗고 어두운 형체가 보였다. 그 형체는 두 개가 되더니 물방울을 뿌얗게 일으키며 서로 뒤엉켜 있는 세 여자를 향해 다가왔다. 억센 손이 제인의 블라우스 자락을 움켜쥔 레아의 손을 뜯어놓았다. 또 다른 형체는 셸리를 급하게 잡아당겨 수면으로 밀어올렸다. 제인은 셸리의 발이 미친 듯이 물을 걷어차는 것을 보면서 자신도 어서 물 밖으로 나가야겠다고 생각했다. 그러나 셸리보다 훨씬 오래 숨을 참고 있었던 터라 물을 찰 힘도 없었다. 몸이 점점 가라앉는다고 느끼고 있는데, 제복을 입은 경찰이 나타나더니 어깨를 움켜쥐고 수면으로 밀어올렸다.

수영장 위로 끌어올려졌을 때 제인은 반쯤 의식을 잃은 상태였다. 참았던 숨을 한꺼번에 들이쉬느라 제인은 꺽꺽대며 재채기를 해댔다. 셸리의 고통스러운 비명소리와 경찰들의 말소리가 한꺼번에 뒤섞여서 들려왔다. 사람들이 달려오는 소리가 들리더니, 누군가가 수영장으로 뛰어들었다. 밝은 햇살 속에서 물방울들이 반원을 그리더니 제인의 얼굴 위로 떨어졌다.

그러고는 샘의 얼굴이 보였다. 제인을 일으켜서 품에 안은 그의 얼굴은 말 그대로 백짓장처럼 하얗게 질려 있었다.

"겁내지 말아요."

두 팔은 바르르 떨렸지만 목소리는 차분했다.

"서두르지 말고, 천천히 숨을 쉬어요. 천천히 조금씩. 그래야 돼요."

제인은 샘의 목소리에만 신경을 집중했다. 미친 듯이 숨을 쉬려는 급한 마음이 진정되자 잔뜩 부어오른 목이 편안해지면서 호흡이 쉽게 이루어졌다. 제인은 힘없이 머리를 그의 가슴에 기대면서 한 손으로 그의 팔을 어루만졌다.

"하마터면 늦을 뻔했어요. 늦을 뻔했다구요! 전화를 계속했는데 아무도 받지 않았어요. 전화는 왜 안 받은 거예요?"

셸리가 쉰 목소리로 대답했다.

"기자들이 계속 전화를 해대길래…… 아예 꺼놨어요."

셸리도 핏기가 가신 얼굴을 잔뜩 찡그리고 있었다.

공기를 찢을 듯한 사이렌소리가 사방에서 들려왔다. 그 소리를 더 이상 참을 수 없을 정도가 되자 갑자기 뚝 끊기더니 잠시 후에는 하얀 셔츠를 입은 구급대원들이 제인과 셸리를 에워쌌다. 구급대원들이 자신을 샘의 품에서 떼어내려 하자 제인은 팔을 내저으며 소리쳤다.

"잠깐만, 잠깐만요! 샘! 샘!"

목이 쉬어서 제인의 말은 겨우 알아들을 수 있었다. 샘은 잠시 이야기할 틈을 달라는 듯이 구급대원들에게 손짓을 보내고는 제인을 다시 꼭 안아주었다.

"티제이는요?"

눈물이 글썽글썽한 눈으로 제인이 겨우 물었다.

"살아 있어요."

샘의 목소리도 울먹거렸다.

"오는 길에 소식을 들었어요. 회사 창고에서 발견됐대요."

제인은 그게 전부냐는 듯한 눈길로 그를 쳐다보았다. 샘은 잠시 망설였다.

"좀 다쳤어요. 부상이 얼마나 심각한지는 아직 몰라요. 하지만 중요한 건, 티제이가 살아 있다는 거예요."

샘은 레아―코린 레아 스트리트―의 시신을 수영장에서 건져 낼 때까지 현장에 있을 수 없었다. 현장에서 일을 처리할 경찰은 그가 아니어도 많았다. 그리고 어차피 셸리의 집은 그의 관할지역에 있지도 않았다. 샘에게는 현장을 수습하는 것보다 제인과 함께 있는 것이 훨씬 더 급하고 중요했다. 제인과 셸리가 구급차에 실려 병원으로 옮겨가자 샘은 자신의 지프를 타고 뒤쫓았다.

두 자매는 응급치료를 위해 응급실로 옮겨졌다. 병원 담당자가 셸리의 남편 알에게 연락을 취한 것을 확인한 후, 샘은 벽에 기대서 숨을 돌렸다. 속이 울렁거리고 머리가 어지러웠다. 나라의 법을 준수하며, 시민의 안전과 권리를 보호하겠다는 서약을 했건만, 자신이 사랑하는 여자조차 지키지 못할 뻔하지 않았는가. 도로를 곡예하듯 질주하며 느꼈던 그 공포와 두려움은 죽는 날까지 잊을 수 없을 것 같았다.

결국 퍼즐조각을 제대로 맞추어내기는 했지만, 티제이와 제인을 위험에서 구하지 못하지 않았는가.

티제이는 매우 위독한 상황이었다. 번슨 형사가 전한 말에 따르면, 티제이가 목숨을 구할 수 있었던 것은 넘어지면서 몸을 굴리는 바람에 낡은 사무실 의자 다리가 머리를 어느 정도 보호해주었기 때문이라고 했다. 레아가 티제이의 죽음을 확인도 하지 않고 현장에서 떠난 걸로 보아 분명 뭔가 그녀를 두렵게 한 일이 있었던 것 같았다. 그래서 서둘러 현장을 떠나 제인을 찾아 나섰던 것이다.

샘이 불편하기 짝이 없는 플라스틱 의자에 앉아 속수무책으로 기다리고만 있는데 번슨 형사가 나타났다.

"이건, 마치 지독한 악몽 속에서 헤매는 기분이군. 부상은 심각하지 않다고 들었는데, 뭐가 이렇게 오래 걸리나?"

번슨 형사는 샘 옆에 털썩 주저앉으며 말했다. 샘은 피곤한 듯, 손으로 얼굴을 부벼대며 대답했다.

"아무도 서두르는 사람이 없어서 그렇겠지. 제인의 언니는 부러진 갈비뼈 때문에 X선 촬영을 하는 중이고……, 제인은 지금 목 안을 다치지 않았나 검사하는 중이야. 내가 아는 건 거기까지야.

한 발만 늦었어도 당할 뻔했어, 로저. 그렇게 늦은 후에야 눈치를 채다니. 만약 중간에 무슨 일이라도 있어서 제시간에 셸리의 집에 도착하지 못했어봐, 어떻게 됐겠나."

"이봐, 자네는 제시간에 모든 일을 처리했어. 자네가 아니었으면 햄머스테드 사람들이 티제이를 산 채로 찾아냈겠나? 그렇게 신속하게 티제이를 찾으러 나서지 않았더라면, 십중팔구 티제이는 살아 남지 못했을 거야. 저 두 자매를 수영장에서 끌어낸 경찰들 말을 들어보니, 거의 익사 직전이었다더군. 자네가 미리 연락을 취해두지 않았으면 그 경찰들도 그 시간에 거기 나타나지 못했을 거 아냐? 솔직히, 난 자네가 아니었으면 일을 이렇게 신속하게 해내지 못했을 거라고 생각해."

응급실 당직의사가 제인의 병상에서 나왔다.

"이제 입원수속을 하겠습니다. 하룻밤 정도 경과를 지켜보기 위한 것입니다. 목은 멍이 들고 좀 부었지만 후두 파열은 없고, 설골 역시 무사합니다. 당분간 안정을 취한다면 신체적인 후유증은 없을 것으로 봅니다. 다만 예방적 차원에서 입원을 권하는 것입니다."

"지금 면회할 수 있습니까?"

샘이 자리에서 일어나며 물었다.

"네. 참, 언니 되시는 분은 갈비뼈에 금이 갔습니다만, 역시 상태는 매우 양호합니다. ……두 분 모두 대단한 전투를 치르셨나봅니다."

"그런 셈이죠."

샘이 대답했다. 병상으로 들어가 보니 제인은 진료용 침대에서 일어나 앉아 있었다. 샘의 얼굴을 본 그녀의 두 눈동자가 반짝 빛났다. 아무 말도 하지 않았지만, 그를 향해 뻗는 두 팔이 그녀의 마음을 말해주었다. 샘은 그 팔을 붙들고 조심스럽게 사랑하는 여인을 끌어안았다.

　22시간 후, 티제이는 퉁퉁 부은 눈을 겨우 뜨고서 힘겹게 손가락을 움직여 갤런의 손을 잡았다.

29

“부모님들께 여태 말하지 않았다니, 너도 정말 대단하다.”

티제이가 말했다. 아직도 목소리에는 힘이 없고 발음도 약간 흐렸지만, 칭찬하는 말이 아닌 것은 분명했다.

“아니지, 너는 그럴 수 있다고 쳐도 언니나 오빠가 입다물고 있었다는 게 더 대단해. 살인자가 너랑 셸리를 죽일 뻔했는데, 어떻게 그런 큰 사건을 부모님께 숨길 수가 있어?”

제인은 코끝을 만지작거렸다.

“아이들이, 부모님이 아시면 분명히 꾸중들을 짓을 저질러놓고 제발 그냥 넘어갔으면 하고 전전긍긍하잖니. 그런 거지 뭐. 하지만…… 다 지난 일인 걸 뭐. 너도 이렇게 살아 있고, 나와 언니도 모두 무사하니까 됐어. 굳이 부모님께 알려서 노인네들 걱정하게 만들고 싶지 않았어. 벌떼같이 달려드는 기자들 상대하랴, 루나 장례식 치르랴 정신없었는데, 부모님까지 나타나서 들들 볶아대면 어쩌라구. 난 감당 못해.”

티제이는 아직도 붕대가 칭칭 감겨 있는 머리를 돌려 입원실 창밖을 내다보았다. 집중치료실에서 일반병실로 옮긴 지 일주일, 상태는 많이 호전되었지만 그 전 한 주 동안의 기억은 영영 잃어버렸다. 사건이 있던 날에 대해서는 기억나는 것이 아무것도 없었다. 샘과 번슨 형사는 이런저런 추리를 하고 있었지만, 확실한 것은 없었다.

"나도 장례식에 참석하고 싶었는데."

티제이는 망연한 얼굴로 혼잣말처럼 중얼거렸다. 제인은 아무 말도 하지 않았다. 제인은 티제이가 그날의 기억을 영영 되찾지 못하기를 바랐다.

사건이 있은 지 두 주일이 지났건만, 제인은 아직도 밤마다 몇 번씩 악몽 속을 헤매다 화들짝 놀라며 잠에서 깨곤 했다. 깨어보면 온몸은 땀으로 흠뻑 젖어 있었고, 가슴은 터질 듯이 쿵쾅거렸다. 잠을 깨운 악몽은 기억나지 않았다. 그러나 수면장애에 대한 샘의 처방을 생각하면, 그런 경험이 그다지 나쁘기만 한 것은 아니었다. 그렇게 지독한 공포 속에서 잠을 깬 후에는 언제나 과도한 쾌락으로 온몸이 뻐근해지는 것을 느끼며 다시 잠이 들었던 것이다.

샘도 처음 며칠은 잠을 제대로 자지 못했다. 제인을 구하지 못하는 악몽을 꾸는 탓이었다. 그러나 샘의 불면증은 어이없이 해소되고 말았다. 어느 날 밤, 샤워를 하러 욕실에 들어간 제인이 비명을 질러댔다.

"살려줘! 살려줘! 나 빠져죽을 것 같아!"

비명을 지른다고 소리를 내기는 했지만, 아직도 목이 상당히 부어 있어서 그 소리는 마치 황소개구리가 개굴대는 소리 같았다. 어쨌든, 깜짝 놀란 샘이 허겁지겁 욕실로 달려가 보니 제인은 온 욕실 바닥에 물을 튀기며 샤워기 바로 밑에 얼굴을 들이대고 물에 빠져 허우적거리는 사람을 흉내내고 있었다.

"제인! 지금 뭐하는 거예요? 내 영웅 콤플렉스를 자극하는 거예요?”

“바로 그거예요.”

그러더니 제인은 또다시 샤워기 밑에 얼굴을 들이대고 물에 빠진 사람을 흉내내려고 했다.

샘은 샤워 꼭지를 콱 잠가버리고 제인의 엉덩이를 찰싹 때렸다.

“아야!”

제인의 저항에는 아랑곳없이, 샘은 두 팔로 제인을 달랑 안아올리더니 침실로 뚜벅뚜벅 걸어갔다.

“내가 가만 두나봐!”

샘은 제인을 침대 위에 휙 던져놓고 젖은 옷을 벗으며 으르렁거렸다.

“가만 안 두면?”

발가벗은데다 아직도 축축하게 젖은 몸을 날씬하게 쭈욱 뻗으며 제인이 물었다.

“어떻게 할 건데요?”

샘의 남성이 고개를 쳐들고 꿈틀거렸다. 제인은 손을 뻗어 살살 어루만졌다. 샘은 가만히, 미동도 않고 서 있었다.

“내가 생각해도 난 벌을 받아야 할 것 같아. ……아주 아주 무겁게…….”

그날 이후로 샘의 악몽은 사라졌고, 대신 매일 최소한 한 번씩은 서로의 잘못을 고백하며 벌을 자청했다.

제인의 정신적, 신체적 후유증을 극복하는 데 무엇보다도 큰 힘이 되어준 것은 샘의 따뜻한 배려였다. 무조건 제인의 응석을 받아주지도 않았다. 그녀를 사랑해주고, 때때로 맞서서 대응하고, 그리고 제인의 몸이 견디기 힘들 정도로 자주 사랑을 나누었다. 그것이 바로 제인만을 위한 특효약이었다. 어느덧 제인의 얼굴에는 다시 웃음이 찾아왔다.

제인은 매일 티제이의 병실을 찾았다. 티제이는 벌써 재활치료를 시작하고 있었다. 머리에 입은 부상 때문에 약간의 신체적 후유증이 나타났기 때문이다. 아직은 말이 어눌했지만, 하루가 다르게 호전되고 있었다. 우반신의 기능이 크게 떨어져 있었지만, 재활치료를 꾸준히 하면 조만간 완전히 회복될 수 있다고 했다. 갤런은 잠시도 티제이에게서 눈을 떼지 않았다. 두 사람의 부부문제는 다시 재론할 여지가 없었다.

"부모님 마중 가야지? 오늘 공항에서 애기할 거니? 결혼 말이야."

티제이가 말했다.

"아니. 먼저 샘을 소개시켜야지. 결혼 애기는 그 다음에 해도 돼. 가능하면 언니도 함께 있는 자리에서 말하는 게 좋을 것 같아."

"아무리 그래도 집에 도착하시기 전에 말씀드리는 게 좋을 거다. 집에 도착하자마자 이웃 사람들이 달려들어서 그동안 있었던 일들을 미주알고주알 까발릴 텐데."

"그것도 그렇네. 알았어. 최대한 빨리 말씀드릴게."

티제이가 희미하게 미소를 지었다.

"내 덕에 결혼식을 일주일 연기한 걸 고마워하시라고 그래. 너희 부모님들한테도 쉴 시간이 필요하실 테니까."

제인은 씩 웃고 말았다. 결혼식을 일주일 연기한 것은 티제이가 참석할 수 있을 때까지 기다리기 위해서였다. 휠체어에 의지하는 한이 있더라도 티제이는 제인의 결혼식에 꼭 참석하고 싶어했다. 하지만 제인의 아버지는 사정이 좀 달랐다. 아버지라면 내일이라도 당장 결혼식을 치러버리자고 할 사람이었다. 일을 빨리 치를수록 야단법석도 빨리 끝난다고 믿으니까.

제인이 시계를 들여다보며 말했다.

"그만 가야겠다. 한 시간 후에 샘을 만나기로 했어. 내일 또 보자.”

　제인은 티제이의 뺨에 입을 맞추었다. 제인이 병실을 막 나서려는데 갤런이 커다란 백합 꽃다발을 들고서 병실로 들어왔다. 병실 안은 금방 꽃향기로 채워지는 것 같았다.

　“딱 시간 맞춰 나타났네요.”

　갤런을 스쳐 지나가면서 제인은 눈을 찡긋 하며 윙크를 보냈다.

　“아, 코린 스트리트……, 기억하죠, 매우 당혹스러운 상황이었지만, 어떻게 손쓸 도리가 없었어요. 사춘기에 도달할 때까지 코린이 여자아이였다는 것조차 몰랐으니까. 출생 증명서에 성별이 표시되어 있기는 하지만, 누가 일일이 그런 걸 체크하겠어요? 아이 어머니가 항상 ‘우리 아들 코린’이라고 말하니까 모두들 그러려니 한 것이지.”

　J. 클라렌스 코스그로브의 목소리는 나이 탓인지 몹시 새된 목소리였다.

　“그럼, 아들로 키웠단 말씀입니까?”

　샘이 물었다. 전화기를 든 채 기다란 두 다리는 빼놓은 책상 서랍 위에 척 걸친 채 자기 책상 앞에 앉아 있었다.

　“내가 아는 한, 그 아이의 어머니는 코린이 여자아이라는 걸 인정하지 않았어요. 코린은 심각한 정서장애아였어요. 상태가 매우 심각했지. 지속적인 행동장애 증상도 보였고. 교실 안에서 기르던 애완동물을 죽이기도 했어요. 하지만 그 어머니는 코린이 그런 행동을 했다는 것을 절대로 받아들이지 못했어요. 만나는 사람 누구에게나 마치 들으라는 듯이, 내 아들은 완벽한 꼬마 신사라고 말하곤 했어요.”

　오호라, 이제야 알겠군, 퍼펙트 맨! 샘은 생각했다. 코린 레아 스트리트라는 폭탄의 뇌관을 건드린 것은 바로 그 리스트였다. 몇

해 동안 조용히 지내고는 있었지만, 코린 레아의 내면에 잠재된 폭력적 근성은 슬슬 폭발을 준비하고 있던 터였다. 폭발의 직접적인 원인은 그 리스트의 내용이라기보다는 제목이었다.

코스그로브의 회상은 계속 이어졌다.

"아이 어머니는 결국 코린을 우리 학교에서 전학시켰어요. 난 코린에게 가장 필요한 게 뭔지 어머니에게 분명히 말했어요. 코린의 행동장애는 해가 갈수록 심각해졌거든. 코린이 열다섯 살 되던 해, 결국은 어머니를 잔인하게 살해했지. 정신병원에서 몇 해 치료를 받았지만, 살인죄로 기소되지는 않은 걸로 알고 있어요."

"그 살인사건은 덴버에서 일어났습니까?"

"그럴 거요."

"감사합니다, 코스그로브 선생님. 많은 도움이 되었습니다."

코스그로브 선생과의 통화가 끝난 후, 샘은 볼펜으로 책상을 톡톡 두드리며 지금까지 코린 레아 스트리트에 대해 알아낸 것들을 간추려보았다. 코린이라는 이름으로 정신병원에 입원했지만, 퇴원할 때는 레아라는 이름을 썼다. 성장 과정을 더듬어보면, 지극히 불안정하고 위험한 한 여자가 그려졌다. 본인의 어머니로부터 받은 신체적, 정신적 학대가 누적되어 결국은 그 폭력성이 한꺼번에 폭발되면서 잔인한 살인극이 벌어졌던 것이다. 신체적, 정신적 학대가 폭력성을 불러왔는지, 아니면 애초에 폭력적인 성격을 가지고 태어났는지는 심리학자들이 날을 새며 토론해도 밝힐 수 없는 문제였다.

코린이 다니던 중학교 교장이었던 코스그로브 선생과 통화한 후에 샘은 덴버 경찰국에 전화를 해서 코린 어머니의 살인사건을 담당했던 형사와 이야기를 나눌 수 있었다. 코린은 어머니를 조명등으로 때려서 숨지게 했고, 짓이겨진 얼굴에 소독용 알코올을 부어 불을 질렀다. 사체가 발견되었을 때 코린의 상태는 매우 불안정하고 일관성이 없었다. 사건이 일어난 후, 코린은 정신병원에 강제 입원되어 7년 동안 치료를 받았다.

약간의 조사를 통해 코린의 치료를 담당했던 정신과 의사를 찾을 수 있었다. 코린의 죽음과 그 배경이 된 여러 가지 상황에 대해 간략히 설명하자 의사는 길게 한숨을 토해냈다.

"코린을 퇴원시킨 것은 제 소견을 무시한 처사였습니다. 증상이 재발하기 전에 그 정도 세월을 아무런 문제없이 지냈다는 것이 오히려 놀랍군요. 약물을 복용하는 동안에는 겉으로는 지극히 정상적인 사람으로 보입니다. 하지만 코린은 정신병자, 이렇게 말한다는 것이 정신과 의사인 저로서도 상당히 불쾌하지만, 어쨌든 정신병자라는 건 부인할 수 없습니다. 제 소견으로는, 코린이 다시 살인을 저지르는 것은 그야말로 시간문제였어요. 대단히 전형적인 증상을 보인 환자였으니까요."

"어떻게 이름을 코린에서 레아로 바꾸었습니까?"

"코린은 외할아버지 이름이었대요. 코린의 어머니는 자기 아이가 딸이라는 걸 인정할 수 없었던가봅니다. 여자는 '더럽고'…… '세상에 있을 필요가 없는' 존재라고 코린에게 늘상 주입했던 것 같아요. 코린의 어머니는 딸에게 남자 이름을 지어주고, 아들처럼 키웠습니다. 누구에게나 아들이라고 소개했죠. 아주 어린 시절부터 코린이 사소한 실수라도 저지르면, 어머니는 모질게 벌을 주었습니다. 몽둥이로 때리거나 뾰족한 핀으로 마구 찌르고, 캄캄한 창고나 벽장에 가두기 일쑤였죠. 하지만 사춘기에 이르지 코린이 여자아이라는 것을 더 이상 숨길 수 없었죠. 어머니는 코린의 몸에 성징이 나타나는 것을 참을 수가 없었어요. 특히 코린이 생리를 시작하자 그 분노는 상상을 초월할 정도였어요."

"무슨 말인지 이해가 갑니다."

어머니와 딸 사이에서 자행되었을 학대를 상상하니 샘도 구토증이 올라왔다.

"사춘기를 지나면서는, 코린이 실수를 저지르거나 잘못을 할 때마다 성추행과 비슷한 방법으로 코린을 괴롭혔습니다. 그게 어떤 건지는 상상에 맡기겠어요."

"고맙습니다."

샘의 목소리는 갈라질 듯이 메말라 있었다.

"코린은 자기 몸을 혐오했고, 여성성을 증오했어요. 심리치료와 약물치료 덕분에 겨우, 최소한의 여성적 인성을 되찾았을 무렵에 이름을 레아로 바꾸었습니다. 코린은 여자로 돌아가기 위해 무척 애를 많이 썼지만, 저는 레아가 정상적인 성적 관계는 물론, 정상적인 대인관계도 갖기 힘들 거라고 생각했습니다. 어느 정도 여성적인 말투와 행동을 되찾고, 약물로 폭력적인 근성을 잠재울 수는 있었겠지만, 그건 어디까지나 일시적인 현상이었을 거예요. 한 직장에서 아무런 문제도 일으키지 않고 몇 년씩이나 근무했다니, 그게 오히려 놀랍습니다. 더 물으실 것이 있으신가요?"

"아닙니다. 친절하게 답변해주셔서 감사합니다."

샘은 전화를 끊었다. 생각해볼 시간이 필요했다. 제인이 아직은 레아 스트리트에 대해 일언반구 묻지도 말하지도 않고 있었지만, 조만간 궁금증을 가질지도 모르니 충분한 정보를 쌓아두고 싶었다.

어떻게 보면, 제인이 레아 스트리트에 대해 알고 싶은 모든 것을 알고 지나가는 것이 더 도움이 될 수도 있었다. 제인이 싸움닭 기질을 가지고 있다는 건 진작에 알고 있었지만, 그간의 충격에서 벗어나기 위해 안간힘을 쓰는 모습은 가히 감동적이었다. 적의 공격이 끈질기면 끈질길수록 더욱 의지에 불타는 전사 같았다. 제인은 어떤 형태로든 레아 스트리트에게 지지 않을 여자였다.

시계를 들여다본 샘은 벌떡 일어났다.

"또 늦었네!"

제인의 부모님을 마중하러 공항에 함께 나가기로 했는데, 늦으면 제인에게 하고 싶은 말도 끝까지 하지 못하고 쫓겨날 신세였다. 제인에게 꼭 전해야 할 중요한 소식이 있는데, 제인이 잔뜩 화난 상태에서 그 소식을 전하고 싶지는 않았다.

약속시간에 늦지 않으려고 샘은 폭주족처럼 정신없이 차를 몰았다. 차에 탈 사람이 넷에다가, 한 달 반 동안 여행한 노부부에게 딸린 짐이 또 만만치 않을 것이므로 제인의 바이퍼나 샘의 지프로는 공간이 부족했다. 대신에 제인의 어머니가 쓰시던 링컨을 타고 가기로 했다. 제인은 벌써 운전석에 앉아 시동을 걸어두고 있었다. 샘은 끼이익 차를 급히 세우고 뛰쳐나갔다.

"늦었어요."

샘이 옆좌석에 앉자마자 차를 급히 출발시키며 제인이 퉁명스레 쏘아붙였다. 샘은 우선 안전벨트부터 찾아서 맸다.

"그래도 공항에는 늦지 않을 거예요."

샘은 자신있게 말했다. 제인이 운전대를 잡았으니 의심할 바 없었다. 속도위반에 대해 미리 경고해두는 게 좋지 않을까 싶었지만, 더 좋은 생각이 떠올랐다.

"내가 얼마 전에 주 일자리에 면접봤다는 애기했던 거 기억하죠?"

"합격했잖아요."

"어떻게 알았어요?"

"떨어졌으면 당신이 그 애길 뭐하러 꺼내겠어요?"

"주 경찰학교를 졸업했기 때문에 경찰학교에 다시 입교할 필요는 없어요. 곧바로 형사직으로 임명될 거예요 문제는, 그렇게 되면 우리가 이사를 해야 된다는 거예요."

"그래서요?"

제인이 눈을 부라렸다.

“날 보지 말고, 앞을 봐요!”

“보고 있어요!”

“이사해도 괜찮겠어요? 당신 집 산 지도 얼마 안 됐는데.”

“안 괜찮은 경우가 뭔지 알아요? 나는 여기에, 당신은 다른 곳에 사는 거, 그거예요. 좀 제대로 알고 짚어요!”

바로 샘이 듣고 싶었던 대답이었다.

엄청난 속도를 내서 두 사람은 겨우 제시간에 공항에 도착했다. 도착 승객 출구로 달려가며 제인이 말했다.

“우리 아버지가 파킨슨씨병 환자라는 거 잊지 말아요. 우리 아버지 손이 떨리는 건 그 병 때문이니까.”

“알고 있어요.”

도착 승객 출구에 도착하자마자 승객들이 쏟아져 나오는 모습이 보였다. 제인의 부모님들도 곧 모습을 나타냈다. 제인은 부모님을 향해 달려가 두 팔을 한껏 벌리며 반갑게 포옹했다.

“이쪽은 샘이에요.”

샘을 부모님 쪽으로 끌어당기며 제인이 소개했다. 부모님들도 급하게 결정된 제인의 결혼소식을 들어 알고 있었기 때문에 제인의 어머니는 반갑게 샘을 포옹했다.

제인의 아버지도 크게 흔들리는 손을 내밀며 악수를 청했다.

“자, 내가 이만큼이라도 내 손을 건사할 수 있을 때 악수라도 합시다.”

제인의 아버지의 익살에 샘은 호탕하게 웃었고, 제인의 어머니는 남편에게 눈을 흘겼다.

“라일! 이 양반이 정말!”

“내가 뭘! 내가 내 손 갖고 농담도 못 할 거면 이제 쓸모도 없는 걸 뭐하러 달고 다녀?”

라일 브라이트의 밝고 푸른 눈동자 속에서 샘은 제인의 용기와 도전적인 기질을 고스란히 볼 수 있었다.

"엄마, 아버지, 뉴스가 너무 많아요!"

어머니와 팔짱을 끼고 걸어나가며 제인이 말했다.

"그런데, 들으시기 전에 먼저 약속부터 하세요. 화 안 내신다고."

부모님이 역정내지 못하도록 미리 손을 써두려는 잔꾀였다. 그러자 라일 브라이트가 말했다.

"내 차만 멀쩡하다면 난 화낼 일 없다."

Breathing Room
수잔 얼리자베스 필립스

렌 게이지 악역 전문배우이자 난봉꾼으로 유명한 영화배우
이자벨 페이버 심한 상처를 딛고 자립하기 위한 방법에 대한 전문가이자
<순조로운 삶을 위한 4가지 초석>의 작가

두 사람은 최근 들어 자신의 완벽한 삶이 무너져 내리고 있음을 깨닫는다. 연이어 일어나는 불행을 끊임없이 우려먹는 언론의 눈과 계속해서 들려오는 자기비판의 속삭임을 피해 두 사람은 도망을 치듯 이탈리아로 향한다.

너무나 기묘한 우연이라고 밖에 표현할 수 없는 상황에서 맞닥뜨린 렌과 이자벨은 다시는 서로를 만나지 않았으면 하는 바람과 안도감을 느끼며 헤어진다.

그러나 이자벨이 렌의 집 문앞에 나타났을 때 두 사람이 느낀 경악스러움이란……

그것만으로도 충분하지 않다는 듯, 렌의 빌라를 둘러싼 모든 것들이 예상치 못했던 방향으로 흘러간다. 마을 사람들과 렌이 고용한 관리인은 이상한 행동들을 시작하고, 렌의 전처인 트레이시가 임신을 한 채 아이를 줄줄이 데리고 나타나는데……

- 2003년 9월초 출간예정입니다 -

옮긴이 **김은영**

이화여자대학교 졸업.
현재 전문번역가로 활동 중.
번역서로는, 『신부』『마지막 약속』『여백의 사랑』
『사랑을 부르는 천사』『사랑의 표적』『오디세이의 노래』
『꽃잎이 바람에 흔들릴 때』『아멜리아의 부케』
『대지의 아이들1』 등이 있다.

┌─────────────┐
│ 미스터 퍼펙트 │
└─────────────┘

지 은 이 : 린다 하워드
옮 긴 이 : 김은영
펴 낸 이 : 양장목
펴 낸 곳 : 현대문화센타

주   소 : 서울시 은평구 대조동 191-1(122-842)
전   화 : 384-0690~1 팩스 : 384-0692
이 메 일 : hdpub@chol.com
홈페이지 : www.hdbook.co.kr

출판등록일 : 1992년 11월 19일(제3-448호)
초판 1쇄 인쇄일 : 2003년 8월 20일
초판 1쇄 발행일 : 2003년 8월 25일

값 ▪ 9,000원

ISBN 89 - 7428 - 226 - 7 03840